JONATHAN KELLERMAN
Narbenseele

Buch

Grace Blades ist eine brillante Psychologin. Ihre Gabe, verletzte Seelen zu heilen, kommt nicht von ungefähr. Grace trägt ihre eigenen unsichtbaren Narben – sie war erst fünf Jahre alt, als sie den blutigen Tod ihrer Eltern mit ansehen musste. Seit ihrer Kindheit flüchtet sie sich in ihren Wissensdurst, mit ihrem scharfen Verstand kann kaum jemand mithalten. Doch Graces makelloser professioneller Ruf besteht nur, weil sie ihre geheime, dunkle Seite strikt von ihrem Berufsleben trennt. Umso schockierter ist sie, als eine Bekanntschaft aus ihrem Privatleben plötzlich in ihrer Praxis auftaucht. Schlimmer noch, am nächsten Tag wird dieser Patient tot aufgefunden. Aus Angst, ihr Doppelleben könnte ans Licht kommen, beginnt sie, auf eigene Faust zu ermitteln. Doch dabei kommt sie einem grausamen Gegner auf die Spur, der die Dämonen ihrer Vergangenheit wieder aufleben lässt …

Weitere Informationen zu Jonathan Kellerman
sowie zu lieferbaren Titeln des Autors
finden Sie am Ende des Buches.

Jonathan Kellerman
Narbenseele

Thriller

Aus dem Amerikanischen
von Kristiana Dorn-Ruhl

GOLDMANN

Die amerikanische Originalausgabe erschien 2015
unter dem Titel »The Murderer's Daughter« bei Ballantine Books,
a division of Penguin Random House, New York

Der Verlag weist ausdrücklich darauf hin, dass im Text enthaltene
externe Links vom Verlag nur bis zum Zeitpunkt der
Buchveröffentlichung eingesehen werden konnten. Auf spätere
Veränderungen hat der Verlag keinerlei Einfluss. Eine Haftung des
Verlags ist daher ausgeschlossen.

 Dieses Buch ist auch als E-Book erhältlich.

Verlagsgruppe Random House FSC® N001967

1. Auflage
Deutsche Erstveröffentlichung Januar 2017
Copyright © der Originalausgabe 2015 by Jonathan Kellerman
Copyright © der deutschsprachigen Ausgabe 2017
by Wilhelm Goldmann Verlag, München,
in der Verlagsgruppe Random House GmbH,
Neumarkter Str. 28, 81673 München
Umschlaggestaltung: UNO Werbeagentur, München
Umschlagmotiv: plainpicture/Folio Images/Bohman & Sjöstrand;
FinePic®, München
Redaktion: Sandra Lode
MR · Herstellung: Str.
Satz: DTP Service Apel, Hannover
Druck und Bindung: GGP Media GmbH, Pößneck
Printed in Germany
ISBN: 978-3-442-48488-1
www.goldmann-verlag.de

Besuchen Sie den Goldmann Verlag im Netz

Für Judah

Kapitel 1

Im Alter von fünf lebte Grace bei zwei Fremden am Rande einer Wüste. Nach Biologie und Gesetz waren die beiden ihre Eltern, doch Grace hatte sie als fremdartig empfunden, seit sie denken konnte. Und soweit sie das beurteilen konnte, ging es ihnen genauso.

Ardis Normand Blades war achtundzwanzig; ein großer, dünner Kerl mit langen Haaren und einem blonden Fusselbart. Sein schmales, mürrisch dreinblickendes Gesicht wurde von zwei abstehenden Ohren flankiert. Von den fledermausartigen Ohrmuscheln abgesehen, war er auf eine schmierige, leicht bedrohliche Art sogar halbwegs attraktiv. Wobei sein gottgegebenes Äußeres längst von Dope und Alkohol sowie einer ziemlich umfassenden Liste falscher Lebensentscheidungen unwiderruflich ramponiert war.

Ardis' Kindheit war ein Sumpf aus Vernachlässigung und Apathie gewesen. Als Unruhestifter war er in seiner Schulzeit mehrmals von Psychologen unterschiedlicher Güte getestet worden, und sie hatten allesamt überrascht festgestellt, dass sein IQ erheblich höher war, als es sein stumpfer Blick und sein chronisch asoziales Verhalten annehmen ließen. Er hatte mit Hängen und Würgen die neunte Klasse geschafft, konnte lesen wie ein Viertklässler und hatte nie gelernt, schriftlich zu dividieren.

Ardis' Berufswahl war dadurch ziemlich eingeschränkt, und wenn er nicht von Stütze und sonstigen staatlichen

Zuschüssen lebte, jobbte er als Tellerwäscher, Hausmeister oder Imbisskoch. Eine Ausnahme bildete ein kurzes Intermezzo als Schreinergehilfe, das ihn einen kleinen Finger kostete und ihm eine Abneigung gegen schwere Maschinen einbrachte.

Es war ein bestimmter Typ Frau, der sich von Ardis' ungezwungenem Lächeln und seinem guten Knochenbau angezogen fühlte. Dodie Funderburk war so ein Typ Frau. Das Niveau ihrer Schulbildung passte zu seinem und stellte eine gewisse Gemeinsamkeit her.

Dodie und Ardis lernten sich im *Flapper Jack's Pancake Palace* kennen, einem mehr schlecht als recht gehenden Highway-Stop am Rande des Antelope Valley, wo sie beide arbeiteten. Ardis war dafür zuständig, nach Ladenschluss den Grill zu schrubben und die Böden zu wischen. Dodie räumte während der Abendschicht Tische ab und blieb danach noch, um Fettabscheider zu säubern, das Lokal zu fegen und sich ein paar Extradollars dazuzuverdienen. Ein angenehmer Nebeneffekt der Überstunden war, dass sie mit Ardis allein in dem schäbigen Laden herumhängen und rauchen konnte.

Schon am ersten Abend flirteten sie, am zweiten hatten sie Sex, Dodie mit gespreizten Beinen auf der Küchentheke und Ardis gerade groß genug, um ohne Schemel ans Ziel zu kommen. Er war noch keine zweiundzwanzig und bereits schwer alkohol- und methabhängig. Dodie war drei Jahre jünger als er und hatte bislang keine regelmäßige Periode gehabt, und da sie schon immer ein wenig rundlich gewesen war, dauerte es vier Monate, bis sie merkte, dass sie schwanger war.

Eines Abends im *Flapper* beschloss sie, dass sie etwas sagen musste, weil ihr Bauch allmählich anschwoll. Sie ging zu Ardis, der mit einem Joint im Mund die Böden aufwischte, und hob ihr T-Shirt.

»Ja«, sagte er. »Das kommt vor.«

»Genau«, sagte Dodie.

Ardis paffte und zuckte mit den Schultern. »Hab keine Kohle, um es wegmachen zu lassen.«

»Okay«, sagte Dodie. »Vielleicht behalt ich es dann.«

Er wandte sich ab.

»Liebst du mich, Ardie?«

»Klar.«

»Okay, dann behalt ich es.«

»Meinst du?«

»Vielleicht.«

»Von mir aus.«

Eine Heirat wurde nie in Betracht gezogen. Ardis hatte kein Interesse daran, und Dodie hätte zwar nichts dagegen gehabt, fand aber, dass es auch genügte, wenn sie zusammen in ihrem kleinen Trailer wohnten, der einen schönen Stellplatz im Desert Dream Park hatte und größer war als Ardis' Pferdeanhänger am hintersten Ende der seit Langem aufgegebenen Palmenfarm, in dem er die letzten zwei Jahre mehr oder weniger legal gehaust hatte. Außerdem wäre der ganze Papierkram zu aufwendig und kostspielig gewesen, und niemand, den Dodie kannte, einschließlich ihrer Eltern, hatte sich je die Mühe gemacht. Dodies Vater war vor ihrer Geburt von der Bildfläche verschwunden, und sie hielt es für möglich, dass Ardis das auch tun könnte. Sie würde damit klarkommen, allein zu leben, ihre Mutter hatte es auch geschafft. Und wenn diese minderbemittelte Schlampe das konnte, dann konnte Dodie es erst recht.

Es dauerte eine Weile, bis ihr Bauch sich richtig wölbte,

und so fiel es ihr zunächst leicht, so zu tun, als wäre nichts. Irgendwann war das dann nicht mehr so einfach, und manchmal, wenn sie allein war, versuchte sie, sich mit der Situation anzufreunden. Manchmal ging es ihr aber auch schlecht, dann drängten tief aus ihrem Innern Gefühle nach oben wie Sodbrennen und brachten sie zum Weinen. Vielleicht wäre ein Baby ja ganz schön. Sie könnte es hübsch anziehen und ihm Spielzeug kaufen, mit dem sie dann auch spielen könnte. Und sie hätte jemanden, der zu ihr aufsah.

Das Baby zur Welt zu bringen dauerte achtzehn qualvolle Stunden, wobei Ardis schon nach wenigen Minuten den Kreißsaal verließ, aus Ekel oder weil ihm Dodies Schreien und Fluchen auf die Nerven ging. Vor allem aber wollte er rauchen. Jedes Mal, wenn er wieder hereinschaute, schrie ihn Dodie lauter an und warf ihm Flüche an den Kopf, bei denen die Krankenschwestern zusammenzuckten. Irgendwann war sie selbst dazu zu erschöpft und krümmte sich zu einem still leidenden Würmchen zusammen. Oh Gott, wie lange würde sie das noch aushalten müssen?

Als Dodie schließlich wieder vor Schmerz aufschrie, wurde sie erst einmal ignoriert, bis eine Schwester ihr etwas Gutes tun wollte und ihr eine Infusion setzte, die aber nicht recht wirkte. Was Dodie wirklich gebraucht hätte, konnte sie ohnehin nicht haben, weil es illegal war.

Nach der ganzen Quälerei lag das Baby nicht richtig und musste gedreht werden wie ein Hotdog auf dem Grill, und wer würde sich da wohl nicht wie von innen nach außen gestülpt fühlen? Irgendwann spürte Dodie schließlich, wie das schleimige Ding aus ihr herausschoss. Was sie für einen kurzen Moment erkennen konnte, war grau und regte sich nicht.

Der Arzt, ein Schwarzer, der gerade erst hinzugekommen war, sagte: »Die Nabelschnur ist lang und ... dreimal um den Körper geschlungen.«

Es wurde ganz still im Raum, und Dodie dachte, sie hätte etwas Totes herausgepresst. In diesem Moment fand sie das gar nicht schlimm, Hauptsache, es tat nicht mehr weh und sie und Ardis konnten so weitermachen wie bisher.

Ein klatschendes Geräusch, dann ein empörtes *Aaaahh!*

»Na also«, kommentierte der Arzt. »Hübsch rosig, Apgar-Anstieg von zwei auf acht.«

Danach hörte sie allerlei Gemurmel, Summen und Klicken. Dodie lag da, fühlte sich wie eine ausgehöhlte Melone und wollte einfach nur endlos schlafen.

Eine der Krankenschwestern, die kleine mit den tomatenroten Wangen, sagte: »Hier ist Ihre Tochter. Frisch aus dem Ofen, laut und gesund. Hat gute Lungen.«

Was albern war, Brot und Kuchen machten keine Geräusche und rissen einen auch nicht von innen auf wie eine Kreissäge. Doch Dodie war viel zu erschöpft, um zu widersprechen. Als sie die Augen schloss, spürte sie das Gewicht des Babys auf ihrer Brust.

Die rotwangige Schwester sagte: »Halten Sie sie – mit den Armen. Sie braucht Ihre Wärme.« Damit verschränkte sie Dodies Arme über dem Bündel und drückte darauf, damit sie in der Haltung verharrte.

Dodie hätte die Schlampe am liebsten geohrfeigt. Sie rührte ihre Hände nicht vom Fleck, damit die Kuh sie endlich in Ruhe ließ.

»Genau so«, lobte die Schwester, »so ist es richtig. Oh, das ist eine Süße. Da hat sich die harte Arbeit doch gelohnt für diese kleine Grazie, oder?«

Dodie dachte: Von mir aus. Wenigstens hab ich jetzt einen Namen für sie. *Grace.*

Am Abend brachten sie ihr das Baby zum Stillen, obwohl sie gesagt hatte, dass sie einfach nur schlafen wolle.
»Oh, meine Liebe«, sagte eine andere Schwester. »Schlafen können Sie für eine ganze Weile vergessen.«
Zwei Tage später brachten Dodie und Ardis das Baby nach Hause.
Die Schlampe hatte recht.

Im Alter von fünf fragte sich Grace ernsthaft, wie sie ihre frühe Kindheit überlebt hatte. Sie hatte andere Familien im Trailerpark beobachtet und eine Vorstellung davon entwickelt, was man tun musste, um ein Baby aufzuziehen. Hatten die Fremden tatsächlich all das mit ihr getan, als sie klein und hilflos gewesen war? Es war kaum zu glauben, denn sie gaben ihr auch jetzt kaum etwas zu essen.
Es ging gar nicht so sehr um die Nahrung, es gab immer Reste von McDonald's, wo Ardis inzwischen arbeitete, oder Dairy Queen, wo Dodie abends putzte. Außerdem die Sachen, die beide von Ladendiebstählen mitbrachten. Sie saßen nur nie zusammen am Tisch. Die wenigen Male, wo es doch dazu kam, stopfte sich Grace den Mund voll, kaute hektisch und schluckte mühsam, um sich sofort wieder zu bedienen. Wenn Ardis milde gestimmt war, gab er ihr Süßigkeiten, doch es bot selten jemand an, etwas zu kochen, und Grace ging meistens mit knurrendem Magen ins Bett.
Manchmal, wenn die Fremden schliefen, schlich sie in die Küche und schlang alles in sich hinein, was sie finden konnte. Danach räumte sie immer sorgfältig auf. Wobei

sie die Einzige war, die in ihrem Trailer überhaupt jemals aufräumte.

Mit fünf Jahren hatte Grace bereits gelernt, für sich selbst zu sorgen.

Manchmal, wenn sie hungrig aus dem Trailer kam, wurde eine Nachbarin auf sie aufmerksam und gab ihr etwas zu essen. Mrs. Reilly war die beste, denn sie kochte und backte sogar. Wenn sie nicht gerade mit irrem Blick und vom Wodka ausgezehrt lautstark über Nigger und Latinos herzog, war sie richtig großzügig zu Grace und den anderen Kindern im Trailerpark. Sogar zu den kleinen Mexikanern.

Tagsüber putzte Mrs. Reilly in ausufernden Trabantenstädten Musterhäuser, die nur selten Käufer fanden. Das Antelope Valley mit seiner erbarmungslosen Hitze und dem fauchenden Nachtwind erlebte wirtschaftlich eine beständige Berg- und Talfahrt, wobei die Talfahrten überwogen.

Die meisten Bewohner von Desert Dreams hatten schlecht bezahlte Jobs. Manche waren behindert – geistig, körperlich oder beides. Sie saßen nur herum und fragten sich, wie lange dieses Elend namens Leben wohl für sie dauern würde. Auch die paar durchaus arbeitsfähigen Faulpelze taten nichts anderes als saufen, kiffen und herumhängen. Alle im Trailerpark wussten bestens Bescheid über das vielfältige Angebot an staatlichen Unterstützungsgeldern, die allen zur Verfügung standen, die unter oder nahe der Armutsgrenze lebten.

Eines dieser Programme war für Kinderbetreuung, was in Desert Dreams bedeutete, dass Mrs. Rodriguez vom Staat und County Geld dafür bekam, dass sie in ihrem extrabreiten, von Kakteen gesäumten Mobilheim »Peach State« ein Dutzend Kinder beaufsichtigte. Bei so vielen

Kindern fand jedes einzelne nur wenig Beachtung, doch da im Fernsehen ständig Zeichentrickserien liefen und es Kisten voller alter Bücher und Spielsachen von Mrs. Rodriguez' eigenen, inzwischen erwachsenen Kindern gab, außerdem Altkleider und Müllcontainer voller Schätze, fand Grace die Betreuung völlig in Ordnung.

Sie spielte nicht viel mit anderen Kindern, sondern sah viel lieber *Sesamstraße* und *Electric Company*. Mit vier hatte sie aus den Sendungen gelernt, wie man Buchstaben zu einfachen Wörtern zusammensetzt. Erst Jahre später wurde ihr bewusst, dass sie mit einer natürlichen Sprachbegabung geboren war. In der Kinderbetreuung hatte sie das einfach aus Spaß gemacht. Es war eine Art, Dinge zu ergründen, denn das war ihre Lieblingsbeschäftigung: die Fremden ergründen, ergründen, wie man isst, wie man sauber bleibt, was die Leute meinten, wenn sie Dinge sagten oder taten.

Mit fünf konnte Grace bereits wie eine Erstklässlerin lesen, aber das erzählte sie niemandem. Warum auch?

Den Fremden wäre das sowieso egal; Ardis war meistens betrunken, wenn er überhaupt auftauchte, und Dodie brummte ständig vor sich hin, dass sie bald die Biege machen und irgendwohin gehen würde, wo sie frei wäre.

Wenn Brummen und Trinken zusammenkamen, konnte es zu furchteinflößenden Szenen kommen. Ardis schlug Dodie nie mit der Faust, aber es gab jede Menge angetäuschte Hiebe und viele Schläge mit der flachen Hand, die durchaus gefährlichen Hautkontakt bedeuteten. Manchmal berührte Ardis Dodie kaum. Manchmal machte seine Hand laute, klatschende Geräusche.

Manchmal trug Dodie blaue Flecken davon und musste mehr Schminke benutzen. Viele Frauen in Desert Dreams maskierten sich so.

Auch manche Männer hatten Wunden zu verbergen. Mr. Rodriguez zum Beispiel, der nicht mit Mrs. Rodriguez zusammenwohnte – eines Tages sah Grace ihn mit blutender Nase vom Mobilheim weglaufen, während Mrs. Rodriguez aus der Tür trat und einen Kaktus aufhob, als wollte sie ihm den Topf nachwerfen.

Was sie nicht tat. Ihr Mann war schon längst weg, und außerdem liebte Mrs. Rodriguez ihre Pflanzen.

Bei Ardis und Dodie konnte der Schuss in beide Richtungen losgehen. Wenn Ardis in der Küche saß und schnarchte, trat Dodie manchmal mit Absicht gegen seinen Stuhl, sodass er aufschreckte und sich an seinem Speichel verschluckte. Wenn er dann wieder eingenickt war, zeigte sie mit dem Finger auf ihn und verzog das Gesicht vor Lachen.

Manchmal zeigte sie ihm hinter seinem Rücken den Mittelfinger oder beschimpfte ihn, ohne sich darum zu scheren, dass Grace alles sah und hörte.

Manchmal, wenn Ardis seinen Drogenrausch ausschlief, schlich sich Dodie von hinten an und schnippte mit den Fingernägeln fest gegen seinen Hinterkopf. Wenn das nichts brachte, zerrte sie ruckartig an seinen Haaren und wartete ab, was passierte.

Wenn Ardis dann verwirrt die Augen öffnete, stand Dodie hinter ihm und lachte lautlos.

Grace tat so, als würde sie von alledem nichts mitbekommen. Meistens kroch sie im vorderen Raum des Trailers in die Ecke, die ihr als Schlafplatz diente. Das hintere Zimmer war für Dodie reserviert, und wenn Ardis zufällig da war, lagen sie beide dort. Statt zu schlafen, stellte Grace nachts oft den Fernseher an und sah ohne Ton zu. Es brachte sie zum Lachen, wie verrückt Menschen aussahen, wenn sie lautlos ihre Lippen bewegten. Oder sie las eines der Bücher, die sie erst von Mrs. Rodriguez und später aus dem Kindergarten klaute.

Sie hatte ihre Wörtersammlung, die jeden Tag wuchs, außerdem konnte sie Zahlen zusammenzählen und verstand, wie sie funktionierten, und sie konnte Dinge ergründen, ohne jemanden zu fragen.

Eines Tages, so dachte sie, wäre sie auf sich allein gestellt, und da könnte sich das vermutlich als hilfreich erweisen.

Kapitel 2

Dr. Grace Blades wiegte die Frau in ihren Armen.

Viele Therapeuten scheuten sich vor Körperkontakt. Grace scheute sich vor gar nichts.

Die heimgesuchten Seelen brauchten mehr als nette Worte, weiche Blicke und *Oh-jes*. Sie verdienten mehr als die erbärmliche Lüge namens Empathie.

Für Empathie hatte Grace nichts übrig. Sie wusste selbst, was es hieß, im roten Raum zu leben.

Die Frau weinte immer noch an Graces Schulter. Ihre Hände, die in Graces festen, kühlen Händen lagen, waren klein, feucht und schlaff. So wie sie sich in den Trost ihrer Therapeutin schmiegte, hätte ein Beobachter denken können, es handele sich um eine frühe Phase der Therapie.

In Wahrheit hatte die Frau ihre Behandlung erfolgreich abgeschlossen und kam einmal im Jahr zu einem Termin, den Grace »Protzbesuch« nannte.

Schauen Sie mal, wie gut es mir geht, Doktor.
Oh ja.

Auch dieses Jahr hatte sie wie immer am schlimmsten aller Tage, dem Jahrestag, kommen wollen, und Grace wusste, dass sie einen Großteil der fünfundvierzig Minuten weinen würde.

Die Frau hieß Helen. Sie hatte vor drei Jahren mit der Therapie begonnen und war zu Grace gekommen, wann immer es nötig war. Dann war sie nach Montana gezogen. Grace hatte ihr angeboten, ihr dort einen Therapeuten zu suchen, doch Helen hatte abgelehnt, was Grace nicht anders erwartet hatte.

Auf den Tag genau vor vier Jahren war Helens neunzehnjährige Tochter vergewaltigt, erwürgt und verstümmelt worden. Es hatte keiner kriminalistischen Höchstleistung bedurft, den Unhold zu finden. Er lebte in Culver City bei seinen Eltern, genau gegenüber dem Einzimmerapartment des Mädchens, und sein Fenster bot ihm ungehinderten Blick auf ihr Schlafzimmer. Trotz eines langen Vorstrafenregisters wegen Spannens und sexueller Übergriffe war er von den Gerichten immer milde behandelt worden. Ebenso geistig beschränkt wie impulsiv, hatte er nicht daran gedacht, seine blutige Kleidung oder das rot verschmierte gekrümmte Messer zu entsorgen, das er aus der Küche seines Opfers genommen hatte.

Ein Prozess wäre für Helen eine Qual gewesen, hätte ihr aber geholfen. Stattdessen betrog der Unhold sie noch einmal, als er die Phalanx von Polizeibeamten, die ihn verhaften wollten, mit einem Schraubenzieher angriff und von ihren Kugeln durchsiebt wurde.

Damit war der Fall für alle abgeschlossen, außer für Helen. Sie rief weiterhin im Büro des Bezirksstaatsanwalts an, um sich dann unter Schluchzen zu entschuldigen, dass sie angerufen habe. Ein- oder zweimal vergaß sie sogar, wen sie angerufen hatte. Irgendwann nahm der Stellvertreter ihre Anrufe nicht mehr an. Seine Sekretärin, wesentlich einfühlsamer und fürsorglicher als er, schlug vor, dass Helen sich an Grace wenden solle.

Eine Psychologin? Ich bin doch nicht verrückt!
Natürlich nicht, Ma'am. Dr. Blades ist nicht wie die anderen.

Wie meinen Sie das?
Sie versteht wirklich, was los ist.

Wie allen ihren Patienten gab Grace auch Helen das Gefühl, ihre einzige Sorge zu sein. Es war wichtig, bei jedem Einzelnen den Kern seines individuellen Wesens zu finden, und doch gab es bei allen heimgesuchten Seelen Gemeinsamkeiten. Über die Jahre hatte Grace deshalb ein Motto entwickelt: Als Erstes musst du eine Beziehung, eine Bindung aufbauen, denn ohne Bindung funktioniert Therapie nicht. Sei rund um die Uhr ansprechbar. Wenn es so weit ist – und jetzt kommt die Kunst der Therapie ins Spiel –, beginne mit dem Wiederaufbauprozess. Dabei war es natürlich wichtig, realistische Ziele zu setzen: Glück wie in den Zeiten vor dem Unhold war nicht zu erwarten.

Das hieß nicht, dass der Erfolg nichts wert war. Fast jeder konnte angeleitet werden, wieder Freude zu empfinden, und Freude war die beste Medizin.

Das wichtigste Prinzip aber betraf den Therapeuten selbst: Mach häufig Urlaub.

Der Therapieprozess konnte Monate, Jahre, Jahrzehnte oder für immer dauern. Grace hatte Patienten, die sie am zehnten oder zwanzigsten Jahrestag besuchten, um erneut ein Grauen zu durchleben, das geschehen war, als Grace noch in die Grundschule ging.

Helen, die sich jetzt gerade in ihre Arme schmiegte, mochte so ein Fall sein, man konnte es nicht wissen. Man wusste bei Menschen nie, das war genau das, was Graces Arbeit so spannend machte.

Sie spürte, wie Helen sich verkrampfte. Ein heiser grollendes Schluchzen drang aus ihrem Mund.

Grace hielt sie fester und fing an, sie wie ein Baby zu

wiegen. Helen wimmerte, wurde dann still und fiel in einen tranceartigen Zustand, der ein gelassenes Lächeln auf ihre Lippen malte. Grace hatte damit gerechnet. Sie war gut darin, sich die inneren Welten ihrer Patienten vorzustellen. Trotzdem bemühte sie sich, bescheiden zu bleiben, denn der Job hatte nichts mit Heilen zu tun. Man sprach nicht über Heilung.

Dennoch ging es allen irgendwann besser. Was gab es sonst schon für Aufgaben im Leben, die so eine Erfüllung versprachen?

Diesen Monat hatte Grace eine dieser angenehmen Flauten, in denen der Andrang geringer war und sie wieder einmal Urlaub machen konnte. Morgen war ihr letzter Arbeitstag, bevor sie sich für zwei Wochen freinahm.

Urlaub war für sie ein flexibles Konzept. Manchmal flog sie an entfernte Orte, wo sie in Luxushotels übernachtete und Abenteuer suchte. Manchmal blieb sie aber auch zu Hause und tat nichts.

Das Schöne war, dass sie sich das aussuchen konnte. Da sie noch keinen festen Plan für die nächsten Wochen hatte, war prinzipiell alles möglich von Malibu bis zur Mongolei.

Ihr Terminplan war normalerweise auf Monate hinaus voll, und Lücken entstanden nur, wenn Patienten sich abnabelten. Sie hatte nie Werbung für sich gemacht, doch Mundpropaganda sorgte dafür, dass Richter und Anwälte – und vor allem deren Assistentinnen und Sekretärinnen – ihre Arbeit schätzen lernten. Die meisten neuen Patienten aber bekam sie durch Empfehlungen ihrer alten Patienten.

Ihre Gebühren lagen leicht über dem Durchschnitt, und man bezahlte mit Scheck oder bar, bevor man das Behandlungszimmer betrat. Es gab keine Sondertarife, keine Versicherungsformulare, keine Rechnungen. Grace ging es nicht ums Geldverdienen. Sie hätte auch ohne die Praxis gut leben können. Es ging ihr darum, geschäftlich und moralisch sauber zu arbeiten, und dazu gehörte auch, zu verhindern, dass ihre Patienten Schuldenberge auftürmten.

Die Therapie musste auf einer gleichberechtigten Partnerschaft aufbauen, und das bedeutete für alle Beteiligten harte Arbeit. Grace hatte sich in ihrem Leben nie vor etwas gedrückt, und wenn die heimgesuchten Seelen zu ihr kamen, waren sie zu allem bereit.

Gott schütze sie.

Helen klammerte sich immer noch an Grace. Sie war fünfzehn Jahre älter als ihre Therapeutin, doch heute in diesem stillen, freundlich eingerichteten Raum war Grace die Mutter und sie das Kind.

Grace war jünger als die meisten ihrer Patienten, fühlte sich aber um Jahrhunderte älter. Sie nahm an, dass niemand sich je Gedanken über ihr Alter machte. Oder über irgendetwas anderes, das sie betraf, außer ihre Fähigkeit zu helfen. So sollte es sein.

Vor sechs Wochen war sie vierunddreißig geworden, ging jedoch für Anfang zwanzig durch, wenn es sein musste. Sie war eine Ausnahmestudentin gewesen und hatte extrem jung in klinischer Psychologie promoviert, indem sie ein für zwölf Semester konzipiertes Studium in acht absolvierte. Das war an der University of Southern California zuvor erst einem gelungen: Alex Delaware.

Delaware lehrte Klinische Psychologie des Kindes, ein Pflichtseminar für Grace. Mit Kindern zu arbeiten war nicht ihr Ding, doch Delaware machte das Thema durchaus spannend. Er war ein brillanter Kopf, höchstwahrscheinlich zwanghaft, getrieben und perfektionistisch – mit

Sicherheit kein einfacher Mensch. Doch Grace schätzte seine ehrliche und direkte Art, und sein erfolgreicher Weg durch die akademische Bürokratie hatte sie angespornt.

Heute, in einem Alter, in dem andere immer noch versuchten, ihren Weg zu finden, genoss sie das Erwachsensein.

Sie fand alles daran gut – ihren Platz im Leben, den Luxus, den sie sich leisten konnte, ihren Alltag und die Routine. Selbst ihr Aussehen, und das hatte nichts mit narzisstischer Verblendung zu tun.

Männer hatten sie als schön bezeichnet, doch sie hatte das als postorgasmische Y-chromosomale Blindheit abgetan. Mit ihrer eher maskulinen als kurvigen Figur war sie bestenfalls attraktiv. Zu breite Schultern und zu schmale Hüften lenkten davon ab, dass sie eine schmale Taille hatte – jedenfalls war sie alles andere als ein Playboy-Model.

Und dann die Brüste.

Mit vierzehn hatte sie sie schmeichelhaft »kokett« genannt und angenommen, dass sie noch wachsen würden. Nachdem sie inzwischen mehr als doppelt so alt war, hatte sie sich mit der Koketterie angefreundet.

Ihre Augen lagen weit auseinander und waren unifarben braun. Sie fand es besonders amüsant, dass Männer immer wieder kleine Goldsprenkel in ihnen zu finden glaubten. Sie konnte sich noch so anstrengen, bislang hatte sie nichts dergleichen darin entdeckt.

Ein besonders bemühter Möchtegernpoet nannte ihre Augen »zwei edle Mineralminen«. Narrengold wäre passender gewesen, und das Gesicht, zu dem sie gehörten, war zu lang, um dem idealen Oval zu entsprechen. Immerhin war es mit glatter elfenbeinfarbener Haut überzogen, die straff auf fein geschnittenen Knochen lag. Karamellfarbene

Sommersprossen sprenkelten alle möglichen Stellen ihres Körpers. Ein Mann hatte sie einmal als »Dessert« bezeichnet, um dann nach und nach mit der Zunge über jeden einzelnen Tupfen zu fahren. Grace hatte ihn gewähren lassen, bis sie sich vorkam wie eine Hundefutterschüssel.

Ihre Haare waren ein Plus, eine Fülle kastanienbrauner Seide, die immer gut aussah, ganz gleich mit welchem Schnitt. Vor ein paar Monaten hatte sie einem Friseur in Beverly Hills erlaubt, sich auf ihrem Kopf auszutoben, und seither hatte sie einen locker gestuften Mopp, der ihr bis auf die Schulterblätter fiel und sich leicht ausschütteln ließ.

Doch das Beste an ihr war ihr Kinn: fest, spitz, klar konturiert und stark.

Es ließ nicht den leisesten Verdacht auf Unentschlossenheit zu.

Ein therapeutisches Kinn.

Als Helen sich der Umarmung entzog, war ihre Miene voller Selbstvertrauen. Sie nahm das parfümierte Papiertaschentuch an, das Grace ihr reichte, und setzte sich wieder in den Patientensessel. Die Sitzung war längst überzogen, was Grace normalerweise zu vermeiden versuchte. Doch man musste flexibel bleiben, außerdem war Helen heute ihre letzte Patientin, und sie hatte noch genügend Energie für ihren Feierabend.

Dennoch neigte sie leicht den Kopf, damit Helen freien Blick auf die bronzene Jugendstiluhr hatte, die auf dem Kaminsims stand.

Helens Mund bildete ein O. »Tut mir so leid, Doktor – hier, ich bezahle Ihnen das.«

»Auf keinen Fall, Helen.«

»Aber Dr. Blades ...«

»Es war schön, Sie zu sehen, Helen. Ich bin stolz auf Sie.«

»Wirklich? Obwohl ich die Nerven verloren habe?«

Diese Frage stellte sie jedes Jahr aufs Neue.

»Helen, Sie haben heute nicht die Nerven verloren. Sie waren nur aufrichtig.«

Helen bemühte sich zu lächeln. »Das ist immer das Beste?«

»Nicht immer, Helen, aber in diesem Fall ja. Sie sind ein beeindruckender Mensch.«

»Wie bitte?«

Grace wiederholte das Kompliment. Helen errötete und blickte auf ihre brandneuen Cowboystiefel, die zwar nicht zu ihrem Kleid passten, aber trotzdem hübsch waren.

Sie lebte inzwischen auf einer Ranch in der Nähe von Bozeman, Montana, mit ihrem neuen Traummann, einem großen, konkret denkenden Eichenklotz, der auf die Jagd und zum Fischen ging und gern behauptete, dass er mit Vergnügen Hand an den Scheißkerl gelegt hätte, der ...

»Manchmal, Dr. Blades, glaube ich, dass Aufrichtigkeit das Schlimmste ist.«

»Das kommt auch vor. Aber betrachten Sie es mal so, Helen: Aufrichtigkeit ist wie eine von Roys Waffen. Man kann sie nur richtig benutzen, wenn man gelernt hat, damit umzugehen.«

Helen überlegte. »Oh ... ja. Ich verstehe ...«

»Für mich, Helen, sind Sie auf dem besten Weg, eine Meisterschützin zu werden.«

»Oh, danke, Dr. Blades ... Tja, mein Flug geht morgen in aller Frühe. Ich sollte jetzt lieber gehen.«

»Gute Reise.«

Wieder ein schwaches Lächeln. »Wird schon gehen,

Dr. Blades. Wie Sie immer sagen, irgendwann muss man lernen, sich selbst gut zu behandeln.«

Grace stand auf und drückte Helens Hände, ließ dann die linke los, ohne von der rechten zu lassen, während sie Helen aus dem Behandlungszimmer führte. Sie machte das so behutsam und geschickt wie ein Tango-Champion, dass Helen sich begleitet und nicht abgeschoben fühlte. Schweigend gingen sie zusammen durch den schmucklosen, schwach beleuchteten Flur, der zum Wartezimmer führte. Erst an der Tür hielt Helen inne.

»Doktor, darf ich ... Sie wissen schon.«

Auch das war eine wiederkehrende Frage.

Grace lächelte. »Natürlich. E-Mail oder Post. Oder Pony Express, wenn das für Sie praktischer ist.«

Die gleiche Antwort wie immer. Beide Frauen lachten.

»Und wenn Sie wieder mal in Los Angeles sind, melden Sie sich. Und wenn es nur ist, um hallo zu sagen.«

Jetzt war Helens Lächeln nicht mehr konfliktbeladen, sondern warm und offen. Wenn ein Patient so lächelte, wusste Grace, dass sie den richtigen Beruf hatte.

»Auf jeden Fall, Dr. Blades. Immer.«

Kapitel 3

Grace hatte sich ihren Therapieraum im ursprünglichen Schlafzimmer des im englischen Cottagestil erbauten Hauses eingerichtet, das ihr als Praxis diente. Das hübsche Gebäude aus den Zwanzigerjahren stand an einer ruhigen Ecke einer versteckten Seitenstraße in West Hollywood und war, wie viele der Nachbargrundstücke, von einer hohen Hecke umgeben.

Man konnte vom flachen – sprich schicken – Teil von Beverly Hills zu Fuß hierhergehen, doch vom Glitzer und der flirrenden Betriebsamkeit des Schwulenviertels Boys Town war man weit genug entfernt. Grace hatte bewusst ein Eckgrundstück gewählt, damit ihre Patienten es an einer Seite betreten und an der anderen verlassen konnten.

Oberflächlich betrachtet, hatten die Menschen, die zu ihr kamen, viel gemeinsam, dennoch sollten sie sich nicht begegnen. Ein anderer Psychotherapeut hätte das vielleicht anders gesehen mit der Begründung, dass Traumapatienten davon profitieren würden, Erfahrungen auszutauschen.

Nach Graces Ansicht war es viel wichtiger, die Magie des Zweiergesprächs zu nutzen, um emotionale Tiefen auszuloten. Manchmal kam sie sich vor wie ein Ein-Frau-Impfstoff für die Psyche.

Sie hatte den Raum mit Polstermöbeln, vorteilhaftem Licht und zurückhaltenden Farben ausgestattet. Der einzige Hinweis auf ihre Person war eine Sammlung gerahmter Diplome, Ehrungen sowie ihre Approbation an der Wand hinter ihrem Schreibtisch.

Die ursprüngliche Holzvertäfelung, Stuckleisten, Ziernischen und geschliffenen Fenster hatte sie sofort eigenhändig poliert und gestrichen und am Ende sogar auf allen vieren die Eichenböden geschliffen. Sie brachte sich selbst die Grundlagen des Nähens bei – durch zahlreiche Versuche und noch zahlreichere Irrtümer – und stellte Vorhänge aus Ecruseide her, die sie in einem Secondhandladen erstanden hatte. Das Endprodukt hängte sie an antike Messingstangen, die sie im Internet gefunden hatte.

Bist du nicht stolz auf mich, Malcolm?

Ergebnis: das ideale Arbeitsumfeld.

Zum Abschluss des Tages goss sie sich ein Glas Wasser ein und trat in das Wohn-/Wartezimmer, wo sie die Vorhänge teilte und in die Schwärze hinausblickte.

Ein sternenloser Himmel: So war ihr die Nacht am liebsten.

Sie drehte den Schlüssel der Eingangstür zweimal um, schaltete das Licht aus und ging in den Therapieraum zurück. Dort schloss sie den Wandschrank auf, ursprünglich ein begehbarer Kleiderschrank, der aber jetzt kaum mehr etwas enthielt. Aus einer kleinen Lederschatulle wählte sie ein Paar gefärbte Kontaktlinsen aus einer Sammlung, die sie sich zugelegt hatte.

Heute waren die hellblauen dran, die das Naturbraun ihrer Augen durchscheinen ließen und ein faszinierendes Meergrün erzeugten.

Sie schlüpfte aus ihren ochsenblutroten Ballerinas, knöpfte ihre Bluse auf – eine von einem Dutzend weißer Seidenblusen, die sie sich von einem Schneider aus Hongkong maßanfertigen ließ, der zweimal im Jahr nach Los Angeles kam – und streifte ihre ebenfalls von Mr. Lam im Dutzend maßgeschneiderte schwarze Hose ab. Zuletzt zog sie BH und Höschen aus und schlüpfte in das Kleid des Abends.

Ausgesucht hatte sie es bereits am Vortag: ein langärmeliges, graues Etuikleid mit Wasserfallkragen, das sie für sich das Einteiler-Wunder nannte. Seidenfutter machte Unterwäsche überflüssig. Die Farbe war ein mittleres Grau, das ihre Kastanienmähne hervorhob, und der Saum reichte vielversprechend bis knapp unter die Knie, die Ärmel schmeichelten ihren Armen.

Keine Knöpfe, kein Reißverschluss, keinerlei Schnickschnack. Über den Kopf ziehen, in die Ärmel schlüpfen, am Körper entlangfließen lassen wie Bodylotion.

Die Schuhe des Abends waren braune Wildlederpumps, handgefertigt von einem Flamencoschuhhersteller aus Barcelona. Ergänzt wurde das Outfit durch eine schokobraune Aktenmappe mit Schnalle sowie eine passende Kordelzugtasche, die bereits Geld, Schlüssel, Lippenstift und eine mattgraue .22 Beretta enthielt.

Damit war Grace ausgehfertig.

Es war schon ein paar Monate her, seit sie sich zum letzten Mal ein Abenteuer gegönnt hatte. Die Enthaltsamkeit hatte nichts mit Selbstzweifeln oder Beschränkung zu tun, sondern war schlicht eine Folge professionellen Verantwortungsbewusstseins – sie hatte in ihrer Praxis viel zu tun gehabt, und das Wohl ihrer Schäfchen ging ihr über alles.

Was nicht hieß, dass sie sich nicht zwischendurch mal einen Adrenalinkick genehmigte.

Zum Beispiel spät gestern Abend auf dem Heimweg

über den Pacific Coast Highway. Sie hatte sich vergewissert, dass die Straße frei war, und dann langsam ihren Fuß auf das Gaspedal des Aston Martin gesenkt.

Auf einhundertzehn, einhundertzwanzig, einhundertfünfzig, einhundertfünfundneunzig Stundenkilometer beschleunigt.

Um dann die Augen zu schließen und blind dahinzurasen.

Die Lust der Schwerelosigkeit.

Vor zwei Wochen war sie im Morgengrauen aufgestanden und einen Canyon östlich des Pacific Coast Highway hochgewandert, wo sie einsam mehrere gut beschilderte Wanderwege erkundete, die sich in die Santa Monica Mountains hochschlängelten. Nachdem sie drei Kilometer brav den Markierungen gefolgt war, zog sie sich aus, rollte ihre Kleidung zusammen und stopfte sie in ihren Rucksack, um abseits des Weges ins Dickicht zu verschwinden.

Es dauerte nicht lange, da waren Laub und Geäst so dicht, dass sie keinerlei Orientierungspunkte mehr sah.

Schon bald war Grace schwindelig.

Sie verirrte sich.

Dann ein Grollen. Ein kurzes Aufblitzen von Beige.

Angst aufsteigen lassen. In Erregung umdeuten.

Tief in ihr Inneres abtauchen und sich an all das erinnern, was sie durchgemacht und was sie erreicht hatte.

Überleben war alles, was zählte. Sie ging weiter.

Es dauerte eine Weile, doch irgendwann fand sie den Weg zurück zu ihrem Aston, zerkratzt und voller blauer Flecken, den Warnruf eines Berglöwen im Ohr.

Die Abschürfungen ließen sich leicht überschminken. Der Ruf des Raubtieres blieb in ihrem Gehirn haften, und an diesem Abend ging sie mit dem Gedanken an Tötungswut und Blutrausch ins Bett und schlief wie ein Baby.

Killer, wie schön du bist.

Vielleicht würde sie einmal zurückkehren und nach der Wildkatze Ausschau halten. Mit einem rohen Steak im Rucksack.

Nackte Frau mit Fleisch. Ein großartiger Titel für ein Gemälde.

Kapitel 4

Grace ging zum hinteren Patientenausgang, über den von Fleißigen Lieschen gesäumten und von Palisanderbäumen überschatteten Rasen im Garten des Cottages.

Eine schmale Tür gewährte Zugang zur Garage. Das Haus war zwar klein, doch es stand in Los Angeles. Selbst in den Zwanzigerjahren hatte das schon bedeutet: *Alles fürs Automobil*, und so gab es zwei Stellplätze.

Auf Grace warteten Seite an Seite ihre beiden Vehikel, beide schwarz, beide makellos, beide – in Graces Vorstellung – weiblich.

Der Toyota Matrix S Kombi war nüchtern und funktional, unauffällig wie ein Baum in einem Wald.

Der Aston Martin DB7 ein Ausbund an Unvernunft.

Heute Abend war die Wahl glasklar.

Sie ließ sich in die tief geduckte Schönheit gleiten, öffnete das Garagentor mit der Fernsteuerung, steckte den Zündschlüssel ins Schloss und drückte den Anlasserknopf, worauf die hundertfünfzehn Wildpferde losschnaubten. Dann suchte sie auf ihrem iPod Bachs Sechstes Brandenburgisches Konzert und fuhr den Aston aus der Garage. Während sie die Straße auf- und abblickte, ließ sie der Maschine Zeit, ihr einzigartiges Innenleben auf die ideale Betriebstemperatur zu bringen.

Vorspiel. Denn wenn man eine Frau hetzte, wurde sie bockig und missgelaunt.

Als sie mit dem Sound des Motors zufrieden war, sah sich Grace noch einmal um und drückte dann mit einem Wildlederzeh aufs Gaspedal.

Der Wagen schoss vorwärts wie ein Torpedo. Grace raste einen Block weit, bremste dann aber ab, um sich durch ein Labyrinth aus engen Straßen zu schlängeln, das auf den Sunset Boulevard hinausführte.

Sie schlug die ihrem Ziel entgegengesetzte Richtung ein, weil sie sich erst einmal entspannen wollte. Dazu drehte sie die Musik lauter und fuhr, bis ihr Körper sich kühl und locker anfühlte und sie dieses wundervolle Kribbeln spürte, das dem Adrenalinkick immer vorausging. Schließlich bog sie links ab, brauste mehrere Blocks weit an einer unbeleuchteten hügeligen Wohngegend entlang, um in einem Wendehammer schleudernd kehrtzumachen und zum Sunset Boulevard zurückzukehren, wo sie sich in den schwachen Verkehr einfädelte und Beverly Hills in westlicher Richtung hinter sich ließ.

Als hätte sie eine Grenze überfahren, wandelte sich die Szenerie von Clubs, Cafés und Verwaltungsgebäuden der Filmindustrie zu weitläufig eingezäunten Villen mit üppigem Chlorophyll-Schmuck. Einen Kilometer weit änderte sich nicht viel, ehe sie nach Süden abbog, auf breite, flache Avenuen, die in den Santa Monica Boulevard übergingen und schließlich in den Geschäftsbezirk von Beverly Hills führten.

Zu dieser Stunde war nicht viel los, bis auf ein paar wenige waren alle Läden geschlossen. Die Reichen hatten Pools, Tennisplätze, Kino und Wellness privat zu Hause. Für sie gab es keinen Grund, sich unters gemeine Volk zu mischen.

Doch auch das gemeine Volk machte sich rar, nur wenige Touristen und Bummler waren unterwegs. Grace rollte über die Aston Avenue auf den Wilshire Boulevard zu, bis sie ihr Ziel entdeckte, hielt jedoch einen halben Block davor.

Das Beverly Opus Hotel war ein Zikkurattempel aus rosa Sandstein und Rauchglas, mit Parkservice vor dem Eingang und einem palmengesäumten Springbrunnen. Die elitäre Klientel des Hotels ließ sich an dem edlen Chrom erkennen, das hier rund um die Uhr schimmerte. Die Parkservicemitarbeiter – Erkennungszeichen: Frack und Zylinder – übernahmen gern auch jedes andere anständige Fahrzeug und stellten es an einen prominenten Platz, wenn dafür zwanzig Dollar Trinkgeld heraussprangen.

Es lag nicht daran, dass sie sich für ihr Auto schämte, dass Grace ein öffentliches Parkhaus ansteuerte, das ab zwanzig Uhr pauschal nur drei Dollar kostete, vorausgesetzt, man besaß eine Kreditkarte, um den Automaten zu füttern.

Nein. Was sie im Sinn hatte, erforderte gute Vorbereitung.

Sie fuhr auf direktem Weg aufs oberste Deck und suchte sich den dunkelsten, am weitesten abgelegenen Winkel, den sie finden konnte, hinter einem Pfeiler, der die Sicht versperrte.

In der südöstlichen Ecke fand sie rasch, was sie suchte, einen ölverschmierten Stellplatz, der von zwei Pfeilern flankiert war.

Genau die Sorte, vor der Selbstverteidigungsratgeber Frauen immer warnten.

Perfekt.

Das Beverly Opus war erst drei Jahre alt, doch hatte es von Anfang an Gerüchte gegeben, dass es bald wieder schließen würde. Vielleicht war es tatsächlich bald so weit, denn sie hatte diesmal weniger Edelkarossen gesehen als vor einem halben Jahr, als sie zum letzten Mal hier gewesen war.

Auf der Straße davor lungerten keine Paparazzi herum, auch das ein schlechtes Zeichen.

In dem Nagelstudio am Camden Drive, wo Grace ihre wöchentliche Maniküre und Pediküre machen ließ, lauerten die Kamerateufel immer, doch das Opus hatten sie offenbar aufgegeben.

So was aber auch.

Sie ging an Parkpersonal und Portiers vorbei. Vor sechs Monaten hatte sie eine andere Frisur, anderes Make-up und ein anderes Kleid getragen und war anders gegangen. Doch auch wenn sie heute ihre Erscheinung nicht geändert hätte, wäre die schlanke, attraktive junge Frau mit der Aktentasche niemandem aufgefallen.

Geschäftsreisende sind unsichtbar.

Auch die drei Mitarbeiter am Empfang blickten nicht auf, als sie vorbeiging.

Sie schritt durch die mit Marmor verkleidete Eingangshalle, vorbei an einem riesigen Steintisch, dessen Blumendeko für mehrere Beerdigungen ausgereicht hätte, in einen langen Durchgang, gesäumt mit Boutiquen, die Freizeitkleidung aus Kaschmir, Seide und Wildleder anboten und zwar noch geöffnet, aber schwach besucht waren. Schließlich erreichte Grace die Lounge, eine dunkle Halle, die durch eine zehn Meter hohe Kassettendecke größer wirkte, als sie war, mit verstreuten Sitzgruppen, Orchideen und einem orange-braunen Konzertflügel, auf dem niemand spielte.

Der Raum war zu zwei Dritteln leer, sodass jeder Besucher maximale Privatsphäre genoss. Im Hintergrund lief Smooth Jazz vom Band, der sich mit klirrenden Gläsern und den üblichen gelangweilten Gesprächsfetzen mischte.

Grace wählte eine Zweiercouch, mit Blick auf den Flügel, die aber von dem Instrument und der Bar dahinter weit genug entfernt stand. Die Schlangenledermappe auf dem Boden, die Kordeltasche auf dem Sitz neben sich, setzte sie sich. Sie überschlug die Beine und ließ einen der Pumps vom Fuß baumeln, während sie vorgab, in Gedanken versunken zu sein. Dann, als hätte sie etwas beschlossen, öffnete sie die Aktenmappe und zog einen Stapel Postwerbung eines Investmentbankers heraus; langweiliges Zeug, das sie für Abende wie diesen aufgehoben hatte. Sie suchte einen Prospekt voller Jargon-Sprechblasen über aufstrebende Märkte heraus und tat so, als würde sie fasziniert die Tabellen und Kurven mit ihren beschönigenden Prognosen studieren.

Es dauerte nicht lange, bis eine Stimme mit mexikanischem Akzent sagte: »Was darf ich Ihnen bringen, Ma'am?«

Grace sah hoch und blickte auf einen kleinen, dicken Kellner Mitte fünfzig. *Miguel* stand auf einem dezenten Messingnamensschild.

»Negroni on the rocks, bitte. Mit Hendrick's Gin, wenn Sie haben.«

»Haben wir bestimmt, Ma'am.«

»Schön. Danke.«

»Etwas zu essen, Ma'am?«

»Hm ... Haben Sie noch diesen Käsetoast?«

»Sicher.«

»Dann bitte Käsetoast zum Negroni.« Sie schenkte Miguel ein Lächeln und wandte sich wieder ihrer Märchenstunde in Finanzwesen zu. Wenige Minuten später wurden

Drink und Imbiss neben ihrer rechten Hand auf den Tisch gestellt. Sie nickte und bedankte sich bei Miguel, ohne jedoch zu dick aufzutragen.

Ein Schluck, ein Bissen, noch ein Schluck.

Die wundervoll bittere Note des Campari überdeckte die zuckrige Süße des Werbeprospekts, und der Hauch von Gurke im schottischen Gin rundete den Geschmack ab. Letztes Jahr hatte sich Grace eine Woche in Florenz gegönnt, wo sie in einer viel zu großen Suite im Vier Jahreszeiten abgestiegen war. Die Bar hatte einen Cocktail namens Valentino angeboten, eine Variante des klassischen Negroni mit mehr Gurke und einer weiteren Zutat, die Grace nicht identifizieren konnte. Sie hatte sich vorgenommen, das Rezept herauszufinden, war aber bislang nicht dazu gekommen.

So beschäftigt, diese Frau.

Den Blick immer noch auf ihrem Investment-Blabla, dachte sie an Florenz, und die Erinnerungen liefen vor ihrem inneren Auge ab wie lang belichtete Fotos.

Ihr Kick-Erlebnis dort.

Kurz nach Mitternacht im traumhaft schönen toskanischen Garten des Hotels.

Ein wundervoller Mann Ende vierzig, Anthony, ein Brite, Banker, zurückhaltend und höflich, alles andere als attraktiv. Herrlich überrascht, als sie ihm an der Bar einen Aufschlag ihrer schwarzbraunen Augen und keck geschürzte Lippen geschenkt hatte.

Und dann das Übliche, bis der arme Kerl »Ich liebe dich« rief, als er kam.

Sie stellte sich vor, wie er sie am folgenden Morgen gesucht hatte. Sie hatte früh ausgecheckt und war in die toskanischen Designer-Outlets gefahren, wo sie günstig ein paar Sachen von Prada erstand. Anschließend war sie nach Rom weitergereist, wo sie im alten jüdischen Getto Klippfisch und Fettuccine mit Trockenfleisch aß, um sich für den Elfstundenflug in die Heimat zu wappnen.

Die heimgesuchten Seelen brauchten sie. Anthony würde allein klarkommen.

Exakt fünf Minuten saß Grace da, aß, trank, den Blick auf ihren Prospekt gerichtet, dann sah sie auf und gab ein unterdrücktes Gähnen vor. Ohne groß den Kopf oder die Augen zu bewegen, sah sie sich verstohlen in der Lounge um.

Um den Flügel herum saßen vier unbrauchbare Grüppchen: drei Trios aus Geschäftsleuten und ein Quartett streberhaft wirkender Hänflinge, die nach Computernerd aussahen und wahrscheinlich viel reicher waren, als ihre unpassende Kleidung vermuten ließ.

Rechts von Grace saßen zwei einzelne Frauen: eine Mitte sechzig, immer noch sexy, vielleicht sogar eine Professionelle mit einer monströsen Oberweite, Haut kurz vorm Melanomausbruch und Platinhaar, das aussah wie künstlich beleuchtet. Das Ganze präsentierte sich in einem ärmellosen kleinen Schwarzen, das schlanke, aber vom Alter zähe Beine und ein sonnenverbranntes, faltiges Dekolleté offenbarte.

Alles an der Frau rief *Jetzt fick mich schon einer!*, und Grace konnte sich gut vorstellen, dass sie damit Erfolg haben würde.

Die zweite Frau war unscheinbar und trug einen Mantel, der ihr nicht stand. Wie Grace las sie etwas, das nach Arbeit aussah. Anders als Grace war es ihr damit wahrscheinlich ernst.

Zu ihrer Linken gab es zwei potenzielle Ziele. Immerhin. Zwei einzelne Männer.

Der eine war ein sehr großer Schwarzer mit Stelzenbeinen, möglicherweise ein ehemaliger Profisportler, der Diät-Cola trank. Sein Blick zeigte für einen kurzen Moment Interesse an Grace, wandte sich dann aber unvermittelt nach rechts, wo seine bildschöne Ehefrau und etwa zehnjährige Tochter aufgetaucht waren. Ein letzter Schluck Cola, dann war die glückliche Familie weg.

Der andere Y-Chromosom-Träger war mindestens achtzig. Grace hatte nichts gegen Altersmilde – vor Jahren hatte sie bei einer Konferenz in New York einen französischen Chirurgen erlegt, der mindestens doppelt so alt war wie sie, und sie hatte ihn einfühlsamer, rücksichtsvoller und klüger gefunden als alle jungen Männer, die sie kennengelernt hatte. Doch Geduld, Zärtlichkeit und kleine blaue Pillen waren nicht das, was sie heute Abend brauchte.

Vorausgesetzt, es tauchte noch ein Ziel auf.

In den folgenden zwanzig Minuten passierte nichts, und während Grace an ihrem Drink nippte und einen zweiten Prospekt hervorholte, begann sie sich zu fragen, ob sie den Standort wechseln sollte. Vielleicht zurück nach West Hollywood in eines dieser unanständig hippen Hotels am Sunset Boulevard. Falls das nicht funktionierte, musste sie sich wohl in eine Cocktail-Lounge im Retrostil begeben, die gern von Treuhand-Bankern besucht wurden.

Oder sich damit abfinden, dass es heute nichts wurde.

Sie wollte schon aufgeben, da entdeckte sie ihn.

Kapitel 5

Er wirkte ein wenig orientierungslos und brauchte eine Weile, bis er sich schließlich für einen Sessel schräg gegenüber von Graces Spähposten entschied.

Er war etwa im selben Alter wie Grace oder etwas älter, mittelgroß und gutaussehend. Sein dichtes schwarzes Haar hatte eine Länge, die eher nachlässig als gestylt aussah. Seine Kleidung bestätigte den Eindruck: ein Tweedjackett, das für Los Angeles viel zu dick war, ein hellblaues Hemd, zerknitterte Baumwollhose, braune Slipper.

Das Jackett war unförmig, und die Hose hing über die Schuhe, doch nicht auf modisch pseudolässige Art. Dieser Mann verbrachte nicht viel Zeit vor dem Spiegel.

Vielleicht war heute Abend doch noch nicht alles verloren.

Grace setzte ihre Lektüre fort und sah hin und wieder verstohlen auf. Gerade nahm er eine Speisekarte von einer Kellnerin entgegen – Miguel hatte wohl seine Schicht beendet und war durch ein junges Ding im Minirock ersetzt worden, deren Körperhaltung verriet, dass sie für Trinkgeld zu jedem Flirt bereit war.

Bei diesem Typen war das jedoch vergebliche Liebesmüh. Er sah nicht einmal auf.

Es ging doch nichts über eine anständige Herausforderung.

Er überflog die Karte und legte sie beiseite. Dann

rutschte er tiefer in seinen Sessel und starrte ins Leere, bis er die Augen schloss, offensichtlich um ein Nickerchen zu machen.

Minirock kam mit einem Bier zurück, immer noch im Flirtmodus. Diesmal sah er sie mit einem kurzen Lächeln an und bezahlte gleich – damit sie wusste, dass er nichts weiter bestellen würde und nicht gestört werden wollte?

Nach einem Schluck schloss er erneut die Augen.

Kurz darauf trank er wieder aus seinem Glas, während Grace ihn hinter ihrem Prospekt hervor beobachtete. Seine Augen blieben jetzt geöffnet, und als er unruhig zu werden schien, senkte sie ihren Prospekt, trank von ihrem Negroni und überschlug abermals die Beine, wobei sie ihre Elfenbeinwade und ein paar Zentimeter Oberschenkel zeigte.

Der braune Pump baumelte hin und her wie ein Pendel aus Wildleder.

Grace schwang ihr Bein etwas stärker, sodass das graue Kleid ein Stück nach oben glitt. Die Bewegung fiel Tweedjackett auf. Er sah kurz herüber und wandte sich dann ab. Um den Blick gleich wieder auf Grace zu richten, die so tat, als wäre sie ganz versunken in die Welt der Finanzderivate.

Bislang hatte er an seinem Glas nur genippt, jetzt nahm er einen großen Schluck und wischte sich mit dem Finger Bierschaum vom Mund. Dann blickte er auf den Finger und trocknete ihn an der Cocktailserviette ab.

Grace blätterte eine Seite um, nahm einen Pseudoschluck von ihrem Negroni und drehte den Kopf, wobei sie sah, dass er rasch den Blick abwandte. Beim nächsten Mal ertappte sie ihn, ehe er wegsehen konnte. Sie hielt seinen Blick und tat dann so, als wäre nichts, um ihn weiter zu ignorieren. Wieder überschlug sie die Beine.

Sie setzte sich gerade hin und bog leicht ihren Rücken

durch, sodass sich der Kaschmirstoff des Kleides straff über ihren Körper spannte.

Er leerte sein Glas, strich sich die Haare zurück und wiederholte die Geste, als sie wieder in die Stirn fielen.

Grace las und ließ ihren anderen Schuh vom Fuß baumeln. Sie neigte den Kopf leicht, sodass ihr Haar lang herabfiel, strich mit der Hand über die kastanienbraunen Wellen und schwang sie vom Zielobjekt weg.

Dann zurück zu ihm.

Ihre Blicke trafen sich erneut.

Diesmal hielt sie seinen Blick länger, jedoch mit ausdrucksloser Miene. Er wirkte erschrocken darüber, dass er ertappt worden war.

Grace lächelte.

Dankbar lächelte er zurück und griff nach seinem Glas. Als ihm auffiel, dass es leer war, sah er zu ihr herüber und zuckte die Schultern.

Sie lachte.

Singen konnte sie nicht, zumindest keinen Ton halten, doch ihre Sprechstimme war ein warmer, melodiöser Alt. Ebenso anziehend klang ihr Lachen, wenn sie auf Beutezug war, ein kehliges Perlen der Belustigung, das die Männer faszinierte.

Sie ließ ihr Lachen über die Gesprächsfetzen klingen, leerte ihr Glas, hob es an und lächelte warm.

Du bist nicht der Einzige, dem es so geht, mein Freund.

Jetzt war es an ihm, zu lachen. Zu hören war nichts, doch sein Mund dehnte sich auf anziehende Weise.

Ein wohlgeformter Mund. Bestimmt hat er weiche Lippen, dachte Grace.

Nachdem sie ihn etwas genauer betrachtet hatte, wurde ihr bewusst, dass er wirklich attraktiv war. Nicht dass es darauf ankam. Anthony in Florenz hatte ein Krötengesicht gehabt, doch er hatte ihren Körper unter Strom gesetzt.

Die Zielperson sah plötzlich schüchtern weg.

Wie reizend.

Ganz klar ein Hingucker, wenn auch keiner dieser Übermänner mit wulstiger Stirn und markantem Kinn. Die einzelnen Merkmale waren für sich genommen nichts Besonderes, doch insgesamt betrachtet war er ein gelungenes Gesamtkunstwerk. Symmetrisch. Im Grunde genommen ließ sich Attraktivität immer auf Symmetrie zurückführen.

Jungenhaft – so würden ihn manche Frauen wohl nennen. Manche Frauen standen auf jungenhaft.

Die nächsten vier Minuten verbrachte sie damit, immer wieder Augenkontakt aufzunehmen und abzubrechen, mal mit warmem Lächeln, mal mit unbeteiligtem Blick.

Die Zielperson fing an, mit den Fingern auf ein Lampentischchen zu trommeln, und wiegte kaum merklich den Kopf hin und her.

Der Tanz hatte begonnen.

Dann tauchte die verflixte Kellnerin wieder auf, um sich zu erkundigen, ob er noch etwas bestellen wolle. Er schüttelte verneinend den Kopf, sah dann aber an ihr vorbei zu Grace herüber.

Sie hob ihr Glas, deutete auf seines und drehte ihre Handfläche nach oben.

Was soll's, warum nicht?

Er sagte etwas zu der Kellnerin, zahlte zwei Drinks und zeigte auf Grace. Minirock drehte sich um, sah sie, runzelte die Stirn und entfernte sich.

Inzwischen sah er ganz unverblümt zu ihr herüber und versuchte nicht einmal mehr, cool zu wirken. Grace bedeutete ihm mit gekrümmtem Zeigefinger, zu ihr herüberzukommen.

Er deutete auf seine Brust.

Wer, ich?

Als er vor ihr stand, war er außer Atem.

Sie klopfte neben sich auf die Sitzfläche.

Er nahm Platz und sagte: »Danke.«

Angenehme Stimme, weich, sanft, leicht zittrig – kein Macho, der so etwas regelmäßig tat.

Für Grace passte er besser als jede Maßanfertigung.

Kapitel 6

Grace hatte eine perfekte Geschichte parat.

Ihr Name sei Helen, sie arbeite »im Finanzwesen« und sei wegen einer Tagung in Los Angeles. Als er nach dem Thema fragte, grinste sie nur. »Glauben Sie mir, das wollen Sie nicht wissen. Es sei denn, Sie wollen möglichst schnell einschlafen.«

Er lachte. »Ich denke, ich bleibe lieber wach.«

Sie warf ihr Haar zurück. »Okay, Sie sind dran.«

»Von wegen Langeweile.«

Grace lächelte strahlend. »Das lassen Sie mal meine Sorge sein.«

Sein Name sei Roger, er sei Bauingenieur und in Los Angeles wegen eines »Firmenprojekts«. »Glauben Sie mir, mehr wollen *Sie* nicht wissen.«

Er schien zunächst auf ihren Smalltalk eingehen zu wollen, wurde dann aber ernst.

»Ein schwieriges Projekt?«, fragte Grace.

Seine Miene verhärtete sich, und seine Lippen kräuselten sich verlegen. »Nein, nur das Übliche.«

Grace wartete.

Er trank von seinem Bier. »Wahrscheinlich stehe ich ein bisschen neben mir – der Jetlag. Entschuldigen Sie bitte.«

»Ein langer Flug?«

»Sind Flüge heutzutage nicht immer lang?«

»Sie mögen also nicht aus der Packung essen und wie ein

Verbrecher behandelt werden? Ganz schön anspruchsvoll.«
Grace hielt einen Finger auf ihn wie eine Waffe. Dann ließ sie den Arm sinken und strich dabei mit den Fingerspitzen wie beiläufig über die Außenseite seines Knies. Die Berührung dauerte nicht einmal eine Sekunde, doch er spürte sie, und seine Augen schnellten in die Richtung.

Grace nahm ihr Glas. Ihre Miene verriet nichts als reine Unschuld. Seine Schultern waren herabgesunken und seine Lippen trocken.

Er trank wieder vom Bier und ließ seinen Blick zu ihren Beinen wandern, ehe er sich zwang, wegzusehen. Grace steckte ihr Finanz-Blabla in ihre Aktentasche zurück, tat so, als entdecke sie erst jetzt, wie viel Haut sie gezeigt hatte, und zog das Kleid nach unten. Ihre Brüste wölbten sich unter dem weichen Stoff, und ihre Nippel zeichneten sich deutlich darunter ab.

Rogers Adamsapfel hob und senkte sich zweimal. Seine blauen Augen verrieten seine Gedanken unmissverständlich: Die Pupillen waren stark geweitet.

Ziel erreicht.

Er räusperte sich. »Tja ... vielen Dank für die Gesellschaft, Helen.«

»Ebenso, Roger.«

»Es ist ein bisschen ...« Er schüttelte den Kopf.

»Was, Roger?«

Er zuckte mit den Schultern. »Es ist nett.«

»Es ist nett. Aber das ist nicht das, was Sie sagen wollten.«

Er sah weg.

Grace berührte kurz seine Schulter. »Was denn?«

»Nichts. Ehrlich. Noch eine Runde?«

Grace hatte ihren zweiten Negroni nicht angerührt. Sie deutete auf ihr Glas und lächelte.

Roger wurde rot. »Hoppla, das ist mir völlig entgangen ... was ich sagen wollte, war ... okay, ich habe das Gefühl, das ist nicht meine Liga.«

»Wie nett.«

»Nein, ich mein's ernst.«

»In welcher Liga spielen Sie denn, Roger?«

»Ehrlich gesagt, in gar keiner«, erwiderte er kopfschüttelnd. »Ich rede Unsinn, oder?« Er stellte sein Glas ab. »Es mag Ihnen geistlos erscheinen, aber dergleichen gehört nicht zu meinem Repertoire.«

Eine eigenartig altmodische Formulierung. Diesmal musste Grace tatsächlich belustigt lächeln. »Was denn?«

»Mit fremden Frauen sprechen – oh Mist, tut mir leid, so habe ich es nicht gemeint – mit unbekannten ...« Seine Finger flatterten in einer beinahe femininen Geste. »Ich bin nicht gut in so was.«

Grace senkte ihre Hand auf seine und ließ sie ganz knapp darüber schweben. Ihre kaum merkliche Berührung ließ ihn zusammenfahren. »Es ist nichts, worin man gut sein müsste. Wir unterhalten uns nur.«

Er biss sich auf die Lippe, und Grace dachte schon, er würde sich zurückziehen. Hatte sie zu viel Gas gegeben und alles vermasselt?

Doch er entspannte sich wieder, nahm sein Glas und hob es. »Zum Wohl, Helen.«

Grace zog ihre Hand weg. Er trank, sie tat nur so. Sie saßen nebeneinander, hörten nicht auf die Hintergrundmusik und achteten nicht darauf, wer sonst noch im Raum war. Schließlich schluckte Grace ein paar Tropfen von ihrem Negroni.

Sie dachte an diesen Anthony in Florenz und all die anderen Männer. Herrlich.

Roger nahm einen großen Schluck und unterdrückte ein Aufstoßen. Mit einer Grimasse murmelte er: »Immer langsam. Gott, das ist ...«

»Ich hasse langsam, Roger.«

»Ja?« Er sprach schon ein wenig undeutlich. »Warum?«

»Weil langsam nur eine andere Form von Verlogenheit ist, Roger. Genauso wie Charisma. Und was gibt's Schlimmeres als Charisma?«

Er zuckte zusammen und hob den Blick zur Decke. »Stimmt. Charisma ist das Letzte.« Seine Stimme klang jetzt tief und sonor, als hätte Graces Bemerkung sie statisch aufgeladen.

»Allerdings, Roger. Sind Sie ein politischer Mensch?«

»Um Gottes willen«, erwiderte er unvermutet vehement. »Ich versuche, die Politik zu meiden.«

»Also parteilos?«

»Wie bitte?«

»Nicht gebunden?«

»Weder politisch noch persönlich.«

»Genau wie ich, Roger.« Sie zeigte ihre Hand, die frei von Ringen war. »Auf diese Weise kann ich sichergehen, dass ich nach einem harten Arbeitstag angenehme Gesellschaft habe.«

Er lachte. »Na, hoffentlich habe ich Ihnen das nicht vermasselt.«

Grace ließ einen Augenblick verstreichen, ehe sie antwortete. »Sie entschuldigen sich häufig, Roger.«

»Wirklich? Tut mir ...« Er schnappte nach Luft und lachte dann laut auf.

Grace strich wieder mit den Fingernägeln über sein Knie, legte dann ihre Hand auf seine und drückte sie leicht. Seine Zunge fuhr über seine Unterlippe, und seine

Halsschlagader begann zu pulsieren – das vegetative Nervensystem ließ sich nicht korrumpieren.

Grace ließ Ruhe einkehren, ehe sie flüsterte: »Roger?«

Er beugte sich vor. Kein Aftershave, nur angenehme Wasser-und-Seife-Frische. »Ja?«

»Wären Sie so nett und würden mich zu meinem Wagen begleiten?«

»Bitte …?«

Grace drückte wieder leicht. »Es war ein langer Tag. Würden Sie …?«

Sie stand auf und griff nach der Aktenmappe und ihrer Handtasche. Roger blieb auf dem Zweiersofa sitzen und starrte zu ihr hoch. Seine Miene war eine erbarmungswürdige Maske der Enttäuschung.

Niedergeschmettert und jungenhaft charmant. Grace empfand fast Mitleid mit ihm.

»Wenn es zu viele Umstände macht, Roger …«

»Oh nein, klar, kein Problem.« Dennoch blieb er sitzen.

»Es ist wirklich nicht weit, Roger. Nur ein halber Block. Aber als Frau kann man nicht vorsichtig genug sein.«

Er schnellte hoch, schwankte kurz und straffte dann die Schultern. »Absolut. Sehr gern. Gehen wir.«

Als Grace seinen Arm nahm, lief ihm ein Schauder über den Bizeps. Hübsche Muskeln. Er war stärker, als er aussah.

Arm in Arm verließen sie die Lounge.

Es fiel niemandem auf.

Auf dem kurzen Weg wechselten sie kein Wort. Roger hatte damit zu tun, seine Verwirrung zu verbergen, und warf ihr nur hin und wieder kurze Seitenblicke zu, als versuchte er, ihr Verhalten zu ergründen. Gleichzeitig aber passte er sich ihren Schritten an. Sie testete das, indem sie beschleunigte, verzögerte und wieder beschleunigte.

Manchmal brauchte er eine Sekunde, doch er nahm den Rhythmus jedes Mal auf. Ein Naturtalent.

Roger, selbst wenn Sie nicht tanzen können, Sie würden es rasch lernen.

Als sie das Parkhaus erreichten, umfasste Grace seinen Arm fester. Er zuckte und stolperte kurz, fing sich halbwegs elegant, fand jedoch auf dem Weg ins Gebäude sein Gleichgewicht nicht vollständig wieder.

Ein kurzer Blick nach unten und dann in seine Augen verriet ihr den Grund.

Baumwollhosen waren keine geeignete Tarnung für diese wundervolle Wölbung. Grace verlangsamte ihre Schritte genussvoll.

Auf dem Weg zum Lift sagte sie: »Ich stehe ganz oben. Würden Sie mich nach oben begleiten, Roger?«

»Klar, kein Problem.«

Sie steuerte am Aufzug vorbei und führte ihn zum Treppenhaus. Auf dem Weg nach oben umschlang sie seinen Arm fester. »Hier.« Ein Stockwerk unterhalb der Ebene, wo ihr Aston wartete.

Grace bugsierte ihn in den entferntesten, dunkelsten Winkel des Parkdecks, wo sie ihn auf einen leeren Stellplatz zog und sich mit dem Rücken gegen die Wand lehnte. Sie schüttelte ihre Haare, sodass sie sich wie ein Schleier über ihr Gesicht legten, um sie dann zu teilen und ihn mit funkelndem Blick anzusehen.

Sie kannte dieses Parkhaus gut. Alle Stellplätze waren mit einem Randstein aus Beton versehen, der die ideale Höhe für ihren rechten Fuß hatte. Sie hob das Bein an, sodass es sich fast im rechten Winkel zu ihrem anderen befand.

Die geometrische Frau. Objektiv betrachtet eine ziemlich groteske Haltung.

Rogers hübsche blaue Augen wanderten umher. Er war jetzt endgültig vollkommen verwirrt.

»Vielen Dank dafür, dass Sie so ein Gentleman sind«, sagte Grace.

»Hier ist gar kein Auto ...«

Sie nahm sein Gesicht zwischen ihre Hände und küsste ihn erst sanft, dann fester. Einen Moment lang wehrte er sich, doch dann gab er nach. Behutsam schob sie ihre Zunge zwischen seine Lippen und fand keinen Widerstand.

Er zerfiel wie ein Sahnebaiser. Die Hand, die er ihr zögerlich auf die Schulter gelegt hatte, wanderte zu ihrer Brust. Sie drückte sie leicht dagegen, um ihm klarzumachen, dass er auf dem richtigen Weg war.

Er knetete sie sanft.

Gutes Feeling, Roger. Du erweist dich wirklich als Hauptgewinn.

Sie zog seinen Hosenschlitz auf und holte sein Glied heraus, um es langsam zu reiben. Atemstocken. Rogers Augen waren fest geschlossen, als er nach dem grauen Kleid tastete. Doch sie war ihm schon zuvorgekommen und hatte den Saum über die Hüften hochgeschoben, das rechte Bein immer noch angewinkelt, das linke ausgestreckt, und reckte ihm das Becken entgegen, als sie seine Finger spürte.

Sie gab sich seiner Berührung hin und führte ihn ein. Er riss die Augen auf, weit, leuchtend, wie ein verängstigtes Kind.

Spiegel der Seele. Roger war echt.

Grace gab den Rhythmus vor, fing langsam an und beschleunigte dann nach und nach, eine Hand um seinen Nacken gelegt.

»Oh Gott«, sagte er und schloss die Augen. Grace hielt ihn fest und nahm Tempo auf.

»Oh … Gott.« Das kam leise, keuchend, fassungslos, ängstlich, ekstatisch.

Er schien wieder zu schwanken.

Sie stützte ihn, indem sie ihm eine Hand auf den Hintern legte.

»Mach schon, Roger«, flüsterte sie ihm ins Ohr.

Er gehorchte. Sie gehorchten immer.

Ein herrlicher Sprung in geschmolzenes Gold, als er zitterte und einen Laut ausstieß, der Dank und Triumphgeheul zugleich war. Grace küsste ihn hungrig und überließ ihm erst wieder die Kontrolle über seinen Mund, als er vollständig fertig war.

Das war ein Ausdruck guter Umgangsformen. Sie hatte keine Verwendung mehr für ihn, denn sie war längst vor ihm fertig gewesen. Binnen Sekunden.

Kapitel 7

Als Rogers Atem sich beruhigt hatte und Grace spürte, wie er erschlaffte, löste sie sich aus der Umarmung, küsste ihn auf die Wange und zog seinen Reißverschluss hoch. Seine Augen blieben geschlossen. Sie zupfte ihr graues Kleid zurecht und hielt seine Hand, bis sich sein Puls wieder normalisiert hatte.

»Roger?«

Seine Lider flatterten bei dem Versuch, sich zu öffnen. Ein schwaches, schiefes Lächeln legte sich auf seine Lippen. Als er ausatmete, nahm Grace ihren eigenen Geruch wahr, der aus ihm herausströmte.

»Danke, Roger. Ich muss jetzt wirklich los.«

»Ihr Wagen ...«

Ein Finger auf seinen Lippen ließ ihn verstummen. Sie küsste leicht seine Nasenspitze, nahm seine Schultern und drehte ihn in Richtung Treppenhaus wie eine Dekorateurin eine Schaufensterpuppe.

»Helen?« Seine Stimme klang rau und traurig.

»Es war wirklich nett, Sie kennenzulernen, Roger. Viel Glück mit Ihrem Projekt.«

Er zuckte wieder zusammen. Was immer ihn nach Los Angeles geführt hatte, schien ihn stark zu verunsichern. Sie schob ihn behutsam von sich und sah zu, wie er ein paar schwankende Schritte machte.

Er hielt inne und sah sich nach ihr um.

»Gute Nacht, Roger.«

Mit wiedergewonnenem Stolz schlenderte er über das Parkdeck davon, mit extralangen Schritten, ehe er die Tür zum Treppenhaus aufzog und verschwand.

Im Schatten vor Blicken verborgen wartete Grace einige Augenblicke, ehe sie sich über die Rampe auf den Weg zu ihrem Aston machte. Beim Einsteigen erfüllte sie ein Gefühl von Macht und Euphorie wie die köstlichste Variante eines Déjà-vu. Sie hatte wieder einmal gesiegt.

Es war ihre Aufgabe, sich um andere zu kümmern, sie *verdiente* es, sich so gut zu fühlen. Sich zu spüren – als separates Wesen, vom Universum isoliert durch ihre Haut, durch ihre geistigen Grenzen, durch lustvolle Empfindungen und Genuss.

Die Möglichkeiten, sich Kicks zu holen, waren unbegrenzt.

Auf der Fahrt aus dem Parkhaus lächelte sie zur Musik von Bach.

Auch diesmal hatte sie sich wieder auf ihre Intuition verlassen können. Seit sie sich diesem Zeitvertreib hingab, hatte sie sich erst zweimal bedroht gefühlt.

Beim ersten Mal hatte sich die Zielperson als ungeschickter Tölpel herausgestellt. Ein Banker in einem Dreitausend-Dollar-Anzug, der im College ein Footballstar gewesen war und sich immer noch für unwiderstehlich hielt. Er hatte locker angefangen, war dann aber rasch allzu aggressiv geworden mit gierigem Blick und grapschenden Fingern, die sich um ihren Nacken legen wollten.

Je größer sie sind, umso schwieriger …

Als Grace ging, krümmte er sich auf dem Boden.

Beim zweiten Mal war sie im Warwick Hotel in New

York an einen ungarischen Diplomatenattaché geraten, der ihr fast den Schneid abgekauft hätte. Der schlanke, langhaarige Mann mit der Ausstrahlung des leidenden Poeten hatte sich mit einem Freund verständigt, ohne dass Grace etwas davon mitbekam. Als derjenige in der Hofdurchfahrt erschien und sich nicht davon abbringen ließ, aus dem Tête-à-Tête einen flotten Dreier zu machen, empfand Grace ausnahmsweise Furcht.

Ein durchaus nicht unangenehmes Gefühl. Und dennoch ...

Es war knapp, aber noch einmal gut ausgegangen, und Grace verbuchte den Vorfall als lehrreiche Erfahrung. Die Ungarn konnten beide für eine ganze Weile nicht mehr schmerzfrei gehen, und der Gedanke daran verschaffte ihr Genugtuung.

Schon bald darauf hatte sie sich die nächste Zielperson gesucht. Schließlich hieß es, man solle nach einem Sturz gleich wieder in den Sattel steigen.

Also nur zwei Flops unter ansonsten ausschließlich positiven Erfahrungen, und im Grunde genommen war der Zweifel genau das, was sie erregte. Psychosexuelle Ungewissheit, erst im Nachhinein ausgeräumt durch das Gefühl, es schon immer gewusst zu haben – für Grace ein dem Nirwana ähnlicher Zustand vollkommener Kontrolle über sich und andere.

Wenn sie den Männern nachblickte, empfand sie die Selbstgefälligkeit religiöser Fanatiker, die Gewissheit, dass die Erde sich genau so drehte, wie sie es wünschte.

Auf der Fahrt über den Wilshire Boulevard Richtung Westen war sie eine von vielen hübschen, verwöhnten jungen Frauen, die durch die getönten Scheiben eines unpraktischen, erschreckend teuren schwarzen Autos blickte.

Auf dem Weg zu einem Haus am Strand und dem wundervollsten erholsamen Nachtschlaf, den sie sich vorstellen konnte.

Achtundzwanzig Minuten später, rollte der Aston auf dem Pacific Coast Highway dahin, das Meer im Westen eine weite Fläche grau gekrönter Wellen aus schwarzem Satin, die Berge im Osten ein nicht endender Schokoriegel.

Grace blieb aufmerksam und hielt sich einigermaßen an das Tempolimit. Zu dieser Stunde war auf der Küstenstraße nicht viel los, und der DB7 erreichte im Handumdrehen Graces Holz-Glas-Bau am La Costa Beach in Malibu.

Trotz ihres Rufs war die Stadt Malibu im Grunde ein Provinznest, in dem abends nicht viel los war. Die einzigen Fahrzeuge, denen Grace begegnete, waren hier und da ein LKW mit Lebensmitteln aus Oxnard und gelegentlich ein PKW. Einen Kilometer lang fuhr ein Polizeiwagen dicht hinter ihr her, ehe er überholte und davonraste.

Angeber in Uniform. Sobald er außer Sicht war, senkte Grace ihren braunen Pump schwerer auf das Gaspedal und ließ den Wagen frei. Ihr iPod war auf Zufallswiedergabe eingestellt, seit sie das Parkhaus verlassen hatte, und hatte eine wilde Musikmischung gespielt: Stevie Ray Vaughans »Crossroads«, gefolgt von Debussys »Clair de Lune« und »I'll Take You There« von den Staple Singers. Während sie sich ihrem Haus näherte, ertönte ein Hit aus den Fünfzigern, die Diamonds mit »Little Darlin'«.

Einer von Malcolms Lieblingssongs. Sein Musikgeschmack war ebenso wie der von Grace vielfältig gewesen.

Malcolm ... ihre Augen blickten starr geradeaus, als ihr Haus in Sicht kam. Sie bog in ihre Einfahrt, öffnete mit der Fernbedienung die Garage und fuhr hinein.

Sie stellte den Motor ab, klickte das Garagentor zu und blieb sitzen, um den Song zu Ende zu hören.

Ein halbes Jahrhundert alt, der einzige Hit einer humoresken A-cappella-Ur-Boyband aus Kanada. Aus einer Ära lange vor ihrer Zeit. Sie kannte ihn nur durch Malcolm. Eine Lektion war das gewesen, das war Grace erst Jahre später klargeworden.

Man konnte das Leben nur bis zu einem gewissen Punkt vorhersagen.

»Außerdem«, hatte er ihr erklärt, »ist es urkomisch, wenn der Bass zwischendurch redet.«

Der Song nahm sein unvermeidliches Cha-Cha-Cha-Ende, und beim Aussteigen summte Grace die Melodie vor sich hin. Selbst für ihre eigenen Ohren klang sie schrecklich schräg.

Schmunzelnd holte sie Handtasche und Aktenmappe aus dem Kofferraum, verließ die Garage und tänzelte die zwei Meter Pflastersteine entlang, die zu ihrer Tür führten.

Schlüssel ins Schloss, Alarmanlage abstellen, daheim war eben daheim.

Wie immer hatte sie morgens alle Lichter ausgeschaltet, bis auf eine einsame schwache Glühbirne auf der Terrasse, die zum Meer hinausragte. Die durchhängenden Redwood-Dielen ruhten drei Meter oberhalb des Strandes auf Stützen aus Kreosotholz. Das Schummerlicht erhellte die Wasseroberfläche und erinnerte an die wundersame Tatsache, dass Grace am äußersten Rand eines Kontinents wohnte. Es war gerade hell genug, dass sie den Weg zu ihrem Schlafbereich fand.

Unterwegs zog sie sich aus, sodass sie ihr Bett nackt und fröstelnd erreichte und doch euphorisiert von einem erlebnisreichen Tag.

Sie hätte sofort schlafen können, doch sie verzichtete nicht auf die tägliche Routine, ihren Telefondienst anzurufen. Diese Nachrichten waren immer wichtig.

Nichts. Großartig. Sie erinnerte die Telefonistin daran, dass ihre Praxis nächste und übernächste Woche geschlossen sei.

»Das habe ich hier vermerkt, Dr. Blades. Haben Sie viel Spaß.«

»Sie auch.«

»Danke, dass Sie das sagen, Dr. Blades«, erwiderte die Frau. »Sie denken immer an andere.«

Grace warf sich ihren gelben Seidenkimono über und band ihre frisch gestylten Haare zu einem Pferdeschwanz zusammen, dehnte sich ein paar Minuten lang und machte dann vierzig Damen-Liegestütze. Beim Zähneputzen ging sie eine Runde durch ihr Heim. Das war schnell erledigt, denn das Haus hatte nur zweiundsechzig Quadratmeter Wohnfläche auf einem zehn Meter breiten Grundstück und wurde von sämtlichen Nachbargebäuden überragt. Allerdings war Grace einer der wenigen Vollzeitbewohner; die Paläste um sie herum standen die meiste Zeit über leer.

In einem früheren Leben hatte das Haus als Unterkunft für das Personal eines großen Anwesens gedient. Der schlichte Würfel auf dem inzwischen kostbaren Malibu-Sand war willkürlich in Wohnzimmer, Küchenecke und einen schmalen Schlafbereich aufgeteilt. Es gab nur eine einzige Tür: Das Bad war eine Fiberglaskabine, gerade groß genug für eine nostalgische Duschbadewanne, die sie kurz nach ihrem Einzug hatte einbauen lassen.

Abgesehen davon hatte sie nicht viel verändert. Statt

sich den Kopf unnötig über Farben zu zerbrechen, war sie bei schlichtem Weiß geblieben, zumal jede Farbe störend wirkte, wenn man das azurblaue Meer vor dem Fenster hatte. Sogar die Böden waren weiß und mit Teppich ausgelegt, den sie übrig gehabt hatte, viel zu dick und flauschig, um hip zu sein, aber sie mochte das Streicheln um ihre Knöchel.

Der Kubus hatte architektonisch wenig zu bieten, bis auf eine asymmetrisch abfallende Decke. An der höchsten Stelle vier Meter hoch, bildete sie ein interessantes Detail und schuf die Illusion von Geräumigkeit. Grace hätte diesen Kniff nicht gebraucht. Sie war glücklich mit ihrer Höhle.

Hier konnte sie verlorenen Erinnerungen nachhängen.

Der aktuelle Marktwert des Hauses belief sich auf knapp drei Millionen Dollar, doch das war nichts als ein nutzloser statistischer Wert. Grace hatte nicht die Absicht, hier je wieder auszuziehen. Auch lud sie nie jemanden ein. Ein Grund mehr, um weder Zeit noch Geld für die Innenausstattung zu verschwenden.

In den vier Jahren, die Grace bereits in dem Haus wohnte, war niemand hier gewesen, außer hin und wieder ein Installateur, Elektriker oder jemand vom Kabelfernsehen. Grace begrüßte die Männer freundlich, ging ihnen dann aber aus dem Weg, indem sie sich zum Lesen auf die Terrasse zurückzog.

Einer der Kabelfritzen hatte trotzdem versucht, mit ihr zu flirten – und fand sich dabei wahrscheinlich ziemlich geschmeidig. Sie gab ihm ein Bier und verabschiedete ihn dann postwendend.

Pech gehabt, Angeber.

Zuhause war dort, wo das Herz war, und Graces Herz

war ein Klumpen aus Muskeln, der ganz prima ohne Hilfe funktionierte.

Sie ließ sich eine Wanne einlaufen und legte sich für eine Viertelstunde hinein. Dann trocknete sie sich ab, nahm ihre Aktenmappe und sah nach, was ihr Kalender für den morgigen Tag vorsah.

Es würde ein lockerer letzter Arbeitstag werden: sechs Patienten, drei vor, drei nach der Mittagspause; alle bis auf einen waren bereits bei ihr in Therapie gewesen. Der eine Neuling hatte von ihrem Telefonservice erfahren, dass sie bald in Urlaub gehen würde, hatte den Termin aber dennoch vereinbart. Vielleicht eines dieser ambivalenten »Beratungsgespräche«.

Im Bett ging sie den bevorstehenden Tag durch: Als Erstes würde sie in die sanften Augen der achtundzwanzigjährigen Bev schauen, deren Mann an einer seltenen Form von Bindegewebskrebs gestorben war. Die Krankheit hatte ihre Beziehung dominiert. Vierzehn Monate nach den Flitterwochen hatte er kapituliert. Inzwischen war sie erneut verlobt und kam eigens aus Oregon hergeflogen.

Bestimmt nicht nur, weil sie Lampenfieber vor der anstehenden Hochzeit hatte. Grace war auf alles gefasst.

Patient Nummer zwei war ein Vierundsechzigjähriger namens Roosevelt, dessen Frau in ihrem gemeinsam geführten Schnapsladen im Süden von Los Angeles von einem bewaffneten Räuber getötet worden war. Er hatte mit Schuldgefühlen zu kämpfen, weil normalerweise er die Nachtschicht machte; dieses eine Mal hatte Lucretia übernommen, damit er sich mit seinen alten Football-Kumpels aus der Highschool treffen konnte.

Die arme Frau war wenige Minuten nach ihrem Eintreffen im Laden in den Kopf geschossen worden. Vor sechs Jahren. Roosevelts Therapie hatte drei Jahre gedauert. Grace kannte das Datum des Mordes auswendig. Auch ein Jahrestag.

Ein reizender Mann, ruhig, sanft, fleißig. Grace mochte ihn. Wobei das unbedeutend war. Sie konnte auch einen Werwolf trösten, wenn es sein musste.

Termin Nummer drei war ein Ehepaar, Stan und Barb, deren einziger Sohn sich die Pulsadern aufgeschnitten hatte. Es war kein Hilferuf gewesen; Ian hatte sich tief in die Arterien geschnitten und war rasch verblutet. Gegen Ende hatte er sich ins Schlafzimmer seiner Eltern geschleppt, sogar noch das Licht eingeschaltet und sich vor den Augen der Menschen, die ihm das Leben geschenkt hatten, zu Tode gegurgelt.

Grace hatte sich die psychologische Krankenakte des jungen Mannes besorgt und eindeutige Hinweise auf Schizophrenie im Anfangsstadium gefunden. Klinisch gesehen, war sein Selbstmord also keine Überraschung, doch das konnte Stans und Barbs Entsetzen nicht mildern oder die Bilder des »sadistischen Ritzens« auslöschen, wie Stan sich ausdrückte. Bei dem Ausdruck zuckte Barb jedes Mal zusammen. Einmal war sie zur Patienten-Toilette geeilt und hatte sich übergeben.

Natürlich hätten die beiden ihrem Sohn nicht helfen können, denn sein Gehirn hatte begonnen, sich zu verändern. Doch das hielt sie nicht davon ab, sich Vorwürfe zu machen. Es brauchte über zwei Jahre, bis Grace ihnen darüber hinweghelfen konnte und sie nur noch zweimal im Monat kamen. So weit, so gut.

Der vierte Patient war Dexter, ein junger Mann, der

beide Eltern bei einem Flugzeugabsturz verloren hatte. Der Vater, ein Amateurpilot, am Steuer eines einmotorigen Kleinflugzeugs, wahrscheinlich Herzinfarkt. Da gab es viel Wut.

Nummer fünf war eine Frau, deren durch künstliche Befruchtung gezeugtes einziges Kind früh an einer seltenen Lebererkrankung gestorben war. Grace dachte nicht gern an diesen Fall, weil Kinder ihr nahegingen, und sie musste Distanz wahren, um helfen zu können. Wenn sie nicht mehr weiterwusste, konnte sie immerhin Delaware anrufen.

Der letzte Patient war der Neue, ein Mann namens Andrew Toner aus San Antonio, Texas, der sieben Wochen auf einen Termin gewartet hatte. Was eigentlich darauf hindeutete, dass es ihm nicht nur um eine einfache »Beratung« ging. Aber sie würde ja bald herausfinden, was er auf dem Herzen hatte.

Bislang wusste sie nur, dass Mr. Toner sie kontaktiert hatte, nachdem er einen Artikel von ihr gelesen hatte. Nicht eine der üblichen Abhandlungen über Stressbewältigung, über die sie und Malcolm jahrelang geforscht hatten, sondern das Paper, von dem Malcolm unbedingt wollte, dass sie es allein schrieb.

Grace betrachtete den Artikel – so wie alle ihre Publikationen – längst als Geschichte. Dass Mr. Toner sich darauf berief, verriet ihr aber schon etwas über ihn. Es war gut möglich, dass er aus einer beängstigend verkorksten Familie stammte.

Vielleicht brauchte er nichts weiter als die Erlaubnis, sich von ein paar schändlichen Verwandten loszusagen. Dieser Fall wäre nicht annähernd so komplex wie Bev oder Helen oder die armen Eltern des Selbstmörders.

Das konnte Grace mit gutem Gewissen sagen.

Sie steckte den Kalender zurück in ihre Aktenmappe. Aufgewärmt vom Baden, streifte sie den Kimono ab und trat an die Schiebefenster, die zur Terrasse hinausführten. Sie löschte das schummrige Licht und trat auf die verwitterten Holzdielen hinaus, nackt und verletzlich wie ein Neugeborenes.

Sie lauschte dem tröstlichen Gemurmel der heranrollenden Wellen und dem Rauschen, mit dem sie sich wieder verabschiedeten, um nach Asien zurückzukehren.

Eine Bö wehte vom Wasser herauf wie ein unvermittelter Energiestoß – aus Hawaii? Oder Japan?

Grace blieb auf der Terrasse stehen, während mehr als nur Zeit verging. Irgendwann begann sie sich schwindelig zu fühlen und kehrte ins Haus zurück. Eigenartigerweise hatte sie keinen Hunger. Doch mit leerem Magen ins Bett zu gehen war kein Problem für sie. Das hatte sie schon in frühester Kindheit geübt.

Inzwischen konnte sie es mit einem üppigen Frühstück wettmachen. Was für ein großartiges Gefühl, am nächsten Morgen zu wissen, dass man für sich selbst sorgen konnte.

Sie verriegelte die Glastüren und kroch zurück ins Bett, um sich die Decke über den Kopf zu ziehen und wie immer kurz unter der Matratze nach dem kühlen harten Plastik zu tasten, das da auf dem Teppich lag.

Ihre Hauswaffe war eine Neun-Millimeter-Glock, wie sie auch die Polizei benutzte. Nicht registriert und sorgfältig gewartet, ebenso wie ihre Kaliber .22. Höchstwahrscheinlich würde sie die Waffen nie gebrauchen. Ebenso wenig wie die beiden Smith-&-Wesson-Revolver, die sie letztes Jahr bei einer Waffenmesse in Nevada gekauft und in ihrer Praxis im Aktenschrank versteckt hatte.

Schlaft gut, ihr wunderbaren Instrumente der Zerstörung.

Sie rollte sich zusammen wie ein Embryo und schob sich den Daumen zwischen die Lippen, um gierig daran zu saugen.

Kapitel 8

Im Morgengrauen stand sie mit knurrendem Magen auf und blickte durch die Fenstertüren, wo ein grauer Pelikan nach seinem Frühstück tauchte. Strandvögel jagten über die Brandung. Ein Punkt in der Gischt, der immer wieder verschwand, ließ sie aufmerken. Da war er wieder, nur ein paar Meter entfernt, in nördlicher Richtung. Ein Kalifornischer Seelöwe, der sich wundervoll lässig in den Wellen treiben ließ. Ein Raubtier der Meere.

Grace sah eine Weile zu und machte sich dann Kaffee. Die erste von drei Tassen trank sie zu vier Rühreiern mit Käse, italienischer Salami, getrockneten Steinpilzen und Knoblauch-Schnittlauch. Dazu bestrich sie ein Brötchen mit Butter, das sie bis auf den letzten Bissen aufaß. Um halb acht war sie bereits wieder auf der Küstenstraße unterwegs und ließ dem Aston freien Lauf, während sie sich in Gedanken auf ihre Patienten vorbereitete.

Bev, die bald heiraten würde, war besser angezogen und frisiert und ganz offenkundig in besserer Verfassung als die junge Witwe mit den verweinten Augen, die damals bei Grace erschienen war, am ganzen Körper zitternd und kaum in der Lage zu sprechen. Heute Morgen waren ihre Augen klar, auch wenn der Ausdruck freudiger Erwartung darin immer wieder durch ein kurzes Aufflackern von Schuldgefühlen unterbrochen wurde.

Kein großes Rätsel: In dem Moment, in dem der zukünftige Ehemann Vorrang haben sollte, konnte sie nur noch an den ehemaligen denken.

Greg war dreißig und hauptberuflicher Feuerwehrmann gewesen, als Bev ihn kennenlernte, mit dem entspannten Selbstbewusstsein eines Mannes, dessen Körper funktionierte wie eine geölte Maschine.

Der Krebs, der ihn umbrachte, war so selten, dass es keine Therapie gab. Bev hatte zusehen müssen, wie er dem Tod entgegensiechte.

Wer konnte ihr verdenken, dass sie die Hoffnung aufgegeben hatte? Grace hatte lange gebraucht, um die süße, warmherzige junge Frau davon zu überzeugen, dass es immer noch eine Zukunft für sie gab. Jetzt war Bev im Begriff, es ein zweites Mal zu versuchen. Wie schön für sie!

»Ich habe keine Angst, Dr. Blades. Ich denke, ich bin nur nervös ... Also gut, ehrlich? Ich mach mir in die Hosen vor Angst.«

»Dann sind Sie auf einem guten Weg, Bev.«

»Wie bitte?«

»Auch wenn Sie völlig von Angst zerfressen wären, wäre das nachvollziehbar, Bev. Alles, was weniger als helle Panik ist, macht Sie schon zur Heldin.«

Bev starrte sie an. »Ist das Ihr Ernst?«

»Absolut.«

Bevs Blick verriet Zweifel.

»Wann haben Sie denn diese Nervosität zum ersten Mal gespürt?« Sie benutzte bewusst eine abgeschwächte Form von »Angst«. Rekontextualisieren gehörte zu ihrem Job.

»So vor ... ein paar Wochen.«

»Als die Hochzeit immer näher rückte.«

Bev nickte.

»Würden Sie sagen, dass Sie bis dahin überwiegend glücklich waren?«

»Ja. Natürlich.«

»Natürlich ...«

»Ich heirate Brian. Er ist wundervoll.«

»Aber ...?«

»Kein Aber«, widersprach Bev und brach in Tränen aus. »Ich habe das Gefühl, ich bin untreu. Als würde ich Greg betrügen!«

»Sie lieben Greg. Es ist ganz normal, dass Sie sich ihm gegenüber verpflichtet fühlen.«

Bev schniefte.

»Für alle anderen ist Greg eine Erinnerung. Für Sie ist er der andere Mann.«

Das löste noch mehr Tränen aus.

Grace ließ Bev eine Zeit lang weinen, beugte sich dann näher zu ihr, trocknete ihr die Augen und drückte ihre Hand. Als Bev tief durchatmete, nötigte Grace sie, sich im Sessel zurückzulehnen und eine entspannte Sitzhaltung einzunehmen.

Beim Heilen fängt der Körper an, und der Geist folgt. Das hatte ihr Malcolm gesagt. Nur einmal, aber es war hängen geblieben.

Und es funktionierte: Bevs Gesichtszüge entspannten sich. Sie hörte auf zu weinen.

Grace setzte das sanfteste Lächeln auf, zu dem sie imstande war. Bev erwiderte das Lächeln.

Bei einem flüchtigen Blick hätte man die beiden für zwei hübsche junge Frauen halten können, die in einem netten, angenehm beleuchteten Raum sitzen.

Als es an der Zeit war, sagte Grace: »Weil Greg Sie so sehr geliebt hat, wissen wir eines ganz sicher.«

Bev sah sie aus tränenfeuchten Augen an. »Was?«
»Er möchte, dass Sie glücklich sind.«
Stille.
Schließlich erwiderte Bev: »Ja, ich weiß.«
»Und trotzdem belastet Sie das.«
Keine Antwort.

Grace versuchte es auf einem anderen Weg. »Vielleicht sollten Sie aufhören, Greg als jemanden zu betrachten, der Ihre Gefühle in Geiselhaft hält, sondern ihn eher als Partner sehen.«

»Partner für was?«
»Für das Leben, das auf Sie wartet.«
»Leben«, echote Bev. Als fände sie die Vorstellung widerlich.

»Um das noch einmal klarzustellen«, sagte Grace. »Ihre Beziehung mit Greg war besonders. So etwas löst sich nicht einfach in Luft auf, nur weil die Gesellschaft das meint. Deshalb sind Sie Greg gegenüber nicht untreu. Auch nicht Brian gegenüber.«

»Trotzdem«, sagte Bev. »Ich fühle mich untreu. Ja, und zwar beiden gegenüber, da haben Sie ganz recht.«

»Greg gegenüber, weil Sie wieder Freude empfinden. Brian gegenüber, weil Sie an Greg denken.«

»Ja.«

»Das ist alles vollkommen logisch. Aber sehen Sie es mal so: Sie drei – Brian, Sie *und* Greg – könnten das Projekt als Team angehen.«

»Ich ... was für ein Projekt?«

»Das Projekt: Bevs Leben und was es bereithält. Das Projekt: Bev verdient es, glücklich zu sein«, erklärte Grace. »Einstimmig angenommen.« Sie lächelte. »Wobei ich den Antrag ausdrücklich unterstütze.«

Bev verlagerte ihr Gewicht im Sessel. Ihr Mund war fest zusammengepresst. »Wenn Sie meinen.«

Grace wusste, dass sie zu schnell vorgeprescht war. Sie ließ Bev eine Weile überlegen, und als sie sah, dass die junge Frau ihre lockere Sitzposition nicht aufgab und sich allmählich ihre Gesichtszüge entspannten, versuchte sie es noch einmal mit einem neuen Ansatz.

»Offiziell ist Ihre Hochzeit eine Feier. Aber deshalb müssen Sie nicht gleich in jubelnde Freude ausbrechen, bloß weil Sie Einladungen haben drucken lassen und Leute in die Kirche kommen. Ein wenig emotionaler Mensch könnte das. Aber denken Sie daran, was ich Ihnen letztes Jahr gesagt habe: Sie sind in der Lage zu tiefen Gefühlen.«

Stille.

»Sie haben tiefe Gefühle, Bev. Schon immer. Die Geschichten, die Sie mir erzählt haben, wie Sie sich um verletzte Tiere gekümmert haben.«

Da haben wir was gemeinsam, Schwester.

Keine Reaktion. Dann irgendwann ein bedächtiges Nicken.

»Tiefe Gefühle zu haben ist eine Tugend, Bev. Es gibt dem Leben einen Sinn. Irgendwann wird Ihre Freude sogar noch größer sein, als wenn Sie jetzt einfach nur so tun als ob.«

Langes Schweigen. »Hoffentlich.«

Grace legte eine Hand auf Bevs Schulter. »Natürlich können Sie das jetzt noch nicht sehen. Wie auch? Aber es wird passieren. Sie werden Freude tiefer empfinden, weil Sie all das hier durchgemacht haben. Das wird wunderbar sein.«

Bev sah sie an. »Danke.«

Grace ließ ihre Hand auf Bevs Schulter liegen und übte

gerade so viel Druck aus, dass Bev wusste, jemand kümmert sich um mich. Jemand sorgt sich um mich.

»Lassen Sie sich Zeit. Lassen Sie die Empfindungen zu, die Sie brauchen. Irgendwann werden Sie spüren, dass Greg an Bord ist. Dass er auch der Meinung ist, dass Sie glücklich sein sollen, denn das tun Menschen, wenn sie bedingungslos lieben.«

Beverlys Mundwinkel zogen sich auseinander, als würde ein Puppenspieler sie bewegen. »Sie sind beängstigend, Dr. Blades.«

Grace hatte das schon oft gehört. »Ich?«, sagte sie arglos.

»Beängstigend klug, meine ich. Es ist, als könnten Sie direkt hier hineinsehen.« Sie klopfte sich auf die Brust.

»Danke für das Kompliment, Bev, aber mit Klugheit hat das nichts zu tun. Alles was ich weiß, kommt daher, dass ich versuche, die Menschen zu begreifen.« Grace lehnte sich vor. »Letzten Endes sind wir alle gleich, und doch ist jeder einzigartig. Niemand hat Ihr Leben gelebt oder Ihre Gedanken gedacht oder Ihre Emotionen gefühlt. Und dennoch würde ich wahrscheinlich genauso empfinden wie Sie, wenn ich in Ihrer Lage wäre.«

»Wirklich?«, fragte sie erstaunt.

Wirklich? Wer konnte das schon wissen?

»Natürlich«, sagte Grace.

»Was würden Sie denn dann tun?«

Grace lächelte. »Ich würde mit jemandem reden, der beängstigend klug ist. Weil wir alle hin und wieder Hilfe brauchen.«

Erinnerungen an Malcolm blitzten auf. An Sophie. An die neue Erfahrung, in einem sauberen, gut riechenden Bett zu schlafen. An Frühstück, Abendessen. An zögerliche Umarmungen, wenn auch nur ganz kurze.

Menschliche Berührung zu ertragen war etwas, das Grace hatte üben müssen. Der Gedanke daran brachte sie zum Lächeln, genau im richtigen Moment. Die Situation erforderte ein Lächeln, und Bev dachte, es gelte ihr.

Seufzend schlang die junge Frau die Arme um sich. »Vielen Dank, Dr. Blades, dass Sie das sagen, aber wenn ich nach Hause komme ... könnte es trotzdem schwierig werden.«

»Schon möglich. Aber Sie werden klarkommen. Sie kommen immer klar.«

Bev ließ ihre Unterlippe mit einem Finger schnalzen, mit dem Finger, an dem sie ihren Brillantring trug. Brian, der Installateurgehilfe, hatte sich schwer in Unkosten gestürzt. »Sie meinen, das Leben muss manchmal hart sein, damit es einen Sinn bekommt.«

»Ich meine, wenn wir unsere Gefühle verstehen, Bev – so wie Sie –, lernen wir, uns selbst zu vertrauen.«

Ach, tatsächlich ...

Bev brauchte lange, ehe sie wieder sprach. »Ich denke, ich muss es wohl einfach probieren.«

Grace erwiderte nichts.

»Okay, ich muss es probieren, auch wenn es bedeutet, dass ich an Greg denke.«

»Wehren Sie sich doch nicht gegen Gedanken an Greg. Greg hat Ihnen viel bedeutet«, sagte Grace. »Warum sollten Sie ihn aus Ihrem Bewusstsein verbannen?«

Bev überlegte wieder, und ihre Züge verspannten sich, als dächte sie über ein schwieriges Rätsel nach. »Auf dem Flug von Portland hierher, Dr. Blades, habe ich die ganze Zeit über an ihn gedacht. Eine Szene ist mir besonders in Erinnerung geblieben. Als wäre sie in mein Gedächtnis eingebrannt. Wir waren oft an einem See, um Kanu zu fahren. Greg war an den Paddeln. Er war so stark. Nur Muskeln. Immer wenn er die Paddel bewegte, spannten sie sich an und schimmerten in der Sonne. Manchmal fuhren wir bei Sonne los, aber dann fing es an zu regnen. Dann triefte er nur so vor Schweiß und Regen und glitzerte richtig.«

Sie atmete tief durch. »Dann saß ich da und schaute ihn an ... und wollte ihn. Auf der Stelle. Gleich dort im Boot.« Sie errötete. »Getan haben wir es nie. Ich habe ihm das nie erzählt.«

Grace lächelte. »Sie wollten das Boot nicht ins Schaukeln bringen. Im übertragenen wie im wörtlichen Sinn. Balance ist Ihnen wichtig, und im Moment fühlen Sie sich aus der Balance gebracht, weil das Leben eine Wendung genommen hat.«

Bev schaute sie mit großen Augen an. »Sie sind mehr als beängstigend, Dr. Blades. Ich danke Gott, dass er Sie mir geschickt hat.«

Der Rest des Tages nahm mit beruhigender Berechenbarkeit seinen Lauf. Grace wusste, dass sie objektiv betrachtet noch jung war; dennoch hatte sie manchmal das Gefühl, schon alles gesehen zu haben. Das machte ihr die Arbeit nicht schwer, und es langweilte sie auch nicht. Ganz im Gegenteil, sie fand es beruhigend und belebend zugleich.

Das ist mein Daseinszweck.

Trotzdem musste sie aufpassen, dass ihr Selbstvertrauen nicht in Arroganz umschlug. Außerdem durfte sie auf keinen Fall zulassen, dass eine der heimgesuchten Seelen in ihre Privatsphäre eindrang.

Freundlich sein, ja. Befreundet sein, niemals.

Freundschaft war ein eingeschränktes Konzept: Bekannte, Freunde, Vertraute – das, was die Lehrbücher als *soziales Netz* bezeichneten – taugten, solange man sich den emotionalen Zeh anstieß. Bei tieferen Verletzungen brauchte man einen Chirurgen, keine Pediküre.

Therapie als Freundschaft gegen Bezahlung war für Grace nichts als ein Klischee. Das Letzte, was Patienten brauchten, war ein wohlmeinender Gutmensch, der mit süßlichem Lächeln, kalkulierten Pausen, pseudoernsthaftem Lehrbuchmitgefühl schmierige Suggestivphrasen herunterbetete.

Was ich da heraushöre, ist ...

Wenn man Patienten zu viel Honig ums Maul schmiert, ersticken sie daran.

Wer so praktizierte, war entweder ein geldgieriger Quacksalber oder wollte einfach nur in gutem Licht dastehen. Deshalb gab es so viele verkorkste Typen, die im zweiten Anlauf eine Karriere als sogenannter Therapeut anfingen.

Manche der heimgesuchten Seelen kamen zu Grace und wollten genau dieses theatralisch besorgte Tief-in-die-Augen-Sehen, das sie aus Talkshows und Fernsehserien kannten.

Ich bin kein Psychiater, ich spiele nur einen im Fernsehen.

Wenn sie das Gefühl hatte, dass jemand Dr. Weichspüler haben wollte, stellte sie dem ihre konstruktive Wirklichkeit entgegen. Für vierhundertfünfzig Dollar die Stunde verdiente man mehr als eine Erwachsenenwindel für Gefühlsinkontinenz.

Man verdiente einen Erwachsenen.

Grace blickte auf die Uhr auf ihrem Schreibtisch, machte sich einen starken Espresso und leerte ihn in dem Moment, als das rote Licht über ihrem Arbeitsplatz anging.

Roosevelt war dran. Rücksichtsvoll, freundlich, höflich. Alt genug, um ihr Vater zu sein.

Wenn sie einen richtigen Vater gehabt hätte …

Grace spürte, wie ihr die Luft wegblieb und ihr Herz einmal aussetzte. Das war offensichtlich zu viel Koffein gewesen. Sie musste das reduzieren.

Im Aufstehen glättete sie ihr Haar und straffte ihre Haltung.

Weiter im Programm.

Gegen Ende des Tages war Grace ungewöhnlich müde. Mit Stan und Barb war es ein wenig rauer zugegangen als erwartet. Das Paar hatte sich beim Verlassen der Praxis regelrecht angegiftet, wie Grace es noch nie bei ihnen erlebt hatte.

Sie hatten ihr gleich zu Beginn gesagt, was los war: Beide hatten mehrere Seitensprünge hinter sich und würden sich nun endlich scheiden lassen. Die gegenseitige Untreue hatten sie vor Grace geheim gehalten, weil sie fanden, dass das keine Rolle spielte und schon Jahre vor Ians Selbstmord begonnen hätte.

Die zwei Idioten hatten tatsächlich geglaubt, Ian habe nichts davon mitbekommen, schließlich hatte er offiziell einen Dachschaden.

Inzwischen lag die Ehe so komplett in Trümmern, dass Stan und Barb trotz der einvernehmlichen Entscheidung voller Wut waren.

Auf sich selbst, weil sie versagt hatten.

Weil diese Ehe von Anfang an zum Scheitern verurteilt gewesen war.

Und dann – unvermeidlich – auf Ian, weil er in ihr Schlafzimmer gekommen war, sie aufgeweckt hatte und auf ihrer Decke zusammengebrochen war, um zu verbluten.

Grace hatte sich nicht lange gefragt, warum ein Neunzehnjähriger die totale Selbstzerstörung suchte. Ian war tot, das Leben gehörte den Lebenden. Wenn sie anders empfunden hätte, wäre sie Leichenbestatterin geworden.

Doch jetzt fragte sie sich schon, was ihr wohl sonst noch entgangen war.

»Das wär's also«, sagte Stan gerade, »wir teilen alles halbe-halbe auf. Sachlich, wie zwei erwachsene Menschen.« Er mahlte mit den Kiefern.

»Aus und vorbei«, fauchte Barb, »Klappe zu, Affe tot.« Stan warf ihr einen harten Blick zu.

Grace kannte die Antwort auf ihre Frage im Voraus, stellte sie aber trotzdem.

»Sie sind sich also einig?«

»Ja.«

»Ja.«

Ihr lügt doch wie gedruckt. Warum seid ihr überhaupt hier? Grace fragte sie das.

»Wir waren der Meinung, dass wir das brauchen, um einen Schlussstrich ziehen zu können«, erklärte Barb. »Sie sind über die letzten Jahre ein fester Bestandteil unserer Familie geworden, und jetzt wird diese Familie aufgelöst.«

Man ließ sich also von Grace als Erstes scheiden. Sie grinste innerlich.

»Wir wollten nicht, dass Sie denken, Sie hätten uns enttäuscht. Das hat nichts mit Ian zu tun.«

»Absolut nichts«, bekräftigte Barb.

»Wir sind auch immer noch Freunde«, log Stan. »Das ist für sich genommen schon eine Leistung.«

Zum Beweis griff er nach Barbs Hand. Sie runzelte die

Stirn, drückte aber seine Finger, um rasch wieder loszulassen und sich außer Reichweite zu bringen.

»Sie schließen das Kapitel ab«, sagte Grace, »waren aber so nett, an mich zu denken.«

»Genau«, bestätigte Barb. »Besser kann man es nicht ausdrücken. Wir schließen das Kapitel ab.«

»Aber hallo«, sagte Stan mit nicht ganz so viel Überzeugung.

»Nun«, meinte Grace, »es freut mich, dass Sie sich Gedanken gemacht haben, und ich wünsche Ihnen alles Gute. Wenn Sie mich brauchen, bin ich immer für Sie da.«

Glaubt mir, ich werde euch beide wiedersehen. Getrennt voneinander.

Sie würden Dokumente unterzeichnen und ihre Habseligkeiten aufteilen, doch sie würden nie wirklich getrennte Leben führen.

Dafür hatte Ian gesorgt.

Als Grace mit ihren Notizen zu dem Fall fertig war und das Lämpchen den letzten Patienten ankündigte, plante sie bereits ihren Feierabend.

Ein rascher Stopp in dem einfachen Fischrestaurant am Dog Beach, um in einer der Vinyl-Nischen möglichst weit weg von der Bar eine Portion Heilbutt und einen Sidecar zu genießen. Sie würde sich auf ihr Essen konzentrieren und deutliche Antiflirt-Signale aussenden.

Als Vorspeise einen Salat. Und vielleicht nicht Heilbutt, sondern lieber Seezunge, wenn sie frisch gefangen war. Oder diese Jakobsmuschel-Krabben-Combo. Dann ab nach Hause, in Shorts und T-Shirt schlüpfen und runter zum dunklen Strand zum Joggen. Danach eine ausgiebige Dusche, masturbieren mit dem Wasserstrahl, gefolgt von einer flüchtigen Durchsicht der psychologischen Fachzeitschriften, die sich längst viel zu hoch aufstapelten, und wenn ihre Augenlider der Schwerkraft nicht mehr standhielten, eine Runde Unterschichtenfernsehen.

Vielleicht würde sie an den roten Raum denken, vielleicht auch nicht.

Gähnend sah sie in den Spiegel im Schrank, frischte ihr Make-up auf, schob ihre weiße Bluse in die schwarze Hose und ermahnte sich, dass sie eine Respektsperson war, bereit für Mr. Andrew Toner aus San Antonio, der sie durch einen esoterischen Artikel in einem obskuren Journal gefunden hatte.

Den Artikel hatte sie ohne Malcolm verfasst, doch sie hatte seinen Stil kopiert. Grace beherrschte den Psychojargon zwar, doch sie hasste ihn und hatte sich immer geweigert, einen persönlichen Stil zu entwickeln. Zu Beginn hatte sie sich darauf gefreut, ihren Namen schwarz auf weiß zu sehen und alle Texte Wort für Wort gelesen, nur um festzustellen, dass sie trocken und langweilig waren.

Bei all seinen Vorzügen war Malcolm ein typischer Professor gewesen, der nicht einmal den Einschlag eines Asteroiden hätte spannend darstellen können.

Wenn dieser Andrew Toner als Laie Graces Soloausflug ausfindig gemacht hatte, musste er besonders motiviert sein.

Natürlich war er das, schließlich war er eigens aus Texas angereist.

Wenn Patienten von außerhalb ihre Hilfe suchten – was öfter vorkam, als man annehmen mochte –, waren es meist zwanghafte Perfektionisten. Die Sorte von Menschen, die stundenlang *psychologische Hilfe nach Gewalttaten* googelten.

Sie würde sehen, ob sie bei Mr. Andrew Toner richtig lag.

Sie ging den schmucklosen Flur entlang, der entspannend auf ihre Patienten wirken sollte, setzte ein Lächeln auf und öffnete die Tür zum Wartezimmer.

Wo sie in das Gesicht von Roger blickte, den sie am Vorabend gedankenlos gefickt und danach sofort weggeschickt hatte.

Jetzt konnte sie ihn nicht einfach wegschicken.

Er sah sie an und schien zu schrumpfen, ehe er fast drohend in ihr Blickfeld rückte.

Er. Um Gottes willen! Neuronen platzten in Graces Gehirn, um eine Logik in die Ereignisse zu bringen. Doch die Hirnaktivität produzierte ... nichts.

Roger/Andrew erging es nicht besser. Mit einer Zeitschrift auf dem Schoß saß er auf seinem Stuhl, sein Mund stand offen, und er war kreidebleich geworden. Grace spürte ihrerseits, wie ihre Kinnlade nach unten sank.

Sie machte einen Patienten nach? Beeinflussbar war sie nie gewesen. Was war hier los?

Das überlegene Lächeln, mit dem sie eingetreten war, hielt sich – ohne ihre Absicht, idiotisch – auf ihrem Gesicht. Grace presste ihre Lippen zusammen, war sich aber nicht sicher, was das für ein Mienenspiel erzeugte.

Sie fühlte sich steif, leblos, wie eine Wachspuppe. Sie wusste nicht, was sie sagen sollte. Und selbst wenn ihr Worte eingefallen wären, wären sie in ihrer zugeschnürten Kehle stecken geblieben.

Roger/Andrew starrte sie immer noch an und bewegte schließlich die Lippen. Heraus kam das erbärmliche Quietschen einer Maus.

Grace wurde heiß. Kalt. Heißkalt.

Andrew und Grace.

Roger und Helen.

Er hatte auch einen falschen Namen angegeben.

Geräusche drangen durch ein Fenster. Ein Auto mit einem defekten Schalldämpfer fuhr vorbei.

Dankbar über die Ablenkung betete Grace um mehr Lärm, doch nichts kam. Wie gelähmt blieb sie auf der Stelle stehen.

Das hier war neu, anders, und es war schrecklich.

Schweiß trat aus Graces Achselhöhlen und lief an ihren Seiten herunter. Alle Poren schienen sich zu öffnen, und sie war bald schweißgebadet.

Sie schwitzte sonst *nie*.

Ihre Brust war eng, und das Atmen fiel ihr schwer. Als würde ein großes Tier auf ihrem Zwerchfell sitzen.

Andrew Toner starrte. Grace starrte. Zwei hilflose … Missetäter?

Nein, nein, nein, sie war stark genug, um eine Lösung zu finden.

Es fiel ihr nur keine ein.

Dummes Mädchen.

Rotrotrotrotrotrot.

Grace stand immer noch in der Tür. Andrew Toner saß immer noch auf seinem Stuhl.

Beide geliert zu Peinlichkeit in Aspik.

Wieder war er derjenige, der zuerst seine Stimme fand. »Mein Gott«, krächzte er.

Grace dachte: *Wenn es einen Gott gibt, lacht er sich jetzt seinen göttlichen Hintern ab.*

»Nun …«, erwiderte sie wortgewandt.

Warum hatte sie das gesagt?

Was sollte sie sagen?

Dummes Mädchen. *Nein, nein, nein, ich bin nicht dumm. Und ich habe nichts absichtlich falsch gemacht.*

Alles andere als überzeugt davon, konnte sie dennoch so viel Verstand zusammenklauben, um Andrew aus San Antonio, Texas, in seine hübschen blauen Augen zu schauen. Der Mann war weit gereist, um sie zu sehen, weil sie etwas Bedeutendes zu sagen hatte über … darüber, dass er dasselbe Tweedjackett und dieselben zerknitterten Baumwollhosen trug wie gestern Abend.

Aber ein anderes Hemd.

Seine Körperpflege war also in Ordnung. *Wen interessiert das schon!*

Grace pumpte mit Mühe Luft in ihre Lungen und überlegte, wie sie ihre Entschuldigung formulieren sollte.

Und wieder war er schneller als sie. »Tut mir leid.«

Wofür musste *er* sich denn entschuldigen?

»Sie kommen besser rein«, sagte Grace.

Er rührte sich nicht.

»Wirklich«, beharrte sie, »das ist nicht das Ende der Welt. Wir müssen darüber reden.«

Mehr als ein vages Gefühl von Hoffnung und Schaumschlägerphrasen im Kopf hatte sie nicht, als sie in ihren Therapieraum zurückging.

Und Schritte hinter sich hörte.

Er folgte.

Genau wie gestern Abend.

Kapitel 9

Im Alter von fünfeinhalb war Grace eine Expertin im Verstecken.

Da es keine Nischen, geschweige denn Zimmer in dem schmalen Trailer gab und nur eine Außentür, musste sie sich möglichst nahe an der Wand halten. So weit wie möglich entfernt von den Fremden.

Außerhalb ihrer Reichweite.

Grace hatte noch kein Wort für das Konzept, hatte aber dank schmerzhafter blauer Flecken, blutiger Nase und dem Verlust eines Zahns längst verstanden, was »Reichweite« bedeutet. Es war ein Milchzahn gewesen, doch als Ardis' Hand ausholte, um Dodies Gesicht zu treffen, brachte ihn die kombinierte Wirkung von Gras, Whiskey und Wut aus dem Gleichgewicht, und seine Knöchel landeten versehentlich auf Graces Mund. Das tat höllisch weh.

Sie weinte nicht, sie weinte von Natur aus nicht. Außerdem wollte sie nicht auffallen. Sie hatte einen Schoko-Lolly gegessen, der zu Boden fiel, und sie bückte sich, um ihn aufzuheben.

Der Schlag hatte auch Ardis wehgetan. Er schüttelte die Hand und schrie vor Schmerz.

Als Dodie lachte, wurde er noch wütender, und als er zum zweiten Mal auf sie losging, traf er ihre Stirn. Jetzt schrie auch sie auf und fing an, ihn zu beschimpfen.

Er lachte und stürzte sich erneut auf sie. Sie duckte sich

und versuchte, sein Lachen zu übertönen, was seine Wut zusätzlich anstachelte, bis er zu einem Rundumschlag ausholte, die Art von Schlägen, die Dodies Gesicht anschwellen ließen und am nächsten Tag schwärzlich und bläulich färbten.

Doch Ardis war aus dem Rhythmus und landete stattdessen auf dem Fußboden, sodass Dodie mit einem leichten Kratzen seiner Fingernägel davonkam.

Grace dachte: *Jetzt nimmt er jedes Mal die Faust. Die sind beide so dumm.*

In dem Handgemenge achtete keiner der zwei auf sie. Sie hatte sich in den entferntesten Winkel zurückgezogen, den sie finden konnte. Blut vermischt mit Schokolade überzog ihr Gesicht, eine widerlich süßliche Schmiere.

Ihr Mund tat furchtbar weh, aber natürlich sagte sie nichts, weil es noch schlimmer werden konnte, wenn sie klagte. Vor allem Dodie konnte dann richtig sauer werden.

Stattdessen dachte sie an schöne Dinge, alles außer Schmerz.

Manchmal waren das Fernsehserien oder Bücher, die sie im Kindergarten gelesen hatte. Manchmal stellte sie sich einfach nur vor, die Fremden wären tot. So wie heute.

Sie versuchte, weiter von dem Lolly zu essen. In dem Moment fing der Zahn an, sich zu bewegen und zu krachen, und als sie in ihren Mund fasste, kam er ihr schon entgegen. Sie spürte kühle Luft durch die Lücke streichen.

Jetzt war da mehr Blut als Schokolade, der Lolly schmeckte nach Leber, und sie mochte ihn nicht mehr.

Es war ihr Abendessen, doch sie hatte keinen Hunger mehr.

Auf der anderen Seite des vollgestopften Trailers saß Ardis benommen auf dem Fußboden, und Dodie lachte ihn aus. Dann lachten beide, und Dodie zog ihn auf die Beine, er fasste ihr an die Brust und sie an seinen Hosenschlitz.

Die beiden taumelten ineinander verschlungen auf ihren Schlafplatz zu. Dodie riss am Vorhang, während sie sich kichernd von Ardis aufs Bett ziehen ließ. Der Vorhang schloss sich nicht ganz, und wenn Grace gewollt hätte, hätte sie alles sehen können.

Mit einem Blatt von dem Toilettenpapier, das Ardis bei McDonald's stahl, wischte sie sich das Gesicht ab und trat aus dem Trailer hinaus in die Nacht.

Dabei musste sie noch nicht einmal leise sein, denn es achtete ohnehin niemand auf sie.

Sie ging ein paar Schritte, bis sie eine Stelle auf der ausgetrockneten Erde fand, wo sie sich hinsetzen konnte, dann wischte sie sich mit Papierservietten das Blut weg, bis sie nur noch einen leichten Kupfergeschmack im Mund hatte.

Die Luft war kühl. Aus den anderen Trailern drangen Geräusche, zumeist elektronische. Grace zitterte. Sie öffnete den Mund und erzeugte selbst einen leichten Luftzug, der durch die frische Zahnlücke fegte.

Nach diesem Streit war Ardis nicht mehr oft da. Manchmal beklagte sich Dodie bei Grace über ihn, weil sonst niemand da war, der ihr zuhörte. »Soll er doch bleiben, wo der Pfeffer wächst. Weißt du, was das bedeutet?«

Grace schüttelte den Kopf.

»Was?«, setzte Dodie nach. Sie fummelte gerade an der chemischen Toilette herum, und ein übler Gestank breitete sich aus. Dodie hatte sich die Hände schmutzig gemacht und fluchte ausgiebig. Immer wenn sie so schlecht gelaunt war, wollte sie, dass Grace genau das sagte, was sie wollte.

»Was?«, wiederholte sie. »Du sagst mir jetzt sofort, was das bedeutet.«

»Du bist froh, dass er nicht hier ist.«

»Ja«, gab Dodie zu. »Aber es ist nicht nur das. Du bist noch ein Kind, du kapierst das nicht.«

»Was denn?«, fragte eine Stimme von der Tür her. Ardis stand da mit einem Eimer voller Brathühnchenteile. Er warf Grace einen kurzen Blick unter gehobenen Brauen zu, als überraschte es ihn, dass sie immer noch hier war. Dann sah er Dodie an und schwang die Hüften, während er den Eimer schwenkte.

Dodie stemmte die Hände in ihre Hüften, blieb jedoch reglos stehen. Je mehr Ardis schwang, umso steifer wurde sie. »Sieh einer an, wer da ist. Wer hätte das gedacht.«

»Hey, Abendessen.« Ardis rümpfte die Nase. »Hier stinkt's nach Scheiße.«

»Ja, na ja, so ist das halt in einer Luxusbude.« Dodie spähte in den Eimer. »Bist du jetzt bei Kentucky Fried Chicken, oder was? Haben Sie dich bei Mickey D. rausgeworfen?«

»Nee, da bin ich immer noch, aber ich hab Beziehungen.«

»Beziehungen, die Chicken Nuggets bringen.« Dodie krümmte einen Finger. »Yippee.«

»Brüste und Schenkel.« Ardis zwinkerte und sah Grace an, um festzustellen, ob sie zugehört hatte. Sie hatte, tat aber so, als hätte sie nichts mitbekommen.

»Brüste und Schenkel, Brüste und Schenkel«, sagte Dodie gut gelaunt.

»A-ha.«

Die beiden schlurften in die Schlafecke, und Ardis nahm sich sogar die Zeit, den Eimer auf der Küchentheke abzustellen.

Grace ging nach draußen. Als sie an Mrs. Washingtons

Trailer vorbeikam, rief die ihr ausnahmsweise nüchtern zu: »Kind? Komm rüber!« Sie gab Grace eins von den Koteletts, die sie gestern auf ihrer zum Grill umgebauten Öltonne gebraten hatte.

»Danke.«

»Das Mindeste, was ich machen kann. Dass du da leben musst, mit diesen ... ach, was soll's. Such dir irgendwo einen Platz, wo du das essen kannst.«

Statt sich zu setzen, wanderte sie auf dem Gelände herum und aß dabei ihr Kotelett. Nachdem sie das Fleisch abgenagt hatte, biss sie weiter auf dem Knochen herum. Ihr neuer Zahn war noch nicht ganz da, und die Lücke, die ihr Ardis vor Wochen geschlagen hatte, fing durch die scharfe Sauce wieder an wehzutun.

Als sie zum Trailer der Fremden zurückkehrte, saß Ardis drinnen mit einer Flasche Whiskey auf einem Gartenstuhl, und Dodie zerteilte Hühnchen.

Er hatte einen fiesen Ausdruck im Gesicht, und Grace blieb außer Reichweite.

»Scheiß Kentucky Fried Chicken«, murrte Dodie. »Da sind ja noch alle Knochen drin.«

»Hühner haben halt Knochen, bist du dumm«, sagte Ardis. »Sonst wären es ja ... Hühner ohne Knochen.« Er warf lachend den Kopf zurück und trank dann einen Schluck aus der Flasche.

Dodie hielt im Schneiden inne. »Hast du mich grade dumm genannt?«

Keine Antwort von Ardis.

»Ich hab dich was gefragt. Hast du mich grade dumm genannt?«

»Ist doch egal.«

»Egal?«

»Hey«, sagte Ardis und trank noch einen Schluck. »Dumm ist nur, wer Dummes tut.«

»Scheiß drauf«, sagte Dodie. »Scheiß auf dich – muss ich mir so was von einem Idioten anhören?«

»Wen nennst du hier Idiot?«

Dodie antwortete nicht.

Ardis wiederholte die Frage.

Dodie kicherte. »Der getroffene Hund bellt.«

Beide hatten diesen undeutlichen und schwer zu verstehenden Zungenschlag, wie immer, wenn sie zu viel getrunken, geraucht oder Pillen genommen hatten, was eigentlich ständig der Fall war, sobald sie aus ihrer Schlafnische hervorkrochen.

»Jedenfalls passt mein Schwanz in deinen dicken Arsch«, sagte Ardis.

Stille.

»Was hast du da grade abgesondert, Idiot?«

Ardis wiederholte die Beleidigung, stand auf und ging auf die Küchenzeile zu.

»Weißt du«, sagte Dodie, »am besten gehst du einfach. Und kommst nie wieder. Idiot.«

»Scheiß drauf. Das ist mein Zuhause.«

»Ein Scheiß ist das!« Dodie schrie jetzt. »Ich zahle, du machst überhaupt nichts. Dein Zuhause ist dort, wo sie nichtsnutzige Idioten hinstecken!«

»Du zahlst?«, brüllte Ardis. »Deine Stütze zahlt, blöde Kuh! Du machst nichts, sitzt nur rum, dein fetter Arsch wird immer noch fetter, bald passt du nicht mehr durch die Scheißtür.«

Dodie wandte sich vom Huhn ab und sah ihn an.

»Was ist?«, wollte Ardis wissen.

»Du bist die Zeit nicht wert – hau einfach ab.«

»Ich geh, wenn's mir passt. Ich bleib, wenn ich will.« Ardis setzte ein schiefes Lächeln auf. »Mein Schwanz geht in deinen Arsch, wenn ich Spaß haben will.«

Er lachte.

Dodies Gesicht war rot wie Ketchup.

»Schau dich doch an.« Ardis lachte. »Du siehst aus wie eine ... Tomate. Du bist so hässlich, du bist vom größten scheißhässlichsten Schwanz gemacht worden, den es auf diesem Planeten gibt.«

»Der Planet heißt Erde!«, kreischte Dodie. »Und wir können nicht zusammen auf einem leben, weil nicht genug Luft für uns beide da ist. Idiot. Du hast überhaupt keinen Schimmer von Wissenschaft oder sonst irgendwas, weil du voll hohl bist. Weißt du überhaupt, wie dich alle nennen, auch Leute, von denen du meinst, dass sie dich mögen? Hirntot!«

»Schwachsinn!«

»Überhaupt kein Schwachsinn!«

Schnell wie eine zubeißende Schlange stürzte sich Ardis auf Dodie und ließ seine Hand vorschnellen, die zwar zitterte, aber dennoch krachend auf ihrer Nase landete. Blut spritzte. Dodies Nase sah ganz anders aus als vorher. Flach. Eingedrückt.

Das Atmen musste ihr schwerfallen, denn sie fing an zu weinen, während sie versuchte, das Blut mit KFC-Servietten wegzuwischen, die sich im Nu rot vollsogen.

Ardis lachte und schlug erneut zu, diesmal mit der flachen Hand, als käme es ihm gar nicht mehr darauf an. Der Schlag war dennoch so fest, dass ihr Kopf zur Seite flog und erneut Blut aus ihrer zerquetschten Nase drang.

Das hatten wir noch nicht, dachte Grace.

Dann passierte etwas, das wirklich noch nie da war.

Dodie schnellte herum und warf sich mit ihrem ganzen Gewicht von hinten auf Ardis. Ihr Arm vollführte eine blitzschnelle Aufwärtsbewegung.

Sie zielte auf eine Stelle unterhalb seines Kinns.

Komische Stelle, um jemanden zu schlagen. Doch dann sah Grace, was passiert war.

Eine dünne rote Linie bildete sich, Ardis' Augen weiteten sich erstaunt, während es aus der Linie zu triefen begann und er rückwärts stolperte, bis sich der rote Strich zu einem klaffenden Schnitt öffnete.

Ein zweiter Mund, der an seinem Hals grinste.

Ardis' Blut strömte jetzt wesentlich schneller als das aus Dodies Nase.

Er taumelte und versuchte zu sprechen, doch es kam nichts. Eine Hand flog an seine Kehle, sank jedoch herab, ehe sie ihr Ziel erreichte. Schwach schüttelte er Dodie seine Faust entgegen.

Dann brach er zusammen. Um ihn herum bildete sich eine Blutlache.

Dodie starrte ihn an und dann auf das Messer in ihrer Hand. Kleine hautfarbene Fetzen und Krumen – Panade von den Hühnerteilen – hingen an der Klinge und färbten sich langsam rot vom Blut.

Dodie sah auf Ardis und schrie seinen Namen, während sie zu ihm ging und ihn schüttelte.

Er rührte sich nicht. Mit leerem Blick und offenem Mund lag er flach auf dem Rücken. Aus seiner Kehle rann Blut.

Dann wandte sich Dodie Grace zu, die die Arme fest um sich geschlungen hatte und sich an die Wand presste, als könnte sie sich hindurchdrücken.

»Du hast es gesehen«, sagte Dodie. »Ich musste es tun.«

Grace sagte nichts.

»Was? Meinst du etwa, ich hab damit angefangen?«

Grace versuchte, sich unsichtbar zu machen.

»Was?«, schrie Dodie und ging auf sie zu. »Willst du vielleicht sagen, es war mein Fehler?«

Grace schwieg weiter.

»Du hast wieder diesen Ausdruck in den Augen«, sagte Dodie. »Als ob ich … okay, kannst du haben. Das wirst du dir merken.«

Mit einem sonderbaren trunkenen Lächeln packte Dodie das Messer mit beiden Händen und hob es in die Luft. Dann stieß sie ein Gelächter aus, das an den Schrei eines Kojoten erinnerte, spannte ihre Arme an und rammte sich die Klinge in den Bauch.

Das Lachen mündete in ein qualvolles Kreischen, als der Schmerz einsetzte und sie den Blick auf das senkte, was sie getan hatte. Mit zittrigen Händen bemühte sie sich, das Messer zu lösen, das bis zum Heft in ihrem Leib steckte. Bei jedem Versuch drehte sich die Klinge und verursachte noch mehr Schaden.

Dodie fiel auf die Knie. Nur Zentimeter von Ardis entfernt.

Ihre Hände wurden schlaff und sanken herab. Das Messer steckte tief in ihrem Bauch.

»Hilf mir«, krächzte sie Grace an. »Zieh es raus.« Ihre Augen fanden das Messer.

Sie stöhnte vor Schmerz.

Grace stand da.

Dodies Lider flatterten. Ihre Augen schlossen sich fest. Im Trailer war nichts zu hören außer das Tropfen von Blut auf den Linoleumboden.

Grace sah zu, wie sich der Raum rot färbte.

Kapitel 10

Während Grace sich hinter der wertvollen Barriere ihres Schreibtisches verschanzte, saß Andrew Toner steif auf der Kante des Patientenstuhls, die Schultern angespannt, und bemühte sich nach Kräften, ihren Blick zu meiden.

Sie hatte ihre Gedanken noch nicht vollständig sortiert, begann aber schon mal mit ein paar Plattitüden. Alles war besser als nichts.

»Es ist ganz natürlich«, sagte sie, »dass das für uns beide eine peinliche Situation ist. Als Erstes möchte ich mich bei Ihnen entschuldigen.«

»Dafür gibt es keinen Grund. Sie konnten es nicht wissen«, erwiderte er. »Wie auch?«

»Das ist richtig«, sagte sie. »Trotzdem. Sie sind weit gereist, um meine Hilfe zu suchen.«

Er strich sich eine Haarsträhne aus seiner glatten Stirn und saß lange Zeit reglos da, ehe er ein kaum merkliches Lächeln aufsetzte.

»Es gibt wohl viele verschiedene Arten von Therapie.«

Machte er auf dreister Mistkerl? Würde er vor seinen Freunden in Texas angeben, sobald er die Praxis verließ? Auf Facebook, Twitter oder sonst wo im Internet?

Jungs, ihr werdet mir nicht glauben, was passiert ist, kein Witz, das war wie aus einem schlechten Porno. Ich fliege nach Los Angeles zu dieser Psychotante, gehe am Abend vorher noch was trinken und …

Doch dann sagte er: »Tut mir leid. Das war unüberlegt. Ich glaube, ich bin einfach kein guter Gesprächspartner, noch nie gewesen.«

Okay, kein Rüpel. Schade. Schlechte Eigenschaften an ihm zu erkennen hätte ihr geholfen, sich nicht so idiotisch zu fühlen ...

Sie räusperte sich. Er sah auf. Seine Lippen waren fest aufeinandergepresst. Es gab nichts mehr zu sagen.

»Es tut mir wirklich furchtbar leid, Andrew. Aber wir können nicht ungeschehen machen, was passiert ist, und es hat keinen Sinn, sich damit aufzuhalten. Auf der anderen Seite denke ich, wir sollten diese Zeit sinnvoll nutzen.«

Seine Brauen hoben sich.

Oh nein, nicht so, so auf keinen Fall.

Grace neigte sich vor, gab sich ruhig, professionell.

»Ich meine«, setzte sie an, »Sie haben eine weite Reise auf sich genommen, weil Sie Fragen haben. Wenn Sie den Ausrutscher beiseiteschieben können, würde ich gern hören, was das für Fragen sind. Natürlich kann ich Sie nicht langfristig behandeln, aber ich werde mein Bestes tun, um den bestmöglichen Kollegen vor Ort für Sie zu finden.«

Sie kannte keine verlässlichen Kollegen in Texas, aber sie würde verdammt noch mal einen auftreiben.

Andrew Toner sagte nichts.

»Andererseits«, fuhr sie fort, »verstehe ich auch, wenn Ihnen das nicht möglich ist.«

»Ich ... vielleicht ...« Er zupfte an der Hose und setzte an, ein Bein über das andere zu schlagen. Dann überlegte er es sich anders und stellte beide Füße wieder auf den Teppich. »Haben Sie eine Idee, worum es mir geht?«

»Wenn es mit dem Artikel zusammenhängt, den Sie bei meinem Telefonservice erwähnt haben, möglicherweise.«

»Ja!« Das Wort kam geflüstert, eindringlich. Er straffte den Rücken. »Als ich darauf stieß, sagte ich mir, mit dieser Person muss ich reden.« Er blickte zur Seite. »Es hat eine Weile gedauert, bis ich den Artikel fand. Das Thema wird in der Psychologie offenbar nicht besonders beachtet.« Kurze Pause. »Wie kommt das?«

»Schwer zu sagen.« Grace war jedes Thema recht, das nichts mit dem gestrigen Abend zu tun hatte. »Ich vermute, das kommt daher, dass es kaum Fälle gibt. Wenn es nicht genügend Patienten für Studien gibt, bekommt man auch keine Fördergelder.«

»Wirklich?«, fragte Andrew. »Wenn man bedenkt, was so los ist, sollte man meinen, dass es genügend Fälle gibt.«

»Ich könnte mir vorstellen, dass die meisten Menschen in solchen Situationen kein Interesse daran haben, an einer Studie teilzunehmen.«

»Hm. Ja, das klingt logisch.«

Oh, du hast ja keine Vorstellung, Andrew.
Oder vielleicht doch ... schließlich bist du hier.

»Jedenfalls«, fuhr er fort. »So bin ich auf Sie gekommen. Durch Recherche.«

Grace stellte sich vor, wie er an seinem Computer saß, geduldig und methodisch, wie ein Ingenieur sein sollte. Falls er überhaupt Ingenieur war ... Aber das war im Grunde unbedeutend, er hatte in eigener Sache recherchiert und war irgendwann auf diesen Artikel gestoßen.

Der Text war sechs Jahre alt und auf den letzten Seiten eines obskuren britischen kriminologischen Fachblattes erschienen, das längst vergriffen war. Malcolm hatte angenommen, und wahrscheinlich zu Recht, dass psychologische Journals ihn nicht drucken würden.

Graces einzige Solonummer war ein Ausreißer. Es hatte

eine ganze Weile gedauert, bis sie Malcolms Vorschlag angenommen hatte.

Er hatte sich über das Erscheinen gefreut. *Blutsverwandtschaft: Wenn Familienmitglieder zu Mördern werden.*

Was die Gutachter des Journals nicht geahnt hatten – was außer Grace, Malcolm und Sophie niemand wusste –, war, dass Grace sowohl Autorin als auch Gegenstand des Artikels war.

Sie hatte sich Jane X genannt und ein paar Details verändert, damit niemand die Fallgeschichte als autobiografisch enthüllen konnte.

Das »auslösende Ereignis« hatte sie in einen anderen Staat verlegt, den Vater zum ursprünglichen Täter und Selbstmörder gemacht und die Mutter zum hilflosen Opfer – das gefiel auch der feministischen Herausgeberin des Blattes. Außerdem war Ardis wirklich ein Hauptdarsteller in diesem schmierigen Melodram gewesen, das mit seiner aufgeschlitzten Kehle endete. Zu viel dumpfes Testosteron, freigesetzt durch Alkohol und Drogen. Zu viele Schläge mit dem Handrücken.

Der Gestank von Angst und Nervosität, wenn er zur Tür hereinkam.

Grace blickte Andrew an, der ihr gegenübersaß, und erkannte, dass sie mit den Gedanken abgeschweift war. Sie rollte ihren Schreibtischstuhl zurück, indem sie den Rücken ans Leder drückte, und wünschte sich den Schleier des Vergessens.

Machte sie den Eindruck, als ginge es ihr nicht gut? Andrews blaue Augen drückten Besorgnis aus.

Na toll. Sie hatte ihn nicht nur enttäuscht, sie stülpte ihm auch noch ihre private Scheiße über.

Sie rollte wieder vor und zitierte den Titel des Artikels

wie eine Zauberformel, die sie von ihrer Befangenheit befreien könnte.

Andrew nickte zustimmend. Plötzlich hatte Grace das Gefühl, zu ersticken. Sie überspielte das mit Husten und murmelte: »Verzeihung«, legte die Hand auf den Mund und atmete lang und tief ein, durch die Nase, um ihre Gier nach Sauerstoff zu verbergen.

Ein Opfer. Auf keinen Fall, auf gar keinen Fall.

Andrew Toner musterte sie immer noch mit einem Ausdruck von ... Zärtlichkeit?

Mir geht's bestens, du weichherziger Mistkerl.

Grace war klar, dass sie die Beherrschung wiedergewinnen musste oder ... was?

Lass dich nicht ständig ablenken. Konzentrier dich.

»Also«, sagte sie mit ihrer besten Therapeutenstimme, »welcher Bösewicht spukt denn durch Ihre Gedanken und Träume?«

»Ich bin nicht sicher, dass ich schon darüber reden kann.«

»Das verstehe ich.«

»Darüber haben Sie ja auch geschrieben, richtig? Diese Jane war nie sicher, ob sie je in der Lage sein würde, darüber hinwegzukommen. Wie sollte sie auch? Es konnte ihr ja niemand sagen, wie das geht.«

Grace nickte. Die Routine fühlte sich gut an. Therapiegespräch. Psychoanalyse. Mein Patient und ich.

Andrew fuhr fort: »Das kann ich absolut nachvollziehen. Manchmal wache ich mitten in der Nacht auf und denke, jetzt muss ich mich der Realität stellen. Dann vergeht dieser Impuls wieder, und ich rede mir ein, ich könnte einfach alles vergessen.«

»Natürlich«, sagte Grace. Die warme Note in ihrer

Stimme überraschte sie selbst. Nicht darüber nachdenken. Einfach *da sein.*

Vielleicht spürte Andrew ihr wiedergefundenes Selbstvertrauen, denn er entspannte sich sichtlich.

Allerdings waren seine Augen feucht geworden.

Erinnerungen, die unvermittelt hervordrangen, mutmaßte Grace.

Als er weitersprach, wusste sie, dass sie sich geirrt hatte.

»Es geht nicht um mich. Da ist ein ... moralischer Parameter.«

Grace wartete ab.

Andrew schüttelte den Kopf. »Unwichtig.«

»Wichtig genug, um aus San Antonio hierherzukommen.«

Seine Augen schnellten nach links. War Texas eine Lüge? Was verschwieg er ihr sonst noch?

Alles. Natürlich.

»Ohne ins Detail zu gehen, können Sie mir etwas über den Übeltäter verraten?«

Er dachte nach. »Es ist nicht so einfach.«

»Das ist es nie.«

»Ich weiß, ich weiß – hören Sie, es tut mir leid.« Er lachte bitter. »Schon wieder eine lästige Entschuldigung, ich tue das viel zu oft, genau das ist mein Problem.« Er lachte wieder, doch es klang eher wie ein verärgertes Bellen. »Eines meiner Probleme ... jedenfalls bin ich froh, dass ich diese Reise gemacht habe, weil ich auf diese Weise die Gelegenheit zum Nachdenken hatte. Aber es ist alles nicht so einfach.«

Seine Hand schnitt horizontal durch die Luft. »Es hat nichts mit Ihnen zu tun, bitte, glauben Sie mir, keine ... Reue. Ich kann einfach nicht. Bin wohl immer noch nicht so weit.« Er lächelte. »Das hören Sie wahrscheinlich dauernd.«

Ein Versuch, die Situation zu normalisieren. Für Grace und für sich selbst. Jemand, dem seine Mitmenschen etwas bedeuteten. Das machte es noch schlimmer.

Er errötete und stand auf. Ob er an sie dachte? An ihre Zunge, Beine, alles?

»Wir haben Zeit«, sagte Grace. »Sie können sich Zeit nehmen.«

Er schüttelte heftig den Kopf. »Geht nicht, tut mir leid … schon wieder. Immer muss ich mich für alles entschuldigen, als wäre ich …«

»Anders.«

»Nein, nein«, widersprach er überraschend heftig. »Das ist …« Eine Geste der Ungeduld. »Jeder ist anders, Unterschiede sind bedeutungslos. Was ich meine, ist … ich fühle mich verseucht.«

»Klingt einleuchtend«, sagte Grace.

»Wirklich? Hat sich Jane X auch verseucht gefühlt? Denn das kommt in Ihrem Artikel nicht heraus. Sie sprechen nur davon, dass sie ein eigenes Moralgebäude für sich errichten musste. Von all den Schritten, die sie tun musste, um klarzukommen.«

»So ein Artikel hat seine Grenzen, Andrew. Setzen Sie sich doch wieder und lassen Sie sich Zeit.«

Andrew ließ seinen Blick durch den Therapieraum schweifen. »Sie meinen es gut. Ich weiß das. Vielleicht haben Sie recht. Aber ich kann nicht. Vielen Dank, dass Sie sich Zeit genommen haben. Ehrlich.«

Er ging zur Tür. Es war die falsche Tür, die Tür, die zum Warteraum zurückführte, nicht die, durch die man den Seitenausgang erreichte.

Es war sonst niemand hier, wozu also auf Regeln bestehen. Grace stand auf.

»Ich finde allein hinaus. Bitte«, sagte er.

Sie hielt sich zurück und sah zu, wie er vorsichtig die Tür aufzog und zwei Schritte ins Wartezimmer machte, ehe er sich halb umwandte und ihr sein nettes, gutaussehendes Profil zeigte, das vor Qual verzerrt war.

»Andrew?«

»Ich ... wäre es möglich ... sagen Sie einfach, wenn nicht ... wäre es möglich, dass ich morgen, falls ich doch das Gefühl habe, es könnte gehen, dass Sie morgen Zeit für mich hätten? Ich weiß, dass Sie sehr beschäftigt sind, also wenn es nicht klappt ...«

Ihr erster Urlaubstag. »Selbstverständlich kann ich das für Sie möglich machen, Andrew. Sie bekommen so viel Zeit, wie Sie brauchen.«

»Vielen Dank«, sagte er. »Sie sind ... Ich glaube, Sie könnten mir wirklich helfen.«

Mit tiefrotem Gesicht entfloh er.

Erleichtert, dass er nicht versucht hatte, ihr Geld zu geben, kehrte Grace in den Therapieraum zurück und stand eine ganze Weile lang nur da in der Hoffnung, zur Normalität zurückkehren zu können. Als das nicht gelang, machte sie sich auf den Weg zur Garage.

Ob er anrufen würde?

Ihr war durchaus bewusst, dass diese Frage mehrfache Bedeutungen hatte.

Sie hoffte, ihn wiederzusehen. Hoffte, dass sie sich über die Gründe dafür im Klaren war.

Als sie ihren Aston rückwärts in die Straße setzte, gingen bei einer bulligen Limousine, die mehrere Häuser entfernt parkte, die Scheinwerfer an. Der Wagen rollte auf sie zu.

In dieser ruhigen Gegend war das ungewöhnlich, aber es kam vor.

Als alleinstehende Frau war Grace jederzeit auf der Hut und verriegelte ihre Türen, während sie Richtung Osten losfuhr.

Die Limousine folgte ihr, und sie stellte sich darauf ein, im Notfall ein Wendemanöver zu vollführen. Doch dann hielt der Wagen kurz, wendete in einer Hauseinfahrt und entfernte sich in die entgegengesetzte Richtung.

Grace sah zu, wie seine Rücklichter allmählich verschwanden. Vielleicht war es ein Zivilwagen der Polizei gewesen, auf der Suche nach möglichen Einbrechern. In West Hollywood waren Einbrüche an der Tagesordnung.

Oder jemand hatte einen vollkommen logischen Grund dafür gehabt, um sich dort aufzuhalten, und es war nur ihr Kopf, der ihr einen Streich spielte, weil der heutige Tag ... so anders gewesen war.

Doch morgen würde ein neuer Tag beginnen.

Würde er anrufen?

Kapitel 11

Graces achter Geburtstag verging unbemerkt. Seit der Raum rot geworden war, hatte sie bei sieben verschiedenen Pflegefamilien gelebt. Alle waren geschäftsmäßig betrieben von unscheinbaren Leuten, denen die staatlichen Fördergelder gefielen und hin und wieder auch der Gedanke, eine gute Tat zu vollbringen.

Sie hatte Geschichten von anderen Pflegekindern gehört über widerliche Typen, die mitten in der Nacht ins Zimmer geschlichen kamen, und deren widerliche Frauen, die so taten, als merkten sie nichts. Eine ihrer Zimmergenossinnen, ein elfjähriges Mädchen namens Brittany, hatte bald nach ihrer Ankunft ihre Bluse gehoben und Grace eine Narbe gezeigt – eine Pflegemutter habe sie absichtlich verbrüht.

Grace konnte sich das gut vorstellen; nach ihrer Erfahrung waren die Menschen zu allem fähig. Andererseits neigte Brittany zum Lügen über banale Dinge wie, was sie als Pausenbrot in der Schule gegessen hatte, und sie stahl Graces Unterwäsche, also schenkte sie ihr keine große Beachtung.

Drei Jahre lang war Grace weder körperlich noch sexuell missbraucht worden. Überwiegend war sie ignoriert worden und konnte tun, was sie wollte, solange sie niemanden störte. Pflegekinder zu haben bedeutete für die Familien ein beträchtliches Einkommen, und sie versuchten, so viele

Kinder so lange wie möglich bei sich zusammenzupferchen.

Das erklärte nicht, warum die Sachbearbeiter Grace von einer Familie zur nächsten schoben, aber sie fragte nicht nach, weil es ihr im Grunde egal war, wo sie war, Hauptsache, sie konnte für sich bleiben und lesen.

Eines Tages tauchte mit verlegenem Lächeln ein Sachbearbeiter namens Wayne Knutsen auf, der sie bereits von Familie sechs zu Familie sieben befördert hatte.

»Dreimal darfst du raten ... Ja. Tut mir leid.«

Wayne war ein Mann mit Schmerbauch und Pferdeschwanz und roch immer nach Minzkaugummi und manchmal auch nach altem Schweiß. Er trug dicke Brillengläser, die seine Augen riesig und glupschig wirken ließen. Selbst wenn er lächelte, wirkte er nervös, und auch heute war keine Ausnahme.

Grace schickte sich an, ihre Sachen zu packen, doch Wayne hielt sie auf. »Setz dich einen Moment«, sagte er und bot ihr ein Schokobonbon an.

Grace steckte das Bonbon ein.

»Sparst wohl schon für deine Rente, was?«

Grace hatte gelernt, dass auf manche Fragen keine Antwort erwartet wurde, und blieb einfach stumm. Wayne seufzte und machte ein trauriges Gesicht.

»Was für hübsche große Kinderaugen du hast, Ms. Grace Blades. Als wolltest du sagen, ich bin schuld ... ich weiß, es waren wieder nur ein paar Monate – war's denn okay?«

Grace nickte.

»Verdammt. Ich fühle mich wie ein Haufen Hundekacke, weil ich dich schon wieder versetzen muss.«

Grace sagte nichts. Es war nicht ihre Aufgabe, irgendwen zu trösten.

»Jedenfalls, ich habe in deiner Akte nachgesehen. Es ist jetzt das achte Mal. Mannomann.«

Grace saß reglos da.

»Jedenfalls«, wiederholte Wayne. »Ich denke, du bist alt genug, um zu verstehen, wie es läuft. Dass es scheiße läuft. Oder? Bist du alt genug?«

Grace nickte.

»Gott, du sagst ja gar nichts … also, die Sache läuft so: Unsere genialen Gesetzgeber – das sind die Schwachköpfe, die unsere Gesetze aushecken, je nachdem von wem sie bestochen werden.«

»Die Politiker«, sagte Grace.

»Ja«, bestätigte Wayne, »du bist ja eine ganz Clevere. Dann weißt du also, was ich meine?«

»Reiche Leute zahlen andere Leute, damit die auf sie hören.«

»Hey!« Wayne klopfte Grace ein bisschen zu fest auf den Rücken. »Stimmt genau! Du bist ein Genie. Also, einer von diesen Typen hat ein Gesetz gemacht, in dem steht, dass Leute, die Kinder mit besonderem Förderbedarf nehmen, mehr Geld bekommen. Weißt du, was das ist?«

»Kranke Kinder?«

»Manchmal ja, aber nicht immer. Könnte eine Krankheit sein, kann aber auch alles mögliche andere sein. Ich meine, bis zu einem gewissen Grad ist das sinnvoll; es gibt durchaus Kinder, die besondere Aufmerksamkeit benötigen. Doch das mit dem besonderen Förderbedarf ist eine komplizierte Angelegenheit, Ms. Grace Blades. Damit kann etwas richtig Schlimmes gemeint sein – ein Kind, das nur ein Bein oder ein Auge hat. In solchen Fällen versteht man sofort, dass es besondere Hilfe braucht. Aber das Gesetz ist so formuliert, dass man es ganz leicht missbrauchen kann.

Es gibt Ärzte, die bescheinigen jedem Kind Förderbedarf – weil es ungeschickt, dumm oder wer weiß was ist. Was ich damit sagen will, ist Folgendes: Man kann mit Förderkindern mehr Zuschüsse absahnen als mit normalen Kindern, und zu deinem Pech bist du ein normales Kind.«

Er zwinkerte ihr zu. »So hat man mir zumindest berichtet. Stimmt das? Bist du normal?«

Grace nickte.

»Still«, sagte er. »Aber stille Wasser ... nun ja, so sieht es jedenfalls aus, Ms. Grace. Du kommst in eine neue Familie, weil Mr. und Mrs. Samah ihr Einkommen erheblich vergrößern können, indem sie ein neues Kind nehmen, in diesem Fall eines mit Epilepsie – weißt du, was das ist? Ach, egal, du musst von diesem Mist nicht alles wissen.«

»Okay«, sagte Grace.

»Okay?«

»Neue Familie. Das ist okay.« Sie mochte die Samahs ohnehin nicht. Zwei langweilige Menschen, die zwei nervöse, stinkende Hunde hielten, wo es Essen gab, das nach nichts schmeckte, und nicht einmal genug, und ein bretthartes Bett. Manchmal nahm sich Mrs. Samah die Zeit zu lächeln, aber man wusste nie genau, warum sie eigentlich lächelte.

»Nun denn«, sagte Wayne. »Dann pack deine Sachen, und weiter geht's.«

»Wohin komme ich denn?«

»Tja«, sagte Wayne. »Ich hoffe, dass es diesmal was Langfristiges ist, das ist auf jeden Fall mein Ziel. Ich hab nämlich schon ein Auge auf dich, seit ich dich von den Kennedys weggeholt habe, nachdem denen ein behindertes Baby in den Schoß gefallen ist. Genauer gesagt ein schwerbehindertes, für so was gibt es die meiste Asche. Das Kind hatte irgendeinen Geburtsfehler, und die Kennedys bekamen Geld, um Sauerstoffflaschen und alle möglichen Medikamente zu kaufen. Ich meine, das ist ja auch in Ordnung, ein Baby, das nicht richtig atmen kann, braucht besondere Aufmerksamkeit. Andererseits werden dadurch Kinder wie du dafür bestraft, dass sie normal sind. Und es hilft auch nicht, besonders klug zu sein. Wenn das so wäre, würde ich selbst beantragen, dich aufzunehmen. Als Förderkind aufgrund besonderer Begabung.«

Grace nickte.

»Aber so läuft's nicht, und das ist das Absurde. Wenn du zurückgeblieben wärst, wäre es am besten für dich, aber für kluge Kinder gibt's kein Gesetz, ist das nicht Scheiße? Ist die Welt nicht Scheiße? Und deshalb bist du mein letzter Fall. Nachdem ich dich abgeliefert habe, werde ich kündigen und Jura studieren. Und weißt du, warum?«

Grace schüttelte den Kopf.

»Natürlich nicht, wie auch?« Wayne zwinkerte erneut und reichte ihr ein weiteres Schokobonbon, das sie zu dem ersten steckte. Man wusste nie, wann man mal Hunger hatte.

Wayne Knutsen sagte: »Das Bonbon ist ein sogenanntes Schuldopfer, mein Kind. Jedenfalls würde ich dir gern sagen, dass ich Anwalt werden will, weil ich das System ändern und Wasser in Traubensaft verwandeln will. In Wahrheit bin ich auch nicht besser als alle anderen. Ich will einen Haufen Geld verdienen, indem ich reiche Leute verklage, und nicht mehr an die Zeit zurückdenken, die ich für das System gearbeitet habe. Es sollte sowieso nur ein Übergangsjob sein.«

»Okay«, sagte Grace.

»Das sagst du immer.«

»Ich find's okay.«

»Das System ist okay, findest du?«

»Es ist wie bei den Tieren«, erklärte Grace. »Im Dschungel. Jeder sorgt für sich selbst.«

Wayne starrte sie an und pfiff leise. »Weißt du, ich hatte überlegt, ob ich dich als leicht behindert einstufen soll – da gibt es so psychisch-emotionale Störungen. Übermäßige Trennungsangst, solche Sachen. Aber das passt nicht zu dir. Extrem leichte Reizbarkeit wäre eine andere Möglichkeit gewesen. Passt aber auch nicht zu dir. Dann dachte ich mir: Wieso soll ich deine Akte versauen? Bisher bist du prima zurechtgekommen. Du hast eine vernünftige Chance. Stimmt's?«

Grace wusste nicht recht, wovon er redete, nickte aber zur Sicherheit.

»Gutes Selbstbewusstsein«, sagte Wayne. »Dachte ich mir. Jedenfalls, selbst leichte Behinderung hätte nicht geholfen, weil dieses neue Kind, das mit den Krampfanfällen, schwerbehindert ist, da hättest du trotzdem keine Chance gehabt. Jedenfalls, geh jetzt deine Sachen packen. Diesmal hab ich, glaube ich, einen guten Platz für dich gefunden. Wenn nicht, tut's mir leid. Ich hab's probiert.«

Kapitel 12

Andrew Toner rief nicht an, und als Grace am Abend nach Hause kam, hätte sie aus der Haut fahren können. Hirnloses Fernsehprogramm half nicht. Ebenso wenig wie Musik, Workout, Wein oder Fachjournale. Irgendwann nach ein Uhr schlüpfte sie ins Bett, streckte sich und entspannte ihre Glieder in der Hoffnung, ihr Geist würde es ihrem Körper nachtun.

Sie wachte auf um 2.15, 3.19, 4.37 und 6.09 Uhr.

Schlafunterbrechungen waren nichts Neues für Grace. Infolge ihrer Kindheit – mit ständig wechselnden Zimmern, Betten, Schlafgenossen – gab es heute zwei Muster in ihrem Schlafverhalten. Überwiegend fiel sie in traumlosen Schlaf und wachte acht Stunden später erfrischt auf, doch es kam auch vor, dass sie ständig wach wurde wie ein Neugeborenes. Sie hatte sich damit abgefunden, weil das Phänomen nichts mit Ereignissen am Tag zu tun zu haben schien und keine weiteren Konsequenzen nach sich zog. Es fiel ihr immer leicht, wieder ins Nichts zurückzusinken.

Doch die Nacht nach Andrew Toners Besuch war eine einzige Qual. Sie drehte und wälzte sich, zerknautschte ihr Kissen, und auf Halbschlaf folgten Wachphasen mit weit aufgerissenen Augen. Keine Albträume, keine bösen Erinnerungen. Sie war einfach wach.

Als die Sonne aufging, hatte sie die Hoffnung auf Tiefschlaf längst aufgegeben.

Hallo, erster Ferientag.

Oder auch nicht. Es konnte immer noch passieren, dass Andrew anrief und um einen zweiten Versuch bat. Vielleicht brauchte er nur etwas mehr Zeit.

Um seine *moralischen Parameter* zu bestimmen. Was immer das heißen sollte.

Nach Frühstück war ihr nicht recht zumute, und so rief Grace um neun Uhr ihren Telefondienst an. Keine einzige Nachricht. Sie war erstaunt darüber, wie enttäuscht sie war.

Es fühlte sich an, als wäre sie versetzt worden.

Sie zog eine Jogginghose an und ging auf die Terrasse, um zu prüfen, wie der Strand aussah. Alles war trocken, und so nahm sie sich eine Stunde Zeit, um am La Costa Beach entlangzulaufen und sich zu dehnen. Als sie zurückkam, war sie keinen Deut weniger rastlos. Sie machte Kaffee und rief den Telefondienst erneut an.

Nichts, Dr. Blades.

Du schreibst nicht, du rufst nicht an.

Sie beschloss, die ganze unglückselige Episode zu vergessen. Schuldgefühle passten nicht zu ihr.

Okay. Und was nun?

Frühstück? Vielleicht würde es ihren Appetit anregen, wenn sie auswärts essen ginge. Im Beach Café in Paradise Cove? Oder im Neptune's Net am nordwestlichen Ende von Malibu?

Theoretisch klang beides gut, doch irgendwie war ihr trotzdem nicht danach.

Sie unterdrückte den Impuls, ihren Telefondienst ein drittes Mal anzurufen, und zog sich stattdessen bis auf BH und Höschen aus, um ein wenig Selbstverteidigung zu trainieren. Dabei stellte sie sich Unholde vor, die sie überfielen, und die fiesen Dinge, die sie mit ihren Augen, Genitalien und dem sensiblen Punkt unterhalb ihrer Nasen machen würde.

Mechanisch machte sie ihre Übungen.

Wenn jetzt ein Psychopath einbrach, wäre sie erledigt.

Grace duschte ausgiebig, um erschreckend viel Zeit totzuschlagen. Sie hatte zwei leere Wochen vor sich und immer noch nicht entschieden, ob sie zu Hause bleiben oder ein Flugticket in ein Luxus-Resort buchen sollte.

Wenn sie verreiste, fand sie fast immer einen Mann für ein Sexabenteuer.

Ihr Magen drehte sich um.

Nicht einmal darauf hatte sie Appetit.

Auf dem Boden sitzend, versuchte sie zu ergründen, wozu sie wirklich Lust hatte, doch es fiel ihr nichts ein. Zusammengekauert hockte sie da wie ein Häufchen Elend.

Dabei fühlte sie sich weniger am Boden zerstört, als vielmehr wie ein Fussel, losgerissen, von einem grausam durchdringenden Wind davongetragen.

Böse Gedanken, Grace. Löschen, löschen, löschen, dann ersetzen.

Was hatte sie so vielen Patienten gesagt? Aktiv werden war der Schlüssel.

Sie konnte nach Sylmar zum Schießstand hinausfahren zum Trainieren. Nicht dass sie es nötig hätte. Beim letzten Mal am Sonntag vor drei Wochen hatte sie den Kopf des Pappkameraden – der ganz politisch korrekt ein Weißer war – komplett durchsiebt. Der Kerl am Nachbarstand, ein voll tätowierter Schlägertyp mit rasiertem Schädel, der mit seiner .357 Magnum auf knallhart machte, sah nur stumm zu und stieß dann ein verdattertes »Wow« aus.

Ohne ihn zu beachten, demolierte Grace ein zweites Ziel auf die gleiche Weise, woraufhin der Schlägertyp in einer Kombination aus Verachtung und Bewunderung »Heilige Scheiße« murmelte, um sich anschließend beim Schießen auf unterschiedliche Arten und Weisen zu blamieren.

Als Grace zusammenpackte und sich entfernte, ging es ihm sofort besser.

Er tat, als wäre sie nie da gewesen.

Mit Schießen und Selbstverteidigung hatte Grace angefangen, kurz nachdem sie Haus und Praxis gekauft hatte. Da sie alleinstehend war, und das voraussichtlich dauerhaft, hatte sie keine Ahnung, wo sie beginnen sollte und sich an Alex Delaware gewandt, weil sie gehört hatte, dass er ziemlich gut in Karate war und gelegentlich für die Polizei arbeitete.

Sie entdeckte ihn auf dem Campus, wie er in Begleitung von zwei Doktorandinnen aus dem Gebäude der psychologischen Fakultät trat.

Die drei unterhielten sich, dann verabschiedeten sich die Frauen, und Delaware ging weiter mit besonnenen, aber ausgreifenden Schritten. Er war nicht besonders groß, bewegte sich aber so, und trug Jeans und einen schwarzen Rolli, dazu einen Rucksack über der Schulter.

Grace trat in sein Blickfeld und winkte. Er winkte zurück und ließ sie auf sich zukommen.

»Hallo, Grace.«

»Haben Sie einen Augenblick Zeit?«

»Klar. Worum geht's?«

»Ich habe überlegt, einen Kampfsport anzufangen, und dachte, Sie könnten mir vielleicht einen Tipp geben.«

Delawares Augen waren graublau und nicht so kalt, wie

die Farbe klang. Seine Pupillen weiteten sich schlagartig. Grace las daraus echtes Interesse ab, wenn auch nicht sexueller Natur, sondern mehr im Sinne ihrer Frage.

Er lächelte. »Hat Ihnen jemand gesagt, ich sei ein Sensai?«

»So was in der Art.«

»Da muss ich Sie leider enttäuschen, ich stümpere nur vor mich hin und habe außerdem schon länger nichts mehr gemacht.«

»Trotzdem wissen Sie bestimmt viel mehr als ich, ich hab nämlich überhaupt keine Ahnung.«

»Das ist gut möglich«, sagte er. »Suchen Sie nach einer Form von Fitnesstraining, oder möchten Sie wirklich lernen, sich zu verteidigen?«

»Möglichst beides.«

Zwei Erstsemesterstudentinnen in Shorts gingen kichernd vorbei und unterzogen Delaware kurz einer optischen Ganzkörperprüfung, doch er bemerkte es nicht. Er führte Grace zu einer schattigen Bank dem Gebäude gegenüber. »Ich will nicht neugierig scheinen, aber je mehr ich weiß, umso besser kann ich Ihnen behilflich sein. Fürchten Sie denn eine bestimmte Bedrohung?«

»Nein«, erwiderte sie. »Aber ich lebe allein, und das hier ist Los Angeles.«

Jeder wusste, warum Grace Single war. Sie verspürte nicht die geringste Lust, darüber zu reden, und hoffte, dass Delaware nicht darauf einging, und zum Glück blieb er beim Thema. »Die Sache mit Karate und anderen Kampfkünsten ist die: Man trainiert Fitness und Disziplin, aber außer fürs Kino sind sie zur Verteidigung gegen einen bewaffneten Angreifer nicht geeignet. Wenn das also Ihre Motivation ist, würde ich Nahkampftraining vorschlagen, etwa Krav Maga, wie es das israelische Militär einsetzt, nur noch ein bisschen härter.«

»Gleich an die Gurgel«, sagte Grace.

Delaware lächelte wieder. »Die Halsschlagader ist ein leichteres Ziel. Eines von vielen.«

»Klingt gut«, meinte sie. »Haben Sie eine Empfehlung?«

»Eins noch: Wenn Sie es wirklich ernst meinen, kaufen Sie sich eine Waffe und lernen Sie, damit umzugehen.«

»Haben Sie eine?«

»Nein. Aber nicht weil ich früher mal Karate gemacht habe.«

»Hatten Sie keine Lust mehr darauf?«

Er nahm seinen Rucksack ab, holte Block und Stift heraus und schrieb einen Namen auf.

Shoshana Yaroslav.

»Sie ist die Tochter meines Lehrers. Als ich noch trainiert habe, war sie ein Kind. Aber inzwischen ist sie erwachsen.«

»Kennt sie sich mit Waffen aus?«

»Unter anderem.«

»Danke, Alex.«

»Sonst noch was?«

»Nein, das war's.«

»Ich hoffe, Sie finden, was Sie suchen«, sagte er. »Und dass Sie es nie brauchen werden.«

Kapitel 13

Gegen Mittag zerrte die ruhige Schönheit des Strandes an Graces Nerven. Eine Stunde später war ihre Beherrschung vollends dahin. Bei jeder hereinrollenden Welle biss sie die Zähne zusammen, und wenn die Seevögel schrien, verkrampften sich ihre Finger zu Krallen.

Mit leerem Magen und keinerlei Appetit schloss sie irgendwann das Haus ab, stieg in den Aston und brauste los Richtung Norden, vorbei am Neptune's Net durch die Parklandschaft, in die vor Jahrzehnten eine Schneise gesprengt worden war, um den Highway fortzuführen – ein klassisches Beispiel für die Vergewaltigung der Natur.

Als sie an der Thornhill-Broome-Düne vorbeifuhr, einem Mount Everest aus losem Sand, an dessen Hängen Fitnessapostel ihre Ausdauer testeten, fiel ihr etwas ein, was sie letztes Jahr hier gesehen hatte: ein Robbenbaby, das sich auf die Straße verirrt hatte und überfahren worden war.

Vielleicht war Urlaub gerade gar nicht das Richtige für sie; im Moment würde sie alles dafür geben, etwas oder jemanden retten zu dürfen.

Bislang hatte sie sich erst einmal der Düne gestellt. Es war nur ein weiterer Kletterer da gewesen, ein Typ mit aufgepumpten Muskeln, dessen Smalltalk sie ausgewichen war. Er hatte die fast hundertprozentige Steigung im Laufschritt genommen. Als sie später zu ihrem Wagen zurückgegangen war, hatte sie ihn in seinem Jeep sitzen sehen, zusammengesunken und um Atem ringend.

Die Übung war für sie auch anstrengend gewesen, doch sie hatte nichts zu beweisen, und das sorgte für ein ruhiges Leben.

Am Ende interessierte es doch niemanden, was man tat oder wie.

Fünfundzwanzig Kilometer weiter teilte sich die Küstenstraße. Im Westen führte sie zu den Erdbeerfeldern von Oxnard, vorbei an Lagerhallen und Tankstellen, im Osten zur Las Posas Road, die mit ihren Gemüseäckern das saubere, helle Städtchen Camarillo ankündigte. Grace wandte sich nach Osten und beschleunigte den Aston auf hundertfünfzig, während Artischocken-, Paprika- und Tomatenfelder vorbeirasten. Als sie sich Camarillos Gewerbebezirk näherte, verlangsamte sie, weil sie wusste, dass in der Gegend die Polizei gern ihre Temposünderkartei füllte.

Und tatsächlich lauerte hinter einem Holzschuppen ein Zivilwagen.

Grace verringerte ihre Geschwindigkeit auf fünf Kilometer unterhalb des Limits und passierte zwei Kreuzungen, ehe sie die Auffahrten zum Highway 101 erreichte.

Wieder hatte sie die Wahl: Süden oder Norden. Willkürlich entschied sie sich für Süden.

Willkürlich? Was für ein Selbstbetrug. Doch das wurde ihr erst fünfunddreißig Kilometer später klar.

Eine Stunde nachdem sie ihr Haus verlassen hatte, war sie in ihrer Praxis.

Mangels menschlicher Interaktion fühlte sich das Cottage steril und kalt an, und Grace begann, sich zu entspannen.

Ein sicherer Ort. Hier bestimmte sie die Regeln.

Hier konnte sie noch einmal ihren Telefondienst anrufen, ohne als neurotisch abgestempelt zu werden. Hier war sie einfach nur eine praktizierende Psychologin bei der Arbeit.

Sie wartete fünf nervöse Minuten lang, ehe sie zum Telefon griff, um sich selbst zu testen. Die letzten anderthalb Tage waren … anders gewesen.

Veränderung erforderte Anpassung.

Von Andrew Toner hatte es keinen Anruf gegeben, auch nicht von einem anderen Patienten. Doch ein Detective Henke hatte eine örtliche Nummer hinterlassen und um Rückruf gebeten.

»Hat er gesagt, was er wollte?«, fragte Grace die Telefonistin.

»Nein, Doktor. Aber es ist eine Frau.«

Sie googelte den Namen Henke, fand kein Facebook-Profil, nur einen drei Jahre alten *Daily-News*-Artikel über die Zerschlagung einer Straßengang in North Hollywood. Detective Elaine Henke bezeichnete die Verhaftungen als »Ergebnis erweiterter Zusammenarbeit zwischen Polizei, Bezirksstaatsanwalt und den Sheriffs des County.«

Bestimmt war Henke ausgewählt worden, um mit der Presse zu reden, weil sie zuverlässig und den Medien gegenüber aufgeschlossen war und den Bürokratenjargon beherrschte.

Vor drei Jahren hatte sie in North Hollywood gearbeitet. Bei ihrem Anruf aber hatte sie eine Nummer mit der Vorwahl der Innenstadt hinterlassen.

Bestimmt eine Empfehlung. Die einzigen Leute, die Grace in der Innenstadt kannte, waren hin und wieder ein

Staatsanwalt oder die Sekretärin eines Bezirksstaatsanwaltes, die sie baten, einen Patienten zu empfangen.

Tut mir leid, Detective, aber ich habe Urlaub.

Oder auch nicht. Hören wir doch erst mal, was Elaine zu sagen hat.

Sie rief die Nummer an. Eine mädchenhafte Stimme sagte: »Detective Henke.«

»Hier ist Dr. Grace Blades. Sie hatten um Rückruf gebeten.«

»Danke, dass Sie sich melden.« Plötzlich ganz ernst.

»Wenn Sie einen Patienten für mich haben, muss ich gleich vorwegschicken, dass ich die nächsten zwei Wochen nicht in der Praxis sein werde. Aber wenn es ein Notfall ist ...«

»Genau genommen«, sagte Henke, »geht es um einen Mord, den ich gestern Abend in der Innenstadt aufgenommen habe – oder besser gesagt, am frühen Morgen. Das Opfer ist weiß, männlich, Mitte dreißig, ohne Papiere – für uns gibt es nichts Schlimmeres. Deshalb hoffe ich, dass Sie uns helfen können, Doktor. Als er in der Pathologie ausgezogen wurde, fand man in seinem linken Schuh Ihre Visitenkarte.«

»In seinem Schuh?« Grace bemühte sich, ruhig zu klingen.

»Komisch, oder? Können Sie mit der Personenbeschreibung etwas anfangen?«

Das mulmige Schwindelgefühl, das Grace seit gestern Abend gequält hatte, schwand zugunsten einer anderen Art von Unwohlsein – einem unvermittelten, stechenden Anfall von ... Verzweiflung?

Die Realität fing an, den Signalen ihres Körpers zu folgen.

»Können Sie mir mehr darüber sagen?« Es kostete sie Mühe, gleichmütig zu klingen.

»Hm, also gut«, sagte Henke. »Moment ... braune Haare, blaue Augen, Harris-Tweedjackett und Baumwollhose ... braune Schuhe. Alles ziemlich unauffällig, Doktor, aber leider habe ich nicht mehr zu bieten. Wenn nur jeder Tattoos hätte.«

»Sicher bin ich nicht«, sagte Grace. *Und wie sicher ich bin!* »Er könnte ein Patient von mir sein, der gestern Abend hier war.«

»Name?«

»Ich muss mich an die Schweigepflicht halten für den Fall, dass er es nicht ist.«

»Hm«, sagte Henke. »Ich könnte Ihnen ein Foto mailen. Ich werde eines der, nun ja, harmloseren schicken. Können Sie bitte einen Moment dranbleiben, Doktor?«

»Sicher.« Grace nannte ihre E-Mail-Adresse.

Augenblicke später poppte auf ihrem Bildschirm die grausame Wahrheit auf. Ein Porträt von Andrews gutaussehendem Gesicht, vom Tod bleich und schlaff. Kein Blut, keine sichtbaren Wunden, vielleicht lag das alles weiter unten.

»Der Name, den er mir genannt hat, war Andrew Toner. Er behauptete, er sei aus San Antonio, Texas.«

»Er behauptete? Haben Sie Anlass, ihm zu misstrauen?«

Na ja, er könnte genauso gut Roger heißen. Oder Sausebraus. Oder Rumpelstilzchen.

»Nein ... ich bin nur ... irritiert. Ich habe ihn gestern Abend um achtzehn Uhr in meiner Praxis gesehen. Er ging rund fünfzehn Minuten später.«

»Das ist ziemlich kurz für eine Sitzung, oder?«, sagte Henke. »Für eine psychologische Sitzung, meine ich. Es sei denn, Sie haben ihm nur kurz ein neues Rezept ausgestellt – andererseits, das machen ja nur Psychiater, nicht Psychologen, oder?«

»Mr. Toner ist vorzeitig gegangen.«

»Darf ich wissen, warum?«

»Es war seine erste Sitzung, da kommt so etwas schon mal vor.«

»Hat er einen zweiten Termin vereinbart?«

Alles geschäftlich, Elaine. »Nein.«

»Aus Texas«, sagte Henke. »Das ist eine ziemlich lange Anreise für eine Psychotherapie.«

»Das stimmt.«

»Was können Sie mir sonst noch über Mr. Toner sagen?«

»Leider war das schon alles.«

»Er ist tot, Doktor, wegen der Schweigepflicht müssen Sie sich keine Gedanken mehr machen.«

»Das ist es nicht«, erwiderte Grace. »Wie gesagt, ich habe ihn nur einmal gesehen, und nicht sehr lange.«

Streng genommen zweimal, aber es bringt nichts, dieses Fass aufzumachen, Elaine.

Obwohl sie sicher auf ihrem Schreibtischstuhl saß, spürte Grace, wie sie das Gleichgewicht verlor. Ihr Kopf kippte haltlos hin und her wie eine überreife Frucht auf einem Stiel. Sie klammerte sich mit einer Hand am Schreibtisch fest.

»Nun«, sagte Henke, »im Moment sind Sie alles, was ich habe. Wäre es Ihnen recht, wenn wir uns noch ein bisschen weiter unterhielten? Ich bin gerade in der Gegend.«

Der Mord hatte in der Innenstadt stattgefunden. Warum sollte Henke sich in West Hollywood aufhalten? Es sei denn, sie betrachtete Grace als – wie hieß das noch – Person von besonderem Interesse.

Sie war die Letzte, die Andrew lebend gesehen hatte. Natürlich war sie von besonderem Interesse.

Hatte sie etwas gesagt? Oder unterschlagen? Hatte ihre Stimme trotz ihrer Bemühungen verraten, welche Qualen sie durchlitt?

Vielleicht war Henke aber auch nur gründlich.

»Klar«, sagte Grace. »Wir können uns jetzt gleich treffen.«

»Hm«, erwiderte Henke. »Wie wär's in einer Stunde, Doktor?«

Von wegen in der Gegend.

Sobald Henke aufgelegt hatte, rief Grace im Beverly Opus Hotel an und brachte ihre Version von California-Girl-Slang zum Einsatz.

»Hi! Kann ich bitte Andrew Toner sprechen?«

Die Rezeptionistin klickte eine unsichtbare Maus. »Tut mir leid, hier ist niemand mit diesem Namen eingetragen.«

»Sind Sie sicher?«

»Ja.«

»Oh, Hilfe, wie kann denn das sein? Er sagte, er würde da absteigen – im Beverly Opus.«

»Ich weiß nicht, was ich Ihnen sagen soll, Miss ...«

»Wow«, erwiderte sie. »Oh, vielleicht hat er auch seinen Spitznamen benutzt. Roger.«

»Ich habe sowieso den Nachnamen gesucht, Miss«, sagte die Frau. »Das würde keinen Unterschied machen.«

»Das ist aber komisch. Ist er vielleicht vorzeitig abgereist? Warum hat er mir nicht Bescheid gesagt? Ich sollte ihn doch für das Klassentreffen abholen.«

»Moment.« *Klick, klick.* Gedämpfte Stimmen. »Niemand mit diesem Namen hat hier gewohnt, Miss.«

»Okay ... da sind noch andere Hotels in der Gegend, oder?«

»Das hier ist Beverly Hills«, sagte die Rezeptionistin und legte auf.

Andrew. Roger. Roger. Andrew.

Grace hatte angenommen, dass er im Opus wohnte, aber offensichtlich war er auch nur von der Straße hereingekommen, um ... etwas zu trinken? Ein bisschen Selbstvertrauen aufzubauen vor der anstehenden Therapiesitzung, wo er sich mit *moralischen Parametern* auseinandersetzen musste.

Am Ende hatte er viel mehr als nur Alkohol bekommen.

Roger, der Ingenieur. Wenn der Name falsch war, konnte auch der Beruf falsch sein. Und der Herkunftsort.

Stimmte überhaupt etwas von dem, was er ihr gesagt hatte? Wer hatte da wen an der Nase herumgeführt?

Doch der Schock, als er sie in der Praxis gesehen hatte, war echt gewesen. Niemand konnte so gut schauspielern. Es war also wahrscheinlich, dass er wirklich ein Problem gehabt hatte. Und was das Problem war, erklärte sich daraus, dass er durch den Jane-X-Artikel auf sie gestoßen war: Es gab einen mörderischen Verwandten.

Moralische Parameter ... keine Schatten der Vergangenheit, sondern etwas Aktuelles. Ein quälender innerer Kampf um die Frage, ob er damit zur Polizei gehen sollte oder nicht.

Und jetzt war er tot.

Nur um sicherzugehen, dass er sie nicht auf einem anderen Weg gefunden hatte, tat Grace etwas, das sie verabscheute: Sie googelte sich selbst. Es kamen ausschließlich Fachartikel, kein einziges Foto, was Andrews Geschichte immerhin teilweise glaubwürdig machte.

Sie überlegte, wo er sich an seinem letzten Tag aufgehalten hatte.

Drinks in Beverly Hills, Therapie in West Hollywood.

Tod downtown. Solange Grace denken konnte, war in der Innenstadt gebaut worden, doch die optimistischen Ziele hatte man ganz offenbar verfehlt. Trotz des Staples-Sportstadions, schicker Lofts, edler Eigentumswohnungen und Bars waren weite Teile von Los Angeles verödet, und es wimmelte von schizophrenen Obdachlosen, kriminellen illegalen Einwanderern, Junkies, Dealern und dergleichen mehr.

Hatte sich Andrew, der die Stadt nicht kannte, einfach in die Gegend verirrt und war an einen Psychotiker geraten, der einem eingebildeten Befehl gehorchte?

Was für eine erbärmliche, glanzlose Art zu sterben.

Oder hatte sein Mord sogar mit seinem persönlichen Kreuzzug zu tun, trotz guter Absichten?

In Grace regte sich eine gewisse Neugier, die ihre Nervosität dämpfte.

Wenn Henke tatsächlich eine Stunde brauchte, hätte sie noch einundfünfzig Minuten, bis sie zum ersten Mal mit einem Detective der Mordkommission sprach.

In der Zwischenzeit könnte sie eine erfrischende Runde um den Block drehen, doch sie hatte erstaunlich wenig Lust, sich zu bewegen. Sie versuchte, Fachartikel zu lesen, konnte sich aber nicht konzentrieren.

Andrew Toner.

Etwas an dem Namen kam ihr seltsam vor, doch sie konnte sich keinen Reim darauf machen, ehe sie wieder auf die Notizen in ihrem Kalender sah. Der Eintrag zu seinem Termin, zusammen mit einer Telefonnummer, die er ihr genannt hatte.

A. Toner. Mit dem abgekürzten Vornamen wurde alles klarer.

Atoner. Der Büßer.

Jemand auf der Suche nach Sühne.

Detective Elaine Henke würde das als Hinweis deuten.

Grace beschloss, ihr gegenüber nichts zu erwähnen. Sie würde übereifrig wirken und sich noch mehr verdächtig machen.

Büßer.

Was war deine Sünde, Andrew? Oder hast du die Sünde eines anderen auf dich genommen?

Wenn sie daran dachte, was sie auf dem Parkdeck getan hatten, wollte sie es lieber gar nicht wissen.

Unwissenheit konnte wirklich ein Segen sein. Sie wählte trotzdem die Nummer, die er ihr dagelassen hatte.

Kein Anschluss.

Kapitel 14

Als Graces spärliche Habseligkeiten schließlich in Waynes Wagen verstaut waren, lag das Valley im letzten Schein der untergehenden Sonne, und alles wirkte schwer, beinahe flüssig.

Wayne ließ den Motor an und blickte über die Schulter. »Alles klar?«

Grace nickte.

»Ich kann dich nicht hören.«

»Alles klar.«

Bislang waren die Fahrten zwischen den Pflegefamilien immer kurz gewesen – ein Katzensprung von einem unscheinbaren Haus zum nächsten. Diesmal nahm Wayne den Freeway und fuhr lange.

Grace hoffte nur, dass sich dadurch nichts änderte. Sie wollte nur ein Dach über dem Kopf und ansonsten in Ruhe gelassen werden, um lesen, nachdenken und ihren Fantasien nachhängen zu können.

Das waren ihre Gedanken, als Wayne vom Freeway abfuhr. Das Schild an der Ausfahrt löste einen Schmerz in ihrer Magengegend aus. Im schwindenden Tageslicht stieg eine Erinnerung in ihr hoch: Dodie oder Ardis hatten sie nur wenige Male irgendwohin mitgenommen, doch sie waren immer diesen Weg nach Hause gefahren.

Sie öffnete das Fenster einen Spaltbreit und ließ Staub und Dieselgestank herein. Die Sonne war inzwischen untergegangen, doch man konnte immer noch Umrisse erkennen, und auch die weckten Erinnerungen: die fransigen Kronen faltiger Pflanzen mit grauen Blättern. Alte Ölfässer und haufenweise anderes Altmetall am Straßenrand.

Meilenweit nur Wüste.

Wayne bog in eine Straße ein, die Graces Herz rasen ließ. Ein Schild wies den Weg nach *Desert Dreams*. Wenn er nicht so schnell fahren würde, wäre sie schon längst aus dem Auto gesprungen.

Obwohl sie nicht entkommen konnte, stellte sie es sich vor. Sie ballte ihre Hände zu Fäusten, um Wayne auf den Rücken zu trommeln, damit er anhielt.

Die Wüste. Wie lange könnte sie hier allein überleben?

Nicht lange. Es gab keine Möglichkeit, sich zu verstecken. Es sei denn, sie schaffte es bis in die Berge. Aber vielleicht war es dort noch schlimmer. Sie hatte keine Ahnung, sie war noch nie dort gewesen.

Alles, was sie bei sich hatte, war ein Disneyland-T-Shirt, ein Paar Shorts und Turnschuhe. Hoch in den Bergen konnte es wahrscheinlich kalt werden, selbst im Sommer.

Sie wusste das, weil sie manchmal, wenn Dodie sich darüber beschwerte, dass sie in einem verdammten Ofen lebte, Schnee auf den Gipfeln sah.

Es war zu dunkel, um Schnee zu erkennen. Grace sah nur hoch oben die Konturen der Berge, gezackt und scharf.

Wie eine Messerschneide.

»Wir sind fast da«, sagte Wayne. »Alles klar bei dir?«

Was denkst du denn, du dummer Mensch.

»Ja«, sagte sie laut.

»Ein bisschen nervös, was? Das ist ganz normal bei einer neuen Umgebung. Sag mal ehrlich, Kind, ich weiß nicht, wie ihr das aushaltet, dieses ständige Hin und Her – immer wieder alles neu.« Er lachte leise. »Wie wenn Karten immer wieder neu gemischt werden. Genau genommen, wenn ich so darüber nachdenke, ein echtes Glücksspiel.«

Grace starrte auf seinen Nacken und entdeckte einen Pickel seitlich von seinem Pferdeschwanz. Wenn sie versuchte, ihn mit dem Fingernagel aufzukratzen, wäre der Schmerz vielleicht ...

Dann wurde ihr klar, dass er nicht nach Desert Dreams abgebogen war und sie auf einer Straße waren, die sie nicht kannte. Schmaler, stockfinster, und Wayne murmelte etwas von »Ende der Welt«, während er seine Scheinwerfer aufblendete, sodass sie in einen kalten, weißen Tunnel zu fahren schienen.

Von den Reifen wirbelte Staub auf wie Regen von unten. Die Sandfläche schien sich endlos vor ihnen zu erstrecken.

Wohin brachte er sie?

Jetzt kroch eine andere Angst in ihr hoch, durch ihren Bauch bis in ihre Kehle.

War er so einer?

Sie suchte mit den Augen nach etwas, das sie sich merken konnte. Es dauerte eine ganze Weile, bis sich wieder etwas aus der Wüste erhob. Doch dann: ein großer Schrottplatz. Zerlegte Trucks. Teile eines ausrangierten Busses. Stapel von Reifen und Metallgittern und Dingen, die aussahen wie Äste aus Eisen.

Gleich hinter dem Schrottplatz folgte ein eingezäunter Bereich samt Schild mit der Aufschrift: *Wasserstation – Kein Zutritt.*

Grace legte eine Hand an die Schnalle ihres Sicherheitsgurtes, um sie notfalls sofort öffnen zu können.

Wayne war dick, sie würde ihm mit Leichtigkeit davonlaufen.

Er fing an, schiefe Töne zu pfeifen.

Dann erschienen weitere Gebäude vor Graces Fenster. Ein Trailerpark wie Desert Dreams. Dieser hier hieß Antelope Palms, auch wenn nirgends Palmen oder sonstige Pflanzen zu sehen waren. Zu ihrer eigenen Überraschung freute sie sich über den Anblick der Mobilheime.

Wayne pfiff lauter und fuhr weiter. Es folgte leere Wüste, dann kam wieder ein Trailerpark. Dann noch einer. Hell erleuchtete Schilder fraßen die Dunkelheit.

Sunrise Motor Estates.

Morningview Motorhaven.

Also gut, sie würde an einem Ort wie Desert Dreams landen, nur ohne die bösen Erinnerungen. Das wäre okay.

Trotzdem zitterte sie. Sie schlang die Arme fest um sich und bemühte sich, ihren Magen ruhig zu halten.

Es war Zeit, an etwas Schönes zu denken. Das hatte sie geübt, um böse Gedanken zu vertreiben. Es war nicht leicht, aber sie wurde immer besser darin.

Okay. Atmen. An etwas Schönes denken ... vielleicht wohnten ihre neuen Pflegeeltern in einem extragroßen Mobilheim und hatten ein richtiges Bett für sie ... vielleicht hatten sie einen Kühlschrank, der so groß war, dass sie nicht immer nur auf Essensreste warten musste. Vielleicht ... Wayne bog unvermittelt ab, und diese neue Straße war wirklich richtig holprig.

Sie näherten sich den Bergen.

Hier draußen gab es nichts als wieder diese stacheligen Bäume – Grace fiel plötzlich ein, wie sie hießen: Joshuas. Sie kamen durch eine Art Wald aus Joshua-Bäumen. Eine Kurve, dann noch eine, die Bäume wurden größer, und dann folgten Palmen und eine Art rundlicher Büsche mit Büscheln kleiner Blätter.

Vor ihnen tauchte ein Tor auf. Wayne bremste vorsichtig ab und hielt dann an. Das Tor war mit einem Metallzaun verbunden wie eine Pferdekoppel, doch Pferde waren nicht zu sehen.

Vielleicht waren sie irgendwo in einem Stall und schliefen.

Über dem Tor war ein Holzschild angebracht, das von einem Scheinwerfer angestrahlt wurde. In geschwungenen Buchstaben war eingebrannt: *Stagecoach Ranch*.

Wollte Sachbearbeiter Wayne sie zum Cowgirl machen?

Er stellte den Motor ab, stieg aus, stieß das Tor auf und setzte sich wieder hinters Steuer. »Ziemlich cool, oder? Nach allem, was du durchgemacht hast, fand ich, dass du etwas Besseres verdient hast. Weißt du, was das hier früher mal war?«

»Eine Farm?«, riet Grace.

»Nicht schlecht, aber trotzdem knapp daneben, Ms. Grace Blades. Das hier war eine Filmkulisse. Auf dieser Ranch wurden Filme gedreht.« Er lachte. »Wer weiß, vielleicht findest du ja sogar ein paar Memorabilia – sprich, spannendes altes Zeug.«

Er fuhr durch das Tor. Vor ihnen erschien ein Haus, das größer war als alles, was Grace in ihrem Leben gesehen hatte – außer in Büchern. Zwei Etagen hoch, breit wie zwei normale Häuser, mit weißen Holzdielen vor der Frontfassade und drei Stufen, die zu einer windschiefen Veranda führten.

Wayne pfiff durch die Zähne. »Home, sweet home, Kleine.«

Er hupte kurz, und eine Frau trat aus dem Haus, in der Hand einen Teller, den sie mit einem Geschirrtuch abtrocknete. Sie war klein und alt und hatte weißes Haar, das ihr bis unter die Taille reichte, eine spitze Nase, die Grace an einen Vogel erinnerte, und dünne Arme, die sich beim Reiben des Tellers rasch bewegten.

Wayne stieg aus und hielt ihr die Hand entgegen, die sie jedoch kaum berührte, ehe sie sich wieder ihrer Arbeit zuwandte. »Sie sind ein bisschen spät dran, Amigo.«

»Ja, tut mir leid.«

»Ach, was soll's«, sagte die Frau. »Ist ja nicht so, als hätte ich einen vollen Terminkalender.« Sie trat auf das Auto zu. Trotz ihres Alters bewegte sie sich geschmeidig. Da sie ziemlich klein war, musste sie sich nicht besonders bücken, um durch das Fenster zu sehen.

Mit einem Blick auf Grace machte sie eine rollende Bewegung mit der Hand, die wohl bedeutete: »Kurbel das Fenster runter.«

Grace gehorchte und ließ sich von der alten Frau mustern. »Du bist aber ein hübsches Ding! Ist immer gut, beides zu haben, Aussehen und Hirn. Das sage ich aus persönlicher Erfahrung.« Ihr Lachen ließ sie jünger wirken. »Wie soll ich dich denn nennen?«

»Grace.«

»Das ist ja einfach. Ich bin Ramona Stage, und du kannst mich Ramona nennen. Wenn ich schlechte Laune habe – und das kommt vor, ich bin schließlich auch nur ein Mensch –, solltest du es mit Mrs. Stage versuchen. Aber sonst ist Ramona okay. Okay?«

»Okay.«

»Dann nimm mal deine Sachen, ich zeig dir dein Zimmer.«

Im Innern war das Haus sogar noch größer. Schwere dunkle Möbel standen überall, und die holzvertäfelten

Wände waren voll mit Blumen-Gemälden und Fotos eines Mannes – immer derselbe – in einem schicken schwarzen Hemd und einem weißen Cowboyhut. Mehr konnte Grace auf die Schnelle nicht sehen. Sie eilte die Treppe hoch, immer hinter Ramona Stage her, die ihre Taschen geschnappt hatte und sich bewegte, als wäre sie schwerelos.

Oben war ein breiter Flur mit einem braunen Teppich, von dem sechs Türen abgingen. Es roch nach Tomatensuppe und etwas, das Waschmittel sein konnte.

»Das«, sagte Ramona und deutete auf die nächstliegende Tür, »ist mein Schlafzimmer. Wenn die Tür offen ist, darfst du klopfen. Wenn ich ›okay‹ oder ›komm rein‹ oder was in der Art sage, darfst du reinkommen. Wenn die Tür verschlossen ist, brauchst du es erst gar nicht zu versuchen. Die Tür da am Ende ist ein Wäscheschrank. Daneben ist das Badezimmer. Ich habe ein eigenes, das hier ist nur für die Kinder. Bleiben drei Zimmer für die Kinder. Im Moment habe ich zwei kleine hier links und einen Jungen dort drüben. Er ist behindert. Es sind alles Jungs, aber das kann sich immer ändern. Da du das einzige Mädchen bist, bekommst du dein eigenes Zimmer – was ich allerdings nicht immer garantieren kann. Logischerweise ist es das kleinste Zimmer. Findest du das ungerecht?«

Grace schüttelte den Kopf.

»Du redest nicht gern, was?«, sagte Ramona. »Auch gut. Kopfschütteln oder Nicken tut's auch. Solange wir uns verstehen: Ganz egal, wie es dir geht, ich versuche immer, fair zu sein. Nicht nur mit Kindern. Ich behandele alle gleich, Promis, Kinder, einfache Malocher.«

Sie wartete.

Grace sagte nichts.

»Verstehst du, was ich meine, Grace? Mir ist egal, ob es

Gary Cooper ist oder der Typ, der mein Dach repariert. Kapiert?«

»Ja, Ma'am.«

Ramona Stage lachte und klopfte sich auf das Knie. »Schau einer an, sie kann doch sprechen! Ich kannte Gary Cooper sogar wirklich, und er hat nie eine Sonderbehandlung erwartet. Verstehst du, was ich meine?«

»Er ist ein Filmstar, das ist alles.«

Ramona drehte ihr rasch den Kopf zu. »Du hast keine Ahnung, wer Gary Cooper war, oder? Kinder deines Alters kennen seine Filme nicht mehr.«

Grace schüttelte den Kopf. »Ich hab's mir nur gedacht.«

»Gut geraten«, sagte Ramona und sah Grace von oben bis unten an. »Aber das passt, nach allem, was ich über dich gehört habe.«

Schwere Schritte ertönten. Waynes fleischiges Gesicht erschien am Treppenabsatz, dann sein restlicher Körper.

»Uns geht's prima«, sagte Ramona.

»Bestens, Mrs. Stage. Ich würde gern kurz allein mit Gracie sprechen.«

Niemand sagte Gracie zu ihr. Auch er hatte sie bislang nicht so genannt.

Es hatte keinen Sinn, zu widersprechen.

»Ich bring ihre Sachen auf ihr Zimmer. Währenddessen können Sie sich verabschieden.« Sie öffnete die Tür zum kleinsten Zimmer und trat ein.

»Gefällt's dir hier?«, fragte Wayne.

»Ja.«

Er trommelte mit den Fingern auf seine Oberschenkel, als wartete er auf etwas.

»Danke«, sagte Grace.

»Gern geschehen, Gracie. Und pass auf: Es besteht

eine reelle Chance, dass du hier länger bleiben kannst. Sie macht es nicht wegen des Geldes. Ich bin mir nicht sicher, warum sie es macht, aber sie ist gut betucht. Okay?«

»Okay«, antwortete Grace, ohne recht zu wissen, was sie okay fand.

»Das einzige Problem ist, wenn es doch nicht klappt – wobei ich nicht sehe, warum es nicht klappen sollte –, dann kannst du mich nicht mehr anrufen, weil ich, wie gesagt, die Behörde verlasse.«

»Ich weiß.«

»Gut ... jedenfalls, ich wollte mit was Positivem aufhören«, sagte Wayne. »Etwas für dich tun, was ich nicht immer tun konnte. Du bist schlau, Mädchen. Du könntest es wirklich zu was bringen.«

»Sie auch«, sagte Grace.

»Ich?«

»Anwalt werden. Sie könnten mehr Geld verdienen.«

Wayne riss den Mund auf. »Du hörst wirklich gut zu!«

Das sollte Grace noch oft hören.

Ramona Stage und Grace sahen zu, wie Wayne davonfuhr. »Der ist ein hoffnungsloser Idealist, aber immerhin gibt er sich Mühe. Okay, auf geht's in dein Zimmer, junge Dame, höchste Zeit, schlafen zu gehen.«

Das Zimmer war winzig, kaum mehr als eine Abstellkammer. Ein Gaubenfenster mit weißen Musselingardinen hielt die Nacht im Zaum. Die Decke über dem Bett war schräg, und Mrs. Stage bemerkte dazu: »Bei deiner Größe wirst du damit keine Probleme haben, es sei denn, du setzt dich abrupt im Bett auf. Du solltest aber trotzdem aufpassen, dir deinen Kopf nicht anzustoßen. Dein Kopf ist das Wichtigste, was Gott dir geschenkt hat.«

Grace konnte ihren Blick schon nicht mehr von dem Bett wenden. Es war größer als jede andere Bettstatt, in der sie je geschlafen hatte, und hatte ein Kopfteil aus Messing, das bräunlich-grün angelaufen war. Daran lehnten zwei große Kissen in Bezügen mit rosa Blumenmuster und eingeknickter Kante. Die Decke war rosa-weiß gestreift und sah neu aus. Neben dem Bett stand ein Metallgestell für Kleider. Eine Kommode mit zwei Schubladen war für »Faltsachen«, wie Mrs. Stage sich ausdrückte.

Zusammen räumten sie Graces Habseligkeiten auf. Mehrmals faltete Mrs. Stage etwas neu, das Grace eigentlich gut gemacht zu haben glaubte.

Danach führte Mrs. Stage sie in das gemeinsame Badezimmer. »Diese Jungs«, sagte sie und schnüffelte, »sie schaffen es einfach nicht, die Schüssel zu treffen.«

Grace roch nichts, behielt das aber für sich. »Putz dir die Zähne«, sagte Ramona Stage und wartete, bis Grace damit fertig war.

»Sehr schön gründlich geputzt, ausgezeichnet. Du musst auf den Körper aufpassen, den du mitbekommen hast. Und jetzt ab ins Bett.«

Ehe sie wieder in der Kammer ankamen, bedeutete Ramona Grace mit einem Finger, stehen zu bleiben. Dann öffnete sie einen Spaltbreit die Tür zu dem Zimmer, in dem der einzelne Junge schlief, und steckte ihren Kopf hinein.

Grace hörte ein zischendes Geräusch wie von einem Reifen, der Luft verlor.

Leise schloss Ramona die Tür. »Okay. Möchtest du, dass ich dich ins Bett bringe?«

»Ist schon okay.«

»Ich komme trotzdem mit.«

Das Ins-Bett-Bringen bestand darin, Grace aufzufordern, unter die Decke zu schlüpfen, »die Kissen so hinzulegen, wie du es am liebsten magst, und dir schöne Gedanken zu machen, denn glaub mir, das Leben ist zu kurz für böse Gedanken«.

Die Wäsche duftete süß, als läge Grace in einem Blumenbeet. Ramona Stage schaltete das Licht aus, und Grace zog sich die Decke bis zum Kinn hoch. Nachdem es im Zimmer dunkel war, drang doch etwas durch den zarten Musselinstoff herein, nämlich silbrig samtiger Mondschein, der auf Ramona Stages Gesicht fiel und sie weicher und jünger wirken ließ.

Sie war schon zur Tür gegangen, trat jetzt aber noch einmal ans Bett. »Du kannst das natürlich machen, wie du willst, aber wenn du es besonders bequem haben willst, empfehle ich Folgendes«, sagte sie und schlug die Decke einmal sorgfältig um, sodass sie auf Graces Brust doppelt lag. Dann legte sie Graces Hände auf ihren Bauch, sodass sich die Fingerspitzen leicht berührten. »Du bildest mit den Armen ein V, V wie in ›du bist viel wert‹. Darüber lohnt es sich, nachzudenken, Grace. Und jetzt schlaf schön tief und fest.«

Und überraschenderweise tat sie das auch.

Auf eine Ranch gehörten eigentlich Tiere, doch Ramona hatte keine. »Als Erstes gingen die Pferde, dann die Ziegen und schließlich die Gänse. Am Schluss auch noch die Hühner, weil ich Probleme mit Cholesterin habe und keine Eier essen soll. Die Hunde habe ich behalten, bis sie an Altersschwäche starben.«

Es war sechs Uhr früh an Graces erstem Morgen auf der Stagecoach Ranch. Als sie aus ihrem Zimmer lugte, stand Ramona im Flur in Jeans, karierter Bluse und flachen Schuhen, das lange weiße Haar geflochten und zu einem hohen Knoten gedreht. In der Hand hielt sie eine Tasse Kaffee, als hätte sie auf Grace gewartet. Zusammen gingen sie in die Küche, wo Ramona ihren Kaffee trank. Grace wählte Toast und Orangensaft.

»Keine Eier, kein Fleisch?«

»Nein danke.«

»Keine große Frühstückerin, was? Wie du willst. Aber vielleicht überlegst du es dir ja noch anders.«

Die Küche war riesig, und durch die Fenster konnte man die Berge sehen. Die Geräte waren weiß und sahen alt aus. Über einem kleinen Sekretär hing ein weiteres Foto von dem Mann in dem schicken Hemd und Cowboyhut. Er sah darauf älter und voller aus als in Graces Erinnerung vom Vorabend.

»Also Hunde gibt es keine mehr. Magst du Hunde?«, sagte Ramona Stage.

»Ich hatte nie einen.«

»Ich hatte jede Menge davon, sie sind genauso unterschiedlich wie Menschen.« Ramona stand auf und zog etwas aus einer Schublade, das sie Grace zeigte. Ein verblichenes Foto von zwei Promenadenmischungen mit Dackelblick, aufgenommen auf der Veranda vor dem Haus. »Das hier ist Hercules, hat seinem Namen nicht gerade Ehre gemacht, der andere ist Jody, den hatte ich von einer Filmcrew geerbt. Manchmal hat er seine eigenen Haufen gefressen, man wusste nie, wann, was die Sache noch schlimmer gemacht hat. Nachdem sie beide in den Hundehimmel gegangen waren, habe ich mir noch einmal einen Hund geholt, weil ich fand, dass das hier doch eine ziemlich große Anlage ist, wenn man so ganz allein lebt.

Doch dann war es mir lieber, dass ich mich um nichts mehr kümmern musste, deshalb sind heute die einzigen Tiere solche, die man nicht haben will wie Mäuse und Ratten, Opossums, Erdhörnchen und Stinktiere. Für die habe ich einen Mann namens Ed Gonzales, der regelmäßig sprüht. Ich erzähl dir das, damit du keine Angst hast, wenn du plötzlich einem dürren Mexikaner gegenüberstehst, der mit seltsamem Gerät hier rumschleicht.«

»Okay.«

Ramona musterte sie. »Ist der Toast zu dunkel?«

Der Toast schmeckte wie Pappe. »Nein, der ist gut«, sagte Grace und biss hinein, als wollte sie es beweisen.

»Dir macht so schnell nichts Angst, was?«

»Ich glaub nicht.« Graces Blick wanderte zu dem Mann mit dem Cowboyhut.

»Was denkst du, wer das ist?«

»Ihr Mann?«

Ramonas Augen funkelten. Grace bemerkte zum ersten Mal, welche Farbe sie hatten: braun, fast schwarz. »Du bist eine ganz Clevere. Wobei, wahrscheinlich ist das eine ganz logische Annahme, wenn man bedenkt, dass hier überall Fotos von ihm sind und ich für einen Teenagerschwarm viel zu alt bin.«

Sie lachte wieder wie ein junges Mädchen. Dann bebte ihre Unterlippe, und sie zwinkerte. Als wollte sie beweisen, dass sie glücklich war, zeigte sie ihre weißen Zähne.

»War er ein Cowboy?«, fragte Grace.

»Zumindest hielt er sich dafür. Außerdem hielt er sich für einen Schauspieler – er hat mehrere B-Western gedreht zu einer Zeit, als Western in Mode waren; das sind weniger bekannte Cowboyfilme. Schon mal einen gesehen?«

Grace schüttelte den Kopf.

»Vierzehn Stück hat er insgesamt gemacht«, sagte Ramona mit Blick auf das Foto. »Aber er war eben nicht Gary Cooper. Zum Glück wurde er irgendwann schlau und kaufte die Ranch, um sie an berühmte Regisseure als Filmset zu vermieten. Davon konnten wir gut leben. Sein Filmname war Steve Stage. Denkst du, das war sein richtiger Name?«

Grace schüttelte den Kopf.

»Stimmt«, sagte Ramona. »Doch er hat den Namen offiziell angenommen. Als ich ihn kennenlernte, hieß er Steve Stage, und so wurde ich Mrs. Stage. In Wahrheit hat er mir davon erst erzählt, als wir schon auf dem Weg nach Las Vegas waren, zum Heiraten. Das ging alles irgendwie ziemlich schnell.«

Sie lächelte. »Achtzig Kilometer vor Las Vegas hat er mir den Ring gegeben, und ich hab ja gesagt. Wahrscheinlich dachte er, er könnte es jetzt wagen, mir davon zu erzählen.«

Sie zeigte Grace ihre Hand. Ein Glitzerstein in einer silbrigen Fassung, hell und glatt auf trockener, wettergegerbter Haut.

»Hübsch«, sagte Grace.

»Aus dem Pfandhaus«, sagte Ramona. »In der Nähe des Studios – bei Paramount in Hollywood. Jedenfalls, achtzig Kilometer vor der Stadt beschließt er, mir das mit dem Namen zu erzählen. Und es war ja nicht nur sein Name, sondern seine ganze Geschichte, die Familie, woher er kommt und so weiter. Rate mal, woher er kam.«

»Aus Texas.«

»Nicht schlecht, aber total falsch. New York. Der einsame Cowboy, den ich als Steve Stage kennengelernt hatte, hieß in Wirklichkeit Sidney Bluestone und stammte aus New York City. Wie findest du das?«

Grace zuckte mit den Schultern.

»Er dachte wohl – und ganz zu Recht –, dass er als Sidney Bluestone im Western-Business keine Jobs bekommen würde, und so benannte er sich eben in Steve Stage um. Wenn ich ihn aufziehen wollte, nannte ich ihn Sid aus Brooklyn. Er machte gute Miene zum bösen Spiel, aber begeistert war er nicht darüber. Erinnern kann manchmal ganz schön wehtun.«

Sie sah Grace an.

Grace war nicht nach Lächeln zumute, doch sie tat es trotzdem.

»Aber lass uns lieber über Schulunterricht für dich reden«, sagte Ramona. »Wayne Knutsen hat mir deine Geschichte erzählt, dass du oft umgezogen bist, aber meist auf derselben Schule bleiben konntest, weil diese anderen Familien in der gleichen Gegend wohnten. Leider gibt es da ein Problem: Wir sind zu weit von dieser Schule entfernt. Und auch von jeder anderen Schule, weil der Stadtbus nicht bis hierher fährt und das County nicht für privaten Personenverkehr aufkommt. Ich würde dich ja fahren, aber auf der Ranch gibt es nur mich und Maria-Luz, das ist die Putzfrau, und wir müssen beide hier sein. Außerdem fährt sie nicht selbst, sie wird von ihrem Mann gebracht. Wenn du noch jünger wärst, wäre es kein Problem. Es gibt drüben in Desert Dreams, das ist ein Trailerpark, eine Art Kindergarten, da gehen die beiden Jungs hin. Aber das ist auch nur eine Tagesstätte, nichts mit Lernen. Magst du denn Schule?«

Solange man mich in Ruhe lässt und ich was lernen kann.

Um Ramona Stage nicht zu verstimmen, sagte sie: »Geht so.«

»Dann ist das ja alles nicht schlimm. Bei deinem IQ bist du deinem Jahrgang vermutlich sowieso weit voraus. Was du bisher gelernt hast, hast du dir wahrscheinlich selbst beigebracht, oder?«

Dieses Lächeln war echt. »Ja, Ma'am.«

»Also, ich denke, wir sollten es mit Heimunterricht versuchen. Ich habe es bereits beantragt, und es war kein Problem. Alles, was wir tun müssen, ist, uns die Bücher und Lehrpläne zu besorgen und damit zu arbeiten. Ich habe einen Abschluss von der California State University, ich denke, ich komme klar mit dem Stoff der vierten, fünften Klasse, sogar Mathe, auch wenn ich bei Algebra ein bisschen schwimme. Was meinst du?«

Bücher und keinen, der beim Lesen störte – das war der Himmel. »Nur Lesen?«, fragte Grace ungläubig.

»Lesen wird einen Hauptteil ausmachen, aber du wirst auch Übungen und Tests machen, als wärst du in einer richtigen Schule, und ich müsste alles benoten. Ich werde nicht schummeln, du bekommst, was du verdienst. Ist das was für dich?«

»Ja, Ma'am.«

»Ich denke, es wird kein Problem sein, sobald ich weiß, was dein Stand ist. Um das herauszufinden, werde ich einen Experten hierher einladen. Er ist eine Art Arzt, aber nicht von der Sorte, die einen impft oder anfasst oder so. Er stellt nur Fragen.«

»Ein Psychologe.«

Ramonas weiße Augenbrauen hoben sich wie Wolken im Wind. »Du weißt, was Psychologen sind?«

Grace nickte.

»Darf ich fragen, woher?«

»In den anderen Pflegefamilien gab es manchmal Kinder, die Probleme hatten, und die wurden zum Psychologen geschickt.«

»So wie du das sagst, klingt es wie eine Bestrafung.«

Bei den Kindern, die davon erzählt haben, klang es genau so.

Grace schwieg.

»Andere Kinder«, sagte Ramona.

Grace wusste, worauf sie hinauswollte. »Ich musste nie dahin.«

»Weißt du noch mehr über Psychologen?«

»Nein.«

»Also, dieser hier ist alles andere als eine Bestrafung. Und ich weiß, wovon ich rede, denn ich kenne ihn als Mensch, nicht nur als Arzt. Er ist der jüngere Bruder meines Mannes, aber das ist nicht der Grund, warum ich ihn ausgesucht habe. Er ist ein Professor, Grace. Das heißt, er bildet selbst Psychologen aus. Damit ist er ein führender Experte.«

Ramona wartete.

Grace nickte.

»Sein Name ist Dr. Malcolm Bluestone, und du kannst mir glauben, er ist ein richtig kluger Kopf.«

Ramona lächelte erneut. »Vielleicht sogar klüger als du, junge Dame.«

Als sie ihren Toast aufgegessen hatte, lernte Grace die beiden Jungen kennen, die sich ein Zimmer teilten. Beide waren schwarz, und sie wusste, dass sie fünf Jahre alt waren, weil Ramona ihr das erzählt hatte.

»Sie sehen sich ähnlich, aber sie sind keine Brüder, sondern Cousins. Haben schwere Zeiten hinter sich, du willst es gar nicht wissen. Hoffe, ihre Adoption geht durch.«

Grace sah keine Ähnlichkeit zwischen den Jungen. Rollo war viel größer als DeShawn und hatte hellere Haut. Beide kamen gleichermaßen schläfrig in die Küche gestapft.

Rollo hatte eine zerfetzte blaue Decke an sich gedrückt. DeShawn sah aus, als hätte er auch gern etwas, das er an sich drücken könnte.

»Guten Morgen, Jungs«, sagte Ramona. Sie stellte die Kinder einander vor. Die Cousins nickten Grace geistesabwesend zu und setzten sich an den Tisch. DeShawn gelang ein schüchternes Lächeln, doch Grace tat, als hätte sie es nicht gesehen.

Die Jungen legten Servietten auf ihre Oberschenkel und warteten, bis Ramona Rührei und Würstchen ausgeteilt hatte. Während sie schweigend aßen, wurden sie allmählich munterer.

»Ihr drei kommt ja klar, oder?«, sagte Ramona. »Ich muss nach Bobby sehen.«

Bei der Erwähnung von Bobbys Namen wechselten Rollo und DeShawn einen kurzen, nervösen Blick. Ramona ging, und es wurde still in der Küche. Grace hatte nichts zu tun, also blieb sie einfach sitzen. Ohne sie zu beachten, aßen die Jungen weiter, ohne Pause wie Roboter. Die Eier sahen steif und gummiartig aus, und Grace wusste ja bereits, wie Ramonas Toast schmeckte. Die Jungen schien das aber nicht zu stören. Grace überlegte, ob die beiden auch hatten hungern müssen und ob sie darüber hinweggekommen waren.

Für sie war es schon eine Weile her, seit sie zuletzt gehungert hatte, aber sie würde es nie vergessen.

Sie wandte sich von den Cousins ab und sah durch das Fenster über der Spüle. Gleich hinter dem Glas stand einer dieser knorrigen Bäume mit den kleinen Blättern.

Grace stand auf, um ihn sich näher anzusehen.

»Kalifornische Eiche«, sagte Ramona hinter ihr. »Wenn man ihnen zu viel Wasser gibt, sterben sie.«

Grace hatte die alte Frau nicht hereinkommen hören und fühlte sich ertappt, als hätte sie etwas Unerlaubtes getan.

Sie drehte sich um und sah, dass Ramona einen weiteren Jungen an der Hand hielt.

Er war klein – kaum größer als DeShawn –, doch seinem pickeligen Gesicht nach musste er schon älter sein, vielleicht sogar ein Teenager. Sein Kinn stand vor und seine flache Stirn überschattete seine Augen, die nicht nur schielten, sondern auch schief saßen, das eine bestimmt einen halben Zentimeter höher als das andere. Seine roten Locken waren an manchen Stellen ganz dünn wie bei einem alten Mann. Sein Mund war geöffnet, als lächelte er, doch Grace war nicht sicher, ob das hieß, dass er froh war. Durch gelbe Zähne mit großen Zwischenräumen quoll eine riesige Zunge. Sein Körper – eingefallen und gebückt – schwankte, als müsste er sich bewegen, um nicht umzufallen. Obwohl Ramona ihn ganz fest an der Hand hielt.

Grace wurde bewusst, dass sie ihn anstarrte. Im Gegensatz zu den Cousins.

Sie sah ebenfalls weg.

Der neue Junge – Bobby – ließ ein raues Lachen hören. Auch das hörte sich nicht froh an.

Ramona Stage sagte: »Bobby, das ist Grace, sie ist achteinhalb, du bist also immer noch der Älteste hier.« Sie tätschelte seinen Kopf. Er lächelte wieder, schwankte noch heftiger und hustete einmal laut. Dann beugte er sich vornüber und ergab sich einem Hustenanfall.

Rollo und DeShawn blickten auf ihre Teller.

»Der arme Bobby hatte eine schlimme Nacht, trotz Sauerstoff.«

Rollo sagte etwas.

»Was hast du gesagt, Schatz?«

»Es tut mir leid.«

»Was tut dir leid?«

»Dass er krank ist.«

»Das ist aber lieb von dir. Und sehr ritterlich, Rollo, ich bin sehr stolz auf dich.«

Rollo nickte.

Grace dachte an das zischende Geräusch, das aus Bobbys Zimmer gedrungen war, als Ramona nach ihm gesehen hatte. Sauerstoff. Er hatte also irgendein Problem mit dem Atmen. Wobei das nicht sein einziges Problem zu sein schien.

Grace betrachtete seine Augen. Seine Iris war sonderbar gelblich-bräunlich und schien mit etwas Wächsernem überzogen.

Sie lächelte.

Er erwiderte das Lächeln. Und diesmal wirkte er froh.

Kapitel 15

Dreiundsiebzig Minuten nach ihrem Telefonat mit Detective Elaine Henke ging das grüne Licht im Therapieraum an.

Grace wartete ein paar Minuten, ehe sie die Tür zum Warteraum öffnete. Sie hielt eine Auswahl Zeitschriften in einem Regal bereit, alle möglichen Themen von Mode bis Heimwerken, und fand es interessant, manchmal auch erhellend, was die Patienten sich zum Lesen aussuchten.

Die Frau in dem Sessel in der Ecke hatte sich für *Car & Driver* entschieden. Eine Ausgabe über die neuen Corvette-Modelle.

»Doktor? Elaine Henke.« Sie stand auf und legte die Zeitschrift ins Regal zurück. Ihr Händedruck war trocken und fest.

Die Frau war Mitte vierzig, klein und stämmig, eine Statur wie eine ehemalige Turnerin. Ihre makellose Haut bildete eine rosige Leinwand für eher unscheinbare Züge. Ihr aschblonder Bob verlieh ihrem weichen Kinn und dem runden Gesicht eine gewisse Kontur. Sie trug einen beigen Hosenanzug und schwarze Schuhe, und ihre Handtasche war ein Patchwork aus diesen beiden Farben.

An ihrer Brusttasche prangte eine goldfarbene Marke. Die Jacke war weit geschnitten, vermutlich um die Waffe an ihrer linken Brust zu verbergen. Ein vergeblicher Versuch. Vielleicht legten es Cops aber auch darauf an, zu zeigen, dass sie bewaffnet waren.

Ihre haselnussbraunen Augen bemühten sich, keine Neugier zu zeigen, doch Grace wusste immer, wenn sie durchleuchtet wurde.

»Bitte kommen Sie doch herein, Detective.«

»Sie dürfen mich gern Elaine nennen.«

Wenn wir Freunde wären, gern. Aber ich habe keine Freunde.

Henke sagte: »Ich war noch nie in einer psychologischen Praxis.«

Sie setzte sich auf den Stuhl gegenüber von Graces Schreibtisch und betrachtete deren Diplome und Approbationen.

»Es gibt für alles ein erstes Mal.«

Henke lächelte. »Danke, dass Sie so kurzfristig zugesagt haben.«

»Kein Problem. Schrecklich, was da passiert ist. Haben Sie schon eine Idee, wer Mr. Toner ermordet hat?«

»Leider nein, Doktor. Und Andrew Toner war möglicherweise nicht sein richtiger Name.«

Das ging aber schnell. »Wirklich?«

»Tja«, sagte Henke, »er hat Ihnen gesagt, er sei aus San Antonio, doch wir haben niemanden dieses Namens in San Antonio gefunden. Es gab mehrere Andrew Toners in anderen Orten in Texas, doch die haben nichts mit ihm zu tun.«

»Ich habe keine Ahnung, warum er mir einen falschen Namen genannt hat.«

»Sie sind sicher, dass er San Antonio sagte?«

»Er hat mich über meinen Telefonservice erreicht, und die sind normalerweise recht präzise. Er hat mir sogar diese Nummer hier dagelassen.« Sie reichte Henke die zehn Ziffern, die sie erst vor einer Dreiviertelstunde gewählt hatte.

»Die Vorwahl ist 2-1-0.«

»Das ist San Antonio«, sagte Grace. »Leider ist der Anschluss tot.«

»Sie haben es versucht?«

»Ich war neugierig.«

Henkes Blick wanderte über Graces undurchdringliches Gesicht. Sie holte ein Handy heraus, tippte die Nummer ein und legte mit gerunzelter Stirn wieder auf. »Tja, trotzdem danke, Doktor. Vielleicht kann ich was damit anfangen.«

Sie schob den Zettel in eine Jackentasche. »Gut. Zurück zu einer früheren Frage: Finden Sie es nicht seltsam, dass jemand so eine weite Reise für eine Therapie auf sich nimmt?«

»Unüblich, aber keineswegs seltsam. In meiner Praxis kommt das öfter vor, als Sie vielleicht denken.«

»Wie kommt das, Doktor?«

»Ich behandle Opfer traumatischer Erlebnisse und ihre Angehörigen. Das zieht Menschen von weit her an.«

Henke lächelte. »Weil Sie die Beste sind?«

»So würde ich das gern sehen, aber es liegt vermutlich daran, dass ich mich darauf spezialisiert habe. Außerdem sind viele meiner Therapien kurzfristig angelegt, da ist eine längere Anfahrt kein großes Problem.«

»Sie helfen den Menschen rasch über den Berg.«

»Ich tue mein Bestes.«

»Traumata«, sagte Henke. »So was wie PTBS?«

»Auch.«

»Und sonst?«

»Ich kann Ihnen natürlich nichts über individuelle Patienten erzählen, aber oft sind es Opfer von Verbrechen oder Verwandte von Opfern, Menschen, die schwere Unfälle überlebt oder Familienangehörige durch Krankheiten verloren haben.«

»Klingt ziemlich heftig«, sagte Henke.

»Das kann man von Ihrem Job sicherlich genauso sagen, Detective.«

»Stimmt. Also, Mr. Toner – nennen wir ihn so, bis wir mehr wissen – hat etwas richtig Schlimmes erlebt oder kennt jemanden, der Schlimmes erlebt hat, und ist unter Umständen aus Texas hierhergeflogen, um sich von Ihnen therapieren zu lassen. Wäre nett zu wissen, was er genau erlebt hat.«

»Dabei könnte ich Ihnen sogar ein wenig weiterhelfen«, sagte Grace. »Vor Jahren habe ich ein Paper veröffentlicht über die psychischen Folgen, unter denen Familienangehörige von Mördern leiden. Am Beispiel eines Patienten. Andrew Toner hat diesen Artikel zitiert, als er hier war. Als ich dann aber Genaueres wissen wollte, hat er die Sitzung abgebrochen.«

»Abgebrochen?«

»Er wurde nervös und ging.«

»Nervös wegen was, Doktor?«

»Wenn ich das wüsste.«

Henke bog ihre Finger. »Flog ein, flippte aus und floh.«

»Ausflippen ist zu viel gesagt«, berichtigte Grace. »Er begann, sich unwohl zu fühlen.«

»Kommt das bei Ihren Patienten häufiger vor? Dass jemand es sich anders überlegt?«

»In meinem Beruf kann alles passieren.«

Henke dachte darüber nach. »Wie lange war er denn hier?«

»Nur ein paar Minuten – etwa zehn bis fünfzehn, würde ich sagen.«

»So lange, dass Sie sich gemerkt haben, was er anhatte.«

»Ich versuche, auf alles zu achten.«

»Na ja, das ist gut. Was ist Ihnen denn sonst noch an ihm aufgefallen?«

»Er schien ein netter Mann zu sein, der ein Problem hat.«

Henke rutschte ein wenig tiefer auf ihrem Stuhl, als wollte sie es sich für eine längere Sitzung bequem machen. »Irgendeine Idee, warum er Ihre Visitenkarte im Schuh hatte?«

»Nein. Sieht so aus, als wollte er verbergen, dass er therapeutische Hilfe suchte.«

»Vor wem verbergen? Hat er erwähnt, dass er mit jemandem zusammen reist?«

Grace schüttelte den Kopf.

»Und Sie haben keine Vermutung, was ihn nervös gemacht haben könnte?«

Dass er der Frau gegenüberstand, die er am Vorabend ...

»Nein, tut mir leid.«

»Er wurde abweisend und hat sich aus dem Staub gemacht.«

Ganz schön hartnäckig, die Frau. In ihrem Job war das eine nützliche Eigenschaft. Allerdings unangenehm, wenn man selbst ins Visier geriet.

»Ich wünschte, ich könnte Ihnen mehr sagen.«

Henke griff in ihre Patchworktasche und holte einen Notizblock heraus. Sie blätterte eine Seite um, dann noch eine. »Ich will Ihnen nicht allzu viel Zeit rauben, aber es rächt sich am Ende immer, wenn man Details übersieht.«

»Ich verstehe.«

Henke las weiter und klappte dann den Block zu. »Ich muss immer wieder an die Visitenkarte im Schuh denken.

So was habe ich noch nie gesehen, ich meine, das klingt doch nach Mantel und Degen, oder?«

»Stimmt.«

»Und Sie sagen mir jetzt, der Mann könnte mit einem Mörder verwandt sein – haben Sie übrigens dieses Paper, das Sie geschrieben haben? Das klingt spannend.«

»Nicht zur Hand, aber ich nenne Ihnen gern die Quelle.« Henke schrieb mit, was Grace ihr diktierte.

»Darf ich Ihnen eine Frage zum Mord stellen?«, wollte Grace wissen.

Henke sah auf. »Wenn ich kann, werde ich gern antworten.«

»Auf dem Foto, das Sie mir gezeigt haben, sind keine Wunden zu sehen.«

»Wie er gestorben ist? Durch mehrere Messerstiche. Das ist einer der Gründe, warum Ihr Artikel spannend klingt – der Verwandte eines Verbrechers. Denn es war ein Fall von Übertöten, wie wir das nennen – wenn mehr Verletzungen zugefügt werden, als zum Töten nötig sind.«

»Etwas Persönliches«, sagte Grace.

»Genau, Doktor.« Henkes Blick war hart geworden, und Grace fürchtete schon, sie hätte sich zu weit vorgewagt. »Wenn Mr. Toner tatsächlich mit einem bösen Jungen verwandt war, könnte Übertöten Sinn ergeben. Vor allem, wenn Mr. Toner daran dachte, ihn zu verpfeifen.«

Abstand zwischen sich und das Objekt des Grauens bringen. Das war ein guter Grund, um aus einem anderen Staat herzufliegen.

»Der Arme«, sagte Grace.

Henke nahm den Block in die andere Hand und blätterte mehrere Seiten um. »Oder ich verbeiße mich in die völlig falsche Idee, und Mr. Toner war einfach nur zur falschen

Zeit am falschen Ort ... Sie sagten, Sie wollten zwei Wochen weg sein.«

»Urlaub machen.«

»Schon länger geplant?«

»Geplant habe ich nichts. Ich muss einfach mal wieder die Akkus aufladen.«

»Wo wollten Sie das denn machen?«

Grace lächelte. »Ich bin offen für Vorschläge.«

»Hm«, sagte Henke. »Hawaii ist schön.«

»Ich werde darüber nachdenken.«

»Also keine Urlaubspläne, aber die Praxis wird geschlossen sein.«

»Genau.«

»Mr. Toner wusste das, wollte aber trotzdem einen Termin.«

»Er war informiert, wollte aber dennoch kommen.«

»Das verrät mir, dass er mit einer einmaligen Sache gerechnet hat.«

»Klingt logisch.«

»Können Sie sich noch an was anderes erinnern, Doktor? Jede Einzelheit zählt.«

Grace tat, als würde sie nachdenken, und schüttelte dann den Kopf. »Tut mir leid.«

»Eine üble Geschichte«, sagte Henke. »Der Obdachlose, der ihn gefunden hat, war mit den Nerven völlig am Ende – oh, haben Sie zufällig gesehen, was Mr. Toner für ein Auto fuhr?«

»Ich habe ihn nicht auf die Straße begleitet.«

»Warum auch ...« Henke steckte den Block wieder in die Tasche und stand auf. »Ich sammle nur Informationen, Doktor. Vielen Dank noch mal, dass Sie sich Zeit genommen haben. Wenn Ihnen noch was einfällt, und sollte es noch so unbedeutend erscheinen, rufen Sie mich bitte an.«

Mir ist alles Mögliche eingefallen. Atoner zum Beispiel. Das Wortspiel mit seinem Namen. Ob Henke darauf kommen würde? Grace stellte sich vor, wie sie reagieren würde, wenn sie ihr ihre Entdeckung verraten würde.

Wirklich, Doktor. Das haben Sie herausbekommen? Beeindruckend.

Eine Frau, die dafür bezahlt wurde, sich mit dem Schlimmsten zu beschäftigen, würde jedes Geschenk mit Misstrauen betrachten.

Grace begleitete Henke zum Wartezimmer, ließ sie aber selbst die Tür öffnen.

»Viel Glück, Detective. Elaine.«

»Danke, Doktor. Glück kann ich gut gebrauchen.«

Kapitel 16

Grace teilte die Vorhänge einen Spaltbreit und sah zu, wie Henke in ihrem weißen Ford Taurus davonfuhr, ehe sie in das Therapiezimmer zurückkehrte. Der Raum fühlte sich anders an, irgendwie nicht mehr sicher, als wäre ein Zugangscode geknackt worden.

Und so war es in gewisser Weise auch: Zum ersten Mal hatte sie an ihrem Schreibtisch gesessen, eingerahmt von ihren Zeugnissen, und war nicht wie eine Expertin behandelt worden.

Mehr noch: Sie hatte keine Ahnung, ob dieses Gespräch mit der Polizistin ihr aus dieser ... dieser Patsche geholfen hatte. War sie für Henke immer noch »von polizeilichem Interesse«?

Oder hatte sie gar alles noch schlimmer gemacht? Zwei Wochen frei, aber keine Urlaubspläne? Objektiv betrachtet, klang das doch sonderbar. Wie sollte irgendjemand, geschweige denn eine Polizistin, verstehen, wie sie lebte?

Die große Gefahr bestand darin, dass Henke herausfand, dass ein dunkelhaariger Mann in Tweedjackett und Baumwollhose das Opus Hotel am Arm einer schlanken Frau mit kastanienbraunem Haar verlassen hatte.

Unwahrscheinlich, aber nicht unmöglich. Ohne echte Spur konnte jemand wie Henke – die vermutlich durchaus kompetent, aber nicht unbedingt brillant war und sich für diesen Beruf entschieden hatte, weil ihr die Polizei eine feste Struktur bot – leicht einen Tunnelblick entwickeln und in dem wenigen herumstochern, was sie in der Hand hatte.

Etwas Positives gab es immerhin: Was im Parkhaus geschehen war, würde nie herauskommen.

Es sei denn, Andrew hatte jemandem davon erzählt ...

Es gab keinen Grund zu glauben, dass er das getan hatte, doch sollte Henke ihn irgendwie mit dem Hotel in Verbindung bringen – weil sein Konterfei in den Fernsehnachrichten erschien oder eine Zeitung einen Artikel mit seinem Foto veröffentlichte –, musste Grace damit rechnen, dass jemand – Minirock oder ein Gast – Probleme machte.

Allein die Tatsache, dass Grace verschwiegen hatte, Andrew zuvor begegnet zu sein, würde sie in Schwierigkeiten bringen.

Bestenfalls Geschäftsschädigung.

Schlimmstenfalls ein kafkaesker Albtraum.

War sie zu selbstbewusst aufgetreten?

Grace spürte, wie sich ihr Magen wieder einmal verkrampfte. Ein frühes Warnsignal, Frühsymptom eines Anfalls. Sie atmete tief durch und machte zweimal ihre Entspannungsübungen, die ihr allenfalls eine leichte parasympathische Stimulation bescherten.

Vergiss doch diesen Körper-Geist-Mist. Was du brauchst, ist Beschäftigung für dein Hirn.

Konzentration.

Zwei Tassen starker Tee und der Akt des Zubereitens halfen. Außerdem die Vorstellung, ihr Selbstbild als Expertin wiederherzustellen. Indem sie in diesem Zimmer an diesem Schreibtisch saß.

In *ihrem* Zimmer.

In *ihrer* Welt, in der sie anderen half.

Ein dummer Fehler konnte das alles zerstören.

Denk nach. Wie ließ sich das Risiko eindämmen?

Sie spülte ihre Tasse, kehrte zu ihrem Schreibtisch zurück und legte mit geschlossenen Augen eine Liste von Strategien an.

Um sie alle bis auf eine wieder zu verwerfen. Das Einzige, was sinnvoll erschien, war, Henke vom Opus abzulenken, indem sie ihr eine alternative Unterkunft anbot.

Dazu musste sie erst einmal Andrews Verhalten analysieren.

Er hatte nicht im Opus gewohnt, war dort aber in die Bar gegangen. Weil seine Unterkunft keine Atmosphäre bot? Oder sonstige Vorzüge?

Hatte sein Hotel vielleicht nur eine Minibar mit Billigbier zu bieten?

Vielleicht hatte er aber auch eine nette Bleibe gefunden und suchte nur ein wenig Abwechslung.

Das Wetter war jedenfalls schön gewesen, und ein gesunder junger Mann, der gerade erst in der Stadt angekommen war, hatte vielleicht Lust auf einen Spaziergang gehabt.

Andererseits war er in der Innenstadt erstochen worden. Bedeutete das, dass sein Hotel in dieser Gegend lag?

Ein Gewaltmarsch quer durch die Stadt ergab keinen Sinn, wenn man sich entspannen wollte. Aber vielleicht war der arme Kerl nur dorthin transportiert worden, um seine Identifizierung zu erschweren.

Der Mörder hatte nicht mit einer Visitenkarte im Schuh gerechnet.

Warum hatte Andrew das getan?

Warum hatte er Graces Hilfe gesucht, obwohl er wusste, dass es ihn in Gefahr bringen würde?

Sie verwarf den Gedanken wieder und konzentrierte

sich auf ihre unmittelbare Aufgabe: herauszufinden, wo er genächtigt hatte.

Sie nahm das Opus als Ausgangspunkt und bewegte sich bei ihrer Suche nach Unterkünften in konzentrischen Kreisen davon weg. Das Internet lieferte eine Liste von Adressen in einem Radius von sieben Kilometern. Die Gelben Seiten ergänzten fehlende Hotels, und bald hatte Grace eine handschriftliche alphabetische Liste erstellt, die mit einer Flut lästiger hypothetischer Fragen einherging.

Was, wenn er nicht im Hotel, sondern bei einem Freund oder Verwandten untergekommen war?

Was, wenn die These vom Spaziergang Humbug war und er gar nicht müde vom Flug war, weil er mitten in Los Angeles wohnte?

Atoner.

Roger. Für Helen.

Grace hatte den Namen gewählt, weil ihre letzte Patientin an diesem Tag so hieß. Zu der Zeit war das ein netter kleiner Insiderscherz gewesen. Inzwischen fand sie es geschmacklos. Was, wenn Andrew einen ähnlichen Trick verwendet hatte? Dann könnte man ihn leichter identifizieren.

Ob er so abgebrüht gewesen war? Graces Radar für Betrüger hatte nicht angeschlagen. War sie nachlässig geworden? Oder war Andrew am Ende doch nichts anderes als ein anständiger Kerl gewesen, der Hilfe brauchte?

Der Sohn/Bruder/Cousin eines Mörders, der sich von der Tochter einer Mörderin inspirieren ließ.

Grace beschloss, nicht weiter darüber zu grübeln. Es gab viel zu tun.

Sie schlüpfte wieder in das gleiche alberne Alter Ego wie bei der Rezeptionistin des Opus und begann zu telefonieren.

Das Alastair, ein »Sechs-Sterne-Gästehaus« am Burton Way, antwortete mit einer warmen männlichen Stimme, die bedauerte, niemanden namens Andrew Toner oder Roger beherbergt zu haben.

Das Gleiche ergab sich beim Beverly Carlton, beim Beverly Carlyle, beim Beverly Dumont und vierzehn weiteren Hotels.

Achtzig Minuten später schließlich, im St. Germain am North Maple Drive, reagierte ein Mann mit osteuropäischem Akzent mit unangenehmem Lachen.

»Interessant, dass Sie nach ihm fragen. Ihr Mr. Toner hat für zwei Tage bezahlt und wollte dann um einen Tag verlängern. Als das Zimmermädchen heute Morgen bei ihm saubermachen wollte, war er weg, mitsamt seinen Sachen. Wir hatten aus Gefälligkeit Bargeld angenommen. Sie wissen nicht zufällig, wo wir ihn finden könnten?«

»Ich hatte gehofft, Sie könnten mir das sagen.«

»Tja, wenn Sie ihn sehen, richten Sie ihm aus, dass es so nicht geht.«

Grace ließ den Aston in der Garage und nahm stattdessen den Toyota, weil sie unter keinen Umständen auffallen wollte. Dann fuhr sie in südlicher Richtung auf den Doheny Drive.

Die Maple Street zwischen Civic Center und Alden Drive war vom Norden her nicht befahrbar, weil die Southern-Pacific-Railroad-Eisenbahngesellschaft dort vor langer Zeit ein Areal eingezäunt hatte. Von der Third Street aus Richtung Süden gelangte Grace in eine dunkle, ruhige Wohngegend. Auf der anderen Seite der Straße erhoben sich riesige Bürotürme.

Keine Gegend, in der man ein Hotel erwartete, und es

war auch nirgendwo eines zu erkennen. Doch die Idee war ihr sofort klar – die Adresse war nicht weit von ihrer Praxis entfernt. Man konnte leicht zu Fuß dorthin gelangen, wenn man am Bahngelände entlangging, hinter dem gleich die irrwitzige Kreuzung von Melrose Avenue und Santa Monica Boulevard lag.

GPS konnte aus jedem einen Navigator machen.

Grace fuhr die Straße entlang, bis sie die gesuchte Adresse auf den Bordstein gemalt fand, und verglich sie zur Sicherheit mit ihren Notizen. Sie wendete und parkte ein Stück weiter auf der gegenüberliegenden Straßenseite.

Das Haus war ein georgianisches Relikt der 1920er Jahre, zweistöckig, genau wie die anderen in der Straße, und durch nichts als Hotel zu erkennen. Der whiskeyfarbene Schein in einem Fenster im Parterre klärte sich auf, als Grace aus dem Wagen stieg und vom Gehsteig aus hinsah: Durch die leicht schiefen Lamellen altmodischer Jalousien drang Licht.

Der Vordereingang war eine dunkel gestrichene Tür, doch es gab sicher auch einen Ausgang zum Garten. Ein wappenartiges Schild, das mitten auf dem holprigen zementierten Gehsteig aufragte, trug eine schwer leserliche Aufschrift: *The St. Germain*.

Darunter verkündete ein kleineres Schild: *Zimmer frei*.

Grace wagte sich ein paar Schritte näher. Über der Tür stand: *Rezeption. Bitte läuten*.

Ein herzliches Willkommen sah anders aus, aber wenn man inkognito bleiben wollte, war das hier genau das Richtige.

Die Internet-Bewertungen, die sie gelesen hatte, waren gemischt gewesen: anständige, saubere Zimmer, aber kein Restaurant, kein Aufenthaltsraum, kein Zimmerservice.

Genau wie sie gedacht hatte: Ein Mann konnte durstig, hungrig, einsam werden. Und ging dann auf Tour.

Sie stieg wieder in ihren Kombi und fuhr los, in Gedanken bei Andrew und wohin ihn sein Weg am ersten Abend geführt hatte. In nördlicher Richtung wäre er bald auf einen Maschendrahtzaun gestoßen, doch Richtung Süden, Südwesten wäre er mitten in Beverly Hills gelandet, wo ihm das Opus Hotel wie ein leuchtendes Versprechen erschienen sein musste.

Man geht hinein, setzt sich in einen bequemen Sessel und bestellt sich etwas zu trinken.

Man sieht eine Frau an.

Sie erwidert den Blick.

Und plötzlich ist alles anders.

Kapitel 17

Es gab doch nichts, was den Appetit mehr anregte als Erfolg. Mit endlich knurrendem Magen fuhr Grace zu einem indischen Restaurant in West Hollywood, das mittags immer voll, abends jedoch weniger besucht war.

Heute bestand die Kundschaft aus drei tätowierten Hipstern, die mit finsteren Mienen vor ihren Tellern saßen, und einem gut angezogenen älteren Pärchen, das Händchen hielt. Der Inhaber, ein Sikh mit Turban, lächelte sanft und führte Grace in eine ruhige Ecke, wo sie, ohne in die Karte zu schauen, Shrimps Spezial und Chai bestellte. Während sie an Namak-Pare-Kräckern knabberte, überlegte sie, wann sie Henke mit ihrer Entdeckung beglücken sollte.

Es war ein doppeltes Geschenk: Sie hatte nicht nur herausgefunden, wo Andrew gewohnt hatte, sondern auch dass er vor drei Tagen dort eingecheckt hatte. Diese Information konnte Henke helfen, seine Reisedaten zu ermitteln.

Der Restaurantinhaber brachte ihr den Milchtee und versicherte, dass ihre Bestellung in Kürze folgen würde. Es werde alles frisch zubereitet.

Sollte sie Henke überhaupt von dem Hotel erzählen? Wenn, dann nicht heute, frühestens morgen Vormittag. Gegen Mittag am besten, denn das würde bedeuten, dass sie zwar neugierig war, sich aber nicht die Nacht um die Ohren geschlagen hatte, um zu recherchieren.

Dann legte sie sich ihre Geschichte zurecht: Sie hatte zwar eigentlich in Urlaub fahren wollen, war dann aber so von Andrews Tod schockiert gewesen, dass sie die Abreise verschoben hatte, um auf eigene Faust zu ermitteln. Um das Gefühl zu haben, etwas *zu tun*.

War das übertrieben? Sollte sie lieber intellektuelle Wissbegier vorschieben, garniert mit Empathie? Das würde sie noch entscheiden.

Seien Sie dankbar, Detective Henke. Sie dürfen sich revanchieren, indem Sie mich einfach vergessen.

Doch einen Haken gab es: Was, wenn Henke das St. Germain aufsuchte und ihr der schlecht gelaunte Nachtportier erzählte, dass eine besorgte Cousine da gewesen sei. Würde das nicht Verdacht wecken?

Dann lieber am Drücker bleiben, vielleicht würde Henke nur darüber lachen. Eine exzentrische Therapeutin, die Polizei spielte – waren diese Seelenklempner nicht alle ein bisschen gaga?

Teilweise Ehrlichkeit war die beste Strategie.

Graces Essen kam. Köstlich. Es schien ihr bestens zu bekommen. Alles sah schon wieder gut aus.

Sie fuhr zur Praxis zurück, um den Aston zu holen, und rief bei der Gelegenheit ihren Telefondienst an, weil man das als verantwortungsvolle Therapeutin eben so machte.

Die Telefonistin sagte: »Ein Anruf, Dr. Blades. Eine Elaine Henke. Sie meinte, Sie könnten jederzeit zurückrufen, sie bleibe lange auf.«

Halb elf, und die Frau saß immer noch an ihrem Schreibtisch. »Ist Ihnen noch etwas eingefallen, Dr. Blades?«

»Um ehrlich zu sein«, erwiderte Grace, »ich habe gerade

etwas Ungewöhnliches getan. Aber es könnte Ihnen helfen.«

Henke hörte zu. »Wow«, sagte sie dann. »Ich bin beeindruckt, Doktor. Das mit der Cousine gefällt mir, das könnte ich auch mal versuchen.«

Grace lachte. »Schlafen Sie gut.«

»St. Germain«, fuhr Henke fort. »Nie davon gehört.«

»Ich auch nicht.«

»Ein falscher Name, Barzahlung, vielleicht hatte er Dreck am Stecken ... Ist Ihnen da was aufgefallen?«

Grace hatte das eigenartige Gefühl, Andrew verteidigen zu müssen. »Überhaupt nicht.«

»Klar, so kurz, wie Sie ihn gesehen haben ... ach, das habe ich ganz vergessen, Ihnen zu erzählen, Doktor. Ich habe da auch etwas entdeckt. Ich konnte nicht aufhören, auf diesen Namen zu starren. Irgendetwas kam mir daran seltsam vor, ohne dass ich es benennen konnte. Dann irgendwann kam ich drauf. Weil ich seinen Vornamen abgekürzt hatte. A. Toner. Verstehen Sie?«

»Ehrlich gesagt, nein.«

»A. Toner. *Atoner*, Doktor. Der Büßer. Wenn das stimmt, wundert mich nicht, dass man ihn unter diesem Namen nicht findet.«

»Aber Sie sagten, es gibt in Texas mehrere Personen, die tatsächlich so heißen.«

»Stimmt«, sagte Henke enttäuscht. »... Andererseits sind die nicht ermordet worden. Außerdem haben Sie mir von dem Artikel erzählt, den Sie geschrieben haben, das heißt, er könnte kriminelle Verwandtschaft haben. Und diese tote Telefonnummer gehört offenbar zu einem Prepaid-Telefon. Drogendealer benutzen so was. Alles in allem macht ihn das für mich schon verdächtig.«

»Klingt danach.«

»Es ist meistens so, Doktor. Menschen machen Fehler und bezahlen dafür. Aber vielen Dank für den Hinweis auf das Hotel. Damit kann ich auf jeden Fall etwas anfangen.«

»Gern geschehen.«

»Sie meinten, er wurde nervös und ging«, sagte Henke. »Das kann auch von Drogen kommen. Kokain, Amphetamine. Ist Ihnen an seinen Pupillen etwas aufgefallen?«

Am Abend davor, Elaine. Da waren sie bis zum Äußersten geweitet, vor Erregung.

»Nein«, erwiderte Grace. »Aber es gab keine Anzeichen für einen Rauschzustand.«

»Und Sie würden das natürlich bemerken«, sagte Henke. »Okay, danke nochmals, ich werde mir morgen als Erstes dieses Hotel ansehen. Sie haben sich Ihre Ferien wahrhaft verdient. Genießen Sie sie! Wo soll's denn hingehen?«

Die Lüge ging ihr leicht über die Lippen. »Vielleicht Hawaii.«

»Als ich noch verheiratet war, bin ich mit meinem Mann regelmäßig nach Hawaii.«

Was war das denn jetzt, Weibertratsch?

»Können Sie was empfehlen?«, fragte Grace.

»Big Island ist schön – ach ja, eines noch. Ist Ihnen zufällig aufgefallen, dass Mr. Atoner sich die Haare gefärbt hatte?«

»Nein.« Grace war aufrichtig überrascht.

»Der Coroner hat helle Haarwurzeln entdeckt. Von Natur aus war er wohl hellbraun. Was halten Sie davon?«

»Männer machen so was heutzutage.«

»Wenn er schon älter gewesen wäre, würde ich sagen,

klar, reine Eitelkeit. Aber Haar, das nicht mal grau ist, einfach abzudunkeln, wozu soll das sonst gut sein als zur Tarnung? Ich bekomme allmählich wirklich einen Eindruck von diesem Typ. Aber jetzt erst mal: Aloha.«

Kapitel 18

Grace blieb an ihrem Schreibtisch sitzen und dachte darüber nach, wodurch sich Andrew für Henke verdächtig gemacht hatte. Es konnte auch ganz anders gewesen sein: Vielleicht hatte er sich auf eine gefährliche Reise begeben – eine Büßerreise – und nur versucht, sich zu schützen.

Und vielleicht auch Grace – wozu sonst hatte er ihre Visitenkarte in seinen Schuh gesteckt?

Ihr wollte kein anderer Grund einfallen.

Mein Held?

Ihre Augen begannen zu schmerzen, und sämtliche Gelenke in ihrem Körper schienen steif geworden zu sein. Mit einem Mal wollte sie nur noch weg – aus der Praxis, aus der Stadt. Von ihren Gedanken. Von allem.

Vielleicht sollte sie tatsächlich noch einmal Big Island ausprobieren. Oder Costa Rica. Regenwald klang spannend.

Sie schloss die Praxis ab und eilte in die Garage, um in den DB7 zu steigen. Sie würde über den Sunset Boulevard nach Malibu fahren, um die Fahrt etwas auszudehnen. Sie konnte die Entspannung gebrauchen.

Der Wagen verhielt sich wie immer wie ein sanfter Liebhaber, während sie ihn mit viel zu hohem Tempo um die Kurven lenkte. An die Grenzen ihres fahrerischen Könnens zu gehen und dabei die Kontrolle zu behalten, das war für sie die beste Ablenkung. Als Grace die Küste erreichte, ging es ihr schon wieder viel besser.

Es dauerte eine ganze Weile – sie durchquerte Las Tunas Beach –, ehe sie merkte, dass ihr jemand folgte.

Wenn sie allein fuhr, passte Grace sonst immer besonders auf. Nicht heute Abend.

Hatte sie einen Riesenfehler gemacht?

Oder bildete sie sich den Verfolger nur ein? Auf und ab wippende Scheinwerfer – vermutlich aufgrund schlechter Stoßdämpfer – über mehrere Kilometer?

Sie blickte in den Rückspiegel. Die Lichter waren immer noch da. Wie leuchtende bernsteinfarbene Monde.

Dann verschwanden sie, als sich erst ein, dann noch ein Fahrzeug dazwischenschob.

Doch falscher Alarm? Oder wurde sie gerade Zeuge von etwas, das ihr Shoshana Yaroslav beigebracht hatte: in der Deckung fahren? Wenn es das Ziel war, unerkannt zu bleiben, dann war das Ziel verfehlt. Jedenfalls konnte Grace nicht aufhören, in den Rückspiegel zu schauen.

Sie beschleunigte. Das Auto mit den wippenden Scheinwerfern schloss auf, blieb zurück, und das schon zum zweiten Mal innerhalb von acht Kilometern. Das war viel zu viel Bewegung gemessen daran, wie spärlich der Verkehr auf dem Küsten-Highway zu dieser nächtlichen Stunde war.

Sie dachte an die bullige Limousine, die am Abend von Andrews Besuch in ihrer Straße erst auf sie zugerollt war und dann unvermittelt gewendet hatte. Der Vorfall hatte einen inneren Alarm bei ihr ausgelöst. Wenn ihr wirklich jemand folgte, hatte die Jagd bereits begonnen, als sie in West Hollywood losfuhr?

War es vielleicht sogar dasselbe Auto? Der Abstand zwischen den Frontscheinwerfern mochte passen, doch mehr konnte sie nicht erkennen.

Sie wechselte auf die langsame Spur.

Neunzig Sekunden später folgten die wippenden Lichter, jetzt unverstellt.

Es war auf jeden Fall kein Kleinwagen, auch kein Pick-up ... Grace bremste unvermittelt ab, und der Verfolger konnte nicht schnell genug reagieren, sodass sie einen besseren Blick auf den Wagen bekam.

Eine Limousine. Bullig? Schon möglich.

Beim ersten Mal hatte der Wagen in der Nähe ihrer Praxis gestanden, noch lange nachdem Andrew gegangen war. Irgendwann in derselben Nacht hatte jemand Andrew aufgelauert und ihn in menschlichen Müll verwandelt, den er an einem kalten, dunklen Ort zurückließ.

Das Timing passte aber nicht. Vielleicht ging auch einfach nur ihre Fantasie mit ihr durch – es sei denn, es waren zwei Personen im Spiel.

Jemand, um Andrew zu erledigen, und jemand, um Andrews Saustall aufzuräumen.

Falls er bis zu ihrer Praxis verfolgt worden war, war auch nicht schwer gewesen, herauszufinden, was er dort wollte, denn ihr Namensschild – klein, diskret, aus Bronze – zierte den Vordereingang.

Ein Besuch beim Psychologen als todbringende Sünde? Als Erster war Andrew bestraft worden, und jetzt war Grace an der Reihe? Die Limousine kam näher. Sie gab Gas, der Verfolger blieb zurück, es war zu dunkel, um mit Gewissheit zu sagen, um welches Automodell es sich handelte ... dann schob sich wieder ein Kleinwagen dazwischen.

Grace wechselte erneut die Spur.

Diesmal nahm sich die Limousine Zeit, bis sie wieder direkt aufschloss, doch sie war immer noch da, näher als je zuvor. Grace verlangsamte, sodass die Limousine bremsen musste. Der Wagen passte sich an die Geschwindigkeit an und ließ einen Pick-up vor.

Nach allem, was Grace wusste, gehörte der auch dazu.

Doch sie durfte auf keinen Fall zulassen, dass Furcht in ihr aufkam, und so bemühte sie sich nach Kräften, Wut zu entfachen. Die hatten vielleicht Nerven, diese Arschlöcher … La Costa Beach kam näher. Es war höchste Zeit, einen klaren Gedanken zu fassen.

Heimzufahren kam nicht infrage. Sobald sie ihr Haus betreten hatte, wäre sie ein allzu leichtes Ziel. Doch die einzigen Abfahrten vom Küsten-Highway waren dunkle Serpentinenstraßen, die sich durch Schluchten schlängelten und nirgendwohin führten.

Es gab also nur eine Lösung: weiterfahren. Doch auch das war langfristig keine Lösung, denn sobald sie Colony und die Hügellandschaft vor der Pepperdine University hinter sich gelassen hatte, würde der Verkehr noch dünner werden, die Straße wäre verlassen und sie schutzlos ausgeliefert, wenn jemand sie von der Straße drängen wollte.

Oder aus einem Autofenster eine Waffe auf sie richten wollte.

Es sei denn, sie lag falsch. Sie hatte die Hoffnung noch nicht aufgegeben, doch als die Limousine immer weiter aufschloss und sie den Aston bis weit über das Tempolimit beschleunigen musste, starb diese Hoffnung.

Kein Zweifel mehr.

Warum hatte sie nicht aufgepasst? Dass sie sich diese Frage stellte, hatte nichts mit Selbstzerfleischung zu tun. Sie wollte nur verhindern, dass sie denselben Fehler noch einmal machte.

Die Antwort war offensichtlich: geistige Erschöpfung.

Die Neuronen in ihrem Hirn waren voll und ganz damit beschäftigt gewesen, an Andrew zu denken. Und dann damit, *nicht* an Andrew zu denken.

All die mentale Anstrengung hatte zu einer Überlastung geführt, sodass sie am Ende Shoshana Yaroslavs erstes Gebot missachtet hatte: *Mir ist völlig egal, für wie tough und frei Sie sich halten, Sie sind eine Frau und somit grundsätzlich verletzlich. Also behalten Sie Ihre Umgebung im Auge.*

Das zweite Gebot lautete: *Tun Sie, was nötig ist. Es sei denn, Sie glauben an Reinkarnation und finden Gefallen an der Idee, als Käfer wiedergeboren zu werden.*

Wer brauchte da noch acht weitere?

Sie lenkte leicht nach rechts, um die langsame Spur besser im Auge zu haben. Sie war leer. Augenblicklich trat sie das Gaspedal bis zum Boden durch, und binnen Sekunden kletterte die Tachonadel auf hundertsechzig Stundenkilometer. Grace ließ sie alle hinter sich, die tanzenden Lichter, den Pick-up und alle anderen.

Selbst bei diesem Tempo drehte der DB7 kaum hoch. Strommasten huschten vorbei wie Streifen auf einem Vorhang. Die zwölf Zylinder unter der Motorhaube schnurrten wohlig – endlich darf ich mal loslegen! –, und Grace lächelte.

Diese Geschwindigkeit fühlte sich absolut natürlich an, außerdem war sie über diese Straße schon mit praktisch geschlossenen Augen gerast, kannte sämtliche Bodenwellen, Biegungen und Besonderheiten, und wenn sie von der Polizei angehalten würde, umso besser. Sie würde sich voll geständig zeigen und sich die strenge Strafpredigt des Officers anhören, während sie über die Schulter beobachtete, wie das wippende Auto vorbeifuhr.

Doch auch auf dem Weg durch La Costa, vorbei an dem

Nanosekunden währenden Schleier, der ihr Haus war, durch Malibu Pier und Surfrider war nirgends eine Spur von Gesetzeshütern zu entdecken.

Zu allem Überfluss war jetzt nur noch ein Paar Scheinwerfer hinter ihr, in etwa zehn Autolängen Entfernung. Keine wippenden Monde mehr. Grace sah sie jetzt als Augen. Zwei vor Neugier bernsteinfarben glimmende Augen.

Grace verlangsamte auf einhundertzwanzig, und ein unvermittelter Hüpfer der Scheinwerfer hinter ihr verriet ihr, dass auch ihr Verfolger jäh gebremst hatte. Sie beschleunigte wieder auf hundertvierzig und brachte sowohl die agile Kraft des Aston als auch die Technik zum Einsatz, die ihr Shoshana beigebracht hatte an einem anstrengenden Tag auf der Laguna-Seca-Rennstrecke in Salinas. *Nicht die Autos geraten außer Kontrolle*, hatte sie ihr eingeschärft. *Es sind die Fahrer.*

Bremsen Sie nur, wenn nötig, denn Bremsen und Beschleunigen bringt den Wagen ins Schaukeln, und bei hoher Geschwindigkeit kann das zu Traktionsverlust führen. Wenn Sie unbedingt bremsen müssen, tun Sie es im Scheitelpunkt der Kurve und beschleunigen dann.

Damals hatte das Spaß gemacht. Heute war es nützlich. Grace raste an Malibus westlichen Stränden entlang, immer noch in der Hoffnung, irgendwo Polizei zu sichten. Immerhin verschwanden die hüpfenden Scheinwerfer.

Dann kam sie in der Nähe des eingezäunten öffentlichen Strandes von Zuma auf einen geraden Abschnitt der Straße, und plötzlich waren sie wieder da.

Kamen näher, geradewegs auf sie zu.

Sie zog scharf nach rechts auf den Randstreifen und machte eine Vollbremsung. Das schürfende Knirschen klang schlimm, und sie hoffte, dass der tief liegende Bauch des Aston keinen Schaden genommen hatte.

Sie legte den Leerlauf ein, schaltete die Beleuchtung aus, nahm den Fuß von der Bremse, um die Bremsleuchten zu deaktivieren und verließ sich darauf, dass die Handbremse den schnaubenden Tiger im Zaum hielt. Dunkle Nacht, ein schwarzes Auto. Sie konnte unmöglich zu sehen sein.

Der Aston wehrte sich gegen die Fesseln, blieb jedoch stehen. Jetzt würde sie aufpassen, wenn die Limousine vorbeikam.

Doch sie kam nicht. Ob der Verfolger irgendwie den spiegelnden Lack, die Chromfelgen oder das Fensterglas bemerkt hatte?

Was auch immer es war, jedenfalls raste er erneut auf sie zu.

Sie löste die Handbremse und wartete, den Blick im Rückspiegel. Im richtigen Moment riss sie das Lenkrad herum und legte eine scharfe Wende hin, die das Heck des Aston auf quietschenden Reifen herumschleudern ließ.

Doch der Wagen stabilisierte sich rasch wieder, und Grace schaffte es nur knapp über den Mittelstreifen, als ein riesiger Umriss aus Richtung Norden herandonnerte.

Grace entkam dem Truck um Haaresbreite, und er schoss mit verhallendem Hupen wütend in die Nacht.

Das fröhlich-bunte Logo an seiner Seite verriet, dass er Lebensmittel für Restaurants lieferte. Irgendwie hatte Grace das lesen können, obwohl alles so schnell ging.

Und nicht nur das, auch die Einzelheiten des tanzenden Autos hatte sie wahrgenommen. Farbe: dunkel, wahrscheinlich grau, eine bullige Limousine, genau wie sie gedacht hatte, vielleicht ein Chrysler 300.

Der Wagen versuchte, sich rückwärts aus der Böschung zu befreien, in die er gerast war, doch auf dem unbefestigten Straßenrand drehten die Reifen durch. Es war zu dunkel, um das Nummernschild zu erkennen.

Geschwärzte Scheiben.

Standardfelgen.

Er blieb schließlich stehen. Die Räder hörten auf, sich zu drehen. Ein Mann stieg aus. Er war massig, breit.

Er griff an seine Seite.

Grace gab Gas.

Obwohl sie sich an das Tempolimit hielt, erreichte sie relativ schnell die Kanan Dume Road, wo sie abbog und über die Berge ins Valley fuhr, um auf den Freeway 101 Richtung Osten einzufädeln. Selbst zu dieser Tageszeit fand sich hier viel Gesellschaft in Form eines dünnen, aber beständigen Stroms an Fahrzeugen und – jetzt endlich – Gesetzeshüter, die auf dem Mittelstreifen parkten und darauf warteten, dem Steuerzahler das Geld aus der Tasche zu ziehen. Wo waren sie nur, wenn man sie brauchte?

Ein paar Kilometer weiter entdeckte sie noch einen Polizeiwagen auf der linken Straßenseite, im Dunkeln kaum zu sehen.

Jetzt versuch noch mal, mich zu kriegen, Limousinen-Mann.

Grace durchquerte das Valley und blieb auf dem 101, bis er in den 134 überging. Sie ließ Burbank hinter sich und nahm in Glendale die Abfahrt Central Avenue, weil sie keinerlei Verbindung zu dieser Schlafstadt hatte. In kürzester Zeit stieß sie auf ein neu aussehendes hohes Gebäude mit grünlicher Fassade, viel Glas und der Aufschrift Embassy Suites. Sie parkte in der Tiefgarage, nahm die Treppe in die Lobby und buchte bei der geschäftsmäßig aussehenden Rezeptionistin ein Zimmer.

Besser gesagt eine Suite mit zwei Zimmern – getreu dem Namen des Hotels und größer als Graces Strandhaus. Ein wunderbar steriles Versteck mit dem beruhigenden Geruch chemisch gereinigter Luft, Highspeed-Internet, einem LCD-Flachbildschirm und »frisch zubereitetem Frühstück in unserem luxuriösen Open-Air-Atrium«.

Grace lud ihr Laptop, zog sich aus und schlüpfte unter die Bettdecke.

Sie schlief tief und fest.

Um sechs Uhr war sie hellwach, aber nicht hungrig. Dank des Highspeed-Internets fand sie eine Apotheke in zwei Kilometern Entfernung in der Glendale Avenue, die rund um die Uhr geöffnet hatte. Ein Spaziergang kam ihr aus vielerlei Gründen gelegen, und so marschierte sie beherzt los, mit offenen Augen, jedoch ohne sich bedroht zu fühlen. Sie kaufte, was sie brauchte, und ging auf einem anderen Weg zum Hotel zurück, wo sie tat, was jetzt geboten war.

Um neun Uhr betrat eine schlanke, hübsche, sonnengebräunte Frau mit burschikos kurzem Haarschnitt und etwas zu viel Make-up das luxuriöse Open-Air-Atrium und bat um einen Ecktisch, von dem sie einen ungehinderten Blick auf den Speisesaal hätte.

Sobald sie sich niedergelassen hatte, las sie zwei Zeitungen und genoss ein herzhaftes Frühstück.

Beim Haareschneiden und Färben hatte sie immer wieder daran gedacht, dass auch Andrew sich seine dichten Locken gefärbt hatte.

Eine weitere Verbindung zwischen ihnen beiden.

Außerdem: Wenn sie ihn sich mit helleren Haaren vorstellte, regte sich etwas in ihrem Gedächtnis. Als hätte sie ihn schon einmal gesehen. Was natürlich nicht sein konnte.

Ihm war es nur darum gegangen – und damit hatte er den ganzen Schlamassel ausgelöst –, einen unvoreingenommenen Fremden zu finden.

Kapitel 19

Um zehn Uhr war Grace wieder auf dem Freeway und nahm den 405 Richtung Süden und Flughafen von Los Angeles. Sie fand ein Parkhaus für Langzeitparker, wo sie den Aston in einem abgelegenen Winkel abstellte und sich nach Überwachungskameras oder neugierigen Blicken umsah, ehe sie die Schachtel mit Kaliber .22-Kugeln aus einem Fach im Kofferraum – ehemals die Öffnung für den CD-Spieler – nahm und in ihre Handtasche steckte. Dort befanden sich neben ihrer kleinen Pistole ein Garagentoröffner, eine Maglite-Taschenlampe, eine alte Straßenkarte, die sie seit Jahren nicht benutzt hatte, eine Ray-Ban-Sonnenbrille und eine schwarze Baseball-Kappe ohne Aufschrift, die sie aufsetzte, wenn sie mit offenem Verdeck am Strand entlangfuhr.

Nachdem sie mit der Bahn zum Deck mit den Autoverleihern gefahren war, ging sie zum Stand von Enterprise und wählte einen schwarzen Jeep Grand Cherokee mit sechzehnhundert Kilometern auf dem Tacho.

Ihr nächster Halt war das Macy's-Kaufhaus in Culver City, wo sie Laufschuhe, Ballerinas mit Gummisohle, Unterwäsche, eine Cargohose, eine Stretchjeans, T-Shirts, Baumwollpullis und Rollis erstand, alles in Schwarz. Außerdem eine dünne Nylonjacke, eine Nummer zu groß, mit vier großen Taschen. Und schließlich einen billigen, aber stabilen braunen Koffer, um alles zu verstauen.

In einem Supermarkt in Sepulveda deckte sie sich mit Trailmix ein, alle Packungen, die das Regal hergab, außerdem mit Kaffee-Karamell-Bonbons, einer Kiste Wasserflaschen und zwei billigen Wegwerf-Handys. Ein drittes Mobiltelefon kaufte sie bei einem Elektronik-Discounter, der von einem Perser geführt wurde. Hinzu kamen Rind- und Truthahn-Jerky, Maischips und Salami von einem kleinen Lebensmittelladen unweit des Washington Boulevard.

Jetzt war sie bereit – zum Kampf oder zur Flucht.

Um zweiundzwanzig Uhr war sie zurück in West Hollywood. Die Dunkelheit kam ihr gerade recht, während sie durch die Straßen in der Nähe ihrer Praxis kreuzte. Nach einer Stunde stellte sie zufrieden fest, dass die bullige Limousine nirgends zu sehen war. Sie war inzwischen davon überzeugt, dass es sich wahrscheinlich um zwei Verfolger handelte, es konnte also durchaus ein zweites Fahrzeug geben. Nach einer weiteren halben Stunde, in der sie durch das Viertel kurvte, kam sie zu dem Schluss, dass hier nichts – und niemand – Ungewöhnliches zu sehen war.

Sie parkte einen Block von der Praxis entfernt, verkleidete sich mit Nylonjacke und Baseball-Kappe und steckte die Beretta in die untere rechte Jackentasche.

Über einen Umweg ging sie zu ihrem Hinterausgang. Sie sah sich um, ehe sie eintrat, und wartete, bis das Tor hinter ihr ins Schloss gefallen war.

Die Alarmanlage war immer noch an. Keinerlei Hinweise auf einen Einbruch.

Statt das Licht einzuschalten, benutzte sie ihre Maglite, um einen konzentrierten Lichtstrahl zu erzeugen, der ihr den Weg zu ihrem Büro wies. Dort schloss sie den massiven Aktenschrank mit fünf Schubladen auf, den sie in der Kammer neben dem Therapieraum stehen hatte.

In der untersten Schublade ganz hinten, verborgen unter persönlichen Dokumenten, war eine Kassette, aus der sie ihre Glock und eine Schachtel mit Neun-Millimeter-Kugeln nahm sowie sämtliches Bargeld, das sie darin angesammelt hatte, insgesamt etwas über dreitausendachthundert Dollar. Nach einem Gang zur Toilette nahm sie ihren Vorderausgang und ging auf einem anderen Weg zum Jeep, fuhr eine Viertelstunde lang herum, kam zurück und parkte so, dass sie beide Türen zur Praxis sehen konnte.

Und wartete.

Da sich nichts ereignete, fuhr sie noch vor Tagesanbruch weg. Doch während sie auf ihrem Beobachtungsposten saß, Jerky und Koffeinbonbons aß und Wasser trank, hatte sie genügend Zeit gehabt, ihre Gedanken zu ordnen.

Zweifelsohne hatte Andrews Besuch, so kurz er auch gewesen war, sie ins Visier von Leuten gebracht, deren Geheimnis so bedeutend war, dass sie dafür zu morden bereit waren.

Der Büßer. Etwas Schreckliches musste in seiner Vergangenheit geschehen sein. Etwas Gewalttätiges. Neunzig Prozent aller Gewalttaten wurden von Männern verübt, also vermutlich war es ein Bruder, Neffe oder Cousin. Oder vielleicht der Vater.

Was also tun?

Ein Urlaub – Flucht in jeglicher Form – würde keine Lösung bringen. Im Gegenteil, sie würde sich dadurch ins Abseits manövrieren und dann schlecht vorbereitet und ein leichtes Ziel sein, wenn sie zurückkam.

Ihr Verfolger wusste, wo sie arbeitete. Vielleicht auch, wo

sie wohnte, denn es war nun einmal so, dass jeder Fünftklässler mit ein wenig Computerkenntnissen eine Adresse herausfinden konnte.

Eine vertrackte Situation.

Sie kramte nach etwas Positivem und fand schließlich etwas: Ihr Telefonservice würde allen Anrufern mitteilen, dass Dr. Blades für zwei Wochen nicht in der Praxis sein würde.

Damit hatte Grace vierzehn Tage, um etwas zu unternehmen.

Jemand anders würde vermutlich die Polizei einschalten – in Graces Fall wäre das ihr neuer Kontakt bei der Kripo.

Hallo Detective, hier Grace Blades. Mir ist gestern Abend jemand gefolgt.

Wirklich, Doktor? Wer denn?

Jemand in einem Wagen, könnte ein Chrysler 300 gewesen sein, genau konnte ich es nicht sehen.

Haben Sie das Kennzeichen?

Nein.

Wo ist das gewesen?

Küsten-Highway, Malibu.

Das ist das Revier des Sheriffs. Darf ich fragen, was Sie da gemacht haben, Doktor?

Ich war auf dem Heimweg. Es macht mir Sorge, dass die unter Umständen wissen, wo ich wohne.

Die? Mehr als eine Person?

Die, er, ich habe keine Ahnung.

Haben Sie den Sheriff schon angerufen?

Nein ...

Was auch immer Grace sagte, Henke würde es entweder nicht glauben oder für eine Fehleinschätzung halten. Oder schlimmer noch, für geistige Labilität. Man kennt das ja von Psychologen.

Es war ganz klar: Mit Henke Kontakt aufzunehmen könnte alle ihre Versuche, sich aus dem Fokus der Polizistin zu stehlen, zunichtemachen.

Bestenfalls würde Henke ihr zwar glauben, hätte dann jedoch nichts weiter anzubieten als einen Grundkurs in Haussicherheit.

Haben Sie eine Alarmanlage? Wie wär's mit einem Hund?

An wen sollte sie sich wenden? Shoshana Yaroslav wäre mit Sicherheit eine gute Adresse, leider hatte sie vor zwei Jahren einen israelischen Hightech-Nerd geheiratet und war mit ihm nach Tel Aviv gezogen.

Delaware könnte sie mit seinem Mann bei der Mordkommission in Kontakt bringen, doch dessen Bezirk war West Los Angeles. Sie wäre für ihn nichts weiter als eine lästige Geschichte, für die er ohnehin nicht zuständig war.

Die große Frage war: Wer konnte etwas für sie tun?

Die Antwort lautete: niemand. Es war dasselbe wie immer.

Sie war auf sich gestellt. So wie sie es am liebsten mochte.

So wie es gewesen war, ehe Malcolm in ihr Leben getreten war.

In den sogenannten Entwicklungsjahren.

Kapitel 20

Zwei Monate wohnte Grace schon auf der Stagecoach Ranch, da sagte Ramona: »Heute kommt er.«

»Wer?«

»Professor Bluestone.«

Sie hatten sich gerade zum Frühstück hingesetzt, wobei sie zumeist allein waren, da sie früher als die anderen aufstanden.

Rollo und DeShawn würden in wenigen Tagen abreisen. Eine Tante hatte sich bereit erklärt, sie zu adoptieren. Ein neuer Schützling war gekommen, ein fünfjähriges Mädchen namens Amber, doch sie weinte wegen allem und verließ ihr Bett nur ungern. Bobby brauchte Ramonas Hilfe, um nach unten zu kommen, und manchmal musste er den ganzen Tag am Sauerstoff bleiben, sodass Grace ihn fast gar nicht sah.

Während sie sich Erdbeermarmelade auf ein geschmackloses Stück Toast strich, wiederholte Ramona: »Professor Bluestone.« Als müsste Grace reagieren.

Grace aß.

»Weißt du nicht mehr? Der Psychologe, von dem ich dir erzählt habe? Ich weiß, es ist schon eine Weile her, dass ich von ihm gesprochen habe. Er war in Europa, um Vorträge zu halten. Um anderen Professoren etwas beizubringen.«

Grace griff nach dem Marmeladenglas, fand eine ganze

Erdbeere, durchweicht und bestimmt süß und saftig, und spießte sie mit dem Messer auf.

»Jedenfalls«, fuhr Ramona fort, »er kommt heute. Hoffentlich ergänzt das deinen Unterricht.«

In den ersten zwei Monaten hatte Grace die Aufgaben, die Ramona in wöchentlichen Einheiten mit ihr durchging, im Eiltempo erledigt. Sie fand zwar alles supereinfach und ziemlich langweilig, doch sie fand es auch gut, dass sie dann früh fertig war und auf der Ranch herumstreunen und das tun konnte, was sie am liebsten tat: für sich sein.

Es gab viel Land um die Ranch herum, mehr als sie je gesehen hatte, und wenn man die Augen zusammenkniff und den Drahtzaun verschwimmen ließ, sah es aus, als würde alles dazugehören, bis hin zum Fuß der Berge.

Der Zaun hielt weder Kleintiere noch Insekten fern, und so waren überall Stechmücken und Spinnen, manchmal sogar Moskitos in Graces Zimmer, auch wenn Ed kam und sein stinkendes Zeug versprühte. Andererseits schien das Gift ganz gut zu wirken, wenn es um größere Tiere ging wie Kojoten oder den einen oder anderen wild dreinblickenden Köter, die sie oft bei Sonnenuntergang in der Ferne herumstreichen sah.

Einmal kam Ramona dazu, als sie einen großen Kojoten beobachtete, und sie sahen gemeinsam zu, wie das Tier herumschlich, hinter grauen Büschen verschwand und wieder auftauchte, ehe es schließlich mit den großen schwarzen, spitzen Schatten östlich der Berge verschmolz.

»Weißt du, warum er unterwegs ist, Grace?«

»Weil er Futter sucht.«

»Ganz genau, jetzt ist für ihn Abendessenszeit. Die Tiere haben wie wir einen geregelten Tagesablauf, nur dass sie keine Uhr brauchen. Außerdem werden sie nicht gefüttert. Alles, was sie brauchen, müssen sie sich selbst besorgen. Das macht sie intelligent.«

»Ich weiß«, erwiderte Grace und versuchte, von Ramona, die mit ihrem Vortrag fortfuhr, etwas abzurücken, um wieder ihren eigenen Gedanken nachzuhängen.

Manchmal las Grace Bücher aus dem Regal im Wohnzimmer, zumeist Taschenbücher über Verbrechen und Kommissare, über Leute, die sich verliebten, Schluss machten und sich gleich wieder verliebten. Die meisten unbekannten Wörter konnte sie aus dem Zusammenhang erschließen. Die, die sie nicht verstand, sah sie in Ramonas dickem Wörterbuch nach. Manchmal las sie auch darin und entdeckte ganz neue Wörter. Es gab auch Fernsehen. Sie hätte sich die Erlaubnis zum Schauen holen können, doch das tat sie nur selten, weil das Fernsehprogramm fast genauso langweilig war wie die Schulaufgaben.

Draußen, auf der linken Seite des Haupthauses, war eine unbefestigte Fläche mit einer Holzschaukel, einer Rutsche und einer Wippe; der Boden darunter war mit Gummimatten ausgelegt, und ein riesiger Baum warf beständig Blätter darauf ab.

Oft schaukelte Grace, bis Ramona sie zum Essen oder aus einem anderen Grund rief, und stellte sich dabei vor, sie könnte fliegen. Hin und wieder dachte sie daran, loszulassen, wenn sie am höchsten Punkt war, und überlegte, wie es wohl wäre, zu fallen und auf dem Boden aufzuschlagen. Doch sie wusste, dass das dumm war, und so verbot sie sich solche Gedanken.

Hinter dem Spielplatz und dem ehemaligen Ziegenpferch, dessen Einfriedung sogar noch intakt war, lag ein rechteckiger Swimmingpool, dessen Wasser mit der Temperatur die Farbe wechselte: Wenn es heiß wurde, bildete sich ein grüner Schleim, ganz gleich, welche Unmengen Chemikalien Ramona unter schlecht gelauntem Brummen hineinschüttete.

Grünes Wasser bedeutete, dass es warm genug zum Baden war, und eines Tages, als die Wüste vor Hitze flirrte, beinahe wie Metall, fragte Grace Ramona, ob sie ins Wasser gehen dürfe.

»In diese Erbsenbrühe? Machst du Witze?«

»Nein«, sagte Grace.

»Ja, klar. Wenn ich das erlaube, werden die vom Amt mir vorwerfen, ich würde deine Gesundheit gefährden.«

»Sind da Keime drin?«

»Na ja«, sagte Ramona. »Wahrscheinlich nicht, nur dieses klebrige Zeug. Man nennt es Algen. Wer weiß, was für Kleinvieh sich da eingenistet hat.«

»Algen sind Pflanzen, Ma'am.«

»Aha?«

»Wenn es nicht giftig ist, kann es mir ja nicht schaden.«

»Es könnte giftig sein.«

»Giftige gibt es nur im Meer. Die stinken und sind rot.«

Ramona starrte sie an. »Du kennst dich mit Algen aus?«

»Das kam vor zwei Wochen im Unterricht vor. Einzellige Organismen.«

Ramona starrte immer noch. »Du liebe Güte, Kind.«

»Also, darf ich?«

»Was?«

»Baden.«

»Auf keinen Fall. Schau doch mal, es hat eine Haut, man kann gar nicht hineinsehen. Wenn dir was passiert, würde ich das nicht mitbekommen.«

Grace entfernte sich.

»Bist du jetzt böse auf mich?«, rief Ramona ihr nach. »Es gehört zu meinen Aufgaben, gut auf dich aufzupassen.«

Grace blieb stehen und drehte sich um. Sie wusste, dass sie Ramona bei Laune halten musste, weil dies der beste Pflegeplatz war, den sie je hatte. Man ließ sie in Ruhe, und sie konnte ganz viel Zeit allein verbringen. »Natürlich nicht, Mrs. Stage«, sagte sie. »Ich verstehe das.«

Ramona zwinkerte und brachte schließlich ein Lächeln zustande. »Da bin ich aber froh, Ms. Blades.«

Am nächsten Tag hielt Ramona Grace auf, als sie nach dem Unterricht hinausgehen wollte. »Möchtest du immer noch in den Pool? Ich habe ein bisschen Nachforschungen betrieben. Du hast recht, es ist nicht gefährlich, sondern nur eklig. Also, wenn dir das nichts ausmacht und du hier am flachen Ende in meiner Nähe bleibst ...«

»Es macht mir nichts aus.«

»Damit eins klar ist, Grace, ich muss dich pausenlos im Auge behalten. Du musst immer über Wasser bleiben. Kein Tieftauchen, nicht einmal Kopf unter Wasser, nicht für eine Sekunde. Klar?«

»Klar.«

Ramona zuckte mit den Schultern. »Okay. Ich verstehe zwar nicht, warum du unbedingt da rein willst, aber wie du willst. Außerdem wirst du ein altes raues Handtuch mit Löchern nehmen, weil ich ganz sicher keins von meinen guten dafür hergebe.«

»Das graue?«

»Wie bitte?«

»Das graue Handtuch, das Sie im Wäscheschrank aufbewahren und nie benutzen?«

»Genau das«, sagte Ramona. »Gott, dir entgeht ja wirklich nichts.«

»Doch.«

»Was denn?«

»Wenn es mir entgangen ist, weiß ich es ja nicht.«

Ramona starrte sie an, während sie mit ihrem langen weißen Haar spielte. »Anwältin«, sagte sie. »Das kann ja noch spannend werden.«

Der Professor tauchte an diesem Tag nicht auf, auch nicht am nächsten. Oder in den folgenden drei Wochen.

»Tut mir leid, wenn du dir Hoffnungen gemacht hast«, sagte Ramona. »Er musste wieder auf Reisen gehen.«

»Okay«, meinte Grace.

Es gab nicht viele Dinge, die ihr etwas bedeuteten. Und nichts davon hatte mit ihren Mitmenschen zu tun.

Als Grace eines Morgens zum Frühstück herunterkam, saß am Tisch neben Ramona der größte Mensch, den sie je gesehen hatte, und trank Kaffee. Es war ein älterer Mann, wenn auch jünger als Ramona. Seine Finger, mit denen er die Tasse hielt, waren so dick, dass man den Henkel nicht mehr sah. Selbst seine Haare waren ein riesiger Haufen dunkelgrauer Wellen, die in alle Richtungen abstanden. Als er aufstand, schien er einen Großteil des Raumes auszufüllen, und eine Sekunde lang dachte Grace, er würde sich den Kopf an der Zimmerdecke anstoßen. Sie stellte schnell fest, dass sie sich irrte – trotzdem war er riesengroß.

»Na, aus den Federn gekrochen, Grace?«, begrüßte sie Ramona und stellte dann den Besucher vor: »Das ist Professor Bluestone.«

»Hallo«, sagte Grace mit ihrer weichen, angenehmen

Stimme, die sie schon früh gelernt hatte, bei Fremden einzusetzen.

»Hallo, Grace«, erwiderte der Mann. »Ich bin Malcolm. Entschuldige, wenn ich dich überrascht habe.« Er lächelte.

Grace blickte auf den Tisch. Wie üblich standen Toast, Marmelade und Gummieier da, außerdem ein Stapel Pfannkuchen und Ahornsirup in einer Flasche, die wie ein Bär geformt war. Beim Anblick der Flasche dachte Grace, dass der Riese auch irgendwie aussah wie ein Bär, mit seinem großen, runden Gesicht, den großen braunen Augen und langen dicken Armen, die lose an seiner Seite schwangen. Selbst seine Kleidung war irgendwie bärenhaft: ein weiter, fusseliger Pullover, eine extrem weite graue Hose und braune Schuhe, die an den Spitzen abgeschabt und hell waren.

Was ihn von einem Bären unterschied, war seine Brille, die rund und zu klein für sein Gesicht war, mit einem Gestell aus Schildpatt. Grace schalt sich für diesen albernen Gedanken – dass ihn nur eine Sache von einem Bären unterschied. Er trug Kleider und sprach, er war ein Mensch.

Und trotzdem war er irgendwie wie ein Bär.

»Komm und setz dich zum Frühstücken, junge Dame«, forderte Ramona sie auf.

Malcolm Bluestone nahm wieder Platz, wobei er mit einem Fuß gegen ein Tischbein stieß. Die Welt war einfach zu klein für ihn. Er lächelte Grace an, auch als sie längst saß und sich an Toast und Marmelade bediente. Sie hielt inne und sah ihm zu, wie er zwei Pfannkuchen aufspießte und in Sirup tauchte, um sie im Nu zu verspeisen.

Auch das erinnerte an einen Bären – selbst der Sirup; Bären waren schließlich verrückt nach Honig, wenn sie aus dem Winterschlaf erwachten.

Lektion achtundzwanzig: Warmblüter und ihre Temperaturregulation.

Eine Zeit lang sprach niemand. Dann deutete Malcolm Bluestone auf die Pfannkuchen. »Jemand noch interessiert daran?«

Grace schüttelte den Kopf.

»Nimm sie nur, mein Junge«, sagte Ramona.

Grace fand es witzig, dass sie den alten Mann »mein Junge« nannte. Doch dann fiel ihr ein, dass er der jüngere Bruder von Ramonas verstorbenem Mann war. Vielleicht war er für sie immer ein Kind geblieben.

Malcolm Bluestone verputzte die Pfannkuchen, wischte sich den Mund ab und goss sich Kaffee nach.

Ramona stand auf. »Ich muss mich um Bobby kümmern und die kleine Amber – ich hab dir von ihr erzählt, Mal. Du bist da der Fachmann, aber für mich sieht sie ziemlich … traurig aus.«

»Ich sehe sie mir später an«, sagte Malcolm Bluestone.

»Danke.« Ramona verließ den Raum.

Grace knabberte an ihrem Toast. Sie hatte keinen rechten Hunger mehr.

»Ich weiß, dass Ramona dir von mir erzählt hat«, sagte Malcolm Bluestone, »aber wenn du Fragen hast, beantworte ich sie dir gern.«

Grace schüttelte den Kopf.

»Keine Fragen?«

»Nein.«

»Verstehst du, warum ich hier bin?«

»Sie sind Steve Stages jüngerer Bruder und Psychologe. Sie sollen mich testen.«

Er lachte. »Das trifft den Nagel wohl auf den Kopf. Du weißt also, was ein Psychologe ist.«

»Ein Arzt, mit dem man spricht, wenn man ein Problem hat«, sagte Grace. »Und der Tests macht.«

Malcolm Bluestone wischte sich den Mund mit einer Serviette ab. An seiner Oberlippe blieb ein glitzernder Tropfen Sirup zurück. »Hast du schon mal einen Psychologen kennengelernt?«

»Nein.«

»Bist du mit einem Test einverstanden?«

»Ja.«

»Verstehst du, warum du den Test machst?«

»Ja.«

»Ich möchte dir nicht auf die Nerven gehen, aber würdest du mir das erklären? Ich möchte nur sichergehen, dass du es richtig verstanden hast.«

Seufzend legte Grace ihren Toast hin.

»Ich nerve dich«, sagte Malcolm Bluestone. »Das tut mir leid.«

Kein Erwachsener hatte sich je bei Grace entschuldigt. Zuerst war sie ganz erschüttert, doch dann war es, als würde ein Lufthauch durch sie hindurchgehen. »Der Unterrichtsstoff ist so einfach für mich, dass Ramona herausfinden möchte, ob ich noch mehr lernen kann.«

Dr. Bluestone nickte. »Sehr gut, Grace. Aber diese Art von Test ist nicht wie das, was du von der Schule kennst. Du bekommst keine Note, und die Fragen sind so strukturiert ... so gemacht, dass niemand alle Antworten kennt. Ist das okay für dich?«

»Ja.«

»Es macht dir nichts aus, wenn du mal falsch antwortest?«

»Jeder antwortet mal falsch.«

Malcolm Bluestone zwinkerte und rückte seine Brille

zurecht. »Tja, das ist wohl wahr. Also dann, Grace, wenn du so weit bist, gehen wir ins Wohnzimmer und fangen an. Mrs. Stage hat versprochen, dass wir nicht gestört werden.«

»Ich bin so weit«, sagte Grace.

Die Möbel waren verrückt worden, sodass der Couchtisch in der Mitte des Raumes stand mit zwei Klappstühlen, die gegenüber aufgestellt waren. Auf dem Boden wartete eine dunkelgrüne Aktenmappe mit einem Griff – sie sah eher wie ein kleiner Koffer aus. In Goldlettern stand darauf: WISC-R.

Malcolm Bluestone schloss die Tür. »Nimm Platz, wo du möchtest, Grace«, sagte er und setzte sich auf den Stuhl ihr gegenüber. Selbst im Sitzen füllte er den Raum aus.

»Okay«, begann er. »Dieser Test ist in Abschnitte unterteilt. Bei manchen werde ich mit diesem Ding die Zeit messen.« Er hob den Koffer mit zwei Fingern, als wäre er aus Papier, und holte eine runde silberne Uhr heraus. »Das ist eine Stoppuhr. Bei manchen Fragen werde ich dir sagen, die Zeit ist jetzt um, aber mach dir keine Gedanken, wenn du noch nicht fertig sein solltest. Ich werde dir vorher sagen, ob die Zeit gestoppt wird oder nicht, okay?«

»Okay.«

»Okay ... eines noch: Wenn du müde wirst oder zur Toilette musst oder was trinken willst – ich habe etwas mitgebracht ...« Er deutete auf mehrere Flaschen in einer Ecke. »Gib mir einfach Bescheid.«

»Kein Problem.«

»Ja, sicher, aber nur für den Fall ... ach, egal. Ich hab den Eindruck, du weißt selbst, was gut für dich ist, Grace.«

Manche Testaufgaben machten Spaß, andere waren langweilig. Manche Fragen waren so einfach, dass Grace nicht fassen konnte, dass es Menschen gab, die sie vielleicht nicht beantworten konnten, andere waren schwieriger, aber sie dachte trotzdem, dass sie ganz gut abgeschnitten hatte. Bei einer Aufgabe ging es um Vokabeln wie in der Schule, bei einer anderen musste sie ein Puzzle legen. Es gab Matheaufgaben wie im Unterricht mit Ramona, sie durfte anhand von Bildkarten Geschichten erzählen und aus bunten Plastikwürfeln Formen bilden.

Wie versprochen sagte ihr Malcolm Bluestone immer, wenn er die Stoppuhr benutzte. Grace war das gleich, sie hatte fast immer genug Zeit, und wenn sie einmal etwas nicht hinbekam, war das auch in Ordnung, schließlich hatte er ihr das versichert. Außerdem war es ihr sowieso ziemlich egal.

Als er sagte: »Das war's«, entschied Grace für sich, dass ihr die Sache sogar einigermaßen Spaß gemacht hatte. Er sah müde aus. Als er ihr Wasser anbot und sie dankend ablehnte, sagte er: »Also, ich bin wie ausgedörrt«, und leerte zwei Flaschen hintereinander.

Als er mit der zweiten Flasche fertig war, legte er die Hand auf den Mund, um ein Aufstoßen zu verbergen. Als ihm trotzdem ein leises Krächzen entfuhr, musste Grace sich beherrschen, um nicht loszulachen.

»Verzeihung ...«, sagte er und lachte. »Noch Fragen?«
»Keine, Sir.«
»So gar nichts? Pass auf, ich kann das hier in wenigen Minuten bewerten und dir dann was dazu sagen; zum Beispiel, worin du besonders gut abgeschnitten hast. Würde dich das interessieren?«
»Wenn ich dann besseren Unterricht bekomme.«

»Ja«, sagte er. »Ich kann mir schon vorstellen, dass du dich furchtbar langweilst.«

»Manchmal.«

»Bestimmt ganz oft.« Seine großen Bärenaugen waren erwartungsvoll auf Grace gerichtet, als wünschte er sich, dass sie ihm zustimmte.

»Ja, Sir, ganz oft«, sagte sie.

»Okay, du kannst rausgehen und frische Luft schnappen. Ich rufe dich dann.«

Statt ihm zu gehorchen – sie hatte genug davon, Anweisungen zu folgen –, ging Grace in die Küche, wo Bobby in seinem Spezialstuhl mit Gurt hing und Ramona versuchte, Amber mit Ei zu füttern, während die heulend den Kopf schüttelte.

»Was ist, Grace?«

»Darf ich ein bisschen Saft haben, Mrs. Stage?«

»Nimm dir.«

Bobby machte ein Geräusch und trank wieder von seinem Milchshake, den Ramona für ihn in kleine Becher goss, weil er nicht stark genug war, um eine große Tasse zu halten.

»Ganz genau«, sagte Ramona zu ihm, als würde sie mit einem Baby sprechen, »lecker ist das.«

Bobby schlürfte. »Nein, nein, nein«, heulte Amber.

Grace schenkte sich etwas Saft ein und blieb an der Spüle stehen, um auf die Wüste hinauszuschauen, ohne jedoch wirklich etwas zu sehen.

Wie so oft dachte sie: *Behinderte. Sie ist genau wie die anderen. Für Behinderte bekommt sie mehr Geld.*

Aber was ist meine Behinderung? Diese Frage beschäftigte sie.

Bobby schnaubte, spuckte und hustete, und Ramona eilte herüber, um ihm behutsam auf den Rücken zu klopfen, bis er aufhörte. Amber fing an zu weinen, und Ramona sagte: »Einen Augenblick, Schatz.«

Grace hatte sich schon lange gefragt, warum Bobby eigentlich so schwach war und kaum atmen konnte. Ramona um eine Erklärung zu bitten kam aber nicht infrage, und so schlich sie sich eines Nachmittags in sein Zimmer, während Ramona ihm unten einen Milchshake einzuflößen versuchte, und sah sich ein paar der Arzneien an, die Ramona ihm gab. Die Worte auf den Etiketten sagten ihr nichts, und den Sauerstoffapparat neben seinem Bett hatte sie schon gesehen – das Bett hatte ein Gitter, damit Bobby nicht herausfiel. Auf der Kommode lag ein Blatt Papier mit diesem Schlangensymbol, das Ärzte immer benutzten.

Die erste Zeile lautete: *Arztbericht des Bezirksamtes für Robert Evan Canova (Pflegekind).*

In der zweiten Zeile hieß es: *Dieser zwölfjährige Junge mit multiplen angeborenen Anomalien ...*

Grace hörte Ramona die Treppe heraufkommen und sauste in ihr eigenes Zimmer. Später am gleichen Tag schlug sie das dicke Wörterbuch auf und sah die Wörter nach, die sie nicht kannte. Jetzt war ihr zumindest klar, dass Bobby mit mehreren Problemen zur Welt gekommen war. Damit war sie immer noch nicht viel schlauer, aber mehr würde sie wohl nicht herausfinden.

Malcolm Bluestone kam in die Küche. »Da bist du ja. Bist du so weit?«

Ramona sah ihn mit hochgezogenen Brauen an, als wollte sie auch in das Geheimnis eingeweiht werden.

Dr. Bluestone bemerkte das nicht, weil er voll auf Grace

konzentriert war und ihr mit seinem riesigen Arm bedeutete, ihm wieder ins Wohnzimmer zu folgen.

Grace leerte ihren Saft, wusch und trocknete das Glas ab, ehe sie ihm folgte.

»Vitamin C«, meinte er. »Das ist gut für dich.«

Als sie wieder am Prüfungstisch saßen, sagte er: »Erst einmal, du hast erstaunlich gut abgeschnitten.«

Er wartete. »Ganz außerordentlich gut.«

»Schön«, sagte Grace.

»Sagen wir mal so, Grace, wenn wir tausend Kinder getestet hätten, hättest du wahrscheinlich das beste Ergebnis erzielt.«

Er wartete erneut.

Grace nickte.

»Darf ich wissen, wie du dich dabei fühlst?«

»Gut.«

»Das solltest du auch. Du hast ein großartiges … nein, mehr als das, deine Fähigkeiten sind homogen. Das bedeutet, du warst überall gut. Manchmal sind Leute in einem Teil gut, aber in einem anderen nicht so. Aber du warst überall herausragend. Ich hoffe, du bist stolz darauf.«

»Stolz« war ein Ausdruck, den Grace verstand. Allerdings bedeutete er ihr nichts.

»Klar«, erwiderte sie.

Malcolms warme braune Augen verengten sich. »Lass es mich anders ausdrücken: Du bist noch keine neun Jahre alt, aber in einigen der Testeinheiten – eigentlich in allen – wusstest du mehr als ein Kind mit vierzehn oder fünfzehn. In manchen Fällen sogar mehr als ein Siebzehnjähriger. Ich meine, dein Wortschatz ist phänomenal.«

Er lächelte. »Ich habe den Hang, zu viel zu erklären, weil

die meisten meiner Kinder das brauchen. Bei dir muss ich da aufpassen. Zum Beispiel, indem ich ›homogen‹ erkläre, obwohl du genau weißt, was es bedeutet.«

Ohne nachzudenken, sagte Grace wie aus der Pistole geschossen: »Von der gleichen Art, gleichförmig.«

Malcolm lächelte. »Du hast im Wörterbuch gelesen.«

Grace spürte, wie sich ihr Magen zusammenzog. Wie konnte er sie so rasch durchschauen? Jetzt würde er sie für sonderbar halten und das in seinen Arztbericht schreiben.

Andererseits, vielleicht würde es ihr auch helfen, sonderbar zu sein, dann wäre sie auch behindert, und Mrs. Stage würde sie behalten, weil sie mehr Geld für sie bekam.

»Das ist *fantastisch*, Grace«, sagte er. »Eine ganz wunderbare Methode, um seinen Wortschatz zu erweitern, die Struktur einer Sprache zu verstehen, Sprachwissenschaft, Etymologie – wo kommen die Wörter her, wie sind sie aufgebaut? Ich habe das als Kind auch gemacht. Immer wenn ich mich gelangweilt habe, und glaub mir, das war ich meistens, weil, ganz ehrlich, für Leute wie uns – nicht dass ich so klug wäre wie du – kann das Leben verdammt mühsam sein, wenn wir gebremst werden. Aber da kann ich dir helfen. Du bist ein Rennwagen, kein Fahrrad.«

Grace spürte, wie sich ihr Magen entspannte.

»Ich mein's ernst, Grace. Du verdienst ganz besondere Beachtung.«

Eine Woche später brachte er neues Unterrichtsmaterial mit. In der Woche darauf sagte er: »Wie fandest du das?«

»Gut.«

»Sag mal, würde es dir was ausmachen, wenn ich dich noch mal teste? Nur ein paar Aufgaben zu dem neuen Stoff. Dann weiß ich, wie wir es am besten anpacken.«

»Okay.«

Zehn Aufgaben später grinste er. »Tja, sieht so aus, als könnten wir das nächste Kapitel aufschlagen.«

Fünf Tage später brachte Ramona eine Schachtel in Graces Zimmer. »Vom Professor. Ich glaube, er hält dich für ziemlich klug.«

Sie zog ein Lehrbuch heraus. »Das ist Universitätsniveau, junge Dame. Wie hast du dich nur auf diesen Wissensstand gebracht?«

»Ich lese«, sagte Grace.

Ramona zuckte mit den Schultern. »Tja, das erklärt wohl alles.«

Drei Schachteln später kam Malcolm Bluestone wieder. »Wie läuft's denn so?«

Grace stand am Zaun, der den grünen Pool umgab, und überlegte, ob sie ins Wasser gehen sollte. Ob es sich lohnte, sich einschleimen zu lassen.

»Prima«, erwiderte sie.

»Ich werde dich nicht zum Unterrichtsstoff testen, Grace, jedenfalls nicht für eine ganze Weile. Wenn du mir sagst, dass du die Sachen weißt, reicht mir das.«

»Ich weiß aber nicht alles.«

Sein Lachen war dunkel und grollend, als käme es tief aus seinem Innern. »Niemand weiß alles, das wäre doch auch schrecklich!«

»Alles zu wissen?« Klang ziemlich großartig.

»Nichts mehr lernen zu müssen, Grace. Ich meine, für Leute wie uns ist Lernen alles.«

Fast jedes Mal, wenn er da war, sagte er so etwas. *Leute wie wir.* Als wären Grace und er Mitglieder desselben Klubs. Als wäre er auch jemand mit besonderem Förderbedarf.

»Ja, Sir«, sagte sie.

Sein Blick verriet, dass er genau wusste, dass sie das sagte, ohne es zu meinen. Doch er wurde nicht böse. Seine Augen blickten sogar noch weicher drein. »Pass auf, ich würde dich gern um einen Gefallen bitten. Könnte ich dich noch weiter testen? Nicht über das Unterrichtsmaterial. Andere Sachen.«

»Okay.«

»Willst du denn nicht mehr wissen?«

»Sie geben keine Spritzen«, erwiderte Grace. »Also können Sie mir nicht wehtun.«

Er warf den Kopf zurück und lachte donnernd. Als er sich wieder beruhigt hatte, sagte er: »Ja, das stimmt, die Tests tun nicht weh. Aber sie sind ein bisschen anders. Es gibt kein Richtig oder Falsch. Ich werde dir Bilder zeigen, und du sollst mir Geschichten erzählen. Würdest du das tun?«

»Was denn für Geschichten?«

»Alles, was du willst.«

Das klang dumm, und Grace runzelte unwillkürlich die Stirn.

»Kein Problem, vergessen wir's«, sagte Malcolm Bluestone. »Ich kann außerdem nicht mal versprechen, dass dir das helfen wird.«

Wozu dann die Zeitverschwendung?

»Es ist für mich, Grace. Ich bin neugierig und versuche immer, die Menschen zu verstehen. Diese Tests helfen mir manchmal dabei.«

»Wenn jemand sich Geschichten ausdenkt?«

»Ob du's glaubst oder nicht, Grace, ja. Aber wenn du nicht möchtest, ist das völlig in Ordnung. Nichts wird sich dadurch ändern in unserer ... Ich werde dir trotzdem neuen Lernstoff mitbringen.«

»Ich mach's.«

»Nun«, meinte er, »das ist nett von dir. Aber du solltest erst darüber nachdenken. Du kannst mir beim nächsten Mal sagen, wie du dich entschieden hast.«

»Ich mach's jetzt sofort, Sir.«

»Du musst mich wirklich nicht mit Sir anreden, Grace. Es sei denn, du möchtest, dass ich dich Mademoiselle oder Señorita oder so nenne.«

Wieder kam ein Wort aus Graces Mund geschossen. »Fräulein.«

»Du kannst Deutsch?«

»Es war in dem Sprachenpaket, das Sie mir letzte Woche mitgebracht haben.« Grüßen in verschiedenen Sprachen.

»Ah«, sagte er. »Ich sollte mir wohl selbst ansehen, was ich da mitbringe. Jedenfalls, nächstes Mal ...«

»Ich kann das jetzt machen, Professor Bluestone.«

»Machen ... oh, den Test mit den Bildern. Sicher?«

Grace sah auf den grünen Pool. Er war noch schleimiger als sonst. Sobald der Professor gegangen war, hätte sie nichts anderes mehr zu tun, als ein neues Lernpaket anzufangen. »Klar.«

Die Bildertests waren so, wie er gesagt hatte. Merkwürdig. Es waren keine Fotos, sondern Schwarz-Weiß-Zeichnungen von Menschen, über die sie sich Geschichten ausdenken sollte. Außerdem komische Formen, die aussahen wie Fledermäuse oder Katzen. Während Grace redete, machte sich Malcolm Bluestone Notizen in einem kleinen Buch.

Als sie fertig waren, sagte er: »Wenn du noch Energie hast, könnten wir etwas ganz anderes machen. Durch ein Labyrinth tasten. Das findest du bestimmt toll.«

»Okay.«

Er holte mehr Tests aus seinem großen braunen Kombi. Sie waren nicht toll, aber sie füllten die Zeit, und als er abfuhr, fehlte Grace bereits die Beschäftigung.

Kapitel 21

Als Grace Shoshana Yaroslav zum ersten Mal begegnete – eins fünfzig groß, vielleicht fünfundvierzig Kilo, süß, unschuldig, mädchenhaft, jung aussehend für ihre vierzig Jahre –, setzte sie gerade einen Mann namens Mac außer Gefecht, der doppelt so groß war wie sie. Mac war einer von Shoshanas fortgeschrittenen Schülern, der sich freiwillig als Angreifer gemeldet hatte, ehemals Sanitäter bei der Army, mit dicken Armen, kantiger Statur und dem Selbstvertrauen eines Kerls, der sich durchzuschlagen weiß.

Shoshana bewegte sich so schnell, dass kaum zu erkennen war, was sie tat. Mac lag bäuchlings auf der Matte und grinste, als er wieder zu Atem gekommen war. »Warum tu ich mir das immer wieder an?«

»Weil Sie ein Gentleman sind«, erklärte Shoshana.

In den folgenden vier Monaten lehrte sie Grace ihre Selbstverteidigungsphilosophie und drillte sie, bis ihre Reaktion fast reflexartig kam.

Nur fast, nicht absolut, das war Shoshana wichtig, denn Reflexe waren »für Tiere«. Man dürfe nie den Verstand ausschalten.

Mit schwarzen Gürteln in mehreren Kampfkünsten ausgezeichnet, verfolgte Shoshana einen grundsätzlich simplen Ansatz – die Schwächen des Gegners ausnutzen –, der jedoch irrsinnig viel Training erforderte. Über die klassischen Selbstverteidigungsdisziplinen hatte sie die gleiche

Meinung wie Delaware: schönes Fitnesstraining und besser als nichts, aber nutzlos, wenn man von jemandem mit Schusswaffe, Messer oder Baseballschläger angegriffen wurde.

Bei Graces zweiter Stunde blickte Shoshana auf ihre Nägel. »Haben Sie feste Fingernägel?«

»Ich glaube schon.«

»Unsinn, die sind viel zu kurz, als dass man daran irgendetwas erkennen könnte. Lassen Sie sie ein bisschen wachsen, dann sehen Sie, ob sie halten. Wenn ja, feilen Sie sie ein bisschen spitzer zu als üblich. Nicht zu auffällig, wir wollen ja nicht, dass man Sie Grace mit den Scherenhänden nennt. Aber da sollte definitiv eine scharfe Kante sein. Bis dahin trainieren wir mit dem, was wir haben.«

Sie verschwand durch eine Seitentür und kam mit einem sonderbaren Holzbrett wieder, mit etwa fünfzig Zentimeter Seitenlänge und runden Löchern. An die Brust gedrückt hielt sie einen Behälter mit einer bräunlichen Flüssigkeit. Als sie den Deckel abnahm, füllte sich der Raum mit einem widerlichen Gestank: Kloake mit … verwestem Grillfleisch?

Grace zwinkerte ihren Abscheu weg, während Shoshanas zierliche Hand in dem Behälter verschwand und etwas Graues, Rundes, Glasiges herausfischte, das auf den Boden tropfte.

»Schafsaugen.« Sie drehte das Brett um, und Grace sah, dass an den Löchern jeweils ein Metallbecher befestigt war. Sie klappte einen der Becher auf, ließ das Auge hineinfallen, das genau hineinpasste, und schloss ihn wieder. Sie wiederholte den Vorgang mit sechs weiteren Augen, die sie beliebig auf dem Brett verteilte, dann hielt sie Grace das Brett hin. »Und los.«

»Was soll ich denn …«

Shoshana packte das Brett mit einer Hand und holte mit der anderen aus, um zuzuschlagen. Die Augen schienen gar nicht in ihrem Gesichtsfeld zu liegen, dennoch platzte eines davon.

»Sie haben gerade versagt«, erklärte sie Grace. »In der Zeit, die Sie für Ihre Frage gebraucht haben, wäre längst Ihre Kehle aufgeschnitten.«

Ohne Vorwarnung schoss Shoshanas Hand erneut vor und zielte auf die hohle Stelle zwischen Graces Hals und ihrem Schlüsselbein. Ein Zeigefinger kitzelte ihren Adamsapfel. Sie taumelte rückwärts, doch Shoshana blieb an ihr dran, nah, aufdringlich. Grace versuchte, ihren Arm wegzuschlagen. Jetzt war sie hinter Grace und kitzelte sie hinter dem linken Ohr.

Grace fuhr herum.

Shoshana war außer Reichweite getreten und stand ganz locker da, die Hände in den Taschen ihrer Cargohose vergraben, wie eine Touristin.

»Okay«, sagte Grace. »Schon kapiert.«

»Das glaube ich nicht, Doktor. Sagen Sie nicht etwas, nur um mich oder jemand anderen glücklich zu machen.«

Grace unterdrückte ein Lächeln. *Du bist vielleicht hart wie Stahl, aber du hast keine Ahnung, wie ich drauf bin.*

Sie stürzte sich auf das Brett, verfehlte ihr Ziel und traf auf Holz. Den Schmerz in ihrer Fingerspitze unterdrückend, griff sie erneut an und legte ihr ganzes Körpergewicht hinein.

Verdammt, die kleinen Biester waren schwer zu treffen, und Grace wusste sofort, dass sie wieder danebenlag. Um einen weiteren schmerzhaften Zusammenstoß zu vermeiden, korrigierte sie ihren Schlag nach rechts, wählte ein anderes Auge und stieß zu.

Diesmal traf ihr Finger auf eine gummiartige Hautschicht, die aber alsbald riss. Kalte geleeartige Flüssigkeit umschloss den Finger bis zum ersten Knöchel und rann über ihre Hand. Sie zog ihn heraus. Der Gestank wurde schlimmer.

Shoshana Yaroslav legte das Brett auf ein Gestell und ließ scheinbar ungerührt die restlichen Augen platzen – in kürzerer Zeit, als Grace für das eine gebraucht hatte.

»Das ist eine nützliche Übung«, sagte Grace. »Machen wir weiter.«

»Hier bestimmen nicht Sie, wo es langgeht«, erwiderte Shoshana. »Sie warten, bis ich Ihnen zeige, was ich als Hoden verwende.«

Grace hatte schon eine ganze Weile nicht mehr an Shoshana gedacht, doch während sie sich im Auto von ihrer Praxis entfernte, fiel ihr die Klein-Mädchen-Stimme wieder ein.

»Wenn Sie nicht im ersten Moment etwas richtig erwischen, verschwenden Sie nur Zeit. Bei einer Attacke müssen Sie den ersten Schlag ausführen.«

Sie fuhr auf einem anderen Weg nach Malibu zurück, über Wilshire und San Vicente Boulevard über die Channel Road auf den Küsten-Highway, und behielt auf dem gesamten Weg zurück nach La Costa Beach ein wachsames Auge auf alles und jeden, bis sie pochende Kopfschmerzen bekam, ein herrliches Gefühl.

Ein kurzer Ausflug nach Trancas Beach, dann kehrte sie in die Stadt zurück und hatte binnen siebzig Minuten ihre Praxis wieder erreicht. Ohne dem Haus zu nahe zu kommen, kreuzte sie mit aufmerksamem Blick durch die Straßen.

Die Sonne lugte zwischen grauen Wolkenfetzen hindurch. Schicke West-Hollywood-Bewohner joggten und führten schicke Hunde spazieren. Keiner von ihnen interessierte sich für irgendetwas anderes als sein Fitnessprogramm und Hundehaufen, und der Chrysler 300 – oder sonst ein uncooles bulliges Auto – war nirgends zu sehen. Allerdings hatte sie die Karre auch in eine Böschung gejagt; vielleicht war sie so lädiert, dass Mr. Muskelmann sich eine andere hatte besorgen müssen.

Ein spannendes Spiel war das: Analysieren und Variablen ausschließen.

Nach zwei weiteren Runden war sie überzeugt, dass die Luft rein war. Sie fuhr zum Sunset Boulevard, bog Richtung Norden in den Laurel Canyon ein und war um neun Uhr im Valley.

Das Frühstück in einem Coffeeshop in Encino bestand aus Pfannkuchen und Eiern. Manchmal gönnte sie sich diese Zucker-Stärke-Bomben, wenn sie sich groß fühlen wollte.

Vielleicht aß sie auch deshalb gern Pfannkuchen, und das dämmerte ihr jetzt erst, weil Malcolm welche gegessen hatte, als sie ihn zum ersten Mal sah.

Auf einmal musste sie an Farben denken – grünes Wasser, rote Räume, dann Malcolms bärenhafte Ausstrahlung, und ihre Augen fingen an zu brennen.

Der Appetit war dahin. Sie legte Geld auf den Tisch und ging.

Nachdem sie den Parkplatz überprüft hatte – mehr zur Übung als aus Sorge –, fuhr sie zum 101 West, nahm die Ausfahrt nach Calabasas und buchte in einem Hilton Garden Inn ein Zimmer zum Sonderpreis.

Dreiundzwanzig Kilometer von der Küste entfernt konnte sie sich beruhigt zurücklehnen.

Sie trainierte im Fitnessraum des Hotels, duschte auf ihrem Zimmer und zog einen der beiden Bademäntel an, die im Bad hingen. Dann fuhr sie ihren Laptop hoch und loggte sich ins WLAN des Hilton ein.

Andrew anhand seines Pseudonyms zu suchen war vermutlich reine Zeitverschwendung, doch gerade wenn man sich für besonders schlau hielt, konnte einem das Leben ganz schön einen Strich durch die Rechnung machen. Also versuchte sie es trotzdem.

Andrew Toner einzutippen ergab nichts als eine halbe Stunde sinnloses Hacken auf der Tastatur, denn sie bekam auch nichts anderes heraus als Elaine Henke.

Nächster Versuch: *Roger*, der Name, den er Grace im Opus genannt hatte, zusammen mit *Bauingenieur* und verschiedenen Städten in Texas, beginnend mit San Antonio. Die Kombinationen ergaben eine Liste von achtzehn Namen. Elf kamen von Facebook oder LinkedIn und ließen sich durch die dazugehörigen Fotos sofort ausschließen. Eine Stunde später hatte sie die Telefonnummern der übrigen sieben, die alle aus beruflichen Netzwerken stammten. Sie nahm eines ihrer Prepaid-Handys und begann, sie abzutelefonieren.

Vier Männer nahmen selbst ab, dreimal meldeten sich Sekretärinnen mit Variationen von: »Einen Augenblick, ich werde nachsehen, ob Mr. XY zu sprechen ist.«

Sackgassen.

Sie kombinierte den Namen mit Mord, Mörder und Vergewaltigung. Eine enorme Anzahl von Rogers hatte Kapitalverbrechen begangen, und Grace brauchte beinahe zwei Stunden, um sie alle auszuschließen.

Als Letztes versuchte sie *Roger* zusammen mit *Bruder* und *Mörder*. Das ergab einen Link zu einem katholischen

Priester, der vor achtzehn Jahren in Cleveland eine Nonne erstochen hatte.

So viel zum Thema Hintergrundrecherche. Sinnvoller war es sicherlich, ihre Verfolger auszukundschaften. Sollten sie noch einmal auftauchen, dann wäre das bestimmt in der Nähe der Praxis, wahrscheinlich im Schutz der Dunkelheit. Grace überprüfte das Sicherheitsschloss an ihrer Tür, streifte eine Schlafmaske über und schlief prompt ein. Um siebzehn Uhr wachte sie auf, zog sich an, verließ das Hotel durch eine Hintertür, die auf den Parkplatz führte, und sah sich in der unmittelbaren Nachbarschaft um.

Die bestand aus einem Gewerbegebiet, durchsetzt mit Industrieanlagen. Eine kleine Einkaufsstraße bot eine erstaunliche Vielfalt an Ethnoküchen, und so wählte Grace ein Café namens Bangkok Benny, wo sie ein unbedeutendes Pad Thai mit Eistee und viel Wasser als Abendessen zu sich nahm.

Anschließend kehrte sie auf ihr Zimmer zurück und wartete bis eine Stunde nach Sonnenuntergang, ehe sie den Jeep aus der Garage holte und die gleiche Malibu-West-Hollywood-Runde fuhr wie zwölf Stunden zuvor. Insgesamt viermal fuhr sie die hundert Kilometer, bis sie tanken musste.

Dabei versuchte sie, jedes Mal eine andere Route zu wählen, doch wie man es auch drehte und wendete, man endete immer auf dem Küsten-Highway.

Grace machte die Tour ein letztes Mal.

Keine besonderen Vorkommnisse.

Kein gutes Zeichen; das konnte nicht endlos so weitergehen.

Kapitel 22

Dann änderte sich plötzlich alles.

Bei der fünften Runde, morgens um 2.53 Uhr, war die vertraute bullige Limousine wieder da – tatsächlich ein Chrysler 300, dunkelgrau mit geschwärzten Scheiben –, einen halben Block von der Praxis entfernt geparkt.

Mit eingedelltem Frontstoßfänger, aber ansonsten intakt.

Im Vorbeifahren sortierte Grace ihre Gedanken. Gerade noch war sie an der Praxis vorbeigekommen, keine Lichter an, kein Anzeichen von gewaltsamen Eindringen, weder an der Vorder- noch an der Hintertür. Also, was hätte sie wohl heute noch zu erwarten? Einbrecher, die in Unterlagen wühlten und sofort wieder verschwanden? Oder sich auf die Lauer legten und auf Grace warteten?

Oder beides?

Grace ging vom Schlimmsten aus, als sie das Haus in weitem Bogen umfuhr und den Jeep dann zwei Querstraßen hinter dem Chrysler abstellte. Sie nahm, was sie brauchte, stieg aus und dehnte sich. Auf ihren lautlosen Gummisohlen schlich sie einen Block näher, wobei sie sich so weit wie möglich Deckung im Dunkeln suchte.

Dreiundzwanzig Minuten später entstieg der Limousine eine männliche Gestalt. Die Tür fiel laut ins Schloss. Man versuchte nicht einmal, unbemerkt zu bleiben. Grace wurde definitiv unterschätzt. Sie würde diesen Fehler nicht machen.

Sie sah zu, wie der Mann auf ihr Praxishaus zuging – geradezu stolzierte. Er war recht groß, aber nicht außergewöhnlich breit.

Es waren definitiv zwei verschiedene Typen.

Auch er suchte jetzt den Schutz der Dunkelheit.

Grace heftete sich an seine Fersen.

Er erreichte ihre Garage, sah sich kurz um, nahm etwas aus seiner Hosentasche und ging dann auf ihr Gartentor zu, um sich auf Knien als Werk zu machen.

Anders als im Kino dauerte es eine Weile, bis er drin war.

Das Tor schloss sich lautlos. Jetzt wurde er also doch vorsichtig.

Meldete sich unmittelbar vor dem Ziel sein Jagdinstinkt?

Nachdem sie sich vergewissert hatte, dass ihr niemand folgte, schlich sie Richtung Tor und blieb ein paar Meter entfernt stehen. Wahrscheinlich war er jetzt schon im Haus – wie hatte er den Alarm deaktiviert?

Also jemand mit Routine. Sie stand mit gespitzten Ohren da und blickte hin und wieder die Straße auf und ab. Dann öffnete sie mit ihrem Schlüssel das Tor und schob es ein paar Zentimeter weit auf. Wartete. Schob es noch ein paar Zentimeter auf und wartete wieder.

Es war nichts zu hören, kein Grashalm bewegte sich.

Er war ganz sicher im Haus. Bestimmt wäre bald ein Licht zu sehen, ein Geräusch zu hören, irgendwas.

Doch nichts geschah. Vielleicht schlich er auch im Dunkeln herum, genau wie sie, in der Hand nur den schmalen Lichtstrahl einer Maglite.

Sie stieß das Tor so weit auf, dass sie hindurchschlüpfen konnte.

Von links schoss ein Arm auf sie zu, stahlhart, von einem Polyesterärmel umhüllt, und umklammerte ihren Hals.

Grace ließ ihre Ferse mit Wucht niedergehen, zielte auf die Stelle, wo sie einen Fuß vermutete.

Der Mann hielt einen Moment in dem Versuch inne, sie mit sich zu ziehen. Doch Graces Gummisohlen hatten nicht die Durchschlagskraft eines Pfennigabsatzes. »Blöde Schlampe«, sagte er. Grace spürte, wie er den zweiten Arm von ihrem Rücken nahm, und hörte ein schnappendes Geräusch. Er würde sie erstechen.

Die Hände zu Krallen gekrümmt, griff sie hinter sich und zielte auf seine Augen, verfehlte sie jedoch. Immerhin hatte ihr Versuch, sich zu wehren, ihn aus dem Gleichgewicht gebracht, und er stolperte mit einem Stöhnen. Ihr zweiter Angriff auf sein Gesicht hatte mehr Erfolg.

Sie bohrte ihre Nägel tief in sein Fleisch, bis Bartstoppeln und Haut nachgaben und sie eine warme Flüssigkeit spürte.

Er schrie vor Schmerz auf und lockerte seinen Griff, sodass Grace sich losreißen konnte. Jetzt standen sie sich in dem dunklen Garten gegenüber.

Sein Gesicht war im schwachen Licht der Sterne kaum erkennbar. Alter: um die vierzig, rechteckiges Gesicht, grobe Züge, die vor Schmerz und Wut verzerrt waren, während seine linke Hand die blutigen Spuren hielten, die Grace seiner rechten Wange zugefügt hatte.

In seiner rechten hielt er ein Messer mit Doppelschneide, eine Art Wurf- oder Faustmesser.

»Verdammtes Miststück«, sagte er und kam auf sie zu.

Der Garten – klein, nicht einsehbar – musste ihm als idealer Tatort erscheinen. Er lächelte mit schmerzverzerrter Miene, während er sich ihr langsam und beständig näherte.

Grace erfüllte bewusst seine Erwartungen, indem sie rückwärts auswich und »Nicht wehtun bitte« winselte.

Dadurch zusätzlich ermutigt, schwang er sein Messer im Kreis und drängte Grace auf den hinteren Gartenzaun zu. Sobald sie den Zaun im Rücken hatte, gab es kein Entrinnen mehr für sie, war sie ihm schutzlos ausgeliefert. Die Gewissheit ließ ihn nachlässig werden.

Grace zerstörte seine Illusionen, indem sie sich auf ihn stürzte.

Sie warf sich direkt auf sein Messer, und das hatte genau die erwartete Wirkung – verwirrt blickte er auf seine Waffe, als wundere er sich, ob sie wohl immer noch da war.

Grace wich nach rechts aus. Sie hatte kein Messer, doch in ihrer Rechten verbarg sich, wie schon seit dem Zeitpunkt, als sie den Garten betreten hatte, ihre hübsche kleine Beretta .22, 325 Gramm tödliche Wirkung.

Eine Waffe, die Shoshana belächelt hatte. »*Da können Sie Ihren Angreifer auch gleich mit der Hand schlagen.*«

Doch es gab Situationen für zierliche Waffen wie diese, und selbst zu denken war immer das Beste.

Ihr potenzieller Mörder war nicht schlau genug, um ihr eine Waffe zuzutrauen. Ohne einen Blick auf ihre Hand zu verschwenden, stürmte er grunzend auf sie zu. Grace trat im richtigen Moment einen Schritt zur Seite, und sein Messer traf ins Leere.

Ehe er sich neu orientieren konnte, warf sie sich auf ihn und presste ihm den kurzen Lauf der Beretta auf die Brust.

In der Gewissheit, dass sie die Stelle erwischt hatte, wo sein Herz lag, drückte sie den Abzug und tänzelte zurück.

Seine Kleidung und sein Körper dämpften den Schuss, dennoch war der Knall in der frühmorgendlichen Stille nicht zu überhören. Grace hoffte, dass sie nicht noch mal schießen musste.

Mit überraschtem Gesichtsausdruck stand er da und ließ seine Arme sinken. Das Messer fiel ins Gras.

Mit blutender Wange taumelte er los, stolperte und fiel flach vornüber.

Grace wartete ab. Als er sich nicht regte, ging sie zu ihm und trat ihm fest in den Rücken.

Keine Reaktion. Er musste tot sein. Sie prüfte seinen Puls. Null. Sie schüttelte ihn heftig.

Die Lichter waren definitiv ausgegangen.

Sie stand über ihm und analysierte die Lage. Seine aufgerissene Wange und das Loch in seiner Brust drückten sich auf ihren hübschen Rasen.

Sie würde eine Lösung finden müssen, das Gras zu säubern.

Und nicht nur dafür.

Kapitel 23

Einer war erledigt, aber was war mit dem anderen?

Grace ließ den Toten im Garten liegen und trat, die Beretta fest an ihre Seite gepresst, aus dem Tor. Wenn jetzt wieder eine böse Überraschung auf sie wartete, wäre sie vorbereitet.

Die Straße war menschenleer.

Wieder entfernte sie sich erst vom Chrysler, umrundete das Haus und ging an der Vorderseite entlang, um sich zu vergewissern, dass dort niemand lauerte, ehe sie sich dem Wagen näherte.

Es dauerte eine Weile, bis sie sich sicher einen halben Block hinter dem Chrysler in Stellung gebracht hatte.

Sie empfand ein belebendes Gefühl von Sinnhaftigkeit, eine Euphorie, die sie nie zuvor gekannt hatte.

Vielleicht würde ihr die Tragweite dessen, was sie getan hatte – nämlich das Leben eines Menschen auszulöschen –, irgendwann voll bewusst werden, doch in diesem Moment konnte sie nur eines denken: *Zur Hölle mit dem Scheißkerl, der Andrew umgebracht hat.*

Und zur Hölle mit seinem fleischigen Kumpel.

Sie lebte.

Jetzt bin ich mehr als nur die Tochter einer Mörderin.

Sie schlich sich näher an die Limousine heran. Ihr war klar, dass sich hinter getönten Scheiben alles verbergen konnte, dennoch setzte sie ihren Weg fort und ging ganz nah an das Heck des Wagens heran. Die Waffe in der Hand, trat sie leicht gegen die rückwärtige Stoßstange.

Keine Reaktion.

Ihr zweiter Tritt war fester. Der Wagen blieb schwerfällig und unbeweglich wie eh und je.

Grace duckte sich und lief zur Beifahrerseite, wo sie die Beretta gegen die Scheibe hielt und fest mit den Fingerknöcheln darauf klopfte.

Stille.

Sie versuchte, die Tür zu öffnen. Verriegelt. Das Gleiche auf der Fahrerseite.

Wenn Mr. Muskelmann da drin wäre, hätte er längst reagiert. Grace zog sich zurück und wartete trotzdem. Zehn Minuten. Zwanzig, dreißig, vierzig.

Das Auto stand da.

Heute Nacht war es wohl eine Ein-Mann-Aktion gewesen. Vielleicht hatte sich Muskelmann verletzt, als sie ihn in die Böschung geschickt hatte.

Oder es ging ihm prima, und die zwei hatten Grace lediglich für ein leichtes Ziel gehalten.

Bei ihr einbrechen, ihre Akten durchsuchen, und falls Mr. Durchschnittsgröße das Glück hatte, sie persönlich vorzufinden, Kehle durchschneiden und an irgendeiner finsteren, entwürdigenden Stelle entsorgen.

Ein todsicherer Plan.

Tot war allerdings ein anderer.

Kapitel 24

Wieder im Garten, ging Grace an der Leiche vorbei auf die Hintertür des Hauses zu. Sie schloss auf, deaktivierte die Alarmanlage – er war nie ins Haus eingedrungen – und steuerte die Patienten-Toilette an, wo sie aus dem Schrank unter dem Waschbecken eine Schachtel Gummihandschuhe nahm – Grundausrüstung ihrer Putzfrau Smeralda, die einmal die Woche kam.

Das nächste Mal, wie ihr jetzt einfiel, in drei Tagen.

Da blieb genügend Zeit, um aufzuräumen.

Auf dem Weg nach draußen streifte sie ein Paar Handschuhe über und beleuchtete dann die Leiche mit ihrer Maglite. Keine Austrittswunde, genau wie sie erwartet hatte. Sie untersuchte dennoch seinen Rücken, doch da war nicht einmal eine Beule. Sie richtete die Taschenlampe auf den Rasen und suchte die Patronenhülse, die sie schließlich einen Meter von der Leiche entfernt zwischen Grashalmen entdeckte.

Grace steckte den Fund ein und kniete sich neben den Toten, um ihn vorsichtig auf den Rücken zu drehen und das reglose Gesicht zu mustern.

Ihr erster Eindruck hatte sie nicht getäuscht. Alter: um die vierzig, unauffällige bis grobe Züge, Dreitagebart, kurzer Stoppelhaarschnitt, dunkel mit grauen Schläfen.

Die Wunden auf seiner Wange sahen tief aus, waren aber erstaunlich blass und bluteten kaum. Sie dachte, sie hätte mehr Schaden angerichtet. Doch dann begriff sie: Sein stillstehendes Herz pumpte kein Blut mehr in seine Haut.

Seine Polyesterjacke war gänzlich unauffällig bis auf das nicht zu übersehende Loch in seiner linken Brust, dessen ausgefranster Rand ebenfalls nur mäßig blutig war.

Wie Grace trug er eine Cargohose, wahrscheinlich aus ähnlichen Gründen. Gleiches galt für die Nike-Schuhe an seinen Füßen.

Dressed to kill … Mr. Messer trifft auf Dr. Blades.

Apropos Messer. Sie fand die Waffe, wischte sie ab, legte sie aufs Gras und zog den Reißverschluss seiner Jacke auf. Darunter trug er ein helles T-Shirt mit V-Ausschnitt. Ohne Taschen. Die Hose hingegen bot allerlei Stauraum, und Grace fand ein Handy, einen Metallring mit einer Auswahl an Dietrichen sowie einen Bund mit vier Schlüsseln und einen Alarmauslöser mit Chrysler-Logo.

Grace sah sich das Messer noch einmal an. Ein mieses kleines Faustmesser.

Genauso gut könnte er *jetzt auf* mich *herabschauen.* Nein, so durfte sie nicht denken.

Sie schlüpfte wieder durch das Gartentor, blickte prüfend die Straße auf und ab, und als sie niemanden entdeckte, ging sie zu der Limousine zurück, schaltete den Alarm aus und wartete.

Nichts.

Zeit, einen Blick hineinzuwerfen.

Der Innenraum war leer, doch im Handschuhfach fand sich eine dicke Brieftasche und ein gefalteter brauner Umschlag. Im Kofferraum lagen drei Waffen in schwarzen Nylonhüllen: eine Schrotflinte, ein Gewehr und eine graue Pistole, etwas größer und schwerer als ihre Glock.

Er war voll bewaffnet angerückt, hatte dann aber alles im Auto zurückgelassen.

Mit einem Messer in der Hand erschossen zu werden ...

Übersteigertes Selbstbewusstsein? Oder hatte er unnötigen Lärm vermeiden wollen?

Grace hatte jedenfalls Glück gehabt. Sie musste zweimal gehen, um die Waffen und den übrigen Inhalt des Autos zu holen, beim dritten Mal säuberte sie den Wagen.

Wenn sie sich jetzt den Leichnam ansah, spürte sie nichts als heitere Ruhe. Eines Tages würde sie sich wahrscheinlich fragen, was das über sie sagte. In diesem Moment aber war für Selbstprüfung keine Zeit. In drei Stunden ging die Sonne auf, bis dahin hatte sie alle Hände voll zu tun.

Noch einmal ging sie auf leisen Sohlen die Straße entlang, diesmal zurück zu ihrem gemieteten Jeep. Ohne Licht einzuschalten, ließ sie ihn langsam auf ihre Garage zurollen. Sie öffnete das Tor mit der Fernbedienung, fuhr rückwärts auf den Platz, den sonst der Aston innehatte, und schloss das Tor wieder zu.

Eine zweite Untersuchung des Toten ergab keine weiteren Blutspuren, doch als sie ihn an den Schultern anhob, entdeckte sie eine Stelle im Gras mit etwa fünfundzwanzig Zentimetern Durchmesser auf Höhe seiner Brust, die dunkel und feucht war. Darüber ein kleinerer Fleck von den Wunden auf seiner Wange.

Roter Tau.

Grace ging ins Haus und holte mehrere große schwarze Abfallsäcke von der robusten Sorte, die Smeralda bevorzugte, sowie eine Rolle Klebeband, das sie vor Jahren benutzt hatte, um provisorisch ein Leck im Abflussrohr der Küchenspüle zu beheben, bis der Installateur kam.

Sie stülpte zwei der Säcke über Mr. Messers Kopf und

klebte sie eng mit dem Band zusammen. Die Säcke waren zu klein, um ihn ganz damit einzuwickeln, und so zerschnitt sie einen in drei Rechtecke, die sie aufeinanderlegte und fest auf seine Brustwunde klebte. Mit zwei weiteren Säcken, die sie an Oberarmen und Handgelenken zuklebte, verhüllte sie seine Hände und Arme.

Dann stand sie auf und begutachtete ihr Werk. Das Ding auf dem Boden sah aus wie aus einem Horrorfilm. Man brauchte nur noch zwei Löcher in die Gesichtsmaske zu schneiden, dann hatte man den perfekten irren Killer. Grace war froh, dass er in Wahrheit das unglückselige Opfer war.

Jetzt folgte der schwierige Teil. Grace war stark für ihre Größe, doch seine tote Masse wog schwer. Sie schnitt einen weiteren Sack auf, den sie mit viel Mühe unter die Leiche schob. Aus vier Lagen Klebeband bastelte sie zwei Schlaufen über seiner Brust und seinen Knien, die ihr als Griffe dienen sollten.

Genau wie sie erhofft hatte, glitt die Plastikunterlage relativ leicht über den Rasen, als sie sich auf den Weg zur Garage machte. Doch die Tragevorrichtung rutschte immer wieder weg, was den Transport extrem erschwerte. Als sie die Heckklappe des Jeeps erreicht hatte, ging sie noch einmal zurück und holte die Waffen und alles andere, was sie aus dem Chrysler genommen hatte, um es in den Fußraum hinter dem Fahrersitz zu legen. Das Umlegen der Rückbank erfüllte eine doppelte Funktion: Zum einen konnte man nicht mehr sofort sehen, was sich darunter verbarg, zum anderen entstand viel Stauraum.

Die Leiche hineinzuhieven raubte ihr beinahe den Atem.

Während sie sich erholte, betrachtete sie mit grimmigem Stolz die Mumie, die sie geschaffen hatte, und suchte den

Kofferraumteppich nach Blutspuren ab. Nichts. Wobei sie sich nicht der Illusion hingab, dass nicht irgendein Hightech-DNA-Test doch etwas zutage fördern würde.

Sie ging in den Garten zurück und spritzte die beiden Blutflecken mit dem Schlauch ab, wobei sie mit geringem Wasserdruck vorging, um keinen Lärm zu machen. Als das Blut vollständig in die Blumenbeete am östlichen Zaun gesickert war, holte sie aus der Garage einen Spaten und grub behutsam die Erde um, bis ihr alles wieder ganz normal und unberührt vorkam. Eine zweite Überprüfung des Rasens auf allen vieren ergab mehrere versprengte Flecken trockenen Blutes an Grashalmen. Mit Maglite, Nagelschere und Sandwich-Tüte bewaffnet, fing sie an, den Rasen zu trimmen und die abgeschnittenen Reste in die Tüte zu füllen, die sie dann wiederum in zwei weitere Tüten steckte und gut verschloss. Das federleichte Päckchen verstaute sie in einer ihrer Hosentaschen. Ebenso das Messer, das sie beinahe getötet hätte und das jetzt zu einem kompakten Rechteck zusammengeschoben war.

Grace sah sich noch einmal mit scharfem Blick mehrere Minuten lang im Garten um. Es waren keine Hinweise auf ein Eindringen mehr zu erkennen.

Die Begegnung mit Mr. Messer hatte insgesamt nur wenige Sekunden gedauert.

Wieder in der Garage, schloss sie die Heckklappe des Jeeps, setzte sich ans Steuer und fuhr los.

Grace steuerte Richtung Valley, diesmal durch den Benedict Canyon, fuhr auf den Freeway 101, nahm allerdings die Abfahrt vor dem Hilton nach Calabasas und dann den Topanga Canyon Boulevard. Im Norden erstreckten sich die Vorstädte von Los Angeles, Richtung Süden ging es in einen gewundenen engen Canyon, genau das, was sie jetzt brauchte.

Die Straße, die sich hinter Topanga in die Berge schlängelte, war trügerisch, wenn man sich nicht auskannte. Grace war hier schon viele Male nachts unterwegs gewesen, zur Entspannung und damit der Aston mal so richtig losröhren konnte.

Zu ihrer Linken erhoben sich die Flanken der Hügel. Rechts ebenso, nur dass Kalkstein und Erde hier gelegentlich ganz unvermittelt einbrachen und dreihundert Meter tiefe Schluchten entstanden.

Eine falsch genommene Kurve, und es war aus.

Wie oft hatte Grace hier die Augen geschlossen und sich ganz auf Gefühl und Erinnerungsvermögen verlassen, während sie am Abgrund des Vergessens entlangraste.

Heute hielt sie die Augen weit offen.

Die ganze Zeit über entdeckte sie kein einziges anderes Fahrzeug, nur ein paar Rehe, die wie Statuen herumstanden, einschließlich einem Bock, der sie hämisch anzugrinsen schien. Während sie sich ihrem Ziel näherte, huschte ein kleinerer Vierbeiner – vielleicht ein junger Kojote oder ein Fuchs – am Abgrund entlang.

Grace drosselte das Tempo und suchte nach einer Haltebucht; es kam bald eine, doch sie beschloss, die nächste zu nehmen, wo sie auf engstem Raum wendete und anderthalb Kilometer zurückfuhr. Sie parkte den Jeep auf dem schmalen unbefestigten Randstreifen.

Nur Zentimeter entfernt von einem gähnenden Abgrund. Sie ließ den Motor laufen, löschte jedoch die Scheinwerfer, stieg aus, öffnete die Heckklappe und zog den eingewickelten Leichnam auf den Boden heraus.

Schwer atmend schob sie ihn mit den in Sportschuhen steckenden Füßen näher an die Kante.

Grace war zufrieden mit der Wahl dieser Stelle; man konnte in beide Fahrtrichtungen gut sehen, und die Klippe war so scharf und steil, dass mit einem langen, ungehinderten Fall zu rechnen war.

Sie wartete, bis sie sicher war, dass sich keine Scheinwerfer näherten, spannte alle Muskeln an und schob die Leiche über die Kante, die mit zunehmendem Tempo in die Tiefe stürzte und dabei immer wieder gegen Vorsprünge schlug, ein immer schneller werdendes Trommeln.

Dann: Stille.

Wenn sie Glück hatte, würde ihr Paket lange Zeit dort unten liegen. Vielleicht sogar für immer. Und selbst wenn es entdeckt wurde – sie konnte sich nicht vorstellen, wie es mit ihr in Verbindung gebracht werden sollte.

Sie fuhr ein paar Meter Richtung Norden, stellte den Wagen wieder ab und ging zu Fuß zurück, um mit der Taschenlampe die Stelle abzusuchen, wo sie die Leiche entsorgt hatte. Sie hatte keine Fußspuren hinterlassen, der Boden war zu hart, doch Reifenspuren waren schwach zu erkennen, und sie glättete die Erde, um sie zu verwischen.

Anschließend ging sie zum Jeep zurück, wendete erneut und fuhr mehrere Kilometer weiter in südlicher Richtung, bis sie irgendwann anhielt und das Gewehr in den Abgrund schleuderte.

Zehn Minuten später wiederholte sie den Vorgang für die Pistole.

Wieder fünf Minuten später waren auch die blutigen Grashalme Geschichte.

Weiter Richtung Süden, und sie erreichte die Anschlussstelle von Topanga an den Küsten-Highway.

Ganz offensichtlich ihr Karma.

Vielleicht war sie ja im Herzen nichts anderes als ein California Beach Girl.

Sie fuhr achtzig Kilometer nach Norden Richtung Oxnard, wo sie an den im Dunkeln liegenden Feldern der düsteren Hafenstadt entlangglitt. Das Messer flog über einen Maschendrahtzaun in ein Erdbeerfeld. Vielleicht würde ein Pflücker sich über den Zugewinn an persönlicher Sicherheit freuen.

In einem von sechs Müllcontainern vor einem Elektronikmarkt in einem Industriepark an der Sturgis Road fand die Schrotflinte ein neues Zuhause. Die Gegend war menschenleer. Grace konnte sich so weit an dem Container hochziehen, dass sie den Inhalt durcheinanderwühlen konnte. Indem sie Kartons, Papier und Verpackungsmaterial mischte wie Pappsalat, verbarg sie die Waffe vor dem ungewollten Entdecken.

Über den Camino del Sol und Del Norte Boulevard gelangte sie erneut auf den Freeway 101.

Um 5.48 Uhr war sie wieder auf ihrem Zimmer im Hilton.

Kapitel 25

Gestärkt von einer Flasche Wasser, vier Koffein-Karamell-Bonbons und drei Streifen Truthahn-Trockenfleisch, breitete Grace die Habseligkeiten ihres Feindes auf dem Schreibtisch aus, der ihrem großzügigen Hotelbett gegenüberstand.

Als Erstes nahm sie sich die Brieftasche vor, ein billiges, unscheinbares Ding aus schwarzem Leder, an den Rändern aufgeplatzt, prall gefüllt.

In einem Innenfach steckte ein gültiger kalifornischer Führerschein, ausgestellt auf den Namen Beldrim Arthur Benn, nicht sofort zu sehen, aber auch nicht gerade versteckt. Körperliche Merkmale und Alter passten zu dem Mann, den sie erschossen hatte. Seine Haare waren länger und seine Wangen stoppeliger gewesen als auf dem Foto, doch es war eindeutig derselbe Mann.

Beldrim. Was für ein unpassender Name für einen Auftragsmörder.

Mach die Schlampe kalt, Beldrim.

Hatte er sich Bell nennen lassen? Oder Drim? Vielleicht Bill?

Grace beschloss, ihn für sich Bill zu nennen.

Bill Benn, der Mann für gewisse Stunden.

Damit war es ja jetzt vorbei.

Unvermittelt flammte Wut in ihr auf. Als der Anfall vorbei war und allmählich abebbte, wurde ihr ganz mulmig bei dem Gedanken, wie verwundbar sie war.

Wie knapp sie dem Tod entronnen war. Wenn das fiese kleine Messer in sie eingedrungen wäre und sein vernichtendes Werk getan hätte. Ohne Grund.

Sie fröstelte. Ihre Hände fingen an zu zittern, und Schwindel erfasste sie vom Kopf bis zu ihren inzwischen eisigen Füßen. Sie musste sich an den Armlehnen ihres Stuhls festhalten, ihren Atem beruhigen und ihr vegetatives Nervensystem wieder ins Gleichgewicht bringen.

Der Körper führt, der Geist folgt ... Alles klar, wir fühlen uns besser ... oder auch nicht.

Sich erbrechen wäre jetzt das Richtige, doch Grace unterdrückte diesen Drang.

Es dauerte eine ganze Weile, bis sie sich wieder halbwegs normal fühlte.

Ein improvisiertes kleines Mantra, sechsmal wiederholt, half:

Bill Benn, du bist nicht mehr.
Fahr zur Hölle.

Die Adresse auf dem Führerschein war ein Postfach in San Francisco.

Kreditkarten oder sonstige persönliche Dinge hatte die Brieftasche nicht enthalten, das Gewicht erhielt sie nur durch Bargeld.

Grace zählte neunhundertvierzig Dollar in Zwanzigern und Fünfzigern und packte sie zu ihrem eigenen Geld – dem Sieger gehört die Beute –, dann schob sie die jetzt schlanke Brieftasche auf die rechte Seite des Tisches.

Als Nächstes nahm sie sich Beldrim Benns Handy vor, doch ihre Hoffnung auf Erhellung schwand, als sie sah, dass es ein billiges Prepaid-Handy war, die gleiche Marke wie das zweite, das sie gekauft hatte, mit leerer Anruferliste.

Kein einziges Foto.

Killer-Bill hatte für den Auftrag ganz neues Equipment benutzt. Auch der Führerschein konnte gefälscht sein – ein echtes Foto, gepaart mit erfundenen Daten.

Sie googelte Beldrim Arthur Benn und bekam einen einzigen Treffer: In Collinsville, Illinois, war vor zwei Jahren ein Mann dieses Namens im Alter von sechsundsiebzig gestorben, wie im *Collinsville Herald* zu lesen war. Der liebe Verstorbene war Tischler gewesen. Zu den Hinterbliebenen gehörten eine Tochter namens Mona und ein Sohn, Beldrim A. junior.

Das Alter passte.

Von Ehefrau oder Witwe war nicht die Rede. Dann war er von Juniors Mutter wohl geschieden.

Vielleicht ist es ja doch dein richtiger Name. Oder du hast irgendeiner armen Sau den Führerschein geklaut.

Als sie ihre Suchwörter mit *Junior* ergänzte, kamen zwei Treffer, die sich beide auf Beldrim Benn juniors Position als Produktionsleiter einer Firma namens Alamo Adjustments in Berkeley, Kalifornien, bezogen. Keinerlei Hinweise darauf, was die Firma machte.

Etwas Geheimes?

Alamo ... wie der alte Song über die Schlacht am Alamo ... Remember the Alamo ... Trauer und Tod ...

Die Alamo Mission stand in San Antonio. Hatte Andrew einfach Namen gewählt, die ihm in den Sinn gekommen waren, oder hatte er tatsächlich dort gelebt?

Sie tippte *Alamo Adjustments* ein und rechnete mit einer Website oder zumindest einem Eintrag in einem Netzwerk wie LinkedIn.

Nichts.

Als sie sich bei einer kostenpflichtigen Adress-Seite anmeldete, fand sie eine fünf Jahre alte Adresse der Firma in der Center Street in Berkeley. Es hatte das Unternehmen also wirklich gegeben.

Alamo ... die Festung. Gute Absichten, ein hoffnungsloser Fall. Ein Gemetzel.

Adjustments ... was sollte denn da adjustiert werden? Das Einzige, was Grace zu dem Begriff einfiel, war Chiropraktik, doch zwanzig Minuten Recherchieren in diese Richtung erwiesen sich als fruchtlos.

Zurück zu Benn. Worum mochte es ihm gegangen sein – so geheimnisvoll, wie er sich gegeben hatte? Hightech? Biotech? Hatte Andrew eine toxische Bedrohung entdeckt und mit deren Veröffentlichung gedroht?

Berkeley, die ultimative Universitätsstadt, stand für Hightech ... trotz allem wurde Grace das Gefühl nicht los, dass Andrew zu ihr gekommen war, weil er ein Problem mit der Verwandtschaft hatte. Mit einem nahen Verwandten.

Für den Augenblick würde sie sich damit zufriedengeben.

Andrew, ermordet. Vermutlich von Bill. Oder dessen Partner, dem Fleischklops, der sie auf dem Küsten-Highway verfolgt hatte.

Bill, ermordet.

Das Gute daran, dass dieser Scheißkerl mit leichtem Gepäck und inkognito reiste, war, dass seine Waffen höchstwahrscheinlich nicht registriert und somit kaum nachzuverfolgen waren.

Grace musterte den Schlüsselbund. Drei ordinäre Sicherheitsschlüssel und der Türöffner des Chrysler. Keinerlei Spuren.

Auf den Müllhaufen.

Jetzt der Umschlag.

Ein dünnes Päckchen. Als Grace es öffnete und schüttelte, fiel ein Blatt Papier heraus.

Ein sauberes, weißes Blatt, am Computer geschrieben. Ein ordentlich zusammengestelltes Dossier über Grace: Name, Praxisadresse, Telefonnummern, berufliche Qualifikation plus ein unscharfes Schwarz-Weiß-Foto von der Website der psychologischen Fakultät der University of Southern California in Los Angeles.

Ein Porträt, sieben Jahre alt, aufgenommen kurz nachdem sie Examen gemacht und eine Stelle als Dozentin angeboten bekommen hatte – als jüngste Absolventin überhaupt, wie ihr Malcolm erzählte.

Zu dritt – Malcolm, Sophie und sie – hatten sie im Spago in Beverly Hills edel zu Abend gegessen, um zu feiern, als er das sagte. Sophie hatte wie immer zurückhaltend gelächelt, während Malcolm strahlend seinen dritten Manhattan on the rocks leerte.

Grace, die an ihrem Shrimp-Cocktail knabberte und sich wunderte, warum sie nichts empfand, freute sich immerhin, die beiden so zu sehen.

Sie hatte den Job verdient, doch die Universität reizte sie nicht. Für sie war das wahre Leben schon immer spannender gewesen.

Doch Malcolm und Sophie freuten sich, und das war eine nette Erinnerung ... *aber jetzt schweif nicht ab, Grace.* Ihre Kiefer verkrampften sich und ihr Gehirn gleich mit. Die Übelkeit kehrte zurück.

Sie konzentrierte sich wieder auf das Wesentliche und betrachtete das Foto, das Bill benutzt hatte, um sie zu identifizieren.

Ihre Haare hatten ihr damals bis zum Hintern gereicht,

sie hatte einen Mittelscheitel getragen, glatt von Natur aus, mit albernen kleinen Löckchen an den Spitzen. Der Fotograf hatte sie gebeten, sie zu einem Pferdeschwanz zu binden, damit »wir mehr von Ihrem hübschen Gesicht sehen, Doktor«.

Es gab keinen großen Unterschied zwischen damals und heute, sie war gut gealtert – und hatte es Bill Benn junior und allen anderen, die jetzt seinen Job übernehmen würden, leicht gemacht.

Sie riss das Blatt in Streifen, die sie noch zweimal teilte und dann als Konfetti auf den Abfallhaufen rieseln ließ. Dann schüttelte sie erneut den Umschlag. Es fiel nichts heraus, sie lugte dennoch hinein und entdeckte einen kleinen Zettel, der in einer Papierfalte klemmte.

Nachdem er sich auch durch heftiges Schütteln nicht löste, griff sie hinein, krümmte die Finger und zog schließlich ein grob zugeschnittenes Stück Zeitungspapier mit etwa fünf Zentimetern Durchmesser heraus.

Das Papier war bräunlich und brüchig, und es lösten sich bierfarbene Fetzen, während Grace es in der Hand hielt. Sie legte es auf den Tisch und betrachtete es ausgiebig.

Es war Teil eines Schwarz-Weiß-Fotos, ganz offensichtlich aus einem größeren Bild ausgeschnitten.

Das Gesicht eines Jungen von zehn oder elf war mit blauer Tinte umkreist, runde Form, hübsch und symmetrisch, beherrscht von großen hellen Augen. Ein enormer blonder Haarwust verbarg seine Stirn und Augenbrauen. Dicke Locken fielen ihm bis auf die Brust.

Er blickte stur geradeaus, aber nicht in die Kamera. Tief liegende, eingesunkene Augen, die wie die eines alten Mannes aussahen, waren bis zum Äußersten vor Angst geweitet.

Ein erbarmungswürdiger Gesichtsausdruck. Animalisch.

Vertraut.

Jetzt wusste Grace, wo sie dem Mann, der sich Büßer nannte, schon einmal begegnet war.

Kapitel 26

Zu Graces neuntem und zehntem Geburtstag gab es ebenso gewichts- wie geschmackslosen Engelskuchen und köstliches Minz-Schoko-Eis, serviert in der Küche der Ranch auf bunten Papptellern.

Grace wusste, dass Mrs. Stage stets versuchte, das Beste daraus zu machen, doch das war nicht ganz einfach, denn es waren jedes Jahr andere Kinder auf der Ranch. Manche davon waren noch zu klein, um zu verstehen, was los war, anderen war viel mehr nach Weinen als Feiern zumute.

Beim ersten Mal hatte Ramona Grace eine Woche vor ihrem neunten Geburtstag gefragt, was sie sich für einen Kuchen wünsche.

»Engelskuchen, bitte«, sagte sie, weil Ramona immer Engelskuchen backte. Der schmeckte zwar nach nichts, doch Grace wusste, dass das eine sichere Sache war.

»Klar, das kann ich machen, Schatz. Aber wie wär's mit einem besonderen Guss? Vielleicht Schokolade oder Vanille? Wonach auch immer dir der Sinn steht – ich werde es auftreiben, und wenn es Piña-Colada-Geschmack ist.«

Geschmack war egal. Geburtstag war egal.

»Schokolade ist okay«, sagte Grace.

Die Pflegekinder auf der Ranch wechselten wie Autos auf dem Parkplatz eines Einkaufszentrums. Viele verschwanden schon bald wieder, noch voller Angst. Wenn neue

Kinder Grace Fragen stellten, bemühte sie sich, zu helfen. Wenn man etwas wusste, wirkte man wichtiger, als man in Wirklichkeit war. Sie half außerdem mit, die Kleinen zu füttern und zu wickeln, wenn Ramona überfordert war, und sie lernte, die Babys mit Summen und Gurren zu beruhigen.

Doch das war für sie nur eine Aufgabe, die sie übernommen hatte. Es brachte nichts, jemandem näherzukommen. Je mehr Zeit sie für sich hatte, umso besser.

Am liebsten ging sie spazieren oder las. Die Wüste nahm alle möglichen Farben an, sobald die Sonne unterging. Ihre Lieblingsfarbe war ein helles leuchtendes Lila. Die Farbskala in ihrem Naturwissenschaftslehrbuch nannte diesen Ton »Magenta«.

Die einzige Konstante war Bobby Canova. Er konnte weder Kuchen noch Eis essen, und so schnallte Mrs. Stage ihn, wenn sein Geburtstag gefeiert wurde, in seinen Stuhl und mischte ihm einen seiner Shakes. Dann verzog er das Gesicht zu diesem schwer zu deutenden Lächeln und stieß seine Laute aus. »Er liebt seine Geburtstagsfeiern«, sagte Mrs. Stage dann.

Geburtstag hin oder her, Grace übernahm es, ihn mit dem Strohhalm zu füttern. Dieses Geburtstagsding war sowieso mehr für Mrs. Stage als für sie.

Es gab noch einen anderen Grund für sie, zu helfen, etwas, das sie zwischen ihrem neunten und zehnten Geburtstag bemerkt hatte: Mrs. Stage begann, langsamer zu gehen und zu sprechen, hielt sich nur noch gebückt und schlief länger. Manchmal kam es vor, dass Grace morgens in die Küche kam und sie noch nicht da war. Dann konnte sie sich ganz allein hinsetzen und Milch und Saft trinken und dabei die Ruhe genießen.

Es war, als wäre Ramona mit einem Schlag alt geworden. Grace hoffte, dass, wenn sie sie vom endgültigen Versagen abhielt, die Ranch noch eine Weile so weiterfunktionieren würde wie eine rostige Maschine. Sie begann, andere Zimmer zu putzen, nicht nur ihr eigenes, und half mit der Wäsche. Manchmal rief sie sogar Jorge, den neuen Ungeziefermann, an, wenn die großen Spinnen, Käfer und weißen Ameisen überhandnahmen.

»Grace«, sagte Ramona, »du musst doch nicht so schuften. Du wirst viel zu schnell erwachsen.«

Doch sie hielt Grace nicht davon ab, mit anzupacken.

Ihr elfter Geburtstag rückte näher, als Grace auffiel, dass ihre Mithilfe nicht mehr zu genügen schien. Mrs. Stage war noch behäbiger geworden, und manchmal legte sie sich die Hand auf die Brust, als hätte sie Schmerzen beim Atmen.

Für Grace bedeutete das, dass sie die Ranch nicht mehr als Zuhause betrachtete, sondern nur noch als einen Pflegeplatz unter vielen.

Eines Tages würde irgendein Sozialarbeiter auftauchen und ihr sagen, dass sie ihre Sachen packen solle.

Bis dahin würde sie spazieren gehen und lesen und so viel lernen, wie sie konnte.

Auf den Partys machte Ramona großen Wirbel um das Servieren des Geburtstagskuchens; sie brachte ihn mit Kerzen geschmückt und verkündete, dass Grace aufstehen solle, während die anderen »Happy Birthday« für sie sangen, denn sie sei die »Jubilarin«.

Die Kinder, die alt genug waren, wurden aufgefordert, in Ramonas Krächzgesang mit einzustimmen, dem sie immer ein »Auf viele weitere!« folgen ließ. Meist blieb es bei schüchternem Summen und unbehaglichen Blicken rund um den Tisch, sodass Ramonas unmusikalischer Vortrag ohne Unterstützung blieb.

Ein paar Tage vor Graces elftem Geburtstag sagte Ramona: »Wie wär's mit Zitronenguss statt Schokolade?«

Grace tat, als würde sie überlegen. »Klar. Danke.«

Ramona zog eine Schublade auf und hielt ihr eine Packung Guss hin, die sie bereits gekauft hatte. Zitrone mediterran. »Dieses Jahr kommt unter Umständen Professor Bluestone vorbei. Das wäre schön, oder?«

»Ja.«

»Er hält dich für ein Genie.«

Grace nickte.

»Hat er dir das schon mal gesagt?«

Viele Male. »Schon. Irgendwie.«

»Jedenfalls ... ich hab ihn eingeladen. Wenn er es einrichten kann, kommt er.«

Er konnte es nicht einrichten.

Hin und wieder kam auch Wayne Knutsen vorbei, um ein Pflegekind zu bringen oder abzuholen. Wenn er Grace sah, blickte er verlegen weg, und Grace überlegte, warum. Bis ihr irgendwann ein Licht aufging: Er hatte ihr erzählt, dass er seine Stelle kündigen werde, um Anwalt zu werden, und jetzt wollte er nicht an sein Versagen erinnert werden.

Das kam davon, wenn man Geheimnisse von anderen kannte: Manchmal mochten sie einen dann nicht mehr.

Doch dann eines Abends, nachdem er eine verängstigte kleine Asiatin namens Saraquina abgeliefert hatte, trat er auf Grace zu, die in die Wüste blickte und so tat, als wäre er nicht da.

»Hallo. Weißt du noch, wer ich bin?«

»Sie haben mich hergebracht.«

»Ganz genau«, sagte er lächelnd. »Ich bin Wayne. Es heißt, du ackerst fortgeschrittenen Schulstoff durch. Dann läuft alles so weit gut?«

»Ja, Sir.«

»Du hast Spaß an Büchern und am Lernen, was?«

»Ja.«

»Tja, dann …« Er drehte seinen Pferdeschwanz. »Dann muss ich dich ja Amazing Grace nennen.« Seine Lider flatterten, und er machte Anstalten, ihr den Kopf zu tätscheln, zog aber dann rasch die Hand zurück. »Tja, das ist toll. Dass du so gern lernst, meine ich. Ich könnte unter Umständen deine Hilfe gebrauchen.«

»Wobei denn?«

Wayne lachte. »War nur ein Scherz.«

»Beim Jurastudium?«

Er sah auf die Wüste, und seine Miene wurde ernst. Schließlich zuckte er mit den Schultern. »Du bist eine ganz Clevere … genau, das Jurastudium ist ganz schön hart. Ich arbeite den ganzen Tag und besuche abends meine Kurse; aber die Bücher sind nicht so spannend wie das, was du lernst.«

Er seufzte. »In deinem Alter war ich genau wie du. Es hat mir Spaß gemacht, neue Dinge zu lernen. Aber jetzt? Ich bin siebenundvierzig, Grace. Wenn ich mich voll und ganz dem Studium widmen könnte, würde ich mich wahrscheinlich besser anstellen. Aber so kann ich nur eine Uni ohne große Referenzen besuchen, mit anderen Worten, eine nicht so gute Uni, Grace, und kann von Glück sagen, wenn ich überhaupt die Zulassungsprüfung der Anwaltskammer bestehe.«

Er blickte immer noch auf den magentafarbenen Sand.

»Es wird noch eine Weile dauern, bis ich Examen mache. Falls es überhaupt so weit kommt.«

»Bestimmt«, sagte Grace.

Er kratzte sich die Nase, wandte sich ihr zu und sah sie lange und nachdenklich an. »Ist das deine Vorhersage?«

»Ja.«

»Warum?«

»Weil Sie es wollen.«

»Hm. Tja, manchmal bin ich mir da gar nicht so sicher ... aber jedenfalls, mach weiter so, Ms. Grace. Du hast auf jeden Fall die besten Voraussetzungen – Hirn, meine ich. Damit hast du in dieser verrückten Welt einen Vorteil, auch wenn ...« Er schüttelte den Kopf. »Auf jeden Fall hast du gute Karten.«

Grace erwiderte nichts.

»Das war ein Kompliment.«

»Danke.«

»Ja, dann ... Also, dir gefällt es hier wirklich?«

»Ja.«

»Ramona ist ein guter Mensch. Sie kann nie Nein sagen, wenn ein Kind in Not ist. Es gibt nicht viele wie sie. Deshalb dachte ich, sie ist gut für dich.«

»Danke.«

»Ich fand, dass du das verdient hast«, fuhr er fort. »Nach allem, was du schon erlebt hast.«

Etwas verdienen. So was gibt es nicht.

Grace bedankte sich noch einmal.

»Jedenfalls«, sagte Wayne, »schön, dass wir uns unterhalten haben ... Pass auf, hier ist meine Karte, falls du mal irgendwas brauchst. Was ja nicht sehr wahrscheinlich ist. Ramona hat mir gesagt, dass du ganz schön autark bist – also gut auf dich selbst aufpassen kannst.«

Er hörte nicht auf, seine Sätze umzuformulieren, obwohl Grace ihn auch so verstand wie eine Erwachsene. Der Einzige, der sie nicht für debil hielt, war Malcolm Bluestone. Außer am Anfang, als auch er noch zu viel erklärt hatte. Doch irgendwie hatte er dann kapiert, dass Grace keine Fußnoten brauchte.

Waynes Stummelfinger hielten ihr die Karte hin. Grace nahm sie und bedankte sich abermals, in der Hoffnung, dass damit endlich das Gespräch beendet wäre und sie ins Haus gehen und sich ein Buch über Motten und Schmetterlinge vornehmen könnte.

Danaus plexippus. Der Monarch. Nachdem sie Bilder von einem Schwarm auf einem Dach gesehen hatte, eine Wolke aus Orange und Schwarz, hatte sie das Wort »Monarch« in ihrem Wörterbuch nachgesehen.

Gekröntes Haupt. König.

Grace fand die Schmetterlinge überhaupt nicht königlich. Wenn es nach ihr gegangen wäre, würden sie Kürbisflügler heißen. Vielleicht auch Flammenkäfer oder so. Vielleicht hatte sich der Wissenschaftler, der sie benannt hatte, wie ein König gefühlt, als er sie …

»Du musst dich nicht bedanken«, unterbrach Wayne ihre Gedanken. »Ich tue nur meine Arbeit.«

Er lächelte und sah ganz entspannt aus.

Wenn du Menschen das Gefühl gibst, dass sie mit sich selbst zufrieden sind, lassen sie dich in Ruhe.

Grace erwiderte das Lächeln. Wayne zwinkerte ihr noch einmal zu und trottete dann zu seinem Auto.

Als er abgefahren war, blickte Grace auf seine Karte.

Wayne J. Knutsen, B. A.
Koordinator Sozialarbeit

Der erste Abfallkorb, den sie fand, stand im Wohnzimmer in einer Ecke, und genau dort landete die Karte.

Malcolm Bluestone besuchte Grace in unregelmäßigen Abständen, aber sie freute sich jedes Mal, weil er ihr immer etwas Interessantes mitbrachte: neuen Unterrichtsstoff, Bücher, vor allem jedoch alte Zeitschriften. Besonders faszinierend fand Grace die alten Werbeanzeigen, Fotos und Gemälde, die ihr zeigten, wie die Welt früher einmal ausgesehen hatte.

Es waren alle möglichen Zeitschriften; Malcolm war ein ebenso fleißiger Leser wie sie. Vielleicht verstand er sie deshalb so gut.

Réalités schien für Leute zu sein, die gern in Frankreich wohnen wollten, viel Geld hatten und seltsame Dinge aßen.

Haus & Garten handelte davon, wie man sein Haus schick einrichtete, damit einen andere Leute toll fanden.

Popular Mechanics und *Popular Science*, beide auf dem Markt seit der vorletzten Jahrhundertwende, zeigten, wie man Dinge baute, die wahrscheinlich nie jemand brauchen würde, und erzählten von fantastischen Dingen, die möglicherweise wahr werden könnten, bislang aber noch nicht existierten wie zum Beispiel fliegende Autos oder Filme, bei denen aus Löchern im Kino die passenden Gerüche kamen.

Einmal, nachdem sie vier Ausgaben von *Popular Science* hintereinander gelesen hatte, träumte Grace, dass sie in einem Auto über die Wüste flog.

Die *Saturday Evening Post* enthielt gemalte Bilder in leuchtend bunten Farben von lächelnden Menschen mit schimmernden Haaren, von großen Familien, von Geburtstagen, Weihnachts- und Thanksgiving-Feiern mit so vielen

Leuten, dass alle kaum in einen Raum passten. Natürlich gab es Truthahn, einen riesigen gebratenen Truthahn, der von einem adrett aussehenden Mann mit einem großen Messer zerteilt wurde. Manchmal gab es auch Schinkenbraten mit Ananasscheiben außen drauf, die mit schwarzen Dingern festgesteckt waren.

Die lächelnden Menschen sahen aus wie Außerirdische. Grace sah sich diese Bilder genauso gern an, wie sie über Astronomie las.

Time und *Newsweek* schrieben über traurige, wütende und langweilige Dinge und gaben ihre Meinung zu Büchern und Filmen ab. Grace sah keinen Unterschied zwischen den beiden und verstand nicht, warum man wohl die Meinung eines anderen übernehmen sollte, statt sich selbst eine zu bilden.

Am spannendsten aber fand sie *Psychologie heute*. Malcolm brachte ihr die erste Ausgabe kurz nach ihrem zehnten Geburtstag mit, als hätte sie dafür eine Belohnung verdient. Sie war sofort begeistert von den Experimenten, die man mit seinen Mitmenschen machen konnte, wie man sie dazu bringen konnte, dumm oder klug zu handeln, sich gegenseitig zu hassen, zu mögen oder zu ignorieren.

Besonders gut fand sie die, bei denen Menschen unterschiedlich handelten, je nachdem, ob sie allein waren oder sich in einer Gruppe befanden.

Außerdem die, bei denen man Menschen dazu bringen konnte, das zu tun, was man wollte, allein dadurch, dass man dafür sorgte, dass sie sich besonders gut oder besonders schlecht fühlten.

Einmal, nachdem Malcolm lange nicht aufgetaucht war, fragte er Grace, ob er sie wieder einmal testen dürfte – »nichts Aufwendiges, nur Geschichten zu Bildern«. Sie war einverstanden und winkte mit einer Ausgabe der *Psychologie heute*. »Haben Sie noch mehr davon?«

»Ich hatte mich schon gefragt, was du davon hältst. Hat dich das gepackt?«

»Ja.«

»Klar, Grace, du kannst alle alten Ausgaben haben, die ich auftreiben kann – weißt du was, ich glaube, da sind sogar noch welche im Auto.«

Grace folgte ihm aus dem Haus zu seinem braunen Buick-Kombi. Auf dem Beifahrersitz saß eine Frau mit schmalem Gesicht und schneeweißen Haaren.

Grace hatte nie daran gedacht, dass Malcolm jemanden dabeihaben könnte.

Dann aber wurde ihr schnell klar, dass das dumm war. Malcolm war ein netter Mensch, wahrscheinlich hatte er jede Menge Freunde. Eine ganze Welt jenseits der Ranch, der Zeitschriften und Psychotests für Pflegekinder.

Aus irgendeinem Grund bekam Grace dabei Bauchweh, gleich unterhalb ihres Brustkastens. Sie wandte den Blick von der Frau ab.

Das Beifahrerfenster senkte sich. »Hallo«, sagte eine leise, irgendwie hauchige Stimme.

Grace musste sich also wieder umdrehen und die Frau ansehen, und was ihr als Erstes auffiel, waren die Augenbrauen, zwei perfekte kleine Bögen. Der Mund, der sie anlächelte, war mit rot-lila Lippenstift geschminkt.

Gerade weiße Zähne. Spitzes Kinn. Ein Grübchen auf der linken Wange. Eine richtig attraktive Frau; sie sah aus, als wäre sie jemand aus der *Réalités* und würde nur Haute Couture tragen, Schnecken essen und Bordeaux trinken – in Paris oder Cannes oder einem großen Château im Loire-Tal.

Grace sagte »Hallo«, so leise, dass sie sich selbst kaum hörte. Die weißhaarige Frau stieg aus dem Wagen. Sie war in etwa so alt und so groß wie Malcolm – nicht so riesig wie Malcolm, aber doch die größte Frau, die Grace bislang gesehen hatte – und dünn wie eine Bohnenstange. Sie trug eine schwarze Hose, einen grauen Pullover und dazu flache silberne Schuhe mit goldenen Schnallen. Ihr Haar war eigentlich gar nicht weiß; im Licht der Sonne war es einfach nur ganz hellblond, irgendwie golden und silbern gleichzeitig.

In der *Réalités* hieß diese Farbe »Aschblond«.

Ihr Pony, der mit dem Lineal getrimmt zu sein schien, reichte ihr halb über die glatte, blasse Stirn. Die tiefblauen Augen waren irgendwie geschlitzt und lagen weit auseinander. Sie richteten sich offen auf Grace, und obwohl die Frau immer noch lächelte, spürte Grace, dass sie traurig war.

»Ms. Grace Blades«, sagte Malcolm, »das ist Professor Sophie Muller. Professor, Grace.«

Die blonde Frau hielt Grace die Hand hin. »Hör nicht auf den Firlefanz. Ich bin seine Frau. Du darfst mich Sophie nennen.«

Ihre Finger waren lang, glatt, kühl, und ihre Perlmutt-Nägel schimmerten wie Chrom an einem Auto. Sie sah aus wie eine Königin aus einem Bilderbuch. Wie eine *Monarchin*.

Malcolm war groß, aber er hatte nichts von einem Monarchen. Er erinnerte eher an Little John aus »Robin Hood«. Ein sanfter Riese, kein böser Riese wie der im Märchen »Hans und die Bohnenranke«.

Professor Sophie Muller sagte: »Grace ist ein hübscher Name.« Ihr Lächeln wurde breiter. »Für ein hübsches Mädchen.«

Grace spürte, wie ihr Gesicht heiß wurde.

Professor Sophie Muller merkte, dass sie etwas falsch gemacht hatte, denn sie warf einen kurzen Blick auf ihren Mann.

Sie ist seine Frau. Sei nett zu ihr.

»Danke für das Kompliment«, sagte Grace. »Freut mich, Sie kennenzulernen, Professor Muller.«

Sie ist also seine Frau, aber sie trägt nicht seinen Namen?

Für einen Moment sprach niemand. »Ach ja, *Psychologie heute*«, sagte Malcolm dann, öffnete eine der Hintertüren des Kombis und kam mit einem Arm voller Zeitschriften zurück.

»Da hat er also eine Möglichkeit gefunden, seine Sammlung loszuwerden«, sagte Professor Sophie Muller. »Grace, ich sollte dich dafür bezahlen, dass du uns den nächsten Frühjahrsputz erleichterst.«

Grace wusste, dass von ihr ein Lächeln erwartet wurde.

»Ich bringe die hier auf dein Zimmer«, erklärte Malcolm.

»Das kann ich doch selber machen«, widersprach Grace.

»Die sind ziemlich schwer, Grace.«

»Dann nehmen wir doch jeder einen Stapel, auf diese Weise ist es im Nu gemacht«, schlug Sophie Muller vor.

Sie teilten die Zeitschriften auf und gingen geradewegs auf die Ranch zu, Grace voneweg, Malcolm und Sophie hinterher, immer darauf bedacht, ihr nicht in die Fersen zu treten.

Grace hatte keine Ahnung, was die beiden dachten, doch sie hatte einen Gedanken: *Er hat uns einander vorgestellt. Das heißt, sie wusste vorher nicht, wer ich bin.*

Das heißt, er hat ihr nie etwas von mir erzählt.

Weil er grundsätzlich nicht über Pflegekinder redete?
Oder weil ihm Grace nichts bedeutete?

Es war, als hätte er ihre Gedanken gelesen, denn bei seinem nächsten Besuch eine Woche später fragte er: »Magst du das Psychozeug?«

»Ja.«

»Sophie fand dich richtig nett.«

Grace log. »Ich sie auch.« Sie hatte nichts gegen neue Leute, aber im Grunde waren sie ihr egal.

Nachdem sie sich mit Malcolm zusammen im Wohnzimmer niedergelassen hatte, um den zweiten ihrer Bildergeschichten-Tests zu machen, sagte er: »Das ist dir wahrscheinlich selbst aufgefallen: Ich habe Sophie nie etwas von dir erzählt, und zwar aus Vertraulichkeitsgründen, um deine Privatsphäre zu schützen. Außerdem nehme ich das, was wir tun, sehr ernst. Es ist für mich kein Thema für eine beiläufige Unterhaltung. Aber es geht schließlich auch nicht um mich. Du bist hier der Star.«

»Was für ein Star?«, fragte Grace, obwohl sie genau wusste, was er meinte. Aus irgendeinem Grund wollte sie, dass er mehr dazu sagte.

»Bei dem, was wir zusammen tun, Grace. Mein Ziel ist es, deine Ausbildung zu optimieren.«

Es folgte keine Erläuterung für das Wort »optimieren«. Malcolm behandelte sie nicht wie eine Idiotin.

»Ich erwähne das – dass ich nicht über dich gesprochen habe – deshalb, weil ich nicht möchte, dass du denkst, du wärst nicht wichtig. Ganz im Gegenteil, du bist wichtig, und genau deshalb möchte ich deine Privatsphäre schützen. Obwohl du darauf eigentlich gar kein offizielles Recht hast. Weißt du, warum?«

»Weil ich ein Pflegekind bin?«

Die warmen braunen Augen blickten traurig. »Nein. Auch wenn ich deine Antwort gut nachvollziehen kann. Tatsächlich ist es so, dass kein Kind unter achtzehn das Recht auf Vertraulichkeit hat, nicht einmal gegenüber einem Psychologen. Ich finde das absurd und falsch, Grace. Ich denke, wir sollten Kinder viel mehr respektieren. Also ignoriere ich die Regeln, halte hundert Prozent dicht und schreibe nichts auf, was Kinder nicht aufgeschrieben haben wollen.«

Die Worte sprudelten nur so aus seinem Mund. Seine üppigen Wangen überzogen sich mit rosa Flecken, und eine seiner riesigen Hände ballte sich zu einer Faust von den Ausmaßen eines Baseball-Handschuhs.

»Respektiere nicht nur die Eltern, sondern auch die Kinder.«

Malcolm starrte sie an und brach dann in Gelächter aus. Die Faust donnerte auf die Tischplatte. »Das ist brillant, Grace. Darf ich das zitieren, damit *ich* brillant klinge?«

»Klar.«

»Du hast absolut recht. Wir müssen jedem Menschen Respekt entgegenbringen und Intelligenz zusprechen. Sogar Kleinkindern. Es gab mal vor langer Zeit einen Psychologen – William James, er war ziemlich bekannt, galt als bedeutend, und die Leute hörten auf alles, was er von sich gab. Er war davon überzeugt, dass Babys im Zustand einer ›blühenden surrenden Konfusion‹ leben. Wie Insekten, als gäbe es für sie keine Muster, nach denen sie fühlen, denken oder handeln. Zu Zeiten von William James klang das alles ziemlich logisch. Weißt du, warum?«

»Die Menschen wussten es nicht besser.«

»Exakt, Grace, und warum wussten sie es nicht besser?

Weil sie keine Ahnung hatten, wie sie *messen* sollten, was Babys fühlen oder denken. Dann wurden die Psychologen klüger und entwickelten Tests und zack!« – er schnippte mit den Fingern –, »hast du nicht gesehen, wurden die Babys klüger. Dieser Trend hält an, Grace. Das macht die Psychologie so spannend, zumindest für mich. Das Gleiche gilt übrigens auch für höhere Tiere – Wale, Delfine, Affen, sogar Vögel – Krähen sind richtig clever, wie man herausgefunden hat. Je mehr wir darüber herausfinden, wie wir sie besser verstehen können, umso klüger werden sie. Vielleicht sollten wir einfach davon ausgehen, dass alle klug sind.«

Er redete schon immer gern, aber selbst für ihn waren das viele Worte.

»Kann sein«, sagte Grace.

Malcolm schlug eines seiner baumartigen Beine übers andere. »Wahrscheinlich findest du mich gerade anstrengend. Jedenfalls, deshalb habe ich Sophie nichts von dir erzählt. Genau *weil* du wichtig bist.«

Grace bekam wieder Bauchschmerzen. Genauso wie zuvor, als Professor Muller ihr gesagt hatte, dass sie hübsch wäre. Sie legte die Hand auf ihren Mund, damit nichts Dummes herauskam.

»Hier ist eine neue Zeitschrift«, sagte Malcolm. »Vielleicht magst du sie dir mal anschauen.«

Er holte aus seiner Aktentasche ein Heft mit orangefarbenem Umschlag, ohne Bilder, nur mit Text. Der Titel stand oben: *Journal of Consulting and Clinical Psychology*.

»Danke.«

Er lachte. »Bedank dich nicht zu früh, Grace. Sieh es dir erst mal an. Es ist nicht wie *Psychologie heute*, die für Leute gemacht ist, die gar nicht Psychologie studiert haben. Das hier ist für richtige Psychologen, und um ehrlich zu sein, manches davon ist ziemlich schwer verständlich. Auch ich verstehe nicht immer alles. Kann sein, dass du es komplett langweilig findest.«

Grace blätterte eine Seite um. Viele Wörter, kleine Schrift, ein Balkendiagramm unten auf der Seite.

Malcolm nahm den neuen Bildergeschichtentest heraus. »Okay. An die Arbeit. Und vielen Dank für deine Hilfe.«

»Wobei?«

»Bei den Tests.«

»Macht mir nichts aus.«

»Ich weiß, Grace. Für dich sind diese Tests nur Gehirntraining. Trotzdem hilfst du mir. Ich habe jetzt einen viel besseren Zugang zu hochbegabten Kindern.«

Wieder einmal wusste Grace nicht, was sie sagen sollte.

Malcolm fuhr mit einem Finger unter seinen Rollkragen. »Heiß hier drin ... was ich damit sagen will, ist, so einzigartig du bist, Grace, du kannst unheimlich viel darüber sagen, wie hochintelligente Kinder mit Herausforderungen umgehen.«

Wie ein Brandeisen aus einem von Steve Stages Western brannte das Wort »Herausforderungen« in Graces Bauch. Sie nahm ihre Hand vom Mund, und dann kam etwas heraus, was sie kaum glauben konnte: »Sie haben Mitleid mit mir.«

Schlimmer als die Worte war die Wut, mit der sie sie ausgesprochen hatte. Wie ein böses Mädchen, ein Teufel, der durch sie sprach.

Malcolm hob die Hände, als wüsste er nicht, was er mit ihnen anstellen sollte.

Als wollte er Schläge abwehren.

Grace fing an zu weinen. »Entschuldigung, Professor Bluestone.«

»Wofür?«

»Für das, was ich gesagt habe.«

»Grace, du darfst sagen oder fühlen, was du möchtest.«

Er reichte ihr ein Papiertaschentuch. Sie entriss es ihm und trocknete sich die Augen, angewidert von sich selbst, weil sie sich aufführte wie ein vom Teufel besessenes Kleinkind.

Von jetzt an war alles anders.

Mehr Tränen fielen. Sie schlug sie förmlich weg und empfand den Schmerz als angenehm.

Malcolm wartete, bis er wieder sprach. »Ich denke, ich verstehe, warum du sauer bist. Du möchtest in meinen Augen nicht als schwach und verletzlich dastehen. Stimmt's, Grace?«

Sie schniefte und tupfte. Dann nickte sie.

»Tja, so sehe ich dich aber gar nicht, Grace. Ganz im Gegenteil, ich halte dich für robust. Entschuldige bitte, dass ich mich nicht klar ausgedrückt habe.«

Er wartete wieder. Grace schwieg, das Papiertuch fest in der Hand.

»Ich bin ursprünglich hierhergekommen, weil Ramona mir sagte, dass du sehr intelligent seist und sie Bedenken habe, dass der normale Schulstoff für dich nicht tauge. Außerdem hat sie mir deine Hintergrundgeschichte erzählt. Ich habe sie darum gebeten – das tue ich immer, weil ich gründlich sein will. Je mehr ich über dich erfuhr, umso mehr wurde mir bewusst, dass du dich ganz außergewöhnlich entwickelt hast. Und ich würde lügen, wenn ich behauptete, dass du keine Probleme zu bewältigen hattest. Das geht uns allen so. Aber Mitleid? Nein.«

Grace ließ den Kopf hängen. Wenn dieser Tag nur schon zu Ende wäre.

»Oh je«, sagte Malcolm. »Ich reite mich nur immer tiefer hinein ... okay, gib mir noch eine Chance, mich zu erklären.«

Schweigen.

»Darf ich?«

Nicken.

»Ich sehe mich selbst als jemanden, der fürsorglich ist; Mitleid gehört dagegen nicht zu meinem Repertoire, weil ich finde, dass es Menschen erniedrigt. Gleichwohl« – er räusperte sich – »interessiere ich mich für Menschen, die mit schwierigen Situationen umzugehen verstehen. Es interessiert mich, wie sie ihrem Leben einen Sinn geben, wenn es hart auf hart kommt. Weil ich finde, dass die Psychologie positiver sein sollte. Dass man Stärken genauso analysieren sollte wie Schwächen. Vielleicht empfinde ich deshalb so, weil ich Sophies Eltern und deren Geschichte kenne. Sie haben Schreckliches erlebt – im sogenannten Holocaust, ich weiß nicht, ob das in deinem Schulstoff schon vorkam ...«

»Geschichte, Kapitel siebzehn«, sagte Grace. »Zweiter Weltkrieg und die Folgen. Hitler, Himmler, Nazis, SA, SS, Auschwitz, Bergen-Belsen, Treb ... linko?«

»Treblinka. Sophies Eltern waren in einem Lager, das hieß Buchenwald. Sie überlebten und gingen nach Amerika, wo sie Sophie bekamen und ein wunderbares Leben führten. Als ich sie kennenlernte, war ich von ihrer freudvollen Lebensart überrascht; wenn man Psychologe werden will, geht es immer nur um Probleme und Schwächen. Sophies Eltern zeigten mir, dass ich da viel verpasst hatte. Irgendwann starben sie – an Altersschwäche, mit Buchenwald hatte das nichts zu tun. Daraufhin wurde ich umso neugieriger auf Menschen, die sich gut anpassen können. Ich nenne sie die Über-Überlebenden.«

»Sie hat einen anderen Namen«, sagte Grace.

»Wie bitte?«

»Sie heißen Bluestone, sie heißt Muller. Kommt das daher, dass sie ihre Familie besonders in Ehren halten will?«

Malcolm blinzelte. »Grace«, sagte er. »Ich fühle mich geehrt, dich zu kennen.«

Und wieder das Brandeisen. Warum konnte sie nur nette Dinge nicht annehmen?

Grace senkte den Blick zum Tisch und blieb an dem orangefarbenen Cover des psychologischen Fachjournals hängen, das eine Auflistung der enthaltenen Artikel zeigte. In dem ersten ging es um Verstärkung nach variablem Zeitintervall bei neurologisch veränderten Farbratten.

Langweiliger geht's nicht.

»Ja, ich weiß«, sagte Malcolm lächelnd. »Trotzdem wirst du wahrscheinlich mehr davon haben als meine Studenten.«

Zwei Monate nach Graces elftem Geburtstag kamen drei neue Pflegekinder, und zwar unter sonderbaren Umständen.

Merkwürdig war zuallererst, dass sie mitten in der Nacht kamen, als alle schliefen, außer Ramona und Grace. Ramona hätte normalerweise auch geschlafen, sie zog sich zunehmend früher zurück, Arzneien in ihrer Schürzentasche, und murmelte etwas davon, dass sie ja bald wieder auf den Beinen sein müsste. Grace hatte sie intensiv beobachtet, um herauszufinden, ob die Ranch bald schloss und sie wieder irgendwohin musste, wo es ihr nicht gefiel.

Grace war wach, weil sie oft nachts aus dem Schlaf hochschreckte und las, bis sie wieder einschlief. Genau das tat sie, als sie hörte, wie Ramona die Treppe hinunterging.

Als sie aufstand, um zu sehen, was los war, stand Ramona an der Eingangstür und blickte nervös auf ihre große Hamilton-Herrenuhr, die sie immer trug und die Steve Stage zu seinen Lebzeiten gehört hatte.

Ramona wandte sich zu Grace um. »Da kommen ein paar Neue, Grace. Du gehst am besten wieder zurück ins Schlummerland.«

»Ich kann doch helfen.«

»Nein, du gehst auf dein Zimmer.« Ihr Ton war rauer als sonst.

Grace gehorchte und stieg die Treppe wieder hoch. Sie öffnete ihr Fenster und setzte sich so auf ihr Bett, dass sie einen direkten Blick auf das hatte, was unten vor sich ging.

Ein großes dunkelgrünes Auto und ein schwarz-weißes Polizeifahrzeug standen vor dem Haus.

Aus dem Polizeiwagen stiegen zwei Beamte in beigen Uniformen, aus dem grünen Auto schälte sich ein Mann in einem Anzug mit einer Marke an der Brusttasche. Alle drei Männer waren groß und trugen Schnurrbärte. Sie stellten sich im Halbkreis um Ramona auf. Eine Zeit lang wurde gesprochen mit ernsten Mienen, wobei Grace nicht hören konnte, worüber. Dann öffnete einer der Uniformierten die hintere Tür des Polizeiwagens und machte eine winkende Geste.

Drei Kinder stiegen aus, zwei Jungen, ein Mädchen.

Der kleinere Junge war etwa in Graces Alter, der größere älter, vielleicht dreizehn oder vierzehn. Das Mädchen war am jüngsten, etwa acht oder neun. So wie sie dastand, sah sie sogar noch jünger aus.

Alle drei waren blond, richtig hellblond, genauso hell wie Sophie Muller. Ihre Haare waren wie Stroh im Wind, sie standen wild in alle Richtungen.

Außerdem waren sie lang und reichten bis über die Taille, auch bei den Jungen.

Ihre Kleidung sah seltsam aus: viel zu große, lose schwarze T-Shirts und weite, zu lange schwarze Hosen, die sich an den Beinen falteten wie Akkordeons.

Es war, als wären die drei Mitglieder eines Klubs, für den man eine Uniform brauchte, nur dass man sich mit der Uniform keine rechte Mühe gegeben hatte.

Das Mädchen stand näher bei dem kleineren Jungen, der an den Nägeln kaute und mit dem Fuß wippte. Diese beiden hatten runde, weiche Gesichter und hätten Zwillinge sein können, wenn das Mädchen nicht jünger gewesen wäre. Er schob seine Schulter an ihre, woraufhin sie anfing, am Daumen zu lutschen. Sein Fuß wippte schneller.

Der ältere Junge hatte ein längliches Gesicht. Er stand etwas abseits und wirkte entspannt, während er mit hängenden Schultern und einem lässig angewinkelten Bein den Blick schweifen ließ. Erst über das Ranchhaus, dann daran vorbei in die Wüste und schließlich rasch vorbei an Ramona.

Dann richtete er sein Gesicht nach oben und blickte direkt auf Grace. Erst jetzt wurde ihr bewusst, dass sie ihr Licht angelassen hatte und in ihrem Fenster wie ein gerahmtes Bild aussehen musste.

Der junge Mann fixierte sie und verzog den Mund zu einem schiefen Lächeln. Er sah gut aus mit seinem markanten Kinn. Sein Blick sagte, dass Grace und er ein Geheimnis teilten. Doch sein Lächeln war alles andere als freundlich.

Ganz im Gegenteil. Es war lüstern, dieses Lächeln. Als wäre er ein Kojote und sie seine Beute.

Grace wich rasch vom Fenster zurück und zog ihre Vorhänge zu.

Sicher war sie nicht, doch sie meinte, Gelächter heraufdringen zu hören.

Am folgenden Morgen war Grace wie immer als Erste auf. Ramona betrat die Küche, als sie gerade dabei war, sich das zweite Glas Saft einzuschenken.

»Guten Morgen, Ms. Blades.« Ramona machte sich an der Kaffeemaschine zu schaffen.

»Wer sind die?«

Ramonas Hände hielten inne. »Ich dachte mir, dass du neugierig sein würdest. Aber glaub mir, Grace, du willst nicht mehr über sie wissen.« Sie drehte ihr den Rücken zu, als wären sie längst nicht so vertraut, wie Grace gedacht hatte.

Als Ramona das Kaffeepulver in den Trichter gelöffelt hatte, sagte sie: »Ich werde dir ihre Namen nennen, weil du sie schließlich ansprechen musst. Aber das war's dann auch, okay?«

Nicht okay, total bescheuert. »Klar.«

»Sie werden sowieso bald wieder weg sein. Ich tue damit nur dem Sozialamt einen Gefallen. Die brauchen einen ...« Kopfschütteln. »Mehr musst du nicht wissen, junge Dame.«

Ramona ging zum Kühlschrank und nahm Eier und Butter heraus.

»Und wie heißen sie ...?«

»Was? ... Ach ja. Also gut, der Älteste ist Sam, sein Bruder heißt Ty, die kleine Schwester Lily. Kannst du dir das merken?«

»Ja.«

»Sam, Ty, Lily«, wiederholte Ramona, als wären es Vokabeln, die Grace lernen müsste.

Sam. Das Lächeln war ihr im Gedächtnis geblieben wie ein übler Gestank. Ty und Lily hatten sich wie verängstigte Kleinkinder verhalten, und Grace wollte auch mit ihnen nichts zu tun haben.

Ramona fing an, mehrere ihrer geschmacklosen Eier zu braten. Die Kaffeemaschine gurgelte. Sie blickte auf ihre Herrenuhr. »Hoppla, ich sehe besser mal nach Bobby.«

Sie ging nach oben und sah erschöpft aus, als sie mit Bobby zurückkam. Er ging an Krücken, die sich um seine Ellbogen legten, ganz langsam, zuckend und ruckelnd. Mitten auf seinem mühsamen Weg zum Tisch blieb er stehen und warf Grace sein irritierendes Lächeln zu. Vielleicht meinte er auch gar nicht Grace, sondern einfach nur die Tatsache, dass er überhaupt hier war. Doch es war besser als Sams Lächeln, also erwiderte sie es und half Ramona dabei, ihn in seinen Sitz zu schnallen und seinen Spezialbecher mit Shake aus einer der Dosen im Kühlschrank zu füllen.

Schon während Ramona oben war, hatte es angefangen, im ersten Stock zu rumoren. Die drei neuen Pflegekinder waren aufgewacht.

Grace fütterte Bobby mit seinem Shake. Unter Gurgeln verdrehte er die Augen und mühte sich schwer mit dem Schlucken der Flüssigkeit, bis es ihm schließlich gelang.

Ramona fuhr mit dem Braten fort. Ihre Reaktion auf Graces Hilfe bei Bobby hatte sich über die Jahre gewandelt. Zu Beginn hatte sie Grace unbedingt vom Arbeiten abhalten wollen, mit dem Argument, sie sei ein Kind, keine Pflegerin. Als Grace jedoch unbeirrt weitermachte, fing sie an, sich dankbar zu zeigen.

Doch auch damit war es inzwischen vorbei. Ramona sagte gar nichts mehr, sondern erwartete stattdessen, dass Grace ihren Teil zur täglichen Routine auf der Ranch beitrug.

Während sie einen Teller mit Rührei vor Grace hinstellte, wurde das Gepolter oben lauter und hastiger, und im nächsten Moment wurde das rhythmische Bumm-bumm-bumm von Schritten auf einer Treppe daraus. Sechs Füße machten eine Menge Lärm. In Graces Ohren klang es wie eine Horde durchgehender Pferde in einem von Steve Stages alten Filmen.

Sam erschien als Erster. Er schlenderte in die Küche, als würde er schon immer hier wohnen. Mit scharfem Blick nahm er den Raum in Augenschein und blieb an der Pfanne hängen. »Vielen Dank, Ma'am, aber ich esse keine Eier. Keiner von uns. Die kommen von Tieren.«

Ty und Lily, die sich hinter ihm versteckten, gähnten und rieben sich die Augen. Aus der Nähe sah Ty sogar noch weicher aus, sehr kindlich, wenig männlich. Sam dagegen hatte muskulöse Arme und ersten Bartflaum im Gesicht – ölig aussehende Flecken am Kinn und auf der Oberlippe.

Alle drei trugen die gleiche seltsame schwarze Montur wie bei ihrer Ankunft. Aus der Nähe konnte Grace erkennen, dass die Kleidung von Hand genäht worden war mit unbeholfenen, schiefen Stichen und losem Faden, aus einem rauen Stoff, aus dem man eher Kartoffelsäcke machen würde als Kleider.

Jetzt fiel ihr an Sam noch etwas Außergewöhnliches auf: Er trug einen Ohrring, einen kleinen Goldring an seinem linken Ohrläppchen.

Grace aß weiter, ohne die Neulinge zu beachten, doch

ihr Nacken überzog sich mit einem kalten Schauder. Sie blickte von ihrem Teller auf und bemerkte, dass Sam sie ansah. An einem Mädchen hätten seine Lippen hübsch ausgesehen, doch an ihm wirkten sie irgendwie ... maskenhaft.

Grace widmete sich wieder ihrem Teller. Er schnaubte.

»Ihr seid Vegetarier, was?«, sagte Ramona.

»Die meisten Vegetarier essen Eier und Milch«, erklärte Sam. »Wir sind Veganer.«

»Wäre nett gewesen, wenn mir das jemand mitgeteilt hätte. Was esst ihr denn normalerweise zum Frühstück?«

»Grünzeug«, sagte Sam.

»Gemüse?«

»Grünes Gemüse, Ma'am. Manna aus der Erde.«

»Manna – waren das nicht Vögel oder so was?«

»Nein, Ma'am, das war die wundersame Wachtel, die den sündigen Hebräern erschienen ist. Manna war das Gemüse, das vom Himmel fiel.«

Ramona brummte. »Grünzeug ...« Sie kramte im Kühlschrank. »Ich habe Salat und Gurken, die fürs Abendessen gedacht waren, aber ich kann ja später auch was anderes kochen. Setzt euch, dann misch ich euch Grünzeug zusammen.«

Sie sprach anders als sonst mit Pflegekindern. Als wollte sie diese nicht hierhaben.

»Wohin?«, fragte Sam.

»Wohin was?«

»Wohin sollen wir uns setzen, Ma'am?«

»Wohin?«, fragte Ramona zurück. »Na, an den Tisch.«

»Das ist mir klar, Ma'am, aber wohin am Tisch? Bitte weisen Sie uns unsere Sitzplätze zu.«

Ramona stemmte die Hände in die Hüften.

»Sitzplätze?«, echote sie. »Also gut. Du – großer Bruder – sitzt dort.« Sie deutete auf den Stuhl, der von Bobby am weitesten entfernt stand. »Dein kleiner Bruder soll neben diesem jungen Herrn sitzen, Bobby, und du, Süße – Lily –, du sitzt zwischen Ty und dieser jungen Dame, Grace. Sie ist sehr klug und schätzt ihre Privatsphäre.«

Die letzte Bemerkung war an Sam gerichtet. Vielleicht hatte sie die Gier in seinen Augen auch gesehen.

Sam grinste. Normalerweise mochte Grace es nicht, beschützt zu werden, doch heute machte es ihr gar nichts aus.

Sam bewegte sich auf sie zu, änderte dann die Richtung und folgte Ramonas Anweisung. Zu seinen Geschwistern sagte er: »Los.«

Sie gehorchten.

Sobald sie saßen, fing er an, an seinem Ohrring zu drehen. »Privatsphäre ist eine Illusion.«

Ramona funkelte ihn an. »Nun, dann wirst du eben Ms. Blades Illusion respektieren.«

»Blades.« Sam schien den Namen belustigend zu finden. »Natürlich, Ma'am. Wir sind hier, um respektvoll zu sein. Und dankbar.« Er kicherte. »Wir sind hier, um uns von unserer allerbesten Seite zu zeigen.«

An diesem Tag um zehn Uhr lernte Grace eine neue Emotion kennen.

Malcolm Bluestone fuhr in seinem braunen Kombi vor und hievte einen Stoß Papier heraus, der nach Test-Unterlagen aussah. Als sie jedoch auf ihn zuging, sagte er: »Hallo! Ich glaube, wir haben heute Nachmittag etwas Zeit füreinander.«

Grace blickte auf die Tests.

»Ach ja, die … Ich werde mich heute mit den neuen Pflegekindern befassen.«

Ich werde. Nicht: Ich muss. Das hieß, es war seine Entscheidung, dass er lieber Zeit mit den Sonderlingen in den komischen Klamotten verbrachte.

Grace wandte sich ab und ging.

»So um eins?«, rief Malcolm ihr nach. »Bin gespannt, was du zu dem Kapitel über Anthropologie meinst.«

Grace antwortete nicht. Ihre Augen brannten, und ihre Brust fühlte sich an wie eingeschnürt.

Sie hatte darüber gelesen, und jetzt erlebte sie sie am eigenen Leib: Eifersucht.

Ganz sicher würde sie um ein Uhr nicht auffindbar sein.

Malcolm fand sie schließlich gegen halb drei. Sie hatte hinter einem Grüppchen alter Eichen gesessen, hinter dem schleimig grünen Pool, und gelesen, mit dem Rücken an die raue Baumrinde gelehnt. Eine Zeit lang war Bobby in der Nähe gewesen. Er hatte schlaff am Poolrand gekauert, die Füße im Wasser, und gelacht, während Ramona ihn am Ellbogen festhielt, damit er nicht hineinfiel.

Graces Lieblingsbuch zu jener Zeit war ein dickes Lehrwerk über Spinnen, verfasst von einem Biologen der Universität Oxford. Sie befasste sich gerade mit der Wolfsspinne, mit ihren Kieferklauen und den Höhlen, wo sie ihrer Beute auflauerte. Wolfsspinnen trugen ihre Eier – also ihre Babys – auf ihrem Hinterleib mit sich herum. Sie töteten unter anderem, um gesund zu bleiben, damit sie gute Mütter sein konnten.

Dass Ramona mit Bobby wegging, merkte sie zunächst gar nicht, weil sie sich voll auf das Kapitel über die Brutpflege der Wolfsspinne konzentrierte.

Um halb drei wurde Grace durstig. Sie nahm an, dass Malcolm bereits gegangen war, und kehrte zum Haus zurück, um sich Saft zu holen. Da kam er lächelnd aus der Tür. »Da bist du ja! Hast du Zeit für Anthropologie?«

»Ich bin müde«, sagte sie und verschwand nach drinnen.

Am nächsten Tag kam er, als alle noch in der Küche waren. So früh war er noch nie da gewesen. Grace stocherte in ihren Gummieiern, Bobby mühte sich mit seinem Shake, und die Neuen, immer noch in ihren komischen Kleidern, aßen riesige Berge von Salat.

Grace ignorierte Sam vollständig, woraufhin er sie erst recht ins Visier nahm. Immer wenn sich ihre Blicke begegneten, gähnte er grinsend. Ty und Lily sahen weiterhin verängstigt aus und blieben eng beieinander, als wären sie Geschwister, und Sam würde nicht dazugehören.

Wenn Sam Graces Bruder wäre, würde sie es genauso machen.

Als Malcolm die Küche betrat, schien der Raum zu schrumpfen.

»Schon wieder?« Sam klang genervt.

»Nur wenn ihr möchtet«, beschwichtigte Malcolm. »Aber sowieso nicht sofort. Ich muss mit Grace konferieren.«

»Konferieren«, echote Sam.

»Das bedeutet ...«

Sam lachte. »Ich weiß, was es bedeutet. Ich verstehe nur nicht, worüber man mit *der* konferieren sollte.«

Malcolm richtete sich zu voller Größe auf. Seine Lippen bewegten sich stumm, als müsste er eine Antwort vorformulieren. Stattdessen wandte er sich an Grace. »Wenn Sie Zeit hätten, Ms. Blades.«

»*Ms.* Blades«, wiederholte Sam.

Lily stieß einen winselnden Laut aus. Sams Kopf schnellte in ihre Richtung und brachte sie zum Schweigen. Ty sah aus feuchten Augen zu, und Grace hatte das Bedürfnis, ihn zu trösten und zu sagen, dass alles gut würde. Doch ihr nächster Gedanke war: *Das wäre wohl gelogen*, und sie widmete sich wieder ihren Eiern.

»Grace?«, sagte Malcolm.

»Ja, Sir.«

»Wenn du Zeit hast …«

»Klar«, fauchte sie und marschierte aus der Küche.

»Da ist aber mal jemand ganz schön frech«, bemerkte Sam. Er war der Einzige, der lachte.

Als sie sich im Wohnzimmer niedergelassen hatten, sagte Malcolm: »Sie werden bald wieder weg sein.«

»Wer?«

Malcolms kaum merkliches Lächeln war traurig. »Genau. Also gut, die sogenannten primitiven Stämme von Borneo und Sumatra. Was hältst du von ihnen …«

In der folgenden Stunde hörte Grace Malcolm zu oder gab Kommentare ab, von denen sie wusste, dass sie ihm gefielen. Die Eifersucht hatte nachgelassen, doch jetzt empfand sie seine kleinen Ansprachen als öde und wollte nur noch allein sein.

Dennoch spielte sie mit. Er hatte viel Gutes für sie getan, und sie dachte, dass sie ihn sicher irgendwann auch wieder interessant finden würde.

Am nächsten Morgen war sie früh wach und las noch etwas im Bett, ehe sie in die Küche hinunterging. Als sie an der Tür der Neuen vorbeikam, hörte sie eine kindliche Stimme – ein Mädchen, also Lily – wimmern oder weinen, bis ein tiefes *Sch!* sie zum Schweigen brachte.

Grace goss sich Milch ein und wartete auf Ramona. Als sie um sieben Uhr immer noch allein war, fing sie an, sich Sorgen zu machen. Ramona hatte sehr müde gewirkt und schien immer mehr Pillen zu nehmen. Um Viertel nach sieben überlegte Grace, ob sie bei Ramona klopfen sollte. Das war gegen die Regeln, aber trotzdem ...

Dann riss ein furchtbares Geräusch aus dem ersten Stock sie aus ihren Gedanken, und sie schnellte vom Stuhl hoch.

Wieder weinte jemand. Aber es war nicht Lily.

Die Tür zu Bobbys Zimmer war weit geöffnet. Ramona stand im Nachthemd an seinem Bett, barfuß. Ihr Mund sah irgendwie eingesunken und ganz anders aus. Sie hatte ihr Gebiss nicht eingelegt. Von einer Kette auf ihrer flachen Brust baumelte ihre Lesebrille. Stöhnend riss sie an ihren Haaren und starrte mit wildem, angsterfülltem Blick auf Bobby.

Bobby lag auf dem Rücken, sein Mund stand noch weiter auf als sonst. Seine Augen waren halb geschlossen und mit einem Film überzogen, als wäre eine Schnecke über sie gekrochen. Auch sein Kinn glänzte silbrig. Sein Gesicht hatte eine seltsame Farbe, grau mit grünlichen Rändern und erinnerte mehr an einen vermoosten Stein als an menschliche Haut.

»Oh nein«, stöhnte Ramona und deutete auf ihn. Als ob Grace den Hinweis gebraucht hätte.

Bobbys Pyjamaoberteil war aufgerissen und offenbarte einen Streifen grauer Haut. Nichts regte sich. Kein Atem. Gar nichts.

Der Schlauch, der ihn nachts mit Sauerstoff versorgt hatte, lag neben dem Bett auf dem Boden und zischte noch. In letzter Zeit hatte Bobby angefangen, im Schlaf zu zappeln, zu rufen und Laute auszustoßen, die beängstigend klingen mussten, wenn man ihn nicht kannte. Bislang hatte er den Schlauch noch nie abgerissen, doch weil Ramona fürchtete, dass das passieren könnte, hatte sie angefangen, das gelbe Gummiding an seinem Pyjamaoberteil festzukleben – und zwar ziemlich fest. Grace wusste das, weil sie es manchmal übernahm, das Band morgens abzureißen, und dazu brauchte sie ganz schön viel Kraft.

Das Klebeband hing noch am Schlauch, der am Boden zischte. Eine gelbe Schlange.

Ramona rannte die Treppe hinunter, während Grace stehen blieb. Unten krachte die Küchentür ins Schloss.

Grace blieb bei Bobby, ohne zu wissen warum. Sie sah ihn an. Den Tod. Den hatte sie schon einmal gesehen, doch diesmal sah er anders aus als bei den Fremden im roten Raum. Kein Blut, kein entfesseltes Zucken von Gliedern, nichts Ekliges.

Eigentlich eher das Gegenteil. Bobby sah friedlich aus.

Abgesehen von der komischen Farbe in seinem Gesicht, das sich zunehmend grüner zu verfärben schien.

Sie ging wieder nach unten und kam dabei am Zimmer der Neuen vorbei, in dem wieder eine Stimme *Sch!* machte.

Dann: Gelächter.

Ramona war nicht im Haus, und Grace brauchte eine Weile, bis sie sie gefunden hatte. Sie hastete am hinteren Ende des grünen Pools hin und her und riss immer noch an ihren Haaren.

Grace näherte sich langsam. Wenn Menschen so außer sich waren, musste man mit allem rechnen.

Als Ramona sie entdeckte, fing sie an, den Kopf zu schütteln. Heftig, als wollte sie etwas Schmerzvolles losrütteln, das sich in ihrem Hirn festgesetzt hatte.

Grace blieb stehen.

»Weg!«, bellte Ramona.

Grace rührte sich nicht.

»Hast du nicht gehört! Geh rein!«, schrie Ramona.

Grace wandte sich zum Gehen. In der Drehung fing sie im Augenwinkel eine Bewegung auf und schnellte herum.

Gerade rechtzeitig, um zu sehen, wie Ramonas Gesicht sich vor Schmerz verzerrte. Jetzt sah auch ihr Gesicht schlimm aus, schrecklich blass, sie hatte die Hände an die Brust gepresst, und ihr zahnloser Mund war zu einem »O« aus Schmerz und Angst geformt, während sie taumelnd ihr Gleichgewicht verlor.

Mit verdrehten Augen stürzte sie vornüber in das schmutzig-grüne Wasser.

Grace eilte zu ihr.

Ramona sank rasch, doch Grace bekam eine Hand zu fassen und fing an zu ziehen. Schleim überzog sie beide, Grace entglitt die Hand, und Ramona begann wieder zu sinken. Grace warf sich bäuchlings auf den zementierten Poolrand, konnte die Hand mit beiden Händen packen und zerrte mit aller Kraft. Ein scharfer Schmerz schnitt ihr in Rücken, Schultern und Nacken.

Doch sie würde nicht loslassen.

Unter Keuchen und Stöhnen gelang es ihr, Ramona hochzuziehen, bis das Gesicht der alten Frau aus dem Wasser kam.

Als sie Ramona sah, von Algen überzogen, mit weit offenem Mund, blicklosen Augen, genau wie bei Bobby, wusste sie, dass sie ihre Zeit verschwendete und dass sie an diesem Morgen zum zweiten Mal dem Tod ins Antlitz blickte. Dennoch hielt sie Ramona fest und schaffte es sogar, sich selbst auf die Knie zu hieven und Ramona ein paar Zentimeter weiter aus dem Wasser zu zerren. Ab dann wurde es einfacher, weil Ramona nur noch zur Hälfte im Wasser trieb und Grace ihren leblosen Körper leichter manövrieren konnte, während sie mit gebeugtem Rücken seitwärts wie ein Krebs am Beckenrand entlangkroch und sie zum flachen Ende des Beckens schleppte, wo sie sie über die Einstiegstreppe schließlich vollständig aus dem Wasser bergen konnte.

Völlig durchnässt und außer Atem stand Grace da. Ramona sah im Tod schlimmer aus als Bobby. Ihr Gesicht war verzerrt, als wäre sie im Sterben wütend auf etwas gewesen.

Trotzdem war alles nicht so schlimm wie der rote Raum.

Grace legte Ramona prüfend die Hand auf die Brust, dann fasste sie ihr an den grün verschleimten Nacken. Kein Zweifel.

Sie war tot.

Grace ließ Ramona am Poolrand liegen, eine müde, greisenhafte Gestalt im hellen Schein der morgendlichen Wüstensonne, und rannte zum Haus, um die Notrufnummer zu wählen.

Die Anrufzentrale bat sie, in der Leitung zu bleiben. Während sie wartete, kamen die drei Neuen die Treppe herunter, diesmal als Erster Ty, dann Lily und schließlich Sam.

Tys Blick begegnete dem von Grace. Mit gerunzelter Stirn schüttelte er den Kopf, als wäre er schrecklich enttäuscht. Lily rieb sich mit den Fäusten die Augen und weinte lautlos. Sams Gesicht war ausdruckslos.

Doch als er sich umwandte und durch das Küchenfenster auf Ramonas weithin sichtbaren Leichnam blickte, zeichnete sich ganz langsam ein Lächeln auf seinen unpassend hübschen Lippen ab.

Zuerst traf die Ambulanz ein, und Grace wies den Sanitätern den Weg zu Ramona. Augenblicke später kamen drei Polizeifahrzeuge, dann ein grünes Auto so wie das, das die Neuen gebracht hatte. Schließlich ein blauer und ein schwarzer Wagen. Vier Männer und zwei Frauen, die alle Marken trugen, sahen sich Ramona an, sprachen mit den Sanitätern und kamen schließlich auf Grace zu.

»Oben ist noch ein Toter«, informierte sie die Erwachsenen.

Alle vier Pflegekinder wurden in der Küche zusammengetrommelt und von einer der Polizeibeamtinnen in Uniform beaufsichtigt, die sich mit vor der Brust verschränkten Armen vor ihnen aufbaute.

Bald darauf kamen die beiden weiblichen und zwei männliche Detectives herein und teilten die Kinder unter sich auf. Ein Kind pro Person.

Grace bekam einen kleinen, dürren Mann, der sich als Ray vorstellte, obwohl auf seiner Marke R. G. Ballance stand. Er führte sie in die kleine Kammer neben der Küche. Mit weißen Haaren und Falten war er der älteste der vier Detectives. Graces Kleidung war immer noch feucht und voller grüner Schleimflecken.

Er deutete auf einen Stuhl und forderte sie auf, sich zu setzen, während er selbst stehen blieb. Als Grace gehorchte, fuhr er fort: »Möchtest du etwas Wasser« – er blickte auf seinen Notizblock –, »Grace?«

»Nein, danke.«

»Sicher?«

»Ja, Sir.«

»Brauchst du einen Pulli? Vielleicht solltest du dir erst was Trockenes anziehen.«

»Nicht nötig, Sir.«

»Sicher?«

»Die Sachen trocknen schnell.«

»Hm ... also gut. Ich werde dir auch keine schwierigen Fragen stellen, Grace. Wenn du mir nur erzählen würdest, was du gesehen hast – falls du etwas gesehen hast –, das würde schon helfen.«

Grace erzählte.

Von Bobby in seinem Bett, dem Sauerstoffschlauch auf dem Boden, wie Ramona dastand, ganz außer sich, und dann nach unten rannte.

Von Grace, wie sie wartete, weil sie Ramona Zeit geben wollte, sich zu beruhigen. Wie sie dann schließlich nach ihr suchte.

Wie ihr Ramona zuschrie, sie sollte ins Haus gehen, ganz und gar untypisch für sie, weil sie sonst nie schrie.

Wie Grace erst gehorchen wollte, dann aber Ramona sich an die Brust fasste und stürzte.

Als sie zu dem Teil der Geschichte kam, wo sie Ramonas Hand packte und sie zum flachen Ende des Pools zog, fasste sie sich kurz.

»Wow, da gebührt dir aber großes Lob«, sagte R. G. Ballance. »Soll heißen: Toll gemacht!«

»Es war umsonst.«

»Es ... ja, leider. Trotzdem, du hast dein Bestes gegeben. Wie alt bist du?«

»Elf.«

»Fast zwölf?«

»Mein Geburtstag war vor acht Wochen.« *Es gab Engelskuchen und Minz-Schoko-Eis, zum dritten Mal. Zum letzten Mal.*

»Erst elf«, sagte Ray. »Wow. Tja, also, das ist natürlich schrecklich, wenn ein kleines Mädchen so etwas erleben muss. Aber du hast dein Bestes gegeben, und das ist das Wichtigste, Grace.«

In Graces Kopf platzten Feuerwerkskörper mit donnerndem Krachen. Eine innere Stimme kreischte: *Lügner! Das ist nicht das Wichtigste! Alles wird sich ändern!*

»Danke, Sir.«

»Tja«, fuhr der Detective fort. »Damit sind wir wohl auch schon fertig. Ich denke, Mrs. Stage hatte einen Herzinfarkt, vermutlich ausgelöst durch einen Schock – nachdem sie den Jungen in seinem Bett gefunden hat.«

»Bobby«, korrigierte Grace. »Robert Canova.«

»Robert Canova ... Was kannst du über ihn sagen?«

»Er wurde mit Behinderungen geboren.«

»Ganz offensichtlich ...« R. G. Ballance klappte seinen Block zu. »Okay, du wirst dich wahrscheinlich fragen, was jetzt passieren wird. Natürlich kannst du hier nicht bleiben, aber wir werden uns darum kümmern, dass du gut unterkommst. Keine Sorge.«

»Danke.«

»Gern, Grace. Gibt es noch was, das du mir erzählen möchtest?«

Grace hatte drei Dinge im Kopf:

1. Bobbys Schlauch, der jeden Abend fest an seinen Pyjama geklebt wurde, lose auf dem Boden, fauchend wie eine gelbe Schlange. Völlig unlogisch.

2. Der Blick auf Tys Gesicht, als er in die Küche kam: traurig – mehr als nur enttäuscht. Aber nicht überrascht.

Als hätte er damit gerechnet, dass etwas Schlimmes passieren würde, und es war eingetreten.

3. Das Lächeln auf Sams Lippen, als er Ramonas Leichnam sah.

»Nein, Sir«, sagte sie, »das war alles.«

Eine Stunde später waren die drei Neuen in dem blauen Wagen abtransportiert, und Grace saß auf der Rückbank des schwarzen Autos.

Am Steuer war einer der weiblichen Detectives. Sie hatte braune Haare und Sommersprossen. Anders als R. G. Ballance stellte sie sich nicht vor. Hektisch Kaugummi kauend jagte sie den Motor hoch.

Sie waren schon eine Weile gefahren, da sagte sie: »Ich bin Nancy, und ich bin Detective, okay? Ich bringe dich jetzt an einen Ort, der vielleicht ein bisschen einschüchternd wirkt. Er nennt sich Jugendstrafanstalt und ist hauptsächlich für Kids, die was angestellt haben. Es gibt aber auch eine Abteilung, wo Kinder wie du bleiben können, bis geklärt ist, was weiter passieren soll. Okay?«

»Okay.«

»Echt«, versicherte Nancy. »Alles wird gut.«

Kapitel 27

Grace saß in ihrem Zimmer im Hilton Garden Inn und betrachtete das alte Foto des blonden Jungen.

Ty.

Andrew.

Atoner, der Büßer.

Anhand des Fotos ließ sich der blonde Junge ganz leicht in dem erwachsenen Mann erkennen. Seine Züge waren gereift, und die Haare hatte er sich dunkel gefärbt, genau wie Grace. Doch das Gesicht war dasselbe.

Hatte er sich die Haare gefärbt, weil er fürchtete, Grace würde ihn an seinem Blondschopf wiedererkennen? War die Geschichte mit dem Artikel, der ihn angeblich auf sie aufmerksam gemacht hatte, nur eine Ausrede gewesen?

Falls es doch stimmte, hatte er beim Lesen an das Mädchen von der Stagecoach Ranch gedacht?

Das Mädchen, das dabei war, als all die schlimmen Dinge geschahen.

Dann fiel ihr ein, dass Malcolm auch Zeit mit den drei Geschwistern verbracht hatte, um Tests mit ihnen zu machen. Vielleicht hatte Ty/Andrew *ihn* gesucht und war dabei auf Grace gestoßen.

Auf jeden Fall war er bei Grace gelandet, um alte, böse Geheimnisse aufzudecken.

Über den Tod von Bobby Canova? Den teuflischen Bruder mit dem gierigen Lächeln?

Doch diese Tat war längst verjährt und nicht wert, deswegen heute noch einen Mord zu begehen. Es musste also mehr sein.

Sam, der als Erwachsener böse Dinge tat.

Irgendwann kam Grace ein erschreckender Gedanke: Ihr Name hatte tatsächlich Andrews Erinnerung geweckt, und er hatte auf der Website der Uni ihr Foto gesucht.

Und in der Lounge des Opus-Hotels genau gewusst, wer sie war.

Nein, unmöglich. Wenn dem so gewesen wäre, hätte er sich nie darauf eingelassen, mit ihr …

Stopp. Zurück zum Wesentlichen.
Finde deinen Feind, ehe er dich findet.

Es war nicht schwer, das Datum zu bestimmen, an dem die Kinder mit dem zerzausten Schopf auf der Ranch ankamen – es war zwei Monate nach Graces elftem Geburtstag gewesen.

Sie loggte sich ins Archiv der *Los Angeles Times* ein, gab das Datum ein und suchte *Sam Ty Lily*. Nichts. Auch vierzehn weitere Ausgaben – eine Woche vor und eine Woche nachher – brachten kein Ergebnis.

Dass sie Veganer waren, Sam die Bibel zitierte und sie selbst gefertigte Einheitskleidung trugen, deutete auf eine Sekte hin, oder zumindest auf eine bizarre, isolierte Erziehung. Das Trio war mitten in der Nacht mit Polizeieskorte gebracht worden – zu der Detectives und uniformierte Beamte gehörten –, das war ein Hinweis auf kriminelle Verwicklungen.

Doch auch die Verbindung von *Sekte* mit den entsprechenden Daten erwies sich als Sackgasse. Grace kam zu dem Schluss, dass sie mit dieser Strategie nicht weiterkäme.

Es wäre besser, die Berichterstattung in diesem Zeitraum durchzugehen. Das allerdings bedeutete mühsames Scrollen gesamter Zeitungsausgaben.

Zum Glück waren die Mikrofilme bereits digitalisiert, und die Times bot bis 1980 kostenlosen Zugang an. Neuere Ausgaben waren kostenpflichtig. Grace war schon im Begriff, ihre Kreditkartennummer einzutippen, als ihr einfiel, dass sie die Quelle auch umsonst nutzen konnte, wenn sie ihren Fakultätsaccount benutzte.

Ihre Recherche würde so oder so nachvollziehbar sein, doch es gab keine Möglichkeit, das zu verhindern. Ebenso wenig wie man sie mit Beldrim Benn in Verbindung bringen könnte, selbst wenn seine Leiche gefunden würde.

Sie dachte an das Gepolter, mit dem der Tote in die Schlucht gestürzt war.

Und gab ihren Uni-Account ein.

Das Sichten der Zeitungen über eine Spanne von Monaten war ein langwieriger Prozess, der erst einmal nichts ergab.

Sie musste acht Monate zurückgehen, ehe sie fündig wurde.

Sektensiedlung in der Wüste mit grausigen Funden
Von der Polizei erschossener Anführer möglicher Mehrfachmörder
Von Selwyn Rodrigo
Redakteur

Mitten in der Mojave-Wüste liegt die Siedlung der Festungssekte – so benannt, weil ihr Anführer eine Mauer aus verlassenen Wohnwagen und ausgehobenen Höhlen um das Gelände angelegt hatte. Kriminaltechnische Untersuchungen haben jetzt Spuren auf Tötungen vor Ort ergeben.

Vier Monate ist es her, dass der selbsternannte
»Große Führer« Arundel Roi (67), mit bürger-
lichem Namen Roald Leroy Arundel, bei einer
Schießerei mit County-Sheriffs ums Leben kam.
Nachdem es Berichte über Kindesmissbrauch
gegeben hatte, waren Sozialarbeiter in das
verwahrloste Lager gefahren. Laut Behörden
wurde hier ein apokalyptischer Ein-Mann-Kult
betrieben, auf Basis biblischer Prophezeiungen,
rassistischer »Identitätsreligion« und Hexenkult.
Für Bradley Gainsborough endete der Besuch
tödlich. Der Sozialarbeiter wurde ohne Vorwarnung unmittelbar nach dem Betreten des Gelän-
des erschossen. Seine Kollegin Candace Miller
wurde verletzt, konnte aber entkommen und die
Polizei alarmieren. Bei dem folgenden offenen
Schusswechsel wurden Arundel Roi und dessen
drei Ehefrauen getötet.
Es wird angenommen, dass Arundel die drei
Frauen während seiner Zeit als Wärter der Sybil-
Brand-Frauenstrafanstalt, wo sie inhaftiert waren,
um sich geschart hat. Die vier Sektenmitglieder
wurden mit Kriegswaffen in den Händen aufgefunden, eine der Frauen hielt eine Handgranate.
Bei der Durchsuchung der Anlage wurde ein
Bunker mit Sprengstoff und Feuerwaffen entdeckt, ein weiterer mit Macheten, Hackbeilen
und anderen Messern sowie Hass-Pamphleten
und pornografischem Material. Spuren von
Blut, Gewebe und Haaren an einigen der Messer
führten zu einer pathologischen Analyse, deren
Ergebnisse gerade erst veröffentlicht wurden.
Es fand sich DNA von drei vermissten Personen.
Der überwiegende Teil des organischen Materi-
als an den Messerschneiden konnte indes nicht
identifiziert werden. Bei den Vermissten handelt
es sich um obdachlose Männer, deren Identität

bislang nicht bekannt gegeben wurde. Alle drei waren in einer Kneipe in Saugus mit Arundel Roi oder einer seiner Frauen gesehen worden. Das Motiv scheint finanzieller Natur gewesen zu sein, denn in einem von Roi angemieteten Postfach wurden Schecks vom Sozialamt an die Namen der drei Getöteten gefunden.
Weitere Untersuchungen vor Ort werden sich mit dem Boden und anderen Proben befassen. Die Gegend im entlegenen Winkel eines Nationalparks hat kaum Besucher. Zum einen ist sie schwer zugänglich, zum anderen aber wurden hier während des Korea-Krieges Bomben getestet, und man geht davon aus, dass die Umwelt verseucht ist.

Grace erstellte eine Liste: *Arundel Roi, Ehefrauen, Opfer, Selwyn Rodrigo, Candace Miller.*

Dann las sie den Artikel noch einmal durch, um nichts zu übersehen. Rodrigo hatte von Berichten über Kindesmissbrauch geschrieben, jedoch keine Namen genannt.

Sie scrollte vier weitere Monate zurück und fand den ursprünglichen Bericht über die Razzia. Candace Millers Alter wurde mit neunundvierzig angegeben, damit wäre sie inzwischen dreiundsiebzig. Dass der Artikel »eigenwillige Ernährungspräferenzen, Überlebenstaktiken und autarke Versorgung« erwähnte, verriet Grace, dass sie auf der richtigen Spur war.

Dann der entscheidende Hinweis: Roi und seine Frauen hätten »sonderbar geschnittene, selbst genähte schwarze Einheitskleidung getragen«.

Immer noch kein Name außer Rois. Schließlich war das hier Los Angeles. Hier ging es nur um die Stars.

Wahrscheinlich das alte Lied: ein charismatischer Spinner, der hirntote Anhänger anzieht. Natürlich zeugt er Kinder, weil Egomanen danach streben, sich unsterblich zu machen.

Der Artikel war von einem Foto begleitet: ein Porträt von Arundel Roi Anfang fünfzig, aus der Zeit, als er noch Officer Roald Leroy Arundel, Mitarbeiter im Strafvollzug, war.

Als junger Mann hatte der Guru der Festungssekte vermutlich ganz gut ausgesehen: markantes Kinn, relativ breite Schultern und anliegende Ohren. Doch mit zunehmendem Alter war er zum Fettsack verlottert, die Haut im Gesicht und am Hals schwabbelte, und unter seinen schräg stehenden, vor Überheblichkeit glitzernden Augen befanden sich dicke Tränensäcke.

Die weißen Haare hatte er militärisch kurz geschoren. Ein buschiger graumelierter Schnurrbart verdeckte seinen Mund vollständig.

Die Barthaare standen so ab, dass es ihm einen Ausdruck dauerhafter Belustigung verlieh.

Ein lüsternes Grinsen, das Grace schon einmal gesehen hatte.

Sie stellte sich vor, wie Roi an den Zellen der Gefängnisinsassinnen vorbeistolzierte, trunken vor Machtgier, Persönlichkeitsstörung und Testosteron.

Der Fuchs im Hühnerstall.

Grace investierte noch ein paar Stunden in ihre Recherche über die Festungssekte, in denen sie drei Nachrichtendienste und vier Zeitungen durchforstete.

Ergebnis: gleich null. Die Arbeit der Journalisten schien vor allem darin zu bestehen, umzuformulieren, was andere schon geschrieben hatten. Wobei sie ihnen das in diesem

Fall kaum verdenken konnte: Die Polizei hatte sich mit Fakten erstaunlich bedeckt gehalten.

Sie suchte die folgenden zwölf Monate durch. Es gab keine weiteren Meldungen über Untersuchungsergebnisse, kein weiteres Wort über Ehefrauen, obdachlose Opfer oder wie Kinder damit zurechtkommen, wenn sie in einer Umgebung aus Irrsinn und Unrat aufwachsen.

Bei ihrer Recherche über Selwyn Rodrigo stieß sie in der *Los Angeles Times* auf einen sechs Jahre alten Nachruf. Der Reporter war mit achtundsechzig Jahren einer »langen Krankheit« erlegen.

Der Artikel zeichnete Rodrigos Karriere nach. Kurz nach der Reportage über die Sekte hatte er nach Washington ins Finanz- und Wirtschaftsressort gewechselt und war dann für den Rest seiner Laufbahn dabei geblieben. Das kam einer Beförderung gleich, doch Grace fragte sich, ob dieser Wechsel vom Frontberichterstatter zum Schreibtischtäter für Rodrigo nicht vielmehr eine Flucht gewesen war.

Zu den Hinterbliebenen gehörten seine Ehefrau Maryanne und seine Tochter Ingrid. Erstere war drei Jahre nach ihm verstorben. Zu Ingrid gab es keine weiteren Informationen. Außerdem war nicht anzunehmen, dass er sich ihr anvertraut hatte.

Als Nächstes nahm sich Grace die verletzte Sozialarbeiterin vor. Es gab jede Menge Frauen, die Candace Miller hießen, doch vom Alter her passte keine.

Und was jetzt?

Die Kinder.

Doch wenn es tatsächlich Daten zum Nachwuchs des Gurus gab, wären sie unerreichbar tief in den Eingeweiden der Sozialbehörden versteckt. Grace dachte ernsthaft darüber nach, sich an Delawares Polizeikontakt zu wenden, um herauszufinden, ob es eine Akte zu dem Fall gab, verwarf die Idee aber rasch wieder. Sie hatte einen Menschen getötet, neugierige Polizisten waren jetzt das Letzte, was sie brauchte.

Was also tun? Früher hatten knifflige Fragen ganz automatisch einen Reflex bei ihr ausgelöst: *Frag Malcolm.* Irgendwann – kurz nach Beginn der Pubertät – hatte sie beschlossen, dass es zu ihrem Erwachsenwerden gehörte, sich von Malcolm zu lösen, was hin und wieder dazu führte, dass sie ihn gänzlich mied. Dennoch, allein zu wissen, dass es ihn gab, war wie ein Sicherheitsnetz gewesen.

Und jetzt ... ihre Nervenstränge schwangen disharmonisch wie die Saiten einer verstimmten Gitarre.

Sie ging zur Minibar, nahm eine Miniflasche Wodka heraus und überlegte, ob sie sich den Minidrink genehmigen sollte. Schließlich stellte sie den Schnaps wieder zurück.

Was würde Malcolm tun?

Sein wohltönender Bass wärmte ihre Gedanken: *Wenn alles im Eimer ist, Grace, hilft es manchmal, ganz von vorn zu beginnen.*

Grace atmete tief durch, lockerte ihre Muskeln und versuchte konzentriert, sich an lange verdrängte Details über die drei Kinder in Schwarz zu erinnern – was nichts Neues ergab, sondern nur zu einer Kette loser, verstörender Assoziationen führte.

Ihr Leben auf der Ranch.

Der Abend, an dem sie hingefahren worden war, ihre Furcht auf dem Weg durch die menschenleere Ödnis. Vorbei an Schildern, die zu dem Ort führten ... zu dem Ort mit dem roten Raum.

Es war so anders gewesen als die anderen Fahrten zu

neuen Pflegefamilien, wo desinteressierte Fahrer einfach unangekündigt aufgetaucht waren mit einer gerichtlichen Anordnung, und sie aufgefordert hatten, ihre bescheidenen Habseligkeiten zu packen. Um sie dann ohne weitere Erklärung anderswo abzusetzen, oft ohne sie überhaupt vorzustellen.

Der Mann, der sie zur Ranch gebracht hatte, war anders gewesen.

Wayne Knutsen. Stämmiger Kerl mit Pferdeschwanz, zukünftiger Anwalt. Bei ihrem letzten Gespräch hatte er Grace seine Karte gegeben. Die sie prompt weggeworfen hatte. Rotzgöre, die sie war.

Wie Candace Miller musste er inzwischen über siebzig sein. Er hatte schon damals nicht besonders gesund ausgesehen, es war also kaum anzunehmen, dass ein vitaler Senior aus ihm geworden war.

Ohne große Erwartungen fing sie an zu googeln.

Was für eine Überraschung:

Knutsen, DiPrimo, Banks & Levine
Kanzlei

Eine beachtliche Großkanzlei in der Innenstadt, South Flower Street, gegründet von Seniorpartner Wayne J. Knutsen, mit zwei Dutzend angestellten Anwälten.

Ein ehemaliger Sozialarbeiter, der sein Geld mit »Verträgen, Nachlässen und Wirtschaftsangelegenheiten« verdiente? War das überhaupt möglich?

Grace klickte die Mitarbeiterseite an und blickte auf Fotos und Biografien aller Anwälte der Kanzlei.

Der Seniorpartner war ein älterer Herr mit stattlichem Leibesumfang, Vollglatze und einem kleinen weißen Kinnbart, der eine von zweieinhalb Kinnfalten schmückte. Er posierte im dunkelblauen Nadelstreifenanzug, blütenweißen Hemd mit Kragennadel und einer leuchtend blauen Krawatte aus schimmernder Seide mit großem Knoten.

Sein Lächeln strahlte selbstzufrieden. Rechtsanwalt Knutsen fuhr mit Sicherheit keinen klappernden Kleinwagen mehr. Grace stellte ihn sich in einem dicken Mercedes vor.

Damals hatte er beklagt, dass seine Uni unbedeutend wäre, doch Examen hatte er an der UC Hastings in San Francisco gemacht; anschließend hatte er mehrere Fachlizenzen in Steuer- und Immobilienrecht erworben sowie mehrere Sitze in Ausschüssen der Anwaltskammer.

Falls du mal was brauchst.

Höchste Zeit, zu prüfen, ob er das ernst gemeint hatte.

Kapitel 28

Als gefragter Anwalt war Knutsen mit Sicherheit von einer Phalanx aus Assistenten abgeschirmt, deshalb beschloss Grace, ihn vor Ort aufzusuchen. Ihre Recherche im Hotelzimmer hatte bis kurz nach siebzehn Uhr gedauert, die Fahrt in die Innenstadt würde sich hinziehen, doch was hatte sie schon Besseres zu tun? Sie aß eine Handvoll gemischte Nüsse, zernagte ein Stück Trockenfleisch und spülte den Gourmet-Imbiss mit einem halben Liter Wasser hinunter.

Sie verließ das Zimmer mit wachsamem Blick, nahm die Treppe zur Parkgarage, stieg in den Jeep und machte sich auf den Weg. Eine Stunde und zwanzig Minuten später fuhr sie an dem grauen Steingebäude vorbei, das die Kanzlei Knutsen, DiPrimo, Banks Levine beherbergte. Bestimmt war hier längst Feierabend und das Büro verwaist.

Das Gebäude hatte sieben Stockwerke, ein makelloser, imposanter Bau, einer der älteren, eleganten in einer der schöneren Straßen in der ansonsten wenig attraktiven Innenstadt. Grace parkte auf einem kostenpflichtigen Parkplatz einen Block entfernt und ging zu Fuß zurück. Als sie die Messingtüren unverschlossen fand, nahm sie den Aufzug in die fünfte Etage. Eine Hälfte des Stockwerks gehörte der Kanzlei, die andere war an einen Steuerberater vermietet. Die Lobby war mit dickem Teppich von der Farbe reifer Heidelbeeren ausgelegt und trennte die Wartebereiche der beiden Büros, die groß, hell und verglast waren.

Die Frau hinter dem Schalter von »KDBL« (so die Aufschrift eines großen Messingschildes) war jung, hübsch und höflich. Sie schloss gerade ihren Schreibtisch ab.

Grace lächelte sie an. »Zu Mr. Knutsen, bitte.«

»Die Kanzlei ist geschlossen.«

»Wenn Mr. Knutsen noch im Haus ist, wird er mich empfangen wollen. Dr. Grace Blades.«

»Doktor«, wiederholte die Rezeptionistin skeptisch. »Er ist beschäftigt.«

»Kein Problem, ich kann warten.« Grace setzte sich, nahm aus einem Wandregal ein Hochglanzmagazin mit dem Titel *Traumhäuser in Beverly Hills* und tat so, als würde sie sich für irdische Paradiese interessieren. In diesem Jahr fand Reichtum Ausdruck in Küchen von der Größe eines Hauses oder in einem IMAX-Heimkino mit vierzig Plätzen.

Die Rezeptionistin wählte eine Kurzwahlnummer, nannte Graces Namen und legte mit Erstaunen im Gesicht wieder auf. »Sie müssen noch etwas warten. Ich gehe in fünf Minuten.«

Neunzig Sekunden später summte ihr Telefon. Sie nahm ab, murmelte kurz etwas und runzelte die Stirn. »Kommen Sie bitte hier entlang.«

Ein Eckbüro, wie nicht anders zu erwarten, mit zwei Panoramafenstern nach Norden und Osten und kilometerweitem Blick. Der Schreibtisch war ein Halbrund aus gebleichtem Walnussholz mit eingebautem Telefon und Anschlüssen für Computer. An einer mit beigefarbenem Seegras tapezierten Wand waren kunstvoll Zeugnisse und andere eindrucksvolle Dokumente in Silberrahmen arrangiert. Darüber eine Deckenleiste aus polierter Bronze.

Auf einem Walnuss-Sideboard standen zwei riesige Fotos, jeweils fünfzig auf fünfzig Zentimeter: Das eine zeigte den aktuellen Wayne Knutsen mit einem anderen Mann, der jünger war als er, wenn auch nicht viel jünger, vielleicht um die sechzig, dünn und grauhaarig. Beide hatten verdächtig rote Nasen und grinsten unter Sonnenbrillen und Baseball-Kappen hervor. Der andere Mann hielt eine Angel. In Waynes fleischigen Händen lag ein stattlicher Heilbutt.

Die zweite Aufnahme zeigte dasselbe Paar, ebenfalls glücklich, in passenden Smokings. Hand in Hand standen die beiden vor einer Frau im Priestergewand mit Kruzifix um den Hals. Auf dem Boden Reis und Konfetti.

Das Büro war menschenleer. Dann sagte eine Stimme hinter Grace: »Danke, Sheila, gehen Sie nur nach Hause. Sie arbeiten zu viel.«

Den Blick auf Grace gerichtet, trat Rechtsanwalt Wayne Knutsen hinter seinen Schreibtisch, beugte sich über die polierte Platte und streckte ihr eine fleischige Pranke entgegen. Sein Gesicht glühte rot, und sein Körper sah aus wie ein Haufen lose verbundener wabbelnder Ballons. Von dem winzigen Kinnbärtchen abgesehen, war er makellos rasiert. Wie Santa Claus nach einer ausgiebigen Badesession.

Ein donnerndes *Ho, ho, ho* aus seinem Mund wäre für Grace keine Überraschung gewesen, doch dazu hätte er wohlwollend lächeln müssen.

Stattdessen machte er ein todernstes, fast erschrockenes Gesicht.

Als Grace seine Hand nahm, sah sie einen breiten Platinring an seinem linken Ringfinger. Sein Händedruck war kurz, trocken und warm.

Womit er gerade noch beschäftigt gewesen war, hatte jedenfalls keine besondere Garderobe erfordert: Er trug ein leuchtend gelbes Poloshirt und eine Seersucker-Hose, ein Outfit, das seiner Figur nicht eben zuträglich war. Der enge Hosensaum berührte knapp seine blauen Wildlederschuhe, in denen seine nackten Füße steckten. Sein kahler Kopf war sonnengebräunt und voller Sommersprossen; Grace entdeckte die Baseball-Kappe, die er auf dem Anglerfoto anhatte, am Fuß einer Stehlampe.

»Eine Zeitreise«, sagte er. »*Doktor* Grace Blades? Nun, ich bin nicht überrascht.« Er blickte sie forschend an, doch seine Stimme klang zurückhaltend.

»Ich auch nicht«, erwiderte Grace.

Er zwinkerte und wuchtete seinen fülligen Leib auf einen thronartigen Schreibtischstuhl, während er gleichzeitig Grace einen der gegenüberstehenden Stühle anbot.

»Grace Blades ... das ist allerdings eine Überraschung. Was für ein Doktor sind Sie?«

»Klinische Psychologie.«

»Ah.« Er nickte, als wäre damit alles klar.

Er denkt, ich wollte kompensieren.

»Wann haben Sie promoviert?«

»Vor acht Jahren.«

Beim Kopfrechnen ließ er seine Augen hin- und herwandern. »Da waren Sie ...«

»Fünfundzwanzig, fast sechsundzwanzig.«

»Jung.« Leises Lächeln. »Das sind Sie immer noch. Tja, herzlichen Glückwunsch, das ist eine beachtliche Leistung. Also was führt Sie zu mir?«

»Ich will Sie engagieren.«

»In welcher Sache?«

Sie öffnete ihre Handtasche und nahm ihr Portemonnaie heraus. »Was nehmen Sie als Vorschuss?«

»Wow«, sagte Wayne Knutsen. »Das kann ich Ihnen gar nicht sagen, ehe ich nicht weiß, worum es geht.«

»In erster Linie um Vertraulichkeit.«

»Ah ... tja, die gibt es schon einmal umsonst, Doktor – darf ich Sie Grace nennen?«

Sie lächelte. »Ich bitte darum. Aber ich möchte Sie bezahlen.«

»Ehrlich, nicht nötig. Allein die Absicht, einen Anwalt anzuheuern, bringt bereits die Schweigepflicht mit sich.«

»Das weiß ich.«

Sein weicher Bauch hob sich. »Na dann, schieben Sie mal zehn Dollar rüber.«

»Ist das Ihr Ernst?«

»Absolut, Grace. Ich bin immer noch dabei, zu verarbeiten, dass Sie hier sind. Ich muss gestehen, dass ich ein bisschen geschockt war, als ich Ihren Namen hörte.«

»Tut mir leid, wenn ich so unvermittelt aufgetaucht bin. Aber wieso waren Sie geschockt?«

Er schlug die Zähne aufeinander und hob die Augen zur Decke, ehe er wieder Grace ansah. »Für mich sah es so aus, als wären Sie wegen irgendetwas sauer. Wegen etwas, das ich vor Langem getan habe. Ich konnte mir nur ums Verrecken nicht vorstellen, was das sein könnte.«

Und dennoch hatte er sie hereingebeten. Die Neugier war stärker gewesen als die Furcht. Grace spürte Hoffnung in sich aufkeimen.

»Ganz im Gegenteil«, sagte sie. »Sie waren der Einzige, der überhaupt etwas getaugt hat. Deshalb bin ich hier.« Sie zählte fünf Zwanzigdollarscheine ab und legte sie auf den Schreibtisch.

»Interessante Interpretation von zehn Dollar«, kommentierte Wayne Knutsen. »Komisch, dabei erinnere ich mich, dass Mathe immer Ihre Stärke war. Anderseits hatten Sie überhaupt nur Stärken. Sie waren das klügste Kind, das mir in dem Job je begegnet ist.«

»Dann nennen wir das eben eine Funktion höherer Ordnung.«

Wayne Knutsen seufzte. »Okay, ich werde den Überschuss für wohltätige Zwecke spenden. Haben Sie einen Lieblingsverein?«

»Das überlasse ich Ihnen.«

»Mein Partner und ich, Verzeihung, mein Mann und ich, das ist für mich noch etwas ungewohnt, wir haben tibetische Hunde, Lhasa Apsos. Wie wär's mit dem Verein zur Rettung von Lhasa Apsos?«

»Klingt gut.«

»Also gut, Doktor Grace, jetzt haben Sie mir Ihr Mandat übertragen, damit sind Ihre Geheimnisse sicher. Worum könnte es sich wohl dabei handeln?«

»Als Erstes ist ein Dankeschön angebracht. Dafür, dass Sie sich die Mühe gemacht haben, mich auf der Stagecoach Ranch unterzubringen.«

Sein rosiger Gesichtston verdunkelte sich zu Karminrot, während er abwinkte. Gleichwohl war er sichtlich erfreut. »Ich habe nur meine Arbeit getan.«

»Sie haben mehr getan. Es war die entscheidende Wende für mich. Ich hätte Ihnen schon längst danken sollen.«

Sein Mund zuckte. »Freut mich, dass alles so gut geklappt hat. Ja, sie war eine tolle Frau. Wie lange waren Sie auf der Ranch?«

»Bis ich elf war. Ramona starb.«

»Oh, tut mir leid, das zu hören. War sie krank?«

»Herzprobleme«, erklärte Grace. »Uns Kindern gegenüber hat sie nie etwas erwähnt, aber irgendwann fing sie an, erschöpft auszusehen und Pillen zu nehmen. Eines Tages ist sie zusammengebrochen und in den Pool gefallen.«

»Meine Güte, das ist ja schrecklich«, sagte Wayne Knutsen. »Für Sie genauso wie für Ramona.« Er schüttelte den Kopf. »Wie traurig. Sie war ein außergewöhnlicher Mensch.«

»Allerdings.«

»Arme Ramona«, fuhr er fort. »Wenn ich bei der Behörde geblieben wäre, hätte ich von ihrem Tod erfahren, aber ich hab dann doch gekündigt.«

»Um sich ganz dem Jurastudium zu widmen.«

»Ich hatte eine Abendschule ohne jedes Renommee besucht, aber das war reine Zeitverschwendung. Geldmacherei. Dass ich gekündigt habe, lag aber an etwas anderem, Grace. Ich hatte die Nase voll. Von dem ganzen System, das die Kinder wie Sachen behandelt, die hin- und hergeschoben werden, dass es praktisch keine Supervision gibt und niemand je versucht, sie besser kennenzulernen. Dann gab es auch noch Fälle von Missbrauch, sicher nicht die Regel, aber dennoch … ich will das gar nicht vertiefen.«

Er rieb sich ein Auge. »Ich will mich nicht von der Kritik ausnehmen, Grace. Ich war Teil des Ganzen und habe viel zu viel Dienst nach Vorschrift gemacht. Man hat uns so viele Fälle aufgeladen, dass es unmöglich war, ordentlich zu arbeiten. Auch das ist nur eine Ausrede wie viele andere.«

»Aber Sie haben es geschafft, besser zu sein als die anderen«, sagte Grace.

Die Bemerkung schien ihn zu irritieren, und er suchte in

ihrer Miene nach Anzeichen von Sarkasmus. Sie bemühte sich, ihm zu zeigen, dass sie es ernst meinte.

»Sie sind zu gütig«, erklärte er, »aber ich war längst nicht so gut, wie ich hätte sein können. In Ihrem Fall war es einfach. Sie haben es mir einfach gemacht. Sie waren so unglaublich frühreif, da schien es Hoffnung zu geben ...« Er lächelte. »Ich hatte Hoffnung. Als ich noch einmal bei Ramona anrief, um mich nach Ihnen zu erkundigen – am Tag bevor ich meinen Schreibtisch räumte –, sagte sie, Sie würden sich wohlfühlen, blieben aber gern für sich, und der Schulstoff würde Sie furchtbar langweilen. Ich war zu der Zeit mit den Gedanken schon längst anderswo, innerlich hatte ich schon lange gekündigt. Und so sagte ich ihr, dass ich da nichts unternehmen könne. Ramona erklärte, dann würde sie das wohl selbst in die Hand nehmen, und legte einfach auf. Offensichtlich hat sie es gut gemacht.« Wieder bebten seine Lippen. »Sicher besser als ich.«

»Es war ein Job, keine lebenslängliche Haftstrafe, Wayne. Wie Sie mir geholfen haben, verrät mir, dass Sie sicher viel mehr Kindern geholfen haben, als Sie sich eingestehen wollen.«

Ein breites Lächeln der Belustigung. »Ich sehe schon, Sie sind eine hervorragende Therapeutin, Dr. Blades – wow, das klingt einfach fantastisch. *Doktor.* Wahnsinn! Also, was führt Sie zu mir?«

»Sie haben mir damals Ihre Karte gegeben und gesagt, ich solle mich melden, falls ich etwas bräuchte.«

Er zuckte zusammen. »Tatsächlich? Da müssen Sie mich in einem schwachen Moment erwischt haben. Glauben Sie mir, zu dem Zeitpunkt war ich mit dem Kopf längst woanders. Machte mir Gedanken, wie ich alles schaffen sollte. Ich musste von ganz unten anfangen, landete dann irgendwann in San Francisco, wo ich Familienrecht machen wollte. Um das System von innen heraus zu erneuern und all das. Doch kaum hatte ich angefangen zu studieren, fühlte ich mich so frei, weil ich weit weg vom System war, dass ich meinen Schwerpunkt ganz schnell verlagert habe und nun dieses langweilige Zeug mache.«

Er lachte. »Langweiliges, unmoralisches Zeug, das aber einen Haufen Geld einbringt. Ich fahre jetzt einen Jaguar, Grace. Manchmal muss ich einfach lachen, wenn ich so dahinschwebe.«

»Ich fahre einen Aston Martin.«

»Wirklich.« Er pfiff. »Die klinische Psychologie hat es gut mit Ihnen gemeint, oder? Also, worum geht es nun? Ein Patient in der Bredouille?«

»Eine Therapeutin in der Bredouille.«

Er lehnte sich zurück und legte die Hände auf seine Wampe.

Grace erzählte ihm nur, was er wissen musste.

Drei Kinder mit zerzausten Haaren in selbst genähter schwarzer Einheitskleidung, ein mutmaßlicher Mord durch den ältesten Bruder, ein zweiter Mord in Folge.

Fast zwanzig Jahre später taucht der jüngere Bruder auf, der immer noch unter den schrecklichen Erinnerungen leidet und Sühne sucht.

Und vermutlich aufgrund seines dunklen Geheimnisses ermordet wird.

Dass sie recherchiert hatte und auf die Festungssekte gestoßen war. Und dass sie persönlich in höchster Gefahr schwebte. Das fügte sie noch an, weil sie hoffte, damit die Gefühle bei ihm zu wecken, die ihn damals bewogen hatten, so viel Gutes für sie zu tun.

Von dem Mann in ihrem Garten, dass sie seine Leiche

eine Klippe hinuntergestoßen, Schusswaffen und ein Messer hatte verschwinden lassen, dass sie auf der Flucht war, davon erwähnte sie nichts.

Wayne Knutsen hörte zu, ohne sie zu unterbrechen, und nahm sich dann einen Moment Zeit zum Nachdenken. »Tja, Grace, das ist ganz schön ... Ich weiß gar nicht, was ich sagen soll. Es klingt wie ein Filmplot.«

»Schön wär's, Wayne. Leider ist es die Realität. Und ich habe Angst.«

»Das verstehe ich ... vor dreiundzwanzig Jahren ...«

»Und ein paar Monaten.«

Er sah sie an, wie ein Arzt einen neuen Patienten mustert. »Das ist ein Großteil Ihres Lebens, Grace. Und ein beträchtliches Stück von meinem ... Aber ich fange an zu faseln, das kommt so unerwartet. Glauben Sie wirklich, der ältere Junge hat das kranke Kind getötet – Bobby?«

»Ganz sicher. Er zeigte alle frühen Anzeichen von Psychopathie. Und der Sauerstoffschlauch konnte sich unmöglich von allein lösen.«

»Und wenn Bobby einen Anfall hatte und ihn dabei abgerissen hat? Nur um den Advocatus Diaboli zu spielen.«

»Bobby konnte kaum gehen, geschweige denn die Kraft aufbringen, seine Kleidung zu zerreißen. Ramona hat aufgepasst, sie hat den Schlauch jeden Abend festgeklebt. Das weiß ich, weil ich ihn manchmal morgens entfernt habe.«

»Ramona hat Sie helfen lassen?«

»Ich wollte das unbedingt, es vermittelte mir ein Gefühl von Stärke und Kontrolle. Außerdem sah ich, dass ihre Kräfte schwanden.«

»Verstehe ... Das ist eine schreckliche Frage, aber als Anwalt muss ich sie stellen.« Er verlagerte im Sitzen sein Gewicht. »Vor dem Hintergrund von Ramonas nachlassender Gesundheit und dass sie Bobby sehr zugetan war, besteht da unter Umständen die Möglichkeit, dass sie ihn ...«

»Bewusst getötet hat?«, ergänzte Grace. »Niemals. Sie war hell entsetzt, als sie ihn fand. Ich bin sicher, es war dieser Schock, der ihr den Rest gegeben hat.«

»Mein Gott«, sagte Wayne Knutsen. »Was für ein Albtraum ... die arme Ramona. Das arme Kind – und da war niemand anders, der ...«

»Er war es, Wayne.«

»Ja, ja, Sie müssen es wissen. Sein Name war Sam, sagen Sie? Da haben wir nicht viel in der Hand. Wie alt war er?«

»Dreizehn oder vierzehn, würde ich sagen.«

»Jedenfalls alt genug«, sagte er. »Man hört so allerhand unglaubliche Dinge ... okay, es ist eine furchtbare Vermutung, doch ich vertraue auf Ihr Urteil. Was wurde denn aus Ihnen, nachdem die Ranch geschlossen wurde? Wobei ich nicht sicher bin, ob ich wirklich hören will, was ich ohnehin vermute.« Beim Kopfschütteln wabbelten seine Wangen. Er wischte sich mit einer Hand umständlich die Augen.

Grace beugte sich vor und nahm tröstend seine Hand, wie sie es bei einem Patienten getan hätte.

»Ehrlich gesagt, lief alles prima.«

Kapitel 29

Detective Nancy fuhr schnell auf dem Weg zum Jugendknast, und Grace wusste, dass sie es eilig hatte, diesen Job hinter sich zu bringen. Kaum hatten sie die Schleuse aus Sicherheitstüren durchquert, war sie auch schon verschwunden, und Grace wurde von einer großen dicken Schwarzen eskortiert, die sie »Süße« nannte und ihr versicherte, dass alles gut würde.

Das waren nette Worte, doch ihre Stimme klang müde, als hätte sie einen Kassettenrekorder verschluckt und die Play-Taste gedrückt.

Man nahm Grace die Kleider weg und gab ihr eine grell orangefarbene Hose und ein passendes Oberteil. Ein Plastikband mit ihrem Namen – falsch geschrieben: »Blande« – wurde eng um ihr schmales Handgelenk gelegt. Der Raum, in den sie geführt wurde, war mini und stank nach Fäkalien. Die Wände waren übersät mit obszönen Graffitis. Eine Wand bestand aus Gitterstäben. Das einzige Fenster war knapp unter der Decke und schwarz, weil es in die Nacht hinaussah. Die Einrichtung bestand aus einer Pritsche, einer Kommode und einer Metalltoilette ohne Deckel.

»Tut mir leid, dass wir dich heute in eine Einzelzelle stecken müssen, Süße«, entschuldigte sich die große schwarze Frau. »Aber es ist nur zu deinem Besten. Es hat keinen

Sinn, dich in einen Schlafsaal zu bringen. Du hast ja nichts verbrochen. Anders als manche der anderen Kids, da sind ein paar ganz üble dabei. Aber mehr musst du gar nicht wissen, nimm das einfach mal so hin, okay?«

»Okay.«

»Das ist auch der Grund, warum ich dich einschließen muss, Süße. Versuch, gut zu schlafen, und morgen früh darfst du dann Fragen stellen. Die Morgenleute werden deine Morgenfragen beantworten, okay?«

»Okay.«

»Ich meine, Süße, du wirst eh nicht lange hier drin sein, nur bis juristisch über deinen Fall entschieden wurde. Das heißt, bis klar ist, was aus dir wird.«

Ich weiß, was das heißt. Kannst deinen Kassettenrekorder jetzt abstellen.

»Süße?«, wiederholte die Frau.

Grace betrat ihre Zelle.

Am nächsten Morgen kam eine andere Schwarze, die ein Tablett mit Frühstück brachte. »Aus den Federn, Missy, kann ich dir was bringen?«

»Bücher.«

»Bücher ...«, echote die Frau, als hätte Grace Mondsteine bestellt. »Wie alt bist du?«

»Elf.«

»Hm, ich schau mal, was ich tun kann.«

»Ich lese Bücher für Erwachsene.«

Die Frau runzelte die Stirn. »Versautes Zeug?«

»Nein«, widersprach Grace. »Literatur für Erwachsene – Psychologie, Biologie.«

Die Frau starrte sie ungläubig an. »Bist du ein Wunderkind oder so was?«

»Ich bin neugierig.«
»Das ist hier nicht so gut.«

Sechs Stunden später wurden drei eselsohrige Schulbücher für die fünfte Klasse in ihre Zelle geliefert: Baby-Mathe, Baby-Englisch, Baby-Naturwissenschaften.

Das war eine Strafe, dachte Grace, weil sie zur falschen Zeit am falschen Ort war. Sie überlegte, wo Sam, Ty und Lily wohl hingekommen waren. Vielleicht waren sie auch hier, in anderen Zellen. Vielleicht würde sie ihnen begegnen, wenn sie herauskam. Hoffentlich nicht.

Wie sich herausstellte, war in dieser Hinsicht nichts zu befürchten. Drei Tage lang kam sie gar nicht aus ihrer Zelle. Man schien sie komplett vergessen zu haben. Sie verhielt sich ruhig, dachte nach und schlief viel. Dabei hatte sie das Gefühl, immer mehr zu verdummen, als würde ihr Hirn verfaulen und sie in ihrer eigenen Leere untergehen.

Dabei hatte sie gar nichts getan. Es war genauso wie im roten Raum.

Es fiel ihr nicht leicht, ruhig zu bleiben. Sie musste das Rufen und Schreien der anderen Insassen ausblenden. Manchmal kamen große Jungs in orangefarbenen Anzügen vorbei, die fast schon Männer waren, und die Wärter hielten sie nicht davon ab, Grace anzuglotzen, sich den Schritt zu reiben und schmutzige Dinge zu sagen. Zweimal holte einer tatsächlich seinen Penis heraus und fing unter fiesem Grinsen an, heftig zu onanieren.

Beim ersten Mal war Grace zu überrumpelt, um zu reagieren. Beim zweiten Mal lachte sie.

Der Junge, den sie auslachte, war groß und breit, und sein Pickelgesicht war von schwarzem Flaum überzogen. Als Grace lachte, erschlaffte sein Penis, und er steckte ihn eilig wieder in die Hose. Sein Blick verriet, dass er sie fertigmachen würde, wenn die Gitterstäbe nicht wären.

Von da an rollte sich Grace auf ihrer Pritsche zusammen und ignorierte das bisschen Welt hinter ihren Gitterstäben.

Am Vorabend des vierten Tages erschien wieder eine schwarze Frau – das gesamte Personal schien aus solchen zu bestehen – und schloss die Zelle auf. »Du bist raus, Miss ...« – sie blickte auf ihr Klemmbrett – »Miss Blades. Hier sind deine Kleider. Zieh dich an, ich warte hier.«

»Wohin bringen Sie mich?«

»Zu deiner nächsten Station.«

»Wo ist das denn, Ma'am?«

»Das sagen die mir nicht. Ich bin nur für Abholen und Abliefern zuständig.«

Grace streifte die orangefarbene Uniform ab, ohne sich darum zu scheren, dass draußen gerade ein Junge mit schmutzigen Gedanken vorbeikam und sie in Unterwäsche sah. In den Kleidern, in denen sie hergekommen war, folgte sie der Frau durch dieselbe Sicherheitsschleuse, durch die sie diese Hölle betreten hatte, in den kleinen Empfangsraum, den sie nur kurz gesehen hatte.

Malcolm war da.

»Mein Gott«, sagte er. »Es tut mir so leid. Es hat eine Weile gedauert, dich ausfindig zu machen.«

Graces Habseligkeiten baumelten von einem seiner langen Arme. Den anderen hielt er ihr entgegen, um sie in einer spontanen Geste des Trostes an sich zu drücken. Grace ließ sich nicht gern anfassen, noch nie, und in diesem Moment war die Abneigung gegen Berührung stärker als ihr gesunder Menschenverstand.

Er ist hier, um mich zu retten, ich sollte tun, was er möchte.

Doch sie wollte nicht, dass er sie in den Arm nahm. Drei Tage im Gefängnis hatten ihre Abneigung gegen menschliche Berührung noch verschärft. Sie rührte sich nicht.

Keine gute Idee. Okay. Gib dir Mühe.

Sie zwang sich, einen Schritt auf ihn zuzumachen.

Malcolm ließ den Arm sinken.

Jetzt ist er sauer. Warum bin ich nur so dumm?

Er beugte sich leicht zu ihr herunter. »Es tut mir schrecklich leid, Grace«, flüsterte er. »Das hätte nie so weit kommen dürfen. Ich würde dich gern mit zu mir nehmen. Ist das in Ordnung?«

»Ja.«

»Prima, ich parke draußen. Mein Kombi ist in der Werkstatt, deshalb bin ich mit Sophies Wagen hier. Es ist ein Zweisitzer, aber es wird schon gehen.«

Auf dem Weg zum Ausgang, wo er Grace die Tür aufhielt, redete er ununterbrochen. Als hätte er auch seine *Play*-Taste gedrückt.

Doch sein Band hörte sie sich gern an.

Sophies Wagen war ein altes, aber auf Hochglanz poliertes schwarzes Thunderbird Cabriolet, innen mit blütenweißem Leder ausgestattet.

Grace kannte Oldtimer von Werbeanzeigen aus alten Zeitschriften. Schöne reiche Menschen in Cabrios, beim Pferderennen oder an Traumstränden.

Sie ist reich, aber er nicht? Vielleicht hat sie deshalb ihren Namen behalten. Damit er nicht vergisst, dass sie zwei getrennte Menschen sind und sie das Geld hat.

»Ganz schön sportlich, nicht wahr?«, sagte Malcolm. »Sophie ist die Sportliche von uns.« Er warf Graces Sachen in den Kofferraum, hielt ihr die Beifahrertür auf und setzte sich hinters Steuer. Obwohl der Sitz ganz nach hinten geschoben war, sah er eingeklemmt aus wie ein Erwachsener in einem Spielauto. Er steckte den Schlüssel ins Zündschloss, ließ den Motor jedoch nicht an.

»Es tut mir wirklich so leid, Grace«, sagte er mit einem Blick zurück auf den grauen Betonkasten. »Es muss schlimm für dich gewesen sein.«

»Es war okay.«

»Nun, es ehrt dich, so tapfer zu sein. Das Problem war, dass ich eine Mordsmühe hatte, dich zu finden. Ein Skandal war das. Ramona ist – war – meine Schwägerin, und als einziger Hinterbliebener bin ich für ihre sämtlichen Angelegenheiten zuständig. Sie fehlt mir sehr … Ich habe keinerlei Mitteilung bekommen, Grace. Als ich zur Ranch fuhr, war niemand da. Ich rief bei der Polizei an, doch die versuchten, mich abzuwimmeln. Irgendwann erzählte mir ein höheres Tier beim Sheriff's Department, was passiert war. Nachdem ich mich vom ersten Schock erholt hatte, erkundigte ich mich nach den Kindern. Da hat er mir dann von Bobby erzählt. Und als ich mich davon erholt hatte, löcherte ich ihn mit Fragen nach den anderen Kindern. Er sagte, darüber wisse er nichts. Dabei waren es seine Leute, die dich hierhergebracht haben. Idioten. Diese hirnverbrannten Sesselpupser haben dich behandelt wie einen Schwerverbrecher. Ein Skandal ist das.«

Grace überlief ein Schauder, warum, wusste sie nicht. Sie wünschte nur, er würde endlich losfahren.

»Du armes Ding«, sagte Malcolm und streckte den Arm aus, um sie zu trösten, korrigierte sich dann aber sofort. Er drehte den Zündschlüssel, und der Wagen erwachte röhrend zum Leben. Malcolm rollte langsam vom Parkplatz. So langsam, als hätte er Angst vor Geschwindigkeit. Diese

Schüchternheit passte nicht zu dem Auto. Aber vielleicht behandelte Sophie es ja besser.

Als er die Ausfahrt erreicht hatte, fragte Grace: »Wohin fahren wir?«

Er bremste und schlug sich mit der Hand an die Stirn. »Klar, woher solltest du das auch wissen? Entschuldige bitte noch mal, ich leide wohl unter vorübergehendem Aufmerksamkeitsdefizit, weil … Also, ich nehme dich mit zu mir nach Hause. Wo ich mit Sophie wohne. Falls du damit einverstanden bist natürlich nur. Allerdings, wenn ich ehrlich bin, Grace, gibt es eigentlich keine richtige Alternative im Moment …«

»Ich bin einverstanden«, sagte Grace. »Bitte fahren Sie schnell.«

Grace rechnete mit einer längeren Fahrt, weil sie annahm, dass es in der hässlichen Gegend, wo der Jugendknast war, sicher kein Haus gab, das schön genug für Malcolm und die *reiche* Sophie Muller war.

Sie behielt nur zum Teil recht: Das Haus war riesig und wunderschön, genauso wie die anderen Häuser in der Straße mit weiten Rasenflächen, alten Bäumen und leuchtend bunten Blumen. Doch es dauerte gar nicht lange, um dorthin zu gelangen. Malcolm nahm eine Straße, die Sixth Street hieß und deren Bebauung über weite Strecken grau und schäbig war.

Irgendwann bog er in eine Einfahrt ein. »Voilà.«

Das Haus war zwei Stockwerke hoch und hatte ein Giebeldach, das mit grauen Steinplatten gedeckt zu sein schien. Die Frontfassade bestand aus Fachwerk und Backstein. Grace kannte den Baustil aus ihren Büchern: Er war nach der englischen Königsdynastie »Tudor« benannt. Sie hatte nicht gewusst, dass es solche Häuser auch in Amerika gab.

»Damit du weißt, womit du es zu tun hast«, sagte Malcolm, »diese Gegend hier heißt Hancock Park, und das ist die June Street. Hier leben hauptsächlich Banker, Anwälte und Ärzte, weniger Professoren, doch hier haben Sophies Eltern gewohnt. Sie waren mit die ersten Juden, die Immobilien kaufen durften – nicht dass das jetzt ein Thema für dich wäre, tut mir leid.«

Er schwieg eine Sekunde. »Sophie und ich sind Juden, weißt du.«

»Ich weiß.«

»Oh«, sagte er. »Hast du das an unseren Namen erkannt?«

»Holocaust.«

»Ah … kluges Kind. Aber wir sind überhaupt nicht religiös. Du musst keine Rituale und Gebete lernen, solche Sachen.«

Rituale und Gebete, das klang spannend. Bei dem Lesestoff, den Malcolm ihr mitgebracht hatte, waren auch immer wieder Artikel über religiöse Bräuche dabei gewesen.

»Jedenfalls«, fuhr er fort und schälte sich aus dem Thunderbird, um Graces Gepäck aus dem Kofferraum zu holen. Als er die Beifahrerseite erreicht hatte, war Grace längst ausgestiegen.

Er schloss eine schwere Holztür mit einem Messingtürklopfer in Form eines Löwenkopfes auf. Grace folgte ihm in einen leeren Raum mit schwarz-weiß gemustertem Marmorboden, der keinen weiteren Zweck zu haben schien, als dass er in einen viel größeren Raum dahinter führte. Dieser war voll mit antik aussehenden Sofas und Sesseln mit vielen Kissen, dunklen Holztischen mit geschwungenen Beinen und eleganten dunklen Regalen voller Bücher. Auch auf dem Boden lagen Bücher. In einer Ecke stand eine Uhr, die größer war als Malcolm. Linker Hand gab es eine geschnitzte Holztreppe, die nach oben führte; auf den breiten Stufen lag ein blau-rot-weißer Teppichläufer.

Die hintere Wand des großen Raumes bestand aus lauter Glastüren, durch die man in den Garten hinaussehen konnte.

Das Grundstück war nicht so groß wie die Ranch, aber auch nicht klein, hatte einen klaren blauen Swimmingpool, Bäume mit tief hängenden Ästen, Beete mit roten, pinken und weißen Blumen und das grünste Gras, das Grace je gesehen hatte. Ihr blieb der Atem weg.

Wie durch Zauberhand erschien Professor Muller, in einem dunkelblauen Oberteil mit Strickjacke in derselben Farbe, beiger Hose und flachen braunen Schuhen. Ihr aschblondes Haar war zu einem Knoten gebunden. An einer Kette um ihren Hals baumelte eine Brille.

Lächelnd hielt sie Grace die Hand entgegen. Schüchtern, als wäre sie es nicht gewohnt, Besucher zu empfangen.

Diesmal tat Grace das Richtige und nahm ihre Hand an.

»Wie schön, dich hier zu haben, Grace«, begrüßte Sophie Muller sie.

Sie nahm Malcolm Graces Gepäck ab und informierte ihn, dass der Kombi repariert wäre; falls er wollte, könnte er ein Taxi nehmen und ihn gleich abholen, ehe die Werkstatt Feierabend machte.

»Sicher?«, erwiderte er.

»Ja, Schatz. Ich brauche den T-Bird morgen selbst wieder.«

Malcolm nickte, durchquerte den großen Raum, bog in einen Flur zur Rechten und war verschwunden.

»Komm«, forderte Sophie Grace auf. »Dein Zimmer wartet schon auf dich.«

Sie gingen die Treppe hinauf.

»Voilà«, sagte Sophie.

Dieses Wort gehörte offenbar fest zum Familienjargon. Grace beschloss, so schnell wie möglich ein Wörterbuch aufzutreiben.

Das Zimmer, in das Sophie sie führte, war dreimal so groß wie die Räume auf der Ranch und hatte an zwei Seiten Fenster, die auf den herrlichen Garten hinausblickten.

Allerdings war es alles andere als elegant eingerichtet. Ein großes Bett stand darin mit einer schlichten weißen Decke, die Wände waren beige, abgenutzt, keine Bilder oder sonstige Dekoration. Der Boden war nacktes Holz. Sonst keine Möbel.

»Es ging alles sehr schnell, sodass wir noch keine Zeit hatten, es einzurichten«, sagte Sophie. Anders als Malcolm bot sie ihre Erklärung, ohne sich zu entschuldigen. Vielleicht weil sie reich war?

»Mir gefällt's«, erklärte Grace.

»Du bist zu gütig, aber wir wissen beide, dass das hier eine Baustelle ist. Hab Geduld mit mir, Grace. Du und ich werden bald zusammen einkaufen gehen, dann richten wir es so ein, dass es zu einem jungen Mädchen deines Alters und deiner Intelligenz passt.«

Grace erwiderte nichts.

»Hört sich das gut an?«

»Ja.«

»Aber jetzt bist du bestimmt erst mal hungrig. In diesem Loch haben die dir sicher nur Schweinefraß gegeben. Komm mit in die Küche, da finden wir was Leckeres für dich.«

Grace folgte Sophie die Treppe hinunter. Sie ging schnell, ohne sich nach Grace umzusehen.

Sie geht davon aus, dass ich klarkomme. Ein ganz neuer Typ Mensch.

Damit begann der schöne Teil von Grace Blades' Kindheit.

Kapitel 30

Rechtsanwalt Wayne Knutsen gegenüber fasste Grace diese Zeit knapp und nüchtern zusammen.

»Gott sei gedankt für solche Menschen«, sagte er, und Grace fand, dass er ein wenig reuevoll klang, als hätte er etwas verpasst.

Sie nutzte die Pause. »Auf jeden Fall brauche ich Ihre Hilfe.«

»Hm«, sagte er. »Okay, meine Polizeikontakte sind nicht ganz schlecht.«

»Lieber nicht«, wehrte Grace ab. »Die Polizei würde mich nicht ernst nehmen.«

»Warum nicht?«

»Die Geschichte ist uralt und basiert auf nichts als Spekulationen. Außerdem habe ich keinerlei Beweise.«

Wayne hievte sich auf die Beine, machte ein paar Schritte und kehrte dann zu seinem Thron hinter dem Schreibtisch zurück. »Sie haben recht«, fuhr er in geschäftsmäßigem Ton fort. »Objektiv gesehen, haben wir nicht viel in der Hand. Was sollte ich dem Polizeipräsidenten sagen ...« Sein Gesicht färbte sich vom Kinn ab bis zur Stirn rot. Als sich die Röte über seine Glatze zog, ähnelte er einer teuer gekleideten Tomate. »Verzeihen Sie bitte, wenn das angeberisch klingt. Wir haben uns bei diversen Benefizveranstaltungen getroffen. Genau genommen ist das der Grund, warum ich so angezogen bin. Ein perfekter Golftag in einem unaussprechlichen Countryklub. Aber jetzt ist Schluss mit der Protzerei, versprochen.«

»Ich brauche Identitäten, Wayne, die Namen der Kinder Sam, Ty und Lily. Damit ich herausfinden kann, was aus ihnen geworden ist.«

Wayne bedachte sie mit einem langen, prüfenden Blick.

»Man sagt, ›kenne deine Feinde‹, Wayne. Ich kann so nicht leben, mit dem Gefühl, dass er hinter jeder Ecke lauert.«

Er legte die Fingerspitzen aneinander. »Und das alles, weil Sie glauben, dass er seinen Bruder getötet hat.«

»Vor ein paar Tagen seinen Bruder, und vor dreiundzwanzig Jahren Bobby Canova. Und wer weiß, wie viele in der Zeit dazwischen.«

Und mich beinahe.

»Warum sollten da noch andere sein?«

»Weil jemand, der in diesem jugendlichen Alter schon so bösartig ist, später nicht zum Gutmenschen mutiert.«

Wayne antwortete nicht.

»Ich war mir noch nie bei etwas so sicher.«

»Dieser behinderte Junge ...«

»Bobby Canova. Sein Tod wird als Unfall verzeichnet sein. Doch Sam hat den Schlauch gezogen. Anders kann es nicht gewesen sein. Ich habe ihn an dem Morgen gesehen, Wayne. Er war stolz auf sich. Hat vor Selbstzufriedenheit gestrotzt. Das gleiche selbstzufriedene Grinsen hat er noch einmal aufgesetzt, als er Ramonas Leichnam sah. Und er hat dafür gesorgt, dass ich ihn sehe. Ich sollte wissen, dass er auch für ihren Tod verantwortlich zeichnet.«

Wayne wand sich.

Ein weicher, fürsorglicher Mann. Grace gab ihm, was er brauchte. »Es hat ihm Spaß gemacht. Diese Art von Gier verpufft nicht einfach, Wayne. Ich bin sicher, er hat noch andere auf dem Gewissen.«

»In diesem jungen Alter schon so abgebrüht ...«

»Genau das meine ich, Wayne. Wir haben es mit hochgradiger Psychopathie zu tun. Sie müssen mir helfen, ihn zu finden.«

»Und was machen Sie, wenn Sie ihn gefunden haben?«

»Sobald ich genügend Fakten gesammelt habe, können Sie mit dem Polizeipräsidenten reden oder wen Sie sonst an hohen Tieren kennen. Bis dahin, solange ich keine Beweise in der Hand habe, würde ich mich nur selbst in die Schusslinie bringen.«

Wayne überlegte eine Weile, nüchtern, objektiv, ganz wie ein guter Anwalt sein sollte. Dann nahm er einen Kugelschreiber aus einer Schreibtischschublade, einen vergoldeten Montblanc, der vermutlich einen vierstelligen Betrag gekostet hatte. »Und wie stellen Sie sich vor, dass ich dieses kleine Monster finden soll?«

»Ich weiß nicht«, erwiderte Grace. »Aber Sie sind alles, was ich habe.«

In Wahrheit hatte sie jede Menge Ideen. *Sie waren Teil des verdammten Systems, also machen Sie was draus, holen Sie aus all den Jahren noch was Nützliches heraus.*

Der alte Witz galt nach wie vor: Wie viele Psychiater braucht es, um eine Glühbirne zu wechseln? Nur einen. Aber die Glühbirne muss wirklich an sich arbeiten.

Doch auf die Lösung musste er schon selbst kommen. Und falls wider Erwarten nicht, würde Grace ihm auf die Sprünge helfen.

Der Thron wackelte. Wayne lehnte sich zurück, überschlug seine Knöchel und fing an, den Kuli zwischen seinen Wurstfingern zu drehen.

»Dreiundzwanzig Jahre«, sagte er. »Die Akten beim Jugendamt wurden damals schon genauso unter Verschluss gehalten wie heute.«

»Offiziell«, sagte Grace. »Wir wissen beide, wie das läuft.«

Er antwortete nicht.

»Offiziell«, fuhr Grace fort, »waren Pflegefamilien liebevolle Bilderbuchfamilien, bestehend aus lauter selbstlosen Schutzengeln. Offiziell gab es immer ein Happyend.«

Sein Kopf sank nach unten. Er betrachtete die Lederoberfläche seines Schreibtisches.

»Außerdem, Wayne, in Zeiten des Internets gibt es keine Privatsphäre mehr.«

Es folgten mehrere Augenblicke nachdenklichen Schweigens. »Also gut, ich verspreche nichts, Grace, aber ich werde sehen, was ich tun kann. Ich schätze, es ist das Mindeste, was ich an Wiedergutmachung leisten kann.«

Er brachte Grace zur Tür und erkundigte sich, ob sie sonst noch etwas brauchte.

»Namen wären schon mal ein guter Anfang.«

»Nur für den unwahrscheinlichen Fall, dass ich tatsächlich etwas herausfinde, wo kann ich Sie erreichen?«

Sie hatte vorausschauend die Nummer eines ihrer Prepaid-Handys auf einen kleinen pinken Post-it-Zettel geschrieben.

Er warf einen Blick darauf. »Ihre Praxis?«

»Meine Praxis ist bis auf Weiteres geschlossen.«

Seine Miene verdüsterte sich. »Es ist also wirklich ernst.«

»Sonst wäre ich nicht hier, Wayne.«

»Ja, ja, sicher … also gut, ich werde mein Bestes geben. Sie werden auf jeden Fall von mir hören, sagen wir in zwei bis drei Tagen. Bis dahin sollte ich in Erfahrung gebracht haben, was möglich ist.«

»Danke, Wayne.« Grace küsste ihn auf die Wange.

Er berührte die Stelle mit Ehrfurcht. »Ich danke Ihnen. Dafür, dass Sie so geworden sind, wie Sie sind.«

Wachsam wie immer verließ Grace das Bürogebäude, holte ihren Jeep, fuhr zurück ins Valley und freute sich über den stockenden Verkehr, der ihr Gelegenheit zum Nachdenken gab.

Als sie in ihrem Zimmer im Hilton ankam, war sie müde und hungrig. In ihrer Provianttasche waren noch größere Mengen Trockenfleisch, und auch die Salami war noch nicht angerührt. Ein Besuch im Hotelrestaurant erschien ihr jedoch kein großes Risiko, und so nahm sie die Treppe nach unten, sah sich in der Lobby um und ging weiter ins Restaurant.

Sie suchte sich einen Ecktisch mit Blick über den ganzen Raum aus und bestellte Suppe, Salat, ein Dreihundert-Gramm-Ribeye-Steak, à point gebraten, und dazu Eistee.

»Als Eistee haben wir heute Passionsfrucht«, erklärte die Bedienung.

»Prima. Passion ist genau das, was ich heute brauche.«

Das Essen war recht anständig, trotzdem war der nüchtern eingerichtete Raum nur dünn besetzt. Die Gäste waren überwiegend Geschäftsleute in Dreier- oder Vierergruppen, die so taten, als unterhielten sie sich, während sie sich in Wahrheit auf Smartphones, Tablets und ihre eigenen Angelegenheiten konzentrierten.

Einer war allein: um die vierzig, schütteres Haar, leicht untersetzt, aber auf seine Art gutaussehend. In dunkelblauem Hemd und grauen Hosen saß er in einer benachbarten Nische, las die *Times* und trank ein Bier. Er war zumindest so attraktiv, dass ihn die Bedienung mit einem besonders hilfsbereiten Lächeln bedachte, das er höflich erwiderte, ehe er sich wieder dem Sportteil zuwandte.

Zwischen Suppe und Salat begegneten sich ihre Blicke. Man tauschte ein kurzes Lächeln, unverbindlich und doch leicht verschwörerisch.

Grace kannte diesen Blick.

Die Umgebung war ideal – ein Hotel, in dem vor allem Fremde abstiegen.

Heute Abend nicht, mein Lieber.

Augenblicke später wurde Graces Hypothese erschüttert, als eine knuffige Blondine erschien, die einen großen glitzernden Ehering an der linken Hand trug.

Man küsste sich lächelnd. Der Gatte leerte sein Bier, und die beiden verließen das Restaurant, wobei sie ihm mehrmals den Hintern tätschelte.

Hatte sie sich getäuscht? Nein, sein Blick war eindeutig gewesen. Blondie hatte keine Ahnung, was ihr im Eheleben noch bevorstand.

Grace aß ihr Steak zu schnell, um irgendetwas zu schmecken, dann kehrte sie auf ihr Zimmer zurück und verriegelte die Tür.

Sie schlief fast auf der Stelle ein. Die Zeit reichte nicht einmal mehr, um sich vorzunehmen, heute Nacht nicht zu träumen.

Nach einer erfolgreich traumlosen Nacht und einigermaßen frisch wachte sie am nächsten Morgen um sechs Uhr auf, bereit, die Ärmel hochzukrempeln und es anzupacken.

Wayne hatte sich noch nicht gemeldet, aber das überraschte sie nicht. Er konnte sich unmöglich so schnell Zugang zu den Akten der Sozialbehörde verschafft haben. Und es war immer noch denkbar, dass er es sich anders überlegte.

Ramona hatte ihn angerufen, weil er ein weiches Herz hatte, und Grace hoffte, dass seine Herzmuskeln nach wie vor gut gedehnt waren. Doch falls er auf einen Sumpf stieß, konnte er unter Umständen zurückscheuen. Oder es sich einfach so anders überlegen. Grace musste auf jeden Fall damit rechnen, dass er sein Wort nicht hielt.

Ob mit ihm oder ohne ihn – sie würde auf eigene Faust weitermachen.

So war es immer gewesen, und so würde es immer sein.

Mit einem anderen Prepaid-Handy rief sie ihren Telefondienst an.

Es gab drei potenzielle Patienten. Sie würden warten müssen, bis Dr. Blades Ordnung in ihre eigenen Angelegenheiten gebracht hatte. Nur den Hilfeschrei einer früheren Patientin konnte sie nicht ignorieren: Leona hatte vor fünf Jahren einen Arm verloren, nachdem ihr geisteskranker Freund sie angezündet hatte.

Sie erreichte die Frau bei sich zu Hause in San Diego. Die Krise war ein Flashback, der erste seit drei Jahren, und man brauchte kein Meistertherapeut zu sein, um zu wissen, was der Auslöser war: Leona hatte einen neuen Mann kennengelernt und sich Hoffnungen gemacht, nur um zu erleben, dass er sie in betrunkenem Zustand aggressiv beschimpfte.

»Ich habe Angst, dass er irgendwann auf mich losgeht, Dr. Blades. Er behauptet, dass er das nie tun würde, aber ich bin nicht sicher.«

Natürlich nicht.

»Es war richtig von Ihnen, mich anzurufen.«

»Wirklich? Ich ... schäme mich ein bisschen. Ich wollte Sie nicht damit behelligen. Sie sollten nicht denken, ich würde die Nerven verlieren.«

»Genau das Gegenteil, Leona. Um Hilfe zu bitten ist ein Zeichen von Stärke.«

»Oh. Okay. Ja, ich weiß, das haben Sie mir gesagt, aber bislang wusste ich nicht, dass ich Hilfe brauche.«

Dinge ändern sich, meine Liebe.

»Das ist völlig in Ordnung«, sagte Grace. »Aber jetzt wissen Sie es, und ich bin für Sie da, und Sie haben entsprechend gehandelt. Das nennt man Flexibilität, Leona. Das ist der Grund, warum Sie sich so gut angepasst haben und Ihnen das auch weiterhin gelingen wird. Wie wär's, wenn Sie von vorn erzählen ...«

Man *musste* allerdings ein Meistertherapeut sein, wenn man sich am Telefon einer Krise annahm, während man selbst in einem Pappdeckel-Hotelzimmer saß und um sein eigenes Leben fürchtete.

Grace verbrachte achtzig Minuten mit dem Handy am Ohr, doch als Leona auflegte, klang sie einigermaßen ruhig. So ruhig, dass sie nicht um einen persönlichen Termin bat. Grace wäre es äußerst unangenehm gewesen, sie zu vertrösten.

Nachdem sie sich der beruflichen Verantwortung wieder entledigt hatte, nahm sie ein ausgedehntes heißes Bad, trocknete sich ab und unterzog ihre Kleidung einem Schnüffeltest. War noch okay. Sie hatte nie viel Körpergeruch abgesondert. Das konnte sie noch mal anziehen.

Sie fand, was sie suchte, im Internet, packte ihre Sachen und bezahlte ihre Rechnung. An einer nahen Tankstelle betankte sie den Jeep, prüfte Ölstand und Reifendruck und reinigte mit einem Abzieher ihre Scheiben.

Beim nächsten Büro-Discounter steuerte sie auf die Selbstbedienungsstationen zu. Der tätowierte Kiffer, der hinter der Kassentheke stand, blickte nicht einmal auf, als sie ihre Scheine hinblätterte.

Zurück im Jeep entnahm sie dem Stapel frisch gedruckter Visitenkarten fünf, um sie in ihre Handtasche zu stecken, den Rest legte sie ins Handschuhfach.

Das steife hochglänzende beige Papier, das sie gewählt hatte, fühlte sich angenehm an. Fettdruck strahlte Selbstvertrauen aus.

M. S. BLUESTONE-MULLER
Industrie- und Gebäudeschutz
Risikoabschätzung

In der linken unteren Ecke stand eine fiktive Postfach-Nummer aus Fresno, rechts unten die Telefonnummer des Festnetzanschlusses eines Psychologie-Labors in Harvard. Ältere Semester hatten den Zweitapparat irgendwann in einer Schublade verstaut, damit sie ungestört ihre Räusche ausschlafen konnten.

Grace ließ den Jeep an, suchte einen Klassiksender und fand den Anfang von Bachs Suite für Violoncello Nummer sechs, Yo-Yo Ma in Hochform.

Es ging doch nichts über einen schönen Soundtrack für eine lange Autofahrt.

Kapitel 31

Die sechshundert Kilometer zwischen Los Angeles und Berkeley waren in einem energischen Rutsch zu schaffen. Doch Tempolimits und Imbiss- und Toiletten-Stopps mit eingerechnet würde sie sicher erst am späten Nachmittag dort ankommen.

Zu spät, um noch etwas über Alamo Adjustments in Erfahrung zu bringen.

Außerdem musste sie die Müdigkeit berücksichtigen: Adrenalin im Blut würde dazu führen, dass sie ihrem Körper die benötigte Ruhe vorenthielt. Doch das würde ihre Leistungsfähigkeit beeinträchtigen.

Sie beschloss, sich zwei Tage Zeit zu lassen, die Route abseits der Küste zu nehmen und irgendwo auf halber Strecke – bei Fresno – zu übernachten. Wenn sie am nächsten Tag früh loskam, könnte sie die Uni-Stadt in der Bay Area noch am Vormittag erreichen und hätte jede Menge Zeit, sich umzusehen.

Sie fuhr zu einem 7-Eleven, um sich neu mit Proviant einzudecken, und blieb auf dem Parkplatz im Wagen sitzen, um zum dritten Mal im Kopf die Liste durchzugehen, die sie erstellt hatte, nachdem sie sich zu der Reise entschlossen hatte.

Falls Mr. Fleischklops immer noch nach ihr suchte – was wahrscheinlich war –, stieg mit ihrer Abreise das Risiko, dass in ihrer Praxis oder zu Hause eingebrochen wurde.

Andererseits gab es weder da noch dort irgendetwas, das ihren Verfolgern nützen würde, und Besitztümer ließen sich ersetzen.

Ihr Leben nicht.

Doch dann stellte sich die Frage, was sie sich von dem Ausflug versprach. Eine Gegend auszukundschaften, wo früher einmal ein Geschäft gewesen war, konnte genauso gut in eine Sackgasse münden. Schlimmer noch, unter Umständen erfuhr sie nichts Neues über Alamo Adjustments, lieferte sich aber dem Feind aus, sofern er in der Nähe lebte.

Der Feind. Es war höchste Zeit, ihrem Zielobjekt ein Gesicht zu geben.

Sie versuchte, sich ein Bild von ihm zu machen: ein großer, wahrscheinlich immer noch attraktiver Mann Ende dreißig, aalglatt, charmant, mit Geheimnissen, für die er zu töten bereit war, und, falls er nicht so clever war, wie er dachte, vermutlich auch mit einem Vorstrafenregister.

Wenn er clever war, hatte er sich über zwanzig Jahre lang unauffällig verhalten und möglicherweise nach außen hin ein anständiges Leben geführt, während er im Verborgenen Unheil anrichtete.

Falls er sogar öffentliche Bekanntheit erreicht hatte, wären seine Geheimnisse auf jeden Fall ein Mordmotiv.

Grace hatte Santa Barbara hinter sich gelassen und näherte sich der dänischen Enklave Solvang, doch von Wayne hatte sie bislang nichts gehört. Er hatte sie gebeten, ihm zwei bis drei Tage Zeit zu lassen, doch inzwischen war sie sich fast sicher, dass er sie nur hatte vertrösten wollen. Mit jeder Ausfahrt, die sie passierte, schwand ihre Hoffnung mehr, dass er sich meldete. Letzten Endes ging es doch nur darum, jemanden zu kontaktieren, der an der richtigen Stelle saß. Entweder konnte er das, oder er konnte es nicht.

Sie drehte die Musik lauter und blickte auf den Kilometerzähler. Noch vierhundertvierundsechzig Kilometer, und sie konnte maximal einhundert Stundenkilometer schnell fahren, wenn sie sich ans Limit hielt. Ihr Fuß hätte am liebsten das Gaspedal durchgedrückt, doch sie hatte bereits drei Polizeikontrollen am Straßenrand gesehen. Trotzdem fühlte sie sich gut und voller Energie. Vielleicht könnte sie es doch in einer Etappe schaffen und dann in irgendeinem unscheinbaren Business-Hotel übernachten, nicht in Berkeley selbst, sondern im benachbarten Oakland, in einer der besseren Gegenden dort. Nach einer ruhigen Nacht würde sie früh aufstehen und sich auf die Jagd begeben.

Als sie sich Lompoc näherte, rief Wayne an.

»Sie haben was gefunden«, sagte Grace.

»So was in der Art.«

»Ich höre.«

»Hey«, fuhr er unvermittelt aufgedreht fort. »Wie schön, von meiner Lieblingsnichte zu hören ... den ganzen Tag Meetings? Tja, so kann's gehen, meine Liebe ... klar, das wäre toll, warte, ich schreib's auf ... das Red Heifer ... Santa Monica ... passt dir so gegen achtzehn Uhr?«

War unerwartet jemand in sein Büro getreten? Jedenfalls war er schwer auf Zack. Grace war froh, ihn auf ihrer Seite zu wissen.

Die Rückfahrt würde mindestens zweieinhalb Stunden dauern oder sogar länger, wenn sie in den Feierabendverkehr geriet. Doch selbst dann hätte sie immer noch genügend Spielraum.

»Bis dann, Onkel Wayne«, sagte sie.

Er lachte nicht, ehe er auflegte.

Das Restaurant war eines von der alten Sorte: ein geräumiger Speisesaal mit hohen Decken, grüne beflockte Tapete, schummriges Licht, Tischnischen mit olivfarbenen Bänken, schalldämpfende falsche Perser auf dem Boden. An den Wänden eine Mischung aus flämischen Stillleben-Drucken, albernen Cartoons über Wein und links von der Bar eine riesige Metzger-Grafik mit einem Stier, dessen Leib in Steak, Rippen und Braten eingeteilt war.

Grace war zehn Minuten zu früh, doch Wayne saß bereits da. Seine ausladende Gestalt war zur Hälfte zu sehen, der Rest verbarg sich im Dunkel einer Ecknische im hinteren Teil des Raumes. Trotz regen Betriebs war der Tisch neben ihm leer. Der Martini mit drei Oliven auf Zahnstochern, der vor ihm stand, sah unberührt aus. Wayne knabberte an einem Stück Brot und sah kaum auf, als sie auf die Bank neben ihn rutschte.

Heute hatte er sich schick gemacht, trug einen beigen Anzug mit einem hell-orangen Hemd und die gleiche knallblaue Krawatte wie auf seinem Passfoto. Er verzog keine Miene, doch Grace drückte kurz seine Hand.

»Hallo Onkel«, sagte sie. »Danke, dass du dir Zeit genommen hast.«

Er lächelte schwach. »Verwandtschaft verpflichtet.«

Ein Kellner in weißer Livree erschien. »Möchten Sie jetzt bestellen, Mr. Knutsen?«

»Nein, danke. Wir bleiben bei den Getränken, Xavier.« Er sah Grace fragend an. »Und du, Katie?«

»Eine Cola, Onkel Wayne.«

»Gern«, sagte der Kellner. Wayne drückte ihm einen Geldschein in die Hand. Die Augen des Kellners weiteten sich. »Sie haben mir schon etwas gegeben, Sir.«

»Betrachten Sie es als Bonus, Xavier.«

»Vielen Dank.« Er eilte davon.

»Einen Bonus dafür, dass der Nachbartisch leer bleibt?«

Wayne sah sie seufzend an, wandte sich dann ab und tat, als würde er den gerahmten toten Hasen zwischen Obst, Blumen und Kräutern betrachten.

Graces Cola kam, von Xavier im Sauseschritt herbeigebracht. Sie nahm einen Schluck. Wayne hatte seinen Martini immer noch nicht angerührt. Grace wartete, bis er sich durch den Brotkorb gemampft hatte. Kauend schnippte er Krümel vom Ärmel. »Kohlenhydrate sind wirklich das Letzte, was ich brauche«, murmelte er.

Xavier kam mit einem vollen Brotkörbchen angetrabt, füllte Wassergläser und erkundigte sich, ob alles in Ordnung sei.

»Bestens«, erwiderte Wayne.

Als sie wieder allein waren, sagte Grace: »Sie sind hier Stammgast.«

»Ich versuche immer, herzukommen, wenn ich in der Westside bin. Ich wohne in San Marino.«

Er war also mitten im schlimmsten Verkehr quer durch die Stadt gefahren, um dieses Treffen möglichst weit von zu Hause stattfinden zu lassen. Dennoch war er lässig genug, um sie dem Kellner als Katie vorzustellen. Was darauf hindeutete, dass er normalerweise privat hierherkam, nicht geschäftlich.

»Tja, vielen Dank, dass Sie sich für mich Zeit genommen ...«

»Aber selbstverständlich, Sie sind meine Mandantin.« Wayne griff zu seinem Martini, nahm einen großen Schluck und aß eine Olive. Regungslos saß er da, mindestens eine halbe Minute lang, kauend, bis er in eine Innentasche seines Jacketts griff und einen Umschlag herauszog.

Ein kleiner Umschlag, kaum so groß wie eine Postkarte. Grace verbarg ihre Enttäuschung. Sie hatte auf ein dickes Paket voller vertraulicher Unterlagen gehofft.

Wayne senkte den Arm und reichte ihr den Umschlag unter dem Tisch. Das verdammte Ding war so leicht, dass es auch leer sein konnte.

Dafür war sie umgekehrt und zweihundert Kilometer zurückgefahren?

»Stecken Sie es weg«, sagte er. »Sie können es später in Augenschein nehmen.«

»Selbstverständlich. Das ging schnell. Ich bin beeindruckt. Vielen Dank.«

»Ich wünschte, ich könnte mir das als gute Tat anrechnen lassen, aber leider ist das Gegenteil der Fall.«

Grace musterte ihn irritiert.

»Es brauchte eine böse Tat, um daranzukommen. Schlimmer noch, eine Todsünde.«

Grace ging in Gedanken alle sieben durch.

»Habgier«, schlussfolgerte sie.

Wayne rieb Daumen und Zeigefinger aneinander. »Sie hatten schon immer eine schnelle Auffassungsgabe, Dr. Blades. Ja, der schnöde Mammon. Apropos Frevel, über diese Festungsspinner habe ich nichts gefunden. Auch nicht in Gerichtsakten.«

»Es gab keinen Prozess, weil bei der Schießerei alle umkamen.«

Er angelte noch eine Olive. »Und das wissen Sie, weil ...«

Wusste sie es denn? Nein. Einer von Sophies alten Lieblingssprüchen kam ihr in den Sinn: *Glauben heißt nicht wissen.*

Grace runzelte die Stirn.

»Ich werfe die Frage auf«, sagte Wayne, »weil ein irrer

Anführer und drei Jünger ja noch keine gescheite Sekte sind.«

Sie zuckte mit den Schultern, beschämt, weil ihr dieser Punkt nicht selbst aufgefallen war.

»Aber vielleicht war es ja auch eine dumme Sekte«, setzte Wayne hinzu.

Beide lachten. Es war schwer zu sagen, wer mehr um einen leichten Ton bemüht war.

Grace nahm einen Schluck von ihrem Getränk, während Wayne seinen Martini leerte und mit einem Wink seiner Hand einen neuen bestellte. Nachdem Xavier das Glas vor ihn hingestellt hatte, sagte Grace: »Wenn da noch andere waren, wieso wurden die nicht festgenommen? Warum ist in dem Artikel von niemand anderem die Rede?«

»Guter Gedanke, Grace. Was mich allerdings noch mehr überrascht, ist, dass es über die Schießerei praktisch keinerlei Berichterstattung gab. Normalerweise liebt die Presse doch so was – Promis, psychologische Autopsien und solche Dinge.« Wieder rieb er die Finger aneinander.

»Jemand mit Einfluss hat den Deckel draufgehalten?«

»Der Gedanke drängt sich auf.«

Grace überlegte. »Klingt logisch – vielleicht um ein Familienmitglied vor dem Strick zu bewahren. Aber Arundel Roi kann es nicht gewesen sein. Er war Gefängniswärter, da gibt es keine Verbindung. Also eine der Frauen, oder mehrere.«

»Genau das ist auch meine Vermutung«, sagte Wayne. »Ich stelle mir da ein dummes, reiches Mädchen mit Drogenproblemen vor. Ich erlebe das ständig, wenn ich mit Testamenten und Treuhandvermögen arbeite.«

Noch ein großer Schluck Martini. »Die Konsequenzen allerdings sind bitter, Grace.«

»Ein Sumpf.«

Er wandte sich ab und starrte ins Leere. »Ein Sumpf, der nicht ausgehoben werden will.«

Grace zuckte mit den Schultern. »Andererseits könnten es tatsächlich nur vier gewesen sein. In Zeiten nach Charles Manson und Jim Jones war das den Medien wahrscheinlich zu läppisch.«

»Möglich ist alles«, sagte Wayne. »Das Üble daran ist, dass wir es einfach nicht wissen, nicht wahr?«

Grace erwiderte nichts.

Er widmete sich wieder seinem Drink, rührte und blickte in das kleine gläserne Universum. »Kaum treten Sie wieder in mein Leben, schon bin ich so nervös wie lange nicht mehr.«

»Das tut mir leid, ich ...«

»Es ist nicht Ihre Schuld. Es ist, wie es ist. Entschuldigen Sie bitte, ich hätte das nicht sagen sollen.«

Grace berührte seine Hand. »Wayne, ich bin Ihnen zutiefst dankbar für das, was Sie hier tun, aber Sie müssen sich keine Sorgen machen. Ich brauche nur Informationen.«

Er lachte. »Na dann. Es geht mir schon so viel besser, wenn ich weiß, dass Sie sich allein in irgendein Himmelfahrtskommando stürzen.«

»Dass ich zu Ihnen gekommen bin, zeigt doch schon, dass ich alles richtig mache.«

Er runzelte die Stirn. »Was meinen Sie?«

»Ich kann mich nicht nur selbst schützen, ich bin auch in der Lage, um Hilfe zu bitten.«

Er verzog das Gesicht und trank einen Schluck. »Schätze, ich sollte dankbar sein.«

»Wofür?«

»Dass Sie zu mir gekommen sind. Ich hätte damals weiß Gott mehr für Sie tun können.«

»Wayne, gerade Sie haben ...«

Er winkte ab. »Was habe ich denn getan, außer Verantwortung zu delegieren?«

»Ramona war ...«

»Die beste aller Optionen, okay. Aber nachdem ich ihr die Verantwortung zugeschoben hatte, habe ich alles hingeschmissen. Sie, alle, das ganze System. Klar, ich kann das als Burnout erklären, aber was sagt das über meinen Charakter?«

»Ich denke, Ihr Charakter ist jenseits ...«

»Als Ramona mich anrief, um mir zu erzählen, dass Ihr IQ alle Rekorde schlägt, habe ich sie abgewimmelt, meine Liebe. Ich musste nicht davon ausgehen, dass sie sich die Mühe macht, die beste Lösung für Sie zu finden. Es hätte mich nichts gekostet, mich ein bisschen mit Lehrplänen auseinanderzusetzen. Und sagen Sie jetzt nicht, ist doch alles gut gegangen. Es geht nicht darum, wie es ausgeht, sondern wie man da hinkommt.«

Grace verstärkte leicht den Druck auf seine Hand. Seine Haut schien zu vibrieren, als stünde er unter Strom. »Bitte, Wayne, machen Sie sich doch nicht selbst runter. Ramona und Sie waren die einzigen Menschen im System, die etwas für mich bewegt haben. Deutlich etwas bewegt haben.«

»Wie auch immer ... Wofür habe ich das Ganze eingetauscht? Für ein anderes System, das genauso unmoralisch ist – oder sogar noch schlimmer, Grace, korrupt. Ich bin ein hochbezahlter Kampfhund.« Er leerte seinen zweiten Martini und lächelte. »Immerhin kann ich mir jetzt Brioni-Anzüge leisten.«

Xavier kam durch den Raum auf sie zu. Wayne scheuchte ihn weg. »Grace, bitte überlegen Sie sich noch mal, ob Sie diesen Feldzug wirklich durchziehen wollen. Es muss einen besseren Weg geben.«

Grace drückte seine Finger. »Ich bin keine Märtyrerin, aber es gibt keine Alternative. Wir wissen beide, dass Wissen Macht ist.«

Sie ließ ihre Hand in ihre Handtasche gleiten und fuhr mit einer Fingerspitze über den kleinen Umschlag.

Das entstehende Geräusch ließ Wayne zusammenfahren. Er entzog Grace die Hand. »Schauen Sie sich das an, wenn ich weg bin, Grace. Und bitte nicht hier.«

»Absolut, Wayne. Ich versichere Ihnen, dass Sie nie damit in Verbindung gebracht werden.«

»Tja …« Statt den Satz zu beenden, rutschte er umständlich von der Bank. »Ich muss um acht bei einem wichtigen gesellschaftlichen Ereignis in Pasadena sein, und Sie wollen sich bestimmt sowieso lieber in Ihre Mission stürzen, wie auch immer die aussieht, statt hier mit einem alten Furzer zu sitzen und zu quatschen.«

Er entnahm einer goldenen Klammer mehrere Dollarnoten, legte sie auf den Tisch und entfernte sich.

Grace erreichte den Restaurantparkplatz gerade noch rechtzeitig, um zu sehen, wie er in einer silbernen Jaguar-Limousine wegfuhr. Der Mann vom Parkservice zählte unterdessen ein offenbar großzügiges Trinkgeld.

Sie fuhr zwei Blocks Richtung Süden, parkte in einer ruhigen Wohngegend und schlitzte den kleinen Umschlag mit einem Fingernagel auf.

Darin befand sich ein dünnes Stück Papier, einmal gefaltet, von einem dieser billigen Notizblöcke, die man in Firmen auf den Schreibtischen der unteren Chargen findet. Wahrscheinlich hatte er ihn von irgendeinem Großraumarbeitsplatz mitgenommen.

Sie faltete ihn auf und las drei getippte Zeilen.

Samael Coyote Roi
Typhon Dagon Roi
Lilith Lamia Roi

Auf der anderen Hälfte stand auch etwas:

Lilith: an Howell und Ruthann McCoy, Bell Gardens, CA.
Typhon: an Theodore und Jane Van Cortlandt, Santa Monica, CA.
Samael: an Roger und Agnes Wetter, Oakland, CA.

Daten der Adoptionen waren nicht angegeben. Trotz Waynes großzügiger Spende hatte die undichte Stelle offenbar nicht die Nerven gehabt, die Dokumente abzulichten.

Doch Wayne hatte die Vornamen zweimal aufgelistet. Auf der Vorderseite, wo man sie gleich sehen würde, nur die Namen. Mit Rufnamen und Zweitnamen.

Er wollte, dass Grace sich auf die Namen konzentrierte.

Sie las sie noch einmal. Was für merkwürdige Spitznamen. Da würde sie nachhaken. Was ihr außerdem auffiel, war die umgekehrte Reihenfolge. Auf der Außenseite fing die Liste mit dem ältesten Kind an, bei den Adoptionen aber hatte Wayne das jüngste an die erste Stelle gesetzt.

War das die Reihenfolge, in der sie vermittelt worden waren? Hatte die harmlose, stille, verängstigte kleine »Lily« als Erste ein neues Zuhause gefunden?

Der zurückhaltende, ruhige Typhon als Zweiter?

Dann hätte Samael, der Älteste, am längsten warten müssen, trotz seines Glaubens an das eigene Charisma. Vielleicht in dem Höllenloch, in das man auch Grace gesteckt hatte.

Das eigentlich Erstaunliche aber war, dass er in seinem Alter überhaupt noch adoptiert worden war. Die meisten Adoptiveltern sehnten sich nach einem warmen Kuschelbündel, nicht nach einem pubertären Sturkopf.

Dann waren das vielleicht interessante Leute, Roger und Agnes Wetter.

Aus Oakland, CA.

Das unmittelbar an Berkeley grenzte.

Sie fuhr zu einem Internet-Café ein paar Blocks Richtung Westen. Hinter die Deutung der Namen zu kommen brauchte nur wenige Klicks.

Samael war hebräisch für »Gift Gottes« und wurde bevorzugt von Hardcore-Satanisten verwendet. Der Kojote stand für – wer hätte das gedacht? – einen indianischen Teufel.

Typhon war ein griechischer Teufel, Dagon ein Meeresdämon der alten Philister.

Lilith war dem Mythos zufolge die erste Frau Adams, eine lebensfrohe, aufmüpfige junge Maid, die der fügsamen, obstliebenden Eva weichen musste – eine feministische Ikone, doch zugleich Teil des satanischen Pantheons.

Und nicht zuletzt Lamia, ein nachtaktiver griechischer Teufel, der Kinder raubte.

Wie reizend.

Der machtgeile Irre Arundel Roi hatte sich also mit der dunklen Seite verbündet. Was gab es sonst noch Neues?

Da musste mehr dahinterstecken. Vielleicht hatte Wayne

die Namen hervorgehoben, um ihr anzudeuten, dass sie ihre Zeit nicht damit verschwenden sollte, da sie sich ohnehin geändert hatten.

Oder er war in Panik und wollte sie abhalten.

In diesem Fall: Sorry, lieber Onkel.

Sie fuhr auf den Freeway 405 Richtung Süden und hielt in Redondo Beach bei einer Filiale ihrer Enterprise-Autovermietung, wo sie den Jeep gegen einen Ford Escape austauschte (was für ein passender Name). Die Geschichte, die sie sich zurechtgelegt hatte – dass sie etwas Kleineres brauchte –, blieb unerzählt. Der Angestellte stellte keine Fragen, weil ihn das Ausfüllen der Papiere schon überforderte und er es gar nicht erwarten konnte, sich wieder dem Schreiben von SMS zu widmen.

Redondo war ein hübscher Küstenort, wenn auch zu flach und offen für Grace, die jetzt keine Urlaubsatmosphäre gebrauchen konnte. Sie fuhr weiter nach Osten nach Torrance, dem etwas größeren Nachbarort, und buchte ein Zimmer in einem Courtyard by Marriott, das praktisch genauso aussah wie ihre Unterkunft im Hilton.

Der Trost der vertrauten Umgebung. Wie oft hatte Grace Patienten dazu geraten.

Doch während sie ihren Laptop anschloss und sich in das Hotel-WLAN einloggte, ermahnte sie sich, sich auf keinen Fall von Vertrautem einlullen zu lassen.

Für jemanden in ihrer Situation war das nicht gut. Nichts blieb, wie es war.

Kapitel 32

Grace begann ihre Recherche, indem sie *Roger Agnes Wetter* bei Google eintippte.

Was zu einem sofortigen Treffer führte: einem Artikel aus dem *San Francisco Examiner* von 1993 über das Loma-Prieta-Erdbeben von 1989.

Das Beben mit einer Stärke von 6,9 hatte die gesamte dicht bebaute Bay Area zwischen San Francisco und dem südlich davon gelegenen Santa Cruz betroffen, Wohn- und Industriegebäude zerstört, Straßen aufgerissen und die Bay Bridge einstürzen lassen. Dreiundsechzig Tote, knapp viertausend Schwerverletzte, über zehntausend Menschen, die kein Dach mehr über dem Kopf hatten, Stromausfall für Millionen Bewohner in der Region.

Ein Sechs-Milliarden-Dollar-Desaster für die Versicherten, ein gleichermaßen versicherungsmathematischer Albtraum für die Versicherer.

Vier Jahre später waren viele Versicherungsansprüche abgegolten, wenn auch verzögert und oft nur unter Zuhilfenahme von Rechtsbeistand. Der Artikel beschrieb Fälle, die nicht abgeschlossen waren, entweder, weil die Versicherer lieber Bankrott erklärten als zu zahlen, oder ihre Zahlungen erfolgreich verschleppten.

> Seit fast fünf Jahren ziehen sich Versicherungsfällen hin, verschleppt durch wechselnde Sachbe-

arbeiter, die nicht einmal fest angestellt sind, die die Unterlagen ihrer Vorgänger verschlampen, geänderte Bedingungen vorschieben und ihren Kunden unnötig komplizierte und irreführende Formulare vorlegen, die sie in absurd kurzer Zeit ausgefüllt wieder zurückfordern. Dieselben schwarzen Schafe verpassen auch gern Termine oder behaupten, die Versicherten seien nicht persönlich zum Fallprüfungstermin erschienen, und deshalb erlösche die Versicherungspflicht – was nicht stimmt. Und selbst wenn die Unterlagen ihren Weg durch den bürokratischen Moloch finden, wird am Ende oft der Schaden viel zu gering bewertet. In manchen Fällen wurden Betroffene mit Versprechungen und Drohungen psychisch unter Druck gesetzt, um sich mit lächerlichen Abfindungen zufriedenzugeben.

»Die haben mir gesagt«, berichtet eine Achtzigjährige, die ihr Haus verloren hat und anonym bleiben möchte, »wenn ich mich nicht mit sechshundert Dollar für den ganzen Schlamassel zufriedengebe, werden sie mich verklagen, und ich verliere meine Sozialversicherungsansprüche.«

In den ärmsten Regionen der Bay Area, die es am härtesten getroffen hat, taucht immer wieder der Name eines Unternehmens auf: Alamo Adjustments mit Sitz in Berkeley. Die Sachbearbeiter, von vielen der Versicherungsnehmer als »halbe Kinder« beschrieben, weisen mit achtzig Prozent die höchste Ablehnungsquote aller Fälle auf. Das Unternehmen hat seinen Sitz erst kürzlich nach Nordkalifornien verlegt aus San Antonio, Texas, wo bereits ähnliche Vorwürfe auftraten. Unternehmensführer Roger F. Wetter reagierte nicht auf Anfragen.

Samael, der älteste der Roi-Waisen, war also als Letzter adoptiert worden, erst als zufällig ein psychopathischer Routinier mit Kinderwunsch auftauchte.

War es bei der Adoption wirklich darum gegangen, ein Kind in die Familie aufzunehmen? Oder sollte vielmehr ein Gefolgsmann und Nachfolger ausgebildet werden? Hatte sich Roger Wetter, Experte im Umgang mit jugendlichen Schergen, überlegt, dass Mr. Gift Gottes der ideale Familienzuwachs für ihn wäre?

Roger & Sohn …

Roger. Das war der Name, den Andrew gewählt hatte, als er in der Bar des Opus Hotels mit »Helen« plauderte.

Grace und Andrew hatten beide ihre Identität verschleiert. Grace hatte ihr Alter Ego beiläufig gewählt, indem sie einfach den Namen der Frau nahm, mit der sie zuletzt gesprochen hatte. Hatte Andrew eine tiefere Motivation gehabt? Hatte er sich »Roger« genannt, weil ihm Roger im Kopf herumging?

Weil der Bruder, den er als Samael kannte, der Unhold, den er fürchtete, jetzt Roger junior war?

Sie googelte drauflos und fand einen sieben Jahre alten Nachruf in der *Los Angeles Daily News* für Roger und Agnes Wetter aus Encino. Das »ältere Ehepaar« war bei einer Bootsfahrt vor Catalina Island verschwunden. Der Dreizehn-Meter-Katamaran war herrenlos auf dem Wasser getrieben. Die Leichname waren nie gefunden worden.

Von unlauteren Geschäftspraktiken war in dem Artikel nicht die Rede. Wetter wurde als »selbstständiger Investor« beschrieben und seine Frau als »Hausfrau und Museumsführerin«.

Alamo hatte also mit der Festungssekte nichts zu tun, sondern war schlicht die Neuauflage eines Unternehmens, das in San Antonio gegründet worden war. War das der Grund dafür, dass Andrew die Stadt als Herkunftsort angegeben hatte?

Stocherte er in der Vergangenheit, weil er von gegenwärtigen Sünden erfahren hatte? Und zwar nicht nur von denen seines Bruders, sondern denen eines gesamten kriminellen Familienunternehmens?

Hatten die Brüder wieder Kontakt aufgenommen, nachdem sie getrennt adoptiert worden waren? Von Berkeley nach Encino? Encino lag nur eine Hügelkette von Andrews neuer Familie in Santa Monica entfernt. Sie hätten sich bei einem Football-Spiel oder tausend anderen Gelegenheiten über den Weg laufen können – unter Umständen mussten sie ihren Kontakt gar nicht neu aufnehmen, sondern hatten die ganze Zeit über in Verbindung gestanden.

Grace las den Nachruf noch einmal. Ein Jahr vor dem Bootsunfall war der Standort von Alamo Adjustments noch in Berkeley gewesen, mit Beldrim Benn junior als Sicherheitschef. Eine Firma wie diese brauchte so etwas, und Grace konnte sich gut vorstellen, wie Benn als junger Mann armen, betagten Versicherungsnehmern ohne Rechte Angst einjagte.

Doch kurz danach war die Familie umgezogen. Weil sie zu viel Dreck am Stecken hatte? Oder – die Bezeichnung »freiberuflicher Investor« ließ diesen Schluss zu – hatte sich der Seniorchef schlicht aus dem Geschäftsleben zurückgezogen, um die Früchte seiner Sünden zu genießen?

Ein schönes Haus, ein schönes Boot, die Gattin, die Museumsführungen machte – was brauchte man mehr zum Privatisieren?

Einen erwachsenen Sohn, den das Paar aufgezogen hatte? Als einzigen Erben?

Die meisten County-Verwaltungen in Kalifornien hatten kein Problem damit, Informationen über Verstorbene herauszugeben, wenn man eine Gebühr bezahlte, ein paar Formulare ausfüllte und bereit war, Wochen oder Monate zu warten. Allerdings gab es auch mehrere Online-Dienste, die schneller und billiger lieferten. Binnen Sekunden wusste Grace alles über das Ableben von Roger Wetter, 75, und Agnes Wetter, 72.

Todesursache: unbekannt, vermutlich durch Ertrinken. Todesart: Unfall.

Nächster Verwandter: Roger Wetter junior. Center Street, Berkeley. Die Adresse des Alamo-Hauptquartiers.

Samael war tatsächlich Roger junior geworden. Vor sieben Jahren musste er um die dreißig gewesen sein. Hatte er beschlossen, sich sein Erbe vorzeitig zu holen? Hatte Andrew das herausgefunden und damit gedroht, den Elternmord seines Bruders der Polizei zu melden – weil er Schuldgefühle hatte, den Mord an Bobby Canova und vielleicht auch andere für sich behalten zu haben?

Obwohl er inzwischen um die dreißig war, brauchte er dazu Schützenhilfe, weil er selbst in die ganze Geschichte verstrickt war und nicht wusste, wie er mit dem bösen Bruder umgehen sollte.

Das allwissende Internet-Orakel berichtete ihm schließlich von Malcolms Forschungsthema zu Überleben und Schuld. Er erfuhr, dass der Autor selbst zwar verstorben war, doch seine letzten Artikel nannten stets Grace als Koautorin. Er konzentrierte seine Recherche auf sie und fand schließlich den Artikel.

Trotz allem war Grace sich nicht sicher, ob er irgendwie geahnt hatte, dass sie nicht nur Autorin des Artikels, sondern auch dessen Gegenstand war. Niemand anders war darauf gekommen. Andererseits, niemand anders wusste von dem Mädchen, das zu der Zeit auf der Stagecoach Ranch lebte, als Bobby Canova starb.

Sie kramte in ihrem Gedächtnis. Hatten sie damals als Kinder überhaupt jemals ein Wort miteinander gewechselt? Nein. Hatte Ramona sie überhaupt mit Nachnamen vorgestellt?

Stopp. Noch mal von vorn.

Was zählte, waren die Fakten: Andrew hatte sie aufgesucht, ab dann war alles aus dem Ruder gelaufen, und nur Stunden nach Verlassen ihrer Praxis war er auf grausame Weise umgekommen.

Als sie bei Google auf die Namen seiner Adoptiveltern stieß, stutzte sie.

Ein Nachruf aus der *Los Angeles Times* von vor sechs Jahren.

Dr. Theodore Van Cortlandt, Zahnarzt und Spezialist für Wurzelbehandlungen im Ruhestand, 79, und Jane Burger Van Cortlandt, ehemalige Dentalhygienikerin, waren vor sechs Jahren bei einer Wanderung in den Santa Monica Mountains tödlich gestürzt, als sie in eine unerwartete Geröllawine gerieten.

Grace loggte sich hastig erneut auf der Seite der Totenscheine ein.

Todesursache: stumpfes Trauma. Todesart: Unfall.

Einziger Erbe war der Sohn: Andrew Michael Van Cortlandt. Ingenieur. Wohnhaft in der Tenth Street, unter der gleichen Adresse wie die Eltern.

Warum hatte er ausgerechnet seinen Adoptionsnamen benutzt? Aus Naivität? Oder vielleicht eher Arroganz?

Dass beide Elternpaare auf so ähnliche Weise umgekommen waren, weckte in Grace Zweifel daran, ob Andrew wirklich von Schuldgefühlen geplagt worden war. Ein grausiges Szenario entstand vor ihrem geistigen Auge.

Zwei ältere Paare, zwei beträchtliche Nachlässe.

Der große Bruder macht es vor, der kleine folgt ein Jahr später?

Hatten sie sich auf ihre teuflischen Wurzeln als Samael Coyote und Typhon Dagon besonnen?

Doch wenn Andrew etwas mit dem Tod seiner Eltern zu tun hatte, wieso war er dann in Graces Praxis aufgetaucht?

A. Toner. Der Büßer.

Er war aus den gleichen Gründen gekommen, die die meisten Mitwisser bewegen: Schuldgefühle, Angst um die eigene Haut – oder beides.

Oder hatte er Angst bekommen, dass sein Bruder ihm nach dem Leben trachten würde?

Wenn Roger Wetter junior, Mehrfachmörder, herausfand, dass sein feiger Bruder vorhatte, bei einer Therapeutin zu petzen, würde er mit Sicherheit keine Sekunde zögern, um zu handeln.

Indem er zu Grace kam, hatte Andrew sie direkt zur Zielscheibe gemacht.

Sie zwang sich, noch einmal den Abend durchzugehen, den sie am liebsten vergessen würde, und sich an Einzelheiten in der Opus Lounge zu erinnern. Seine Geschichte war eine Mischung aus Lüge und Wahrheit gewesen.

Nicht Roger, aber Ingenieur.

Nicht aus San Antonio, aber in Los Angeles aus geschäftlichen Gründen. Die allerdings nichts mit seiner Arbeit zu tun hatten. Sein Geschäft war der Selbstschutz.

Und Grace hatte ihm jedes Wort abgekauft.

War er so ein guter Schauspieler gewesen? Oder hatte sie sich zu sehr in ihrem eigenen Drehbuch verloren? In all diese wunderbaren Lügen, mit denen sie schon zahllose Männer verführt hatte?

Sie fing an zu weinen. Es hatte keinen Sinn, sich dagegen zu wehren.

Als die Tränen versiegt waren, saß sie in ihrem Hotelzimmer und stieß ein trockenes Schluchzen aus, das irgendwann zu erbärmlichem Wimmern verebbte. Sie hasste es, schwach zu sein, und schlug sich selbst zweimal ins Gesicht, bis sie verstummte. Eine rasch geleerte kleine Flasche Wodka aus der Minibar ließ ihre Kehle ausdörren, und sie wurde nervös und fing an zu schwitzen. Sie leerte zwei Flaschen Wasser, machte ausgiebig Atemübungen und war schließlich in der Lage, wieder an ihren Laptop zurückzukehren.

Es gab noch viel zu tun. In der Nacht auf der Stagecoach Ranch waren damals *drei* Kinder aufgetaucht.

Kapitel 33

Noch ehe Grace lostippte, hatte sie schon eine Ahnung, was sie über Howell und Ruthann McCoy aus Bell Gardens erfahren würde.

Älteres Ehepaar, Opfer eines inszenierten Unfalls. Vor sieben Jahren oder auch weniger, falls die Altersabfolge der Geschwister verkehrt worden war.

Der älteste Sprössling der Festungssekte dankte den Menschen, die ihn und seine Geschwister aufgenommen hatten, indem er sie aus Habgier tötete.

Während das Netz schon das Ergebnis lieferte, klang Sophie Mullers kühle, intellektuelle Stimme in Graces Ohr.

Glauben heißt nicht wissen.

Es war nicht vor sieben Jahren passiert, sondern schon vor zehn.

Und nicht in Kalifornien.

Der Nachruf erschien im *Enid News & Eagle* (Oklahoma).

Familie kommt bei Hausbrand in Waukomis ums Leben

Heute früh wurden in der ausgebrannten Ruine eines Hauses in der Reede Road die Leichen dreier Personen entdeckt, mutmaßlich eine Familie aus Waukomis. Vorläufige Ermittlungen deuten darauf hin, dass es sich bei dem Mann und den beiden Frauen, die ums Leben kamen, um Howell McCoy, 48, seine Frau Ruthann, 47, und ihr einziges Kind, Tochter Samantha, 21 handelte. Da möglicherweise ein Brandsatz zu dem Feuer geführt hat, wurde ein Polizeiexperte aus Enid hinzugezogen, der nun wegen Brandstiftung ermittelt.

Alle drei Opfer wurden in ihren Betten vorgefunden, Hinweise auf einen Kampf gab es keine. Den Ermittlern zufolge waren die McCoys und ihre Tochter gehörlos, was die Vermutung nahelegt, dass sie durch den Einbrecher nicht wach wurden.

Das Anwesen mit seinen 1,6 Quadratkilometern Grund liegt weit außerhalb der Stadt, niemand in der Nähe hätte kriminelle Aktivitäten zufällig bemerken können. Ein fünf Jahre alter Ford Pickup wurde entwendet, sodass Raub als mögliches Tatmotiv gilt.

Die McCoys waren vor vier Jahren aus Kalifornien nach Oklahoma gekommen und hatten das Haus bezogen, das seit drei Generationen in Ruthann McCoys Familienbesitz ist. Die Nachbarn beschreiben sie als angenehm, aber zurückhaltend, möglicherweise durch ihre Hörprobleme, und dass sie kaum Kontakt zur Dorfgemeinde hatten. Weder Eltern noch Tochter waren berufstätig, und laut County-Verwaltung bekamen alle drei Zuschüsse aufgrund ihres Behindertenstatus.

»Es ist entsetzlich«, sagte eine Nachbarin. »Sonst passiert hier nie was. Wir schließen nicht mal unsere Türen ab.«

Ein Folgeartikel zwei Wochen später bestätigte, dass es Brandstiftung war. Als Brandmittel hatte Benzin gedient.

Der Pick-up wurde eine Woche nach dem Brand entdeckt, in über tausend Kilometern Entfernung, in der Nähe des Rocky Mountain National Park in Colorado.

Grace lud eine Landkarte hoch. Von Waukomis zu dem Nationalpark ging es ziemlich gerade westwärts, was sich mit Rückkehrabsichten nach Kalifornien decken würde.

Samaels – oder, dieser Option würde Grace ins Auge sehen müssen, Samaels und Typhons – erster Familienmord?

Dass die Opfer von Sozialhilfe gelebt hatten, ließ allerdings das Habgiermotiv ausscheiden. Warum sollte jemand Tausende von Kilometern zurücklegen, um eine zurückgezogen lebende, harmlose Familie zu töten, die dazu auch noch arm war?

Drei Gehörlose, im Schlaf wehrlos?

Grace war damals nicht aufgefallen, dass Lily nicht hören konnte. Sie hatte den drei Roi-Kindern keine große Aufmerksamkeit geschenkt.

Das Mädchen hatte kein Wort gesprochen. Aber Ty auch nicht. Das Gleiche galt für viele Neuankömmlinge auf der Ranch, Kinder, denen es durch ihre Erlebnisse als Pflegekinder oder die ungewohnte Umgebung die Sprache verschlagen hatte.

Lily, gehörlos. Hatte Ty sich bewusst entschlossen, zu schweigen? Waren beide von ihrem großen Bruder zur Stummheit gezwungen worden?

Waren sie ihm so hörig gewesen, dass sie auch über Bobby Canova geschwiegen hatten?

Samael/Roger, schon im frühen Jugendalter ein gnadenloser Mörder, hatte zwanzig Jahre Zeit gehabt, sein tödliches Handwerk zu vervollkommnen. Typhon/Andrew hatte aus irgendwelchen Gründen irgendwann entschieden, etwas dagegen zu unternehmen, und hatte dafür mit dem Leben bezahlt.

Grace suchte die Adresse in Berkeley, die Roger Wetter junior als sein Zuhause angegeben hatte. Das Gebäude war Thema einer kurzen Glosse in einer der Lokalzeitungen gewesen und sollte in Kürze – überwiegend auf Staatskosten – saniert werden, um Gewerbe und Verwaltungsbüros aufzunehmen.

Eine Bildersuche lieferte Fotos von einem sechsstöckigen Kasten, der aussah wie eine ehemalige Fabrik. Alles andere als ein Wohnhaus. Vielleicht ein Loft? Oder hatte Roger schlicht gelogen, und sein Zuhause war woanders?

Grace googelte noch einmal seinen Namen, erhielt jedoch keine weiteren Ergebnisse.

Anders bei *Andrew van Cortlandt, Ingenieur*, eine Suche, die zu fünf Treffern führte, alle in Verbindung mit Brücken- und Staudamm-Projekten in Asien, ausgeführt von Schultz-McKiffen, einer international tätigen Baufirma. Andrews Name tauchte jedes Mal als Nebentreffer auf, als Mitglied eines Teams von knapp hundert Mitarbeitern, als einer von vierzehn Bauingenieuren.

Keine persönlichen Daten, keine Fotos. Die Firmenzentrale von Schultz-McKiffen war in Washington, doch die Firma hatte Ableger in London, Düsseldorf und Singapur. Ein Treffer war Andrews Teilnahme an einem Meeting in Deutschland. Er lebte offiziell bei seinen Eltern, war aber ein Globetrotter.

Grace kramte in ihrem Gedächtnis nach weiteren Erinnerungen der kurzen Zeit, die sie mit ihm verbracht hatte. Es fiel ihr schwer, in dem ernsthaften, verstörten jungen Mann einen eiskalten Mörder zu sehen, der im Auftrag seines psychopathischen Bruders handelte.

Doch niemand war gefeit vor Irrtum, und die Fakten legten nahe, dass sie ihrer Intuition nicht trauen konnte: Seine Schwester war vor zehn Jahren bei lebendigem Leib verbrannt, doch er hatte bis vor wenigen Tagen am Leben bleiben dürfen; das deutete darauf hin, dass sein Bruder ihm einen Sonderstatus gewährte, die Art von Privileg, die Komplizen genossen.

Sie gab die Adresse der Van Cortlandts in der Tenth Street bei mehreren Immobilienseiten ein und bekam beim dritten Anlauf schließlich, was sie suchte.

Das Anwesen war für 2,7 Millionen Dollar an den Familientrust von William und Bridget Chung verkauft worden. William Chungs Name tauchte im Zusammenhang mit einer Internet-Start-up-Firma im kalifornischen Venice auf.

Andrew hatte das Haus zwei Jahre nach dem Tod seiner Eltern für viel Geld veräußert.

Es gab keinen Grund, anzunehmen, dass die Chungs wussten, warum er verkauft hatte, doch vielleicht erinnerten sie – oder jemand in der Nachbarschaft – sich an etwas, das Grace von Nutzen sein konnte.

Morgen war Berkeley dran. Heute würde sie sich in der Nähe umsehen.

Von Torrance nach Santa Monica brauchte man unter idealen Voraussetzungen eine halbe Stunde; leider waren in Los Angeles die Voraussetzungen nie ideal, und so war Grace eine Stunde und achtzehn Minuten unterwegs, um das salbeigrüne zweistöckige Traumhaus zu erreichen, in dem Andrew Van Cortlandt seine privilegierte Jugend verbracht hatte.

Es war ein hübscher Bau, gut in Schuss, mit einer Veranda, die die gesamte Frontfassade umspannte, einem ordentlichen Rasenviereck, von zwei üppigen Magnolien flankiert und sauber abgetrennten Blumenbeeten umrandet. Großzügig, aber den Proportionen des schmalen Grundstücks angepasst, und zierlich im Vergleich zu den protzigen Neubauten im spanisch-mediterranen Stil, die inzwischen die ursprüngliche Bebauung ersetzt hatten.

In der Einfahrt stand ein silberner Volvo Kombi mit einem *Save-the-Bay*-Aufkleber. Grace parkte sechs Häuser weiter südlich und stellte den Motor ab. Acht Minuten später kam eine schlanke Blondine um die dreißig mit Pferdeschwanz aus dem Haus, auf Acht-Zentimeter-Absätzen stöckelnd, einen blauen Kaschmirpulli über weißen engen Jeans, auf dem Arm ein puppenhaftes Kleinkind mit Mandelaugen und einer Wickeltasche, und verstaute alles im Wagen.

Die Frau, vermutlich Bridget Chung, bot der gesamten Tenth Street einen ausführlichen Blick auf ihre Pomuskeln, während sie das Baby in seinen Sitz auf der Rückbank schnallte. Mit vollem Tempo fuhr sie rückwärts aus der Einfahrt, ohne dem Verkehr Beachtung zu schenken.

Der Volvo verpasste um ein Haar einen weißen Lexus, der aus Richtung Norden kam. Wütendem Hupen folgte das durch geschlossene Fenster gedämpfte Schimpfen der älteren Frau am Steuer des Lexus.

Super-Mama Bridget zeigte keine Reaktion. Im Wegfahren war sie voll und ganz auf ihr Handy konzentriert.

Lächelnd tippte sie eine SMS.

Grace blieb weitere zehn Minuten in ihrem Ford Escape sitzen. Mehrere Fahrzeuge fuhren vorbei, alles Luxusmodelle. Zwei Minuten lang passierte gar nichts, dann trat eine schlanke Frau mittleren Alters, die Bridget Chungs Mutter hätte sein können, aus dem Nachbarhaus – einem der älteren Bauten, kleiner, einstöckig – und fing an, Topfpflanzen im Eingangsbereich zu gießen.

Grace stieg aus, ging auf das grüne Haus zu und betrachtete die Fassade.

Die Frau hörte auf zu gießen. »Kann ich Ihnen helfen?« Schmallippig. Misstrauisch.

Umso besser. Grace ging lächelnd auf sie zu.

Die Frau blieb wachsam und hielt ihre Gießkanne fest. Ihre Lippen bewegten sich, während sie Graces falsche Visitenkarte las, die sie ihr hinhielt.

»Industrie- und Gebäudeschutz. Alarmanlagen?«

»Wir beraten Privathaushalte und Firmen, die mit wechselnden Immobilienbesitzern zu tun haben.«

»Beraten? Worüber denn?«

»Bewohnerstruktur, Instandhaltung, Umwelt- und Nachbarschaftsprobleme, die auftauchen können.«

»In welchem Zusammenhang?«

»Wenn Immobilien den Eigentümer wechseln.« Grace nickte in Richtung des grünen Hauses.

»Sie wollen verkaufen? An eine Firma?«

»Das darf ich nicht sagen, Ma'am. Ich bekomme eine Liste von Adressen, fahre hin und sammle Daten.«

»Tja, dann müssen Sie wissen, dass dies eine gehobene Wohngegend ist.«

»Daran habe ich keine Zweifel, Ms. ...«

»*Mrs.* Dena Kroft.« Sie blickte zum Nachbarhaus. »Wenn es nach mir ginge, wären die morgen draußen.«

»Problemnachbarn?«

»Laut«, sagte Dena Kroft. »Ständig Partys, Lärm am Pool, als würde schwer getrunken. Er ist wohl irgendein Computerfreak, Asiate, mehr Geld als Verstand. Und sie ist einfach nur dumm.«

Hass war der beste Nährboden für Tratsch. »Das kann man an ihrem Fahrstil sehen. Als ich hier ankam, schoss sie gerade aus ihrer Ausfahrt und hätte beinahe einen Wagen auf der Straße gerammt. Mit dem Baby im Auto.«

»Genau«, stimmte Dena Kroft zu. Sie gab die Visitenkarte zurück. »Wir wohnen hier seit zweiunddreißig Jahren. Die Gegend war perfekt, bis immer mehr NRs zuzogen.«

»NRs?«

»Neureiche«, erklärte Dena Kroft. »Asiaten, Perser, was weiß ich. Die reißen die hübschen alten Häuser ein, und weil sie alle möglichen Verbindungen haben, bekommen sie Baugenehmigungen für alles, was sie wollen. Dann bauen sie jeden Quadratzentimeter mit hässlichen Klötzen zu. Wenn man nur Innenraum will und keinen Garten, warum nicht gleich eine Stadtwohnung kaufen?«

»Stimmt«, sagte Grace.

»Früher haben hier vor allem Ärzte gewohnt, höhere Chargen aus dem Saint John's Hospital. Mein Mann arbeitet dort als Radiologe. Peter Kroft.«

Als müsste Grace den Namen kennen. »Ein hervorragendes Krankenhaus.«

»Das beste der Stadt«, bestätigte Dena Kroft. »Ich hatte gehofft, er könnte das Haus halten. Der Sohn der Leute, die da gewohnt haben.«

»Ist er auch Arzt?«

»Nein, eine Art Ingenieur.« Kroft neigte sich herüber und senkte die Stimme. »Adoptiert. Da weiß man ja nie. Aber sie haben ihn sogar in Harvard-Westlake untergebracht.« Sie musterte Grace. »Waren Sie in Buckley? Sie sehen aus wie ein Mädchen aus dem Jahrgang meiner Tochter.«

»Nein, Ma'am, tut mir leid. Bei Adoptionen weiß man nie, weil …«

»Es ist, wie wenn man sich aus dem Tierheim eine Promenadenmischung holt, man weiß nie, was man bekommt. Teddy und Jane hatten Glück mit Andy. Ein sehr gut erzogener, ruhiger Junge, der keine Probleme machte.«

»Klingt nach dem idealen Nachbarn.«

»Der ideale Nachbar wäre eine ruhige Familie«, sagte Kroft. »Aber sicher, ein ruhiger junger Mann wäre immer noch besser als die. Das Haus ist hübsch, wenn auch ein bisschen dunkel. Ich gebe zu, es wurmt mich, dass Andy nicht mehr dran hing. Aber er war sowieso immer unterwegs. Da hat er es irgendwann verkauft.«

»Vielleicht fand er es zu groß, um allein drin zu wohnen.«

»Man gewöhnt sich an alles«, sagte Dena Kroft. »Aber er war ständig auf Reisen, vor allem im Orient. Da war er auch, als Teddy und Jane ihren Unfall hatten – sie sind beim Bergwandern abgestürzt. Sie sind viel gewandert; die waren richtig besessen von Fitness.«

»Das muss schlimm für ihn gewesen sein«, sagte Grace. »Dass er so weit weg war.«

»Andy? Ja, bestimmt. Er kam zwei Tage später. Ich weiß noch, er wurde von einem Taxi gebracht mitsamt Gepäck, sah schlimm aus, ein Bild des Jammers. Man kann ihm ja nicht vorwerfen, dass er die Immobilie loswerden wollte, aber er hätte doch seiner Bürgerpflicht nachkommen und sie an anständige Leute verkaufen können. So, jetzt rücken Sie aber mal mit der Wahrheit raus, junge Frau. Sie sind so ein Kreditprüfer, oder?« Sie zeigte mit dem Daumen auf das grüne Haus. »Die haben Schwierigkeiten, weil man mit dem Computerkram doch nichts verdienen kann, und sie werden das Haus bald verlieren.«

Grace lächelte. »Man weiß nie, Mrs. Kroft.«

Dena Kroft lachte. »Alles rächt sich irgendwann.«

Kapitel 34

Ehe sie nach Torrance zurückfuhr, aß Grace in einem ruhigen Restaurant in Huntington Beach zu Abend. Um einundzwanzig Uhr war sie wieder auf ihrem Zimmer im Hotel.

Unter der Annahme, dass Andrew und sie in etwa gleich alt waren, fing sie an, nach Infos aus seiner Highschool-Zeit in Harvard-Westlake zu suchen. Doch die Elite-Highschool gab nichts über ihre Absolventen preis, und ein Online-Suchdienst, der über seine außerschulischen Aktivitäten hätte Auskunft geben können, verlangte viel zu viele persönliche Daten von ihr.

Beeindruckend war, dass Andrew es auf eine exklusive Highschool geschafft hatte, nachdem er seine Kindheit verwahrlost in einer Wüstensekte verbracht hatte. Und ein Gemetzel miterleben musste.

Wir haben so vieles gemeinsam, Andy.

Um zu sehen, ob sein akademischer Erfolg angehalten hatte, kombinierte Grace seinen Namen mit den Eliteunis. Ob sie vielleicht sogar zur gleichen Zeit in Harvard gewesen waren?

Doch die heiligen Hallen von Cambridge ergaben keinen Treffer. Ebenso wenig New Haven, Princeton, Philadelphia …

Dann fiel ihr wieder ein, dass er Ingenieur gewesen war, und sie versuchte MIT und Caltech. Null.

Aber das hieß noch nichts, es gab jede Menge andere Top-Unis, gleich ganz in der Nähe: die University of Southern California, wo Malcolm gelehrt und wo Grace promoviert hatte. Dann die Pomona-Colleges und die University of California Los Angeles. Und wenn das nichts würde, gab es noch andere Unis in Kalifornien, zum Beispiel in *Berkeley*.

Die angesehenste unter den kalifornischen Hochschulen war das bestimmende Element ausgerechnet der Stadt, in der Andrews Bruder gelebt und die dunkle Seite des Versicherungsgeschäftes gelernt hatte.

Des einzigen Geschäftes, das darauf basierte, keinen oder möglichst schlechten Service zu bieten. Ein Traum für einen amerikanischen Psychopathen.

Hatten sich die Brüder ganz zufällig wiedergetroffen, irgendwo auf der Telegraph oder University Avenue?

Die Kombination aus *Andrew Van Cortlandt* und Berkeley sowie jedem anderen University-of-California-Standort ergab keinen Treffer. Die meisten Studenten erlangten bis zum Examen nicht viel öffentliche Aufmerksamkeit, dieser ganze Aufwand konnte also genauso gut umsonst sein.

Einen Versuch wagte sie trotzdem noch: Stanford. Und hier endlich: Heureka.

Vor sieben Jahren hatte Andrew Van Cortlandt im Alter von siebenundzwanzig einen Preis seiner Ingenieursfakultät gewonnen, für seine Doktorarbeit über den Schaden, den das Loma-Prieta-Erdbeben an der Bay Bridge verursacht hatte.

Samael hilft seinem Adoptivvater, die Opfer der Naturkatastrophe zu gängeln, Typhon sucht darin wissenschaftliche Erkenntnisse.

Palo Alto, die Stadt, die von der University of Stanford praktisch erobert wurde, war nur eine gute Autostunde von Berkeley entfernt. Die Unis waren Rivalen, sowohl akademisch als auch sportlich. Stanford war von einem reichen Mann gegründet worden aus Wut darüber, dass sein Sohn in Berkeley nicht angenommen worden war.

Es war also durchaus denkbar, dass die Brüder sich begegnet waren, ob zufällig oder auch absichtlich.

Zwei malträtierte Seelen, getrennt im Teenageralter, treffen als junge Erwachsene wieder aufeinander und erkennen sich sofort. Brüder, ungewiss ist alle Wiederkehr.

Die beiden trinken zwei Bier zusammen und beschließen, ihre Beziehung wiederzubeleben. Trotz all der langen Zeit hat sich nichts an dem ursprünglichen Kräfteverhältnis geändert: Samael aalglatt und dominant, Typhon schüchtern und unterwürfig.

Hatte Mr. Giftspritze seinen kleinen Bruder auf die dunkle Seite gezogen und ihn überredet, ihm bei seinem schrecklichen Plan zu helfen?

Höchste Zeit, die Idioten loszuwerden, die uns adoptiert haben, und die Kohle einzustreichen.

Das Problem: Zeitlich passte dieses Szenario nicht mit dem Mord an der McCoy-Familie vor zehn Jahren zusammen. Vielleicht hatte Roger damals allein gehandelt. Aus Spaß, für den Kick, ein kranker Scherz. Genauso wie er Bobby Canova die Luft abgestellt hatte.

Oder: ein Probedurchlauf.

Oder: Roger hatte seine kleine Schwester zuerst aufgespürt und versucht, sie dazu zu bringen, in den Schoß der Familie zurückzukehren. Sie hatte sich jedoch geweigert und vielleicht sogar gedroht, die Sache mit Bobby der Polizei zu melden.

Keine gute Idee, Lily.

Den Geschmack von Mord noch auf der Zunge tut er sich ein paar Jahre später mit Andrew zusammen und heckt einen Plan aus.

Vielleicht sogar einen Deal: *Ich kill deine, du meine.*

Wie praktisch wäre das: zwei inszenierte Unfälle, die nach außen hin nichts miteinander zu tun haben, die einzigen Erben mit hieb- und stichfestem Alibi für den Fall, dass doch ein Verdacht aufkommt. Doch so weit war es nicht gekommen. Die Unfälle hatten keinerlei Zweifel aufkommen lassen.

Wenn man Dena Kroft Glauben schenken durfte, war Andrew in Asien gewesen, als seine Eltern von einer Klippe stürzten. Soweit Grace wusste, hatte Roger Wetter junior auf Maui gesurft, als seine Eltern im Meer ertranken.

Sauber und ordentlich.

Unfälle waren der ultimative Verlust an Kontrolle und Vorhersehbarkeit. Gevatter Tod schwingt seine Sense, ohne sich um persönliche Pläne oder gute Absichten zu scheren. Grace war selbst bewusst, wie prekär das Leben war. Sie ermahnte sich jeden Morgen, dass jederzeit alles passieren konnte, jedem und überall. Dennoch spürte sie einen Druck auf der Brust, und in ihrem Kopf kamen Gedanken und Bilder auf, die sie längst vergessen geglaubt hatte.

Sie schaltete das Licht in ihrem Nullachtfünfzehn-Hotelzimmer aus, kroch ins Bett und zog die Decke über sich. Den Daumen im Mund verordnete sie sich eine traumlose Nacht.

Diesmal allerdings gehorchte ihr der eigene Wille nicht. Die REM-Phasen bescherten ihr einen Film, in dem eine Frau, die aussah wie Grace, aber schwarze Strümpfe und ein Cape trug, mit Zeit, Raum und Materie wundersame Dinge tun konnte.

Beim Aufwachen fühlte sie sich großartig. Was allerdings nachließ, als ihr klar wurde, dass sie immer noch ein Erdling war.

Um 9.15 Uhr verließ sie das Marriott, stopfte ihre schmutzige Wäsche in einen der Müllcontainer des Hotels und fuhr dann zu einem Perückenladen in Redondo Beach, den sie auf dem Weg zum Hotel entdeckt hatte. Die fröhlichen adretten Frauen, die den ganz in rosa Spitze gehaltenen Laden führten, kicherten anerkennend, als Grace ihnen erklärte, dass sie für ihren Freund einen neuen Look brauche. Als sie hinzufügte, dass Geld keine Rolle spiele, hatte sie zwei neue beste Freundinnen.

Die Geldkarte auszuspielen erschien Grace sinnvoll, weil das, was sie auf den rosa Styroporköpfen gesehen hatte, wenig vielversprechend aussah. Fast alles, selbst eine besonders in Szene gesetzte Gruppe aus vier Puppen, sah steif und künstlich aus.

Einzige Ausnahme war eine Auswahl von fünf Exemplaren, die in einer hohen Acrylglas-Vitrine hinter der Theke eingeschlossen waren. Selbst aus der Nähe sahen sie aus wie echt.

Binnen Sekunden führten »Hallo, ich bin Trudy« und »Und ich bin Cindy« sie in die Kunst ein, wie man die »absolut besten Perücken der Welt« herstellt.

Echtes Menschenhaar, besonders seidige Qualität und in winzigen Büscheln in einem exklusiven französischen »Atelier« kunstfertig verarbeitet. Handgeknüpftes Netz, sorgfältig verwebt, mit hypoallergenen Pflastern, die an wichtigen »Gleitstellen« angebracht waren, ein natürlich wirkender Haaransatz, den zu erzeugen »jahrelange Erfahrung und enormes Talent erfordert, im Prinzip einen Rembrandt für Haare«.

Grace probierte zwei der Perücken aus der Vitrine und kaufte sie beide, eine honigblonde, die ihr bis unter die Schulterblätter reichte, und eine kunstvoll gesträhnte brünette, die zwanzig Zentimeter kürzer war. Beide kosteten zweitausendfünfhundert Dollar, doch sie handelte Cindy und Trudy auf dreitausendachthundert für beide herunter. Sie tat so, als würde sie sich weiter umsehen, und deutete dann auf einen stahlblauen Pagenkopf gleich neben dem Eingang.

»Das Ding wollen Sie nicht haben, das ist richtig billig«, sagte Trudy.

»Total überdreht, nur so zum Spaß«, ergänzte Cindy. »Wir führen so was für Teenagerpartys, wissen Sie.«

Grace zwinkerte. »Todd mag's überdreht. Wie viel?«

»Aha!« Cindy kicherte und sah den Preis nach. »Dreiundsechzig.«

»Können Sie das noch dazupacken?«

Die Frauen wechselten einen Blick. »Klar.«

Als Grace mit ihren Schachteln den Laden verließ, rief Cindy ihr nach: »Todd hat echt Glück.«

»Sie sollten Fotos machen«, warf Trudy ein, »aber auf keinen Fall posten!« Sie lachte.

Nächste Etappe war ein kleiner Optikerladen, wo Grace den Inhaber damit verwirrte, dass sie ihn nach Brillen mit Fensterglas fragte.

»Ich habe nur drei oder vier. Wir benutzen sie als Modelle.«

»Ich nehme alle.«

»Die nützen doch nichts.«

»Sind für einen Filmdreh.«

»Was denn für einen?«

Grace lächelte und legte einen Finger auf die Lippen.

Der Mann erwiderte das Lächeln. »Ach so.« Die Summe, die Grace auf den Tisch legte, hob seine gute Stimmung noch. »Alles klar. Ich würde auch gern Filme drehen.«

Elf Uhr vormittags, ein herrlicher kalifornischer Tag.

Grace war später losgekommen als geplant, würde aber ihr Ziel immer noch rechtzeitig genug erreichen, um eine gesunde Mütze Schlaf zu bekommen, traumlos oder nicht.

Beim Frühstück hatte sie beschlossen, doch nicht den schnelleren Freeway im Landesinneren, sondern den Küstenhighway zu nehmen. Auf dem Weg durch Malibu passierte sie ihr Haus in La Costa, wagte aber nur einen kurzen Blick darauf, obwohl es sie reizte, hineinzugehen und von der Terrasse aus aufs Meer zu blicken, während sie Möwendreck vom Geländer kratzte.

Eines Tages würde sie wieder hier sein, sich von den Gezeiten einlullen lassen und ihre einsamen Wellen reiten.

Anderthalb Stunden später bei Santa Barbara, beim zweiten Versuch, die Fahrt nach Norden anzutreten, nagte sie nervös an ihrem Trockenfleisch. Die Hügel im Osten zeigten noch ein paar versengte Flecken, Narben von einem Brand im letzten Frühjahr, der achthundert Hektar zerstört hatte, bis der Wind ein Einsehen hatte. An dieser Katastrophe war nichts Heimtückisches gewesen. Ein ganz legales Lagerfeuer war außer Kontrolle geraten.

Ganz anders als bei der Brandstiftung, die die McCoys ausgelöscht hatte.

Die Morde an den McCoys waren mehr als niederträchtig. Habgier war auszuschließen, aber warum sich überhaupt um ein Motiv Gedanken machen?

Was, wenn Samael/Roger einfach seinen psychopathischen Traum ausleben wollte, indem er die Familie auslöschte? Warum hatte er Lily getötet, aber Andrew am Leben gelassen?

Dann fiel es ihr wieder ein: Er hatte ihn nicht am Leben gelassen.

Dennoch passte das Timing nicht. Zwischen Lily und Andrew lagen zehn Jahre. Die Schwester zuerst – war sie für ihn wichtiger gewesen?

Grace erinnerte sich daran, wie eng sich das zitternde kleine Mädchen an den Jungen geklammert hatte, den sie als Typhon kannte. Den Bruder, der lieb zu ihr gewesen war.

Anders als Sam, der sich von beiden jüngeren Geschwistern ferngehalten hatte.

Mangelnde Bindungsfähigkeit: auch typisch für Psychopathen.

Alle drei Kinder hatten von klein auf eine dicke Suppe aus Megalomanie und Isolation gelöffelt. Dennoch hatte nur einer von ihnen auf der Ranch offensichtlich grausam gehandelt.

Typhon war das genaue Gegenteil gewesen. Grace hatte ihn beobachtet, wie zärtlich er mit Lily umgegangen war. Und alles, was sie über den erwachsenen Typhon wusste – was sie mit eigenen Augen gesehen hatte –, sprach dagegen, dass er ein kaltblütiger Mörder gewesen war.

Dennoch hatten seine Adoptiveltern ein ungewöhnliches Ende gefunden.

Erst einige Kilometer später ging ihr auf, was für eine Ironie in dieser Geschichte lag: Arundel Rois Söhne hatten länger warten müssen, bis sie adoptiert wurden, doch als sie schließlich eine Familie fanden, erlebten sie ein Happyend im Wohlstand, mit dem Jugendämter normalerweise nicht aufwarten können, und wuchsen als Jungs reicher Eltern auf.

Lily dagegen war der Arbeiterklasse zugeteilt worden, bestenfalls.

Der Gedanke warf eine neue Frage auf: Warum hatten die Van Cortlandts und die Wetters, beide wohlhabend genug, um privat ein Adoptivkind zu finden, sich überhaupt auf das Jugendamt eingelassen?

Solche Leute mussten sich nicht mit Halbwüchsigen abgeben, die schwere Altlasten mit sich herumschleppten.

Grace wusste nichts über die Van Cortlandts, doch was sie über Roger Wetter senior in Erfahrung gebracht hatte, zeigte deutlich, dass Altruismus für ihn alles andere als ein Lebensmotto war.

Ein Mann, der davon lebte, arme Leute zu betrügen, denen das Schicksal übel mitgespielt hatte, sollte plötzlich zum Gutmenschen mutieren, indem er ein armes Waisenkind bei sich aufnahm? Ausgeschlossen.

Andererseits, ein Mann wie Wetter senior würde sich sicherlich von einem schlagenden Argument überzeugen lassen, sprich, Cash. Und das passte wiederum zu Waynes Mutmaßungen darüber, dass die Festungssekte einflussreiche Mitglieder hatte, vor denen die Presse kuschte.

War eine von Rois drei Ehefrauen betucht gewesen – vielleicht die privilegierte Tochter einer Familie, die so viel Einfluss hatte, dass sie menschliches Schach auf Turnierniveau spielen konnte?

Zwei Enkelsöhne, gezeugt von einem Irren und aufgezogen von einer höheren Tochter, die vom rechten Pfad abgekommen war? Nichts, was sich nicht mit Geld wieder hinbiegen ließ.

Um Roger und Agnes Wetter zur Adoption zu bewegen, hätte es sicherlich nicht einmal große Summen gebraucht. Was die Van Cortlandts anging, konnte Grace nur raten …

Für einen schmierigen Geschäftsmann wie Roger Wetter musste der Deal verlockend ausgesehen haben: echtes Geld für relativ geringes Engagement, denn Roger/Samael fehlten nur noch wenige Jahre bis zur Volljährigkeit.

Ebenso wie Andrew/Typhon.

Doch keiner der Jungen hatte mit achtzehn das Elternhaus verlassen. Roger hatte die Adresse der Firma als seine eigene genannt und vermutlich seinem Daddy bei dessen betrügerischen Machenschaften geholfen.

Der kluge, folgsame Andrew, der nach außen hin so nachgiebig wirkte, hatte sich schnell an das Leben als hauptberuflicher Sohn in Santa Monica gewöhnt. Vielleicht hatten Ted und Jane ihn tatsächlich ins Herz geschlossen. Oder zumindest eine funktionierende Pseudoliebe entwickelt. Grace konnte sich vorstellen, dass die beiden sehr wohl elterlichen Stolz empfanden, als ihr Junge es in die Harvard-Westlake Highschool schaffte, dann ein noch zu identifizierendes, sicherlich erstklassiges College besuchte, um schließlich in Stanford zu promovieren.

Wissenschaftspreis mit siebenundzwanzig. Promovierter Ingenieur.

Doch sobald er finanziell unabhängig war, hatte Andrew beschlossen, zum Arbeiten ans andere Ende der Welt zu gehen. Er hätte sich nicht weiter von zu Hause entfernen können.

Vielleicht war die Zuneigung zu seinen Eltern doch nicht so tief gewesen.

Nimm dir von ihnen, was du brauchst, und dann zieh weiter.
Jahre später: gemeinschaftlicher Plan, sie von der Klippe zu stürzen?

Grace kam wieder auf Roger Wetter junior zurück. Bislang gab es keinerlei Hinweise, dass er es zu akademischen Weihen gebracht hatte. Aber gute Zeugnisse waren in der Wetter-Familie auch nicht nötig. Hier zählten andere Qualitäten.

Genau die Qualitäten, die der Giftprinz mitbrachte.

Der Senior lässt den Junior im Familiengeschäft mitarbeiten und zeigt ihm, worauf es ankommt. Dann verkündet er, dass er sich zurückzieht, und zieht mit Mutti nach Los Angeles. Hatte Junior das Gefühl, dass ihm die Felle davonschwimmen?

Du bist jetzt auf dich gestellt, Sohn.

Mit schwirrendem Kopf nahm Grace die nächste Ausfahrt.

Eine traurige kleine Straßenkreuzung mit zwei Tankstellen, einem Arby's und einem Pizza Hut. Kein WLAN. Sie fuhr weiter Richtung Osten und entdeckte ein sogar noch erbärmlicher aussehendes Gewerbegebiet mit überwiegend vernagelten Schaufensterscheiben, aber immerhin einem Wild Bill's Motel. Ein dilettantisch bemaltes Schild zeigte ein Bild des Namensgebers auf einem buckelnden Mustang, kleinere Bretter versprachen Satellitenfernsehen, Massagebetten und Internet.

Grace nahm ein Zimmer für dreiundvierzig Dollar, die sie bar bezahlte. Sie kritzelte eine unleserliche Unterschrift auf das Anmeldeformular und ignorierte das Grinsen des Volltrottels hinter der Empfangstheke.

Sie parkte vor der Zimmertür, nahm ihre Tasche und ihren Laptop und betrat den Raum, der nach Kloreiniger und hartgekochten Eiern roch. Um den Escape im Blick zu behalten, öffnete sie die Vorhänge, die ein Fenster voller Fliegendreck preisgaben. Dann setzte sie sich auf die Matratze, die sich anfühlte, als wäre sie mit Studentenfutter gefüllt, und versuchte mehrmals, sich ins Internet einzuloggen.

Beim vierten Versuch meldete sich »Data Monster« mit einem müden Piepschor.

Roger agnes wetter theodore jane van cortlandt lieferten auf Anhieb drei Treffer.

Genauer gesagt, zwei Treffer, denn einer war doppelt aufgelistet.

Beide Paare fanden sich auf der Gästeliste einer politischen Spendengala, einer Riesenparty vor fast fünfzehn Jahren im Biltmore Hotel in der Innenstadt, wo es um die Wiederwahl von Staatssenatorin Selene McKinney gegangen war. Nachrichten von vorvorgestern auf der Seite der Eventplaner, die die Veranstaltung organisiert hatten.

McKinney war für die wohlhabende Westside zuständig gewesen, einschließlich der gehobenen Gegend von Santa Monica, wo die Van Cortlandts gewohnt hatten. Die Adresse der Wetters in Encino hatte nicht zu ihrem Bezirk gehört, aber zur damaligen Zeit hatte das Paar ohnehin noch in Nordkalifornien gewohnt. Es musste also mehr dahinterstecken als ein Bezirkswahlkampf.

Man musste nicht im Wahlkreis eines Politikers leben, um von seinem Wohlwollen zu profitieren.

Grace googelte McKinney und fand einen Wikipedia-Eintrag. Die als moderat geltende Abgeordnete hatte die Wahl gewonnen, war dann aber achtzehn Monate später einer Herzattacke erlegen.

McKinncy, Tochter reicher Eltern, hatte jahrzehntelang in der Politik gearbeitet und dabei allerlei begehrte Posten angesammelt. Zum Zeitpunkt ihres Ablebens war sie schon lange Vorsitzende des ständigen Ausschusses für das Versicherungswesen gewesen, wo sie für »Schadenersatz, Bürgschaften und Garantievereinbarungen« zuständig war.

Eine Frau, die man unbedingt unterstützen sollte, wenn man Roger Wetter senior hieß. Außerdem war sie Mitglied des Ausschusses zur Erteilung von zahnmedizinischen Approbationen gewesen, was wiederum für Dr. Van Cortlandt interessant war.

Grace setzte ihre Recherche fort, und sah beim Tippen immer wieder durchs Fenster auf ihren SUV-Leihwagen. Einmal musste sie nach draußen gehen, als zwei Jungs auftauchten, etwa fünfzehn, und mit teuren Zehn-Gang-Fahrrädern um den Escape schlichen und die Heckklappe untersuchten.

Es war ein billiges Motel in einer einfachen Gegend, doch diese Kinder waren gut angezogen, gut ernährt, gepflegt. Zwei reiche Sprösslinge von den schicken Anwesen oberhalb der Baumgrenze im Osten, die sich ins Tal verirrt hatten?

Ein Blick von Grace genügte, um sie zum Rückzug zu bewegen. Weicheier. Grace kehrte wieder an ihren Laptop zurück und kombinierte *selene mckinney* mit *roger wetter*, *alice wetter*, *alamo adjustments*, *versicherungsbetrug*. Als das nichts ergab, tippte sie eine Auswahl weiterer Missetaten ein: *Bestechung, Erpressung, Betrug, Hochstapelei, Fälschung.*

Nichts.

Sie rief Wayne Knutsen an.

Sein AB-Spruch war kurz, beinahe abweisend, und passte gar nicht zu dem Mann, der sich schon zweimal engagiert für sie eingesetzt hatte.

»Ich bin's. Hatte Selene McKinney eine Tochter?«

Beim Zusammenpacken nahm sie im Augenwinkel eine Bewegung vor dem Fenster wahr. Die zwei jugendlichen Streuner waren zurück, und einer stand lässig gegen den rechten Frontscheinwerfer des SUV gelehnt.

Als würde ihm das verdammte Ding gehören.

Grace schwang die Tür auf, ging zur Fahrerseite, warf ihre Sachen in den Wagen und stieg ein. Dann jagte sie den Motor hoch und fuhr rückwärts los, wobei sie den Jungen aus dem Gleichgewicht brachte. Er stieß einen erschrockenen Laut aus.

Während sie den Parkplatz verließ, blickte sie in den Rückspiegel. Der Junge stand noch auf den Füßen, sah aber ganz erschüttert aus und hielt mit offenem Mund die Arme hoch, als riefe er die Götter an.

Als könne er nicht fassen, dass jemand so etwas tun könnte.

Völlig schockiert, dass sich nicht alle um sein Wohlbefinden sorgten.

Willkommen in der Wirklichkeit, du verwöhnter kleiner Scheißkerl.

Kapitel 35

Im Alter von zwölf lebte Grace mit zwei Fremden in einem schönen, großen Haus in Hancock Park.

Das war nett, solange es anhielt. Es würde natürlich nicht für lange sein, das war ihr klar. Ein paar Jahre hier, ein paar Jahre dort, man wusste nie, was der nächste Tag bringen würde.

Doch sie musste zugeben, dass sie es noch nie so gut getroffen hatte wie mit Malcolm und Sophie. Und sie war fest entschlossen, so viel wie möglich zu lernen, ehe sie ihrer überdrüssig wurden.

Nicht nur, dass das Haus schön und groß war und immer frisch duftete, nicht nur, dass das Zimmer, das sie bewohnen durfte, riesig und gemütlich und jetzt auch noch elegant eingerichtet war, nein, Malcolm und Sophie waren netter als alle anderen Menschen, die sie bislang kennengelernt hatte.

Sie machten es ihr leicht, sie selbst zu bleiben, und versuchten nicht, ihr etwas überzustülpen. Vielleicht lag es daran, dass Malcolm Psychologe war, ein Experte für Kinder. Obwohl er selbst keine hatte.

Vielleicht war es aber auch mehr als das; nach einem Monat war Grace überzeugt davon, dass den beiden ihr Wohlbefinden, ihre Ernährung und allgemeine Gemütslage wirklich am Herzen lagen. Doch sie taten nie so, als wären sie ihre Eltern, wollten nie Mom und Dad genannt werden.

Sie dachte darüber nach und beschloss, mitzuspielen, was immer sie ihr auch anboten, was ihr nicht wehtat.

Alles, um in diesem Paradies bleiben zu können.

Monate später sagte sie immer noch Malcolm und Sophie, doch Sophie war dazu übergegangen, sie »Liebes« zu nennen. Malcolm sprach sie normalerweise nicht mit Namen an, und wenn, sagte er einfach Grace. Es war, als würde zwischen ihnen ein Endlosgespräch stattfinden, und eine formelle Anrede war gar nicht vonnöten.

Grace fing an, sie als zwei neue Freunde zu betrachten, oder vielleicht lieber als »Bekannte«.

Sie hatte also jetzt *Bekannte*, die viel älter und klüger waren als sie und ihr viel beibringen konnten. Und die außerdem reich waren.

Eines Tages fragte Malcolm sie, ob sie jemals daran gedacht hätte, zur Schule zu gehen.

Sie war ängstlich und ein bisschen wütend gewesen, als hätte er die Nase voll von ihr und überlegte, sie wegzuschicken. Als sie kurz und knapp »Nie« sagte, klang ein wenig von der Wut durch. Sie musste ihre Hände ineinander verschlingen, damit sie nicht zitterten.

Malcolm nickte nur und rieb sich das enorme Kinn, wie immer, wenn er sich über etwas den Kopf zerbrach. »Kann ich verstehen. Es wäre schwer, für dich überhaupt eine Klasse zu finden, so brillant, wie du bist. Okay, gut, wir machen weiter wie bisher. Ich muss zugeben, ich finde das selbst gut – es ist eine echte Herausforderung, passenden Stoff für dich zu finden. Ich wollte nur sichergehen, dass du nicht einsam wirst.«

Ich bin meine eigene beste Freundin. Ich weiß gar nicht, was Einsamkeit ist.

»Wir können jetzt Unterricht machen«, schlug sie vor.

In ihren knapp dreizehn Jahren auf der Erde hatte Grace gelernt, dass Vertrauen nicht viel zählte, außer das in sich selbst. Erstaunlicherweise schienen Malcolm und Sophie ihr zu vertrauen. Nie drängten sie sie, etwas zu essen, das sie nicht mochte, nie sagten sie ihr, wann sie abends ins Bett oder morgens aufstehen sollte. Allerdings mussten sie das auch nicht, denn Grace stand vor ihnen auf und las im Bett, und wenn sie abends müde war, sagte sie das, ging auf ihr Zimmer und las, bis sie einschlief. Kurz nachdem sie eingezogen war, hatte Sophie sie gefragt, ob sie sie ins Bett bringen sollte.

Ramona hatte nur einmal gefragt und es dann einfach immer getan. Dass Sophie fragte, hieß wahrscheinlich, dass sie eigentlich keine Lust dazu hatte, aber höflich sein wollte.

Um Sophie keine weiteren Umstände zu machen, sagte Grace: »Nein, danke, das ist nicht nötig.« Und das war es auch nicht. Grace genoss die Ruhe dieses fantastischen Zimmers, in dem sie sie wohnen ließen. Auch wenn es ihr hin und wieder durchaus gefallen hätte, ins Bett gebracht zu werden.

»Wie du möchtest, Liebes«, hatte Sophie gesagt, und Grace war allein ins Bett gegangen.

Soweit sie das beurteilen konnte, war es nicht gerade harte Arbeit, ein Professor zu sein. Malcolm fuhr morgens zur Uni, nicht besonders früh, und manchmal kam er nach Hause, wenn es draußen noch hell war. An manchen Tagen blieb er ganz zu Hause und arbeitete in seinem mit Holz vertäfelten Büro, wo er las und schrieb.

Der Job gefällt mir, dachte Grace.

Sophie war auch Professorin, aber sie ging nie zur Arbeit. Sie wurstelte immer nur im Haus herum, kochte für sich und Grace und beaufsichtigte Adelina, die nette Putzfrau, die allerdings kein Englisch sprach. Sie kam zweimal die Woche und arbeitete schweigend und konzentriert.

Sophie machte außerdem Einkaufsausflüge, von denen sie mal mit Lebensmitteln, mal mit Schachteln und Tüten voller Kleidung für sich und Grace nach Hause kam.

Irgendeine Arbeit tat sie wohl auch, denn auch sie hatte ein eigenes Büro – ein kleines Zimmer neben dem Schlafzimmer, das nicht vertäfelt war und einen Schreibtisch mit Computer enthielt. Sonst waren da nur Bilder von Blumen an weißen Wänden, nichts Besonderes. Wenn sie am Schreibtisch saß, ließ sie stets die Tür offen. Sie saß oft stundenlang da und schrieb und las zu klassischer Musik, die leise im Hintergrund lief. Wenn Post für sie kam, war sie an Prof. Sophie Muller oder Sophie Muller, Ph. D. adressiert.

Lesen und Schreiben war etwas, das Grace auch jetzt schon tat, und sie überlegte, was es mit diesem Professorendasein auf sich hatte und ob das nicht etwas für sie wäre.

Drei Monate nach ihrer Ankunft lüftete Sophie das Geheimnis. »Du fragst dich wahrscheinlich, was ich hier drin die ganze Zeit tue.«

Grace zuckte die Schultern.

»Nächstes Jahr werde ich auch wieder an der Uni sein, so wie Malcolm – unterrichten und Doktoranden betreuen. Aber dieses Jahr habe ich ein sogenanntes Sabbatjahr, das ist so ein spezielles Ding für Professoren. Sobald wir einen Lehrstuhl haben – sprich, sobald die Uni sicher ist, dass man uns auf Dauer haben will –, bekommen wir alle sieben Jahre ein Jahr frei.«

»Wie beim Sabbat«, sagte Grace.

»Bitte?«

»Sechs Tage wird gearbeitet, am siebten Tag wird geruht.«

Sophie lächelte. »Genau, das ist die Idee. Nicht dass ich jetzt faulenzen soll – man erwartet von mir, dass ich unabhängige Recherchen betreibe. Es ist mein zweites Sabbatjahr. Im ersten sind Malcolm und ich durch Europa getourt, und ich habe am laufenden Band Artikel verzapft, die kein Mensch gelesen hat. Aber jetzt bin ich älter und würde am liebsten einfach zu Hause sein und dafür bezahlt werden. Aber du wirst mich nicht verraten, oder, Liebes?«

Lachen.

Grace legte die Hand aufs Herz. »Es ist ein Geheimnis ... außerdem liest und schreibst du ja.«

»Ich schreibe ein Buch. Zumindest tue ich so.«

»Worüber?«

»Nichts für die Bestsellerlisten, Liebes. Es trägt den spannenden Titel: *Muster in Gruppeninteraktionen und Beschäftigungsschwankungen bei weiblichen jungen Erwachsenen.*«

In Graces Ohren klang das wie eine Fremdsprache. Ein Buch mit dem Titel hätte sie nie in die Hand genommen.

»Ganz schön lang«, sagte sie.

»Viel zu lang. Vielleicht sollte ich es einfach *Chicks & Gigs* nennen.«

Jetzt musste Grace lachen.

»Aber der Titel ist meine geringste Sorge«, fuhr Sophie fort. »Es macht mich fertig, dass mir das Schreiben nicht so leicht von der Hand geht wie Malcolm ... was möchtest du zu Abend essen, Liebes?«

Malcolm brachte Grace zunehmend schwierigeren Stoff mit. Als sie zu Elementarmathematik kamen, brauchte sie etwas Hilfe, doch er konnte alles leicht und verständlich erklären. *Seine Studenten sind Glückspilze*, dachte Grace.

Die meisten anderen Themen waren einfach und wurden von ihrem Hirn angezogen wie Eisen von einem Magneten.

Das Leben in dem schönen großen Haus war überwiegend ruhig und friedlich. Man las, schrieb, aß und schlief. Malcolm und Sophie hatten nie Gäste, und sie gingen auch nie aus und ließen Grace allein. Hin und wieder kam ein dünner weißhaariger Mann im Anzug und setzte sich mit ihnen am Küchentisch über Dokumenten zusammen.

»Unser Anwalt«, erklärte Malcolm. »Sein Name ist Ransom Gardener. Allerdings ist das Einzige, was dieser Gärtner zum Wachsen bringt, seine Gebühr.«

Ab und an wurde Gardener von einem jüngeren Mann begleitet, der Mike Leiber hieß. Anders als der Anwalt, der stets einen Anzug trug und ernst dreinblickte, kam Mike in Jeans und heraushängendem Hemd und sagte meist nicht viel. Doch wenn er redete, hörten ihm alle zu.

Malcolm und Sophie erklärten nie, wer er war, doch wenn er da gewesen war, zeigten sie immer eine sonderbare Mischung aus Ernst und Entspannung. Als hätten sie gerade eine schwere Prüfung abgelegt und gut abgeschnitten.

Zweimal im Monat nahmen Malcolm und Sophie Grace mit in ein schönes Restaurant, und Grace trug Kleidung, die Sophie für sie gekauft hatte und die sie sich nie selbst ausgesucht hätte.

Sie bemühte sich stets, neue Gerichte zu probieren, die die beiden ihr empfahlen. Selbst wenn etwas gar nicht lecker aussah, beklagte sie sich nicht, sondern nahm dankend an.

Das Gleiche galt für Kleidungsstücke. Edel verpackt in Seidenpapier trugen sie teuer klingende Namen, oft französische, und es war ganz klar, dass Sophie viel Zeit gebraucht hatte, sie auszusuchen.

Grace betrachtete sie als Verkleidung, als Braves-Mädchen-Kostüme. Sie fing an, sich zu fragen, wann das Spiel wohl zu Ende wäre, bekam aber regelmäßig Bauchschmerzen, wenn sie zu viel darüber nachdachte. Stattdessen versuchte sie, diese Gedanken aus ihrem Kopf zu verbannen, und konzentrierte sich auf die schönen Dinge. Manchmal bekam sie von der ganzen Konzentration Kopfschmerzen.

Um sich anzupassen und möglichst umgänglich zu sein, fing sie an, sich ausgiebig die Haare zu bürsten, bis sie irgendwann genauso glänzten wie die von Sophie. Eines Tages schenkte ihr Sophie eine Bürste aus England, die, wie sie Grace erklärte, aus »Wildschweinborsten« wäre. Tatsächlich ließ sie Graces Haar sogar noch mehr schimmern, und so hörte sie umso aufmerksamer auf das, was Sophie sagte.

Sauber zu sein und gut zu duften war auch wichtig, und so duschte sie jeden Morgen und manchmal auch ein zweites Mal, ehe sie zu Bett ging. Sie putzte sich zweimal am Tag die Zähne und benutzte Zahnseide, genauso wie sie es bei Sophie gesehen hatte. Als in ihren Achseln ein paar Haare zu sprießen begannen und sie leicht zu riechen anfingen, sah sie in ihrem Arzneischrank nach und fand einen nagelneuen Deoroller, den sie ab dann regelmäßig benutzte.

Irgendwie hatte irgendjemand – ohne Zweifel Sophie – das Richtige getan.

Kurz nachdem sie bei den beiden eingezogen war, brachten sie Grace zu einer Kinderärztin, die sie untersuchte und impfte und dann verkündete, sie sei »fit wie ein Turnschuh«.

Ähnlich war es beim Zahnarzt, einem uralten Mann, der ihr die Zähne reinigte und sie dafür lobte, wie gut sie es mit ihrer Zahnhygiene hielt. Die meisten Kinder täten das nicht.

Als ihr die Schuhe zu klein wurden, ging Sophie mit ihr in einen Laden in einer gewissen Larchmont Street, wo die Verkäuferin sie behandelte wie eine Erwachsene und sie fragte, was sie sich denn vorstelle.

Sie sagte, das wäre ihr egal.

»Das ist mal was Neues, normalerweise sind Kinder ganz schön anspruchsvoll.« Die Bemerkung war mehr an Sophie als an Grace gerichtet.

»Sie ist pflegeleicht«, sagte Sophie, und als Grace das hörte, wurde sie von einem warmen, süßen Gefühl erfasst. Sie hatte ihren eigenen Test bestanden.

Wenn sie zu dritt zusammen waren, achtete sie immer darauf, den beiden in die Augen zu sehen, wenn sie mit ihr sprachen, und tat immer so, als wäre sie interessiert, auch wenn sie es nicht war. Meistens *war* sie interessiert, es ging in den Gesprächen um Geschichte, Wirtschaft, wie sich Menschen allein und in Gruppen verhielten. Normalerweise bezogen sie Grace zunächst in die Unterhaltung mit ein, redeten dann aber über sie hinweg und ließen sie zuhören, und das machte ihr gar nichts aus.

Sie redeten auch über Kunst und Musik. Darüber, wie schlimm manche Regierungen waren – Nazis, Kommunisten –, und Malcolm führte aus, dass jegliche Art von Kollektivismus nur eine Form wäre, andere zu beherrschen. Sie diskutierten, welche Gesellschaftsformen welche Art von Künstlern, Musikern und Wissenschaftlern hervorbrachte und dass es nicht genügend »Synthese zwischen Kunst und Wissenschaft« gäbe.

Nach jedem dieser Gespräche lief Grace los, um in ihrem Lexikon nachzulesen, und sie stellte fest, dass sie beim Zusammensein mit den beiden mehr lernte als im Unterricht.

Wenn sie sie nach ihrer Meinung fragten, tat sie diese kurz und bündig kund, sofern sie eine hatte. Wenn nicht, sagte sie auch das, und mehr als einmal nickte Malcolm anerkennend. »Wenn nur meine Studenten das auch einmal zugeben würden.«

»Jeder sollte sich das eingestehen. Koryphäen eingeschlossen.«

Wieder ein Wort zum Nachschlagen.

»Die meisten Koryphäen sind Nichtswisser«, bemerkte Malcolm.

»Jeder selbsternannte Experte ist von Natur aus ein Betrüger, oder, Mal?«, sagte Sophie und wandte sich dann an Grace. »Das gilt auch für diesen Kerl hier und für mich. Dass wir schicke Professorentitel haben, heißt nicht, dass wir mehr wissen als andere.«

»Als du zum Beispiel, Grace«, ergänzte Malcolm.

Grace schüttelte den Kopf. »Vielleicht weiß ich mehr

darüber, wie es ist, dreizehn Jahre alt zu sein. Aber über alles andere wisst ihr mehr.«

Gelächter am Tisch.

»Sei dir da mal nicht so sicher, Liebes.«

»Sieht so aus, als hätten wir sie drangekriegt«, schmunzelte Malcolm. Er beugte sich herüber, als wollte er Graces Haar zerzausen, hielt dann aber inne. Er fasste sie grundsätzlich nicht an. Grace war dreizehn, und in der ganzen Zeit, die sie in seinem Haus lebte, hatte sich körperlicher Kontakt zwischen ihm und ihr stets auf zufällige Berührungen beschränkt.

Sophie berührte gelegentlich ihre Hand, aber mehr nicht.

Grace war das recht.

Sophie legte ihre silberne Salatgabel hin. »Ehrlich, Liebes, du solltest dein Licht nicht unter den Scheffel stellen. Du weißt mehr, als du denkst. Ja, Erfahrung ist wichtig. Aber die kann man gewinnen. Und alle Erfahrung der Welt hilft einem Dummkopf auch nicht.«

»Amen«, schloss Malcolm und spießte ein neues Stück Lammkotelett auf.

Sophie hatte Lammkoteletts aufgetragen, dazu gemischten Salat, frittierte Kartoffeln, die Grace ganz köstlich fand, und Rosenkohl, der roch und schmeckte, als wäre jemand gestorben.

»Du musst den Rosenkohl nicht essen«, bot Sophie an. »Den habe ich nicht gut gekocht, und jetzt ist er bitter.«

»Ich finde den lecker«, sagte Malcolm.

»Schatz, du hältst auch Sardinen aus der Dose für eine Delikatesse.«

»Hmpf.«

Grace hielt sich an die Kartoffeln.

Vor allem bei Sophie achtete Grace darauf, dass sie das mit dem guten Benehmen nicht übertrieb, denn Sophie hatte einen guten Riecher dafür, wenn etwas nicht echt war. Etwa bei den Antiquitäten in den Zeitschriften, die sie abonnierte. Manchmal sah sie sich Fotos von Möbeln oder einer Vase oder einer Skulptur an und nickte zufrieden. Dann wieder sagte sie: »Was glauben die eigentlich, wem sie hier was vormachen? Wenn das Tang-Dynastie ist, bin ich Charlie Chaplin.«

Im Allgemeinen verhielt sich Grace höflich, trieb es aber nicht zu weit. Dabei folgte sie einer Regel, die sie vor langer Zeit für sich selbst aufgestellt hatte.

Wenn Menschen dich mögen, ist die Wahrscheinlichkeit größer, dass sie dir nicht wehtun.

Manchmal, meistens nachts, wenn sie allein in ihrem großen, weichen, süß duftenden Bett lag, eingehüllt in eine Daunendecke, und an ihrem Daumen lutschte, dachte Grace an Ramona.

Und den schleimig grünen Pool.

Was automatisch das Bild von Bobby in seinem Bett heraufbeschwor, neben ihm der zischende Sauerstoffschlauch.

Und von Sam, dem Schrecklichen, und seinen total verängstigten Geschwistern.

Wenn diese Gedanken über sie hereinbrachen, bemühte sie sich nach Kräften, sie zu verdrängen, zu eliminieren – auch das ein Wort, das sie gelernt hatte und das in ihren Ohren krass, gemein und endgültig klang. Irgendwann kam sie darauf, dass die beste Methode, ihren Kopf zu klären, die war, an etwas Schönes zu denken.

An ein leckeres Essen.

Wie Malcolm ihr sagte, dass sie brillant sei.
Sophies Lächeln.
Hier zu sein.

Zwei Monate nach ihrem dreizehnten Geburtstag – den sie in einem der elegantesten Restaurants feierten, das sie je gesehen hatte, dem Bel-Air – entdeckte Grace, dass es außer Daumenlutschen noch etwas anderes gab, das ihr innere Ruhe bescherte: wenn sie sich zwischen den Beinen berührte, wo jetzt Haare wie Gras sprossen. Zuerst fühlte sie sich nervös und schwindelig, doch dann wurde sie von einer weichen Wärme eingehüllt, die sie noch nie zuvor empfunden hatte.

Und das konnte sie ganz allein tun!

Alles das zusammengenommen, hatten böse Gedanken nicht mehr die geringste Chance.

Bald dachte sie überhaupt nicht mehr an die Zeit, bevor sie in die June Street gezogen war.

Sophie konnte sehr gut kochen, tat es aber nicht gern, wie sie Grace wiederholt versicherte.

»Warum tust du es dann?«

»Weil es jemand tun muss, Liebes, und Malcolm ist in der Küche die reinste Katastrophe.«

»Ich kann es lernen.«

Sophie, die an ihrem riesigen sechsflammigen Wolf-Profiherd stand, fuhr herum und blickte Grace an, die am Küchentisch saß und in einem Buch über die Vogelarten Nordamerikas las. »Du würdest kochen lernen?«

»Wenn du das möchtest.«

»Du bietest mir an, meine Küchenpflichten zu übernehmen?«

»Hm-hm.«

Sophies Augen wurden leicht feucht. Sie legte ihren Topflappen weg, trat zu Grace und nahm ihr Kinn in die Hand. Als sie sich herunterbeugte, fürchtete Grace für einen Augenblick, sie würde sie küssen. In ihrem ganzen Leben hatte sie noch nie jemand geküsst.

Vielleicht bemerkte Sophie Graces Unruhe, denn sie tätschelte sie nur am Kinn. »Das ist ein großzügiges Angebot, meine liebe Ms. Blades. Eines Tages werde ich dich vielleicht beim Wort nehmen. Aber du darfst dich auf keinen Fall verpflichtet fühlen, für uns sorgen zu müssen. Wir sind da, um für dich zu sorgen.«

Es war das erste Mal seit Graces Einzug, dass jemand sie bewusst und in freundlicher Absicht anfasste.

»Okay?«

»Okay.«

»Dann abgemacht. Heute Abend werden wir die Fesseln der Häuslichkeit abwerfen, und der bedeutende, wenn auch stellenweise unfähige Professor Bluestone soll uns zum Abendessen ausführen. Schick und teuer. Wie klingt das?«

»Das klingt superb.« Wieder so ein tolles Wort.

»Genau, Liebes. Französisch passt da tatsächlich am besten, denn niemand versteht so viel von Haute Cuisine wie die Franzosen.«

»Und von Haute Couture«, ergänzte Grace.

»Woher kennst du denn Haute Couture?«

»Aus deinen Zeitschriften.«

»Weißt du, was ›haute‹ bedeutet?«

»Besonders.«

»Streng genommen bedeutet es ›hoch‹. Die Franzosen teilen ihre Welt gern in hoch und tief ein. Bei ihnen gibt es außerdem nicht nur Restaurants, sondern auch Cafés, Bistros, Brasserien und so weiter.«

»Wohin gehen wir denn heute Abend?«

»Oh, definitiv in ein Restaurant. Malcolm muss uns wie die Hautevolee behandeln, die wir sind.«

Grace hatte es nicht leicht an diesem Abend in einem Restaurant namens Chez Antoine. Ihr Kleid war steif und kratzte, und sie fühlte sich eingeschüchtert von dem düsteren, fast geräuschlosen Raum, in dem Kellner in schwarzen Anzügen herumsausten, die dreinblickten, als warteten sie nur darauf, Fehlverhalten zu monieren.

Sie war mit allem einverstanden und ließ sich Fleisch, Kartoffeln und etwas von dem grünen Gemüse schmecken. Doch dann brachte einer der schlecht gelaunten Kellner kleine Eisentiegel mit – um Gottes willen, *Schnecken!* –, und ihr drehte sich fast der Magen um. Als wäre es damit nicht genug, kamen anschließend Teller mit kleinen knöchernen Dingern, die aussahen wie Kükenbeinchen, und Grace dachte, wie gemein, so kleine Hühnchen umzubringen, bis Malcolm erklärte, dass das sautierte Froschschenkel wären!

Sie versuchte, nicht hinzusehen, während Malcolm und Sophie mit kleinen Gabeln aus den Schneckenhäusern unförmige, mit Petersilie gesprenkelte Klumpen pulten und lächelnd kauten und schluckten. Sie versuchte, nicht zu hören, wie die Froschschenkel unter Malcolms kräftigem Biss knackten.

Zuschauen, zuhören, lernen. Zuschauen, zuhören, lernen.

Als Malcolm ihr mit den Worten: »Du musst dich nicht verpflichtet fühlen, aber vielleicht schmeckt es dir ja« einen Froschschenkel hinhielt, hielt Grace die Luft an und versuchte ein winziges Stückchen. Es schmeckte nicht unbedingt umwerfend, war aber ganz okay.

Stell dir vor, es ist in Wahrheit Hühnchen. Nein, das ist genauso eklig. Vielleicht ein ausgewachsenes Huhn, das nur nicht gewachsen ist, weil es krank war oder so?

Ein Huhn, das Probleme mit der Hirnanhangdrüse hatte. Das hatte sie vor zwei Wochen in Biologie gelernt.

»Danke, Malcolm.«

»Freut mich, dass es dir schmeckt.«

Ich finde diesen ganzen Traum einfach nur köstlich.

Im Alter von vierzehneinhalb hatte Grace allmählich das Gefühl, in dieses wunderschöne große Haus zu gehören. Es war riskant, so zu empfinden, aber sie konnte nicht anders. Sie lebte hier jetzt schon länger als an jedem anderen Ort.

Abgesehen von ihren ersten Jahren, aber das zählte nicht.

Manchmal erlaubte sie sich sogar die Fantasie, Sophie und Malcolm zu gehören. Aber nicht auf diese kranke Art und Weise, wie sie in den Gedichten beschrieben wurde, die sie im Unterricht interpretierte. Viel ... zivilisierter.

Vor drei Monaten hatte sie allen Mut zusammengenommen und zugelassen, dass ihre Fingerspitzen Sophies Hand berührten, als sie bei Saks in Beverly Hills shoppen waren. Und sie lange genug nicht wegzunehmen, bis Sophie vielleicht sogar etwas bemerkte.

Sophie hatte Graces Hand leicht gedrückt und sie dann in ihre genommen. Ein paar Schritte gingen sie so, bis Grace unruhig wurde und Sophie losließ.

Später, bei einem Mittagsimbiss in der Cafeteria des Saks, war Sophie diejenige, die die Initiative ergriff und mit ihren langen, zarten Fingern über Graces Wange strich.

Mit einem Lächeln, als wäre sie stolz auf sie.

Sie waren losgezogen, um für Grace BHs zu kaufen.

Sophie kam nicht mit in die Kabine, gab ihr aber einen guten Rat mit. »Achte darauf, dass er perfekt passt, Liebes. Wenn du jetzt nicht auf guten Halt achtest, wirst du Rückenschmerzen haben, wenn du in meinem Alter bist.«

Grace leuchtete das ein; Sophies Busen war groß für eine so schlanke Frau. Graces Brüste waren kaum mehr als zarte Hügel, auch wenn ihre Brustwarzen fast doppelt so groß waren wie vorher.

»Klingt logisch«, sagte sie. »Danke, dass du mich mitgenommen hast, Sophie.«

»Wer denn sonst, Liebes? Wir Mädels müssen zusammenhalten.«

Im Alter von fünfzehn hatte Grace kleine, weiche blonde Haarbüschel unter den Achseln und ein rötlich blondes Schamhaardreieck, das sie jeden Abend mit den Fingern erkundete, um sich in Stimmung zu bringen, ehe sie masturbierte. Der beinahe weiße Flaum an ihren Beinen war fast nicht zu sehen, dennoch zeigte ihr Sophie, wie sie sich rasieren konnte, ohne sich zu schneiden.

»Nimm jedes Mal einen neuen Wegwerf-Rasierer und trag das hier vorher auf.« Damit reichte sie Grace eine Glasflasche mit einer goldfarbenen Lotion und einer verschnörkelten Aufschrift in Französisch. »Es enthält Aloe vera; das ist eine stachelige Pflanze, die ziemlich unscheinbar aussieht, dafür aber beeindruckend viele Talente hat.«

Grace wusste alles über Aloe vera, aber auch über viele andere Pflanzenarten. Ihr Unterrichtsstoff bewegte sich inzwischen auf Universitätsniveau, und Malcolm hatte ihr gesagt, dass ihre Art, sich auszudrücken, der eines Doktoranden von einer verdammt guten Uni in nichts nachstünde und wirklich beeindruckend wäre. Ihr Hirn nahm alles mit Leichtigkeit auf, außer Mathematik, aber sie arbeitete so hart, dass sie auch damit keine Probleme hatte.

Das war ihre Welt: sie drei, hin und wieder Ransom Gardener, manchmal Mike Leiber.

Vor allem aber ihr Unterricht.

Einmal, ganz am Anfang, hatten Malcolm und Sophie sie gefragt, ob sie nicht mit anderen Kindern zusammen sein wolle. Grace entschloss sich, ehrlich zu antworten. »Lieber nicht.« Als sie Monate später noch einmal fragten, gab sie die gleiche Antwort, und das Thema wurde nie wieder angesprochen.

Dann …

Es war ein Sonntag. Grace war fünfzehn Jahre und zwei Monate alt.

Malcolm rechte Blätter zusammen, während Sophie unter dem riesigen Quittenbaum im hinteren Teil des Gartens saß und einen Stapel Zeitschriften las. Grace lag auf einem Liegestuhl neben den Rosenbeeten, studierte Colemans Artikel über Psychopathologie und versuchte, Leute, die sie kannte, in die verschiedenen Diagnosekategorien einzuordnen.

Plötzlich hörte Malcolm auf zu rechen, und Sophie legte ihre Zeitschrift weg. Die beiden wechselten einen Blick und kamen auf Grace zu.

Zwei Riesen im Anmarsch.

»Liebes«, sagte Sophie. »Hast du einen Augenblick Zeit?«

Graces Magen, ihr gesamter Verdauungstrakt – sie hatte Anatomie studiert und wusste, wie die Organe aussahen – begann zu vibrieren. »Natürlich«, erwiderte sie und war überrascht, wie ruhig sie dabei klang.

Vielleicht stimmte das aber auch nicht, denn Malcolm und Sophie machten einen verlegenen Eindruck, und wenn Erwachsene so aussahen, war das ein schlechtes Zeichen.

Ein böses Omen.

»Gehen wir ins Haus«, schlug Sophie vor, und damit war alles klar. Irgendetwas Schreckliches würde passieren. Grace war überrascht, und auch wieder nicht, denn man konnte nie wissen, wann das Leben mit Enttäuschungen aufwartete.

Sophie nahm Graces Hand, die schweißfeucht war, dennoch hielt sie sie fest und führte Grace ins Haus und in die Küche. Sie behauptete, »Lust auf Limo« zu haben, wobei sie alles andere als überzeugend klang.

Malcolm folgte ihnen – immer noch mit verlegener Miene, diesem entsetzlich besorgten Ausdruck – und sagte: »Limo und Ingwerkekse. Zum Teufel mit der Wespentaille.«

Sophie stellte Limo und drei verschiedene Sorten Gebäck auf den Küchentisch. Malcolm aß sofort zwei Kekse. Sophie sah ihn mit erhobener Augenbraue an und hielt Grace den Teller hin.

»Nein, danke.« Graces Stimme vibrierte jetzt noch mehr als ihre Eingeweide.

»Hast du was, Liebes?«, erkundigte sich Sophie.

»Nein.«

»Du hast empfindliche Antennen, Grace«, sagte Malcolm. Er nannte sie beim Namen. Es musste wirklich schlimm sein.

Sie würden sie rauswerfen. Was hatte sie getan? Wohin würden sie sie schicken?

Sie brach in Tränen aus.

Sophie und Malcolm beugten sich vor und nahmen jeder eine ihrer Hände.

»Schatz, was ist denn los?«, fragte Sophie.

Grace konnte nichts gegen die Tränenflut tun, die aus ihren Augen strömte. Sie hatte jede Kontrolle verloren. Wie die Psychotiker, von denen sie in Malcolms Psychologiebüchern gelesen hatte.

»Grace?« Sophie streichelte ihre Hand. »Es gibt gar keinen Grund, dass du so außer dir bist. Wirklich ...«

Dann hörte die Flut aus ihren Augen auf, und stattdessen schossen Worte aus ihrem Mund, als hätte sie jemand auf den Kopf gestellt, um Laute aus ihr herauszuschütteln.

»Ich will hier nicht weg!«

Sophies dunkelblaue Augen weiteten sich hinter ihren Brillengläsern. »Weg? Natürlich nicht – um Gottes willen, du dachtest –, Mal, schau nur, was wir angerichtet haben, sie ist ganz panisch.«

Und dann trat Professor Malcolm Bluestone, der sie nie angefasst hatte, hinter sie und legte ihr eine seiner Pranken auf die Wange, die andere auf ihre Schulter und küsste sie auf den Scheitel.

Ein anderer Mann hätte vielleicht sanft und leise gesprochen, doch aus Malcolm dröhnte die Autorität. »Du wirst nirgendwohin gehen, Ms. Grace Blades. Du bist hier zu Hause, solange du möchtest. Was von unserer Warte aus gleichbedeutend ist mit für immer.«

Grace weinte noch ein bisschen, bis sie keine Tränen mehr hatte und keuchen musste, um Luft zu bekommen. Sie fühlte sich erleichtert, aber gleichzeitig wie ein Vollidiot.

Sie schwor, sich nie wieder so gehen zu lassen.

Sophie atmete tief durch. »Ich rekapituliere, was Malcolm gesagt hat: Du lebst hier bei uns, fertig, aus. Aber es wird eine Veränderung geben, und du sollst darüber Bescheid wissen. Mein Sabbatjahr – mein äußerst ausgedehntes Sabbatjahr, wie du weißt, habe ich den Halsabschneidern noch einmal achtzehn Monate aus den Rippen geleiert, indem ich auf Gehalt verzichtet habe – ist jetzt endgültig bald zu Ende. Verstehst du, was das bedeutet?«

»Du musst wieder arbeiten gehen.«

»Vier Tage die Woche, Liebes. Die haben mich mit Kursen eingedeckt, angeblich wegen Budgetkürzungen, Festanstellung hin oder her.« Sophie lächelte schief. »Dass aus meinem Pseudo-Buchprojekt bislang nichts geworden ist, war da auch nicht unbedingt zuträglich.«

»Du schließt das ab, sobald du so weit bist, Schatz, die müssen einfach …«

Sophie winkte ab. »Das ist sehr lieb von dir, mich moralisch zu unterstützen, Mal, aber seien wir ehrlich: Ich war faul, und jetzt muss ich die Zeche dafür zahlen.« Sie wandte sich wieder an Grace. »Malcolm ist mit seinem nächsten Sabbatjahr erst wieder in drei Jahren dran. Das heißt, wir werden beide zur Arbeit gehen.«

Grace sagte nichts.

»Verstehst du?«

»Nein.«

»Du kannst hier nicht allein bleiben.«

»Warum nicht?«

Sophie seufzte. »Wir hätten dich darauf vorbereiten sollen. Aber nun ist es, wie es ist, und wir müssen sehen, wie wir zurechtkommen. Warum du nicht allein bleiben kannst? Weil, wenn etwas passiert – ein Brand, Gott behüte, oder ein Einbruch – und wir dich allein gelassen hätten, würde uns das in schwere Kalamitäten bringen, Liebes. Selbst wenn dir gar nichts zustößt, würden wir das Sorgerecht für dich verlieren und wahrscheinlich sogar wegen Vernachlässigung angezeigt werden.«

»Das ist lachhaft«, erklärte Grace. »Und absurd.«

»Das mag sein, Liebes, aber Tatsache ist, dass du noch nicht alt genug bist, um den ganzen Tag allein zu Hause zu sein. Wir müssen eine Schule für dich finden. Wenn wir alle zusammenhelfen, werden wir das finden, was am besten zu dir passt.«

Grace sah Malcolm an. Er nickte.

»Gibt es nicht bei euch an der Uni eine Schule? Wo Studenten Studien mit Kindern machen?«

»Die ist für Kinder mit Lernschwierigkeiten. Du bist das Gegenteil davon, du bist ein Lernstar. Wir haben uns erkundigt und eine Vorauswahl getroffen, aber du musst deine Meinung dazu sagen.«

»Danke für die Mühe, aber es wird nichts geben, das passt.«

»Wie kannst du dir da so sicher sein?«, fragte Sophie.

»Schon der Gedanke an Schule ist widerlich.«

Malcolm lächelte. »Widerlich, abstoßend, ekelerregend und wahrscheinlich auch unzulänglich. Aber leider notwendig.«

»Es gibt da leider keine Alternative«, ergänzte Sophie. »Wir hegen die Hoffnung, dass diese Veränderung für dich nicht schwieriger wird, als unbedingt sein muss, und dass du die Erfahrung vielleicht sogar erfüllend findest.«

»Oder zumindest spannend«, sagte Malcolm.

Grace erwiderte nichts.

»Unter Umständen ist es nur für ein Jahr«, fuhr Malcolm fort.

»Unter welchen Umständen?«

»Angesichts deines Wissensstandes kannst du mit sechzehn sofort aufs College gehen. Rein vom Intellekt her betrachtet, könntest du im Prinzip jetzt schon aufs College gehen. Aber wir halten es nicht für sinnvoll, dich mit fünfzehn vom Heimunterricht direkt an die Uni zu schicken. Ich bin sicher, du teilst diese Meinung.«

Grace überlegte. Tatsächlich hatte sie nicht einmal die University of Southern California je von innen gesehen, obwohl Malcolm dort arbeitete. Sie hatte in Büchern und Zeitschriften über das Leben im College gelesen. Die Fotos zeigten Studenten, die wie Erwachsene aussahen, entspannt auf dem Rasen sitzen, im Hintergrund imposante Gebäude.

Ungefähr so einladend wie ein fremder Planet.

»Teilst du diese Meinung?«, fragte Malcolm.

Grace nickte.

»Gut. Weiter.«

»Ein Jahr in der Highschool könnte dich umfassend auf dein Studium vorbereiten. Eine Art Propädeutikum.«

»Holden Caulfield fand die Schule schrecklich.«

Sophie und Malcolm lächelten.

»Das stimmt«, sagte Malcolm. »Aber du musst zugeben, dass Caulfield im Prinzip ein aufgeblasener, verwöhnter Fatzke war. Ihn hätte nicht mal beeindruckt, wenn der Messias aufgetaucht wäre.«

Grace musste wider Willen lachen.

»Du hingegen«, fuhr Malcolm fort, »bist eine junge Frau, die allerhand zu bieten hat. Mit Sicherheit wird dich ein Jahr in der Gesellschaft anderer hochbegabter junger Leute nicht umhauen.«

»Eine Schule für Hochbegabte?«, fragte Grace.

»Würdest du denn einen Haufen Dumpfbacken bevorzugen?«

»Malcolm«, schalt Sophie und wandte sich an Grace. »Wir haben zwei in die engere Auswahl genommen.«

Sie holten Broschüren.

Die Brophy-Schule lag vierzig Minuten entfernt in Sherman Oaks im Valley und warb mit einem »anspruchsvollen Curriculum, das Wert auf persönliche Entwicklung« legte. Jahrgangsstufe neun bis zwölf, insgesamt einhundertzwanzig Schüler.

»Von den Anforderungen her ein bisschen lasch«, fand Malcolm. »Aber trotzdem durchaus anspruchsvoll.«

»Persönliche Entwicklung?« Grace kicherte.

»Ja, das hört sich eher nach Kuschelpädagogik an.«

»Was ist mit der anderen?«

»Die Merganfield-Schule«, sagte Malcolm. »Jahrgangsstufen sieben bis zwölf, aber kleine Klassen. Insgesamt nur siebzig Schüler.«

»Kleinere Klassen und extrem streng«, ergänzte Sophie.

»Kein Raum für persönliche Entwicklung?«

Malcolm lächelte. »Ehrlich gesagt, habe ich Dr. Merganfield sogar danach gefragt. Er sagte, Entwicklung sei eine Folge von Leistung. Er ist eher ein Schulmeister als ein Lehrer.«

»Hört sich ziemlich autoritär an, Schatz«, sagte Sophie.

»Sehr strukturiert«, erklärte Malcolm.

»Wo liegt die Schule?«, fragte Grace.

»Nicht weit von hier«, meinte Sophie. »Es ist eine dieser großen Villen in der Nähe des Windsor Square.«

»Ist sie teuer?«, wollte Grace wissen.

Schweigen.

»Darüber musst du dir keine Gedanken machen«, sagte Sophie.

»Ich kann euch alles zurückzahlen«, versprach Grace. »Eines Tages, wenn ich erfolgreich bin.«

Malcolm nahm einen Keks, überlegte es sich dann aber wieder anders. Sophie schniefte und rieb sich die Augen.

»Meine Liebe«, begann sie, »wir haben gar keine Zweifel daran, dass du erfolgreich sein wirst. Und das allein ist uns genug.«

»Außerdem sind wir nicht auf eine Erstattung angewiesen«, ergänzte Malcolm.

»Ich hoffe, die Schule ist nicht zu teuer«, sagte Grace.

»Keineswegs«, erwiderte Malcolm und zwinkerte, wie immer, wenn er etwas vor ihr zu verbergen versuchte.

»Hört sich an, als wäre Merganfield die ideale Wahl.«

»Bist du sicher?«, fragte Sophie. »Die verstehen dort wirklich keinen Spaß, Liebes. Vielleicht solltest du dir beide Schulen erst mal ansehen.« Sie lachte. »Wie dumm von mir. Kuschelpädagogik ist nichts für dich. Wenn du dich an einer Schule wohlfühlst, wirst du über dich hinauswachsen.«

»Erst anschauen«, sagte Malcolm.

»Klar«, stimmte Grace zu. So schlecht hörte sich das alles doch nicht an. Sie nahm einen Keks und griff tief in ihre Fachwort-Schatzkiste. »Da werde ich wohl mein bestes prosoziales Verhalten an den Tag legen müssen.«

Zwei Tage später machte Grace ihren Aufnahmetest in einem mit Mahagoni vertäfelten Empfangszimmer im cremefarbenen Hauptgebäude der Schule, dessen einziges Nebengebäude eine Dreifachgarage war, die man in eine simple Sporthalle umgebaut hatte.

Sophie hatte den Bau in der Irving Street als Villa bezeichnet, doch Grace kam er vor wie ein Palast: drei Etagen hoch und mindestens doppelt so groß wie das Tudor-

Haus von Malcolm und Sophie. Das Gebäude stand auf einem riesigen, parkähnlichen Grundstück, das von einem schwarzen Schmiedeeisenzaun eingefriedet war. Die Bäume waren riesig, sahen aber eher vernachlässigt aus; Rasen, Hecken und Büsche waren ebenfalls ungepflegt.

Den Stil kannte Grace aus ihren Büchern über Baukunst: mediterran mit einem Anklang von Palladianismus. Im Norden schlossen sich die imposanten Privatvillen des Windsor Square an, im Süden die Bürogebäude des Wilshire Boulevard.

Die Prüfung ähnelte den IQ-Tests, die Malcolm mit Grace gemacht hatte, und mit Ausnahme der Matheaufgaben waren nur die jeweils schwierigsten Fragen wirklich eine Herausforderung.

»Es ist immer wieder das Gleiche«, hatte Malcolm sie gewarnt. »Man kann nie alles richtig machen.«

So lange sie sich nun schon kannten, Malcolm würde nie den Psychologen in sich zum Schweigen bringen können, dachte Grace.

Das Zulassungsschreiben kam eine Woche später. Der Leiter und Gründer der Schule, Dr. Ernest K. Merganfield, war ein kleiner, schmächtiger Mann, der zwar wenig Wärme, dafür aber ein gewisses Gefühl von Sicherheit ausstrahlte. Er trug ein kurzärmeliges weißes Hemd, eine karierte Hose und blaue Leinenschuhe mit Kreppsohlen, seine Alltagsmontur, wie Grace bald feststellen sollte.

Er hatte zwei Doktortitel: einen in Geschichte aus Yale und einen für Pädagogik aus Harvard. Die Lehrer hatten alle promoviert, waren zumeist emeritierte Professoren, außer Dr. Mendez, der Biolehrer, der früher Pathologe gewesen war. Die Schüler der älteren Jahrgänge ab Klasse zehn hatten im oberen Stockwerk Unterricht, wo man von manchen Räumen aus eine schöne Aussicht hatte. Grace war aufgrund ihres Testergebnisses in die zwölfte Klasse eingestuft worden, doch als sie ihre Klasse zum ersten Mal sah, stellte sie fest, dass sie beileibe nicht die Jüngste war.

Neben ihr saß ein zwölfjähriges Mathe-Wunderkind namens Dmitri und hinter ihr ein vierzehnjähriges Zwillingspärchen aus Nigeria, Diplomatenkinder, die sechs Sprachen fließend sprachen.

Niemand zeigte auch nur das geringste Interesse an ihr oder warum sie mitten im Schuljahr dazugestoßen war, und Grace erfuhr bald, warum: Ihre neuen Klassenkameraden waren überwiegend schüchtern, introvertiert und besessen von schulischem Erfolg. Von den elf Schülern in ihrer Klasse waren sieben Mädchen, vier davon ziemlich hübsch, aber ohne jeden Sinn für Mode.

Andererseits, ohne Sophie hätte auch Grace keine Ahnung von Kleidung, Make-up und wundfreiem Rasieren gehabt. Sie hätte nicht gewusst, wie man geht und spricht. Oder wie man eine Fischgabel hält.

Die Merganfield-Schüler hatten biologische Eltern, die an ihren Kindern nur eines interessierte, nämlich dass sie an einer der Elite-Universitäten aufgenommen wurden. Die Zwillinge hatten bereits eine Zulassung der Columbia für in zwei Jahren.

Die nachlässige Pflege, die Grace im Garten aufgefallen war, ließ sich auch im Innern des Gebäudes erkennen. Die Toiletten waren alt und abgenutzt und übersät mit Warnungen, nichts hinunterzuspülen außer Toilettenpapier, und davon »nur geringste Mengen«.

Von den vier Jungen in ihrer Klasse war einer fettleibig und stotterte, und zwei waren so schüchtern, dass sie praktisch nicht sprachen; Nummer vier, Sean Miller, war mit siebzehn der älteste Schüler der zwölften Jahrgangsstufe, groß, schlaksig und gutaussehend, begabt in Mathe und Physik. Er hatte dunkle Locken, haselnussbraune Augen und ein hübsches Gesicht, das allerdings von blühender Akne überzogen war.

Und er war schüchtern, das schien hier so üblich zu sein. Trotzdem schien er Interesse an Grace zu haben, das konnte sie daran erkennen, dass er jedes Mal die Augen niederschlug, wenn sie von ihrem Heft aufsah. Nur um ihre These zu bestätigen trat sie wie zufällig neben ihn und lächelte.

Die Haut zwischen seinen Pickeln färbte sich dunkelrot, und er schlich davon, als hätte er etwas zu verbergen.

Er hatte definitiv etwas zu verbergen. Seine Hose hatte sich am Reißverschluss gespannt.

Das versprach, spannend zu werden.

Drei Wochen nach ihrem Einstieg in der Merganfield-Schule – sie hatte in jeder Klassenarbeit Bestnoten abgeliefert und war sicher, als »voll integriert« zu gelten – traf sie Sean Miller, als er aus der Garage/Turnhalle kam, die kaum je als Turnhalle genutzt wurde, weil Sport ein Wahlfach war (dabei vertrat Dr. Merganfield das Ideal des antiken Griechenland vom »gesunden Geist im gesunden Körper«).

Das Treffen war kein Zufall. Grace hatte Sean beobachtet. Zuverlässig wie ein Uhrwerk ging er jeden Mittwoch nach dem Unterricht Gewichte heben und auf dem Laufband joggen. Sie hatte Malcolm und Sophie endlich so weit gebracht, dass sie sie die zwei Kilometer allein nach Hause gehen ließen, wenn sie versprach, die Sixth Street entlangzugehen, wo viel Verkehr herrschte und die leicht zu überblicken war. Heute würden beide wegen Meetings später nach Hause kommen. Sophie hatte einen Nudelauflauf mit Thunfisch für Grace vorgekocht, den sie sich nur in der Mikrowelle warmmachen musste.

Grace hatte keine Lust auf Nudeln mit Dosenfisch.

Sean Miller war das ziemlich rasch klar.

Bald taten sie es jeden Mittwoch, hinter der Turnhalle, und Grace war bestens mit Kondomen ausgestattet, die sie in einer Drogerie um die Ecke geklaut hatte, damit nichts passieren konnte.

Beim ersten Mal hatte Sean hinterher versucht, sich mit ihr zu unterhalten, doch sie hatte ihm einen Finger auf die Lippen gelegt, damit er schwieg. Danach versuchte er es nie wieder.

Kapitel 36

Es war ein Uhr nachts, als Grace im Wild Bill's Motel losfuhr, die zwei Jungs mit offenen Mündern im Rückspiegel. Wenn sie wach blieb, konnte sie die Fahrt in sechs bis sieben Stunden hinter sich bringen. Falls ihre Energie nachließ, würde sie in Monterey haltmachen.

Auf den ersten neunzig Kilometern versuchte sie, ihren Kopf freizubekommen, indem sie Musik hörte.

Vergeblich. Ihr Hirn funkte immer wieder dazwischen wie ein Zwischenrufer in einer Vorlesung, egal ob Bach, Doowop, Alternative Rock oder Jazz lief.

Irgendwann verdichtete sich die Kakofonie zu einem durchdringenden Alarmton.

Sie hatte einen Menschen getötet.

Wie ging es ihr dabei?

Sie wusste es nicht. Die Fakten sprachen eine klare Sprache: ein Fremder in böser Absicht, Selbstverteidigung, Notwehr. Fakt war aber auch, dass sie ein Leben beendet hatte.

Unwiderruflich.

Das Poltern, mit dem der Leichnam ihres Opfers in den Canyon gestürzt war, steigerte sich in ihrer Erinnerung zu einem Trommelwirbel.

Ihr Opfer.

Ein menschliches Wesen zu entsorgen war alles andere als ein alltägliches Ereignis. Aus ihrer Ausbildung wusste sie, dass es Soldaten schwerfiel, sich daran zu gewöhnen.

Wie ging es *ihr* dabei?

Sie hatte wirklich keine Ahnung.

Konzentrier dich, Grace.

Also gut, zuerst die guten alten Affekte. Stimmungsmäßig müsste sie sich als ruhig und gefasst beschreiben. Alles im Prinzip okay.

Was sagte das über sie aus?

War sie als Tochter einer Mörderin eine Gefangene der Gene? Die Hüterin einer Familientradition? Hatte sie sich schneller ans Töten gewöhnt als die meisten Soldaten? An etwas ausdrücklich Todbringendes? Wie zum Beispiel aus dem Hinterhalt zu schießen?

Sie hatte mit ehemaligen Heckenschützen gearbeitet und eine gute Vorstellung davon, was das bedeutete.

Warten, lautlos atmen, das Ziel ins Visier nehmen, organische Materie auf einen tödlichen Punkt fokussieren.

War sie zu so etwas in der Lage?

Wahrscheinlich schon. Wenn es dem Überleben diente. Sie hatte schon immer einen starken Überlebenstrieb gehabt. Das war auch der Grund, warum sie noch am Leben war.

Ein bisschen Glück konnte auch nicht schaden. Schicksal, Karma, göttlicher Wille – die Liste der Illusionen war lang.

Es wäre schön, eine religiöse Überzeugung zu haben, zu glauben, dass sich das Leben wie ein wundersames Puzzle zusammenfügt. Wenn sie auf ihr Leben zurückblickte, konnte sie sich durchaus vorstellen, wie selbst verstandesgelenkte Menschen darin ein Muster erkennen würden, das nicht wirklich existierte.

Armes Waisenkind mit Doktortitel und Haus am Strand. Das war schon ein verdammtes Wunder, richtig was für Hollywood.

Für Grace war es einfach nur ihr Leben.

Dennoch wäre es schön, an etwas glauben zu können. Daran glauben zu können, dass es ihre Bestimmung war, am Leben zu sein.

Zu überleben hieß vor allem, das Nötige zu tun. Das hatte sie getan, das war erledigt.

Mit diesem Mantra im Kopf, den Fuß beständig auf dem Gaspedal, begann Beldrim Benns Gesicht allmählich zu verblassen, bis es nur noch eine verschwommene Skizze war.

Ein paar vereinzelte Linien.

Ein Punkt.

Ausgelöscht.

Warum schmerzten ihre Augen dann noch? Das Geräusch … *bumm bumm bumm* … Nein, es war der Escape, der holperte und schlingerte – erst jetzt wurde ihr bewusst, dass sie unbewusst auf fast hundertfünfzig Stundenkilometer beschleunigt hatte, was die Stoßdämpfer auf eine harte Probe stellte.

Rasch bremste sie ab und blickte in den Rückspiegel. Nichts als Asphalt.

Alles war gut.

Dreißig Kilometer weiter hatte sich Benns stoppeliges Konterfei wieder in ihr Bewusstsein gedrängt, und sie war nicht mehr in der Lage, es zu vertreiben.

Also hörte sie auf, sich zu wehren, und ließ die Fragen zu, die sie bedrängten.

Hatte er eine Frau? Kinder? Lebten seine Eltern noch? Was war mit Hobbys? Gab es noch etwas anderes für ihn als Leute erstechen?

Sie wechselte auf die rechte Spur und bremste noch weiter ab. Lästigerweise hatte sich ihr Puls beschleunigt, sie spürte das Pochen im Hals, an den Handgelenken, Knöcheln wie eine Steeldrum-Band. Und jetzt wurden auch noch ihre schmerzenden Augen feucht …

Der Escape hatte sich auf achtzig Kilometer pro Stunde eingependelt. Jetzt war es Zeit, ihren eigenen Motor zu drosseln.

Grace nahm zwei Stücke Trockenfleisch und kaute sie zu Brei, indem sie wie eine Wilde malmte. Irgendwann war ihr Kopf frei von Erinnerungen.

Sie fuhr ruhig dahin, als das Prepaid-Handy summte, das sie gekauft hatte, um mit Wayne zu telefonieren.

»Hallo, Onkel«, sagte sie.

»Ich habe überhaupt nichts dagegen, Ihr Onkel zu sein, aber im Augenblick bin ich allein, also kein Anlass zur Tarnung.«

»Ich bin auch allein. Was gibt's?«

»Ich habe Ihre Nachricht über Selene McKinney bekommen. Wenn das mal nicht ein Geist aus der Vergangenheit ist. Es dauerte ein bisschen, bis ich wusste, wen ich anrufen soll, aber ich glaube, ich habe da was.«

»Sie hatte ein Kind«, mutmaßte Grace. *Ein Mädchen, bitte, ein Mädchen.*

»Offensichtlich«, fing Wayne an, »lebte vor langer Zeit mal ein Mädchen bei Selene, wobei es keine Bestätigung dafür gibt, dass es ihre Tochter war. Es wurde gemeinhin angenommen, dass es ihre Nichte oder irgendeine Art von Schutzbefohlener war, weil Selene sie nie als ihre Tochter vorgestellt hat. Außerdem, was viel wichtiger ist, hat man Selene nie mit einem Mann gesehen. Oder auch mit einer Frau. Ihr Sex war die Politik.«

»Single-Frau lebt mit einem Kind, das nicht ihres ist?«

»Das war damals nicht unüblich, Grace. Familien standen sich näher, man hat viel häufiger Verwandte aufgenommen.«

»Wann war das denn?«

»Kurz nach Selenes erstem Wahlerfolg, was mindestens vierzig Jahre zurückliegt.«

»Wie alt war damals das Mädchen?«

»Meiner Quelle zufolge etwa sechs oder sieben, allerdings ohne Gewähr. Die Person sagt, sie kann sich nicht mehr so genau erinnern. Jedenfalls, was immer der Hintergrund war, lange hat dieses Arrangement nicht gedauert. Das Mädchen wurde in einem Zeitraum von zwei bis drei Jahren in dem Haus gesehen, dann nicht mehr.«

Grace rechnete. Eine Frau, die heute sechs- oder siebenundvierzig war, wäre zu der Zeit, als die Festungssekte aufflog, Anfang zwanzig gewesen. Und hätte leicht drei Kinder haben können.

Herrlich, wenn alles zusammenpasste. »Hat Ihre Quelle auch eine Theorie, was aus dem Mädchen geworden ist?«

»Sie behauptet, sie habe nie darüber nachgedacht, und das glaube ich ihr. Sagen wir, Neugier ist nicht ihre starke Seite. Als ich nachhakte, sagte sie, junge Damen in einem bestimmten Alter würden häufig ins Internat geschickt, aber das sei nur eine Vermutung. Man muss bedenken, dass Selene in einem äußerst wohlhabenden Elternhaus aufgewachsen ist, die Politik war für sie nur Nebenbeschäftigung. Ich rede hier von gesellschaftlichen Kreisen, die wir beide nicht kennen, Grace. Ich weiß ein bisschen etwas über die Superreichen, weil mein Vater Chauffeur bei einer Bankerdynastie in Brentwood war. Alle Kinder wurden weggeschickt, ›um sich zu entwickeln‹. Das war nicht ungewöhnlich. Dad hat immer gern Witze darüber gemacht; wenn er Geld hätte, würde er meinen Bruder und mich auch wegschicken, damit er endlich sein Leben genießen könne. Würden Sie mir verraten, warum Sie sich für Selene McKinney interessieren, obwohl sie schon so lange tot ist?«

»Im Moment ist alles reine Spekulation.«

»Ich habe kein Problem damit, zu spekulieren, Grace.«

Grace dachte noch über ihre Antwort nach, da fuhr Wayne bereits fort. »Also gut, haben Sie einen Moment Zeit, um sich meine Spekulation anzuhören? Sie denken, das Mädchen könnte die Mutter dieser Sektenkinder sein, eine von den Irren, die bei der Schießerei ums Leben kamen.« Pause. »Wie mache ich mich so weit, Dr. Blades?«

»Sehr gut.«

»Wie sind Sie darauf gekommen, Grace?«

»Selene ist die einzige Verbindung zwischen den Adoptiveltern der Jungen.«

»Wie sieht die Verbindung aus?«

»Beide Paare waren bei der Wahlkampfveranstaltung zu ihrer Wiederwahl.«

»Die Jungen, aber nicht das Mädchen.«

»Nach der Liste, die Sie mir gegeben haben, bin ich davon ausgegangen, dass das Mädchen als Erste adoptiert wurde.«

»Das ist korrekt.«

»Genauere Informationen konnten Sie nicht …«

»Das ist alles, was ich herausfinden konnte.«

»Und dafür bin ich Ihnen sehr dankbar«, sagte Grace. »Jedenfalls, Lily wurde von einer einkommensschwachen Familie adoptiert, während die Jungs in wohlhabenden Familien landeten. Ich nahm an, dass die beiden als schwierige Fälle eine Zeit lang vom Jugendamt hin- und hergeschoben wurden. Ihre These mit dem Internat bringt mich auf den Gedanken, dass sie unter Umständen eine Zeit lang so geparkt wurden. Irgendwann aber kam der Moment, wo sie ein Zuhause brauchten, und Selene zeigte sich erkenntlich.«

»Alles für eine Wahlspendenveranstaltung?«

»Reine Spekulation«, wiederholte Grace. »Aber der zeitliche Zusammenhang passt. Und betrachten Sie's mal so: Wie oft kommt es schon vor, dass Waisenjungen das große Los ziehen?«

Das Gleiche galt auch für Waisenmädchen. Sophies Gesicht erschien vor ihrem inneren Auge, dann Malcolms. Beide mit einem aufmunternden Lächeln im Gesicht. Mit *Stolz*.

»Alles okay?«, erkundigte sich Wayne.

»Ja.«

»Es klang, als hätten Sie nach Luft geschnappt, und dann habe ich nichts mehr gehört, nachdem ich etwas sagte.«

Nicht gut, meine Liebe. »Tut mir leid, ich habe mir einen Schnupfen eingefangen. Das ist jedenfalls meine Arbeitsthese, aber ich bin weit davon entfernt, sie belegen zu können. Noch mal vielen Dank, Wayne, Sie sind ein echter Segen.«

Wayne seufzte. »Ich hoffe wirklich, ich konnte Ihnen weiterhelfen.«

»Ganz sicher.«

»Ich wünschte, ich könnte mir da ebenso sicher sein wie Sie, Grace.«

»Sie machen sich Sorgen um mich. Das ehrt Sie, aber das müssen Sie nicht.«

»Das sagen Sie so leicht, Grace. Ich mache mir mehr als Sorgen. Ich habe Angst um Sie. Vor allem, wenn Sie recht haben. Was Sie mir über den ältesten Jungen erzählt haben –

Samael –, geht mir ständig im Kopf herum, ich muss immer an die arme Ramona und den kleinen Behinderten denken. Und jetzt auch noch der Gedanke, er könnte das mit seinem eigenen Bruder gemacht haben? Sie sind die Psychologin, Sie wissen, was für ein Krankheitsbild dahintersteht.«

»Das stimmt, Wayne. Deshalb bin ich vorsichtig.«

»Mit allem gebotenem Respekt, aber Sie können vielleicht nicht einschätzen, welche Vorsichtsmaßnahmen angesagt sind, Grace – bitte seien Sie jetzt nicht sauer, wenn ich das sage: Für Sie ist Weglaufen sicherlich ein Zeichen von Schwäche. Aber manchmal ist Vermeidung eine wirkungsvolle Strategie.«

Dabei hatte sie ihm von den Elternmorden noch gar nichts erzählt.

Der Escape fing wieder an zu wippen. Sie fuhr schon wieder knapp hundertfünfzig. *Reiß dich zusammen.* Sie bremste ab.

»Das stimmt, Wayne. Ich habe nicht grundsätzlich etwas gegen Strategien.«

»Aber …«

»Ich muss Informationen sammeln, damit ich kluge Entscheidungen treffen kann.«

Wayne seufzte.

»Ich verspreche, vorsichtig zu sein.«

»Oh je«, sagte Wayne mit belegter Stimme. »Ach Grace, die Geister der Vergangenheit. Werden sie uns je in Ruhe lassen?«

Er war den Tränen nah.

Stell dir vor, er wäre dein Patient.

»Wayne, Sie sind ein wunderbarer Mensch. Sie haben mich gerettet, und ich würde niemals Ihr Vertrauen missbrauchen, indem ich mich selbst in Gefahr bringe.«

Außerdem, mein Freund, liebe ich mich selbst über alles. Deshalb liegt jetzt auch tief unten in einem Abgrund eine Leiche.

»Ich habe nur getan, was ich für richtig hielt. Passen Sie auf sich auf, Grace.«

Klick.

Grace legte das Telefon auf den Beifahrersitz, griff nach einer Wasserflasche und konzentrierte sich wieder auf das Fahren. Wenig später nahm sie im Rückspiegel Farbe und Bewegung wahr.

Blau-rotes Blinken.

Ein kurzes Aufheulen von Sirenen. Ein schwarz-weißer Wagen, der ihr nah auffuhr.

Sie lenkte an den Straßenrand und hielt.

Kapitel 37

Das Polizeifahrzeug war ein aggressiver kleiner Mustang mit Zunder unter der Haube, der Cop, der daraus entstieg, kaum älter als Grace, wenn überhaupt älter. Mittelgroß, kräftige Statur, der übliche Schlendergang.

Das übliche Misstrauen im Blick, das an Paranoia grenzte.

Als er an ihr Fenster trat, konnte sie ihn genauer in Augenschein nehmen. Mexikanisch, gegeltes dunkles Haar, hübsche goldfarbene Züge, allerdings von einer Narbe entstellt, die quer über seine Nase lief. Seine Marke trug den Namen *M. Lopez*.

Grace hatte inzwischen das perfekte Lächeln aufgesetzt: minimal, leicht eingeschüchtert, aber nicht nervös.

M. Lopez' Augen waren hinter einer Spiegelbrille verborgen. Sein Mund war schmal, fast verkniffen. »Führerschein und Papiere.«

Grace gehorchte. »Das ist ein Mietwagen. Wollen Sie meinen persönlichen Versicherungsschein sehen?«

Statt zu antworten, sah er sich das Nummernschild an. »Malibu. Ganz schön weit weg von hier.«

»Ich bin auf Reisen«, erklärte sie.

»Ganz allein, Ma'am?«

»Ich treffe mich in Carmel mit Freunden.«

»Netter Ort.«

»Ich freu mich drauf.«

»Hm ... Sie wissen, warum ich Sie angehalten habe.«

»Nein, tut mir leid.«

»Ich sah Sie mit dem Handy telefonieren. Daraufhin bin ich Ihnen eine ganze Weile gefolgt, und Sie haben die ganze Zeit telefoniert.«

Aber nicht lange genug, um mich mit hundertfünfzig zu erwischen. Oder beim Schlingern. Er konnte sie nicht lange beobachtet haben – und hatte nur das Ende ihres Telefonats mitbekommen –, aber das genügte.

»Oh. Ja, das stimmt, Officer. *Mist.* Ich wollte eine Freisprecheinrichtung, aber die Autovermietung hatte keinen Wagen, der das bot.«

»Das ist keine Entschuldigung, Ma'am. Was Sie getan haben, ist extrem gefährlich.« M. Lopez beugte sich näher zu ihr. »Ablenkung beim Fahren ist eine der häufigsten Ursachen für tödliche Unfälle.«

»Ich weiß, ich komme mir auch wie ein Idiot vor. Meine einzige Entschuldigung ist, dass es ein Patientennotfall war.«

»Sie sind Ärztin?«

»Psychologin.«

Er musterte sie. »Können Sie das beweisen?«

Grace zeigte ihm ihre Zulassung.

»Tja ... trotzdem war es gefährlich, Doktor. Kann mir nicht vorstellen, dass es Ihrer Patientin gefallen würde, wenn Sie sich das Hirn einrennen.«

Patientin. Er ging einfach davon aus, dass Frauen mit Frauen sprachen.

Grace ließ ihr Lächeln etwas offener werden. »Nein, das würde ihr sicher nicht weiterhelfen.«

Ihr Versuch, einen Scherz zu landen, scheiterte. M. Lopez sah sie nur ausdruckslos an. Grace stellte sich vor, dass sein Blick hinter der Sonnenbrille weicher wurde, und das half ihr, die Nerven zu behalten.

»Kollisionstherapie, das wäre mal was Neues«, sagte sie.

Seine Lippen zuckten. Er bemühte sich, ein Lächeln zu unterdrücken, verlor aber den Kampf und erlaubte sich ein leichtes Grinsen.

Sie verloren immer.

Er gab sich etwas freundlicher, und damit änderte sich auch seine Körperhaltung. Als er die Brille abnahm, offenbarte er einen weichen Blick aus großen braunen Augen.

»Patientennotfall, soso. Worum ging's denn?«

»Das darf ich Ihnen nicht sagen, Officer. Das unterliegt der Schweigepflicht.«

Die Antwort schien ihm zu gefallen. Bei Polizisten wurde man immer getestet. Nicht nur bei Polizisten.

»Sie würden es nicht sagen, auch wenn Sie damit eine Verwarnung riskieren?«

»Exakt«, erklärte Grace. »Ich bekenne mich schuldig und nehme meine Medizin.«

M. Lopez' kleiner Mund kräuselte sich. Das Funkgerät an seinem Gürtel krächzte. Er nahm es, horchte und bellte dann: »Zehn-vier.« An Grace gewandt sagte er: »Ich muss los, Doktor. Ein paar Kilometer weiter hat es einen schweren Unfall gegeben. Mit Krankenwagen und allem Drum und Dran. Vielleicht war der Fahrer abgelenkt. Glück für Sie.«

»Vielen Dank, Officer.«

M. Lopez wedelte mit ihren Papieren, ehe er sie ihr zurückgab. »Aber ab jetzt nicht mehr aufs Glück verlassen, okay? Kein Handy mehr am Steuer, auch wenn es ein Notfall ist. Das nächste Mal fahren Sie zum Telefonieren raus, ist das klar, Ma'am?«

»Versprochen.«

»Gut.« Er brauchte das letzte Wort, und Grace überließ es ihm gern.

Er kehrte zu seinem heißen Ofen zurück, ließ den Motor röhren und jagte mit rotierendem Warnlicht und heulender Sirene auf die Fahrspur zurück.

Ein fünfzehn Sekunden langes Beschleunigungsrennen brachte ihn zur nächsten Ausfahrt, wo er mit ausklingendem Sirenengeheul verschwand.

»Du hast es immer noch drauf, meine Gute.« Grace atmete langsam aus und fuhr los.

Vielleicht hatte es auch nichts mit ihrem Charme zu tun, und M. Lopez hatte recht: Eine fremde Katastrophe hatte ihr Glück gebracht.

Wenn sie es nicht für unmoralisch und sinnlos gehalten hätte, hätte sie für mehr davon gebetet.

Kapitel 38

Die Merganfield-Schule gestand jedem Schüler sein individuelles Lerntempo zu. In den meisten Fällen setzten sich die getriebenen Schätzchen, die ihr ganzes Leben lang gehört hatten, dass sie Genies waren, selbst genug unter Druck. Grace wurde von niemandem unter Druck gesetzt, doch sie stellte bald fest, dass ihr Lerntempo dem ihrer neurotischen Klassenkameraden in nichts nachstand.

Bis zum Ende des ersten Halbjahres hatte sie einen Großteil des Lehrplanes mit glatten Einsen absolviert, wobei sie ihren Erfolg vor Malcolm und Sophie geheim hielt.

Wenn sie erfuhren, dass Schule die beste Wahl war, würde es wieder ein Gespräch geben.

Gegen Ende des ersten Schuljahres allerdings hatte sich ihre Einstellung geändert. Mit knapp sechzehn war ihr Hang zum Alleinsein noch ausgeprägter geworden. Sie erduldete Gespräche mit Sophie und Malcolm, ja, genoss sie sogar, die beiden waren in der Tat erstaunliche und wundervolle Menschen. Doch insgeheim wünschte sie sich, dass sie sie öfter und länger allein lassen würden.

Das gehörte wohl zum Erwachsenwerden, dachte sie sich. Wobei es sich für sie anfühlte, als würde sie einfach immer mehr sie selbst sein.

Die Psychologiebücher, die sie aus Malcolms Regalen nahm, erklärten, dass es in der Phase zwischen Jugend und

Erwachsensein vor allem darum gehe, »Autonomie« zu entwickeln und »Selbstempfinden«. Eins von zwei war schon einmal nicht schlecht; sie war nie völlig von anderen abhängig gewesen, aber »Selbstempfinden« war für sie ein Rätsel. Sie lebte für den Augenblick und versuchte, Dinge zu tun, die ihr Spaß machten. Wie zum Beispiel die gestohlenen Momente mit dem immer dankbaren und irgendwie von seiner Akne fast befreiten Sean Miller. (Lag es an Grace, dass seine Pickel weniger wurden? Sie hatte gehört, das sei ein Ammenmärchen, aber man wusste ja nie.)

Jedenfalls sah er viel besser aus, und sie freute sich über ihre zunehmend verfeinerten Sex-Kenntnisse; Sean war wie Knete in ihren Händen.

Die Vorstellung, aufs College zu gehen, war ihr auch keineswegs unangenehm. Wobei es auch eine Alternative war, zu Hause wohnen zu bleiben und die USC zu besuchen, wo Malcolm und Sophie lehrten.

Mit den beiden jeden Morgen zur Uni zu fahren … Nein, das wäre nicht das Richtige.

Jedenfalls gab es keinen Grund, die Sache zu forcieren. Als die großen Ferien kamen und ihr angeboten wurde, das Sommerprogramm in Merganfield zu absolvieren, sagte sie zu.

Ihre Klassenkameraden waren vollständig angetreten. Selbst die nigerianischen Zwillinge, die nicht nur von der Columbia, sondern inzwischen auch von Princeton eine Zusage bekommen hatten, fühlten sich befleißigt, den Sommer über zu lernen.

Alles verlief ruhig, und Grace lernte, ohne groß aufzufallen, bis an einem Morgen Mitte Juni. Sophie werkelte ungewöhnlich hektisch auf ihrem Höllenherd herum, und irgendwann räusperte sich Malcolm.

Diesmal standen Bagels und dazu Sophies in Aquavit marinierter Lachs auf dem Tisch.

Diesmal war Grace gewappnet.

Malcolm begann mit einer kleinen Ansprache über Graces erstaunliche schulische Erfolge, wobei er ihr dreißigseitiges Essay über das vorzaristische Russland, ihre überragenden Noten und SAT-Ergebnisse hervorhob, mit denen sie landesweit unter den obersten zehn Prozent lag.

Grace widersprach nicht, aber sie war von ihren eigenen Leistungen weitaus weniger beeindruckt. In Merganfield schnitten alle mit glatten Einsen ab. Wie sollten »Hochbegabte« denn wohl sonst abschneiden als »sehr gut«? Und die psychometrischen Tests, die Malcolm jahrelang mit ihr gemacht hatte, waren nichts anderes als Variationen von SAT-Prüfungen. Grace hatte schon vor langer Zeit begriffen, worauf die Prüfer aus waren, die Fremdwörter, die sie hören wollten, und die Matheaufgaben, die angeblich das abstrakte Denken testeten.

Inzwischen konnte sie die Punkte im Schlaf abarbeiten. Als Malcolm sich nun unterbrach, um von einem Mohnbagel abzubeißen, sagte sie: »Ich weiß. Wir müssen über nächstes Jahr reden. Keine Sorge, ich kann mit Veränderungen leben.«

Malcolm kaute schneller.

Sophie legte eine Hand auf ihre linke Brust und lächelte. »Sind wir so leicht zu durchschauen, Liebes?«

»Ihr macht euch Gedanken über mich. Das ist schön. Ich bin reifer geworden, und ich kann damit leben, wenn sich Dinge ändern.«

Sophie zwinkerte. »Ja, nun ... da bin ich froh. Aber weißt du, es könnte eine große Veränderung sein. Viel drastischer als Merganfield.«

»Ich bin bereit«, sagte Grace. »Schon seit einer Weile. Das einzige Problem ist das Geld. Ich kann ja nicht endlos von euch schnorren. Es muss einen Plan geben, wie ich euch alles zurückzahlen kann.«

Malcolm schluckte. »Sei nicht albern, du schnorrst doch nicht.«

»Absolut nicht«, bekräftigte Sophie.

Grace rieb am Saum ihres Kaschmirpullis und lächelte. »Wie würdet ihr es denn nennen?«

Die Küchenuhr tickte. Normalerweise war Sophie diejenige, die längeres Schweigen als Erste brach. Diesmal war es Malcolm. »Ich betrachte deine Ausbildung – wir betrachten deine Ausbildung – als Investition. Jemand deines Kalibers hat das Potenzial, Großes zu leisten.«

»Es ist außerdem eine Investition in unser Wohlbefinden«, ergänzte Sophie. »Du bedeutest uns viel, Grace. Wir wollen sichergehen, dass du dich verwirklichen kannst – ach was, streich das bitte –, wir freuen uns sehr, dass du so aufwächst, so ...« Ihr Lächeln war jetzt brüchig.

»Also gut, dann«, sagte Malcolm, »sind wir uns alle einig, kein Wort mehr über Rückzahlung. Allerdings gibt es noch ein anderes Problem ...«

Sophie unterbrach ihn. »Bitte, versteh das jetzt nicht falsch, Liebes, aber unser Verhältnis – also, nicht emotional, aber rechtlich – ist nicht eindeutig.«

Graces Magen füllte sich mit Säure und begann zu schlingern. Sie war sich ziemlich sicher, worauf sie hinauswollten. Sie hoffte, dass es das war, was sie dachte. Aber mit Menschen – selbst guten Menschen – wusste man nie.

Außerdem hatte sie sich ausgiebig mit griechischer Mythologie befasst und wusste, dass Happyends etwas für Babys waren.

Falls sie sich also irrte, brachte es nichts, sich zu blamieren und die Situation für alle unangenehm zu machen. Sie setzte ihr bestes gelassenes Lächeln auf.

»Was würdest du sagen, wenn wir unser Verhältnis legalisieren würden?«, fragte Malcolm.

»Er spricht davon, dich zu adoptieren, Liebes«, erklärte Sophie. »Wenn du einverstanden bist, würden wir dich gern als festes Mitglied in unsere Familie aufnehmen, Grace.«

Derselbe Magen, der sich eben zusammengezogen hatte, weitete sich nun, um sich mit warmer Honigsüße zu füllen. Es war, als wäre ein warmes Licht – ein sanftes, beruhigendes Nachtlicht – in Grace aufgegangen.

Sie hatte recht gehabt! Das war der Stoff, aus dem Träume waren. Sie fühlte sich, als würde sie am liebsten jubeln und Hurra rufen, doch ihr Kiefer schien zu klemmen, und alles, was sie herausbrachte, war: »Wenn ihr das möchtet.«

Oh, wie dämlich klang das denn!

»Wir möchten das«, sagte Sophie. »Entscheidend aber ist, was du möchtest, Grace.«

Grace presste die Worte heraus. »Ja. Natürlich. Ich möchte es. Ja. Danke. Ja.«

»Wir müssen dir danken, Grace. Es ist eine wundervolle Erfahrung, dich bei uns zu haben.« Sophie stand auf, nahm sie in den Arm und küsste sie aufs Haar. Im nächsten Moment stand Malcolm hinter ihr, und Grace spürte, wie sich seine enorme Hand ganz leicht auf ihre Schulter legte und wieder entfernte.

Grace wusste, dass sie sich verkrampfte, dass sie anders hätte reagieren müssen – angemessen –, aber irgendetwas hielt sie zurück. Es war, als gäbe es eine Hemmschwelle, eine neurologische Barriere – wie hieß das im Physiologiebuch? –, ein Septum zwischen ihrem Hirn und ihrem Mund.

»Es ist auch für mich toll«, sagte sie. »Ihr seid wundervolle Menschen«, brachte sie schließlich heraus.

»Das ist sehr lieb von dir.« Sophie küsste erneut Graces Haar.

»So!«, sagte Malcolm. »Jetzt will ich aber was von dem Kuchen, der von gestern Abend übrig ist.«

Trotz dieser Einleitung wurde an diesem Morgen nicht weiter über das Thema Studium und dessen Finanzierung gesprochen. Grace überlegte, ob Malcolm und Sophie fanden, dass sie vielleicht noch nicht weit genug sei.

Ein paar Tage später verkündete Sophie beim Abendessen, dass Ransom Gardener, der Anwalt, um neun Uhr vorbeikommen würde.

»Kommt der Hippie auch?«, erkundigte sich Grace.

Sophie und Malcolm lachten. »Der gute alte Mike?«, sagte Sophie. »Nein, heute Abend nicht.«

Das war gut. Leiber nahm Grace ohnehin nicht zur Kenntnis. In letzter Zeit war er immer mit einem Blackberry gekommen und hatte kaum vom Display aufgesehen.

Mr. Gardener dagegen nahm sich stets die Zeit, Grace zu begrüßen und sie anzulächeln. Grace fragte sich, ob Mike Leiber sein Mündel war, jemand mit einer Behinderung, um den der Anwalt sich kümmerte. Jemand, dessen biologische Eltern unfähig waren. Oder unwillig. Sodass sie den Spinner einfach fallen ließen.

Taten Anwälte so etwas? Wenn sie dafür bezahlt wurden, bestimmt.

Gardener kam pünktlich, in einem schwarzen Dreiteiler mit dicker goldener Krawatte und zwei großen Aktentaschen. Eigentlich eher Koffern.

»Guten Abend, Grace.«

»Hallo, Mr. Gardener.«

Er hob demonstrativ die Taschen an. »So sind wir Anwälte. Wir machen einfache Dinge kompliziert.«

Sophie führte alle zu dem großen Tisch im Esszimmer, wo sie gekauftes Gebäck und Wasserflaschen aufgebaut hatte. Wie aufs Stichwort kam Malcolm hinzu, und alle setzten sich.

Ransom Gardener sprach als Erster und zog einen Stapel Papier aus einer der Aktentaschen. »Herzlichen Glückwunsch, Grace. Das sind die Papiere für deine Adoption. Du bist zwar noch nicht volljährig, aber alt genug und vor allem klug genug, um zu verstehen, worauf du dich einlässt. Bitte.«

Er schob Grace die Papiere zu. »Es ist bestimmt in Ordnung«, sagte sie.

»Ich würde es lesen, wenn ich du wäre«, sagte Malcolm. »Am Ende überschreibst du alle deine Bücher und Kleidung Hare Krishna.«

Ransom Gardener schmunzelte. Sophie lächelte, und Grace ebenfalls. Alle waren nervös und waren über jeden kleinen Scherz dankbar.

Grace nahm die Unterlagen. Große Worte, klein gedruckt. Das würde mühsam werden.

»Ja, Liebes«, sagte Sophie, »es ist lästig. Aber es ist auf jeden Fall hilfreich zu lernen, offizielle Dokumente aufmerksam zu lesen.«

»Da wird man für Erfolg bestraft«, warf Malcolm ein. »Es sei denn, man ist Anwalt.«

»Na, na«, gab Ransom Gardener zurück. »Leider hast du absolut recht, Mal.«

»So wie immer, Ran.« Malcolm aß einen Keks, dann

noch einen, und wischte sich Krümel von seiner Strickjacke.

Grace las. Der Text war noch schlimmer, als sie erwartet hatte, redundant, langatmig, öde, entmenschlicht. Auf der letzten Seite schließlich kam man zum Punkt, nämlich dass Malcolm Albert Bluestone und Sophie Rebecca Muller (die »Antragsteller«) Grace Blades (»genannte Minderjährige«) adoptieren wollten.

Eine einfache Tatsache, ausgedrückt in schlimmstem Nominalstil. Grace wusste, dass sie nie Anwältin werden würde.

Als sie fertig war, sagte sie: »Klar wie Kloßbrühe. Vielen Dank, dass Sie sich die Mühe gemacht haben, Mr. Gardener.«

Gardener zuckte zusammen. »Tja, das ist mal was ganz Neues. Jemand, der sich bei mir bedankt.«

»Brauchen wir ein bisschen mehr Anerkennung, Ran?«

Gardener schmunzelte wieder und gab Malcolm einen leichten Klaps auf die Schulter. Ihre Interaktion ließ die Annahme zu, dass sie eine persönliche Beziehung verband. Gardener hatte weißes Haar und eingesunkene Wangen, als wären seine Zähne geschrumpft. Grace hatte ihn immer als alten Mann betrachtet. Als sie ihn mit Malcolm zusammen sah, ging ihr auf, dass die beiden im gleichen Alter sein mussten und vielleicht alte Freunde sein konnten.

Vielleicht waren sie das aber auch nicht, und das, was sie da beobachtete, war nichts als Geplänkel zwischen zwei geselligen Männern. Grace hatte die beiden nie mit anderen Erwachsenen gesehen, nur immer bei den Meetings, die sie für geschäftlich hielt und die mit den Privilegien und Verpflichtungen wohlhabender Leute zu tun hatten.

Andererseits pflegten Malcolm und Sophie generell keine gesellschaftlichen Kontakte.

Gerade das machte das Leben mit ihnen ideal.

»Nun, es ist mir ein Vergnügen, junge Dame«, sagte Gardener. »Und wie gesagt, du bist minderjährig und hast somit leider wenig Rechte. Aber ich habe ein kurzes Dokument vorbereitet, das ich dich bitten möchte, zu unterzeichnen, wenn du einverstanden bist. Es ist nicht gesetzlich verpflichtend, aber ich vertrete die Ansicht, dass sich das für einen schlauen Kopf wie dich von selbst versteht.«

Ein Blatt glitt über den Tisch.

Das gleiche stumpfe Juristenkauderwelsch. In diesem stand, dass Grace wusste, was passierte und damit einverstanden war, dass Malcolm und Sophie sie adoptierten.

Sie unterschrieb in ihrer ordentlichsten Schönschrift. Mit dem Gedanken: *Dies ist das wichtigste Dokument meines Lebens. Es soll edel aussehen. Denkwürdig. Wie damals bei John Hancock.*

Meine ganz persönliche wundervolle Unabhängigkeitserklärung.

Danach änderte sich eigentlich nichts. Man erwartete nicht von ihr, Mom und Dad zu sagen, der neue rechtliche Status war kein Thema. Einerseits fand Grace das gut. Andererseits war sie fast ein bisschen enttäuscht.

Was hatte sie erwartet? Gläserne Schuhe und eine Kürbiskutsche?

An Wochentagen frühstückte normalerweise jeder für sich. Alle standen zu unterschiedlichen Zeiten auf, und Malcolm war ohnehin kein großer Frühstücker. Sophie versuchte, Grace Gesellschaft zu leisten, während sie ihre Cornflakes löffelte und den Saft aus garteneigenen Orangen hinunterschüttete, um dann zur Merganfield-Schule zu gehen – doch oft machte ihr der eigene Uni-Stundenplan auch das unmöglich.

Einige Tage nach Unterzeichnung der Adoptionsdokumente kam Grace morgens herunter und fand einen gedeckten Frühstückstisch vor. Mit gestärkter Leinentischdecke, gekochten Eiern in Porzellanbechern, fein säuberlich angerichteten Stücken französischen Käses auf dem guten Geschirr, zu Dreiecken geschnittenen Vollkorntoastscheiben in einem silbernen Gestell.

Kaffee *und* Tee, damit auch nichts schiefgehen konnte.

Malcolm und Sophie saßen bereits am Tisch. Schon wieder ein Gespräch? Oh je. Grace fand sich schrecklich undankbar bei dem Gedanken, doch manchmal wollte sie einfach nur mit ihren Gedanken und Fantasien allein gelassen werden.

An diesem Morgen hatte es allerdings mehr mit Müdigkeit zu tun; sie hatte nicht viel geschlafen, weil sie zwischen Glückseligkeit und Panikattacken hin- und hergeschwankt war und sich unablässig gefragt hatte: Was bedeutete dieser neue Status wirklich? Würden sie irgendwann von ihr verlangen, dass sie sie Mom und Dad nannte, und warteten sie nur den psychologisch richtigen Moment ab?

Mom und Dad.

Mutter und Vater.

Mater et pater.

Euer Lordschaft ... war sie nun offiziell eine Bullocks-Wilshire- und Saks-Fifth-Avenue-Prinzessin? War sie je etwas anderes gewesen, seit sie in die June Street gezogen war?

Würde jetzt irgendein Prinz auftauchen, nachdem sie sozial aufgestiegen war?

Würde er ein Prinz bleiben, wenn sie ihn küsste, oder sich in einen Frosch oder, noch schlimmer, eine Kröte verwandeln?

Eine Eidechse?

Eine Schlange?

Was hatte das alles zu bedeuten?

Doch die schrecklichste aller Fragen war: *Ist dies ein Traum?*

Es konnte kein Traum sein, denn sie lag hellwach auf ihrem Rücken in einem großen luxuriösen Bett in einem großen luxuriösen Zimmer, das man als ihres bezeichnete. Aber war es das wirklich?

War sie überhaupt mehr als ein Ehrengast?

Spielte das eine Rolle?

Jetzt, am Frühstückstisch, rieb sich Grace die Augen, setzte sich und sah zu, wie das gepellte weichgekochte Ei schaukelte, als sie an den Teller stieß.

»Schlecht geschlafen, hm?«, erkundigte sich Sophie.

Als würde sie verstehen.

Vielleicht verstand sie ja. Vielleicht verstand auch Malcolm. Er war Psychologe, ausgebildet, um Gefühle zu lesen, wobei er seine Umgebung oft gar nicht wahrzunehmen schien. Sophie war die Aufmerksame. Diejenige, die mit ihr shoppen ging. Die damit angefangen hatte, ihr Kleider auszusuchen, und sich dann allmählich zurückzog, damit Grace ihre eigene Wahl treffen konnte.

Sophie ging mit ihr zum Arzt, zum Zahnarzt und zum Friseur. Sophie hatte einen Zahnarzt und einen Kinderarzt gefunden. Und jetzt eine Frauenärztin, eine hübsche junge Frau namens Beth Levine, die Grace behutsam untersucht und ihr angeboten hatte, ihr die Anti-Baby-Pille zu verschreiben.

Sophie war diejenige, die Grace jetzt anlächelte. »Schon okay. Das sieht lecker aus.«

Sie aß ein bisschen Ei, knabberte am Toast, trank fast eine ganze Tasse Kaffee. Dann hielt sie inne und lächelte die beiden an. Damit sie wussten, dass sie geduldig warten würde, was immer sie im Sinn hatten.

Hoffentlich nicht noch einmal so ein Bad der Gefühle wie letztes Mal, bitte nicht. Ja, ihr Leben hatte sich zum Guten gewendet, aber irgendwann war es wie beim Essen: Wenn man zu viel aß, bekam man Sodbrennen und schlief schlecht.

»Wir sind rundum zufrieden«, fing Malcolm an.

»Ich auch, danke.«

»Dass du glücklich bist, ist uns Dank genug, Grace. Wir sollten dir danken ...« Er lachte. »Jetzt wird's aber richtig sentimental. Am besten halten wir uns alle an den Händen, tanzen um den Tisch herum und singen ›Kumbaya‹. Dann danken wir dem Rest der Menschheit und veranstalten ein großes Dankbarkeits-Sit-in.«

Grace stimmte in sein Lachen mit ein.

»Ich hoffe, du hast nichts dagegen«, sagte Sophie, »wenn wir noch mal auf dein Studium zu sprechen kommen. Meiner Ansicht nach gibt es zwei Alternativen: Du bleibst noch ein Jahr in Merganfield, was für dich nichts anderes wäre als eine Überbrückung – aber wenn du das möchtest, kein Problem, du bist sowieso allen anderen weit voraus. Oder du könntest dich fürs Sommersemester bewerben, und falls du irgendwo genommen wirst, nur noch sechs Monate in Merganfield bleiben. Du wirst immer noch unter sechzehn sein, wenn du dein Studium antrittst. Wenn das abschreckend klingt, verstehe ich ... verstehen wir das gut. Wir möchten nur nicht, dass du dich langweilst.«

»Ich könnte mir einen Job suchen.«

»Einen Job?«, fragte Malcolm. »Ich sag dir eins: Arbeit wird grandios überschätzt.«

Er blickte schmunzelnd zu Sophie, doch statt zu reagieren, blickte sie Grace nur ernst an. »Was für einen Job?«

»Ich habe noch nicht darüber nachgedacht. Ich wollte das nur als Option anbieten.«

»Würdest du gern etwas darüber nachdenken, Liebes? Wobei ich ehrlich gesagt nicht sicher bin, ob es für dich nicht etwas anderes zu tun gibt, als in einem Fastfood-Imbiss zu malochen. Nicht weil du nicht qualifiziert genug wärst. Aber so sind einfach die Spielregeln in dieser Gesellschaft.«

»Burger braten, hm«, sagte Grace. Bilder von Fastfood-Küchenresten in einem Trailer lösten Schwindelgefühle aus. »Lieber nicht. Was hat es mit der Bewerbung für das Sommersemester auf sich?«

»Das ist nicht so einfach zu bewerkstelligen. Außerdem kann es zwischenmenschlich schwierig werden, weil du in ein Umfeld kommst, wo alle anderen schon Monate Zeit hatten, um soziale Kontakte zu knüpfen.«

Als würde ich mehr soziale Kontakte suchen als ihr zwei.

»Inwiefern ist es schwer zu bewerkstelligen?«, wollte Grace wissen.

»Colleges und Universitäten sind äußerst unflexible Institutionen. Normalerweise fangen alle Studiengänge im Wintersemester an. Es gibt Ausnahmen, doch die sind selten.«

»Durch Studienabbrecher muss es doch freie Plätze geben«, gab Grace zu bedenken.

»Das stimmt«, sagte Malcolm. »Aber die werden meist durch Wechsler von anderen Unis aufgefüllt.«

»Aber, wie gesagt«, fuhr Sophie fort, »es gibt Ausnahmen. Für Bewerber wie dich.« Sie fuhr sich mit der Zunge über die Lippen. »Ich will ganz ehrlich sein, Liebes: Wir haben uns die Freiheit genommen, schon mal Auskünfte einzuholen. Natürlich haben wir keine Gewissheit, aber es gibt Optionen. Da ist allerdings noch ein anderes Problem.«

»Welches denn?«

»Deine Wahl wäre eingeschränkt. Malcolm und ich haben nur zwei positive Reaktionen bekommen – von der University of Southern California und aus Harvard.«

»Wo ihr arbeitet und wo ihr studiert habt.«

»Go Crimson«, sagte Malcolm in einem Ton, als gäbe es nichts Unwichtigeres als Harvard. Dabei las er alles, was aus Harvard kam, und schrieb regelmäßig Spendenschecks aus.

»Tja, streng genommen, war ich in Radcliffe, weil Harvard damals noch keine Frauen aufgenommen hat, aber es stimmt, das sind die Unis, zu denen wir persönliche Beziehungen haben. Princeton wäre auch eine Option, aber die sind ebenso wenig wie Stanford bereit, eine halbwegs verlässliche Zusage zu machen. Sprich, wenn wir USC und Harvard ablehnen, könnten wir am Ende mit leeren Händen dastehen.«

»USC und Harvard«, sagte Grace. »Es gibt Schlimmeres.«

»Dir muss eines klar sein«, führte Malcolm aus. »Wenn du bis zum Wintersemester in Merganfield bleibst, wirst du wahrscheinlich überall genommen. In Stanford und allen anderen Kaderschmieden. Verdammt, wenn dich einer nicht nimmt, ist er selbst schuld.«

»Du engst damit deine Chancen erheblich ein«, erklärte Sophie.

Ich lebe in einer eingeengten Welt. Grenzen bedeuten für mich Sicherheit.

»Ich verstehe«, sagte Grace. »Aber glaubt mir, das ist super, ich finde das völlig in Ordnung. Wohin sollte ich denn eurer Meinung nach gehen?«

»Das liegt ganz bei dir«, sagte Sophie.

»Also gut. Wie wäre es mit ein paar Entscheidungsparametern?« Das Wort hatte sie in einem von Malcolms Statistikbüchern aufgeschnappt. Es war ein tolles Wort, sie benutzte es auch in Merganfield bei jeder passenden Gelegenheit. Sogar bei Sean Miller. Zeit für ein paar neue … Räusper … Parameter.

»Die USC«, sagte Malcolm. »Ist eine richtig gute Uni. Harvard ist eben Harvard.«

Er schien mit sich zu kämpfen. Grace wollte ihn retten. »Könnte ich mich denn bei beiden bewerben?«

»Leider nein. Beide bestehen auf einer ausschließlichen Bewerbung.«

»Das Risiko würde ich eingehen.«

»Willkommen in der akademischen Welt, Grace.«

»Gehen wir das Thema von einer anderen Seite an«, sagte Sophie. »Hier sind ein paar Parameter für dich. Es ist ein bisschen, wie wenn man Äpfel mit Birnen vergleichen will. In einem Fall würdest du in Los Angeles bleiben, könntest entweder auf den Campus ziehen oder hier wohnen bleiben. Im anderen Fall würdest du am anderen Ende des Landes leben und würdest mit extremer Kälte konfrontiert.« Sie lächelte. »Wobei die Aussicht, mal kuschelig warme Wintersachen anzuziehen, sicher gar nicht so unangenehm ist, oder? Schaffelljacken und so.«

Grace erwiderte das Lächeln. »Würde ich denn die gleiche Ausbildung bekommen?«

»Du würdest hier wie dort eine exzellente Ausbildung bekommen«, sagte Malcolm. »Letzten Endes kommt es überall vor allem auf die Studenten an und nicht auf die Bildungsstätte. Es gibt an der USC jede Menge schlaue Leute, aber die Uni ist insgesamt, nennen wir es, heterogener. Und obwohl es sicher auch Idioten in Harvard gibt, wirst du dort eher auf Leute deines Kalibers treffen.«

Na und?

»Außerdem«, ergänzte Sophie, »und ich hasse es, das zu sagen, ist es eine Frage des Prestiges. Ein Harvard-Abschluss wird von Arbeitgebern wesentlich höher bewertet.«

»Völlig überbewertet«, meinte Malcolm. »Ich hatte keinen blassen Schimmer von irgendwas, als ich Examen machte. Trotzdem wollten mich Consultingfirmen einstellen.«

»Du bist dort geblieben, um zu promovieren«, sagte Grace.

»Das stimmt. Ich wollte eigentlich nach Chicago oder Oxford, aber dann lernte ich ein bildschönes Mädchen aus Radcliffe kennen, die auch in Harvard ihren Doktor machen wollte.« Er zuckte die Schultern. »Der Rest ist Familiengeschichte.«

»Die romantische Verquickung«, sagte Sophie. »Diese Geschichte erzählt er jedem. Dabei hatte er sich in Wahrheit längst entschieden zu bleiben, ehe wir uns kennenlernten.«

»Einspruch.«

»Schatz, das hatten wir doch schon so oft. Als ich vor unserem Umzug die Wohnung ausgeräumt habe, bin ich auf den Briefwechsel zwischen dir und Professor Fiacre gestoßen.«

»Eine Anfrage«, sagte Malcolm, »ist noch keine Absichtserklärung.«

Sophie wedelte mit der Hand, damit er nicht weitersprach. Ihre Finger berührten sich. Über ihre Studentenzeit zu reden hatte ihnen die Röte in die Wangen getrieben.

Vielleicht war Harvard doch einen Versuch wert.

»Wie würdet ihr es denn finden, wenn ich in Los Angeles bleiben würde?«

»Das wäre natürlich völlig okay«, sagte Sophie. »Die Entscheidung liegt ganz bei dir.«

»Und wenn ich nach Boston ginge?«

Schweigen.

»Genauso«, sagte Sophie. »Wir könnten dich besuchen.«

»Und unser altes Revier durchstreifen«, ergänzte Malcolm.

Grace wartete.

Sophie verstand ihr Schweigen richtig. »Ob wir beleidigt wären, wenn du weggehst? Ob wir dich für undankbar halten würden? Absolut nicht. In deinem Alter ist es völlig normal, autonom werden zu wollen.«

»Und einen Sinn für das eigene Ich zu entwickeln«, sagte Malcolm. »Nicht dass du keinen hättest. Aber … es ist ein Lernprozess. Dein Selbstbild mit fünfundzwanzig ist ein anderes als das mit sechzehn.«

»Sechzehn«, wiederholte Sophie. »Ich muss gestehen, das geht mir nicht aus dem Kopf. Du würdest nicht nur in ein bestehendes soziales Umfeld kommen, sondern wärst auch noch viel jünger als alle anderen.«

»Aber sie wäre auch verdammt viel schlauer«, fügte Malcolm hinzu.

»Wie würde so eine Bewerbung denn aussehen?«, erkundigte sich Grace. »An beiden Unis?«

»Du musst ein Formular ausfüllen, dein Studienbuch und deine SAT-Werte einschicken und dann zu einem Bewerbungsgespräch mit einem Ehemaligen gehen«, erklärte Malcolm.

Das klang kläglich einfach. »Aber da ist immer noch die Frage der Finanzierung.«

»Immer noch das alte Schnorrerproblem? Mach dir da mal keine Gedanken.«

Grace reagierte nicht.

»Wir sollten darüber reden, wenn es so weit ist«, schlug Sophie vor.

»Okay«, erwiderte Grace. »Vielen Dank, dass ihr für alle Eventualitäten Vorsorge getroffen habt. Könnte ich zwei Tage zum Überlegen haben?«

»Ich erwarte nichts Geringeres von dir als eine reifliche Überlegung«, sagte Malcolm.

Grace aß ihr weichgekochtes Ei auf.

Sie ließ die Zeit verstreichen. Und erbat sich auch noch einen dritten Tag, um zu erscheinen, als überlegte sie *reiflich*.

Dabei hatte sie sich längst entschieden.

Kapitel 39

Grace hielt in Monterey, fand ein unprätentiöses Fischrestaurant, wo sie sich zwischen Familien und älteren Pärchen gegrillten Lachs, Pommes frites und eine Tasse ernst gemeinten Kaffee gönnte. Fünfunddreißig Minuten später war sie wieder unterwegs.

Erfrischt, voller Tatendrang. Polizei war nirgendwo zu sehen, und so gab sie Gas.

Als sie kurz vor einundzwanzig Uhr in Berkeley eintraf, war der Himmel klar und sternenübersät, und auf den Straßen herrschte reges Leben. Ein angenehmes Gefühl von Vertrautheit stellte sich ein, obwohl sie schon seit Jahren nicht mehr hier gewesen war. Vor zwanzig Jahren war sie oft hergeflogen, um bei superernsten Symposien Arbeiten vorzustellen, die sie mit Malcolm zusammen verfasst hatte.

Professionell gesehen, hatte er das nicht nötig gehabt, doch er genoss es, hin und wieder mit Kollegen zusammenzukommen. Bei der Erinnerung an die Feiern danach musste Grace lächeln. Sie hatte mit einem Glas Weißwein in der Hand am Rand gestanden und zugesehen, wie Malcolm einen Haufen spröder Akademiker mit Schwänken aus seinem Leben unterhielt.

Er war so anders als sie gewesen, ein Mammutbaum zwischen verdorrtem Gras.

In ihrer Freizeit hatte Grace die Unistadt erkundet, immer wieder ein interessantes Studienobjekt für Heuchelei. Berkeley hatte eine fantastische Lage an der Flanke einer Hügelkette, wo Bäume und Sträucher ohne große Pflege bestens gediehen, wo man herrliche Blicke auf San Francisco Bay und Golden Gate Bridge hatte. Die Stadt drängte sich um den weitläufigen smaragdgrünen Campus der altehrwürdigen Universität.

Außerdem gab es jede Menge hervorragende Restaurants – die Gegend um die Shattuck Avenue wurde auch das »Gourmetghetto« genannt. Und in Wohnbezirken wie den Berkeley Hills oder Claremont standen prachtvolle alte Villen aus einer Zeit, als Nordkalifornien noch das Finanzzentrum des Staates war. Trotz allem schien die Stadt einen gewissen Schmuddel zu kultivieren wie eine reiche Erbin, die nicht zugeben wollte, dass ihr ein Riesenvermögen in den Schoß gefallen war.

Die vielen aktuellen und ehemaligen Studenten und Hippie-Anarcho-Nihilisten, die nicht gehen wollten, waren dem Stadtbild nicht eben zuträglich. Ebenso wenig wie ein politisches Klima, das sich an Klassenneid und politischer Korrektheit nährte und Obdachlosen zwar Raum gab, aber ihre Lage nicht verbesserte.

Berkeleys spezieller Charakter aber war am deutlichsten zu spüren, wenn man mit dem Auto in der Stadt unterwegs war. Grace war kaum fünf Minuten dort, da musste sie schon mit voller Kraft in die Eisen steigen, weil ein Fußgänger sich völlig unerwartet vom Gehsteig in den abendlichen Verkehr gestürzt hatte.

Ein junger Mann, höchstens zweites Studienjahr, lange Haare, die um sein gemeißeltes Verwöhntes-Balg-Gesicht wehten, während er ihr grinsend den Mittelfinger hinhielt, um dann gleich dem nächsten Auto vor den Kühler zu springen. Wieder Vollbremsung, wieder Stinkefinger.

Zwei Querstraßen weiter passierte das Gleiche mit zwei jungen Mädchen.

Ich gehe zu Fuß, also bin ich edel, und mir gehört die Straße. Du fährst Auto, also bist du ein Scheißluftverpester.

In Berkeley war sogar die Art der Fortbewegung ein politisches Statement.

Grace kreuzte weiter durch die Straßen. Auf den Haupttangenten Telegraph und University Avenue war sogar noch mehr Betrieb. Sie bog in ein ruhigeres Revier ab und näherte sich dem Gebäude in der Center Street, wo Roger Wetter senior und sein Adoptivsohn vor Jahren ihre Firmenzentrale eingerichtet hatten.

Es war zu dunkel, um Details auszumachen. Der sechsstöckige Bau lag gegenüber eines kleinen Parks, der von Bäumen umgeben war, aber ziemlich verwahrlost aussah. Hinter dem Grün erhob sich dunkel die klotzige Kontur der Berkeley High.

Bei dem Anblick fiel Grace die Liste von Roger Wetter senior ein mit den Namen junger Halbstarker, die ältere Erdbebenopfer für ihn eingeschüchtert hatten. Ob er sie an dieser Highschool rekrutiert hatte?

Dann kam ihr eine weitere Verbindung in den Sinn: Messerspezialist Mr. Benn war zu der Zeit ein junger Mann gewesen. Es wurde immer wahrscheinlicher, dass er zum Abzocker-Team gehört hatte.

Während sie langsam dahinrollte, fiel ihr eine Gestalt auf, die ganz offensichtlich betrunken durch den Park wankte: ein gebückter, dürrer Mann, in der Hand eine braune Papiertüte mit etwas drin. Grace fuhr weiter, wendete auf der Straße und parkte in der Nähe des Gebäudes.

Sechs Etagen in unscheinbarem Nachtgrau. Schwarze Löcher anstelle von Türen und Fenstern, das Dach größtenteils abgedeckt, die Sparren ragten hoch wie zersplitterte Hühnerknochen.

Der Eingang war von einem Stacheldrahtzaun versperrt. Hinter den karoförmigen Löchern machte Grace einen Bagger aus.

Ein weißes Schild am Zaun war zu weit weg, als dass sie es entziffern konnte. Als sich links neben ihr etwas regte, fuhr sie herum. Der Typ im Park kam näher. Sie bereitete sich darauf vor, wegzufahren, doch er wankte und stolperte weiter die Straße aufwärts.

Grace sprang aus ihrem SUV und betrachtete das Schild. Eine Abbruchmitteilung, irgendein staatlich finanziertes Bauprojekt.

Wenn es Alamo Adjustments noch gab, musste sie woanders danach suchen.

Oder auch nicht. Weil sie schließlich Mr. Giftspritze suchte. Wenn ihm der Bau noch gehörte, kam er möglicherweise vorbei, um die staatlich finanzierte Umwandlung seines Eigentums zu beaufsichtigen.

Hinter ihr ertönten schlurfende Schritte. Die Hand in der Tasche drehte sie sich vorsichtig um.

Es war der Typ aus dem Park, der sich ihr mit ausgestreckter Hand näherte.

Ein gebückter alter Mann, der nach Schnaps stank. Sie gab ihm einen Dollar, er sagte »Danke« und schleppte sich weiter.

Auf der Suche nach einer geeigneten Unterkunft fuhr Grace in aller Ruhe weiter herum, bis ihr ein glanzloses Haus mitten in der betriebsamen University Avenue ins

Auge fiel. Grüne Neonbuchstaben bildeten einen Bogen über dem Eingang: OLD   HOTEL.

Keine Unterkunft für die alles bestimmende Jugend? Doch als sie näher kam, sah sie, dass da noch ein »S« war, dessen Beleuchtung ausgefallen war.

Das Olds Hotel lag in einem gemischt genutzten Gebäude mit Geschäften. Ein schwarzer Pfeil wies den müden Wanderern den Weg über eine versiffte Betontreppe in den ersten Stock.

Grace fuhr einmal um den Block herum. Das Olds hatte auf der Rückseite einen Parkplatz, der fast leer war und von einem klapprigen Schlagbaum gesichert wurde. Die Einfahrt war simpel, ein einfacher Knopfdruck. Für die Ausfahrt benötigte man einen Chip von der Hoteldirektion.

Grace fuhr wieder zur Frontseite zurück und sah sich die Geschäfte an. Zwei Häuser weiter war ein Secondhand-Laden, der sich noch als nützlich erweisen konnte. Anders als der Billigfriseur gleich nebenan.

Rechts vom Hoteleingang ein Volltreffer: ein Copyshop, der mit Rabatten für Diplom- und Doktorarbeiten warb. Und was für Grace ausschlaggebend war: Er hatte rund um die Uhr geöffnet.

Grace parkte illegal und betrat den Laden. Ohne von einem jungen Mann im Schüleralter beachtet zu werden, der völlig in *Game of Thrones* vertieft war, druckte sie sich einen Stapel neue Visitenkarten aus, diesmal auf billigerem Papier.

S. M. Muller, Ed. D.
Erziehungsberaterin

Dazu eine Nummer aus Boston, die zu einem längst stillgelegten öffentlichen Fernsprecher in der Eingangshalle der Hauptstelle der Stadtbücherei von Cambridge gehörte. Zu Studentenzeiten hatte Grace das Telefon benutzt, um einen jungen Mann in Emerson anzurufen, einen zukünftigen Theaterregisseur, den sie in einer Spelunke aufgerissen hatte. Er hatte ihr die Geschichte von der ehrgeizigen jungen Schauspielerin aus Los Angeles abgekauft, und sie hatte dreimal mit ihm geschlafen. An sein Gesicht erinnerte sie sich kaum noch, aber die Telefonnummer hatte sich in ihr Gedächtnis gebrannt. Schon komisch, was man im Kopf behielt und was nicht.

Sie ging zum Escape zurück, fuhr wieder zur Rückseite des Olds Hotels und schleppte ihren Koffer die rückwärtige Treppe hoch, die ebenfalls betoniert und mindestens so dreckig war wie der Vorderaufgang.

Oben schloss sich ein nach Moder muffelnder Flur an, dessen Wände und Türen grasgrün waren. Den Boden bedeckte ein faltiger kakifarbener Polyesterteppich.

Der verglaste Empfangsschalter befand sich auf der Vorderseite. Der junge Mann hinter dem Tresen war kaum älter als ein Studienanfänger, indischer, pakistanischer oder bengalischer Abstammung, und genau wie sein Kollege unten im Copyshop zeigte er sich gänzlich desinteressiert an Graces Erscheinen.

Als Grace ihm in kläglichem Ton erklärte, dass ihre Brieftasche gestohlen worden wäre, und ob er bitte ihre Visitenkarte als Ausweis und Bargeld akzeptieren würde, stoppten seine Daumen praktisch nicht. »Hm-hm.«

»Was kostet ein Zimmer?«

Klick klick klick klick. »Fünfzig die Nacht, fünf extra für Reinigung. Wir haben nur oben was frei.«

»Das ist okay, und Reinigung brauche ich nicht«, sagte Grace und schob zweihundert Dollar über den Tresen.

Der Junge sah nicht auf, als sie ihm ihre Karte hinhielt. »Wie heißen Sie?«

»Sarah Muller.«

»Tragen Sie sich da ein, okay?« Er legte ihr das Anmeldungsbuch hin.

Sie kritzelte den Namen auf das Blatt, woraufhin er ihr einen Schlüssel mit einer kleinen weißen Milchflasche überreichte. »Wollen Sie morgen früh Orangensaft? Wir machen kein Frühstück, aber ich kann denen sagen, dass sie Ihnen Saft übrig lassen. Der ist nicht frisch gepresst oder so, einfach nur aus der Packung.«

»Nicht nötig. Gibt es Kaffee?«

Der Junge richtete einen tödlich gelangweilten Blick auf die Treppe, ohne sein Tippen zu unterbrechen. »Peet's, Local 123, Café Yesterday, Guerrilla Café. Soll ich noch mehr aufzählen?«

»Danke«, erwiderte Grace. »Ich nehme an, Sie haben WLAN?«

»Hier unten ist es okay, aber oben funktioniert es manchmal nicht richtig.« Seine Finger bewegten sich schneller. Dann unterbrach er sich, um eine Antwort-SMS zu lesen, und ließ ein seltsames Lachen hören.

Grace suchte auf der Milchflasche nach einer Zimmernummer: 420.

»Eigentlich ist es zweiundvierzig«, sagte der Junge. »Keine Ahnung, warum die eine Null drangehängt haben.«

»Ganz oben?«

»Es gibt nur dieses Stockwerk und eins obendrüber.« Er tippte weiter. »Witzbold«, sagte er dann und fuhr fort: »Loser. Arschloch.«

Das Zimmer war überraschend groß und roch nach Desinfektionsmittel und alter Pizza. Zwei Einzelbetten standen darin, mit grell bunten Blumendecken, durch einen Nachttisch aus Pressspan getrennt. In einer der Schubladen lag eine Gideon-Bibel, bei der die meisten Seiten herausgerissen waren. Es gab zwei Betten, aber nur ein Kissen, auf der rechten Matratze, nachlässig hingeworfen und klumpig wie eine Hautkrankheit.

Die Wände waren grün und rau verputzt. Die Blumenvorhänge passten zu den Bettdecken, schlossen jedoch nicht richtig und ließen durch einen Spalt ein zerrissenes gelbes Rollo sehen. Dennoch drang kein lästiges Licht oder Lärm herein. Das Fenster wies auf den rückwärtigen Parkplatz hinaus, sodass Grace von dem Getöse in der University Avenue abgeschirmt war.

Die einzige Kommode bestand ebenfalls aus Pressspan. In der obersten Schublade lagen tote Silberfische, die anderen waren sauber und mit Papier ausgelegt.

Das Bad war miniklein und mit gebrochenen sechseckigen Kacheln gefliest, die graue und gelbe Flecken sowie Rost aufwiesen. Ein Fetzen von einem weißen Handtuch mit aufgesticktem *OH*. Die Badewanne wäre für ein Kleinkind richtig gewesen. Die Dusche spuckte erst eine Weile braun, ehe ein klares Rinnsal kam. Die Toilette hatte keinen Deckel und rauschte.

Alles perfekt.

Grace ging schlafen.

Am nächsten Morgen war sie um halb acht wach und fühlte sich erstaunlich fit. Als sie ihren Laptop testen wollte, stellte sie fest, dass das WLAN, wie versprochen, durch Abwesenheit glänzte. Nach einer lauwarmen Dusche zog sie Jeans, einen anthrazitgrauen Baumwollpulli und flache Stiefel mit Gummisohle an. Die Perücken ließ sie in ihrer Tasche. Beretta samt Munition kamen in ihren Koffer, zwischen mehrere Schichten Kleidung.

Diebstahlsicher war das nicht, aber man musste schon suchen.

Die Glock und der Laptop wanderten ganz unten in ihre Tasche.

Zeit fürs Frühstück.

Der Morgen war kühl, doch die University Avenue war schon voller Fußgänger.

Studenten und selbsternannte Rebellen haben eines gemeinsam: Sie essen gern. Die Auswahl an Ethnorestaurants war enorm, und Grace entschied sich schließlich für ein Anaheim-Chili-Omelett mit Parmaschinken und Bermudazwiebeln, dazu Sauerteigweißbrot vom gegenüberliegenden Ufer der Bay, aus San Francisco, und ein Glas frisch gepressten Mandarinensaft voller Fruchtfleisch und Kernen sowie einen ordentlichen Kaffee. Das Café präsentierte sich als Bio-, einheimisch, nachhaltig und contra jede Art militärischer Aktivitäten.

Nachdem sie die Gastronomie getestet hatte, nahm sie sich den Secondhand-Laden neben ihrem Hotel vor und fand einen dunkelblauen Caban für dreißig Dollar, der nicht allzu schlimm roch. Beim Durchwühlen der Kopfbedeckungen war der Geruchstest schwieriger, doch schließlich entdeckte sie eine zu große, weiche graue Wollmütze ohne Hinweise auf Moder oder Schimmel. Sie nahm einen ganz leichten Hauch von Haarspray wahr und hoffte, der Vorbesitzer möge ein schickes, gepflegtes junges Mädchen gewesen sein. Sie durchsuchte das Innere der Mütze nach

Nissen und ähnlich widerlichen Spuren, fand nichts und handelte die Kassiererin auf fünf Dollar herunter.

Die Mütze verdeckte ihre kurzen Haare vollständig. In ihren Altkleidern und ohne Make-up fiel sie auf Berkeleys Straßen nun überhaupt nicht mehr auf.

Grace ließ den Escape am Hotel stehen, kaufte an einem Straßenstand einen *Examiner* und ging zu Fuß zur Center Street. Bei Tageslicht sah der kleine Park gegenüber dem verfallenden Gebäude gar nicht mal so übel aus, der Rasen war grüner, als sie erwartet hatte, und die Bäume am Rande waren groß, üppig grün und sauber getrimmt. Im Hintergrund sah man Schüler auf die große Highschool zuströmen, dazu kam die passende Geräuschkulisse.

Hinter dem Bauzaun hingegen herrschte Ruhe. Grace sah sich die Baustellenbeschreibung genauer an. Das Gebäude war für baufällig erklärt und der Baugrund freigegeben worden für ein Projekt mit dem Titel Green Workspace. Zahllose offizielle Stempel von Stadt, County und Staat Kalifornien. Von Hand hinzugefügt, in blauem Filzer, war der Name der Baufirma: DRL-Earthmove. Die Fertigstellung sollte in achtzehn Monaten sein, doch angesichts des Standes der Arbeiten schien das allzu optimistisch.

Zu den Maßnahmen gehörte auch eine »seismische Nachrüstung«, mit anderen Worten: Das Gebäude sollte erdbebensicherer gemacht werden. Die Ironie war allerdings so plump, dass sie schon nicht mehr komisch war.

Grace überquerte die Straße zum Park. Auf dem ganzen Areal gab es nur drei Bänke: zwei unter einem Baum, belegt von zwei dösenden Obdachlosen, und eine weitere, unbesetzt, die einen leicht verdeckten Blick auf das Gebäude bot.

Sie setzte sich und wagte gelegentlich Blicke hinter der Zeitung hervor, die jedoch nichts brachten.

Fast eine Stunde verging, und sie war drauf und dran, zu gehen, um am Nachmittag noch einmal herzukommen, als hinter ihr eine Stimme ertönte. »Wie wär's mit ein bisschen Unterstützung?«

Sie wandte sich langsam um. Der Mann, der hinter ihrer Bank stand, war schäbig gekleidet, und seine Haut hatte den Schimmer von rohem Steak, der vom Leben auf der Straße herrührte.

Seine Hand war ausgestreckt, ganz unmissverständlich. Doch es war nicht der Alte, dem sie gestern einen Dollar gegeben hatte.

Dieser Typ war wesentlich kleiner, vielleicht ein Meter sechzig groß, und hatte einen leichten Buckel, weißen Flaum am Kinn und an den Koteletten sowie ein milchiges linkes Auge.

Grace gab ihm einen Dollar.

Er betrachtete den Schein. »Verbindlichsten Dank, Tochter, aber davon kann man sich in dieser Gourmethochburg nicht mal einen Kaffee kaufen.«

Grace versuchte, ihn mit ihrem Blick einzuschüchtern, doch er lächelte nur und machte einen kleinen Hüpfer. Zwinkerte mit seinem gesunden Auge. Einem erstaunlich klaren Auge von der Farbe des Himmels in Malibu. Bei näherem Hinsehen stellte sie fest, dass sein ausgefranstes, verbeultes Outfit einmal teuer gewesen war: das graue Fischgrätenjackett, die braune Shetlandstrickjacke, das weiße Anzughemd, die ausgeleierte olivbraune Hose, deren Saum im Dreck hing. Selbst auf die Nähe kein Alkoholdunst.

Und seine Nägel waren sauber.

Er hörte auf zu tänzeln. »Nicht ausreichend beeindruckt? Wie wär's mit einem Tango?« Er neigte sich vor, um seine imaginäre Partnerin über den Arm abzusenken, und Grace musste wider Willen lächeln. Sie fühlte sich tatsächlich unterhalten. Zum ersten Mal seit sehr langer Zeit.

Sie gab ihm einen Zehndollarschein.

»In der Tat!«, rief er aus. »Dafür besorge ich uns beiden Kaffee!«

»Danke, das ist für Sie.«

Er verbeugte sich tief. »Besten Dank, Tochter.«

Grace sah ihm nach, wie er davoneilte, und beschloss, noch eine Weile sitzen zu bleiben. Es war, als hätte der alte Vagabund sie zum Durchhalten angespornt.

Nach weiteren fünfunddreißig Minuten, in denen ihre Geduld nicht belohnt wurde, legte sie die Zeitung weg und prüfte, ob die Glock in ihrer Tasche nicht verrutscht war. Plötzlich erschien Mr. Einauge wieder und warf ihr etwas zu.

Ein frisch gebackenes Croissant, das herrlich duftete, sauber verpackt in einem kleinen Karton auf Butterbrotpapier. Von einer Bäckerei mit »Chez« im Namen.

»Danke, aber ich habe wirklich keinen Hunger.«

»So, so«, sagte Einauge. »Dann heben Sie's für später auf.«

»Ist okay. Hier bitte.« Sie wollte aufstehen.

»Warum beobachten Sie denn das Höllenloch?«, fragte der bucklige alte Mann.

»Was für ein Höllenloch?«

Er deutete auf das baufällige Gebäude. »Dieses Steuerloch, Geldgrab, öffentliche Gelder-Verschwendung. Sie beobachten es, seit Sie hier sitzen. Oder irre ich mich?«

»Ein Bauschwindel?«

»Darf ich?« Er deutete auf die Bank.

Grace zuckte die Schultern.

»Wenig zuvorkommend«, sagte der kleine Mann, »aber in der Not ...« Er ließ sich so weit wie möglich von ihr entfernt nieder und fing an, possierlich an seinem Croissant zu knabbern und sofort alle Krümel wegzuwischen.

Ein penibler Penner. Seine Schuhe waren abgetragene Budapester, zahllose Male neu besohlt.

Als er mit Essen fertig war, sagte er: »Was haben Sie studiert? Sie haben doch studiert?«

»Ja.«

»Hier?«

»Nein.«

»Was haben Sie studiert?«

Warum nicht die Wahrheit sagen? »Psychologie.«

»Dann kennen Sie ja die Hebb'sche Lernregel, Friedrich August von Hayek.«

Grace schüttelte den Kopf.

»Diese Kinder heutzutage.« Einauge lachte. »Wenn ich Ihnen erzählen würde, dass ich bei Hayek Wirtschaft studiert habe, würden Sie mir ohnehin nicht glauben, also erspare ich es mir.«

»Warum sollte ich es Ihnen nicht glauben?«

»Tja, es *war* so, Tochter.« Grinsend hob er zu einem Monolog an. »Ich hatte mit seinem Akzent kein Problem. Friedrich der Große. Ich nicht. Aber andere. Wenn Sie dieses Naturgesetz widerlegen wollen, Tochter, können Sie nur verlieren. Ich sage Ihnen nichts als die Wahrheit. Sie wollen vielleicht ein Geheimnis aus Ihrem angeblichen Studium machen, aber ich habe nichts zu verbergen. Ich habe Seminare aller Sorten unten in La-La-Land gemacht, in den Sechzigern, ehe Leary und Laing den Wahnsinn gesellschaftsfähig gemacht haben.«

Er tippte sich an den Kopf. »Fluch der frühen Geburt. Da haben sie schon hier drin zu mir gesprochen und mich gezwungen, sie zu ignorieren. Ich habe mehrmals längere Zeit auf Nahrung und Flüssigkeit verzichtet, ich bin hundert Jahre lang ohne weibliche Begleitung ausgekommen, ich bin mit Papiertüten an den Füßen über den Campus gewandert, ohne je das *I Ging* gelesen zu haben. Obwohl ich herrenmäßig voll ausgestattet war und eine anglikanische Mutter hatte. Trotzdem habe ich meine Soziologie gelernt.«

Er wartete, doch Grace sagte nichts. »Oh Mann«, fuhr er schließlich fort. »*Uukla*. Palmen und Pädagogik?«

Grace sah ihn verständnislos an.

Einauge atmete frustriert aus. »Uukla? Campus Nummer zwei? Hat an dieser Stelle behauptet, Numero Uno zu sein.«

Es dauerte einen Augenblick, bis Grace den Satz dechiffriert hatte. »Die UCLA in Los Angeles.«

»Endlich! Sí, sí, das wilde Westwood, damals, ehe Hippietum und Libertinage die Oberhand gewannen. Ehe alle über soziale Gerechtigkeit redeten, ohne dass irgendjemand etwas dafür getan hätte. Höchstens für Pseudo-Gerechtigkeit, oder vielleicht für Zelluloid-Gerechtigkeit, denn wir wissen doch alle, dass die Hollywood-Mogulen von Manipulation mehr verstehen als von Moral.«

Eine verwitterte Hand deutete auf die Baustelle. »Typisches Beispiel. Grün. Ha. Die Farbe von Popel.«

»Sie halten nichts davon.«

»Es ist nicht an mir, zu entscheiden, Tochter. Die Würfel sind gefallen.«

»Für das Bauprojekt.«

Er rückte näher zu ihr und wischte ein paar imaginäre Krümel weg. »Niedertracht begründet auf Scheinheiligkeit, Lügen und Bigotterie. Der vorherige Eigentümer dieses gemütlichen Dreckhaufens war ein Gauner, der immerhin so anständig war, das Zeitliche zu segnen, der aber leider einen Gauner in zweiter Generation hinterlassen hat, der sich soziale Gerechtigkeit auf die Fahnen geschrieben hat und *vorwärts* gerichtete Politiker schmiert. Alles schon mal da gewesen, oder? Caligula, Putin, Jeffersons Vize, Aaron Burr, der Alexander Hamilton im Duell tötete, praktisch jeder kleine Ratsherr in Chicago.«

»Politik korrumpiert ...«

»Sehen Sie's mal so, Tochter: Sie erben einen Haufen Steine und überlegen, was Sie damit anstellen sollen ... hm, soll ich, soll ich nicht ... Ach! *Jetzt* weiß ich's, ich verkaufe es zu einem völlig überhöhten Preis an die Stadt mit dem Vorschlag, dort ein popelgrünes Bauprojekt entstehen zu lassen, mit noch mehr Großraumbüros für noch mehr Amtsschimmel, für das ich hinterher als Bauherr genannt werde.«

»Alles aus einer Hand?« Grace war jetzt ganz Ohr. »Viel passiert ist aber bislang nicht.«

Er runzelte die Stirn. »Es war einmal, da jemand da drin Zuflucht gefunden hat.«

»In dem Gebäude?«

Dreimal energisches Kopfnicken. »Es war einmal.«

Das Haus war also tatsächlich einmal besetzt gewesen. »Wann war das zu Ende?«

»Als die Familientradition wieder aufgenommen wurde.«

»Welche Tradition?«

»Haben Sie nicht aufgepasst?«

Grace warf ihm einen hilflosen Blick zu.

»Also gut«, sagte er. »Ich erkläre es noch einmal langsam und deutlich – wo sagten Sie, haben Sie studiert?«

»Boston University«, sagte Grace.

»Aha, nicht Harvard? Na gut, Sie sind zu jung, um sich daran zu erinnern, aber es begab sich einmal, dass eine unangenehme Verschiebung tektonischer Platten große Zerstörung über das Land brachte, auf dem wir heute sitzen. Brücken stürzten ein, ein Baseballspiel wurde abgebrochen, und wenn das nicht allem spottet, was patriotisch und heilig ist, dann weiß ich es auch nicht …«

»Das Loma-Prieta-Beben.«

Das gesunde Auge des Alten weitete sich. »Eine Studentin der Geschichte. Von keiner geringeren als der Boston University.«

»Das ist nicht gerade Alte Geschichte.«

»Tochter, heutzutage ist alles alt, was länger als fünf Minuten her ist. Einschließlich der Neuigkeiten, die hier hereingegeben werden von den Allmächtigen.« Er tippte sich wieder an die Stirn.

Er stand auf, strich seine Hose glatt und setzte sich wieder. »Also … die Platten verschoben sich, und die Teller zersprangen. Hi hi! Darauf folgte Katastrophe Nummer zwei, die Gauner, die daraus Profit schlagen, so wie immer, wenn Kollektivismus und das kollektive Unbewusste zusammenspielen, um über den freien Willen des Einzelnen zu triumphieren, und wenn ich ›der Einzelne‹ sage, meine ich beide Geschlechter, also fangen Sie jetzt nicht an, mir Sexismus vorzuwerfen, Tochter.«

Grace sah zur Baustelle hinüber. »Die Leute, die damit zu tun haben, haben Profit aus dem Erdbeben geschlagen?«

»Versicherungen«, sagte er. »Im Grunde genommen ein

Glücksspiel mit seltenen Gewinnchancen. Doch sogar in Las Vegas gewinnt man hin und wieder.«

»Anders als hier.«

Er krümmte einen Daumen in Richtung der Highschool. »Jugendliche sind im Grunde nichts anderes als unzivilisierte Wilde, nicht wahr? Herren, Fliegen und so weiter, wenn irgendjemandem die Todesstrafe zusteht, dann den Vierzehnjährigen. Aber Gleich und Gleich gesellt sich gern, und so wurden die Herren der Fliegen damit betraut, das gemeine Volk unter Druck zu setzen, damit niemand seine Ansprüche durchsetzte.«

»Derjenige, der das Projekt leitete, hat Schüler dazu engagiert, Leute einzuschüchtern?«

»Sie hätten genauso gut Bombenwesten tragen können. Es waren Terroristen, nicht mehr, nicht weniger, und dank ihrer Mithilfe konnte der Gauner betroffene Anwesen für einen faulen Apfel erwerben und an Sie-wissen-schon-wen weiterverkaufen.«

»Den Staat«, sagte Grace.

»Agentur A, Agentur B, Agentur Z ... die haben mir hier eine Iridium-Elektrode implantiert und versucht, mich zum Islam zu konvertieren.« Er tippte sich an die rechte Schläfe. »Zum Glück hab ich's gemerkt und sie rechtzeitig deaktivieren können.«

Er gähnte, ließ den Kopf sinken und begann zu schnarchen.

»Danke für das Gespräch«, sagte Grace und entfernte sich.

Sie war bereits ein paar Meter weit gegangen, da hörte sie ihn sagen: »Keine Ursache.«

Kapitel 40

Also schön, jetzt hatte sie also eine Bestätigung.

Von einem Psychotiker sicherlich, der jedoch genügend Lichtblicke – und prämorbide Intelligenz – besaß, um ernst genommen zu werden.

Weiter oben in der Center Street stieß Grace auf ein Internetcafé mit mittelmäßigem Betrieb. Sie besorgte sich eine Latte und einen Bagel, den sie nicht zu essen vorhatte, und wählte einen Ecktisch. Einen Schluck Kaffee später loggte sie sich zwischen Studenten und Pseudostudenten in die weite Welt beliebigen Wissens ein.

Green Workspace ergab ein Dutzend Treffer, zumeist offizielle Dokumente in Behördenkauderwelsch.

Nachdem sie mehrere Suchbegriffkombinationen durchprobiert hatte, war ihr klar, was lief: Der Bauantrag hatte im Schnelldurchlauf Ausschüsse und Unterausschüsse durchlaufen, bis er vor etwas mehr als einem Jahr genehmigt wurde. Aufgrund »besonderer Ausschreibungsbedingungen« ging der Auftrag an die Firma DRL-Earthmove, Inc. aus Berkeley, Kalifornien.

Für Grace sah alles danach aus, dass die »besonderen Ausschreibungsbedingungen« nichts anderes bedeuteten, als dass es überhaupt keine öffentliche Ausschreibung gegeben hatte, weil DRL alle erforderlichen Voraussetzungen erfüllte: »ökologisches Bewusstsein«, »Kenntnis der Standortgeschichte« und »Standortgebundenheit, verbunden mit der Absicht, Bewohner von Berkeley und umliegenden benachteiligten Stadtteilen Oaklands einzustellen«.

Grace hoffte, Roger Wetter juniors Namen irgendwo zu entdecken, doch Geschäftsführer und einziger Inhaber von DRL war eine Person namens Dion R. Larue. Enttäuscht gab sie den Namen bei Google ein und bekam drei Treffer, alle im Zusammenhang mit Benefizveranstaltungen, die Larue besucht hatte.

Zu den Glücklichen, die in den Genuss der Großzügigkeit des Bauunternehmers gekommen waren, gehörte eine ortsansässige Lebensmittelgenossenschaft namens Nourishment Conspiracy, außerdem Trust Trust, ein Verein zur Resozialisierung ehemaliger Gangmitglieder aus Oakland, sowie ein Experimentalfilmfestival vor vier Jahren mit dem Titel *Liberation: National and Personal*.

Die Ernährungskonspiratoren hatten ihren Gönnern ein veganes Bankett kredenzt und davon Fotos auf Facebook gepostet.

Grace scrollte über strahlende Mienen.

Voilà.

Ein großer gutaussehender, gut gebauter Mann Mitte dreißig in einer schwarz-goldenen Brokattunika über schwarzen Jeans. Schulterlanges blondes Haar mit Mittelscheitel, Stil: weißer Jesus. Sein graublonder Stoppelbart war der eines Filmstars.

Lässig stand Dion Larue da, in der Hand ein Glas mit orangefarbenem Inhalt, den anderen Arm um die schlanken nackten Schultern einer Brünetten Ende zwanzig gelegt. Kein Model, aber attraktiv. Auffallende Wangenknochen, als hätte jemand eine Eiskugel aus ihrem Gesicht geschält.

Azha Larue, die Gattin des Chefs. Der exotische Name passte nicht zu ihren keltischen Zügen.

Ihr Lächeln wirkte aufgesetzt, seines stand unter Strom.

Doch was er in diesem Augenblick empfand, spielte keine Rolle. Seine Augen verrieten alles, der Blick, der sonderbar durchdringend und zugleich tot war. Dieser Blick, den Grace gut kannte.

Beim Betrachten des Fotos flogen die Jahre vorbei, und die Realität verschwamm. Dreiundzwanzig Jahre waren vergangen, seit Samael Roi, der jugendliche Giftprinz, mit seinen Geschwistern auf Ramonas Ranch aufgetaucht war, einen behinderten Jungen getötet, Ramonas Tod verursacht und Graces Leben auf den Kopf gestellt hatte.

Damals wie heute ganz in Schwarz.

Das Schwein hatte seinen Namen geändert. Hatte er sich vom Erbe seines Adoptivvaters absetzen wollen? Wenn, dann hatte es funktioniert, wenn man davon absah, was sich an Erinnerungen und freien Assoziationen in Mr. Einauges Gedächtnis eingebrannt hatte.

Von Roger zu Dion?

Als hätte sich in Graces Hirn ein Schalter umgelegt, fing sie an zu dechiffrieren und Buchstaben und Silben neu zu ordnen wie beim Scrabble.

Dion R. Larue.

Arundel Roi.

Das perfekte Anagramm.

Vergiss den Mann, der ihn reich gemacht hatte. Er verehrte seinen leiblichen Vater. Seine Abstammung war ihm wichtiger als alles, was seit dem Massaker der Festungssekte geschehen war.

Das war nicht nur die Geschichte eines Psychopathen, der seine unangenehme Vergangenheit abstreifen wollte.

Das war die Geschichte einer Wiedergeburt.

Damit ergaben auch die drei Elternmorde auf schaurige Weise Sinn: Samael Roi rekonstruierte seine Kindheit, die er mit einem Irren und dessen Konkubinen verbracht hatte. Weg mit der Alten, her mit der Neuen.

Da konnte man getrost von »besonderen Ausschreibungsbedingungen« sprechen.

Ein schizophrener alter Mann erinnerte sich noch an die bösen alten Zeiten, als Brücken einstürzten und die Erde aufriss, als die Wetters ihre Opfer ausbeuteten, doch sonst schien das in dieser Stadt, die sich die Menschenrechte auf die Fahnen geschrieben hatte, niemanden zu interessieren.

Im Zeitalter der unbegrenzten Chancen und des ewigen Neuerfindens war das irgendwie keine Überraschung, dachte Grace.

Ein unbehaglicher Gedanke setzte sich in ihrem Kopf fest: *Ich habe auch davon profitiert.*

Dion Larue mit seinem überheblichen Lächeln erschien ihr plötzlich wie ein Spielgefährte, der am anderen Ende einer kosmischen Wippe saß.

Er und sie, die perfekten Rivalen.

Grace hatte den Krieg nicht angefangen. Doch jetzt …

Bei der dritten Tasse Kaffee – ihr Herz raste längst, denn schon zum Frühstück hatte sie eine für den Tag ausreichende Dosis Koffein bekommen – wandte sie sich bei ihrer Analyse wieder Andrew alias Typhon Roi zu. Inzwischen war sie sich mehr als sicher, warum er Hilfe gesucht hatte.

Er wollte seine eigene böse Herkunft klären.

Die Frage war nur: Hatte er selbst Böses getan?

Dass Palo Alto ganz in der Nähe von Berkeley lag, sprach dafür, dass sich die beiden Brüder begegnet waren.

Oder war es andersherum, hatten die Söhne des Arundel Roi schon vor langer Zeit wieder zueinandergefunden und beschlossen, sich nicht weit voneinander entfernt in der Bay Area niederzulassen?

Wo Samael seine Psychopathie pflegte.

Wo Typhon, der Klügere, nach außen hin Unbescholtene, eine berufliche Laufbahn aufbaute.

Hatten sie sich zusammengetan, lange vor den Morden an ihren Adoptivfamilien?

Der Gedanke war Grace widerwärtig, doch sie musste ihn in Betracht ziehen: Der Mann, den sie als Andrew kennengelernt hatte, hatte unter Umständen Schreckliches getan und irgendwann nicht mehr mit den Schuldgefühlen leben können.

Schuldgefühle unter anderem auch wegen des Todes seiner Schwester, die viel zu sehr eine McCoy geworden war, als dass sie noch Teil der neuen Dynastie werden konnte, die sein Bruder im Sinn hatte.

Ob Typhon/Andrew deshalb Lilith um Jahre überlebt hatte, weil er ein Komplize war? Oder nur ein stummer Zeuge, bei dem der Bruder sein schreckliches Geheimnis sicher wusste?

Jedenfalls war er aufgrund dieses Wissens gestorben, und wahrscheinlich spielte es keine große Rolle, wie es gewesen war. Trotzdem … Es war Zeit, mehr über den angenehmen, nachgiebigen Mann in Erfahrung zu bringen, den sie in der Hotelbar kennengelernt hatte. Zuerst aber musste sie sich über den überlebenden Bruder schlaumachen.

Sie biss in ihren Bagel und fing an, über die neue Firma zu recherchieren, die Dion Larue gegründet hatte. In Berkeley gab es keine weiteren Bauprojekte im Zusammenhang mit DRL-Earthmove, doch sieben Jahre zuvor hatte die Firma in der Nähe von Gallup, New Mexiko, ein ähnliches staatlich finanziertes Vorhaben für sich gewinnen können: den Umbau eines baufälligen Einkaufszentrums in einen »umweltfreundlichen« Industriepark, der die »Kulturlandschaft vor Ort« bereichern sollte.

Larue hatte bei diesem Projekt einen Partner gehabt, einen gewissen Munir »Tex« Khaled, der mit indianischer Kunst handelte. Als sie den Namen googelte, stieß Grace auf einen Mordfall: Khaled war in der Wüste, nahe der mexikanischen Grenze, erschossen aufgefunden worden. Der Fundort der Leiche ließ ganz klare Schlüsse zu, und es hielt sich hartnäckig das Gerücht, dass er in Drogenschmuggel verwickelt war.

Soweit Grace es beurteilen konnte, wurde das Verbrechen nie aufgeklärt. Sie fand außerdem keine Hinweise darauf, dass das Bauvorhaben in Gallup je umgesetzt worden war.

Obwohl es einen Spatenstich-Festakt mit Politikern in Bauhelmen gegeben hatte, darunter auch Tex Khaled. Der ehemalige Kunsthändler war ein kleiner, dunkelhaariger Mann Mitte sechzig, im braunen Hemd mit Altherrenjeans und riesiger verzierter Silberschnalle am Gürtel, um den Kragen eine Cowboy-Krawatte mit ebenso großem Türkisverschluss. Neben ihm stand ein strahlender Dion Larue in jüngeren Jahren, ebenso behelmt, im weißen Piratenhemd, das einen spitzen Keil glatter, braungebrannter Brust freigab.

Doch es war nicht die Kleidung, die Grace auffiel, oder dass Tex Khaled hier mit seinem potenziellen Mörder um die Wette in die Kamera strahlte. Es war eine Gestalt, die rechts hinter Larue stand.

Anfang dreißig, größer als alle anderen, grob geschnittene Züge. Nicht der glatzköpfige Beldrim Arthur Benn, mit dem sie in ihrem Garten zusammengestoßen war. Hier war es der langhaarige mit zerzaustem Schnurrbart, den sie von Benns Führerscheinfoto kannte.

Während fast alle anderen auf dem Foto lächelten, zeigte Benn eine Miene grimmiger Wachsamkeit. *Fast alle* deshalb, weil es eine zweite Ausnahme gab: der Mann neben ihm, etwa in seinem Alter und so groß wie er, aber doppelt so breit.

Ein Nashornkopf mit spärlichem blondem Haar, Mondgesicht, Schweinsaugen und kleinen, eng anliegenden Ohren.

Mr. Muskelmann. Ein Schlägertyp wie aus dem Bilderbuch. Vielleicht war deshalb Benn, der körperlich nicht ganz so auffällig war, nach West Hollywood geschickt worden, um sich um Grace zu kümmern. Damit Nashorn Andrew entsorgen konnte.

Grace überlegte, ob sich der Fleischklops noch in Los Angeles aufhielt und vielleicht gerade ihre Praxis auf den Kopf stellte – oder ob er hier in Berkeley bei seinem Chef war.

Das Prepaid-Handy, das sie für Wayne gekauft hatte, klingelte. Es war seine Privatnummer. Sie drückte den Anruf weg und setzte ihre Recherche über DRL-Earthmove fort.

Nichts. Höchste Zeit, die Strategie zu wechseln und sich auf vertrautes Terrain zu begeben.

Der Ingenieurteil der universitätsinternen Rezensionsseite spuckte drei Artikel von Andrew Van Cortlandt aus, die aus seiner Postdoc-Zeit in Stanford stammten. Alle waren mathematiklastige Abhandlungen über die Struktureigenschaften von Leitermetallen unter verschiedenen elektrochemischen und thermischen Bedingungen.

In allen war Amy Chan, Ph. D. vom California Institute of Technology als Koautorin genannt.

Eine Hintergrundrecherche über Chan ergab, dass sie zur selben Zeit wie Andrew Postdoc in Stanford war und danach einen Lehrauftrag am Caltech in Pasadena angenommen hatte, der nach zwei Jahren auslief. Inzwischen war sie Dozentin, und zwar gleich um die Ecke, in der Ingenieursfakultät der UC Berkeley.

Die Website der Fakultät zeigte das Porträt einer hübschen Frau, die auch als Oberstufenschülerin durchgegangen wäre, mit zartem Gesicht, umrahmt von langem schwarzem Haar und streng geradem Pony. Amy Chan war immer noch in der Welt der strukturellen Integrität tätig und bekam von Studienanfängern hohe Bewertungen für ihre Lehrtätigkeit.

Grace wusste, dass es Unsinn war, zu viel in ein Gesicht – oder sonst irgendetwas – hineinzuinterpretieren. Doch das verschämte Lächeln und der weiche Blick auf Chans Bild waren eindeutige Zeichen für Introvertiertheit.

Sie wagte das Risiko und rief in Chans Büro an. Wenn ihr mulmig wurde, konnte sie immer noch auflegen und das Handy wegwerfen.

Eine Frau mit leiser, leicht zittriger Stimme nahm ab.

»Ist da Professor Chan?«

Kurze Pause. »Ja, hier ist Amy.« Chan klang auch wie eine Oberstufenschülerin.

»Mein Name ist Sarah Muller, ich bin Erziehungsberaterin aus Los Angeles«, stellte sich Grace vor. »Ich war mit Andrew Van Cortlandt befreundet.«

»Sie waren?«, fragte Amy Chan. »Heißt das, Sie sind nicht mehr befreundet? Oder …?«

»Es ist kompliziert, Professor Chan. Ich weiß, das muss

seltsam klingen, aber ich mache mir Sorgen um Andrew. Wenn Sie Zeit hätten, würde ich mich sehr gern mit Ihnen unterhalten.«

»Warum machen Sie sich denn Sorgen?«

Grace wartete einen Augenblick. »Ich fürchte um seine Sicherheit.«

»Ist ihm denn was passiert? Oh nein.« Worte der Bestürzung, der Ton jedoch unbeeindruckt. Das Zittern war weg, und Grace wurde wachsam. »Was genau meinen Sie denn?« Chan wollte es genau wissen.

»Könnten wir uns treffen, um darüber zu sprechen, Professor?«

»Können Sie es mir denn nicht jetzt sagen?«

»Als ich Andrew zum letzten Mal sah, wirkte er sehr besorgt. Nervös. Er wollte nicht sagen, warum, und seither habe ich nichts mehr von ihm gehört. Er hat davon gesprochen, dass er mit Ihnen zusammengearbeitet hat, deshalb würde ich gern … Professor, ich möchte jetzt am Telefon nicht weiter ins Detail gehen, aber wenn es Ihnen zu viele Umstände bereitet, verstehe ich das auch …«

»Nein«, sagte Amy Chan. »Keine Umstände.« Das Zittern war zurück. »Ich habe jetzt hier Feierabend, muss aber noch ein paar andere Dinge erledigen. Eine Pause schadet sicher nicht.«

»Wo auch immer Sie mögen.«

»Wie wär's oben an der Lawrence Hall of Science – dem Wissenschaftsmuseum? Nicht innen, sondern draußen auf dem Vorplatz.«

Grace kannte die Stelle. Sie hatte das Museum einmal mit Malcolm besucht, auf einer ihrer Reisen, und es war voller Kinder gewesen. Es lag hoch am Hang, oberhalb des Unicampus. Der weite Vorplatz, von dem Chan gesprochen hatte, bot ein herrliches Panorama mit Golden Gate Bridge und der Skyline von San Francisco, das Besucher zum Verweilen einlud.

Ein sicherer Ort, um sich mit einer Fremden zu treffen. Die Frau war vorsichtig, aber für Grace war das genauso von Vorteil.

»Klar«, antwortete sie. »Wann?«

»Wie wär's mit vierzehn Uhr?«

Noch ehe Grace zustimmen konnte, war die Leitung tot.

Grace fuhr zum Olds Hotel zurück, wo ihr im schummrigen Flur verdächtiger Doperauch entgegenwehte. Eine der Zimmertüren öffnete sich, und ein Pärchen um die vierzig stolperte heraus. Sich gegenseitig anstoßend, kamen sie ihr entgegen. Der Mann war schwarz und dünn, die Frau weiß und dick. Grace ging ihnen langsam entgegen, eine Hand in ihrer Tasche.

Als sie nur noch einen Meter voneinander entfernt waren, deutete der Mann eine Verbeugung an und sagte: »S'il vous plaît.«

Die Frau kicherte. »Wollte ich auch sagen«, ergänzte sie und trat zur Seite, damit Grace vorbeigehen konnte.

Im Zimmer angekommen, zog Grace ihr Erziehungsberaterinnen-Outfit an: eine winterweiße Bluse, graue Hose, beige Nylonstrickjacke und braune Ballerinas. Anstelle der Mütze stülpte sie die brünette Perücke über den Kopf, die sie kämmte und ein wenig toupierte. Das Teil sah fantastisch aus. Es hatte sich gelohnt, Geld für Echthaar auszugeben.

Als Nächstes setzte sie leuchtend blaue Kontaktlinsen ein, die ihre Augen unvergesslich machen würden, auch hinter der Fensterglasbrille.

Als sie noch einmal das Prepaid-Handy überprüfte, auf dem Wayne sie gerade angerufen hatte, fand sie keine Nachricht vor. Sie entschied, dass das Gerät seine Schuldigkeit getan hatte, hob eine Ecke des Bettes an und legte es unter eines der Metallbeine, ehe sie sich mit vollem Gewicht auf die Matratze setzte. Das Billiggerät erwies sich als erstaunlich stabil, doch beim vierten Mal gab es schließlich nach. Nach dem ersten Riss folgten weitere, bis es in lauter Einzelteile zerfiel. Sie nahm die letzten drei Truthahntrockenfleischfetzen aus der wiederverschließbaren Packung und leerte dafür die Überreste des Telefons hinein. Hungrig war sie nicht, aber richtig satt auch nicht, und so aß sie das Fleisch, ehe sie das zweite Prepaid-Handy aus dem Gepäck holte und Wayne zurückrief.

Keine Antwort, kein Anrufbeantworter. Nachdem sie alle Spuren ihres Anrufs gelöscht hatte, sah sie auf ihre Armbanduhr. Noch zwei Stunden bis zu dem Treffen mit Amy Chan. Es war schon eine Weile her, seit sie zum letzten Mal joggen war oder sonst ernsthaft Sport getrieben hatte. Sollte sie die Chance für einen strammen Spaziergang nutzen?

Doch als sie auf die University Avenue hinaustrat, war ihr das plötzlich alles zu viel, all die Jugend, die Weisheiten der Autoaufkleber, die berechnende Rebellion.

Sie kehrte auf ihr Zimmer zurück, aktivierte den Alarm ihrer Armbanduhr und legte sich rücklings auf das durchhängende Bett.

Es gab doch fürs Gemüt nichts Besseres als Alleinsein.

Kapitel 41

Nach einer Woche in Harvard hatte Grace durchschaut, wie es hier lief. Im Grunde war es wie Merganfield auf Anabolika. Wobei die hochgeschätzten kleinen Genies in Merganfield auf eine wesentlich homogenere Art schlau waren als die Harvard-Studenten.

Ihren Beobachtungen zufolge gab es zwei Methoden, wie ihre Mitstudenten mit ihrem Glück umgingen, das ihnen den Weg in eine amerikanische Eliteschule ermöglicht hatte. Die einen waren einfach aufdringlich, ließen in jedem Gespräch das H-Wort fallen und trugen bei jeder Gelegenheit das charakteristische Blutrot der Schule. Die anderen versuchten es mit Zurückhaltung. (»Ich studiere in Boston.«) Beide Varianten waren Ausdruck von Arroganz und Eigenlob. Grace war einmal an einer Gruppe Erstsemester vorbeigekommen, in der ein Mädchen sagte: »Mal ehrlich, wir werden eines Tages bestimmen, wie es auf der Welt läuft. Wir sollten das mit Leidenschaft tun.«

Grace beschloss, einen dritten Ansatz zu wählen, um ihre Zeit in Cambridge möglichst sinnvoll zu gestalten: für sich bleiben und so schnell wie möglich ihr Studium abschließen.

Dazu musste sie möglichst rasch ein Hauptfach wählen – das war einfach, sie hatte sich bereits für Psychologie entschieden, weil ihr sonst nichts auch nur annähernd interessant erschien und Malcolm ein glücklicher Mensch war –, anschließend alle erforderlichen Scheine und Prüfungen machen, und zwar indem sie sich wesentlich mehr aufbürdete, als empfohlen wurde.

Extrapunkte konnte sie sammeln, indem sie ihre Freistunden mit Anfänger-Kursen füllte; aber auch die angeblich schwierigen Seminare erwiesen sich als ziemlich leicht zu bewältigen. Was man über Harvard sagte, war ganz offensichtlich wahr: Das Schwierigste war die Zulassung.

Noten und Prüfungen waren kein Problem für Grace, doch wie die Universität das soziale Leben organisierte, bereitete ihr mehr Kopfzerbrechen. Im ersten Jahr bekam man ein Bett in einem Wohnheim für Erstsemester zugewiesen. Danach wurde es kompliziert.

Graces Wohnheim war die sogenannte Hurlbut Hall. Sie hatte das Glück, ein Einzelzimmer zu bekommen mit einem wackeligen Schreibtisch, einem nicht funktionstüchtigen Kamin und einem schönen Blick über Rasenflächen, Bäume und efeubewachsene Klinkerfassaden. Jemand hatte eine weiße Linie in Form einer Leiche auf den verkratzten Eichenboden gemalt, und Grace beließ sie dort. Jemand anders hatte sich die Mühe gemacht, im Flur gleich neben ihrer Tür Hunderte von Pennys an die Wand zu kleben. Den tieferen Sinn sollte sie nie erfahren, doch immer wieder verschwanden Münzen.

Malcolm und Sophie begleiteten sie bei ihrem Umzug und blieben danach noch zwei Wochen, um ihr beim Einrichten zu helfen. Als sie ihr Zimmer sahen, tauschten sie einen Blick und nickten zufrieden.

»Gut«, kommentierte Grace.

»Hurlbut?«, sagte Malcolm. »Prima. Jetzt hast du Zeit, um deine Gruppe zu bilden.«

»Was für eine Gruppe?«

»Im zweiten Studienjahr ziehst du mit mehreren Kommilitoninnen in ein Haus.«

»Was ist denn der Unterschied zwischen einem Wohnheim und einem Haus?«

»Tja ... kein großer wahrscheinlich. Doch in dem Haus wirst du drei Jahre lang wohnen, das Ziel ist, dass du dich zugehörig fühlst. Mein Haus war Lowell.«

»Du hattest eine Gruppe?«

»Allerdings. Ransom Gardener gehörte dazu. Wir machen nicht nur Geschäfte miteinander, wir sind auch Freunde geblieben. Das ist der große Vorteil dieses Systems, Grace. Man bildet lebenslange Beziehungen.«

»War Mike Leiber auch dort?«

Die Frage überraschte Malcolm. »Nein, Michael hat am MIT studiert. Aber was er für uns macht, hat er sich selbst beigebracht.«

Letzten Endes brauchte man also den ganzen sozialen Firlefanz nicht. Grace erwiderte nichts, sondern betrachtete stumm die weiße Linie auf dem Boden. Saubere Arbeit, vielleicht von einem Naturwissenschaftler. Es würde ihr Spaß machen, mit dieser geometrischen Form zu leben.

»Es muss gar nicht schwierig sein, Liebes. Binnen eines Jahres wirst du Freunde finden, mit denen du zusammenziehen kannst.«

»Und wenn ich lieber allein wohnen möchte?«

Wieder tauschten sie einen Blick.

»Hm«, sagte Malcolm. »So läuft es normalerweise nicht.«

»Kann ich nicht einfach in diesem Zimmer wohnen bleiben?«

»Wohnheimzimmer sind für das erste Jahr reserviert, Grace.«

»Das ist aber streng.«

»Das ist Tradition, Grace.« Malcolm runzelte die Stirn, und Grace spürte, dass sie ihn verlegen gemacht hatte. Während sie über ihre nächste Antwort nachdachte, sagte Sophie: »Weißt du, Mal, ich glaube, im Pforzheimer gibt es Einzelzimmer.«

»Was ist das?«, fragte Grace.

»Auch ein Haus.«

»Alles wird gut, Grace«, sagte Malcolm, »lass dir Zeit, es hat keine Eile.«

Dennoch sah er nervöser aus, als Grace ihn je gesehen hatte, und selbst Sophie schien ihre beschwichtigende Wirkung auf ihn verloren zu haben. Schon auf dem Flug von Los Angeles hierher waren beide rastlos und zappelig gewesen und hatten mehr geredet und getrunken als sonst. Auch die Taxifahrt vom Logan Airport und der Besuch des Campus hatten sie nicht ruhiger gemacht.

Grace wurde bewusst, dass die Nervosität der beiden zum Problem werden könnte, wenn sie das Gefühl hätten, dass sie länger bleiben und sich um sie kümmern müssten. Sosehr sie sie mochte, sosehr ging es doch darum, dass sie hier eine neue Phase ihres Lebens begann.

Lächelnd nahm sie beide in den Arm. »Tja, ich bin sicher, es wird alles gut. Das alles hier ist fantastisch. Ich finde es großartig hier, vielen, vielen Dank dafür.«

»Ganz sicher wirst du dich hier im Nu zurechtfinden«, sagte Malcolm. »In jeder Hinsicht ... Aber wenn es jemals irgendwas gibt, bei dem du Hilfe brauchst ...«

»Klar«, sagte Grace, breitete lächelnd die Arme aus und strich über ihr Bett. »Aber jetzt ist erst mal alles perfekt.«

Sie umarmte beide – um ihretwillen, aber auch weil tief in ihrem Innern etwas aufwallte. Die beiden waren ihr nichts schuldig, und doch hatten sie beschlossen, ihr Leben zu verändern. Es waren wundervolle Menschen. Engel. Wenn es denn Engel wirklich gäbe.

Sie würde sie stolz machen.

Als sie ihnen das sagte, wurde Malcolm rot, und Sophies Augen wurden feucht. »Das tust du doch immer, Grace«, sagte sie.

Malcolm wagte einen kurzen Händedruck. Sophie strich ihr kurz über die Wange.

Grace umarmte sie noch einmal und setzte das mutigste Lächeln auf, zu dem sie imstande war.

In ihrem Kopf setzte sich ein Gedanke fest: *Pforzheimer.*

Am Abend gingen sie ins Legal Seafood, alle aßen zu viel, Malcolm trank außerdem zu viel und stieß mehrmals auf Graces »außerordentliche Leistungen« an. Am nächsten Morgen, als sie sich vor dem Inn in Harvard verabschiedeten, wirkten die beiden so unsicher, dass Grace ihre Beteuerungen wiederholte. Es war gar nicht so einfach, lässig und souverän zu wirken, weil sie im Verlauf ihrer ersten Nacht in Hurlbut selbst zunehmend nervöser geworden war. Sie hatte schlecht geschlafen, weil sie bis in die Morgenstunden durch Getrampel und Lärm auf den Fluren aufgewacht war. Auch die Hochbegabten verhielten sich wie ganz normale junge Leute.

Schließlich kam das Taxi zum Flughafen, und Grace winkte hinterher, als der Wagen die Massachusetts Avenue entlang verschwand.

Malcolm und Sophie hatten es sich anders überlegt und schoben, statt gleich nach Los Angeles zurückzufliegen, einen Kurztrip nach New York ein, um sich »eine Dosis Museen« zu geben.

Boston hatte auch jede Menge großartige Museen, und Grace wusste genau, dass sie nur in der Nähe bleiben wollten, bis sie wussten, dass es ihr wirklich gut ging.

Jede andere Sechzehnjährige wäre wahrscheinlich genervt gewesen.

Grace freute sich, dass sich jemand um sie sorgte.

Schon bald nach Beginn des ersten Semesters, in dem sie ausschließlich Einsen erzielte, hatte Grace verstanden, dass Harvard – ganz ähnlich wie das Sozialamt des County Los Angeles – stolz darauf war, auf »besondere Bedürfnisse« einzugehen. Sie ging zum Wohnheimkoordinator und erzählte ihm, dass sie allein wohnen müsse, weil sie an einer »angeborenen Hypersensibilität gegen Licht und Geräusche« leide, woraufhin sie ein Einzelzimmer im Pforzheimer zugewiesen bekam.

»Groß wird es nicht sein«, sagte der Koordinator, ein unförmiger Literaturstudent eines höheren Semesters namens Pavel. »Nicht viel mehr als ein Schrank.«

»Macht nichts«, sagte Grace. »Da drin kann ich bestimmt trotzdem alle meine Komplexe unterbringen.«

Pavel zwinkerte. »Wie bitte? Oh, ja, guter Witz. Ja, ja, gut. Ha.«

Nachdem die Zimmerfrage geklärt war, konnte Grace sich wieder ihren Bestnoten widmen. Gegen Ende des zweiten Jahres begann sie, sich bei ausgewählten Psychologieprofs einzuschmeicheln, um die Basis für eine Forschungsarbeit im dritten Jahr zu legen. Obwohl Malcolm und Sophie sie auf die bestmögliche Art und Weise mit Alkohol vertraut gemacht hatten – indem sie sie gute Weine probieren ließen und Machtkämpfe vermieden –, war sie schon früh fest entschlossen, jegliche bewusstseinsverändernden Substanzen zu meiden.

In studentischer Umgebung Alkohol und Drogen zu umgehen war nicht einfach, wenn man kein Rückgrat hatte oder sich gern in Gesellschaft aufhielt. Neben übermäßigem Dope-Gebrauch, den sie erwartet hatte, begegneten Grace auch Versuche mit Koks und halluzinogenen Drogen, sogar Heroin, vor allem bei den sich selbst zerfleischenden Theaterwissenschaftlern.

Die Hauptdroge in Harvard aber war Alkohol. Fast jede Woche Freitag fuhren Bierlaster vor den sogenannten Eating Clubs vor, die in Harvard das Äquivalent zu Verbindungshäusern darstellten, und luden kistenweise billigen Gerstensaft ab. Es gab an der Uni keine klassischen studentischen Verbindungen, aber das war nur eine Frage der Nomenklatur. Wie so vieles in Harvard gab es Zutritt zu den Eating Clubs nur auf Einladung, und männliche Mitglieder waren in der Überzahl. Natürlich brauchte man für Partys Mädchen, und wenn es in einem der Häuser hoch herging, war natürlich Weiblichkeit in Hülle und Fülle da. Grace war mehr als einmal von einem Angetrunkenen zum Mitmachen eingeladen worden, wenn sie an einem Club vorbeiging.

Im Verlauf ihrer Unikarriere beobachtete sie, wie den gertenschlanken Sexbomben allmählich Bierbäuche wuchsen und jeden Montag über Wohnheimen und Clubhäusern der Gestank von Erbrochenem lag.

Grace suchte sich eine andere Art von Freizeitgestaltung: Sie machte sich auf die Jagd nach geeigneten Männern, mit denen sie netten emotionslosen Sex haben konnte.

»Geeignet« waren vor allem solche, die weder Sportskanonen noch Ausnahmestudenten oder zu gesellig waren, denn bei denen konnte man nicht erwarten, dass sie den Mund hielten. Das Gleiche galt für lüsterne Professoren und notgeile Doktoranden, alle, die in irgendeiner Form Macht über sie ausüben konnten. Die letzte Gruppe, die sie für sich ausschloss, waren Arbeiter aus der Stadt, die in den Bars um Cambridge herum Hochschulstudentinnen anbaggerten. Zu viel potenzieller Sozialneid.

Übrig blieben ausgewählte Zielgruppen, schüchterne Jungs, Einzelgänger wie sie selbst, aber keine Schizos, deren selbst gewählte Einsamkeit in tiefer, irrer Feindseligkeit begründet war. Ein Unabomber war genug.

In den dreieinhalb Jahren, die Grace in Harvard verbrachte, schlief sie mit dreiundzwanzig jungen Männern aus Harvard, Tufts University, Boston University, Boston College und Emerson College. Nette Jungs ohne Selbstvertrauen und Erfahrung, die sich nur allzu gern von Grace anleiten ließen.

Sie hatte ihre eigene Definition von »besonderem Förderbedarf«.

Beim Aussuchen und Verführen ihrer Partner lernte Grace auch viel über sich selbst – was sie langweilte, was sie am schnellsten anturnte. Dass sie mehr brauchte als nur den Kick des Orgasmus und die Entspannung danach, dass sie die Kontrolle haben musste. Was ein schmal gebauter, aber leidenschaftlicher Student der amerikanischen Filmgeschichte so formulierte: Sie müsse »immer den Director's Cut machen«.

Als er das sagte, saß Grace gerade rittlings auf ihm. Als sie in ihrer Bewegung innehielt, verzerrte sich sein Gesicht in Panik. »Äh ... sorry ...«

»Ist das ein Problem, Brendan?«

»Nein, nein, nein ...«

Zwinkernd kippte sie ganz leicht ihr Becken. »Bist du sicher, dass ich nicht zu dominant bin?«

»Nein, nein, nein, ich liebe das. Bitte hör nicht auf.«

»Also gut, aber nur solange wir uns einig sind.« Lachend legte sie seine Hände auf ihre Brüste, zeigte ihm, wie er sanft ihre Brustwarzen reiben sollte, und nahm dann ihre Schaukelbewegung wieder auf. Ganz langsam zuerst, zum eigenen Vergnügen, dann immer schneller. Brendan kam Sekunden später, ließ sein Glied steif in ihr, bis sie kam und er ein zweites Mal.

»Ausgezeichnet«, sagte sie und beschloss, dass er noch zwei bis drei Runden hergab. Fünf Treffen waren das Maximum, manchmal brach sie schon nach einem oder zwei ab. Es hatte keinen Sinn, sie zu eng an sich zu binden. Außerdem langweilte sie sich rasch.

Wenn es ums Schlussmachen ging, nahm sie kein Blatt vor den Mund, doch sie gab keine Erklärungen. Meistens genügte es, den Abservierten Honig um den Mund zu schmieren, und einen guten Blowjob, um den Abschied zu erleichtern.

Kurz vor ihrem zwanzigsten Geburtstag hatte Grace genügend Scheine beisammen, um ein Semester früher Examen zu machen, außerdem hatte sie einen siebenundsechzig Seiten umfassenden Artikel geschrieben, der ihr eine Auszeichnung der Fakultät und ein Summa cum laude auf ihr Diplom einbrachte. Eine ihrer Psychologieprofessorinnen, eine sanfte, zurückhaltende Frau namens Carol Berk, die ihre gesamte Berufslaufbahn damit verbracht hatte, subtile Wechselbeziehungen in Familienstrukturen zu untersuchen, führte sie in die Ehrenverbindung der Psychologen, Psi Chi, ein und nominierte sie erfolgreich für Phi Beta

Kappa. Sie schlug vor, dass Grace in Harvard promovieren sollte.

Grace bedankte sich und log. »Ich bin wirklich sehr dankbar für diesen Vertrauensbeweis, Professor Berk. Vielleicht sollte ich das wirklich tun.«

In Wahrheit aber hatte sie die Nase voll von schlechtem Wetter, Selbstgefälligkeit und dem Hang, von morgens bis abends über alles zu diskutieren, vom Müsli über das Frühstück bis zum Lesestoff. Außerdem war sie es leid, immer erklären zu müssen, warum sie nie an sozialen Zusammenkünften teilnahm. Mehr als einmal hatte sie Kommilitonen sagen hören, sie sei »anders«, »komisch«, »asozial« oder »autistisch«.

Und nicht zuletzt wurden ihr die schüchternen Jungs allmählich langweilig, und es fiel ihr schwerer, zu kommen.

Doch all das spielte eigentlich keine Rolle.

Sie hatte schon von Beginn an gewusst, was ihr nächster Schritt sein würde.

Als sich das Studienjahr dem Ende zuneigte, rief sie Malcolm an und teilte ihm mit, dass sie in den Sommerferien nach Hause kommen werde. Sophie und er hatten sie erst einen Monat zuvor gesehen, beim zweiten ihrer beiden jährlichen Besuche, und sie hatte nichts davon erwähnt, dass sie zurückkehren wollte.

»Keine Sommerschule dieses Jahr?«

»Kein Bedarf. Ich bin fertig.«

»Mit deinen Recherchen?«

»Mit fast allem. Ich mache ein Semester früher Examen.«

»Du machst Witze.«

»Nein«, erwiderte sie. »Aus, fertig. Ich würde gern mit dir über die Promotion sprechen. Ich würde gerne in Los Angeles promovieren.«

»Dann bist du fest entschlossen?«

»Ja.«

Er schwieg einen Augenblick. »Das ist großartig, Grace. Klinische oder kognitive?«

»Klinische. An der USC.«

»Verstehe ...«

»Gibt's da ein Problem, Malcolm?«

»Nein, natürlich nicht. Jedenfalls nicht was deine Qualifikation angeht. Mit deinen Leistungen und den Abschlussnoten, die du bekommen wirst, wird dich jede Uni mit Handkuss nehmen.«

»Auch die USC?«

Wieder kurzes Schweigen. »Ja, natürlich, die Fakultät würde sich sicher freuen.«

»Interessante Grammatik«, sagte sie.

»Wie bitte?«

»Du hast nicht den Indikativ, sondern den Konjunktiv benutzt. Gibt's da Ungewissheiten?«

»Tja ... Grace, muss ich das wirklich erklären?«

»Nur wenn es was anderes ist als das Offensichtliche – du und ich, Vetternwirtschaft, blablabla.«

»Ich fürchte, genau das ist es.«

»Willst du damit sagen, ich werde deinetwegen nicht genommen?«

»Das sollte nicht passieren.« Er lachte. »Und schon wieder ein Konjunktiv. Ich muss zugeben, du überraschst mich damit, Grace.«

»Warum?«

»Bitte?«

»Wieso bist du überrascht?«, fragte sie. »Ich bewundere deine Arbeit über alles.«

»Tja«, erwiderte er. »Das ist zu gütig ... du möchtest

also nicht nur an der USC studieren, sondern an meinem Lehrstuhl?«

»Wenn das möglich ist.«

»Hm«, meinte er. »So was kommt bei Fakultätsbesprechungen selten auf den Tisch.«

Grace lachte. »Paradigmenwechsel. Du sagst immer, so was kann nützlich sein.«

Er lachte wieder. »Wie wahr, Grace. Wie wahr.«

Sie bekam nicht mit, welche Hebel er in Bewegung setzte, doch einen Monat später hatte sie ihre Antwort. Offiziell würde sie sich bewerben müssen wie jeder andere auch, doch Malcolms Status und Titel sowie »weitere Faktoren« würden dafür sorgen, dass sie ihre Zulassung auf jeden Fall in der Tasche hatte.

Grace konnte sich denken, was die »weiteren Faktoren« waren. Malcolm war nicht ihr biologischer Vater, also war es keine Vetternwirtschaft.

Sie musste gestehen, dass sie das verletzte.

Doch im Großen und Ganzen lief alles wie geplant.

Kapitel 42

Nach zwanzig Minuten Mittagsschlaf war Grace perfekt ausgeruht. Sie setzte ihre leuchtend blauen Kontaktlinsen wieder ein und die frisch toupierte brünette Perücke auf, wusch sich das Gesicht, putzte sich die Zähne und legte extra Deo auf. Ja, sie war wieder Sarah Muller, Erziehungsberaterin, Spezialgebiet: psychometrische Persönlichkeitstests.

Ganz nebenbei hatte sie zwei Waffen in ihrer geräumigen Handtasche.

Sie verließ das Hotel durch die Hintertür und fuhr die Center Street entlang, an der Baustelle vorbei, wo sich immer noch nichts rührte. Ihr psychotischer Freund war nirgendwo zu sehen, doch im Park hielten sich ein paar Schüler der Highschool auf, hauptsächlich Jungs, hauptsächlich coole Jungs. Vielleicht hatten sie den Obdachlosen vertrieben.

Grace fuhr weiter und erreichte die Lawrence Hall of Science zwanzig Minuten vor ihrem Termin mit Amy Chan, sodass sie in aller Ruhe eine geeignete Stelle zum Parken suchen konnte. Der Parkplatz auf der anderen Straßenseite lag unmittelbar am Eingang und war somit ideal: Ihr blieb genug Zeit, um sich auf dem großen Vorplatz des Museums umzusehen, und im Notfall säße sie rasch wieder im Wagen, um zu verschwinden.

Es war ein herrlich klarer Tag, kühle Luft erfüllte den

strahlenden Himmel, der genau die Farbe ihrer Kontaktlinsen hatte. Im Westen leuchtete die Golden Gate Bridge rost-orange. Die San Francisco Bay sah aus wie ein Bottich voll brodelndem Zinn, die Wellen vom Wind aufgepeitscht, das eisige Wasser schäumend wie frisch aufgeschlagener Eischnee. Schlepper und Ausflugsdampfer sowie ein paar Fischerboote schaukelten auf den Wellen. Bei einem ihrer Besuche in der Gegend hatte Grace Alcatraz besichtigt und überlegt, wie es wohl wäre, in einer der klaustrophobischen Zellen zu übernachten mit dem Wissen, dass man jederzeit gehen konnte.

Der Vorplatz war wie frisch gefegt und fast menschenleer, nur zwei wohlgeformte junge Frauen, die sowohl Mütter als auch Au-pairs sein konnten, sahen ein paar Kleinkindern zu, die quietschvergnügt auf der weiten Fläche herumtollten.

Grace wusste, dass sie nie Kinder haben würde. Aus der Distanz betrachtet, fand sie sie jedoch durchaus angenehm und nett, noch nicht vom Leben verkorkst. Im Hauptstudium hatte sie Gelegenheit gehabt, sich mit Therapie für Kinder zu beschäftigen, und musste dazu drei Wochen in einem Kindergarten hospitieren. Zu mehr aber hatte sie sich nie überwinden können. Was sie dabei gelernt hatte, war, dass Kinder, sogar schon im Krabbelalter, verdammt gut selbst ihre Probleme lösen konnten, solange sich die selbst ernannten Erwachsenen nicht einmischten, um ihren Willen durchzusetzen.

Grace ging zur Mitte des Platzes, wo sie um ein Haar von einem der kleinen Jungen umgerannt wurde, einem stämmigen Minielf mit langer roter Mähne, der blindlings herumsauste und dabei vor Begeisterung johlte.

Lächelnd trat sie zur Seite, während eine der jungen

Frauen rief: »Cheyenne!« Der Junge lief weiter, ohne sie zu beachten.

»Du machst das ganz richtig, kleiner Mann«, murmelte Grace.

Sie kehrte um, verließ den Platz, überquerte die Straße und machte einen kurzen Spaziergang in die grünen Hügel von Berkeley.

Fünf vor zwei kehrte sie zurück. Professor Amy Chan war bereits da. Ihre Kleidung ähnelte Graces: Bluse, Strickjacke, Hose, alles uni dunkelblau.

Chan saß mit gesenktem Kopf auf einer Bank mit Blick auf die Bay, in ein Buch vertieft. Grace ging bewusst so auf sie zu, dass sie nicht erschrak, in einem weiten Bogen, damit Chan genügend Zeit hatte, sie kommen zu sehen.

Chan hingegen sah erst auf, als Grace nur noch zehn Meter entfernt war. Ihre Miene war undurchdringlich.

Grace winkte ihr leicht zu, woraufhin Chan die Geste erwiderte und ihr Buch zur Seite legte. Ein Hardcover mit dem Titel *Das Genie*. Etwas Persönliches?

Chan stand auf und schob das Buch in ihre Tasche, einen riesigen Makrameebeutel, der sogar noch größer war als Graces Tasche. Wäre es nicht zum Totlachen, wenn sie ebenfalls Waffen darin herumtrug?

»Hallo, ich bin Sarah. Vielen Dank, dass Sie kommen konnten.«

»Amy.« Sie schüttelten sich die Hand. Chans Händedruck war weich und sanft. Mit ihren knapp eins siebzig war sie schlank und langbeinig; die langen Haare hatte sie zu einem Pferdeschwanz gebunden. Kein Make-up, kein Parfum. Sie deutete auf die Bank und wartete, bis Grace Platz genommen hatte, ehe sie sich rechts von ihr niederließ.

Die Stelle, die sie gewählt hatte, bot ihnen eine herrliche Aussicht über die Bay. Außerdem konnten sie leicht Blickkontakt vermeiden, weil sie beide geradeaus in die Weite schauen konnten.

»Sie sind in der Pädagogik tätig?«, fragte Amy Chan.

»Früher habe ich selbst unterrichtet, heute mache ich psychologische Beratung an Privatschulen. Für Kinder mit Panikattacken und deren umso panischere Eltern.«

»Verstehe«, sagte Chan. Im Augenwinkel sah Grace, wie sich ihr Gesicht für einen Sekundenbruchteil verzerrte. War ihre Kindheit auch von Druck geprägt gewesen? Grace widerstand der Versuchung, weiter zu analysieren; Amy Chans Probleme spielten keine Rolle, es sei denn, sie hatten mit Andrew Van Cortlandt zu tun.

Da sie annahm, dass eine Physikerin sicherlich wenig Verständnis für lange Umschweife hatte, kam Grace gleich zur Sache. »Wie ich am Telefon schon sagte, ich mache mir Sorgen um Andrew.«

Amy Chan reagierte nicht. Ihre Hände blieben auf den Knien liegen, doch ihre Finger krümmten sich, als würden sie sich vor der Berührung ihrer eigenen Hose ekeln. »Haben Sie meinen Namen auf einem von Andrews Artikeln entdeckt?«

»Ja. Genau genommen gibt es sonst niemanden, mit dem zusammen Andrew etwas veröffentlicht hätte.«

»Dass Sie sich diese Mühe gemacht haben, kann nur heißen, dass Andrew Ihnen etwas bedeutet.«

»Ich bewundere ihn.«

»Verständlich.« Amy Chan wandte sich abrupt zu Grace um. »Bitte seien Sie ehrlich: Besteht der Verdacht, dass er in Gefahr ist? Oder Schlimmeres?«

»Ich weiß es nicht«, log Grace. »Aber es kann gut sein.

Wie gesagt, er wirkte extrem angespannt – ich würde fast sagen, verängstigt. Seit Wochen kann ich ihn nicht erreichen. Ich hatte sowieso hier in der Gegend zu tun, und als Ihr Name auftauchte ...«

»Andrew und ich haben uns schon eine Weile nicht gesehen«, sagte Chan. »Wir waren nur Freunde. An der Uni.« Sie zwinkerte viermal. Eine Hand ballte sich zur Faust. »Irgendeine Idee, was er im Sinn hatte?«

Grace atmete aus. »Ich habe versucht, ihn auszufragen, aber das schien ihn nervös zu machen. Es hätte mit seiner Familie zu tun. Mehr hat er nicht gesagt. Dabei dachte ich immer, er hätte gar keine Familie. Als Adoptivkind ohne Geschwister.«

»Mit seiner Familie?«, wiederholte Chan. »Sonst hat er nichts gesagt?«

»Er wollte nicht ins Detail gehen, Dr. Chan. Die Wahrheit ist, obwohl ich ihn sehr mag, weiß ich eigentlich ziemlich wenig über ihn. Er war immer, wie soll ich sagen ... geheimnisvoll?«

»Einsilbig.«

»Genau.«

»Seit wann kennen Sie ihn denn, Sarah?«

»Seit etwa einem Jahr. Da Sie ihn schon länger kennen, dachte ich, Sie wüssten vielleicht mehr.«

»Ehrlich gesagt, habe ich seit zwei Jahren nicht mehr mit ihm gesprochen«, räumte Chan ein. »Länger sogar ... vielleicht zweieinhalb. Er war in San Francisco und rief mich an. Wir haben uns dann zum Abendessen getroffen.«

Chan reckte den Hals und sah Grace direkt an. »Waren Sie und Andrew ...« Sie lächelte. »Hatten Sie eine Affäre mit Andrew? Etwas weniger Gestelztes fällt mir jetzt gerade nicht ein. Und ich will auf keinen Fall neugierig sein.«

Grace erwiderte das Lächeln. »Nein, Dr. Chan, wir …«

»Nennen Sie mich Amy.«

»Wir hatten keine Affäre, Amy. Wir sind befreundet, so wie Sie beide.«

»Interessant, oder?«, sagte Chan.

»Was?«

»Zwei Frauen, die ihn bewundern, aber keine Liebe. Ist das nicht schon ein Muster?«

Grace tat, als würde sie nachdenken. »Könnte schon sein.«

»Haben Sie sich je über Andrew gewundert?«

»In welcher Hinsicht?«

»Vor allem seine Sexualität, Sarah.«

»Meinen Sie, er ist vielleicht schwul?« *Voll daneben, meine Liebe.*

»Irgendwann habe ich mich das tatsächlich gefragt«, gab Amy Chan zu. »Ich habe nie mitbekommen, dass er mit einer Frau etwas hatte … Ich meine nicht, dass er nie etwas hatte, ich habe es nur einfach nicht mitbekommen.« Kurzes Schweigen. »Zumindest hat er es bei mir nie versucht. Was anfangs durchaus an meinem Selbstvertrauen gekratzt hat. Nicht dass ich es unbedingt auf ihn abgesehen hätte. Ich hatte schon mehrere Freunde, und inzwischen bin ich verlobt.«

»Herzlichen Glückwunsch.«

»Danke, ich bin ziemlich glücklich … jedenfalls, Andrew war klug, rücksichtsvoll, aufmerksam und höflich. Eigentlich der perfekte Mann, oder? Wir haben viel Zeit zusammen im Labor verbracht und beim Schreiben. Aber es hat nie zwischen uns gefunkt, und er hat auch nie versucht, mir den Hof zu machen.«

»Das kommt mir sehr bekannt vor«, sagte Grace. »Ich habe die gleiche Erfahrung mit ihm gemacht.«

»Wo haben Sie ihn denn kennengelernt, Sarah?«

Bleib mit deinen Lügen möglichst nahe bei der Wahrheit. Umso weniger musst du dir merken, dachte Grace.

»Es ist mir ein bisschen peinlich«, erklärte sie. »In einer Bar. Es war keine Spelunke, ein nettes Lokal, eine Hotellounge in Los Angeles, wir waren beide auf Geschäftsreise. Ich fand ihn vom ersten Moment an attraktiv und unkompliziert. Wir gingen schließlich zusammen essen, aber das war's dann auch. Er wirkte, als hätte er es eilig, wegzukommen. Zwei Tage später sind wir uns noch mal über den Weg gelaufen und machten ein bisschen Sightseeing zusammen. Er erzählte mir, dass er in Los Angeles aufgewachsen sei. Ich fand es nett, einen Ortskundigen zu haben, der mir die Stadt zeigen konnte.«

Auf Amy Chans zartem Kinn erschienen blassrosa Flecken. »Haben Sie sich danach noch mal getroffen?«

»Ein paarmal. Wenn sich unsere Reisepläne zufällig deckten. Insgesamt war es, glaube ich, viermal im Verlauf des folgenden Jahres. Ich habe diese Bekanntschaft genossen. Reisen kann sehr einsam sein. Da ist der vielbeschworene Hafen auf stürmischer See immer willkommen.«

»So geht es mir bei Konferenzen auch immer, Sarah. Er hat also nie mehr gewollt?«

»Nie.«

Amy Chan schien diese Antwort zu freuen. Offenbar war sie doch nicht so abgeklärt, wie sie tat.

»Ich hab mich einfach daran gewöhnt«, sagte Grace. »So ist Andrew eben. In gewisser Hinsicht finde ich das durchaus tröstlich – nette Gesellschaft ohne Stress. Trotzdem mag ich ihn sehr, und als sich dann sein Verhalten so merkwürdig veränderte – beim letzten und vorletzten Mal, als wir uns sahen –, da war ich schon beunruhigt.

Irgendwann reagierte er nicht mehr auf meine Mails, und ich fing an, mir ernsthaft Sorgen zu machen.«

»Irgendwas mit seiner Familie,«

»Er hat mir mal erzählt, dass er adoptiert wurde, da hab ich mich gefragt, ob es etwas damit zu tun hat – dass er vielleicht etwas über seine wahre Herkunft herausgefunden hat, und etwas ging schief. Das habe ich bei Schülern von mir schon erlebt. Ich weiß, dass er seinen Adoptiveltern sehr nahestand. Er hat mir erzählt, dass ihr Tod ihn schwer mitgenommen hat. Vielleicht hat er daraufhin beschlossen, seine Wurzeln zu suchen.«

Grace schüttelte den Kopf. »Das ist wahrscheinlich völlig albern, und ich sollte mich nicht in Dinge einmischen, die mich nichts angehen.«

Chan schwieg eine Weile, ehe sie sprach. »Ich wünschte, ich könnte Ihnen sagen, dass Ihre Besorgnis unbegründet ist. Doch als ich Andrew zum letzten Mal sah, ist auch etwas passiert, das mir seltsam vorkam.«

Sie wandte ihren Blick wieder dem aufgewühlten Wasser der Bay zu. »Wir gingen zusammen zum Abendessen. Ich suchte das Restaurant aus, ein Lokal namens Café Lotus, es existiert inzwischen nicht mehr. Ich bin Vegetarierin, Andrew nicht, aber er war natürlich trotzdem einverstanden, dorthin zu gehen. Sie wissen ja, wie umgänglich er ist.«

Grace nickte. »Total locker.« *Wenn du nur wüsstest, Amy.*

»Aber nicht ohne Rückgrat.« Chan zwinkerte. »Jedenfalls war es richtig nett, sich mal wieder ausführlich auszutauschen.« Sie lächelte. »Wobei, um ehrlich zu sein, war ich hauptsächlich diejenige, die geredet hat. Andrew war immer ein guter Zuhörer. Jedenfalls ... es kamen neue Gäste, die den Tisch gleich neben uns bekamen, und als Andrew in ihre Richtung blickte, veränderte sich ganz plötzlich seine Miene. Als würde völlig unerwartet seine Stimmung umschlagen. Er wirkte unkonzentriert und hörte auf zu essen. Außerdem war er ganz rot im Gesicht, als hätte er zu viel getrunken – dabei gab es in dem Restaurant gar keine alkoholischen Getränke. Ich fragte ihn, was er hätte, ob er vielleicht gegen irgendwas allergisch wäre. Er verneinte und versuchte, so zu tun, als wäre alles in Ordnung. Aber das war nicht so, Sarah. Er sah zutiefst erschüttert aus und warf immer wieder ganz kurze Blicke zu dem neu besetzten Tisch hinüber. Also schaute ich auch hin, um zu sehen, wer ihn da so in Panik versetzte. Woraufhin er wiederum so tat, als wäre alles okay, und wir versuchten, unser Gespräch wieder aufzunehmen. Die Leute sahen ganz normal aus. Ein Mann und eine Frau. Dann sah ich, dass der Mann auch verstohlene Blicke zu Andrew herüberwarf, wobei Andrew nicht reagierte, außer dass er noch nervöser wurde. Dann stand der Mann auf einmal auf, kam mit einem Lächeln auf Andrew zu und sprach ihn mit dem Namen ›Thai‹ an, was ich komisch fand, schließlich ist Andrew ja ganz offensichtlich nicht asiatischer Abstammung. Dann dachte ich, er hat ja überwiegend in Asien gearbeitet, vielleicht hat er sich da einen Spitznamen zugelegt. Jedenfalls hat Andrew den Mann nicht korrigiert. Er entschuldigte sich bei mir, stand auf, und die beiden gingen zusammen in eine Ecke neben dem Ausgang, wo sie einen offensichtlich ziemlich intensiven Wortwechsel führten. Währenddessen sitze ich da und starre zu ihnen hinüber, ebenso wie die andere Frau, die offenbar genauso überrascht ist wie ich. Dann klopft der Typ Andrew auf die Schulter und drückt ihm eine Visitenkarte in die Hand. Andrew kehrt an den Tisch zurück und tut so, als wäre nichts. Ab dann war er vollkommen geistesabwesend. Wir wollten uns eigentlich nach dem Essen noch einen Film im Unikino ansehen, doch dann entschuldigt er sich plötzlich wortreich, er sei total fertig, es tue ihm leid, dass er mich so hängen lasse, aber er müsse dringend ins Bett, weil er am nächsten Morgen in aller Frühe losmüsse.«

Amy Chan zuckte mit den Schultern. »Seitdem habe ich ihn nicht mehr gesehen, Sarah. Ich dachte damals, er hätte vielleicht berufliche Probleme, irgendwas in Asien. Aber es ging mich nichts an, also habe ich nicht mehr daran gedacht.«

»Wie sah der andere Mann denn aus?«

»Völlig harmlos – eigentlich ganz gut sogar. Lange blonde Haare, Bart, etwa in Andrews Alter. Gut angezogen, Stil: reicher Hippie, sehr Berkeley-mäßig. Und im Gegensatz zu Andrew schien ihn die Begegnung überhaupt nicht aus der Fassung zu bringen. Im Gegenteil. Er wirkte völlig entspannt.«

Der Geräuschpegel auf dem Platz stieg abrupt an. Es waren noch mehr junge Frauen mit Kindern gekommen.

»Das ist alles, Sarah«, sagte Amy Chan. »Sieht so aus, als könnten wir nichts weiter tun, als abzuwarten und das Beste zu hoffen.«

»Scheint so«, stimmte Grace zu. »Vielen Dank, dass Sie sich Zeit für mich genommen haben. Dann will ich mich mal wieder meinen von Panikattacken geplagten Mittelstufenschülern in Atherton zuwenden.«

Chan lächelte. »In ein paar Jahren werde ich die übernehmen.«

Kapitel 43

Grace ließ das Museum hinter sich und fuhr bergab bis zum oberen Rand des Unicampus. Hinter einem Gebäude, das nach Versorgungstrakt aussah, parkte sie auf einem Mitarbeiterstellplatz, atmete tief durch und versuchte, sich zu beruhigen.

Amy Chan hatte ihr Treffen wahrscheinlich wenig hilfreich gefunden, doch für Grace war es äußerst erhellend gewesen. Dass sich die Brüder getroffen hatten, eröffnete allerlei düstere Pfade, die alle zu Andrews Ableben führten.

Wie war seine Reaktion auf das Kunstgebilde namens Dion Larue zu bewerten? Überraschung nach langer Trennung? Oder Furcht, weil er zuvor schon Larues Kontaktaufnahmeversuche abgewehrt hatte?

Für Grace war es kein Problem gewesen, Andrew über die Uni Stanford ausfindig zu machen. Für Big Brother wäre das genauso einfach gewesen.

Die emotionale Reaktion, die Chan beobachtet hatte, sagte alles: Andrew erschüttert, der Giftprinz erfreut.

Wobei er gleich noch einen Stachel setzte, indem er Andrew mit seinem Sektennamen ansprach.

Thai. Nicht ganz, Amy. Ty. Wie dreist.

Vor zwei Jahren, als diese Begegnung stattfand, waren die Morde an den McCoys, den Wetters und Van Cortlandts längst Geschichte. Dass Andrew schockiert war, seinen Bruder zu sehen, schloss natürlich nicht aus, dass er Jahre zuvor sein Mordkomplize gewesen sein konnte. Dennoch tendierte Grace mehr und mehr dazu, ihn als unschuldig zu betrachten. Nichts an ihm ließ auf Gewalttätigkeit schließen, und das Bild von ihm, das Chan beschrieben hatte, deckte sich mit ihrem persönlichen Eindruck von ihm.

Das hieß, dass Big Brother ein Einzeltäter war, was wiederum perfekt zu dem Bild des hochgradig psychopathischen Teenagers passte, den sie auf der Ranch kennengelernt hatte. Und zu dem rücksichtslosen Betrüger, den Mr. Einauge beschrieben hatte.

Wenn das noch nicht Beweis genug war, gab es noch das verräterische Anagramm. Arundel Roi war als Dion Larue wiederauferstanden.

Sie stellte sich vor, wie er, in welcher Identität auch immer, vor zehn Jahren nach Oklahoma gefahren war, die arme kleine Lily und ihre Familie in Brand gesteckt und hinterher ihren Pick-up entsorgt hatte, um zufrieden nach Kalifornien zurückzukehren.

Eine Frage aber stellte sich: Warum hatte er seine Schwester eliminiert, aber seinen Bruder leben lassen?

Vielleicht weil Lilith taub und damit unbrauchbar war, während Ty in Stanford promoviert hatte und noch nützlich werden konnte?

Ein Bauingenieur mit Großprojekten in Asien. Dion Larue gab sich als Bauunternehmer, doch in Wahrheit war er ein kleines Licht – und musste die Stadt Berkeley betrügen, um ein Abbruchgebäude sanieren zu dürfen. Vielleicht hatte er Andrew als Ticket zum Erfolg betrachtet.

Wenn Andrew ihn abgewiesen hatte, konnte das zu allerlei unschönen Reaktionen geführt haben.

Larues Mord an den Van Cortlandts fiel ihr wieder ein.

Wie kam er auf die Idee, dass er damit bei Andrew Sympathie wecken konnte?

Weil er sich wie alle Psychopathen für grandios und unwiderstehlich hielt. Weil er davon ausging, dass alle ihn anbeteten.

Das ganze Geld, das du geerbt hast, Bruder? Rate mal, wer das für dich eingefädelt hat.

Samael/Dion hätte diese Art von »Gefallen« begrüßt, doch Ty/Andrew war entsetzt gewesen, ja so traumatisiert, dass er professionelle Hilfe suchte.

Dadurch hatte er sich zu einer Riesenbelastung gemacht.

Und Grace zu einem potenziellen Kollateralschaden.

Ihr wurde bewusst, dass sie sich so stark konzentriert hatte, dass sie gar nicht mehr auf ihre Umgebung geachtet hatte. Sie blickte sich um und entdeckte weder Trolle noch Menschenfresser noch gewalttätige Kolosse. Dennoch lief ihr ein Schauer über den Rücken.

Agieren, nicht reagieren.

Sie beeilte sich, wegzukommen.

Wieder zurück in der Stadt, fuhr sie die Telegraph Avenue entlang, fand eine freie Parkuhr und einen abgelegenen Tisch in einem Internetcafé. Ein Schild erinnerte daran, dass der Internetzugang nur kostenlos sei, wenn man Essen dazu bestellte. Sie kaufte Eistee und dazu ein Panino mit Mozzarella und Tomaten einer angeblich alten Sorte, ohne es aus seiner ölverschmierten Recyclingpapierverpackung auszuwickeln.

Grace ging davon aus, dass Beldrim Benn etwa so alt war wie Roger Wetter junior und zur gleichen Zeit Schüler an der Berkeley High gewesen war. Sie errechnete, wann Benn die Schule abgeschlossen haben musste und tippte seinen Namen samt entsprechenden Suchwörtern ein. Es dauerte eine Weile, bis das überforderte Netz des Cafés die Ergebnisliste lud.

Über die Schule selbst kam nichts, nur die selten besuchte private Website (*Sie sind Besucher Nr. 0032*) eines Optikers in Stowe, Vermont. Der Star dieser Geheimshow war ein inzwischen aus dem Leim gegangener Typ mit Hängeschultern namens Avery Sloat, der seine Familie, seinen Golden Retriever und seinen LensMaster-Franchise-Laden liebte, dessen beste Jahre aber offenbar die waren, die er mit dem Wrestling-Team der Berkeley High verbracht hatte.

Wie zum Beweis hatte Sloat ein unscharfes Gruppenfoto der Grabbeltruppe gepostet, alle in Rot-Gold. Sein Gesicht hatte er weiß eingekreist, damit man es auch ja nicht übersah.

Grace versuchte, das Foto zu vergrößern, was aber nicht gelang. Sie behalf sich damit, ganz nah an den Bildschirm zu rücken, um die Gesichter mit den kleingedruckten Namen darunter zu vergleichen.

Roger Wetter junior war nicht im Team gewesen. Das war wohl nicht weiter überraschend. Ein hübscher Junge wie er würde sich sicher nicht freiwillig verprügeln lassen, noch hatte er Interesse an einem fairen Kampf. Aber B. A. Benn war da, zweite Reihe rechts, ein finster dreinschauender, pickeliger Mittelgewichtler mit zerzausten Haaren.

Über Benn in der obersten Reihe hatten aufgrund ihrer Breite gerade einmal fünf Jungs Platz gefunden. Die Schwergewichtler platzten fast aus ihren Trikots.

Jeder von denen hätte das Arschloch sein können, das sie von der Straße gedrängt hatte.

Der wahrscheinlich Andrews Mörder war.

Sie betrachtete das Foto. Einer der Fleischberge war Samoaner, einer Afroamerikaner, die übrigen drei waren weiß. Einer davon sah aus wie eine jüngere Version des Mannes, der auf dem New-Mexiko-Foto hinter Dion Larue gestanden hatte.

Mit zitternden Händen streckte sie ihren Zeigefinger aus und fuhr über die Namen.

W.T. Sporn.

Ein ungewöhnlicher Name, glückliche Fügung. Sie tippte sofort los.

Anders als bei Beldrim Benn hatten Walter Travis Sporns Delikte es in die Lokalblätter von San Mateo und Redwood City geschafft, obwohl sie relativ harmlos waren. In den letzten fünfzehn Jahren war nichts mehr hinzugekommen, doch davor konnte man ein deutliches Muster erkennen. Es war nicht anzunehmen, dass Sporn plötzlich geläutert worden war. Viel wahrscheinlicher war, dass er gelernt hatte, sich geschickt aus der Affäre zu ziehen. Im Alter zwischen achtzehn und zweiundzwanzig war Sporn dreimal wegen Trunkenheit und grobem Unfug festgenommen worden, zweimal wegen Körperverletzung, einmal wegen Tätlichkeit. Soweit Grace das den kurzen, nüchternen Meldungen entnehmen konnte, war es jedes Mal in einer Kneipe passiert. Es gab keine Informationen darüber, wie die Vorfälle ausgegangen waren, doch Grace bezweifelte, dass er Haftstrafen abgesessen hatte. In einer Welt voller Gewalt waren ein paar Veilchen keine große Sache.

Vielleicht war er aber auch deshalb nicht mehr festgenommen worden, weil er sich einem schlaueren Bösewicht angeschlossen hatte.

Die Freude darüber, Sporn identifiziert zu haben, schwand, als ihr klar wurde, dass sie damit weder ihm noch Larue auch nur einen Deut näher gekommen war.

Es wurde Zeit, sich wieder mal bei Wayne zu melden, der hoffentlich etwas Neues erfahren hatte und sie nicht einfach nur beschützen wollte. Doch er nahm weder unter seiner Privat- noch unter der Handynummer ab und hatte auch keine Nachricht hinterlassen. Sie trank ihren Tee aus, nahm das Sandwich und schenkte es einer ausgemergelten Obdachlosen, die über die freiwillig gewährte Großzügigkeit ganz überrascht war.

Zurück im Escape versuchte sie es noch mal in der Center Street. Insgesamt sechsmal fuhr sie an der Baustelle vorbei und ließ dazwischen, um nicht aufzufallen, immer rund zehn Minuten vergehen. Nichts.

Okay, zurück auf Anfang.

Dann sah sie ihn.

Ein dicker Kerl, der sich aus einem Toyota Prius schälte, der vor der Baustelle im Parkverbot stand. Grace hielt am Straßenrand und sah zu, wie Walter Sporn auf das Maschendrahttor zuwatschelte, das Vorhängeschloss öffnete, hindurchging und das Schloss wieder zuschnappen ließ.

Schwarzer Rolli, schwarze Jogginghose, schwarze Turnschuhe, qualmende Zigarre.

Er musste um die hundertvierzig Kilo wiegen, ein Michelinmännchen, wenn auch muskulös unter seinen Speckrollen. Und trotz des schaukelnden Gangs auf seinen baumstammdicken Schenkeln bewegte er sich flink und selbstbewusst.

So selbstbewusst, dass er sich nicht die Mühe machte, sich umzuschauen, als er Minuten später wieder erschien, sich in seinen Prius zwängte und davonfuhr.

Unmittelbar an Grace vorbei.

Warum sollte er auch wachsam sein? Jahre-, jahrzehntelang hatten er und seine Kumpels sich alles erlauben können.

Grace ließ einen Pick-up mit dem Logo der Stadt Berkeley vorbei, ehe sie losfuhr.

Der Wagen war die ideale Deckung für sie. Auf der Flucht, Walter?

Höchste Zeit für ein kleines Verfolgungsrennen.

Kapitel 44

Walter Sporn fuhr in seinem für ihn viel zu kleinen Prius zur Südseite des Campus, wo er in den Claremont Boulevard einbog. Die Wohngegend war geprägt von prachtvollen, eleganten Villen verschiedenster Baustile, und die schattigen Alleen erinnerten Grace an ihre Zeit in Hancock Park.

Berkeleys Claremont District war eines der Reichenviertel der Stadt, hier residierten altes Geld, Start-up-Neureiche aus dem Silicon Valley und Uniprofessoren mit Trustfonds. Grace kannte die Gegend gut; mit Malcolm war sie mehrmals im Claremont Hotel abgestiegen, einem riesigen, hundert Jahre alten architektonischen Exzess mit Spitzdächern, zahllosen Fenstergiebeln und einem Turm, auf einem acht Hektar großen Grundstück ganz oben am Hang gelegen, das spektakuläre Ausblicke über die Bay bot. Grace und Malcolm hatten damals immer im Speisesaal gefrühstückt. Die Erinnerung an diese Zeit war längst verblasst – normalerweise hielt sie nicht an der Vergangenheit fest –, doch jetzt dachte sie an Malcolms scheinbar unstillbaren Appetit auf Pfannkuchen und gelehrte Debatten und musste lächeln.

Das war etwas ganz anderes gewesen als die Absteige, die sie zurzeit bewohnte. Man passte sich an.

Der Pick-up war immer noch zwischen ihr und Sporn. Als sie leicht zur Seite schwenkte, sah sie, wie Letzterer in eine Straße namens Avalina Street einbog. Einem Warnschild zufolge eine Sackgasse.

Grace stellte ihren Wagen ab, joggte zur nächsten Ecke und spähte in die Straße hinein. Es waren nur ein paar Häuser, und man konnte bis zum Ende sehen. Sie verfolgte, wie der Prius rechts in eine Einfahrt bog, zählte die Häuser ab und kehrte zum Escape zurück, um zu warten.

Als Sporn nach einer Stunde immer noch nicht zurück war, wagte sie einen kleinen Spaziergang.

Die Häuser in der Avalina Street schmiegten sich an die steile Hanglage, und viele waren hinter üppigem Grünbewuchs kaum zu sehen. Das Anwesen, das Sporn besucht hatte, lag fast am Ende der Sackgasse.

Eine gigantische Tudorvilla, mit schiefergedeckten Giebeln, einer verwitterten Ziegelfassade, die hinter einer wild wuchernden hohen Hecke, drei enormen Redwoods und zwei fast ebenso hohen Zedern verborgen war. Aus dem Rahmen fielen mehrere Palmen mit spitzen Wedeln. Die Hecke war zu einem Bogen getrimmt, der sich über die unbefestigte Kieseinfahrt spannte und mit winzigen weißen Blüten übersät war. Der Prius parkte hinter einem weiteren Wagen, ebenfalls ein Prius, beide schwarz.

Schwarz war auch Sporns Kleidung, genau wie die der Kinder des Arundel Roi in der Nacht, als sie auf der Ranch aufgetaucht waren.

Grace ging weiter bis zum Ende der Sackgasse, kehrte dann um und überquerte die Straße. Sie tat, als würde sie die Klinkervilla überhaupt nicht beachten. Hinter all dem Grün war nicht der geringste Schimmer in den Fenstern zu erkennen, aber das hatte nichts zu bedeuten.

Sie prägte sich die Adresse ein und bemühte sich, betont gemächlich weiterzugehen.

Zurück auf ihrem Zimmer, testete sie erneut das WLAN des Olds Hotels, aber es war immer noch genauso schlecht wie zuvor. Ihr Prepaid-Handy hingegen funktionierte bestens, und so rief sie noch einmal bei Wayne an.

Diesmal nahm er ab. »Wo sind Sie?«

»Nordkalifornien.«

»Schöne Gegend. Darf ich der Hoffnung Glauben schenken, dass Sie sich auf Sightseeing beschränken?«

Grace lachte. »Was ist los, Onkel Wayne?«

»Ach, na ja«, sagte er. »Immerhin geht es Ihnen gut.«

»Mir geht's bestens.«

»Soll das heißen, Sie haben erreicht, was Sie wollten, und sind wieder auf dem Heimweg?«

»Ich mache Fortschritte.«

Schweigen.

»Wirklich, es ist alles okay.«

»Das sagen Sie ... Passen Sie auf sich auf.« Das war eher eine Anordnung als eine Bitte.

»Natürlich«, sagte Grace.

»Wenn Sie mir das nicht feierlich versprechen, werde ich Ihnen nicht erzählen, was ich in Erfahrung gebracht habe.«

»Ich schwöre Treue auf die Fahne von Wayne ...«

»Ich mein's ernst, Grace.«

»Versprochen. Alles ist gut, wirklich. Was haben Sie in Erfahrung gebracht?«

Wayne räusperte sich. »Darf ich Sie zuvor noch einmal daran erinnern, dass ich keine Gewähr für die Richtigkeit meiner Information übernehmen kann. Aber bislang haben mich meine Quellen noch nie enttäuscht.«

Ganz der Anwalt.

»Ich werde daran denken, Wayne.«

»Also gut ... Wie Sie sich schon denken können, hat es

mit der verstorbenen Ms. McKinney zu tun. Die, wie wir gesehen haben, in ihrem ganzen Leben keinerlei Liebes- oder sonstige Beziehung mit irgendwem hatte.«

Grace wartete ab.

»Allerdings«, fuhr Wayne fort. »Und jetzt kommt ein großer Hammer, Grace. Meine Quelle – eine neue, man muss da immer mal abwechseln – behauptet, dass Selene irgendwann bedauerte, keine Familie zu haben.« Er schwieg kurz. »Und wie so viele andere versuchte sie, das Problem durch Adoption zu beheben.«

»Versuchte? Jemand mit ihrem Einfluss wurde abgelehnt?«

»Oh nein, sie sicherte sich ein weißes Mädchen – kein Baby, vielleicht vertrug sie den Geruch voller Windeln nicht –, eine Kleine von acht oder neun. Ihr Name fing mit Y an, Yalta, Yetta oder so ähnlich.«

Grace hörte ihn seufzen.

»Und jetzt kommt der traurige Teil der Geschichte. Die arme Kleine wohnte zwei Jahre bei Selene und genoss das Leben, das sie dort geboten bekam, bis Selene feststellte, dass sie fürs Muttersein doch nicht geboren war. Dieses Problem löste sie, indem sie das Mädchen zurückgab.«

»Scheiße.«

»Allerdings.«

»Wem hat sie sie zurückgegeben?«

»Das ist nicht bekannt, Grace. Aber höchstwahrscheinlich der Agentur oder dem Winkeladvokaten, der sie ursprünglich aufgelesen hatte. Können Sie sich diesen Schmerz vorstellen? Zweimal abgelehnt zu werden? Gute Güte. Kein Wunder, dass das arme Ding Probleme bekam.«

»Was für Probleme?«

»Die Art von Problemen, die junge Frauen ins Gefängnis bringen, Grace.«

»Sie hat im Sybil Brand eingesessen«, sagte Grace. »Und dort Roi kennengelernt.«

»Dorthin sind damals die Mädchen gekommen, die auf die schiefe Bahn gerieten, Grace. Aber es kommt noch schlimmer. Irgendwann hatte sie selbst zwei Kinder.«

»Nur zwei?«

»Ja, darüber bin ich auch gestolpert«, sagte Wayne. »Aber das ist alles, was meine Quelle weiß. Die Geschichte, die jetzt kommt, hat sich vor fünfundzwanzig Jahren zugetragen. Selene hatte zur Weihnachtsfeier im Garten geladen – sie feierte sich gern selbst –, glamouröse Gala, die richtigen Gäste, Formschnitthecken als Mietdeko und so weiter. Meine Quelle gehört zu den ›richtigen Gästen‹, und das hat sie … er … also die Quelle, beobachtet: Irgendwann im Laufe der Party wollte sie die Toilette benutzen, die jedoch besetzt war. Die Suche nach einer Alternative führte sie zu einem Haushaltsflügel hinter der Küche. Als sie wieder heraustrat, hörte sie etwas.«

Wieder Räuspern. »Es folgten etwas Spähen und Lauschen. Selene befand sich in der Küche, in vollem Ornat, rauchte wie ein Schlot und stritt sich mit einer jungen Frau in Schwarz. Nicht schick Schwarz, abgerissen. Meine Quelle konnte nicht hören, was geredet wurde, doch die Feindseligkeit war nicht zu übersehen. Im Schlepptau der jungen Frau waren zwei Jungen im Alter von etwa zehn, elf, die genauso gekleidet waren wie sie. Beide saßen stumm da, ›wie erstarrt‹, während ihre Mutter und Selene aufeinander losgingen. Schließlich griff Selene zum Telefon und rief die Security. Doch ehe die Wachen eintrafen, hatte die junge Frau ihre Jungs mit sich gerissen und war durch die Hintertür verschwunden. Woraufhin Selene etwas murmelte wie: ›Und tschüss, Abschaum‹.«

»Nicht sehr großmütterlich«, kommentierte Grace.

»Nicht sehr menschlich.« Waynes Stimme war plötzlich voller Zorn. »Sie haben einen Doktortitel, Grace. Können Sie mir erklären, warum die Evolution solche Monster nicht aussterben lässt?«

Durch Graces Kopf schossen gleich mehrere Antworten. Darunter: *Woher sollten wir denn sonst unsere Politiker nehmen?*

»Gute Frage«, sagte sie. »Fünfundzwanzig Jahre, das ist etwa ein Jahr vor dem Gemetzel bei der Festungssekte.«

»Genau, Grace, genau. Vielleicht ahnte Yalta, oder wie immer sie hieß, dass sich da was Schlimmes zusammenbraute, und suchte Hilfe bei Selene. Die sie aber nicht bekam, ganz im Gegenteil.«

»Und bald darauf waren alle auf dem Gelände tot bis auf drei Kinder.«

»Ja, drei. Wo die Tochter an dem Tag war? Ich weiß es nicht, Grace, aber meine Quelle ist sich sicher: Es waren nur zwei Jungs.«

»Vielleicht war Lily nicht Yaltas Tochter, Wayne. In dem Bericht hieß es, Roi habe drei Ehefrauen gehabt. Vielleicht ist das der Grund, warum sie nicht von einer reichen Familie adoptiert wurde. Selene hatte mit ihr nichts zu schaffen.«

Es konnte auch erklären, warum sie nicht verschont wurde. Halbgeschwister zählten nicht.

»Da mögen Sie recht haben«, sagte Wayne. »Jedenfalls haben wir jetzt ein ausreichendes Motiv für Selene, ein Zuhause für die Jungen zu finden. Nicht weil sie ein schlechtes Gewissen hatte, sie weggeschickt zu haben, natürlich; wer so handelt wie sie, ist viel zu abgestumpft, um Reue zu empfinden, oder?«

»Stimmt«, sagte Grace.

»Andererseits, die Kinder dem Jugendamt zu überlassen, hätte die Gefahr erhöht, dass Selenes Herzlosigkeit ans Licht kommt. Deshalb hat sie sich an Leute gewandt, die ihr einen Gefallen schuldeten. Zwei kinderlose Paare, die ältere Kinder mit Altlasten nehmen würden.«

»Besonders wenn sie eine gewisse Mitgift mitbrachten.«

»Hm«, sagte Wayne. »Finanziell war Selene sicherlich gut gestellt. Ja, das klingt alles sehr logisch – aber was bedeutet das denn jetzt alles für Sie, Grace?«

»Ich bin mir nicht sicher.«

»Wollen Sie die Sache wirklich weiterverfolgen?«

Grace antwortete nicht.

»Sie behaupten voller Überzeugung, Sie würden vorsichtig sein. Ich wünschte, ich könnte sicher sein, dass Sie mich nicht nur bei Laune halten wollen.«

»Nein«, versicherte sie diesem gütigen, rechtschaffenen Mann, der so viel für sie getan hatte.

Und log ohne die geringste Spur von Reue.

Das dritte Internetcafé war ein einfaches vietnamesisches Restaurant beim Olds Hotel um die Ecke. Das Foto von einer Schüssel Pho im Schaufenster hatte ihren Appetit angeregt und sie in das Cyberuniversum gelockt.

Sie löffelte die Suppe und genoss die Schärfe von Paprika, von der Kokosmilch kaum gemildert. Schwein und Shrimps, dazu glasige Reisnudeln, die ihre Speiseröhre hinabglitten.

Alles würde sich klären. Sie konnte es spüren.

Sie tippte die Adresse des Klinkerhauses in der Avalina Street ein und bekam einen Link zu einem drei Jahre alten Bericht der Denkmalschutzabteilung der Stadt Berkeley.

Umbaugenehmigung (LM#5600000231) für das denkmalgeschützte Anwesen The Krauss House, einschließlich stilgetreuer Erneuerung (historischer und nicht historischer) Schiebefenster sowie (nicht historischer) Türen des Hauptgebäudes sowie Erneuerung (nicht historischer) Abflussrohre, des Komposit/Ziegel/ Schieferdaches sowie der Dachfenster in der Remise.

Für dieses Stück Behördenprosa zeichneten fünf Verwaltungsangestellte verantwortlich. Es folgte jede Menge Kleingedrucktes über eine Ausnahmegenehmigung für das Bauprojekt, die es von allen Umweltbestimmungen gemäß Abschnitt 15331 (Denkmalschutz) CEQA-Richtlinien befreite.

Eigentümer des Anwesens: DRL-Earthmove.

Beim Scrollen über den Text reimte sich Grace die Geschichte des Hauses zusammen. Errichtet 1917 für einen Edelmetall-Händler namens Innes Skelton, hatte es bis 1945 als privates Wohnhaus gedient, bis ein Geschichtsprofessor und Sammler asiatischer Keramiken namens Ignatz Krauss es kaufte, um es in ein privates Museum umzuwandeln.

Soweit Grace sehen konnte, hatte Krauss mit der Uni ein Arrangement, das ihm erlaubte, seine Sammlung von der Steuer abzusetzen, wenn er bei seinem Ableben Anwesen samt Kunst der UC Berkeley vermachte.

Krauss war 1967 verstorben, und die Töpferwaren waren kurz darauf versteigert worden. Das Gebäude war weitere acht Jahre im Besitz der Hochschule verblieben als Unterkunft für angesehene Gelehrte, danach war es der

Stadt Berkeley überschrieben worden, im Tausch gegen ein Gewerbegebäude in der Innenstadt, das die Uni für Verwaltungsbüros nutzen wollte.

Was die Stadt mit dem Bau gemacht hatte, wurde nicht recht klar. Vor vier Jahren jedenfalls hatte sie ihn an DRL verkauft, nachdem sie den Kasten in der Center Street für vier Millionen Dollar von Larue erworben hatte. Einzige Bedingung: »zeitnahe Beantragung von Denkmalschutz« für das Anwesen in der Avalina Street.

Im folgenden Jahr hatte Dion Larue sich dann wohl ganz offensichtlich gefügt, indem er die erforderlichen Papiere einreichte und versicherte, im Sinne der Stadt zu handeln.

Spielte er den braven Buben?

Als Grace jedoch sah, was er bezahlt hatte, war ihr alles klar.

Achthunderttausend Dollar. Sie war keine Expertin für Immobilien in Berkeley, aber die Summe musste weit unterhalb üblicher Marktpreise liegen. Der Blick auf ein paar Anzeigen vergleichbarer Häuser in der Nähe bestätigte ihren Verdacht. Die Angebote lagen zwischen 1,6 und 3,2 Millionen Dollar.

Der Giftprinz hatte ein sattes Geschäft gemacht. Vor allem wenn man bedachte, dass er für die Bruchbude in der Center Street vier Millionen bekommen hatte und obendrein ohne jede Ausschreibung den Auftrag, sie für die Stadt kernzusanieren.

In der Politik ging es nie ohne Gemauschel ab, aber was Dion Larue da veranstaltete, war in jeder Hinsicht kriminell.

Ein Mehrfachmörder, der sich mit dem Mantel eines umweltbewussten, politisch korrekten, ortsgebundenen Geschäftsmanns tarnte.

Sie aß ihre Suppe auf und kehrte ins Olds zurück, um über die schlimme Geschichte nachzudenken, die Wayne aufgedeckt hatte: das Kind, das zweimal zurückgewiesen worden war. Oder gar dreimal – als sie mit ihren Söhnen bei Selene McKinney Zuflucht suchte.

Vor fünfundzwanzig Jahren war Ty neun gewesen und Sam elf. Sehr wohl alt genug, um zu verstehen, was vor sich ging.

Während sie in der Küche still und gefügig dabeisaßen. Bald darauf waren Mutter samt Nebenfrauen tot, ebenso wie der diabolische Irre, der sie beherrscht hatte, und die drei Kinder der Gnade des Jugendamtes ausgeliefert.

Eine Tragödie. Konnte man da einem jungen Mann verdenken, dass er auf die schiefe Bahn geriet?

Und ob.

Je länger Grace über die Geschichte nachdachte, umso weniger Verständnis hatte sie. Sie wusste alles über Zurückweisung und Verlust, über tiefe Wunden der Seele, die allein durch das Ausschaben und Ausbrennen der Psyche und die ätzende Brühe der Selbstbetrachtung gepflegt werden konnten.

Das Leben konnte ein Albtraum sein.

Da gab es keine Ausreden.

Kapitel 45

Im Alter von einundzwanzig bewohnte Grace ein Einzimmerapartment in der Formosa Avenue im Wilshire District von Los Angeles.

Das Thema Ausziehen hatte sie drei Wochen nach ihrer Rückkehr von Harvard angesprochen. Das Studium würde in vier Wochen beginnen, und bis dahin wollte sie so viel wie möglich geklärt haben.

Sie wartete auf den geeigneten Moment, um mit Malcolm und Sophie zu reden, am Ende eines netten, ruhigen Sonntagvormittag-Brunchs, und rechnete mit Überraschung, mit unterschwellig verletzten Gefühlen, vielleicht sogar sanftem Widerspruch.

Sie hatte sich taktvolle Erwiderungen überlegt, die auf überbordender Dankbarkeit ihrerseits und dem Wunsch der beiden, das Beste für sie zu wollen, fußten.

Stattdessen zeigten Malcolm und Sophie keinerlei Überraschung. Sie nickten nur synchron und versicherten ihr, dass sie auf jeden Fall die Miete übernehmen würden, solange sie sich in vernünftigem Rahmen bewegte.

Dreieinhalb Jahre war sie in Boston gewesen, hatte sie ihnen etwa nicht gefehlt?

Nun, um das Ganze von der positiven Seite zu betrachten, vielleicht freuten sie sich wie so viele ältere Paare auf ein bisschen mehr Freiheit.

Trotz allem fühlte sich Grace nach dem Gespräch

ein bisschen leer. Wie dumm. Erst dann fiel ihr auf, dass Sophies schöne blaue Augen feucht geworden waren und dass Malcolm mit verkrampfter Miene ihren Blick mied.

Grace neigte sich über den Tisch und berührte die Hände der beiden. »Ich werde wahrscheinlich trotzdem dauernd hier sein. Zum Kühlschrankräubern, für die Wäsche, ganz zu schweigen davon, dass wir uns jeden Tag sehen werden, Malcolm.«

»Stimmt«, erwiderte er mit einer gewissen Unruhe.

»Wäsche ist immer willkommen«, sagte Sophie. »Trotzdem solltest du dir ein Haus suchen, in dem es Waschmaschinen gibt. Das ist einfach bequemer für dich.«

»Ein Haus mit allem Drum und Dran«, sagte Malcolm. »Das ist das Mindeste.«

»Und natürlich brauchst du ein Auto«, fügte Sophie hinzu und lachte. »Nur keine neuen Klamotten. Deine Garderobe ist sowieso schon viel zu elegant für deine zukünftigen Kommilitonen.«

»Ach, so schlimm sind die Studenten auch nicht.«

»Sie sind furchtbar.« Sophie lachte wieder, ein wenig zu laut, und nutzte den Moment, um sich die Augen zu wischen. »Und zwar in meinem Fachbereich genauso wie in deinem, Malcolm. Unsere Nachwuchswissenschaftler laufen heutzutage am liebsten wie darbende Märtyrer herum, ganz gleich, wie sie finanziell gestellt sind.« Sie wandte sich an Grace. »Also leider kein Kaschmir, Liebes. Zehntes Gebot und so.«

»Alles klar«, erwiderte Grace.

Niemand sprach. Grace stellte fest, dass sie unter Sophies bedeutungsschwangerem Blick unruhig wurde, und erst jetzt wurde ihr klar, dass sie mehr als nur die Kleidung gemeint hatte.

Du sollst nicht begehren. Das sollte Grace daran erinnern, dass sie ihr Studium mit einer Hypothek begann.

Warum muss Professor Bluestone sie ausgerechnet hierherbringen?

Adoptiert oder nicht, sie ist ein Familienmitglied. Das ist Vetternwirtschaft.

Wenn sie angenommen wurde, muss jemand mit voller Qualifikation abgelehnt worden sein. Falls sie wirklich so schlau ist, wie es heißt, müsste sie doch überall sonst auch einen Platz bekommen.

Außerdem, wäre es für beide nicht vernünftig, ein bisschen Abstand voneinander zu gewinnen?

Außerdem heißt es, sie wird unmittelbar mit ihm zusammenarbeiten. So viel zum Thema Grenzen ziehen.

Auch Malcolm sah sie jetzt mit finsterem Blick an.

Beide sprachen stumm die gleiche Warnung aus: Sei klug und halt dich zurück.

Ein weiser Rat, auf alle Fälle. Grace hatte das schon vor langer Zeit herausgefunden.

Die Feindseligkeit war verständlich. Studiengänge in klinischer Psychologie an angesehenen Universitäten waren Studenten vorbehalten, für die Drittmittelgelder vorhanden waren, und auf diese Weise blieben die Kurse klein – die University of Southern California bot fünf Plätze für Erstsemester an, bei hundertmal so vielen Bewerbern.

Das Studium war vollgepackt und voll durchgeplant: sechs Semester Diagnostik, Psychotherapie, Studiendesign, Statistik, Kognitionswissenschaft plus ein nicht-klinisches Fach der Psychologie als Nebenfach.

Außerdem unterstützten die Studenten die Dozenten in der Forschung und empfingen in der Uniklinik unter

Aufsicht Patienten. Zwölfstundentage sechsmal die Woche waren die Regel, manchmal wurden es auch mehr. Außeruniversitäre Praktika, um die man mit Studenten von überall aus den USA konkurrierte, waren Pflicht. Am Ende der drei Jahre mussten alle Prüfungen bestanden, eine Doktorandenstelle vorhanden und Forschungsanträge eingereicht sein.

Dann folgte das entscheidende Kapitel, das auch im Desaster münden konnte: ein bedeutsames, bislang unbehandeltes Forschungsthema bearbeiten und in einer Dissertation zusammenfassen. Erst sobald all diese Schritte erledigt waren, konnten sich die Kandidaten um ein Vollzeitpraktikum in einer von der American Psychological Association akzeptierten Einrichtung bewerben.

Grace hatte vor, das alles im Schnelldurchlauf zu erledigen, ohne große Anstrengung.

Ihre Strategie war simpel und entsprach der, die sich auch in Harvard bewährt hatte: Sei nett und höflich zu allen, aber meide emotionale Verwicklungen. Vor allem in ihrer besonderen Situation – mit der Hypothek, mit der sie dieses Studium begann – konnte sie sich Beziehungskisten schon gar nicht erlauben.

Letztendlich erwiesen sich ihre Mitstudierenden – alles Frauen, drei davon mit Abschlüssen von Eliteunis – als netter Haufen ohne jede Spur von Misstrauen ihr gegenüber. Entweder sie hatte sich rasch ihre Akzeptanz verdient, oder sie hatte sich völlig umsonst Sorgen gemacht.

Beim Lehrkörper hingegen wehte ihr durchaus hier und da ein eisiger Hauch entgegen. Aber auch das war kein Problem; Unterwürfigkeit und subtiles Strebertum waren an der Uni nichts Neues.

An Gesellschaft mangelte es Grace nicht; sie verbrachte die Mittagspausen mit ihren Kommilitoninnen, wobei sie wenig sagte und viel zuhörte, sie traf sich sonntags mit Sophie und Malcolm zum Brunch und zweimal im Monat zum Abendessen in einem Edelrestaurant.

Hinzu kam hin und wieder ein Mittagessen mit Sophie, nach dem sie anschließend zusammen shoppen gingen, um »unitaugliche Kleidung« für Grace zu besorgen. Damit war ihr Kalender voll.

Ihr Verhältnis zu Malcolm veränderte sich, als sich ihre gemeinsame Zeit zunehmend auf die Forschung konzentrierte und private Gespräche immer weniger wurden. Das war beiden recht. Grace hatte Malcolm noch nie so aufgekratzt erlebt.

Soloausflüge zum Campuskino und in die örtlichen Museen – das Los Angeles County Museum of Art war von ihrer Wohnung aus zu Fuß zu erreichen – befriedigten ihr Bedürfnis nach Kultur.

Sex spielte natürlich auch eine Rolle in dieser Zeit. Sie blieb beim Bewährten, reduzierte jedoch die Häufigkeit, weil sie jetzt mit weniger die gleiche Befriedigung fand. Wenn sie Kaschmir und Seide aus dem Schrank holte, hohe Absätze anzog und was sonst noch dazugehörte, konnte sie mit Leichtigkeit gut gekleidete attraktive Männer in edlen Cocktailbars und Hotels aufreißen.

Viele ihrer Zielpersonen waren Reisende, was optimal war. Andere suchten Abwechslung vom schalen Ehealltag oder waren schlicht ihrer Pflichten im Ehebett überdrüssig.

Für Grace waren sie alle Liebhaber auf Zeit, und in den meisten Fällen ging man zufrieden wieder auseinander.

Da sie Beziehungsdramen auf diese Weise elegant mied, hatte sie alle Zeit der Welt, um Bestnoten zu erzielen und doppelt so viele Patienten zu behandeln wie jeder andere in der Uniklinik. Ebenso produktiv war sie bei ihren Forschungsprojekten. Am Ende des zweiten Jahres hatte sie bereits drei Artikel zusammen mit Malcolm zum Thema Resilienz veröffentlicht und drei allein über die Nachwirkungen von Traumata, von denen einer im renommierten *Journal of Consulting and Clinical Psychology* erschien.

Gleichzeitig sah sie sich nach einem Platz für ihr außeruniversitäres Praktikum um, das möglichst in einem Gebiet stattfinden sollte, in dem sie später auch arbeiten wollte. Ihre Wahl fiel rasch auf das Veterans Administration Hospital in Westwood, trotz aller Probleme mit dem System eine der besten Ausbildungsstätten für Psychologie bei Erwachsenen.

Vor allem aber würde sie dort Erfahrung mit den wirklich schlimmen Dingen sammeln. Loser und Faulenzer, die »sich selbst finden« oder sich mit dem Therapeutenhonorar Freundschaft erkaufen wollten, verursachten ihr nichts als Langeweile und Frust.

Für sie musste es echte Hardcore-Psychotherapie sein.

Nach zwölf Monaten als studentische Therapeutin kannte sie alle, die am Veterans etwas zu sagen hatten, und hatte sich als die beste und intelligenteste unter ihren Kommilitonen etabliert. Ihre Bewerbung fürs Praktikum war nur noch eine Formalität.

Nach vier Jahren hielt sie ihren Doktortitel in Händen, bei einer feierlichen Zeremonie im Audimax, persönlich überreicht von Malcolm, in Harvard-Robe und mit strahlender Miene. Außerdem hatte man ihr am Veterans eine Postdoc-Stelle angeboten. Alles lief nach Plan.

Im Alter von siebenundzwanzig wohnte sie immer noch

in ihrer bescheidenen Studentenbude in der Formosa Avenue und zwackte zehn Prozent ihres Stipendiums für einen konservativen Aktienfonds ab. Nachdem sie schließlich auch ihre Approbationen hatte, die landesweite ebenso wie die des Staates Kalifornien, wurde ihr eine feste Stelle am Veterans angeboten, die sie mit Freuden annahm. Die Stelle bot ihr genau das, was sie immer gewollt hatte: sich mit Menschen zu beschäftigen, denen das Leben um die Ohren geflogen war, zum Teil im wahrsten Sinn des Wortes.

Seit Malcolms Doktorandenzeit hatte sich das Veterans verändert; damals wurden die Patienten oft zynisch als abgewrackte Säufer gesehen, für die sowieso jede Hilfe zu spät kam.

Im Medizinerjargon sogenannte »GOMER«: *Get Out of My Emergency Room.*

Grace dagegen lernte das Veterans als hochspezialisierte Klinik für die Folgen von Kriegsgräueln kennen. Gutaussehende junge Amerikaner und Amerikanerinnen, verstümmelt und entstellt in sengenden Wüsten, von Fanatikern und undankbarem Zivilvolk, dem sie eigentlich als Befreier geschickt worden waren. Die körperlichen Wunden waren schlimm, die mentalen Folgen manchmal schlimmer als schlimm.

Die Patienten, mit denen Grace zu tun hatte, mussten lernen, mit fehlenden Gliedmaßen zu leben, mit bleibenden Hirnschäden, Blindheit, Taubheit, Lähmung. Zu behandeln gab es Phantomschmerzen, Depressionen, Selbstmordtendenzen, Drogenabhängigkeit.

Das hieß aber nicht, dass alle Kriegsveteranen kaputt waren – für Grace war das reine Verleumdung und machte sie fuchsteufelswild, denn sie empfand größten Respekt für die Soldaten, die ihr Leben riskierten. Auch PTBS war nicht das Hauptproblem. Das war nichts anderes als eine Erfindung von Hollywood-Luschen, die das Elend anderer für Filmskripte ausbeuteten. Doch selbst unterschwellige Schäden konnten den Alltag schwerwiegend beeinflussen.

Grace war der Ansicht, dass ihre eigenen Kindheitserlebnisse bei Weitem nicht so schlimm waren wie das, was ihre Patienten durchgemacht hatten, dass sie aber dadurch sensibel für deren Probleme war.

Sie fühlte sich von Anfang an wohl mit ihnen.

Und das spürten sie auch. Bald behandelte Grace – ihrer alten Strategie folgend – doppelt und dreifach so viele Patienten wie ihre Kollegen.

Vor allem aber behandelte sie sie mit Erfolg, und Patienten und deren Familien gaben immer häufiger sie als Wunschtherapeutin an. Das Veterans nahm das zur Kenntnis und war froh, dass jemand die Hauptlast übernahm.

Nichtsdestotrotz gab es Kollegen, die sie als irren Workaholic betrachteten, der rund um die Uhr auf der Station zu sein schien und offenbar immun gegen Müdigkeit war. War sie vielleicht bipolar? Oder hatte sie ADHS?

Und warum blieb sie immer für sich?

Nur die Schlauen hielten sich zurück und genossen schweigend, wie viel einfacher das Leben durch sie geworden war.

Eine Nachtschwester gab ihr irgendwann den Beinamen »Opfer-Flüsterin«. Ein Postdoc-Kollege, Vietnam-Veteran, der in mittlerem Alter noch einmal ein Studium begonnen hatte, leitete gemeinsam mit ihr eine Selbsthilfegruppe für Querschnittsgelähmte und hatte sich vorgestellt, dass er der »hübschen jungen Schnecke« mal was über Leid und Schmerz erzählen würde.

Bald nannte er sie »Heilerin der heimgesuchten Seelen«. Diesen Namen fand Grace gut.

Eines Tages nach Feierabend auf dem Weg zu ihrem gebrauchten 3er BMW, den Sophie und Malcolm »für einen Apfel und ein Ei« erstanden hatten, bemerkte sie eine Frau mittleren Alters, die ihr zuwinkte.

Stämmig, blond, hübsch angezogen, ein verkrampftes Lächeln im Gesicht.

»Dr. Blades? Entschuldigen Sie bitte, aber haben Sie einen Augenblick Zeit?«

»Was kann ich für Sie tun?«

»Bitte verzeihen Sie, dass ich Ihnen hier auflauere – Sie erinnern sich wahrscheinlich nicht an mich. Sie haben mal meinen Neffen behandelt.«

Ihre Schweigepflicht schloss eine Antwort aus, selbst wenn Grace gewusst hätte, von wem die Frau sprach.

»Ach so, Entschuldigung«, sagte sie. »Mein Neffe ist Bradley Dunham.«

Ein netter Kerl, aus Stockton gebürtig, mit einer Verletzung des Frontalhirns, die sein Gefühlsleben völlig durcheinandergebracht hatte. Trotz allem war er so sanft gewesen, dass Grace sich gefragt hatte, wie er überhaupt an die Marines geraten war. In ihrer sechsten Sitzung verriet er es ihr.

Ich war mit der Highschool fertig und wusste nicht, was ich sonst tun sollte.

Grace lächelte seine Tante an, und sie entschuldigte sich erneut. »Es geht nicht um Brad, sondern um meinen Sohn, Eli. Ich bin Janet.«

Endlich konnte Grace etwas erwidern. »Ist Eli hier auch Patient?«

»Oh nein, er ist kein Veteran, Dr. Blades. Alles andere als das. Er hatte die letzten zwei Jahre lang, nun ja, Sie würden es wohl ›Probleme‹ nennen: Panikattacken, Angststörungen. Außerdem zwanghaftes Verhalten, das immer schlimmer wird, so schlimm, dass ... aber ich kann es ihm nicht einmal verdenken, Doktor, manchmal habe ich selbst nicht alle Tassen im Schrank. Nach dem, was passiert ist.«

Die Frau hielt schniefend die Tränen zurück.

»Was ist denn passiert?«, fragte Grace.

Die Antwort erklärte alles.

Elis Eltern, beide Steuerberater, waren Opfer eines Hauseinbruchs geworden, bei dem Elis Vater erstochen und seine Mutter brutal niedergeschlagen wurde. Eli war nach Hause gekommen und hatte das Desaster vorgefunden, die Notrufnummer gewählt und war danach tagelang als Hauptverdächtiger von der Polizei mit mehr als zweifelhaften Methoden verhört worden. Die Cops hielten ihn so lange für verdächtig, bis bei einem ähnlichen Einbruchsversuch drei Gangmitglieder gefasst und eindeutig als Täter identifiziert werden konnten.

Doch da war es bereits zu spät: Eli, schon von Geburt an »ein empfindsames Kind«, hatte sich in stummer Isolation in sein Zimmer zurückgezogen und eine wachsende Zahl von Ticks und Marotten angewöhnt: Er lief stundenlang im Kreis, zupfte an den Vorhängen, schrubbte sich die Hände mit scharfem Seifenpulver, kniff sich die Haut wund und blinzelte unablässig.

Knapp zwei Jahre hatte zuerst ein Psychiater, dann ein Psychologe versucht, mit ihm zu arbeiten, doch vergeblich; keiner der beiden war bereit gewesen, Hausbesuche zu machen, und je schlimmer es um ihn stand, desto seltener war Eli in ihren Praxen erschienen.

»Ich bin mit meiner Weisheit am Ende«, sagte Janet. »Ich weiß, was Sie für Brad getan haben. Er sagt, Sie sind in aller Munde. Geld spielt keine Rolle, da können Sie sich auf mich verlassen, Dr. Blades. Wenn Sie nur bereit sind, sich Eli einmal anzusehen.«

»Bei Ihnen zu Hause.«

»Er weigert sich, das Haus zu verlassen.«

»Aber er würde einen Therapeuten zu sich lassen.«

»Würden Sie das denn tun?« Janet machte ein langes Gesicht. »Ehrlich gesagt, weiß ich das gar nicht, Doktor. Ich greife nach Strohhalmen.«

»Sie haben also mit Eli nicht darüber gesprochen.«

»Eli redet ja gar nicht mehr mit mir, Doktor. Er hat sich zum Eremiten gemacht. Ich stelle ihm Essen in den Flur, dann wartet er, bis ich weg bin, um es zu holen. Aber selbst wenn es nicht klappen sollte, ich würde Sie trotzdem bezahlen. Auch für Ihre Anfahrt. Auch vorab in bar, wenn Sie möchten ...«

»Über die Details reden wir später«, unterbrach Grace sie. »Wo wohnen Sie?«

Vier Monate später war Eli, von Kindheit an ein Sonderling und nicht geschaffen für ein konventionelles soziales Leben, in der Lage, auf die Straße zu gehen, er hatte aufgehört, seine Haut zu malträtieren, und auch seine anderen Ticks aufgegeben. Wiederum einen Monat später hatte er einen Job als Fakturist bei einem Online-Anbieter von Secondhand-Bekleidung.

Zwei Monate danach lernte er in einem nahe gelegenen Park ein Mädchen kennen, das ebenso schüchtern war wie er. Bald darauf gingen die beiden zweimal die Woche zusammen Eis essen. Das Ganze hielt nicht lange, doch Eli betrachtete sich jetzt als »reif« für eine Beziehung und überlegte ernsthaft, bei einem Online-Dating-Dienst nach einer Freundin zu suchen.

»Ich weiß, dass das nicht ohne Risiken ist, aber es ist ein Anfang!« Janet war begeistert. »Sie haben ein Wunder an ihm vollbracht, Dr. Blades.«

»Das ist nett von Ihnen, das zu sagen«, erwiderte Grace. »Aber Eli war derjenige, der die Arbeit geleistet hat.«

Drei Wochen nachdem sie mit Eli fertig war, kam ihre zweite private Empfehlung, eine Frau, die Janet in einer Selbsthilfegruppe für Verbrechensopfer kennengelernt hatte.

In diesem Fall musste Grace keine Hausbesuche machen, allerdings hatte sie keine Praxis für Privatpatienten. Sie fragte ihren direkten Vorgesetzten, ob es opportun sei, ihr Büro nach Feierabend zu benutzen. Sie wusste, dass er das auch tat und auf diese Weise sein Einkommen verdoppelte.

»Tja ...« Er wand sich. »Da bewegen wir uns in einer Grauzone.« Mit gesenkter Stimme fuhr er fort: »Wenn Sie es nicht übertreiben und trotzdem Ihre Arbeit erledigen ...«

Nach einem Jahr als praktizierende Psychologin hatte Grace so viele Privatpatienten, dass sie etwas unternehmen musste. Sie reduzierte ihre Stunden im Veterans Hospital auf fünfzehn pro Woche und verzichtete damit auf alle Vergünstigungen. Stattdessen mietete sie eine Praxis in einem Ärztehaus in der Nähe des Fairfax District am Wilshire Boulevard, das von ihrer Wohnung aus zu Fuß erreichbar war.

Ihr Einkommen verdoppelte sich, verdreifachte sich und verdoppelte sich erneut. Ihren Patienten ging es besser.

Das Freiberuflerdasein passte ihr hervorragend.

Kurz nach ihrem siebenundzwanzigsten Geburtstag, bei einem der Brunchs in Hancock Park mit Malcolm und Sophie, die sie nach wie vor ohne Unterbrechung wahrnahm, kam Malcolm, nachdem er lange an einem Stück Bagel mit Graved Lachs gekaut und es schließlich geschluckt hatte, mit der Frage, ob sie nicht eine Teilzeitstelle an der USC als Dozentin übernehmen wolle.

Das traf Grace unvorbereitet. Sie dachte, die Uni wäre froh, sie und damit alle Probleme in punkto Grenzüberschreitung los zu sein. Außerdem hatte sich das Verhältnis zu den Menschen, die sie als ihre Eltern betrachtete, auf interessante Weise verändert.

Mit Sophie verstand sie sich privat von Frau zu Frau, doch zwischen Malcolm und ihr hatte sich eine gewisse Distanz eingeschlichen.

Vielleicht hatten eine junge Frau und ein alter Mann einfach nicht viel gemeinsam. Vielleicht war es aber auch Malcolms Enttäuschung darüber, dass Grace dem Unibetrieb zugunsten ihrer Privatpraxis den Rücken gekehrt hatte.

Wenn dem so war, überspielte er seine Gefühle gut, auch wenn er sich zweideutige Bemerkungen nicht verkneifen konnte:

Du warst so eine brillante Forscherin. Aber natürlich ist es unsere Hauptbestimmung, anderen zu helfen.

Grace dachte: *Selbst schuld. Zu Beginn war ich vielleicht so etwas wie dein Versuchskaninchen, Henry Higgins. Doch dann hast du mich mit deiner überbordenden Güte und Menschlichkeit komplett umgekrempelt.*

Wenn Malcolm ein wehmütiges Gesicht machte, küsste sie ihn theatralisch auf die Wange, sodass ihr sein Aftershave in die Nase stieg. Es hatte eine ganze Weile gedauert, bis sie in der Lage war, den beiden körperlich Zuneigung zu zeigen, wenn auch nur in ganz geringen Dosen, doch sie hatte daran gearbeitet, und jetzt hatte sie auch kein Problem mehr damit.

Letztendlich ging es nicht um Worte, sondern um ihr Verhalten den beiden gegenüber, und da wusste sie, dass sie alles richtig gemacht hatte, indem sie stets fröhlich, höflich und entgegenkommend geblieben war.

In den sechzehn Jahren, seit Malcolm sie aus dem Jugendknast geholt hatte, war kaum jemals ein harsches Wort gefallen. Wie viele Familien konnten das schon von sich sagen?

Als Malcolm ihr an jenem Sonntagmorgen die Dozentenstelle anbot, drückte sie lächelnd seine inzwischen mit Leberflecken gesprenkelte Hand. »Ich fühle mich geehrt«, sagte sie ruhig. »Fürs Grundstudium?«

»Nein, nur Hauptstudium. Klinische 1, vielleicht ein bisschen neuropsychologische Versuche, sofern du dich da auf dem Laufenden gehalten hast.«

»Habe ich«, sagte sie. »Wow.«

»Ich finde natürlich, dass du dafür überqualifiziert bist. Wenn es nach mir gegangen wäre, hättest du dieses Angebot sofort nach Erhalt deiner Approbation bekommen. Aber du weißt ja ... jedenfalls kam die Idee vom gesamten Lehrkörper der Klinik, ich bin nur der Überbringer der Nachricht.«

Er biss wieder in seinen Bagel mit Graved Lachs. »Kann sein, dass da noch andere Absolventen sind. In letzter Zeit versucht man verstärkt, die Expertise unserer größten Talente zu nutzen.« Er wurde rot. »Außerdem gibt es steuerliche Probleme.«

»Die glauben, ich koste nicht so viel?« Grace musste lächeln.

»Zumindest bist du günstiger als ein altgedienter Prof«, sagte Sophie.

»Ja, ja, aber darum geht es nicht«, fuhr Malcolm fort. »Jedenfalls nicht in deinem Fall. Du bist erste Wahl. Du hast dir einen Ruf erarbeitet.«

»Was für einen Ruf?«

»Effizienz.«

»Hm«, sagte Grace. »Was würde denn die Stelle beinhalten?«

Malcolms massige Schultern sanken vor Erleichterung. »Ich hatte gehofft, dass du das sagen würdest.«

Im Alter von achtundzwanzig verdiente Grace eine sechsstellige Summe jährlich mit Privatpatienten und genoss nebenher einen Tag pro Woche an der Uni als Assistenzprofessorin für klinische Psychologie.

Ihr gebrauchter BMW lief wie geschmiert, ihre Einzimmerwohnung in der Formosa Avenue genügte ihr nach wie vor, und ihr Aktiendepot wuchs sicher und beständig.

Beutezüge in Cocktailbars fanden zunächst in Los Angeles, dann auch im Ausland statt, als sie anfing, sich zweimal im Jahr Luxusurlaube zu gönnen. Sie besuchte Städte in Europa und Asien, aus denen sie sich ausgewählte Mode und erotische Erinnerungen mitbrachte, die in einsamen Stunden ihre Fantasie beflügelten.

Das Leben verlief in geregelten Bahnen, und Grace rechnete nicht damit, dass sich so bald etwas ändern würde.

Dumm, wie sie war.

Kurz vor ihrem neunundzwanzigsten Geburtstag wurde sie vom Klopfen an ihrer Tür aus dem Schlaf gerissen.

Sie schüttelte sich wach, schlüpfte in einen Pulli und zog ein Schlachtermesser aus dem Block in der Küche, ehe sie sich vorsichtig der Tür näherte.

»Grace!«, zischte draußen eine Stimme. Flüsternd, aber laut genug. Um die Nachbarn nicht zu wecken?

Jemand, der ihren Namen kannte.

Das Messer fest in der Hand, entriegelte sie die Tür einen Spaltbreit, ohne jedoch die Sicherheitskette zu öffnen.

Draußen stand Ransom Gardener und sah ungepflegt und schwer gealtert aus, mit wehendem weißem Haar, roten Augen und rauen bebenden Lippen.

Grace ließ ihn herein.

Er schlang ungestüm die Arme um sie und brach in Tränen aus.

Als er sich schließlich löste, fragte Grace: »Wer von beiden?«

»Guter Gott! Beide, Grace, beide!«, heulte er auf. »In Sophies Thunderbird.«

Grace sank der Kiefer. Sie taumelte rückwärts, während Gardener in ihrem Wohnzimmer stand und von schwerem Schluchzen geschüttelt wurde.

Grace war wie zu Eis erstarrt, von einer harten Schale umgeben wie ein Insekt von seinem Chitinpanzer.

Vor ihrem geistigen Auge sah sie das kleine schwarze Cabriolet davonsausen.

Und in tausend Teile zerbersten.

Sie versuchte zu sprechen, doch Kehlkopf, Zunge und Lippen schienen ihr nicht mehr zu gehorchen. Auch ihre Lungenflügel funktionierten nicht mehr, denn sie hatte nicht das Gefühl, zu atmen. Und doch existierte sie weiter.

Nahm sie durch die Poren Sauerstoff auf?

Ransom Gardener wurde immer noch von Schluchzern

geschüttelt. Grace erfasste eine Schwindelattacke, und sie musste sich an der Wand festhalten. Sie schleppte sich in die Küche, wo sie klappernd einen Stuhl heranzog und sich darauf sinken ließ.

Gardener war ihr gefolgt. Warum tat er das, er sollte verschwinden.

»Der verdammte Fahrer war betrunken«, sagte er. »Kam auch dabei ums Leben. Soll zur Hölle fahren.«

Grace wollte plötzlich ganz genau wissen, wo, wann, wie, aber nichts unterhalb ihres Gehirns funktionierte mehr. Und selbst das – das elektrische Gelee in ihrem Schädel – fühlte sich seltsam an. Aufgeweicht, unscharf … irgendwie gestört.

Jetzt war sie selbst eine ihrer Patientinnen.

Es kam ihr vor wie eine Ewigkeit, in der Gardener nur da stand und weinend die Arme um sich geschlungen hielt. Grace saß regungslos auf ihrem Stuhl, im Kopf nur einen quälenden Gedanken:

Empathie war nichts als eine monströse Lüge.

Kapitel 46

Da sie jetzt eiskalte Brutalität brauchte, legte sich Grace in ihrem Hotelzimmer im Olds auf das durchhängende Bett und ließ so viel Schmerz, Wut und Reue aufkommen, dass der Funke aufglomm.

So gerüstet, fuhr sie nach Süden Richtung Emeryville. Bei einem Sportausstatter kaufte sie Strandsandalen, Insektenspray, Laufschuhe mit schwarzen Gummisohlen und eine schwarze Skimaske mit Augenlöchern. Maske und Schuhe waren das, was sie brauchte, die anderen Artikel dienten nur der Verschleierung.

Zurück im Hotel aß sie Trockenfleisch und Studentenfutter, trank Wasser, ging pinkeln, trank wieder, leerte noch einmal ihre Blase, machte ein paar Dehnübungen und Liegestütze und legte sich dann hin.

Den Wecker musste sie nicht stellen. Sie würde erst nach Einbruch der Dunkelheit losfahren.

Um sieben Uhr abends war sie hellwach und voller Energie. Achtunddreißig Minuten später parkte sie den Escape drei Straßen von dem Gebäude in der Avalina Street entfernt und ging zu Fuß weiter. Die neuen Schuhe quietschten, und so marschierte sie zunächst in die falsche Richtung los, um sie einzulaufen.

Es war ein kühler Abend, und die Jacke mit den vier Taschen war in jeder Hinsicht eine logische Wahl. Die Perücken hatte sie im Olds Hotel gelassen. Die kurzen Haare fühlten sich unter der Strickmütze aus dem Discountladen genau richtig an.

Diesmal hatte sie grüne Kontaktlinsen eingelegt. Eine Katze.

Auf Beutefang.

Aus den großen Wohnhäusern an den Hängen drang kein Laut. Die meisten lagen im Dunkeln, und das war wenig überraschend; was Grace schon in Los Angeles beobachtet hatte, galt auch für Berkeley und Umgebung: je größer die Villa, desto geringer die Wahrscheinlichkeit, dass sie ständig bewohnt war. Reiche Leute reisten gern oder hatten gleich mehrere Domizile.

Malcolm und Sophie hatten in einem großen Haus gelebt und sich selten weiter davon entfernt. Sie redeten zwar über Reisen ins Ausland, hatten aber ihre Pässe in der ganzen Zeit, in der Grace bei ihnen lebte, nicht benutzt.

Hatten sie genug vom Reisen? Oder wollten sie voll und ganz für Grace da sein?

Ihre Augen begannen zu schmerzen, und sie schalt sich; sie durfte sich auf keinen Fall ablenken lassen. Als sie dem großen Klinkerbau näher kam, verlangsamte sie ihre Schritte.

Dort angekommen, wählte sie eine Stelle knapp hinter der Hecke, die sich über die Einfahrt spannte, um in Stellung zu gehen. Das Gebäude war spärlich beleuchtet, mit willkürlich verteilten schwachen Glühbirnen, die ein wildes Durcheinander aus Licht und Dunkel schufen.

Nur ein einziges Fenster des Hauses war erleuchtet, im Erdgeschoss rechts. Entweder war jemand da, oder es war eine Sicherheitsmaßnahme. Andere Hinweise auf Absicherung gab es nicht, etwa Warnschilder, Kameras oder Bewegungsmelder.

Dion Larue schien keine Angst zu kennen.

Heute stand nur ein schwarzer Prius in der Einfahrt. Dem Nummernschild nach zu urteilen, der von Walter Sporn. Wohnte Sporn hier? Das würde zu einer Sekte passen. In dem Fall hätte Larue den Pfad seines Daddys allerdings verlassen; bei Arundel Roi hatte sich die Gruppe der Anhänger auf Ehefrauen und Kinder beschränkt. Andererseits lebte man inzwischen im Zeitalter der Gleichberechtigung der Geschlechter ... oder Graces Fantasie ging mit ihr durch, und Sporn passte einfach nur auf das Haus auf, während sein Chef unterwegs war.

Oder auf die Kinder? Was für eine schauerliche Vorstellung.

Hatten Larue und seine Frau überhaupt Kinder?

Hoffentlich nicht.

Dass Grace so wenig Ahnung von Larue hatte, zeigte umso deutlicher auf, wie viel Arbeit sie noch vor sich hatte.

Sie ging bis zum Ende der Stichstraße und nutzte den Schatten einer unbeleuchteten Böschung, um die Straße aus einer neuen Perspektive zu beobachten. In der Gewissheit, dass sie nicht entdeckt worden war, kehrte sie zum Escape zurück, stieg ein und wartete mit verriegelten Türen.

Achtundvierzig Minuten später wurde ihre Geduld belohnt, als ein weiterer schwarzer Prius um die Ecke bog. Als er sich dem großen Klinkerbau näherte, stieg Grace aus und lief ihm hinterher.

Sie kam gerade rechtzeitig, um zu sehen, wie der zweite Wagen hinter dem von Sporn hielt.

Die Scheinwerfer erloschen. Auf der Fahrerseite stieg

ein Mann aus. Das unstete Licht machte es schwierig, Details auszumachen, und die Gestalt flackerte in ihrem Blickfeld wie in Stroboskoplicht.

Es war wie eine Lightshow, mit jedem Flackern ein neues Bild, ein neues Detail.

Er war groß.

Langhaarig.

Sein Bart war länger und voller als die Stoppeln, die sie auf dem Foto der Wahlspendenveranstaltung gesehen hatte. Im flackernden Schein war zu erkennen, dass die Konturen seines Gesichts von einem dichten Pelz überzogen waren.

Wehende Kleidung – eine Tunika bis zu den Knien. Darunter höchstwahrscheinlich Leggings.

Dünne Beine. Schlanker Körperbau. Den Kopf hoch erhoben – und dann wieder das Profil mit Bartspitze, die vorragte wie eine zum Angriff erhobene Lanze.

Er ging Richtung Haus, und aus seiner Haltung sprach nichts anderes als pures Selbstvertrauen.

Kein Zweifel, das war er. Grace sah ihm nach, wie er die lange Einfahrt zu seiner Haustür hochschlenderte.

Als er den Weg zur Hälfte zurückgelegt hatte, schwang die Beifahrertür des Prius auf, und eine Frau stieg aus. Fast so groß wie Larue. Ihr Kleid reichte ihr bis knapp unter die Knie.

Ihre gebeugte Haltung und der runde Rücken sprachen allerdings nicht für Selbstvertrauen.

Grace hoffte, dass das Licht so auf sie fiel, dass man ihr Profil erkennen konnte, und schließlich war es so weit.

Das unverkennbare Aufblitzen einer klassisch gebogenen Kinnlinie.

Die Ehefrau, wie hieß sie noch …

Azha.

Sie folgte Larue auf seinem Weg Richtung Haus, und ihre Schuhe knirschten auf dem Kies. Statt sich nach ihr umzudrehen oder sie sonst irgendwie zur Kenntnis zu nehmen, beschleunigte Dion Larue seine Schritte.

Die Frau folgte ihm mit zunehmendem Abstand, und es sah alles danach aus, als würde das immer so ablaufen.

Als Larue die Tür zufallen ließ, war sie noch ein ganzes Stück vom Haus entfernt.

Ob er sie ausschließen würde? Stand dem Traumpaar eine raue Nacht bevor?

Azha Larue trottete weiter, als fände sie es vollkommen normal, aus ihrem eigenen Haus ausgeschlossen zu werden. Als sie die Tür erreichte, öffnete sie sie mit einem leichten Drehen ihrer Hand.

Larue hatte nicht abgeschlossen. Sollte das eine Botschaft sein? Oder wollte er damit einfach nur seine Macht demonstrieren?

Was auch immer das Motiv war, in diesen wenigen Augenblicken hatte Larue seine ganze menschenverachtende Arroganz gezeigt.

Und Azha hatte sich unterworfen. Auch diese Beobachtung konnte sich noch als bedeutsam erweisen.

Grace schrieb die Autonummer des anderen Prius auf und schlich sich dann näher heran, um einen Blick in das Fahrzeug zu werfen. Der Zufall wollte es, dass eine Glühbirne, die von einem Baum hing, direkt auf den Fahrersitz schien.

Der Zufall wollte es auch, dass außer Fahrersitz und Armaturenbrett nichts zu sehen war.

Grace zog sich ins Dunkel zurück und beobachtete das Klinkerhaus für fünfzehn Minuten, dann blieb sie eine weitere Stunde in ihrem SUV sitzen, um sicherzugehen, dass niemand kam oder ging. Schließlich kehrte sie in ihr Hotel zurück.

An Schlaf war jetzt nicht mehr zu denken. Jetzt wurde abgerechnet.

Kapitel 47

Die Trauerfeier für Malcolm und Sophie fand eine Woche nach ihrem Tod statt, in Ransom Gardeners Strandhaus in Laguna. Es war ein herrlicher Tag am Meer, und der kobaltblaue Himmel war kaum getrübt von den seidigsilbernen Wölkchen, die von Norden her kamen.

Laguna lag hundert Kilometer südlich von Los Angeles. Grace hatte jedes Mal daran gedacht, wenn Gardener zu Besuch kam. Er musste über eine Stunde fahren. Wirklich ein engagierter Anwalt.

Was man sich so denkt.

Was man verdrängt.

Malcolm und Sophie hatten klare Anweisungen zu ihrer Einäscherung hinterlassen, und Gardener hatte sich um alles gekümmert. Grace stand in einem weißen Kleid barfuß im Sand, während er mit zwei silbernen Urnen auf sie zukam. Er hatte sie gefragt, ob sie die Asche ausstreuen wolle, und es schien ihm zu gefallen, dass sie kopfschüttelnd abgelehnt hatte.

Menschliche Asche in den Pazifik zu streuen verletzte die Gesetze des Staates, des County und der Gemeinde. Gardener sagte nur »Scheiß drauf«, und schon flog der Staub.

Seit er in jener schrecklichen Nacht bei Grace zu Hause erschienen war, hatte er viel geflucht und dabei eine ganz andere Seite von sich gezeigt als den zurückhaltenden Anwalt, den sie kannte.

Unter dem Vorwand, sie trösten zu wollen, stand er seither täglich vor ihrer Tür und brachte Essen mit, das sie nicht wollte, um sich dann auf ihrer Couch breitzumachen und in einem fort in Erinnerungen zu schwelgen. Was könne man sonst gegen das innere Vakuum tun? Grace sagte nichts dazu, aber das hielt ihn nicht auf. Er konnte nicht aufhören zu erzählen.

Viele seiner Geschichten begannen mit der gleichen Einleitung: sein erster Tag in Harvard als verhätscheltes Söhnchen reicher Leute, frisch vom renommierten Groton-Internat, nach außen hin voller Selbstbewusstsein, in Wirklichkeit aber so nervös, dass er kaum ein Wort herausbrachte. All das sei aber in dem Moment vorbei gewesen, als er Malcolm kennenlernte – »das Beste, was mir in meiner ganzen Zeit in Cambridge passiert ist«. Wer hätte gedacht, dass ein Teufelskerl und Jude aus Brooklyn einmal ein lebenslanger Freund sein würde?

»Mehr als ein Freund, Grace. Ich finde keine Worte, vielleicht gibt es keine Worte, er war ...« Zum hundertsten Mal quollen Tränen aus Gardeners Augen, um auf seinen eingefallenen Wangen der Schwerkraft zu unterliegen.

»Das Besondere an ihm war, dass er nicht nur geistig und körperlich eine Wucht war, man konnte sich auch darauf verlassen, dass er mit diesen Gaben verantwortungsvoll umging. Diskret. Taktvoll. Aber wenn man ihn brauchte, war er da, Grace. Vollgesoffene Dorfjugendliche, die meinten, sie könnten uns eindosen, haben schnell gelernt, was Sache ist.«

Die Vorstellung, wie Malcolm sich in einer Spelunke in Somerset prügelte, hätte Grace amüsiert, wenn sie in der Lage gewesen wäre, überhaupt etwas zu empfinden.

Sie ließ Gardener weiterreden, während sie so tat, als hörte sie zu. Ihr berufliches Training kam ihr da zugute.

Seit sie von der Tragödie erfahren hatte, war sie wie von einem undurchdringlichen Nebel eingehüllt, als befände sie sich in einer hermetisch verschlossenen Glaskugel. Ihre Augen und Ohren funktionierten mechanisch, doch was sie aufnahmen, konnte nicht weiterverarbeitet werden. Wenn sie einen Fuß vor den anderen setzte, war ihr klar, dass sie sich vorwärtsbewegte, doch es fühlte sich an, als würde jemand anders die Regler bedienen.

Ihr Hirn war zweidimensional und leer wie ein unbeschriebenes Blatt Papier.

Sie konnte nicht mehr tun als sitzen, stehen und gehen.

Anscheinend wirkte sie nach außen hin relativ normal, weil ihr auf der Trauerfeier niemand wirklich mitleidige Blicke zuwarf.

Die Trauergemeinde bestand aus Kollegen von der Uni und Studenten, Gardener und seiner Frau, einer dicken Person namens Muriel, und dem wie immer wortkargen Mike Leiber, der ganz hinten stand, in Pennerklamotten und mit diesem sonderbaren, benebelten Blick in seinem inzwischen graubärtigen Gesicht. Gardener hielt eine kurze, berührende Rede, bei der er sich in jedem zweiten Satz verschluckte, dann folgte viel zu langes Gesülze von Professoren aus den Fakultäten der beiden.

Schließlich gab es Käse und Cracker und faden Weißwein am Strand, während die Wellen über den Sand leckten und der Himmel allmählich schwarz wurde.

Beim Verabschieden wurde klar: Grace war die einzige Hinterbliebene. Sie wusste, dass weder Malcolm noch Sophie noch lebende Verwandtschaft hatten, doch bis dahin hatte sie sich nie viel dabei gedacht. Als sie nun allein da stand und zusah, wie ihre Überreste auf dem Wasser landeten, um sofort weggespült zu werden, wurde ihr bewusst, wie einsam sie gewesen sein mussten, ehe sie sie bei sich aufnahmen.

War das eine Erklärung?

Konnte man denn jede edle – oder böse – Tat immer voll und ganz erklären?

Nein. Da musste mehr dahinterstecken. Sie war nur krankhaft analytisch, weil sie verdammt noch mal kurz davor war zu explodieren.

Malcolm und Sophie verdienten mehr als Küchenpsychologie.

Malcolm und Sophie hatten sie geliebt.

Am Tag nach der Trauerfeier, allein in ihrer Wohnung, war sie endlich in der Lage zu weinen. Eine Woche lang tat sie kaum etwas anderes. Gardener tauchte zweimal in dieser Zeit auf, doch sie ignorierte sein Klopfen. In den folgenden vierzehn Tagen nahm sie auch seine Anrufe nicht mehr an. Ebenso wenig wie die von Patienten und Kollegen. Auf ihrem AB erklärte sie etwas von einem »Notfall in der Familie«. Eine gute Gelegenheit für die heimgesuchten Seelen, auch mal an jemand anderen zu denken als nur an sich selbst.

Am Morgen des fünfzehnten Tages kam Gardener wieder. Diesmal hatte Grace das Gefühl, ihn ertragen zu können, und öffnete die Tür einen Spaltbreit. Als sie jedoch Mike Leiber hinter ihm entdeckte, hatte sie plötzlich keine Lust mehr, ihn hereinzulassen.

»Bitte?«

»Alles in Ordnung, meine Liebe? Ich habe lange nichts von Ihnen gehört.«

»Ich trauere.«

»Ja … wir versuchen alle, irgendwie klarzukommen – können wir uns für einen Moment unterhalten?«

Grace zögerte.

»Es ist wichtig«, fügte Gardener hinzu.

Grace erwiderte nichts, woraufhin Gardener etwas näher trat. »Ich verspreche auch, nicht sentimental zu werden. Bitte verzeihen Sie, wenn ich Ihre Toleranz überbeansprucht habe.«

Mike Leiber hinter ihm starrte ins Leere. Grace hätte ihn am liebsten geohrfeigt.

»Bitte, Grace«, beharrte Gardener. »Es ist zu Ihrem Besten. Es gibt da Angelegenheiten, die unbedingt erledigt werden müssen.« Jetzt klang er wieder ganz wie ein Anwalt. Mike Leibers Augen blieben ausdruckslos wie Kiesel in einem Teich.

Gardener legte die Hände aneinander, als würde er beten.

Grace löste die Kette.

Sie ließ beide Männer in die Küche, wo Gardener eine große Krokolederaktenmappe auf den Tisch legte, um einen Stapel Dokumente herauszuziehen. Leiber setzte sich Grace gegenüber, wandte sich jedoch sofort ab und musterte den Kühlschrank. Grace schoss sofort eine ganze Liste von Diagnosepunkten durch den Kopf, die sie jedoch im selben Moment wieder verbannte. Ging sie doch nichts an.

Gardener rümpfte beim Sortieren der Blätter die Nase. Es stank nach abgestandenem Fett. Sie hatte sich von längst vergessenem Vorrat aus ihren Küchenschränken ernährt und frittierten Sachen, die ihr häufig angebrannt waren – normalerweise hätte sie so etwas weggeworfen. Gelüftet hatte sie länger nicht, und auch geduscht hatte sie seit zwei Tagen nicht mehr.

»Okay«, sagte Gardener und glättete die Kanten seines Papierstapels. »Wie Sie sich vermutlich schon gedacht haben, sind Sie Malcolms und Sophies Alleinerbin.«

»Ich habe mir nichts gedacht. Ich habe an so was überhaupt keinen Gedanken verschwendet.«

»Ja ... natürlich – entschuldigen Sie bitte, Grace, das ist ... aber jedenfalls muss diese Angelegenheit geklärt werden. Sie sind Alleinerbin. Insofern müssen Sie über Ihre neue Situation in Kenntnis gesetzt werden.«

»Gut. Schießen Sie los.«

»Gut ist nicht ganz das richtige Wort«, meldete sich Mike Leiber.

Grace warf ihm einen scharfen Blick zu, doch er war schon längst wieder damit beschäftigt, die weiße Fläche der Kühlschranktür zu studieren.

»Tja nun«, sagte Ransom Gardener. »Was Mike sagen will, ist, dass Sophie und Malcolm sehr wohlhabend waren. Sophie brachte ein eigenes Erbe mit, das durch kluge Investitionen über Jahre hinweg stetig gewachsen ist.« Er sah Leiber an.

Leiber zuckte mit den Schultern.

»Mike ist so etwas wie ein Finanzgenie.«

»Alles keine Kunst«, sagte Leiber. »Kauf billig, verkauf teuer, mach keine Dummheiten.«

»Du bist viel zu bescheiden, Mike.«

Leiber verschränkte die Arme über der Brust, und seine Augen nahmen wieder diesen leeren Ausdruck an. Dann sprang er unvermittelt auf. »Ich muss los. Muss mir ein paar ausländische Börsen anschauen.«

»Wir sind mit meinem Auto hier«, gab Gardener zu bedenken. »Wie willst du zurück ins Büro kommen?«

»Mit dem Bus«, erklärte Leiber und fügte an Grace gewandt hinzu: »Sorry, dass Sie das auf diese Weise erfahren mussten. Hoffentlich bauen Sie damit keinen Mist.«

Als er weg war, sagte Gardener: »Wie Sie zweifellos bemerkt haben, ist Mike ein ungewöhnlicher Mensch. Seine Zeit am MIT war schwer für ihn. Malcolm hat ihm geholfen.«

Grace saß stumm da.

»Aber das überrascht Sie sicher nicht – ebenso wenig wie alles andere, was ich Ihnen über Malcolm und Sophie erzählen könnte ... Also, hier sind die Einzelheiten.«

Nach seiner umständlichen Einleitung war Gardener erstaunlich rasch wieder ganz der nüchterne Anwalt und präsentierte die Fakten mit bewundernswerter Klarheit.

Das Haus in der June Street war zwischen dreieinhalb und vier Millionen Dollar wert. Der Aktienfonds, den Malcolm und Sophie für Grace kurz nach ihrer Adoption gekauft hatten, war auf fünfhundertfünfundsiebzigtausend Dollar angewachsen.

»Der Fonds gehört ganz Ihnen, vom Erlös des Hauses – falls Sie es veräußern wollen – geht ein Teil für Steuern ab. Wenn wir alle Pfeile im Köcher einsetzen, werden Sie so bei vier Millionen landen.«

»Schön«, sagte Grace. »Ich werde Sie dafür bezahlen, dass Sie das für mich abwickeln.«

»Ich habe schon damit angefangen, meine Liebe. Ich bin bereits der Nachlassverwalter, da wird keine Extragebühr anfallen.«

»Ich will keine Almosen ...«

»Darum geht es nicht, Grace. Es ist nichts als Anstand. Ich kann Ihnen gar nicht sagen, was die beiden mir bedeutet haben.«

»Danke«, sagte Grace rasch, weil sie fürchtete, dass er wieder in Nostalgie ertrinken könnte.

Sie würde ihm etwas schenken, irgendwas Extravagantes. Am Tag der Trauerfeier hatte sie in seinem Haus eine Sammlung von Art-déko-Glas gesehen. Seine Frau hatte im Vorübergehen eine Vase gestreichelt.

Gardener machte keine Anstalten, sich zu rühren.

»Noch was?«, fragte Grace.

Gardener lächelte traurig. »Wie sagen die immer in diesen Werbungen für billige Messer: ›Aber warten Sie, da kommt noch mehr‹.«

Grace schloss die Augen. Ihre Nerven waren zum Zerreißen gespannt, und sie musste sich schwer zusammenreißen, um ihn nicht aus ihrer Küche zu werfen.

»Also«, sagte Gardener. »Da sind die vier Millionen. Das ist für sich genommen schon ein nettes Sümmchen für jemanden in Ihrem Alter, das außerdem jede Menge Entwicklungspotenzial hat.« Er machte eine theatralische Geste. »Aber da ist auch noch ein bisschen Geld, das Malcolm und Sophie für sich investiert haben. Mike hat auch damit tolle Arbeit geleistet. Und vor ihm hat sein Vater damit gearbeitet – Art Leiber war einer der ersten Investmentmanager an der Ostküste. Auch ein alter Freund von Malcolm und mir aus Lowell. Ein wunderbarer Mensch, ist schon vor Jahren verstorben, Blasenkrebs. Es war anfangs nicht ganz klar, ob Mike in der Lage ist, den Job zu machen, aber er hat sich sehr schön entwickelt.«

Jetzt geht's wieder los.

Gardener musste ihre Ungeduld gespürt haben. »Was Sie jetzt gleich sehen werden, Grace, verdeutlicht, wie wichtig Zinseszinsen sind. Und dass es sich lohnt, solide Produkte zu kaufen und sie dann nicht mehr anzurühren.«

Er atmete ein, zog drei Blätter aus dem Stapel und schob sie über den Tisch.

Spalten voller Zahlen zu Aktien, Fonds, Anleihen, Dinge, von denen Grace keine Ahnung hatte. Kleingedrucktes und Zahlen, die vor ihren Augen verschwammen.

Sie blickte weg. »Okay, danke.«

»Grace!« Ransom Gardeners Stimme klang alarmiert. »Haben Sie sich das angesehen?«

»Was denn?«

Er zog das unterste Blatt heraus, drehte es um, sodass Grace es lesen konnte, und tippte auf eine Stelle am unteren Blattende.

Summa summarum: 28.650.000 Dollar.

Und neunundvierzig Cent.

»*Nach* Steuern«, betonte Gardener. »Sie sind eine sehr reiche Frau, Grace.«

Grace kannte die Geschichten von Lotteriegewinnern, die sich vorgenommen hatten, ihr Leben durch den unvermittelten Reichtum nicht ändern zu wollen. Natürlich änderte es sich trotzdem, etwas anderes zu glauben war albern. Es brachte nichts, ihre neuen Lebensumstände zu ignorieren. Sie musste nur dafür sorgen, dass sie die Kontrolle behielt.

Sie rief Mike Leiber an und teilte ihm mit, dass sie etwas Geld abheben werde, dass sie ihn aber als Vermögensverwalter behalten wolle.

»Wenn Sie was ausgeben müssen, nehmen Sie's von den Erträgen, nicht vom Kapital.«

»Was für Erträge meinen Sie?«

»Lesen Sie denn nicht? Sie haben kommunale Anleihen – die sind steuerfrei. Bringen pro Jahr über sechshunderttausend Dollar Zinsen ein. Das sollte doch für Schuhe und Nagelpflege reichen, oder?«

»Das ist mehr als genug. Dann machen wir so weiter wie bisher?«

»Sicher. Für Sie muss ich auch keine Show abziehen, oder?«

»Wie bitte?«

»Die meisten Kunden muss ich zweimal im Jahr besuchen, mit Tabellen und dem ganzen Zeug, und damit protzen, was ich für tolle Arbeit leiste. Malcolm und Sophie wussten, dass das reine Zeitverschwendung ist. Nur Gardener wollte es so.«

»Dann lassen wir das, Mike.«

»Außerdem«, fuhr Leiber fort, »das sage ich Ihnen gleich vorneweg: Es wird nicht immer alles gleich gut laufen. Jeder, der was anderes sagt, ist ein Arsch und ein Verbrecher.«

»Klingt logisch.«

»Wenn Sie Fragen haben, können Sie mich anrufen. Aber besser noch sollten Sie Ihre Kontoauszüge studieren, da steht alles drin. Und wenn Sie mehr wissen wollen, lesen Sie ein Buch über die Grundzüge der Geldanlage. Benjamin Graham ist der Beste.«

»Ich werde es mir merken, Mike.«

»Gut. Ach ja, und ich schicke Ihnen Scheckformulare, dann können Sie über das Geld jederzeit frei verfügen.«

»Danke, Mike.«

»Keine Ursache.«

Im folgenden Jahr verkaufte Grace das Haus in der June Street. Wertvolle Antiquitäten und Kunstobjekte gab sie bei einem Händler in Pasadena in Kommission, und die Fachartikel von Malcolm und Sophie ließ sie in einem auf

Dokumente spezialisierten Depot lagern. Vielleicht würde sie sie eines Tages lesen.

Mit dem Erlös des Hauses erwarb sie unter Nutzung eines Paragrafen des Steuergesetzes, der Immobilientausch begünstigte, grunderwerbssteuerfrei das Haus am La Costa Beach, das sie für einen guten Preis bekam, weil es aufgrund seiner Größe nur für eine Person bewohnbar war und das Bauamt jegliche Umbaugenehmigungen verweigerte. Außerdem kaufte sie das Cottage in West Hollywood, in das sie mit ihrer Praxis einzog.

Am Tag nachdem sie die Kaufverträge für beide Immobilien unterschrieben hatte, fuhr sie nach Beverly Hills zu einem Autohändler, gab den BMW in Zahlung und kaufte den schwarzen Aston Martin, der kaum Kilometer auf dem Tacho hatte. Der Vorbesitzer hatte festgestellt, dass er sich mit seiner Größe auf dem Fahrersitz nicht rühren konnte. Der Toyota-Kombi, ebenfalls kaum gefahren, stand bei dem Händler auf dem Parkplatz. Er gehörte dem Verkäufer. Grace überzeugte den Mann sofort mit ihrem Angebot, und am Ende kaufte sie beide Fahrzeuge zusammen, den Kombi als praktischen Zweitwagen.

Im ersten Monat fuhr sie dreitausendzweihundert Kilometer mit ihrem neuen Aston. Die Kombination aus überhöhter Geschwindigkeit und rücksichtslosem Fahren fühlte sich seltsam erlösend an.

Vielleicht würde sie eines Tages nicht mehr an die Nacht denken, als die beiden aus ihrem Leben gerissen wurden.

Grace hatte sich nicht über den Unfall informiert. Ganz bewusst nicht. Sie hatte weder mit Gardener noch mit der Polizei gesprochen, noch hatte sie Protokolle oder sonstige Informationen angefordert.

Sie wusste nicht einmal, ob das vollgesoffene Arschloch,

das so viel zerstört hatte, ein Mann oder eine Frau gewesen war.

Entgegen allem, was sie ihren Patienten über offene Kommunikation erzählte, war für sie das Nichtwissen wie Balsam auf der Seele. Das mochte sich unter Umständen irgendwann ändern.

Bis dahin fuhr sie schnelle Autos.

Kapitel 48

Am Morgen nachdem sie ihren Giftprinzen zum ersten Mal als Erwachsenen gesehen hatte, machte sich Grace in den Claremont District von Berkeley auf.

Um sieben Uhr saß sie unter einem riesigen Baum mit schirmartiger Krone und beobachtete den spärlichen Verkehr in der Avalina Street. Der Baum – sie konnte nicht sagen, was für eine Art es war – war das größte Exemplar in einem alt gewachsenen kleinen Wäldchen um eine Rasenfläche herum, die als Monkey Island Park ausgeschildert war.

Von Affen, Wasser oder einer Insel war nichts zu sehen. Alles, was es hier gab, waren fünfzehnhundert Quadratmeter Rasen, eingerahmt von stämmigen Bäumen mit dicht belaubten, überhängenden Ästen.

Für ein Kind, das mit der Vorstellung von Affen hierherkam, eine einzige Enttäuschung. Vielleicht war es deshalb menschenleer.

Ideal für Grace.

Heute trug sie keine Kontaktlinsen, sondern eine Sonnenbrille, die ihre Augen verbarg. Sie hatte die blonde Perücke glatt gekämmt, sodass sie frei von Wellen und Löckchen war, und zu einem Pferdeschwanz zusammengefasst, den sie durch das Loch in ihrer schmucklosen schwarzen Baseball-Kappe zog. Es war bereits ziemlich warm, und sie hatte keine Jacke an, sondern nur Jeans und ein hautfarbenes T-Shirt mit Rundausschnitt, Sportsocken und leichte

Turnschuhe. Alles, was sie sonst brauchte, steckte in ihrer großen Tasche.

Im Hotel hatte sie eine Ausgabe des *Daily Californian* mitgenommen und tat jetzt so, als würde sie sich für das Leben auf dem Campus interessieren. Ein paar Leute gingen am Park entlang, doch niemand betrat ihn.

Um 8.45 Uhr erschien Walter Sporn mit seinem Prius in der Avalina Street und entschwand Richtung Norden.

Um 9.32 Uhr folgte Dion Larue. Larue fuhr so schnell, dass Grace keine Einzelheiten erkennen konnte, doch im Tageslicht leuchteten seine Haare und Bart goldfarben, beinahe metallisch.

Als hätte er sich selbst vergoldet, von sich selbst ein Abbild geschaffen.

Grace musste daran denken, was sie gelernt hatte, als sie Malcolms und Sophies Antiquitäten in Kommission gegeben hatte: wie einfaches Eisen oder Bronze mit einer Schicht aus Goldfarbe oder Blattgold überzogen wird.

Um es edler aussehen zu lassen.

Sie schloss die Augen, um zu verarbeiten, was sie gerade gesehen hatte. Walter Sporn war mit gerunzelter Stirn vorbeigefahren. Dion Larue hatte sein attraktives Kinn nach oben gereckt, genau wie gestern Abend, als er seine Frau im Dunkeln stehen ließ.

Arroganz und Egoismus – und wie auch nicht? Es hatte ihm schon sehr lange niemand mehr etwas abgeschlagen.

Grace nahm sich vor, das große Klinkerhaus noch einmal genauer in Augenschein zu nehmen.

Aber sie würde sich Zeit lassen, auf Nummer sicher gehen. Es gab keinen Grund zur Eile.

Zweiundzwanzig Minuten später kamen zwei Passantinnen um die Ecke und steuerten direkt auf sie zu.

Beide blond, die größere von beiden schob einen Buggy. Als sie näher kamen, wurde das runde, hellhäutige Gesicht des Babys sichtbar, das ebenfalls blond war.

Grace befand sich im Monkey Island Park mit ihrer Perücke in bester Gesellschaft.

Die Neuankömmlinge marschierten geradewegs auf Grace zu und hielten dann unweit von ihr inmitten der Rasenfläche, wo sie sich niederließen. Die größere Frau wandte sich dem Buggy zu und begann das Kind abzuschnallen, während Grace zusah, nur wenige Meter entfernt, maskiert mit Sonnenbrille und Zeitung. Sie dachte sich längst, wer das Kind geschoben hatte, und ein Wenden des Kopfes bestätigte ihre Vermutung.

Die unterwürfige Azha, mit schlaffem Haar, Mittelscheitel und einem Hippie-Lederbändchen um den Kopf. Sie trug ein Tunikakleid, das etwas kürzer war als das, das sie gestern angehabt hatte. Knapp bis zum Knie. Dazu Sandalen ohne Absätze. Kein Schmuck, keine Uhr.

Im Tageslicht sah ihr Gesicht hübsch aus, fast schön. Nur diese Wangenknochen.

Grace stellte sich vor, wie Dion Larue in seinem Wahn, die Welt neu zu gestalten, mit einem dieser Bildhauer-Werkzeuge an seiner Frau herumschnitzte. Wie Azha stumm und starr dasaß, erfüllt vom heiligen Schmerz der Märtyrer, während ihr psychopathischer Herr und Meister sie bis auf die Knochen blutig schabte und hobelte.

Eine wundervolle Metapher, doch Grace hatte keine Zeit für Gedankenspiele.

Nach allem, was sie wusste, war diese Frau eine dieser Masochistinnen, die es regelrecht genossen, wenn man ihnen die Tür vor der Nase zuschlug.

Grace hob ihre Zeitung ein Stück weiter an und beobachtete Azha, wie sie eine Decke aus der Tasche des Buggys zog, auf dem Rasen ausbreitete und zurechtzupfte, bis sie ihr glatt genug war. Dann hob sie das Baby aus dem Buggy und hielt es mit strahlender Miene dem Himmel entgegen.

Das Kind war noch ganz klein, höchstens ein paar Monate alt, und seine pummeligen Beinchen strampelten selig. Immerhin trug es einen weißen Strampler, kein Schwarz. Das Baby an sich gedrückt, ließ sich Azha vorsichtig auf der Decke nieder und kreuzte die Beine zu einer Yoga-Haltung.

Sie wiegte das Kleine für einen Augenblick, dann setzte sie es neben sich, wo es anfing, zu taumeln und zu schwanken und vergeblich versuchte, aufrecht zu bleiben. Als es schließlich der Schwerkraft nachgab und nach hinten umkippte, war Azhas Hand zur Stelle, um es aufzufangen.

Dem Gleichgewichtssinn nach zu urteilen, war das Baby fünf, vielleicht sechs Monate alt.

Lächelnd ließ Azha ihre Hand auf seinem Rücken liegen, sagte etwas und küsste es auf die Nase.

Aufgrund der Entfernung konnte Grace nicht verstehen, was sie sagte, doch ihre Stimme klang melodiös durch den Park.

Das Baby griff nach ihr, und sie hielt ihm ihren Finger hin, um es sanft hin und her zu schaukeln, wieder ein neues Spiel.

Die kleinere Frau stand die ganze Zeit schweigend dabei.

Als würde sie das jetzt auch bemerken, sah Azha zu ihr hoch und deutete auf den Rasen.

Mit hölzernen Bewegungen setzte sich die Frau.

Sie war etwa genauso alt wie Azha, grober gebaut und hatte wenig ansprechende Züge. Ihr Haar war zu zwei Zöpfen geflochten, die für ihr Alter kindisch wirkten. Ihr schwarzes Kleid schien aus dem gleichen leichten Baumwollstoff zu sein wie das von Azha, nur war es wesentlich grober geschnitten, lieblos, als hätte der Schneider keine Lust mehr gehabt, als er sich an dieses Stück machte.

Auf diese Entfernung wirkten ihre Gesichtszüge klein und ausdruckslos, ihr Gesicht bleich und ihre Augen wie Schweinsaugen. Sie saß neben dem Baby, beachtete es aber nicht. Stattdessen starrte sie in die Ferne. Ins Leere, wie es Grace schien. Mike Leibers Schwester im Geiste?

Ihr Oberkörper sackte immer weiter in sich zusammen, bis sie ganz gekrümmt dasaß. Ihre Glieder hingen schlaff an ihr herunter. Grace verfolgte aus ihrer Deckung, wie der Frau die Kinnlade herabsank und offen blieb. Azha spielte mit dem Baby, doch ihre Begleiterin hatte keinen Anteil an dem Spaß – ebenso wenig wie an allem anderen, was um sie herum vorging. Grace überlegte, ob sie geistig zurückgeblieben war.

Vielleicht hatte sie aber auch durch die Sekte Schaden genommen; eine Hirnschädigung durch Drogen oder eine andere psychische oder neurologische Störung.

Jedenfalls hockte sie eine ganze Zeit lang in sich zusammengesunken da, während Azha und das Baby ihr keinerlei Beachtung schenkten. Dann wandte sich Azha ihr zu, nahm behutsam ihr Kinn und drehte ihren Kopf, sodass sie sich ansahen.

Als würde sie ein Spielzeug bewegen. Die kleinere Frau gehorchte, als wäre sie aus Gummi, und hielt Blickkontakt, ohne jedoch zu reagieren, als Azha etwas zu ihr sagte. Doch als Azha ihr das Baby reichte, nahm sie es, während

Azha sich flach auf den Rücken legte und sich den linken Arm über die Augen legte.

Mommy macht jetzt ein Nickerchen.

Welche Probleme auch immer die andere Frau haben mochte, Azha vertraute ihr das Baby an. Und die Frau wusste genau, wie sie damit umgehen musste, hielt es eng bei sich und stützte den zerbrechlichen Nacken.

Das Baby fühlte sich bei ihr wohl. Entspannt lächelnd lag es da und giggelte sofort los, wenn die Frau es am Kinn streichelte.

Ähnlich wie es Azha bei ihr getan hatte.

Inzwischen war Azha eingedöst. Ihre Brust hob und senkte sich gleichmäßig, während ihre Begleiterin sich zuverlässig um das Kleine kümmerte, das stets gleichbleibend gut gelaunt war; ein zufriedenes Kind mit ausgeglichenem Wesen.

Wie lange würde das wohl anhalten?

Unvermittelt legte die Frau das Baby rücklings ins Gras. Und auch jetzt machte das kleine Wunderkind keinen Aufstand, sondern blickte nur nach oben. Die Frau veränderte ihre Position, sodass sie über dem Kind schwebte und auf es herabsah.

Azha Larues Brust hob und senkte sich langsam und gleichmäßig. Ihre Begleiterin beobachtete sie ein paar Sekunden lang und wandte sich dann dem Baby zu.

Wie in einer Art Pantomime bewegte sie ihre Hände – vielleicht waren es auch nur die sonderbaren Bewegungen einer sonderbaren Person –, nein, da steckte Sinn dahinter, das Baby kannte das schon, denn es folgte ganz hingerissen den Fingern, die da hin- und herflogen.

Rasche Gesten bildeten sich heraus. Nonverbale Kommunikation.

Das Baby war die ganze Zeit mit voller Konzentration dabei, während die Hände über ihm Formen malten, Kreise, Punkte.

Es verstand. So wie Kleinkinder, die noch nicht sprechen, Zeichensprache verstehen können.

Kapitel 49

War das möglich?

Natürlich.

Lilith war acht oder neun gewesen, als Grace sie zum ersten Mal sah. Damit wäre sie heute knapp dreißig. Das Alter konnte passen.

Auch andere Merkmale stimmten überein: Ein blondes taubstummes Mädchen war zu einer blonden taubstummen Frau herangewachsen.

Sie war gar nicht geistig minderbemittelt; Azha Larue behandelte sie nur so, weil sie die Zeichensprache nicht beherrschte oder beherrschen wollte. Stattdessen dirigierte sie lieber mit den Händen und redete sie an.

Lies mir von den Lippen ab.

Azha hatte Lily außerdem vollkommen ignoriert bis zu dem Zeitpunkt, als sie sie brauchte: *Pass auf das Baby auf, damit ich ein Nickerchen machen kann.* So ging man nicht mit einer Freundin um. Das war mehr ein Verhältnis zwischen Herrin und Dienerin.

Wie bei jeder Sekte gab es in Dion Larues Familie eine strenge Hierarchie: ganz oben der Guru, gefolgt von der Guru-in, unten schließlich die Arbeitsbienen.

Taubstumm und passiv, war Lily die ideale Sklavin. Wenn man bedachte, dass Larue ihre Familie ermordet hatte, war ihre Handlungsunfähigkeit mit Lähmung gleichzusetzen.

Hatte Larue eine andere Frau gefunden, die etwa gleich alt war und als Ersatzopfer dienen konnte? Eine Anhalterin oder ein Strichmädchen, die er irgendwo auf dem Weg von Kalifornien nach Oklahoma aufgegabelt hatte? Das Haus niederzubrennen war natürlich die cleverste Methode, um Beweismittel zu vernichten oder zu verschleiern.

Eines Tages würde sie dem vielleicht nachgehen.

Erste Eindrücke waren oft die richtigen, weil sie an einem tief verborgenen, weisen Ort im Unterbewusstsein entstanden. In diesem Fall hatte ihr erster Eindruck geradezu absurd korrekt ins Schwarze getroffen.

Der Giftprinz wollte nichts anderes als die ruhmreiche Zeit seines irren Vaters wieder auferstehen lassen und strebte seit zehn Jahren diesem Ziel entgegen. Indem er die McCoys in ihrem Häuschen in Oklahoma im Schlaf ermordet, Klein-Lilith aber mitgenommen hatte.

In der Gewissheit, dass sie sich nicht wehren würde. Und falls doch, würde er sich zu helfen wissen, siehe Bruder Typhon.

Amy Chan hatte das Treffen im Restaurant als zufällig wahrgenommen, doch vielleicht war es das gar nicht gewesen. Big Brother hatte den kleinen Bruder schon länger beobachtet, hatte erfahren, dass er zu Besuch war und ihn von seinem Prius aus beschattet.

Als er Amy und Andrew das Veganerrestaurant betreten sah – vielleicht war das eines seiner Stammlokale, falls er seinen Essgewohnheiten treu geblieben war –, erklärte er Azha, die still und reglos neben ihm im Auto saß, dass er sie jetzt zum Essen ausführen würde.

Sie hätte nicht widersprochen. Weil sie nie widersprach.

Diese »spontane« Begegnung hatte für Andrew den Anfang vom Ende bedeutet.

Die Fliege im Netz der Spinne.

Weil Andrew nicht wie gewünscht reagiert hatte, ganz anders als die passive Lily.

Ganz im Gegenteil, der dumme Typhon war entsetzt gewesen.

Er war ein Gutmensch geworden.

Beim Gedanken daran spürte Grace, wie es sie schüttelte. Sie blätterte eine Seite in ihrer Studentenzeitung um und überflog ein paar Sätze, die vor studentischer Selbstgerechtigkeit strotzten. Etwas über Mikro-Auslöser posttraumatischen »Unbehagens« aufgrund einer langen Liste von -ismen …

Geschrei, das vom Rasen herüberdrang, riss sie aus ihren Gedanken.

Da war er.

Goldenes Haupt, gerader Rücken, das gutaussehende Gesicht wutverzerrt.

Unfähig zu handeln sah Grace mit an, wie Dion Larue den Fuß hob und gegen Azhas Fußsohlen trat, bis sie ihn mit weit aufgerissenen Augen anstarrte und sich mit Panik im Blick aufsetzte, während Larue seinen Zorn auf Lily richtete, die das Baby hielt, und drohend mit dem Finger auf sie zeigte. Grace hörte, wie er sie anschnauzte.

Dann fing er an, mit den Händen zu fuchteln – eine Parodie auf ihre Zeichensprache.

Das Baby, bislang rundum zufrieden, legte das Gesichtchen in Falten, lief puterrot an und krähte los. Larue riss es Lily so heftig aus den Händen, dass sein Köpfchen erst nach vorn, dann zurückwippte. Zu viel davon, und es würde in der Schule später nicht mehr gut mitkommen.

Das Baby schrie lauter. Larue betrachtete es, als wäre es ein Insekt.

Stand hier etwas Schreckliches bevor? Würde Grace eingreifen müssen? Was für ein Desaster.

Sie war bereit, jeden Moment aus ihrer Deckung hinter den Bäumen herauszuspringen. Zum Glück drückte Larue das Kind dessen Mutter in die bebenden Arme, während er sie beschimpfte und dazu eine Faust schwang wie einen Prügel.

Grace war zu weit entfernt, um zu verstehen, was er sagte, hatte aber keine Probleme, sich Sprechblasen zu den Bildern auszumalen.

Du bist eingeschlafen? Und hast es ihr überlassen?
Das ist dein Job, nicht ihrer.
Sie hat ihm Zeichen gemacht, blöde Kuh. Seit wann lassen wir das zu?

Azha ließ den Kopf hängen. Larue stemmte die Hände in die Hüften, straffte den Rücken und blickte finster auf die beiden Frauen hinunter.

Das Baby brüllte immer lauter.

Larue kam einen Schritt näher, woraufhin Azha dem Kleinen die Hand auf den Mund legte.

Larue sah jetzt aus wie einer der vielen Kronprinzen einer total verzogenen Generation.

Azha Larue gelang das Kunststück, ihr Baby näher an sich zu drücken und gleichzeitig mit gesenktem Kopf beide Hände nach oben zu recken.

Vergib mir, denn ich habe gesündigt.

Larue sah zu, wie sich seine Frau erniedrigte, und wandte sich dann mit einer fauchenden Beschimpfung wieder Lily zu, um sie brutal gegen ihr nacktes Schienbein zu treten. Azha zuckte mitleidig zusammen. Lily reagierte nicht.

Larues Miene verdunkelte sich. Er schaukelte auf den Fersen und trommelte mit den Fingern auf seine Hüften.

Dann hob er den Fuß höher.

Wie viel konnte Grace zulassen? Doch abermals musste sie nicht eingreifen, weil Lily anfing, Azhas Büßerhaltung zu imitieren.

Sie tut nur so, dachte Grace. *Echt ist das nicht.*

Larue sah das genauso und trat fester zu.

Lily beugte sich so tief, dass ihr Gesicht beinahe das Gras berührte, und das schien ihm angemessen zu sein, denn er machte kehrt und entfernte sich mit schaurig überzeichnetem Stolziergehabe durch den Park.

Weg von Grace. Erst jetzt entdeckte sie den schwachen Glanz von Sonnenlicht auf schwarzem Autolack, als sie durch drei- und viereckige Löcher im Blätterwerk spähte.

Sein Prius parkte am Rand des Parks. Sie hatte ihn nicht kommen sehen.

Sie musste besser aufpassen.

Kapitel 50

Grace begab sich noch zweimal auf ihren Beobachtungsposten und wurde mit einem Muster belohnt.

An beiden Tagen fuhren Walter Sporn und Dion Larue getrennt voneinander von der Avalina Street aus Richtung Norden, Sporn zuerst. Am ersten Morgen starteten sie mit zehn Minuten Zeitverzögerung. Grace folgte Larue, der, wenig überraschend, zu der Baustelle in der Center Street fuhr und im Halteverbot hinter Sporn parkte.

Sporn wartete auf den Chef, ehe er ausstieg und das Vorhängeschloss am Zaun öffnete. Nachdem beide hindurchgegangen waren, verschloss Sporn die Öffnung wieder wie beim ersten Mal. Sie verschwanden rechter Hand hinter dem entkernten Gebäude und tauchten erst vierundzwanzig Minuten später wieder auf. In dieser Zeit erschien ein Parkwächter und verteilte mehrere Strafzettel, ließ aber die beiden Toyotas unbehelligt.

Der Prinz hatte Verbindungen.

Larue kam wie immer als Erster zurück und ging vor Sporn her, der eine billig aussehende Aktentasche trug. Sie stiegen in ihre Autos und fuhren in entgegengesetzte Richtungen davon, Larue zurück zur Avalina Street, Sporn nach Osten. Grace entschied sich spontan, Sporn zu folgen.

Er fuhr nur ein paar Blocks weiter in eine heruntergekommene Gegend, wo er am Straßenrand hielt und sein Handy herausholte. Nur Augenblicke später trat aus einem dreistöckigen blauen Haus mit einem Schild, das wöchentliche, monatliche und jährliche Mieten auswies, ein junger Mann, der Student sein konnte oder vielleicht auch jemand, der nur so auf dem Campus herumlungerte.

Er war Anfang zwanzig, weiß, mit bronzefarbenen bis schwarzen Dreadlocks, roten Skatershorts, einem weiten grünen T-Shirt mit der Aufschrift *Free Palestine* und schwarzen Turnschuhen ohne Socken. Nervös, denn er blickte dreimal nach links und rechts, ehe er die völlig verkehrsfreie Straße überquerte. Dabei kratzte er sich, und seine Augen wanderten ziellos umher.

Einen halben Block weiter sah Grace zu, wie Sporn Dreadlock die Aktentasche übergab. Man wechselte ein paar Worte. Dann schob Dreadlock etwas in Sporns fleischige Hände.

So, so, Larue hatte also eine zweite Finanzierungsquelle für seine Machenschaften gefunden. Die lange verschleppte Baustelle war ideal geeignet, um Drogen zu lagern. Oder Waffen. Oder beides.

Larue hatte nicht nur die Schlaumeier von der Stadtverwaltung gefoppt, indem er das Anwesen verkauft und den Bauauftrag an sich gerissen hatte, er hatte sich damit zudem ein kostenloses Lager zugelegt.

Außerdem ließ er seinen Lakaien am helllichten Tag Drogendeals abwickeln. An Selbstvertrauen mangelte es ihm wirklich nicht.

Sporn fuhr davon, während Dreadlock sich im Gesicht herumfingerte, auf den Zehen wippte und sich die Kopfhaut kratzte, die Aktentasche im Arm, wie Lily das Baby gehalten hatte. Irgendwann rannte er über die Straße und zurück in das blaue Haus.

Speed-Junkie aus Gewohnheit, Dealer aus Notwendigkeit. Vielleicht würde ein Teil des Meth seine Kundschaft erreichen.

Am zweiten Morgen parkte Grace ihren Escape so, dass sie unbeobachtet zusehen konnte, wie die Toyotas aus der Avalina Street gefahren kamen, diesmal im Abstand von fünfzehn Minuten.

Nach dem, was sie bislang gesehen hatte, wohnte sonst niemand in dem großen Klinkerhaus – war Larues Sekte noch im Aufbau begriffen? –, doch sicher konnte sie nicht sein.

Wenn sie nicht die Szene im Monkey Island Park beobachtet hätte, hätte sie von den Frauen und dem Baby nichts gewusst, es konnte also theoretisch sein, dass Larue einen ganzen Harem da drin hielt. Nach einer ganztägigen Observation war sie allerdings davon überzeugt, dass es höchstwahrscheinlich nur er, Sporn, Azha und Lily waren.

Und das bedauernswerte Baby.

Die Männer kamen und gingen, doch seit Larues Wutanfall im Park hatten sich die Frauen nicht mehr blicken lassen.

Grace wurde bewusst, dass sie viel mehr über das Baby nachdachte, als gut war. Wie rasch seine Zufriedenheit durch Larues Anwesenheit in Panik umgeschlagen war. Was seine Zukunft wohl bringen würde ... aber es hatte keinen Sinn, zu spekulieren. Sie musste sich an die Arbeit machen.

An diesem Abend beobachtete sie das Haus zu Fuß. Wieder war nur ein Fenster im oberen Stockwerk beleuchtet.

Von Sporn war nichts zu sehen, doch Larue fuhr kurz

vor zweiundzwanzig Uhr weg. Grace folgte ihm mit dunklen Scheinwerfern bis zum Claremont Boulevard, wo sie an einer Kreuzung zwei Fahrzeuge zwischen sich und ihn ließ.

Larue fuhr am Claremont Hotel vorbei und überquerte dann die Stadtgrenze zwischen Berkeley und Oakland, wo er durch zunächst elegante Straßen kreuzte, bis sich Anzeichen von Verwahrlosung häuften: defekte Straßenlaternen, Müll auf den Gehsteigen, Neonreklamen für Schnapsläden, Pfandleiher, Kautionsbüros, Kreditagenturen. Die wenigen Fußgänger waren ganz offensichtlich Nachtschwärmer, darunter Frauen in Strapsen und Shorts, kaum breiter als Gürtel, die auf Zwölf-Zentimeter-Absätzen auf und ab staksten.

Larue hielt in knapper Entfernung von ihnen am Straßenrand vor einer Zeile von Secondhand-Läden, die um diese Tageszeit geschlossen waren. Die Scheinwerfer des Prius blinkten, ehe sie erloschen, dann näherte sich eine der Huren. Sie war jünger als die anderen, zierlich, gut gebaut, und trug ein weißes Outfit mit Spitzen, das Unterwäsche sein konnte, dazu pinkfarbene Lackschuhe. Trotz ihrer Jugend war ihr Gang steif und sah aus, als hätte sie Schmerzen. Vielleicht die Schuhe. Doch Grace hatte einen anderen Verdacht: Das Leben auf der Straße hatte ihren Körper gebrochen und vorzeitig altern lassen.

Die Prostituierte trat an die Beifahrertür des Prius und stieg wortlos ein. Nach knapp zehn Minuten kam sie wieder heraus und wischte sich mit dem nackten Arm den Mund ab.

Larue wendete auf der Straße und war schon weg, ehe sie überhaupt einen Schritt gemacht hatte.

Als er wieder vor seinem großen Klinkerbau geparkt hatte, ging Larue an der Eingangstür vorbei links herum zur Rückseite des imposanten, dunklen Gebäudes.

Grace wartete, bis alles ruhig war, und folgte ihm. Die Einfahrt wurde nach hinten hin breiter – auf dem aufgesprungenen Asphalt hatten gut anderthalb Fahrzeuge nebeneinander Platz – und führte in einen großzügigen Garten, der von Blattwerk überwuchert war. Die Rückseite des Hauses war ebenso unbeleuchtet wie die Frontfassade, und bei flüchtigem Hinsehen hätte man angenommen, dass niemand zu Hause wäre.

Ein genauerer Blick jedoch verriet, dass durch das dichte Astwerk von Koniferen, Platanen und wild wuchernden Sträuchern schwaches Licht flackerte.

Es kam vom hinteren Ende des Grundstücks. Da stand ein zweiter Bau.

Grace fiel wieder ein, dass Larue eine Umbaugenehmigung für das Krauss-Haus beantragt hatte.

Erneuerung von Abflussrohren, blablabla, Dachfenster in der Remise.

Wenn da hinten früher einmal ein Fuhrpark untergebracht gewesen war, würde das erklären, warum die Einfahrt so breit war. Inzwischen jedoch war sie von Pflanzen völlig zugewuchert.

Trotzdem, das Licht … Grace erstarrte, als über ihr im ersten Stock des Hauses ein Fenster leicht geöffnet wurde.

Dann: ein Mann, der eine Frau beschimpfte.

Er lässt sich von einer Nutte einen blasen, kommt heim und fängt erst mal an zu meckern?

Noch ein Laut: das scharfe Klatschen von Haut auf Haut. Dann: männliches Gelächter, gefolgt von theatralisch ausgedehntem Gähnen.

Du bist so was von langweilig.

Das Fenster wurde noch etwas weiter geöffnet.

Seine Hochwohlgeboren schätzten offenbar frische Luft.

Grace, immer noch regungslos und mit angehaltenem Atem, überlegte, warum wohl in der Remise die Lichter an waren, obwohl Larue es sich mitsamt Familie im Haupthaus gemütlich gemacht hatte.

Längere Zeit passierte nichts.

Dann: Schnarchen durch das offene Fenster.

Sie machte schleunigst, dass sie wegkam.

Kapitel 51

Am folgenden Abend war Grace vorbereitet.

Schwarzes Baumwoll-T-Shirt, schwarze Stretch-Jeans, schwarze lautlose Laufschuhe und die Jacke mit viel Stauraum.

In einer Brusttasche verstaute sie Latexhandschuhe, die sie in einem Drogeriemarkt in der Telegraph Avenue gekauft hatte, in einer anderen die schwarze Skimaske. Die unteren Taschen waren bereits gefüllt.

Grace fuhr durch die nächtlich stillen Straßen von Berkeley, um vier Blocks von der Avalina Street entfernt ihren Wagen abzustellen. Die Entfernung war ein Risiko, da sie auf diese Weise nicht so schnell fliehen konnte. Ausschlaggebend aber war, dass der SUV außer Sichtweite unmittelbarer Nachbarn stand.

Wann immer es möglich war, suchte sie im Schatten Deckung, auch wenn ihr auf dem gesamten Weg zum Ende der Stichstraße niemand begegnete, nicht einmal eine streunende Katze. Sie suchte sich eine geschützte Stelle, um zu warten.

Beide Autos standen in der Einfahrt. Dasselbe Fenster wie gestern sandte diffuses Schummerlicht aus.

Nachdem eine halbe Stunde lang nichts passiert war, zog sie Maske und Handschuhe über und betrat das Grundstück. Sie hielt mehrmals inne, um sich umzusehen.

Wie beim letzten Mal war es kein Problem, zur Rückseite des Hauses zu gelangen. Das Fenster, das Larue gestern geöffnet hatte, war geschlossen.

Vom Ende des Grundstücks her schien wieder das Licht. Die Beleuchtung reichte gerade aus, um die Reste vergangener Pracht erkennen zu können.

Gestampfte Erde, wo einmal Rasen gediehen war, leere Blumenbeete, in Sechsecke und Kreise eingeteilt und mit gesprungenen Ziegeln eingefasst, dicke Buchsbaumäste mit kahlen Stellen, tote Bäume wie Strohdächer, die sich der aggressiven Konkurrenz geschlagen gegeben hatten – vor allem Zedern, deren Äste in den Dreck hingen.

Grace behielt ihre Taktik bei, gehen, innehalten, umsehen, gehen, innehalten, umsehen. Das brauchte Zeit, aber sie hatte es nicht eilig. Irgendwann war sie so nahe an der Remise, dass sie durch das Astwerk, das sich schräg über die Fassade zog, die Umrisse des Baus erkennen konnte.

So groß wie eine Doppelgarage, ein schweres Schieferdach, Ziegelsteinumfassung und Buntglasfenster. Eher eine Orangerie als eine Remise. Dazu passte auch, was sie durch die Fenster sah: leere Pflanztöpfe auf durchhängenden Regalbrettern. Auf dem welligen Zementboden große und kleine Tonscherben.

Die meisten Fenster waren mit toten Fliegen und Taubendreck verschmiert oder mangels Pflege blind. Nur der Glaseinsatz der Tür war gereinigt, und so konnte Grace es sehen.

Auf einem grün gestrichenen Pflanztisch lag Lily bäuchlings mit dem Kopf zur Tür.

Ihr schwarzes Sackkleid war über die Taille hochgeschoben. Ihre Hände baumelten über den Tischrand.

Ihre Mundwinkel zeigten abwärts, doch sonst war ihr Gesicht ausdruckslos.

Hinter/über ihr Walter Sporn, der sich in sie hineinbohrte.

In Anbetracht des Winkels war das eindeutig kein Vaginalsex. Sporn trug nur ein schwarzes T-Shirt, sonst nichts. Seine Haut hatte die Textur und Farbe von Talg. Hose, Schuhe und Socken lagen auf einem Haufen in einer Ecke.

Das Licht, das Grace gesehen hatte, stammte von einer Lampe mit sechs Glühbirnen, von denen drei fehlten.

Mit zusammengekniffenen Augen, das Schweinsgesicht wie von Wut verzerrt, stieß Sporn zu. Der Tisch schaukelte. Lilys Miene blieb ungerührt wie die einer Aufblaspuppe.

Sporn fing an, Lilys Pobacken so fest zu schlagen, dass sie dunkelrot anliefen, dann packte er ihr Haar und riss ihren Kopf nach oben. Alles geschah abrupt, grob, strafend. Doch in Lilys Miene änderte sich nichts. Die Mundwinkel, der starre Ausdruck, der leere Blick.

Ergeben.

Während Grace überlegte, was sie tun sollte, ließ Sporn Lilys Haar los und stieß ihren Kopf weg, sodass er hart auf dem Tisch aufprallte. Erst als er mit seiner Riesenpranke um Lilys Kehle fasste, veränderte sich etwas in ihrem teilnahmslosen Blick.

Ihre Augen weiteten sich. Ein Anflug von Panik.

Dann wieder nichts.

Kapitulation.

Grace hielt die Luft an und griff in ihre rechte untere Jackentasche, während Sporn wieder anfing, Lilys Hintern zu traktieren, diesmal so laut, dass es durch die Scheibe drang.

Grace gab der Tür einen Stoß, und als sie spürte, wie sie nachgab, machte sie einen Satz hinein; ihr unbemerktes Eindringen wurde dadurch erleichtert, dass Sporn die

Lider geschlossen hatte und raues Gelächter ausstieß, während er Lily schlug und würgte.

Als Lily Grace entdeckte, weiteten sich ihre Augen, und ihr Mund formte ein überraschtes O.

Eine willige Gespielin? Um Gottes willen, bitte nicht.

Nein. Das arme Ding nickte ihr mit einem Ausdruck des Flehens zu, der sich in nackte Panik verwandelte, als sich Sporns Pranke erneut um ihren Hals schloss. Ihre Zunge quoll aus dem Mund, ihre Lippen schwollen an, und ihre Augäpfel verdrehten sich in den Höhlen.

Die Glock im Anschlag, spurtete Grace los. Sporn in seiner sadistischen Ekstase bemerkte nichts, bis Grace mit ihrer Fußspitze gegen ein Stück Ton stieß, das auf dem Zement klirrte wie zerberstendes Geschirr.

Sporn öffnete die Augen, die sich vor Zorn rot färbten. Sein Mund verzog sich zu einem Knurren.

Er war nicht einfach nur ein Schwein, sondern ein Wildschwein, ein Keiler, wild, durchtrieben.

Sein Zorn mischte sich mit Verzückung, als er feststellte, dass sein Angreifer eine Frau und noch dazu zierlich war. Sein Blick war der eines Wrestling-Champions, der den Ring betritt, entschlossen, den Gegner zu zermalmen.

Er ließ von Lily ab und ging auf Grace los, wobei er seine Lippen verzog und dabei hässliche Zahnlücken offenbarte. Unter dem Saum seines T-Shirts wabbelte ein Hängebauch heraus. Die baumstammartigen Oberschenkel hingegen waren stramm. Sein Penis, schimmernd vor Gleitmittel und an der Spitze gerötet, schrumpfte lächerlich in seine schrumpeligen Steroideier hinein.

Ihm in die Weichteile zu schießen war verlockend, doch es hatte keinen Sinn, den gesunden Menschenverstand zu opfern, nur um ein Zeichen zu setzen.

Grace wich zurück, als fürchtete sie seinen Angriff, und wartete, bis er weit genug vom Tisch weg war, wo Lily immer noch regungslos lag. Dann jagte sie ihm drei Kugeln in den offenen Mund.

Zwei fanden ihr Ziel, die dritte zerfetzte sein Gesicht zwischen Nase und Oberlippe. Überrascht, fast mit einem Ausdruck der Beschämung, riss er die Augen auf, während er auf sie zuwankte. Ein gefällter Mammutbaum.

Dann hielt er inne, starrte auf Graces schwarz maskiertes Gesicht und machte gurgelnd: »Ha.« Seine Augäpfel verdrehten sich nach hinten, seine Knie knickten ein, er schwankte und sank mit dem Gesicht vornüber zu Boden.

Eine Blutlache bildete sich um ihn herum, während er noch ein paarmal zuckte und dann still liegen blieb.

Nur um sicherzugehen schoss Grace ihm eine vierte Kugel in den Hinterkopf, direkt ins Markhirn, wo sie garantiert sofort die Atmung stoppte. Wer hätte gedacht, dass ihr Wissen über Neuropsychologie aus dem Studium einmal so praktische Anwendung finden würde?

Sie wandte sich Lily zu, die sich noch nicht gerührt hatte.

War sie vielleicht wirklich eher eine willige Partnerin in einem andauernden SM-Spiel gewesen als ein Opfer?

Um auf Nummer sicher zu gehen, hielt Grace die Glock schussbereit an ihrer Seite, während sie auf den Tisch zuging und versuchte, mit Lily Blickkontakt aufzunehmen.

Lily tat gar nichts. Dann formten ihre Lippen zwei Silben.

Dan-ke.

Grace nickte und deutete auf Lilys hochgeschobenes Kleid. Mit einem Mal verlegen, rollte sich Lily auf die Seite und bewegte die Schultern, in dem Versuch, die Arme zu benutzen, um den Saum nach unten zu ziehen.

Mehr als ein Schulterzucken gelang ihr nicht. Die Arme spielten nicht mit.

War sie gelähmt? Hatte Sporns brutaler Griff ihr Rückenmark verletzt?

Doch dann fing erst Lilys rechte Hand an zu zittern, und sie konnte sie ausschütteln, dann folgte die linke. Sie waren durch den Druck taub geworden.

Ehe sie sich bedecken konnte, hatte Grace schon gesehen, dass ihre Pobacken wund waren und voller kleiner blutender Halbmonde – Fingernagelspuren. Weitere solche Formen waren verkrustet. Wo die Haut nicht aufgekratzt war, da war sie schwarz-blau verfärbt.

Aus den frischen Wunden drang Blut, und ein rotes Rinnsal lief aus der Pospalte ihren linken Schenkel herunter.

Lily versuchte, sich aufzurichten, doch vergeblich. Grace war gerade im Begriff, ihr zu helfen, da veränderte sich plötzlich Lilys Miene.

Ein Ausdruck blanken Entsetzens erschien auf ihrem Gesicht, ihr Mund mahlte, und ihre Augen blinzelten schneller, als Grace es je für möglich gehalten hätte.

Sie reckte ihren Nacken und deutete.

Warnend.

Auf etwas in Graces Rücken.

Zu spät.

Kapitel 52

An zwei verschiedenen Stellen flammte Schmerz auf.

Am unteren Rücken und im Nacken, dort deshalb, weil jemand versuchte, ihr die Skimaske von hinten herunterzureißen. Grace entwand sich, landete dabei aber unsanft auf dem Boden und schrammte sich auf dem rauen, kalten Zement der Orangerie Gesicht, Knie und Ellbogen auf. Die Glock flog ihr aus der Hand und landete rechts von dem grünen Tisch, auf dem Lily jetzt aufrecht saß und wimmernd die Hand vor den Mund hielt.

Dion Larues Outfit verriet Grace, dass sie mit ihrer These ins Schwarze getroffen hatte.

Er trug einen schwarzen Morgenmantel aus Seide mit rot gestepptem Revers, den er lose über seinen nackten Körper gegürtet hatte.

Durch die Wucht des Aufpralls bei seiner Attacke auf Grace war der Morgenmantel aufgegangen. Sein Körper war fest, gebräunt, austrainiert, ganz anders als der von Sporn. Aus der Nähe konnte sie jetzt auch sein Gesicht erkennen, das des mörderischen jungen Mannes, der eines Nachts auf der Ranch aufgetaucht war und ihr in kürzester Zeit so viel genommen hatte.

Er war härter geworden, zerfurchter, ohne an Attraktivität einzubüßen. Wobei man seinen Blick ausnehmen musste. Der war kalt. Bohrend. Forschend.

Obwohl er Sporns Walfischleiche mit Stirnrunzeln wahrnahm, tat dies seinem Selbstvertrauen keinen Abbruch. Er grinste wölfisch.

Der Ausdruck auf seinem Gesicht passte in jedes Lehrbuch zum Thema Gewaltbereitschaft. So sahen Jäger aus, wenn sie ihr Opfer ins Visier nahmen.

Grace bemühte sich, nicht nach der Glock zu schauen, sondern versuchte stattdessen zu berechnen, wie weit sie entfernt lag. Ob sie sie mit einem geschickten Sprung erreichen konnte? Eher nicht. Ob es trotzdem einen Versuch wert war?

Dion Larue schnaubte. Ein tiefes, grollendes Geräusch drang aus seinem Mund, während er die Hände zu Krallen formte und kichernd auf Grace zuhielt, mit angespannten Bauchmuskeln und pendelnden Genitalien.

Bei ihm war nichts geschrumpft; sein Körper lief bei der Aussicht auf Blut erst recht zur Hochform auf.

»Eine Schlampe«, sagte er. »Hast du sie nicht mehr alle?«

Sein Lachen klang mehr wie ein Gackern, unwürdig für einen Hengst wie ihn. Eine seiner Krallen ballte sich zur Faust, und erst jetzt fiel Grace auf, dass er in der anderen etwas hielt. Eine kleine rote Tube, auf der schwach die Aufschrift *Love* zu erkennen war.

Er hatte sein eigenes Gleitmittel mitgebracht. Der Chef war gekommen, um bei der Party mitzumachen.

Allerdings würde der Spaß jetzt ganz anders aussehen.

Er trat mit einem nackten Fuß zu, genauso wie er im Park seine Frau getreten hatte, nur viel härter. Als er Grace in die Rippen traf und Schmerz durch ihren Körper fuhr, wusste sie, dass er etwas gebrochen hatte.

Sie rollte sich zur Seite und griff nach der Glock.

Larue hatte damit gerechnet und kickte die Waffe außer Reichweite, ehe er sich vornüberbeugte und versuchte,

Grace noch einmal mit gestrecktem Fuß zu treffen – ein Kniff aus der Welt der Kampfkünste. Sie erinnerte sich vage, dass Shoshana ihr einmal so etwas gezeigt hatte.

Sie wich dem Tritt aus, indem sie sich rückwärts wegschob. Dion Larue beugte sich brummend noch tiefer und machte eine Bewegung auf sie zu, doch statt sie anzugreifen, täuschte er links und rechts eine Attacke vor.

Um sich mit der Glock in der Hand wieder aufzurichten.

»Blöde Fotze. Wer bist du überhaupt?«

Sein Penis war voll erigiert.

»Sollten Sie nicht Walter zuerst erledigen?«, fragte Grace.

Die Frage war weder besonders tiefgreifend, noch besonders clever, doch sie brachte ihn aus dem Konzept. Sporn war doch tot, er *war* tot, also was sollte die blöde – erst jetzt begriff er, dass er sich hatte hereinlegen lassen, und griff brüllend an.

Doch der Sekundenbruchteil, den es gedauert hatte, um seine Gedanken zu sortieren, hatte Grace genügt, um in die andere untere Tasche ihrer Jacke zu greifen – nicht ganz einfach, denn es war die linke Tasche, und sie war Rechtshänderin. Aber man musste eben sehen, wie man klarkam, und so packte sie eben mit der linken Hand ihre geliebte kleine Beretta, ehe sie sie in die rechte nahm und nach oben richtete.

»Blöde Schlampe«, fauchte Dion Larue.

Die genau gleichen Worte hatte auch Beldrim Benn in ihrem Garten benutzt.

Diesen Psychopathen fiel auch nichts Neues mehr ein.

Grace leerte ihr Magazin in ihn. Als Erstes war die Erektion dahin, was danach kam, war auch schon egal.

Anders als Sporn starb er geräuschlos und auf der Stelle. Er sank auf die Seite und rollte dann auf den Rücken.

Bei ihm gab es keinen Zweifel. Sein fester Bronzekörper war durchsiebt.

Grace sammelte sorgfältig alle Hülsen ein und ging dann zu Lily, die immer noch zitternd auf dem Tisch saß.

Sie legte sanft einen Finger auf Lilys Lippen und richtete dann ihren Kopf auf sich, so wie Azha es getan hatte.

Als sie sicher war, dass Lily sie direkt ansah, hob sie eine Augenbraue.

»Das wird unser Geheimnis bleiben, nicht wahr?« Sie formulierte die Worte klar und deutlich.

Taub, stumm und über alle Maßen missbraucht, sprach Lily. Ein einziges Wort, aber so klar wie ein hörender Mensch.

»Ja.«

Da sie ohnehin keine Wahl hatte, beschloss Grace, ihr zu glauben und ging auf demselben Weg, wie sie gekommen war.

Kapitel 53

EAST BAY MESSENGER

Das alternative Wochenblatt für Berkeley und Oakland

14. März 2015

Doppelmord in der Meth-Szene

von Fatima Card, Redakteurin

Die tödliche Schießerei im eleganten Claremont-Viertel, die vor zehn Tagen zwei Menschenleben gefordert hat, ist laut Aussagen der Polizei auf einen Streit unter Meth-Dealern zurückzuführen. Die Beamten nannten keine weiteren Einzelheiten, erwähnten jedoch, dass sie dank eines anonymen Hinweises beide Opfer als »aktive Mitglieder« im Speed-Geschäft identifizieren konnten. Beide Morde trügen die Spuren professioneller Hinrichtung, wahrscheinlich durch mexikanische Banden.

Die Morde, für die es offensichtlich keine Zeugen gibt, fanden im Gästehaus einer Villa in der Avalina Street statt, in einer Gegend, die sonst nicht für Gewalt bekannt ist. Zu Tode kamen der Eigentümer des Hauses, Dion Larue, 38, Bauunternehmer, dessen Firma DRL-Earthmove mutmaßlich in Mauscheleien mit mehreren Politikern, darunter mindestens drei Mitgliedern des Stadtrats von Berkeley, verwickelt war. Das zweite Opfer, Walter Sporn, 38, war für Larue als Bauleiter tätig und wurde beobachtet, wie er

eine von Larues aktuellen Baustellen besuchte, ein Niedrigenergie-Objekt in der Center Street, wo »erhebliche« Mengen von Meth sichergestellt wurden.
Keiner unserer ruhmreichen gewählten Volksvertreter wollte zu dem Fall Stellung nehmen.
Nicht zu fassen.

Kapitel 54

Grace hängt an einem Draht.

Achthundert Meter unter ihr erstreckt sich der Boden des Dschungels, grün, dicht bewachsen und einladend. Wenn sie sich ein wenig nach einer Seite streckt, kann sie zwischen den Bäumen blaue Streifen erkennen – das Meer.

Es ist feucht bei dreiunddreißig Grad Celsius. Es wäre nicht verwunderlich, wenn sie schwitzen würde.

Doch sie verliert keinen Tropfen.

Das hier ist nicht das touristenfreundliche Ziplining, das sie vor zwei Jahren in Puerto Vallarta gemacht und als absolut lasch empfunden hat. Ein halbes Dutzend Stationen, in kaum achtzig Metern Höhe, mit ergonomisch geformtem Haltegriff in der Form eines Omega und lächelnden Führern, die auf Englisch ihre Kundschaft anfeuerten, während sie volle Kontrolle über die Mechanik behielten, und jeder neue Baum mit überschwänglichem Lob und Eislimonade wartete.

Das hier ist Hardcore-Ziplining in Costa Rica, wo laut hiesiger Surfer der Sport erfunden wurde. Ein ernst gemeintes »Abenteuer im Dach des Regenwaldes« an der Pazifikküste des traumhaft schönen kleinen Landes in Zentralamerika.

Es ist alles andere als eine weichgespülte Touristenattraktion. Zwanzig Holzplattformen, an einige der höchsten Bäume des Regenwaldes genagelt, wobei manche der Planken verzogen und verwittert sind und zum Teil so gerissen, dass man zwischen ihnen hindurch einen guten Blick auf die Ewigkeit werfen kann.

Manche der Stationen sind nur über schweißtreibende Wanderungen zu erreichen, über Pfade, die selbst für Hungermodels zu schmal sind, oder über Seilbrücken, die aussehen, als würden sie jeden Moment reißen.

Der gesamte Parcours mit allen seinen Elementen bedeutet, dass man mindestens zwei Stunden am Draht hängt, sofern niemand sich auf dem Weg in größere Schwierigkeiten bringt.

Das Nervenzentrum der Anlage ist eine Hütte, die so tief im Regenwald liegt, dass sie vom GPS nicht erfasst wird. Winzige, ebenso wunderschöne wie giftige Baumfrösche hüpfen fröhlich überall herum; ihre wie Juwelen geformten Körper sind leuchtend rot, grün und blau und mit tintenschwarzen Tupfen übersät, die so perfekt rund sind, dass sie aussehen wie gemalt.

Die Crew besteht aus einem halben Dutzend bekiffter Surfer unterschiedlicher Ethnien, die alle ein Problem damit haben, regulärer, bezahlter Arbeit nachzugehen. Im »Büro« haufenweise leere Tequila-, Wodka- und Mezcal-Flaschen. Die Tauglichkeitsprüfung der Teilnehmer beschränkt sich auf die Frage: »Alles klar bei dir?«

Niemand in Graces Gruppe, selbst die, die ganz offensichtlich mit Angst antreten, würde zugeben, dass vielleicht nicht alles klar sei. Außer ihr sind vier Personen dabei: zwei junge Männer – ein bisschen sehr ungestüm, was darauf schließen lässt, dass sie extrem nervös sind – und ein Ehepaar um die fünfzig, das sich nicht recht einig ist, was von der Aktion zu erwarten ist.

Sie: (lächelnd) Das wird ein Riesenspaß.

Er: (mit finsterer Miene) Kommt drauf an, was man darunter versteht.

Die Einführung besteht darin, dass jeder die dicken Lederhandschuhe gezeigt bekommt, die man anziehen muss, um beide Hände über Kopf um das Drahtseil zu legen, ohne es jedoch zu berühren. Die einzige Möglichkeit, zu bremsen oder anzuhalten, sei, das Seil zu packen, und ohne Handschuhe würde das Metall die Hände zerschneiden wie Wurstscheiben.

Es sei nur eine Frage des Drucks, erklärt der diensthabende Ober-Surfer, ein Afrikaner mit schweren Augenlidern und einem herrlichen britischen Akzent.

Wenn man »zu zart« zufasse, verdrehe man sich die Handgelenke und sause ungebremst weiter.

Wenn man »zu fest« zufasse, halte man zu früh an und baumele dann hilflos achthundert Meter über dem Boden. In diesem Fall gebe es nur einen Ausweg: die Position der Hände wechseln, sodass man sich in die andere Richtung drehe, mit dem Rücken zum Zielpunkt.

Dann: mühsam rückwärts mit den Händen weiterhangeln und hoffen, dass man irgendwann ankommt. Und wenn man müde wird?

Der Afrikaner zuckt zwinkernd mit den Schultern.

Grace bleibt zurück und wartet ab, bis die anderen vier losgeflogen sind, dann tritt sie zu einem der anderen Surfer, einem Latino mit glasigem Blick.

»Ich will es allein machen.«

»Señorita ...«

»Wie viel?«

»So was machen wir nicht ...«

Grace wiederholt ihre Frage. Der Surfer zieht die Augenbrauen zusammen und bespricht sich mit zwei Kollegen, ehe er eine astronomische Summe nennt.

Grace lacht und nennt ihren Preis.

Der Surfer reagiert mit gespielter Empörung.

Neunzig Sekunden später ist man sich handelseinig.

Grace wartet, bis die Nachricht vom anderen Ende des Parcours kommt: Die Gruppe hat zehn Stationen bewältigt, mit mehreren Unterbrechungen, wenn jemand zur »Selbsthilfe« greifen musste.

Der Afrikaner sagt: »Okay«, und dann gleiten sie nacheinander los.

Alles läuft problemlos bis zum letzten Abschnitt vor Station Nummer zwanzig, wo Tequila und Champagner warten. Mitten im Schwung schließt sie die Hände fest um das Drahtseil.

Sie baumelt.

Auf der Stelle.

Stille durchdringt den Dschungel. Dann rufen Vögel. Ein Propellerflugzeug in der Ferne.

Irgendwann ruft der Afrikaner hinter ihr. »Was ist?«

Grace reagiert nicht.

Er ruft lauter. Ebenso wie der blonde Surfer, wahrscheinlich ein Schwede, der am anderen Ende auf sie wartet.

Sie baumelt.

Beide Männer brüllen.

Grace hört das Wort »verrückt« heraus.

Sie lacht.

Jetzt steht der Schwede, oder wo auch immer er herkommt, ganz vorne an der Plattform Nummer zwanzig und gestikuliert flehentlich in ihre Richtung.

»Wechseln Sie die Hände!«

Grace kickt ihre Beine leicht nach vorne. Das Drahtseil summt. Sie schwingt vor und zurück, kickt ein bisschen mehr wie ein Kind auf einer Schaukel. Sie zupft am Seil wie an einer Saite, und ein Ton erklingt.

Die Surfer schreien.

Die Musik überblendet alles.

Sie denkt an rote Räume, viele rote Räume, ein blutrotes Labyrinth.

Ein kleines schwarzes Cabriolet rast eine Straße entlang, die sich rot färbt.

Sie blickt nach oben und betrachtet die Karabiner, mit denen ihr Geschirr eingehängt ist.

Es wäre sicher nicht schwer …

Der Afrikaner brüllt.

Der Schwede brüllt.

Erst als die letzten Fetzen von Wirklichkeit ausgelöscht sind, handelt Grace.

Mit geschlossenen Augen setzt sie ihre Hände um.

Dreht sich.

Was, wenn sie einen der Karabiner lösen würde?

Wie würde es sich anfühlen, so hoch und so schnell zu fallen?

Würde es irgendjemanden interessieren?

Ja. Sie selbst.

Lächelnd hangelt sie sich zurück auf sicheren Boden, und jeder Muskel tut genau, was er soll.

Jonathan Kellerman

Jonathan Kellerman ist einer der erfolgreichsten amerikanischen Kriminalautoren. Nach dem Studium arbeitete er zunächst als Kinderpsychologe. Seine Reihe mit dem Psychologen Dr. Alex Delaware ist berühmt für höchst einfühlsam entwickelte Figuren und eine raffinierte Handlung, die Hochspannung von der ersten bis zur letzten Seite garantiert. Dafür ist er unter anderem mit dem »Edgar Allan Poe Award«, Amerikas bedeutendstem Krimipreis, ausgezeichnet worden. Jonathan Kellerman lebt mit seiner Frau Faye in Los Angeles.

Die Alex-Delaware-Serie in chronologischer Reihenfolge:

Blackout · Flüchtig · Jamey. Das Kind, das zuviel wußte · Sharon. Die Frau, die zweimal starb · Exit · Säure · Böse Liebe · Narben · Satans Bruder · Wölfe und Schafe · Monster · Gnadentod · Fleisch und Blut · Das Buch der Toten · Blutnacht · Im Sog der Angst · Bluttat · Blutgier · Post Mortem · Mordgier · Knochensplitter · Todesfeuer · Tödliche Lektion · Todesschmerz · Rachenacht · Der Knochenspieler · Killer · Todesmahl

(Alle auch als E-Book erhältlich)

Um die ganze Welt des
GOLDMANN Verlages
kennenzulernen, besuchen Sie uns doch
im Internet unter:

www.goldmann-verlag.de

Dort können Sie
nach weiteren interessanten Büchern *stöbern*,
Näheres über unsere *Autoren* erfahren,
in *Leseproben* blättern, alle *Termine* zu Lesungen und
Events finden und den *Newsletter* mit interessanten
Neuigkeiten, Gewinnspielen etc. abonnieren.

Ein *Gesamtverzeichnis* aller Goldmann Bücher finden
Sie dort ebenfalls.

Sehen Sie sich auch unsere *Videos* auf YouTube an und
werden Sie ein *Facebook*-Fan des Goldmann Verlags!

www.goldmann-verlag.de
www.facebook.com/goldmannverlag